国家社科基金
GUOJIA SHEKE JIJIN HOUQI ZIZHU XIANGMU
后期资助项目

近佛與化雅：北宋中后期文人學佛與詩歌流變研究

Beside Buddha, Breeding Elegant: The Relationship
Between Poetic Style Transforming and Literati
Buddhism Practicing in the Mid and Late Northern SONG

左志南　著

中国社会科学出版社

圖書在版編目(CIP)數據

近佛與化雅:北宋中後期文人學佛與詩歌流變研究/左志南著.
—北京：中國社會科學出版社，2017.10
ISBN 978-7-5203-1175-5

Ⅰ.①近… Ⅱ.①左… Ⅲ.①古典詩歌—詩歌研究—中國—北宋
Ⅳ.①I207.22

中國版本圖書館 CIP 數據核字(2017)第 249901 號

出 版 人　趙劍英
責任編輯　郭曉鴻
特約編輯　武興芳
責任校對　周　昊
責任印製　李寡寡

出　　版　中國社會科學出版社
社　　址　北京鼓樓西大街甲 158 號
郵　　編　100720
網　　址　http://www.csspw.cn
發 行 部　010-84083685
門 市 部　010-84029450
經　　銷　新華書店及其他書店

印　　刷　北京君昇印刷有限公司
裝　　訂　廊坊市廣陽區廣增裝訂廠
版　　次　2017 年 10 月第 1 版
印　　次　2017 年 10 月第 1 次印刷

開　　本　710×1000　1/16
印　　張　22
插　　頁　2
字　　數　416 千字
定　　價　89.00 圓

凡購買中國社會科學出版社圖書，如有質量問題請與本社營銷中心聯繫調換
電話：010-84083683
版權所有　侵權必究

國家社科基金後期資助項目

出版説明

　　後期資助項目是國家社科基金設立的一類重要項目，旨在鼓勵廣大社科研究者潛心治學，支持基礎研究多出優秀成果。它是經過嚴格評審，從接近完成的科研成果中遴選立項的。爲擴大後期資助項目的影響，更好地推動學術發展，促進成果轉化，全國哲學社會科學規劃辦公室按照"統一設計、統一標識、統一版式、形成系列"的總體要求，組織出版國家社科基金後期資助項目成果。

全國哲學社會科學規劃辦公室

目　　錄

緒　論

佛教與文學的關係歷來為學界關注焦點之一，而北宋中後期詩歌流變亦是宋代文學研究的重要一環，此一時期的詩歌流變與北宋中後期佛教的發展變化及儒學的豐富完善皆有著千絲萬縷的聯繫。拙著擬立足於文本的細讀，從分析北宋中後期詩歌所運用之佛教典故、所借用之佛教術語入手，結合士大夫與佛教之關係，以此尋繹他們接受佛學思想的邏輯順序，探明此時期文人佛学思想體系的具體形態是如何構建生成的。在此基礎上，兼顧當時儒釋整合的學術發展趨勢，以士大夫對佛學的接受過程、研習角度為切入點，通過細緻考察文人學佛行爲與其詩歌創作的關係，通過詳細分析文人學佛變化與詩歌流變的內在聯繫，以此來實現北宋中後期詩歌流變研究的深化。

一　北宋中後期佛學語境的產生

周必大云："自唐以來，禪學日盛，才智之士，往往出乎其間。"[①] 其言反映了自唐以來，佛教對文人影響日漸增強的趨勢。北宋後期人郭印之《閑看佛書》詩云："《楞嚴》明根塵，《金剛》了色空。《圓覺》祛禪病，《維摩》顯神通。四書皆其教，真可發愚蒙。"[②] 郭氏之言則反映了北宋中葉以後士大夫普遍研習佛學的情況。

北宋印刷術的普及與文化的繁榮，使當時的書籍印製與流傳較之前代有了很大的進步。宋人陳振孫《直齋書錄解題》卷十二的"釋氏類"和晁公武《郡齋讀書志》卷三下及卷五上的"釋書類"記載了當時流行的佛學典籍，其中既有《金剛經》、《楞伽經》、《維摩詰所說經》、《壇經》等基礎性的佛學典籍，也有《圓覺經》、《楞嚴經》、《華嚴經》、《法華

---

① （宋）周必大：《寒巖升禪師塔銘》，《省齋文藁》卷四十，《叢書集成三編》第46冊，新文豐出版公司1999年版，第530頁。

② （宋）郭印：《雲溪集》卷五，《景印文淵閣四庫全書》第1134冊，臺灣商務印書館1983年版（拙著所引之四庫本資料皆以此版本為準，後不一一注明），第31頁上。

經》等思想系統比較繁雜的佛學經典，還有《宗鏡錄》、《景德傳燈錄》、《禪林僧寶傳》等當代的佛學著作及禪宗史著。這為士大夫閱讀、研究、吸收佛學經典中的思想以為己用提供了必要的條件。

北宋中葉之前，石介、柳開等人對待佛教一味持排斥態度，其見解亦未超出韓愈之高度。而學佛之士大夫如楊億、晁迥等，亦與唐代白居易、劉禹錫等較為相近，即停留在了個人信仰的層面上。而這種情況在北宋中葉之後發生了很大變化。百年承平使宋代社會進入了一個穩定期，伴隨著政治革新的要求，作為主流意識形態的儒學也開始注意吸收其他學說的成分來實現自我之發展與豐富，《雲臥紀譚》載："泰伯先嘗著《潛書》，又廣《潛書》，力於排佛。嵩明教攜所著《輔教論》謁之辯明，泰伯方留意讀佛書，乃悵然曰：'吾輩議論，尚未及一卷《般若心經》，佛道豈易知耶？'"① 李覯對待佛學態度的轉變，在很大程度上反映了當時士大夫開放的學術眼光，也反映了當時士大夫廣取博收的治學精神。陳師道於《送劉主簿》詩中勸誡劉義仲曰："二父風流皆可繼，謗禪排佛不須同。"② 彰顯了其開放包容之精神。陳善《捫虱新話》中"道在六經不在浮屠"一條雖是辯證儒學亦存在形上學，但陳善從儒學中發掘形上學成分的自覺意識，卻有著明顯地被佛教形上學在當時思想界盛行所激發的色彩。陳善雖為南宋人，但其理路卻與其北宋前輩基本一致，亦可看作是北宋中後期士大夫融通儒釋之思路的延續。

人類學觀點認為："整合，作為人類學中的一個專門術語，其意是指以固有的文化標準為主體，對一些龐雜乖離的文化因素加以修正協調，使之成為比較一致的行為或思想模式。整合過程既是一個文化形態對創新的選擇，同時也是指對借用的文化因素的形式、功能、意義或用途的修正，使之能充分適應這個文化形態。"③ 士大夫對於佛教的重視與研習，實際上也正是此一時期"文化整合"的一個重要組成部分。在這個整合過程中，士大夫對待佛教的態度與其前輩有很大的不同，他們有意識地對佛學經典予以闡釋和發揮，以冀從中尋得對自己治心養氣有啓發作用的思想成

① （宋）釋曉瑩：《雲臥紀譚》，《卍新纂續藏經》第 86 冊，臺北白馬精舍印經會 1989 年影印版，第 667 頁下。

② （宋）陳師道著，任淵注，冒廣生補箋，冒懷辛整理：《後山詩注補箋》，中華書局 1995 年版，第 233 頁。

③ 此觀點本自美國人類學家本迪克特（R. Benedict）《文化模式》（*Pattern of culture*）（華夏出版社 1991 年版）及林頓（R. Linton）《人的研究》（*The study of Man*）中的觀點。詳見芮逸夫《人類學大辭典》"文化整合"條，臺灣商務印書館 1975 年版，第 58 頁。

分，以期實現自我學識的豐富與思想修爲的提升，而不再是簡單粗暴地一味排斥佛教。宋人陳振孫《直齋書錄解題》"釋氏類"中記載了在當時流傳的蘇轍所書《維摩經》一卷；晁公武《郡齋讀書志》卷三下及卷五上之"釋書類"中載有當時尚存的王安石參與注釋的《金剛經會解》一卷、《楞嚴經解》十卷。此外，《宋史・藝文志四》中記載王安石曾著《維摩經注》三卷，而從蘇軾《跋王氏華嚴經解》一文來看，王安石還曾爲《華嚴經》之一章作注；蘇軾在他的"題跋"中還有《書楞伽經後》、《書金光明經後》、《金剛經跋尾》等作品，其詩歌以及"銘"、"贊"、"偈"等文體，與佛學有關者更是數不勝數。當時的士大夫除了對《金剛》、《維摩》等基礎性的佛學經典進行研讀之外，對於《圓覺》、《楞嚴》、《華嚴》等較高層次之佛典的研讀興趣也是非常濃厚。士大夫對佛學的研究與關注亦在其詩文中多有表述，如蘇軾《跋柳閎楞嚴經後》曰："《楞嚴》者，房融筆受，其文雅麗，於書生學佛者爲宜。"① 黃庭堅《與胡逸老書》中亦言："可試看《楞嚴》、《圓覺》經，反觀自足。"② 除此之外，《羅湖野錄》卷下亦載蔣之奇作有《華嚴經解》三十卷③，惠洪《余居百丈，天覺方注〈楞嚴〉，以書見邀，作此贈之》一詩之題中"天覺方注《楞嚴》"，大慧宗杲亦曰："無盡居士注《海眼經》。"④ 從此二則資料可以推斷，張商英曾爲《楞嚴經》作注。士大夫對佛學的濃厚興趣及密切關注，亦使其研究達到了較高層次，如禪門中人惠洪稱讚王安石《楞嚴經解》曰："其文簡而肆，略諸師之詳，而詳諸師之略，非識妙者莫能窺也。"⑤ 大慧宗杲亦高度評價張商英所注之《海眼經》："蓋爲他見徹釋迦老子骨髓，所以取之左右逢其源。"⑥

　　伴隨著北宋中葉以降的儒學復興和文化整合，士大夫將佛學經典作爲一種寶貴的文化遺產來學習繼承，而不僅僅是作爲純粹的個人信仰。王安石曾自述道："某自百家之書，至於《難經》、《素問》、《本草》、諸小說

---

① （宋）蘇軾著，孔繁禮點校：《蘇軾文集》卷六十六，中華書局 1986 年版，第 2065 頁。
② （宋）黃庭堅著，劉琳、李勇先、王蓉貴校點：《黃庭堅全集》，四川大學出版社 2001 年版，第 1748 頁。
③ （宋）釋曉瑩：《羅湖野錄》，《卍新纂續藏經》第 83 冊，第 394 頁上。
④ 蘊聞輯錄：《大慧普覺禪師語錄》，《大正藏》第 47 卷，第 878 頁中。按：《海眼經》即爲（宋）《楞嚴經》之別名，《楞嚴經》卷八中有云："佛告文殊師利，是經名《大佛頂悉怛多般怛囉無上寶印十方如來清淨》。"《楞嚴經》，《大正藏》第 19 卷，臺北佛陀教育基金會 1990 年影印版，第 142 頁下。
⑤ （宋）惠洪：《林間錄》，《卍新纂續藏經》第 79 冊，第 276 頁上。
⑥ （宋）蘊聞輯錄：《大慧普覺禪師語錄》，《大正藏》第 47 卷，第 887 頁下。

無所不讀。"① 蘇軾在《王安石贈太傅》中亦評其："網羅六藝之遺文，斷以己意；糠秕百家之陳跡，作新斯人。"② 全祖望《宋元學案》卷九十八《荊公新學略·序錄》中有言曰："且荊公欲明聖學而雜於禪，蘇氏出於縱橫之學而亦雜於禪。甚矣，西竺之能張其軍也！"③《河南程氏外書》中載："伊川自涪歸，見學者凋落，多從佛學。"④ 這種情況的出現是文化整合大背景下，士大夫對待其他學說態度轉變的必然結果，"他們像對待其他古典文獻一樣也把禪宗看成一種文獻，一種人生必備的知識。他們不再像前輩儒者那樣意氣用事，致力於排佛老，而更多的以心平氣和的理性態度去對待佛教這份遺產，使之融合於以儒學為主體的封建傳統文化中。"⑤ 而這種現象的出現，也正如周裕鍇先生所言，是"文化復興運動到達理性階段所必然出現的現象"，也"符合一種文化達到鼎盛後所必然產生的文化整合的需要"。⑥ 梁啓超先生在其《清代學術概論》中寫道："凡'思'非皆能成'潮'，能成'潮'者，則其思必有相當之價值，而又適合於其時代之要求者也。凡'時代'非皆有'思潮'，有'思潮'之時代，必文化昂進之時代也。"⑦ 北宋中後期士大夫普遍的禪悅傾向正反映了當時通過研習佛教理論以實現融通儒佛的時代思潮。而此時代思潮的存在亦使當時出現了一個佛學語境，在這個佛學語境中，士大夫所討論之話題、所關注之焦點及其思維方式皆有著明顯的佛學印記，司馬光所云之"近來朝野客，無座不談禪"⑧，即反映了此一佛學語境下士大夫的趣尚及愛好。而在此獨特語境下，佛學對士大夫思維方式及審美趣尚上的潛移默化的影響，則亦不可避免地影響士大夫的詩歌創作。

二　佛學語境影響詩歌創作之必然性及表現

佛教發展至宋代，形成了禪宗特盛的局面，而禪宗中人為了實現本宗

---

① （宋）王安石：《答曾子固書》，《臨川先生文集》，中華書局上海編輯所 1959 年編印本，第 779 頁。

② （宋）蘇軾：《蘇軾文集》卷三十八，中華書局 1986 年版，第 1077 頁。

③ （清）黃宗羲著，全祖望補修，陳金生、梁運華點校：《宋元學案》，中華書局 1986 年版，第 3237 頁。

④ （宋）程頤、程顥著，王孝魚點校：《二程集·河南程氏外書》卷十二，中華書局 1981 年版，第 429 頁。

⑤ 周裕鍇：《文字禪與宋代詩學》，高等教育出版社 1998 年版，第 49 頁。

⑥ 同上。

⑦ 梁啓超：《清代學術概論》，上海古籍出版社 1998 年版，第 1 頁。

⑧ （宋）司馬光：《戲呈堯夫》，《溫國文正司馬公文集》卷十五，《四部叢刊初編》本，第 171 頁下。

進一步的發展，對禪宗教義及發展現狀進行了反思，對宗門弊病有了明確而清醒的認識，如永明延壽即在其《唯心訣》中列舉了一百二十種禪門弊病，並認為造成弊病的原因是："皆不能以法性融通，一旨和會，盡迷方便，悉溺見河，障於本心，不入中道；匍匐昇沉之路，纏綿取捨之懷。"① 撮其大要，主要表現在"狂慧"與"癡禪"兩方面，"狂慧而徒自勞神，癡禪而但能守縛"。② 而延壽提出的解決方式則為用"一心"統攝之，而其"一心"的具體闡釋，則本自《大乘起信論》的真如緣起說。從實質上講，即是通過融通禪教，實現禪宗的進一步發展。自永明延壽後，北宋佛教繼續延著禪教合一的方向發展，從而催生了北宋後期"文字禪"理論的出現。"文字禪"的出現是佛教禪教合一高度發展的必然產物，而禪教合一即是為了糾正"近歲學者各宗其師，務從簡便，得一句一偈，自謂了證"③ 的現象，其實質是以理性精神研究參禪之宗教體驗，這必然要求僧人對其他學說持融通、包容之態度，在熟讀經典的基礎上闡釋義理，將幽微的修行體驗以清通簡要、新穎奇特的形式描述出來。這使得禪門中人逐漸重視起語言的作用，並極力將對語言的重視合理化。這與禪宗最初"不立文字，教外別傳"相比，已經是大異其趣。

禪宗本身的發展需求使禪門學者對佛教神秘主義因素做了一定程度的淡化處理，並且努力彰顯佛教禪學說的理性一面及其哲學色彩。對於理性精神濃厚的宋代文人而言，佛學的吸引力無疑較之以前大為增強，而此也成為了文人學佛的外在原因。宋代佛教的這種特點亦使滲透入詩歌創作的佛教思想不同於以往，亦使宋代文人的學佛不論是在方式，還是在接受思想上都不同於唐代，而是具有鮮明的時代特點。

肯定文學創作價值的詩人，既是具有傳承文化、重建道統之自覺意識的士大夫，又是世間大眾之一分子。這種兩種身份使他們對佛教的接受，一方面不同於極端的理學家對此所持的完全排斥態度；另一方面帶有普通民眾將佛教作為精神信仰的特點。關於前者，宋代"居士"之號幾近泛濫成災，士大夫被禪林視為門人而列入禪宗燈錄者不在少數，

---

① （宋）永明延壽：《永明智覺禪師唯心訣》，《大正新修大藏經》第48卷，臺灣佛陀教育基金會1990年影印版（拙著中出自此叢書之資料，皆以此版本為準，後不一一注明，以下簡稱《大正藏》），第996頁中。
② （宋）永明延壽：《永明智覺禪師唯心訣》，《大正藏》第48卷，第995頁上。
③ （宋）蘇軾：《書〈楞伽經〉後》，《蘇軾文集》卷六十六，中華書局1986年版，第2085頁。

即說明了士林對佛學的包容態度及濃厚興趣。關於後者，王安石在愛子王雱早逝後舍宅第為佛寺，即是王安石將佛教作為精神信仰的明證；而蘇軾自認為是五祖戒和尚之轉世，《冷齋夜話》所載蘇軾用僧服襯於朝衣下之事，皆反映了蘇軾將佛教作為自己精神信仰的事實；黃庭堅元豐七年作《發願文》，為自己明確作出了"不復淫欲"、"不復飲酒"、"不復食肉"的行為規範，這顯示了他作為世俗大眾一員對待佛教的態度。這種對待佛教、佛學的包容態度及濃厚興趣，成為此一時期的文人研習佛學的內在促動力，而此促動力亦使士大夫對於佛學的研讀達到了一定的高度。在這種研讀過程中，佛教理論對他們立身處世之標準、看待外界之方式、思考問題之角度等皆產生了重大影響。而詩歌在宋代文人眼中不僅僅是抒情表意的工具，亦是具有極強道德功能的文體，其功能"包括體悟形而上學的'明道'與表現人格精神的'見性'"。① 這種特點無形之中增強了詩歌的功能，由此亦使佛教對文人之影響不可避免地形諸其詩歌創作中。

佛教對此一時期詩歌創作的影響是多方位的，是極為複雜的，但大致而言可以分為顯性和隱性兩個方面。關於顯性影響，主要體現在三個方面：其一是在詩歌書寫中或為不自覺，或為有意識地流露出佛學理論對其思想及看待外部世界的啓發及影響等；其二是借用佛學術語及佛教名詞、融攝佛學典故，起到增強詩歌抒情表意效果的作用；其三是將自己對於某類佛學思想的理解以詩歌形式言說之。至於隱性的影響則主要體現在佛教觀照方式對詩歌創作思維的滲透，而其中最為顯著、最為重要者，當屬佛教靜定觀照方式對詩歌創作思維的滲透與啓發。誠然，佛教對於詩歌創作的顯性影響和隱性影響在唐代就已經存在，但是與唐代士大夫對待佛教與普通民眾差異不大有頗多不同，處於文化整合時期的北宋中後期士大夫，有著強烈的研習、接受佛教理論使之融合到儒學復興中的自覺意識。換言之，此一時期的士大夫研習佛學是側重於將佛學與儒學實現內在的、深層次的融通，最終實現豐富發展儒學的目的。而不是單純研習佛學，單純地接受某類佛學哲理。因而，該時期詩歌中所借用的佛教術語、佛教名詞、佛教概念，不論是在數量還是在專業程度上皆遠超唐代。而宋代佛教禪教合一的發展特點，亦使士大夫所接受之佛學思想及學佛方式，皆具有自己的時代特色，這使他們受佛教思想影響而創作之詩歌，亦呈現了不同於往昔的獨特風貌。

---

① 周裕鍇：《宋代詩學通論》，上海古籍出版社 2008 年版，第 31 頁。

三　研究概況綜述

如前所述，在北宋中後期的佛學語境下，士大夫對於佛教有著濃厚的興趣，士大夫的學佛參禪亦對其詩歌產生了深刻且不容忽視的影響，這為學界所重視，並湧現了一大批研究北宋中後期詩歌與佛教的論著、論文，而目前的這些研究成果大致可以分為個案研究與整體研究兩類。個案研究成果中，論者多將目光投入了北宋中後期三個代表性人物王安石、蘇軾、黃庭堅身上；關於此一時期佛教與詩歌的整體研究，雖進展頗大，但是對於北宋中後期詩歌的發展與佛教之關係，即士大夫之學佛在宋調的確立與變化中所起之作用的研究卻還相對薄弱，尚有進一步展開深入論述的必要。

（一）關於王安石、蘇軾、黃庭堅與佛教關係的研究現狀

關於王安石與佛教研究的成果有復旦大學 2004 年張煜先生之博士論文《王安石與佛教》，該文力圖對王安石與佛教之關係做系統的論述，但其由四章組成的全文中，只有第二章第二節《王安石禪林交遊考述》與第四章第二節《荊公詩法與佛教》是直接探討王安石與佛教關係的，而其論述則是通過"詩中多用佛語、佛典"、"反常合道、不犯正位"及"化俗為雅、游戲文字"三個方面展開，但其論述僅僅停留在了事實描述與列舉的層面上，對於王詩應用佛語、佛典之動因及這種運用與王安石詩歌風格之關係則沒有涉及；該文對於王詩"反常合道、不犯正位"的論述，認為王安石好為翻案詩是受禪宗精神之影響所致，而翻案詩是宋人以學問為詩之特點的一種表現，雖與禪宗思想有關，但並不能看作是完全受禪宗影響所致，其論略顯牽強。而張煜先生對於王安石"化俗為雅、游戲文字"的論述，則是先列舉出宋代以俗為雅的文學風習，又從王詩中舉例取證，證明這種風習是王安石創作中運用佛語的原因。其論述亦是停留在描述的層面，且有想法先行之嫌。因而從總體而言，張煜先生此文關於王安石與佛教的論述在廣度和深度上都有所欠缺。

在王安石與佛教關係方面的研究，還有李祥俊先生之《王安石學術思想研究》，該書第三章"王安石的子學、佛學、道教思想"，開設了專節"王安石的佛學思想"對此專題進行研究，從王安石"對佛學世界觀的理解"、"佛學人性論的認識"及"對佛學人生存在方式的闡發"三個方面展開，李氏之論在系統性上強於張著，但是李先生的論述並沒有突出論述王安石研習、接受佛教的獨特性及其個性特點，亦沒有從歷時性的角度論述王安石接受佛教之過程、研習佛教之進程，只是從文人學佛的共同

處著眼來論述王安石之學佛。此外，李先生對王安石學佛的論述篇幅簡短，並未能對王安石研習、接受佛學之情況做徹底的梳理。

值得一提的是方笑一先生的《北宋新學與文學——以王安石為重心》，該書第七章論述了王安石晚年的佛學思想及禪理詩，方先生對王安石晚年佛學思想的研究，從王安石晚年論述佛學的書信解讀入手，論述了王氏對佛學之理解，頗多精到之處。但是對於王安石接受佛學之過程，即最初接受的是何種佛學思想，而後又是如何旁及其他佛學思想的，以及王詩接受佛學之目的、動因等，沒有進行細緻的梳理。方文中關於王安石禪理詩的論述，在文本解讀的基礎上，指出了王安石禪理詩的藝術得失。但佛教對王安石文學創作之影響，不僅僅只是體現在其禪理詩上，即運用佛教典故之詩歌的創作上。因而對於佛教與王安石詩歌的論述，方氏之論也存在著不夠全面的缺憾。

關於蘇軾的研究，論著及相關的論文甚多，但著眼於蘇軾思想與他所處時期思想潮流之關係，在此基礎之上來探討蘇軾思想與文學創作之關係、蘇軾創作在當時的影響的著作，應首推王水照、朱剛二位先生所著之《蘇軾評傳》[①]。該書在立足於對當時文化背景的翔實考察上，通過比較研究的方法探討了蘇軾思想與王安石思想、二程理學的異同，澄清了很多以前含混的問題，但對於佛教與蘇軾之關係則論述不深。四川大學 2005 年梁銀林先生之博士論文《蘇軾與佛學》，從蘇軾習禪的歷程，蘇軾的佛學修養，蘇軾文學的佛學觀照，蘇軾詩歌融攝佛典的形式四個方面對蘇軾與佛學這一論題進行了考察，是比較全面地直接探討蘇軾與佛學的論文。但在蘇軾習禪的歷程分析上，梁先生之論大多停留在了勾勒蘇軾與佛教先後發生的聯繫，並沒有對蘇軾習禪過程的變化，即由淺及深的具體過程、具體特點進行分析。而梁先生關於蘇軾佛學修養、佛學觀照、蘇詩融攝佛典的論述比較全面，但是敘述的成分較多而論述、分析的成分相比之下略顯不足，這使其博文並沒有完全達到其目的，即未能實現對蘇軾學佛行為及蘇軾接受佛學思想在蘇軾詩歌中所起作用做全面、細緻的分析。

在黃庭堅的研究上，錢志熙先生的《黃庭堅詩學體系研究》[②] 一書，對黃庭堅詩歌思想淵源、詩歌本體論、詩歌技法及分體詩學等方面進行細緻的研究。雖然錢先生並未涉及黃庭堅學佛與黃氏詩學之關係，但錢先生關於黃氏詩歌本體、情性的論述、分析，對研究黃庭堅學佛對其詩歌、詩

---

① 王水照、朱剛：《蘇軾評傳》，南京大學出版社 2004 年版。
② 錢志熙：《黃庭堅詩學體系研究》，北京大學出版社 2003 年版。

學之影響亦具有啓發意義。此外，關於黃庭堅詩歌的研究論著還有白政民先生的《黃庭堅詩歌研究》[①]，該著作側重於從歷時性的角度來探討黃庭堅詩歌的發展，並對黃庭堅各種體式的詩歌在不同時期的創作數量，進行了數理統計，對於研究黃庭堅詩歌藝術的發展軌跡提供了便利條件，但是該書的缺陷在於其論述的相對淺顯及不夠深入。鄭永曉先生的《黃庭堅年譜新編》[②]，對黃庭堅一生的行跡做了細緻的梳理，也改正了黃㽦《山谷年譜》中的一些錯誤；此外，鄭著還對黃庭堅作品進行了繫年，為研究黃庭堅與佛教之關係提供了諸多的便利條件。另外，黃寶華先生在《黃庭堅評傳》[③] 一書中，對黃庭堅思想所受儒道釋的影響做了細緻的論述，對於黃庭堅詩歌的藝術特點從“主意詩學觀在創作上的反映”、“奇崛奧峭的主導風格”、“豐富多彩的詩歌技法”等幾方面進行了論述。該書第六章論述了黃庭堅的哲學倫理思想，認為黃庭堅的思想特點是“以儒為本，融攝佛道”，並在此基礎上論述了黃庭堅理想人格的建構、道德倫理與仁政思想及實踐等問題，是關於黃庭堅研究的一部較為全面的論著。但是黃先生的論述，在黃庭堅詩歌風格與其學佛之聯繫上，基本沒有觸及，仍然有繼續深入探討的必要。縱觀關於黃庭堅的研究論著，作為一個與佛學有著極深淵源的詩人，竟然沒有關於黃庭堅詩歌與佛學之關係的系統論著，這無疑是黃庭堅研究的一個空白處。

此外，還有一些單篇論文對於王安石、蘇軾、黃庭堅與佛教之關係亦有所論述。其中錢志熙先生之《黃庭堅與禪宗》[④] 勾勒了黃氏與禪宗之關係，對於瞭解黃氏之禪學淵源頗有幫助。在單篇論文中，有一種研究方法值得注意，那就是側重於探討個體詩人對某類佛學經典的借鑒、吸收，如張海沙先生之《蘇軾與〈金剛經〉》、梁銀林先生之《蘇軾與〈維摩經〉》[⑤] 即是此中代表，但是這種研究暗含一種片面性：佛學作為一門系統性很強的嚴密哲學體系，同樣的一種思想往往出現在不同的佛學經典中，比如《金剛經》中所論述的空觀思想，亦出現在《維摩經》、《圓覺經》、《華嚴經》 等經典中，單純探討某種佛學經典與個體詩人之關係，往往會導致論者將此種經典所蘊含之思想對詩人所產生之影響做夸大化處理。因而，筆者認為如欲探明個體詩人對佛學思想的接受，應立足於其文

---

① 白政民：《黃庭堅詩歌研究》，寧夏人民出版社 2001 年版。

② 鄭永曉：《黃庭堅年譜新編》，中國社會科學出版社 1997 年版。

③ 黃寶華：《黃庭堅評傳》，南京大學出版社 1998 年版。

④ 錢志熙：《黃庭堅與禪宗》，《文學遺產》1986 年第 1 期。

⑤ 梁銀林：《蘇軾與〈維摩經〉》，《文學遺產》2006 年第 1 期。

本，從詩人詩文所運用之典故，所涉及之佛學思想的分析入手，以詩人對於某類佛學思想的接受為專題進行論述是一種更為合理的研究方法，而不應以文人對某種佛學經典的接受為專題來展開研究。

總之，北宋中後期三個階段的代表性詩人的個案研究雖比較充分，但是在三人與佛教之關係、三人之學佛對其詩歌創作之影響的研究上，顯得散亂且深度不夠，在系統性上也有所欠缺。並且，絕大多數的研究，皆沒有明確地探明三人佛學思想體系的具體形態的意識，亦沒有對此形態是如何構建生成的論述。而對於三人學佛對其詩歌的滲透，亦多停留在了事實描述的層面上，缺乏系統性的梳理與分析。而這些缺陷無疑是深化三人與佛教關係研究所不可回避的問題，亦是亟須解決的問題。

（二）佛學與詩學的交叉研究現狀

應該重視對佛學與中國古代文學關係問題的研究，近年來已成為學者的共識，並取得了不少成績。這些成績，若從研究的視角和方法來看，大致可分兩類：一類側重於佛教對士大夫社會生活和創作的普遍影響，側重於對佛學與詩學關係作總體的觀照與描述；另一類則注重從具體的文獻資料的解讀入手，努力尋繹佛學向文學滲透的軌跡，探討佛學究竟以何種途徑、在何種程度上影響文人心態和文學理論及創作，以揭示佛學與文學的內在聯繫。相比來說，後一種更能解釋深層次的問題。在這方面，周裕鍇先生的《文字禪與宋代詩學》[①] 是其中代表。周先生從宋代禪宗的發展特點入手，揭示了北宋禪宗發展上的最大特點——"文字禪"，並從當時社會文化發展和禪宗發展的角度剖析"文字禪"的產生是禪宗發展的必然趨勢；並分析了三教合一的學術背景下，士大夫研習佛學之特點："宋人參禪的過程，一般由研讀佛經入手，最後證之以禪家心印，從而使參禪不再是一種外在的宗教形式，而化為一種內在的心靈自覺，真正在解破疑團後獲得無上的喜悅。"此外，周先生還分析了蘇黃二人詩風差異與禪學淵源的關係，探討了"文字禪"與宋代詩論之關係，從語言藝術的角度分析了禪宗語言和詩歌句法之間的關係，對於拙著的寫作頗有啓發意義。

另外，周裕鍇先生的《禪宗語言》[②] 一書，綜合運用哲學、宗教學、歷史學、文學和語言學的觀點和方法，對禪宗典籍作了多角度的探索。將禪宗思想研究和禪宗語言研究有機地結合起來，通過對禪宗語言觀和語言實踐的歷史觀照，從哲學層面上來探尋禪宗語言中所蘊藏的宗教精神。在

---

① 周裕鍇：《文字禪與宋代詩學》，高等教育出版社 1998 年版。
② 周裕鍇：《禪宗語言》，浙江人民出版社 1999 年版。

該書的上編，周先生主要探討了禪宗獨特的語言觀，其中對於北宋中葉至南宋前期的文字禪時期的論述，周先生認為參禪學佛者多少服從於宋王朝進行文化整合的需要，禪宗內部出現了一次"語言學轉向"，即在觀念上對語言文字的表意功能加以承認或者肯定，在實踐上出現了以儒明禪、以教說禪、以詩證禪的現象。下編主要從共時性的角度，較為系統和全面地分析了禪宗的語言實踐。周先生此書雖是著眼於禪宗語言的研究，但其書中關於北宋中後期禪宗語言的論述，對於探討士大夫學佛在北宋中後期詩歌流變中所起之作用，亦大有幫助。除專著外，周裕鍇先生的一系列論文也對宋代詩歌與佛學的關係做了深入的探討，如《從法眼到詩眼：佛禪觀照方式與宋人審美眼光之關係》[①]、《詩中有畫：六根互用與出位之思——略論〈楞嚴經〉對宋人審美觀念的影響》[②]、《以俗為雅：禪籍俗語言對宋詩的滲透與啟示》[③]、《風景即詩與觀者入畫——關於宋人對待自然、藝術與自我之關係的討論》[④] 等。其論述之方式、應用之方法、視野之選擇皆對拙著具有啟發意義。然而北宋佛學與詩學交叉研究這一課題還存在著很大的拓展空間，亦存在著很多亟須解決的問題，比如佛學是如何通過文人之研習而滲透入其詩歌創作中的，不同時期文人學佛與詩歌風格演變有何內在關係，等等。

　　關於佛學與詩歌之關係的整體研究，還有張文利先生的《理禪融會與宋詩研究》[⑤]，張著力圖從理學與儒釋整合的文化發展趨勢下對宋代詩歌進行全面論述，其中第四章與第五章分別論述了理禪融會與北宋前期詩與後期詩的關係。但是張氏所論稍顯粗略，在考察的細緻性上不夠，其論述之目的性也稍顯模糊，對於"理禪融會"之文化發展趨勢對詩歌流變產生何種影響，缺乏細緻的分析與明確的定位。並且，張著中對儒釋整合與北宋中後期詩歌關係這一複雜重大問題的論述約有兩萬字，篇幅的短小與簡略使其論述亦稍顯籠統，未能清晰、詳細地揭示士大夫學佛在北宋中後期詩歌流變中所起的複雜作用。

----

① 周裕鍇：《從法眼到詩眼：佛禪觀照方式與宋人審美眼光之關係》，載《聖傳與詩禪——中國文哲論集》第 15 輯，臺北 "中央研究院" 中國文哲研究所，2007 年。

② 周裕鍇：《詩中有畫：六根互用與出位之思——略論〈楞嚴經〉對宋人審美觀念的影響》，載《四川大學學報》2005 年第 4 期。

③ 周裕鍇：《以俗為雅：禪籍俗語言對宋詩的滲透與啟示》，載《四川大學學報》2000 年第 3 期。

④ 周裕鍇：《風景即詩與觀者入畫——關於宋人對待自然、藝術與自我之關係的討論》，載《文學遺產》2008 年第 1 期。

⑤ 張文利：《理禪融會與宋詩研究》，中國社會科學出版社 2004 年版。

（三）目前研究缺陷處及拙著的關注點

綜上所述，從目前學界的研究成果來看，或關注於個案，或偏重於現象整體、時代整體、詩學思潮等整體研究，而將個案與整體相結合，實現共時性與歷時性並重的研究還是比較缺乏的。在佛教與詩學、詩歌創作的交叉研究上，論者大多關注的是禪宗與詩學之宏觀關係，而對於士大夫學佛在具體詩歌創作中所起作用、在詩學發展及詩歌風格演變中所扮演之角色的關注尚顯不足。此外，目前之研究方法大多側重於理論應用，即在文藝理論的層面對此一時期佛學與詩學之關係展開論述，而通過文本細讀以得出自我結論的這一最基本的研究方法，則有被忽視之傾向。此研究之薄弱處亦將是拙著之著力處，而目前在方法上所被忽略的文本細讀，也將是拙著所著重強調、運用之主要方法。

四 研究思路、研究方法及創新點簡述

通過對學界研究現狀的回顧與分析，我們可以看到備受關注的北宋中後期詩歌研究尚存在著薄弱處，即士大夫學佛在其具體詩歌創作中、在詩歌流變中所起作用之研究。在詩人思想與學佛之關係的研究上，亦存在著以某種佛學典籍之內容為出發點，尋找詩人別集中與此相匹配之內容的片面方法。在研究的對象上，或偏重於個案，或注重於整體，或於歷時性上有所不足，或於共時性上存在欠缺，這都影響了研究的深度。筆者認為對此領域的研究，其方向應該是個案與整體並重，共時性與歷時性兼顧。

（一）研究思路及創新點

本書在整體結構上，以北宋中後期三個時段的代表性人物王安石、蘇軾、黃庭堅學佛的個案研究為基礎，著力於詳細考察尋繹三人的學佛路徑、學佛對其詩歌語言運用的影響、學佛對其詩歌創作思維的滲透，並力圖通過三人學佛對其詩歌創作影響的對比，揭示學佛變化與詩歌流變的關係。為實現對此一論題研究的深入與擴展，拙著還論述了作為北宋後期詩壇主流的江西詩派諸人之學佛與其詩歌創作、詩歌理論的關係。通過個案論析與整體研究的結合、歷時性梳理與共時性比較的兼顧，對此一論題進行了深入的論述。撮其大要，拙著力圖在如下幾個方面實現創新與突破：

第一，拙著將立足於文獻的細讀，力圖徹底釐清王安石、蘇軾、黃庭堅之學佛路徑、學佛方式，並通過論述指明他們佛學思想的邏輯順序與邏輯體系，細緻辨析其佛學體系的構建生成。對此進行考察，不但有助於彌補宋代中後期士大夫是如何構建自我佛學體系研究的空白，對於將來細緻

探討其他士大夫接受佛學的情況亦具有啓發意義。

　　第二，拙著以作品的細緻分析與歸類為基礎，詳細考察王、蘇、黃三人對於佛學典故融攝、運用以及佛學詞彙、術語的借用情況，集中論述這種佛典運用、語言詞彙借用與其詩學思想的關係。力圖將學佛對他們詩歌產生的影響進行具體化的分析，實現對籠統、粗略之印象式敘述研究的超越。

　　第三，在文人學佛對其詩歌的隱性影響考察方面，即研究佛教思維方式對詩歌創作思維的滲透過程方面，拙著在細緻玩味詩歌意蘊的基礎上，尋繹詩歌創作思維與佛教靜觀的相通處，尋繹詩人將自我靜定照物時之心理感觸形諸詩歌的具體過程。並且，全書還結合其學佛特點，分析詩人運用靜定觀照的具體方式，力圖明確揭示詩人運用觀照方式的不同，以及所運用之觀照方式在內涵上的微妙區別。在此基礎上，拙著將深入考察詩人運用佛禪靜定與其詩歌風貌呈現之密切、重要而微妙的關係。

　　第四，本書擬通過對比三人學佛對其詩歌創作之滲透的不同，揭示文化整合環境下士大夫學佛在詩歌流變中所起的作用，將梳理文人學佛變化與考察詩歌流變軌跡相互結合而論述之。在此基礎上，筆者擬通過分析繼之而起的江西詩派諸人之學佛與詩歌、詩論之關係，繼續深化文人學佛在詩歌流變中所起作用的研究。通過這種對比分析及延伸論述，力圖從此角度探明文人學佛變化對詩歌書寫內容、整體風貌、詩美追求、典故運用、觀照方式運用等幾方面的影響。

　　拙著立足於文本細讀與分析、歸納，力圖以宏觀的視野，即以整體研究之需要為出發點來規整個案研究，以此使個案研究的具體論述具有明確的目標，而不是陷入瑣碎問題的糾纏中。在此基礎上，拙著將歷時性的分析與共時性的對比相結合，冀以此辨明士大夫學佛在詩歌流變中所起之作用，探明士大夫學佛之變化與詩歌流變之內在聯繫。從整體研究而言，這對於進一步推進北宋中後期詩歌的研究無疑具有一定的價值；從個案研究而言，本書力圖辨明王安石、蘇軾、黃庭堅這三個北宋中後期不同時段代表人物與佛教的關係，細緻分析他們的學佛路徑及方式，詳細考察他們詩歌中運用佛學典故的情況與其詩學思想的關係，深入探尋三者詩歌創作思維與佛教靜定觀照方式的關係，這對於推進王、蘇、黃三人的個案研究亦會產生重要而積極的作用。並且，拙著擬立足於文獻細讀，系統分析江西派諸人學佛與其詩論形成及詩歌整體風貌鑄就的關係。在此之前，伍曉蔓先生之《江西宗派研究》雖對江西派諸人與佛教之關係做了勾勒，但拙著屬於首次對此作系統而詳細的分析，因而在此方面亦有創新之意義。

（二）研究方法

為使研究思路順利展開，為使上述創新落到實處，在具體的研究過程中將有針對性地採取以下研究方法：

1. 文本細讀與結構主義、解構主義、現象學的方法

文學研究歸根到底是基於文本分析而進行的，故而在具體的研究過程中文本細讀方法是拙著採取的基本方法。在此基礎上，拙著在具體研究環節上還將借鑒其他研究方法以達到研究目的。首先，詩歌一經創作完成即成為一個自足的系統，具有自身的結構規律。在詩歌研究中，應將詩歌語言、典故的作用，按照其在關係網中所處的位置予以把握，由此研究詩歌文本意義的生成過程，而不僅僅只關注意義本身。因此拙著將借助結構主義符號學的分析方法，分析黃庭堅詩歌語言運用特點及蘇軾詩歌的敘述解構。其次，將立足於蘇軾“千偈如翻水”式的思辨方式與解構主義的相通，用解構主義的方式對蘇軾詩歌運用佛禪典故及思維方式予以觀照，冀突破往昔研究籠統印象的描述。最後，在詩歌創作思維對佛禪靜定照物觀照方式的運用方面，拙著將立足於胡塞爾現象學意向性分析與佛禪靜定照物的相通，以現象學意向性分析的方法考察靜定照物的心理基礎、詩人運用靜定照物的具體方式。同時，從意向對象構造特點的角度，對運用靜定照物思維方式所創作之詩歌予以清晰的界定。

2. 歷時性與共時性相結合

在歷時性方面，本書將立足於北宋中後期文人學佛及文學創作的發展變化，從這個角度細緻解析北宋中後期文人對佛禪思想研究的變化、自我佛學思想體系建構的變化以及對修養工夫闡發的變化，並力圖在這一種細緻分析的基礎上來探討這些變化與詩歌創作的關係以及與詩歌發展的關係。在共時性方面通過北宋中後期文人學佛特點的對比，對其學佛變化與文學創作變化有何關聯給予明確的定位。

3. 點與面相結合

此處所言之“點與面”的關係，即個案研究與整體研究的關係。拙著力圖應用“點”、“面”結合的方式來進行，即由“點”（個案）的研究來輻射“面”（整體），將個案的研究放在整體的大背景下，力圖用這種點與面的結合來做到前述歷時性和共時性的統一。具體而言，即是將王安石、蘇軾、黃庭堅個案研究與北宋中後期的思想界發展階段、文學發展階段相結合，以對此幾位主幹人物的個案研究為主線帶動北宋中後期文人學佛與文學創作之關係的整體研究。

4. 尋繹闡釋與歷史還原相結合

　　我們在面對古人們留下的優秀文學作品時，要想盡可能做到對它們的正確理解，就需要盡量回歸古代世界，盡量還原過去的存在，盡量忠實地按照古人的思維方式來理解他們。不能夠用現代的理論來硬套，使古人的作品淪為現代理論的注釋，要盡量在對古代資料充分解讀的基礎上發表言論。但是，古代的語境不可能還原，故而借鑒現代的學術方法或思想來考察所研究的對象是現代學術研究所必需的方式。從此角度出發，拙著力圖在文獻細讀的基礎上實現尋繹闡釋與歷史還原的較好結合。

　　佛禪思想博大精深，但從修行主體的角度來看，其最大特點則是關注主體的精神狀態。因而拙著在對北宋中後期士大夫學佛的研究中，著重從佛禪思想關注個體精神境界的角度出發，著重勾勒北宋中後期士大夫注重精神境界修養的一以貫之、圓融無礙的佛學體系，而盡量避免過多運用現代哲學術語而形成重複闡釋的現象。

第一章　北宋中後期佛學語境的形成與發展

佛教與中國文學乃至文化之關係，近代以來漸為學者所重視，研究的深度在逐漸加深，廣度也在逐漸拓寬。宋代是中國文化發展轉變的一個重要時期，按照我國幾位史學家的判斷，是中國文化的集大成時期①，按照國外某些學者的看法，這是中國歷史上近世的開端。此一時期，佛教在前代的積累上持續地與文學乃至文化發生相互的影響。而此一時期佛教與中國本土文化的互動，最大的特點是佛教世俗化逐漸成為佛教發展的趨勢，並且士大夫普遍地介入了佛教的傳播中。佛教更是轉向了士大夫佛教的層面，文化意義上的佛學達到了前所未有的繁盛程度，以致出現了一個"近來朝野客，無座不談禪"的佛學語境。像宋代士大夫這樣普遍學佛，並以對待學術之態度研究佛教的狀況，顯然是超過此前任何一個時期的，這也開闢了宋代士大夫佛學的一種範式，呈現出了獨特的時代特色。佛教本身獲得發展的同時，佛教文化也出現了前所未有的繁盛局面。而佛教與佛教所承載的文化是相聯繫而又有區別的，各屬於信仰與思想、文化的不同層面。士大夫佛學即是構成佛教所承載之文化的一部分，他們作為社會知識精英群體，更是這一文化的推進與領導者。因而宋代士大夫佛學是宋代佛教與中國原有之本土文化的一個交匯點，也是研究佛教與中國本土儒家文化互動的一個有效切入點。

宋代的學術在前代的基礎上實現了質的進展，跨越了漢唐注疏儒家經典的藩籬，開始在形而上學方面進行有意識的探討。其最突出的表現就是心性之學的興起，而這與宋代士大夫普遍學佛，並從佛教學說中汲取營養、獲得啓發關係緊密。正如《宋元學案》中所評："兩宋諸儒，門庭徑

---

① 如陳寅恪先生屢次被人提及的著名論斷："華夏民族之文化，歷數千載之演進，造極於趙宋之世。"（見鄧廣銘《宋史職官志考證·陳寅恪序》，載《金明館叢稿二編》，上海古籍出版社 1980 年版，第 245 頁。）又如王國維先生之說："天水一朝人智之活動與文化之多方面，前之漢唐，後之元明，皆所不逮也。"（王國維：《宋代之金石學》，載《王國維遺書》第五冊《靜安文集續編》，上海書店 1983 年版，第 70 頁。）

路，半出入於佛老。"① 這種佛學語境的出現，既是宋代學術發展內在需要的一種外在表現，也與佛教本身的發展密切相關。

第一節　從相斥到相合：北宋佛教禪教合一的發展趨勢

荷蘭漢學家許里和《佛教征服中國》一書，著眼於士大夫與佛教的關係，從此角度來分析佛教的發展，並認為介入佛教傳播中的士大夫是"僧團的文化和社會先鋒"，能將"中國傳統學術作為連接士大夫與僧團及其教義的中介而發揮作用"。② 此一見解頗具啓發意義，不僅在中國佛教發展的早期是如此，在佛教獲得充分發展、禪宗特盛的宋代亦是如此。文化的繁榮使宋代僧人隊伍發生了變化，僧人士大夫化的傾向日趨明顯；文化整合的需要也使士大夫不再囿於一家之說，而是有著會通各家學說以重構文化學術的自覺意識。此外，佛教發展至宋代，融通禪教也成為了其實現進一步發展的必然趨勢。士大夫佛教③逐漸興起的趨勢與融通禪教的需要相互作用，遂催生了"文字禪"這一禪教合一發展至一定高度的必然產物。

一　舊論新興："禪教合一"在北宋的實現

禪宗是作為經典言教的對立面而出現的，它與其他佛教宗派相比最大的特點即是："涅槃妙心，實相無相，微妙法門，不立文字，教外別傳。"④ 自中唐以來，中國佛教諸宗紛呈，門戶森嚴，所執各異，其互相詰難和論爭的中心之一，就是禪與教的關係。教家以理論、法義為重，實踐為次，主要有華嚴、天台、法相、三論諸宗。禪家則注重實踐悟證，而悟證又標頓悟為幟，主張直指心源，以探究闡發理論為輕，主要有菏澤、洪州、牛頭等宗。以致於出現了"師法益壞，以承稟為戶牖；各自開張，以經論為干戈"，"是非紛拏，莫能辨析"⑤ 的局面。因而如何融通佛教諸

① （清）黃宗羲著，全祖望補修：《宋元學案》卷八十一"西山真氏學案"，中華書局1986
　　年版，第2708頁。
② ［荷蘭］許里和：《佛教征服中國》，李四龍、裴勇等譯，江蘇人民出版社1998年版，第
　　12頁。
③ 所謂"士大夫佛教"之內涵，見《佛教征服中國》"緒論"第二部分"士大夫與
　　士大夫佛教"。
④ （宋）普濟：《五燈會元》，中華書局1984年版，第10頁。
⑤ （唐）裴休：《禪源諸詮集都序敘》，《大正藏》第48卷，第398頁下。

宗理論、如何調和爭訟，就成為了佛教發展過程中一個不可回避的問題。

在佛教發展的同時，排佛之聲也從未間斷，甚至在中唐時達到了一個高峰，德宗朝的彭偃曾上書德宗曰："今天下僧道，不耕而食，不織而衣，廣作危言險語，以惑愚者。"① 當然排佛最為著名、影響最大者莫過於韓愈，雖然韓愈"乏理論上之建設，不能推陳出新，取佛教勢力而代之"②，但韓愈卻把辟佛門爭與夷夏大防結合在了一起，他在《原道》中寫道："今也，舉夷狄之法，而加之先王之教之上，幾何其不胥而為夷也。"③ 這對於激起士人捍衛民族文化的感情起到了很大的作用。面對這種思潮及外部環境，佛教如欲實現其進一步的發展，就必須在理論上使自己的學說與中國本土文化相融合，與本土化程度較深的禪宗進行調和也就是必須而為的了。

（一）禪教合一的濫觴——圭峰宗密及其禪教互補的思路

在上述內因和外因的雙重促動下，中唐時期的宗密（公元780—841年）明確地提出了"禪教合一"的理論。此一主張的提出，既有為佛教整體發展趨勢所促動的因素，也與宗密的個人經歷有著密切聯繫。《宋高僧傳》載："（宗密）家本豪盛，少通儒書，欲干世以活生靈，負俊才而隨計史。元和二年偶謁遂州圓禪師，圓未與語，密欣然而慕之，乃從其削染受教。此年進具於拯律師。"④ 宗密偶遇菏澤神會系下的遂州大雲寺道圓，便從其出家。元和五年，宗密遇澄觀弟子靈峰，得到澄觀所撰《華嚴經疏》及《隨疏演義鈔》，晝夜搜尋，認為此疏"辭源流暢，幽賾煥然"⑤，於是與澄觀書信往來，並於三十二歲時，親自到長安隨侍二年，受其影響頗深。宗密初傳菏澤禪法，精研《圓覺經》，後從澄觀學《華嚴》，故而高倡禪教一致。正如裴休在《大方廣圓覺經疏序》中所說："禪師既佩南宗密印，受《圓覺》懸記，於是閱大藏經律，通《唯識》、《起信》等論，然後頓轡於華嚴法界，冥坐於圓覺妙場；究一雨之所沾，窮五教之殊致。"⑥

宗密"禪遇南宗教逢圓覺"⑦ 的經歷，決定了他調和禪教的路徑是立

---

① （五代）劉昫：《舊唐書》，中華書局1975年版，第3580頁。
② 湯用彤：《隋唐佛教史稿》，中華書局1982年版，第40頁。
③ （唐）韓愈著，馬其昶校注，馬茂元整理：《韓昌黎文集校注》，上海古籍出版社1987年版，第17頁。
④ （宋）贊寧：《宋高僧傳》卷六，中華書局1987年版，第124頁。
⑤ （宋）普濟：《五燈會元》卷二，中華書局1984年版，第105頁。
⑥ （唐）裴休：《大方廣圓覺修多羅了義經略疏序》，《大正藏》第39卷，第523頁下。
⑦ （宋）道原：《景德傳燈錄》卷十三，《大正藏》第51卷，第305頁下。

足於華嚴與禪宗學說並進行融通。他憑借自己對佛教的獨特理解，提出了將華嚴與禪融會一體的“華嚴禪”理論。同時他又以“華嚴禪”為基礎，展開佛教內部以及佛教與儒道的融合。“華嚴禪”是宗密“禪教一致”說的核心。其最終目的是要以“華嚴禪”為典型，進而融通禪宗與天台、法相、唯識等“教家”，如裴休所說“融瓶盤釵釧為一金，攪酥酪醍醐為一味”。在宗密看來，當時佛教界在禪教關係的認識上存在錯誤，所謂“修心者以經論為別宗，講說者以禪門為別法”，而這種發展現狀不利於佛教自身的發展。宗密融通禪教的思想集中在他的著作《禪源諸詮集都序》、《大方圓覺修多羅了義經略疏》以及《中華傳心地禪門師資承襲圖》等著作中。

宗密將禪分為外道禪、凡夫禪、小乘禪、大乘禪和最上乘禪五種：

> 謂帶異計欣上厭下而修者，是外道禪；正信因果，亦以欣厭而修者，是凡夫禪；悟我空偏真之理而修者，是小乘禪；悟我法二空所顯真理而修者，是大乘禪。若頓悟自心，本來清淨，元無煩惱，無漏智性，本自具足，此心即佛，畢竟無異。依此而修者，是最上乘禪。亦名如來清淨禪，亦名一行三昧，亦名真如三昧。此是一切三昧根本，若能念念修習，自然漸得百千三昧。達摩門下，展轉相傳者，是此禪也。達摩未到，古來諸家所解，皆是四禪八定。諸高僧修之，皆得功用。南嶽天台，令依三諦之理，修三止三觀，教義雖最圓妙，然其趣入門戶次第，亦只是前之諸禪行相。唯達摩所傳者，頓同佛體，迥異諸門。[1]

宗密認為達摩所傳是最上乘禪，是頓悟本覺真性、頓同佛體的，其他如天台宗所傳三止三觀的禪法，教義雖然圓妙，但因為未具頓悟、解悟自心，故仍有諸禪行相。其止觀雙運之修尚非頓悟之後的漸修，故天台禪也非最上乘禪。可見，宗密是以真心本體不變隨緣、頓悟漸修的原理來分析評價禪學各流派的。宗密認為此本覺真心、真性“非唯是禪門之源，亦是萬法之源，故名法性；亦是眾生迷悟之源，故名如來藏藏識；亦是諸佛萬德之源，故名佛性；亦是菩薩萬行之源，故名心地”[2]，“此心是一切眾生清淨本覺，亦名佛性，或云靈覺。迷起一切煩惱，煩惱亦不離此心；悟起無

---

① （宋）道原：《景德傳燈錄》，《大正藏》第 51 卷，第 306 頁中。

② 同上。

邊妙用，妙用亦不離此心。妙用煩惱，功過雖殊，在迷在悟，此心不異。
欲求佛道，須悟此心，故歷代祖師唯傳此也"。① 宗密的理論依據即為
《大乘起信論》中一心開真如、生滅二門的觀點，其論證之目的在於：
"今時禪者多不識義，故但呼心為禪；講者多不識法，故但約名說義，隨
名生執，難可會通。⋯⋯法義既顯，但歸一心，自然無諍。"② 宗密認為
當今禪者不知義，即不知不變與隨緣之理，只稱心為"禪"；講者不知一
心，僅執著於名相，經通攝於一心後，便"自然無諍"，會合禪教了。

　　此外，宗密還從佛之"語"、"意"兩個方面來辨析禪教流別，從皆
歸於一佛的高度來融通禪教、消除分歧，達到"求大同"的目的。其
《禪源諸詮集都序》中有言曰："初言師有本末者，謂諸宗始祖即是釋迦。
經是佛語，禪是佛意，諸佛心口必不相違。諸祖相承，根本是佛親付；菩
薩造論，始末唯弘佛經。"③ 並對當時禪教之爭提出了自己的看法："今時
弟子，彼此迷源。修心者以經論為別宗，講說者以禪門為別法。聞談因果
修證，便推屬經論之家。不知修證正是禪門之本事；聞說即心即佛，便推
屬胸襟之禪，不知心佛正是經論之本意。今若不以權實之經論，對配深淺
禪宗，焉得以教照心，以心解教？"④ 因此，宗密主張禪教互補，反對極
端地偏執於一方，他自己對禪教兼修理論的踐行也說明了他的這一主張。

　　令人惋惜的是宗密之後，唐武宗於會昌年間進行"滅佛"，華嚴宗受
到極大的打擊，而禪宗特盛，宗密禪教合一的思想在當時並未產生深刻的
影響。

　　(二) 禪教合一的重提——永明延壽

　　宋代僧人中，在禪教合一理論上有重要建樹，並產生重大影響者，首
推永明延壽禪師 (公元 904—975 年)。延壽為五代末法眼宗天台德韶法
師之弟子，《宋高僧傳》及《景德傳燈錄》中均有傳。延壽著述豐富，有
《宗鏡錄》、《心賦注》、《萬善同歸集》、《唯心訣》等，是宋初的佛學集
大成者。延壽的佛學思想，重視佛教內部諸派的融通，《宗鏡錄》尤其是
集中了賢首、慈恩、天台三家的精義，而以"一心"統攝，對宋代佛教
影響甚巨。

　　法眼宗作為禪宗最後形成的一個派別，它在禪宗發展及禪宗與佛教其
他宗派的關係認識上，相對來說較為客觀。其創始人清涼文益曾作《宗

---

① （唐）裴休：《中華傳心地禪門師資承襲圖》卷二，《卍新纂續藏經》第 63 卷，第 33 頁上。
② （唐）宗密：《禪源諸詮集都序》，《大正藏》第 48 卷，第 401 頁下。
③ 同上書，第 400 頁中。
④ 同上。

門十規論》，列出五代時禪門之流弊，文益還力圖藉助華嚴宗之六相圓融、理事圓融理論來對禪宗學說進行充實。到永明延壽時，禪宗在南北盛行的同時，其流弊也進一步地嚴重化，延壽在《宗鏡錄》卷二中痛陳：

> 　　近代或有濫參禪門，不得旨者，相承不信即心即佛之言，判為是教乘所說，未得幽玄；我自有宗門向上事在，唯重非心非佛之說。並是指鹿作馬，期悟遭迷，執影是真，以病為法。只要門風緊峻，問答尖新，發狂慧而寧癡禪，迷方便而違宗旨。立格量而據道理，猶入假之金；存規矩而定邊隅，如添水之乳。一向於言語上取辦，意根下依通。都為能所未亡，名相不破。①

另外，延壽在《唯心訣》中，將宗門弊病列為一百二十多種。② 他認為造成弊病的原因是："皆不能以法性融通，一旨和會，盡迷方便，悉溺見河，障於本心，不入中道；匍匐昇沉之路，纏綿取捨之懷。"③ 撮其大要，主要表現在 "狂慧" 與 "癡禪" 兩方面："狂慧而徒自勞神，癡禪而但能守縛。"④ 延壽認為宗門弊病雖紛繁蕪雜，但大體分為兩類：一類溺於經義之整理與疏注，而忽視闡發經義中所蘊含之哲理在修行者精神境界提升上的作用，此是為 "狂慧"；另一類則忽視閱讀經義之重要性，捐書而行，盲修癡煉，以致迷失方向，用意雖為蟬蛻污濁之世，結果則深陷於迷染之境，此是為 "癡禪"。

針對這種現象，延壽主張以 "一心" 統之，在此基礎上進行融通禪教的努力，其在《宗鏡錄自序》中將 "宗鏡" 解釋為 "舉一心為宗，照萬法如鏡"。⑤ 至於 "一心" 之義，其曰："謂真妄、染淨一切諸法無二之性，故名為一。此無二處，諸法中實，不同虛空，性自神解，故名為心。"⑥ 又曰："如來藏者，即一心之異名。"⑦ 延壽 "一心" 的理論來源即是《起信論》的真如緣起說，是對華嚴宗理論的融通。延壽在《宗鏡錄》卷二中寫道："大矣哉，萬法資始也。萬法虛偽，緣會而生。生法本

---

① （宋）永明延壽：《宗鏡錄》，《大正藏》第 48 卷，第 560 頁中。
② 詳見《永明智覺禪師唯心訣》，《大正藏》第 48 卷，第 995 頁下。
③ 《永明智覺禪師唯心訣》，《大正藏》第 48 卷，第 996 頁中。
④ （宋）永明延壽：《永明智覺禪師唯心訣》，《大正藏》第 48 卷，第 995 頁上。
⑤ （宋）永明延壽：《宗鏡錄·自序》，《大正藏》第 48 卷，第 417 頁上。
⑥ 同上書，第 452 頁中。
⑦ 同上。

無，一切唯識；識如幻夢，但是一心；心寂而知，目之圓覺；彌滿清淨，中不容他。故德用無邊，皆同一性；性起為相，境智歷然；相得性融，身心廓爾。"① 延壽認爲世界萬物之本原是心，即真如，由真如心性緣起而理事全備、性相圓融。

從延壽關於"一心"的論述上來看，其並未堅持禪宗的立場，而是更多地融入了華嚴宗的理論，以實現其禪教調和的目的。延壽之《宗鏡錄自序》即明言要以華嚴的理事圓融學說來融通禪教："故此空有二門，亦是理事二門，亦是性相二門，亦是體用二門，亦是真俗二門，乃至總別、同異、成壞……一一如是，各各融通。今以一心無性之門，一時收盡，名義雙絕，境觀俱融，契旨忘言，咸歸《宗鏡》。"② 在禪宗與華嚴宗融通的基礎上，實現禪教合一。

延壽在批評禪教分離的同時，指出禪教融通的必要性："夫聽學人誦得名相，齊文作解；心眼不開，全無理觀；據文者生，無證者死。夫習禪人唯尚理觀，觸處心融；暗於名相，一句不識。誦文者守株，情通者妙悟。兩家互闕，論評皆失。"③ 因而，只有禪教互補互救，融合會通，才能實現佛教的進一步發展。關於融通禪教的具體實踐，延壽認為是實證實悟與研習經典相結合，其言："祖標禪理，傳默契之正宗；佛演教門，立詮下之大旨。則前學所稟，後學有歸。"④ 又說："從上非是一向不許看教，恐慮不詳佛語，隨文生解，失於佛意，以負初心。或若因設得旨，不作心境對治，直了佛心，又有何過？只如藥山和尚，一生看《大涅槃經》，手不釋卷。"⑤

與《宗鏡錄》的基本精神相一致，延壽在《萬善同歸集》中運用華嚴理事無礙思想，建構自己的理論體系，其言曰："事因理立，不隱理而成事；理因事彰，不壞事而顯理。"⑥ 又說："若約圓旨，不惟理事相即，要理理相即亦得，事事相即亦得，理事不即亦得。"⑦ 主張在此基礎上，實現"二諦"、"性相"、"體用"、"空有"等的圓融相即。其最終目的無非是說明"八萬法門無非解脫，一念微善皆趣真如"，即一切修行都將使

① （宋）永明延壽：《宗鏡錄·自序》，《大正藏》第 48 卷，第 452 頁中。
② 同上書，第 458 頁下。
③ （宋）永明延壽：《宗鏡錄》卷四十六，《大正藏》第 48 卷，第 685 頁上。
④ 《宗鏡錄》卷一，《大正藏》第 48 卷，第 417 頁中。
⑤ 同上書，第 418 頁上。
⑥ （宋）永明延壽：《萬善同歸集》，《大正藏》第 48 卷，第 958 頁中。
⑦ 同上書，第 420 頁中。

人歸趣真理、獲得解脫。延壽在《萬善同歸集》中列舉了三十余種修行方式，主張在具體修行的基礎上，實現禪教的合一及禪宗與淨土宗的合流。所謂"聖教所說正禪定者，制心一處……所修行業，回嚮往生西方淨土。若能如是修習禪定者，是佛禪定與聖教合"。①

　　延壽《宗鏡錄》、《萬善同歸集》倡導的禪教合一、禪淨合流的思想產生了重大的影響。早在宗密之後，一些派系開始以華嚴禪為根據，展開禪與華嚴的融合實踐。如曹洞宗論"五位君臣"，法眼宗說"十玄"、"六相"，都與宗密學說不無相通之處。但唐武宗會昌年間的滅佛之舉與唐末五代的亂世局面，沒有給宗密禪教合一理論提供生存發展的空間和機會。與宗密不同，延壽生活的宋代，統治者在維持儒家正統地位的基礎上，對佛教採取信奉與支持的態度。贊寧《大宋僧史略》中載："每當朝集，僧先道後；並立殿廷，僧東道西，間雜副職；若遇效天，則道左僧右。"②其言大體反映了朝廷對於佛教的態度。並且，宋代還直接資助和管理佛經的翻譯，在皇帝名義下，設場譯經，還設立了潤文官制度，許多文學造詣極高的士大夫如楊億、晁迥等都曾參與其中。這使佛教在社會各階層中的影響大增。同時文化的繁榮、僧人文化程度的提高等都為禪教合一提供了必備的條件，在此環境下，佛學語境才得以出現。

二　僧人士大夫化：禪教合一發展趨勢的具體表現

　　中國佛教自南北朝時期後，僧團佛教本身並沒有多少實質性的發展。統治者認識到佛教的過度發展會給經濟造成重大的不利影響，因而大都對佛教採取限制政策，這也促使佛教發展的重心自隋唐五代開始，慢慢朝世俗化的方向轉型。佛教的世俗化在宋代最突出地表現在了僧人士大夫化和士大夫普遍具有禪悅情懷這兩個方面，這種世俗化的趨勢對佛教發展產生了極其重要的影響。在此過程中，許多士大夫普遍參與到佛教義理研究及傳播中來，並且發揮著越來越重要的作用。他們通過自己的活動，將中國傳統文化中的理性精神移植、灌注於佛教中。在這種影響下，宋代佛教，特別是禪宗的發展開始慢慢呈現出了新的時代特點，並最終形成了"文字禪"，這一標誌著宋代佛教禪教合一高度發展、禪宗轉向的禪法，抑或說是禪宗精神。

　　在中唐時期，佛教的士大夫化進程較之前代已有了明顯的跨越。中唐

---

① （宋）永明延壽：《萬善同歸集》，《大正藏》第 48 卷，第 963 頁下。
② （宋）贊寧：《大宋僧史略》，《大正藏》第 54 卷，第 247 頁中。

的許多士大夫都與佛教有著密切的聯繫，如柳宗元、劉禹錫、白居易等，並且他們在佛學修養上達到了一定的高度。蘇軾曾經稱讚柳宗元《賜謚大鑒禪師碑》一文"妙絕古今"①。而白居易更是被《景德傳燈錄》、《五燈會元》等禪籍載入，並稱其為"洛京佛光寺如滿禪師法嗣"。白氏晚年所作詩文亦多稱引佛學經典，如其《寓言題僧》一詩②，運用"法華七喻"之"火宅喻"、《眾經撰雜譬喻》及《華嚴經》中語，展示了良好的佛學修養。以白居易為代表的中晚唐士大夫，表現出了對於儒家學說外的佛教學說的興趣，但他們在佛學修養上的自覺意識並不強烈，與普通民眾的佛教信仰亦區別不大。此外，受唐代整體文化學術發展特點的制約，佛教世俗化進程緩慢，主要是作為一種信仰在民間流傳。而在禪教融通及佛教與其他學說的融通方面，雖有宗密禪教合一理論的提出，但終唐一代並未取得實質性的進展。

這種情況在宋代發生了改變，文化的繁榮使得士人擁有接觸多種學說的可能，他們不再囿於一家之言，而是有著廣取博收、會通各家學說的自覺意識，如王安石曾曰："某自百家之書，至於《難經》、《素問》、《本草》、諸小說無所不讀。"③ 佛教的世俗化在士大夫的積極參與下取得了實質性的進展，其突出的表現就是融通宗教，以理性精神灌注於其中。

前面已經論述到禪宗發展到宋代已經出現了很多的弊端。對此，不僅佛教中人有此警覺，士大夫也認識到了這種弊端。蘇軾在《中和勝相院記》一文中曰："吾嘗究其語矣，大抵務為不可知。設械以應敵，匿形以備敗。窘則推墮滉漾中，不可捕捉，如是而已矣。"④ 表示了對禪門中一些末流禪師僅得形貌相似而實無禪學修養的不屑。佛教中人融通禪教的努力，在某種程度上亦是為了改變這種情況，進一步增強佛教對於士大夫的吸引力，從而推動佛教的傳播。在延壽的大力倡導後，禪門中人在禪教合一方面繼續努力，而士大夫的禪悅傾向及其介入佛教傳播的現實情況，使得士大夫的理性精神滲透到禪宗的發展中，從而推動了禪教合一的發展。這具體表現在兩個方面：一為僧人士大夫化的傾向更加明顯；二為士大夫講求學養、腳踏實地的學風及理性精神對僧人的影響日趨顯著。後者使禪

---

① （宋）蘇軾：《蘇軾文集》卷六十六，中華書局 1986 年版，第 2084 頁。
② 全詩如下："劫風火起燒荒宅，苦海波生蕩破船。力小無因救焚溺，清涼山下且安禪。"《白居易集》卷二十，中華書局 1979 年版，第 430 頁。
③ （宋）王安石：《答曾子固書》，《臨川先生文集》卷七十三，中華書局 1959 年版，第 778 頁。
④ （宋）蘇軾：《蘇軾文集》卷六十六，中華書局 1986 年版，第 2084 頁。

宗僧人在與士大夫交往的過程中，注重將研讀經教理論與講論參禪實踐相結合，冀在豐富發展禪學理論的基礎上，加大對士大夫的吸引力。

關於前者：《捫虱新話》中所載張方平"儒門淡薄，收拾不住，皆歸釋氏耳"之語，在某種程度上反映了儒學在形上學理論建構上的缺陷，這使士大夫開始研習接受其他學說以滿足在此方面的追求。這種情況的出現使得禪宗隊伍的構成也發生了很大的變化，像曹山本寂禪師那樣"少染魯風，率多強學"，"素修舉業"，"文辭遒麗"① 的禪師不再是少數，釋曉瑩的《雲臥記譚》中頻頻稱讚學養豐厚、博覽群書的僧人。這種佛教中人文化素質的普遍提高，也使禪宗的轉向具備了可能性，亦使禪宗發展的轉型成為一種內在的必然要求。與佛教中人的認識相一致，士大夫也認為佛教唯有與其他學說融通互補，才能獲得進一步發展。蘇軾在《書柳子厚大鑒禪師碑後》中說："釋迦以文教，其譯於中國，必托於儒之能言者，然後傳遠。"② 其在《南華長老題名記》一文曰："相反而相為用，儒與釋皆然。南華長老明公，其始蓋學於子思、孟子者，其後棄家為浮屠氏，不知者以為逃儒歸佛，不知其猶儒也。"③ 蘇軾從儒佛互補的角度稱讚友人，正反映了他認為儒佛各有所長且可以互補的觀點。

關於後者：儒學對佛教產生的影響主要體現在理性精神的滲透方面，士大夫將佛學經典作為同於六經的文本來進行研讀，在與僧人的交往中，這種精神無疑對之產生了巨大影響，如《人天眼目》載："王荊公問佛慧泉禪師云：'禪家所謂世尊拈花，出在何典？'泉云：'藏經亦不載。'公曰：'余頃在翰苑，偶見《大梵天王問佛決疑經》三卷，因閱之，經文所載甚詳：梵王至靈山以金色波羅花獻佛，捨身為床座，請佛為眾生說法。世尊登座拈花示眾，人天百萬，悉皆罔措。獨有金色頭陀，破顏微笑。世尊云：'吾有正法眼藏、涅槃妙心、實相無相，分付摩訶大迦葉。'此經多談帝王事佛請問，所以秘藏，世無聞者。"④ 王安石通過自己對佛經的研讀，解答了"拈花微笑"的出處問題。因而，當禪師們面對著學養豐厚且以理性精神對待佛教的士大夫時，必須加強自己的理論素養，使自己在經教理論及參禪實踐上都具有優勢，如此方能更好地吸引士大夫。因而宋代禪僧在佛學經典的熟悉程度及研究深度上皆優於唐代，並且在看待禪

---

① （宋）贊寧：《宋高僧傳》卷十三，《梁撫州曹山本寂傳》，中華書局1987年版，第308頁。

② （宋）蘇軾：《蘇軾文集》卷六十六，中華書局1986年版，第2084頁。

③ （宋）蘇軾：《蘇軾文集》卷十二，中華書局1986年版，第393頁。

④ （宋）晦岩智昭編著：《人天眼目》卷五，《大正藏》第48卷，第325頁中。

教關係的態度上亦十分通達。如蔣山贊元在建議王安石學佛時言：

> 公受氣剛大，世緣深。以剛大氣，遭深世緣，必以身任天下之
> 重。懷經濟之志，用舍不能必，則心未平。以未平之心，持經世之
> 志，何時能一念萬年哉？又多怒，而學問尚理，於道為所知愚，此其
> 三也。特視名利如脫髮，甘澹泊如頭陀，此為近道。且當以教乘滋茂
> 之，可也。①

針對王安石的性格特點，贊元建議其從"教乘"入手學習佛教。贊元為
臨濟宗石霜楚圓之法嗣，而勸王安石由"教乘"入手來學佛，足見其在
禪教方面的通達態度。王安石之精通《楞嚴》、《華嚴》，與贊元對其影響
亦不無關係。此外，從《禪林僧寶傳》中載真淨克文與王安石關於宗密
論《圓覺經》"皆證圓覺"應為"皆具圓覺"的記載來看，這位臨濟宗
高僧對於佛經的研讀亦是十分深入。

　　佛教在其世俗化進程中所呈現的這兩個趨勢，正印證來自宗密至延壽
主張的禪教合一的發展思路。

三　"文字禪"：禪教合一發展趨勢的必然產物

　　"文字禪"經由惠洪（公元1071—1128年）提出並非偶然。《僧寶正續
傳》中載："（惠洪）依宣秘律師，受《唯識論》，臻其奧。博觀子史，有
異才，以詩鳴京華搢紳間。久之，南歸依歸宗真淨禪師，研究心法。隨遷
泐潭。凡七年，得真淨之道。"② 其先律後禪的師承淵源，以及才華出眾、
博覽群書的豐贍學養，使惠洪在禪、教、詩文上都取得了很高的造詣。其
著作中不但有《石門文字禪》這樣的詩文集，也有《禪林僧寶傳》之類
的禪宗史傳類著作，除此之外，惠洪還著有《楞嚴經合論》、《智證傳》
等融通禪教的著作。惠洪擅長詩文，與士大夫交往密切的經歷使其具有強
烈的理性主義精神，有著突破禪宗原有"不說破"闡釋原則的自覺意識，
如其友許顗所言："昔人有言，切忌說破。而此書（《智證傳》）挑刮示
人，無復疑義。"③ 其師承多門的特點使惠洪不囿於一宗之說，而是有著
開拓的視野，有著融通禪教的自覺意識。其《智證傳》一書即是力證禪

---

① （宋）惠洪：《禪林僧寶傳》卷二十七，《卍新纂續藏經》第79冊，第545頁上。
② （宋）祖琇：《僧寶正續傳》，《卍新纂續藏經》第79冊，第562頁中。
③ （宋）許顗：《智證傳後序》，《智證傳》，《卍新纂續藏經》第63冊，第195頁中。

教及儒佛義理相通的著作，而其《題〈宗鏡錄〉》一文，則明確表達了對永明延壽禪教合一學說的讚賞："其出入馳騖於方等契經者六十本，參錯通貫此方異域聖賢之論者三百家。領略天台、賢首，而深談唯識；率折三宗之異義，而要歸於一源。故其橫生疑難，則鉤深賾遠；剖發幽翳，則揮掃偏邪。其文光明玲瓏，縱橫放肆，所以開曉眾生自心成佛之宗，而明告西來無傳之旨意也。"① 從圭峰宗密到永明延壽，再到惠洪，我們可以看到"禪教合一"理論的一脈相承，但是惠洪"文字禪"的提出是與宋代佛教本身的發展、僧人士大夫化的發展趨勢以及宋代文化、學術的發展緊密相連的。而"文字禪"理論的出現亦是佛教"禪教合一"發展趨勢的必然產物。儘管惠洪極有可能受到延壽及真淨克文的影響，但與他們純粹站在佛教立場不同，惠洪是以儒家精神致力於與禪教的融通，正如周裕鍇先生所論："惠洪的'禪教合一'思想背景是儒家的'世間法'，而這一點正是他和那些拘泥於印度佛教名相因果的義學講師的明顯的區別。"②

關於惠洪之"文字禪"，周裕鍇先生在《禪宗語言》中從廣義與狹義兩方面對其進行了概括："廣義的文字禪泛指一切以文字為媒介、為手段或為對象的參禪學佛活動，包括燈錄語錄的編纂、頌古拈古的創製、評唱著語的匯集、僧傳筆記的寫作，甚至佛經文字的疏解、宗門掌故的編排、世俗詩文的吟誦。"③ "狹義的文字禪是詩與禪的結晶，即'以詩證禪'，或就是詩的別稱。"④ "文字禪"的出現是佛教禪教合一的產物，而禪教合一即是為了糾正"近歲學者各宗其師，務從簡便，得一句一偈，自謂了證"⑤的現象，其實質是以理性精神研究參禪悟道之宗教體驗，因而這必然要求修行者掌握經典義理、融通其他學說。惠洪通過著《智證傳》來實踐其關於禪教合一、儒佛融通的理論即是明證。其具體表現即是重視語言在參禪悟道中的作用，並從各角度論證重視語言的合理性。因而宗密講佛語與佛意之關係："經是佛語，禪是佛意，諸佛心口必不相違。諸祖相承，根本是佛親付；菩薩造論，始末唯弘佛經。"⑥ 延壽亦講佛語與佛意之關係："經是佛語，禪是佛意。諸佛心口，必不相違。"⑦ 惠洪則曰："心之妙，不可

---

① （宋）惠洪：《石門文字禪》卷二十五，《四部叢刊初編》本，第 275 頁上。
② 周裕鍇：《禪宗語言》，浙江人民出版社 1999 年版，第 176 頁。
③ 同上書，第 140 頁。
④ 同上書，第 141 頁。
⑤ （宋）蘇軾：《書楞伽經後》，《蘇軾文集》卷六十六，中華書局 1986 年版，第 2085 頁。
⑥ （唐）宗密：《禪源諸詮集都序》，《大正藏》第 48 卷，第 399 頁上。
⑦ （宋）永明延壽：《宗鏡錄》，《大正藏》第 48 卷，第 418 頁上。

以語言傳，而可以語言見。語言者，心之緣，道之標幟也。標幟審則心
契，故學者每以語言爲得道淺深之候。"① 文字禪主張"因言顯道"，又要
求"見道忘言"，這種矛盾態度正是佛教二諦思維的產物②，與儒道語言觀
有著相似的地方，但是這種相似是佛教中人從融通禪教的角度出發，努力將
其重視語言之行爲合理化的表現，其相關論述是爲禪教合一的主張尋求理論
依據，是禪教合一理論在實踐層面上的具體表現。因而關於語言態度的轉變，
是佛教中人爲了論證禪教合一的合理性而站在佛教立場上，對儒道語言觀的
主動借用，抑或是無意的暗合；而不是如某些論者所言，是被動受儒家語言
觀、道家言意論的影響，是儒道語言觀綜合作用於禪學的產物。③

　　綜上所述，"文字禪"是宋代佛教禪教合一發展趨勢與佛教士大夫化
相互作用的必然產物，其實質是以理性精神研究參禪之宗教體驗，強調掌
握經典、理解義理及融通其他學說。其最大的特色即爲對語言的重視，但
這種重視是論述合理性的一種表現，而不是爲對語言的重視所催生。

第二節　從排毀到融通：士大夫對待佛學態度之轉變

　　自佛教傳入中國，士大夫對待佛教有排斥與親近之不同態度。發展至
宋代所形成普遍的士大夫禪悅現象，則有其深刻複雜的原因，梁啓超先生
認爲："凡'思'非皆能'潮'，能成'潮'者，則其'思'必有相當之
價值，而又適合於其時代之要求者也。凡時代非皆有'思潮'，有'思
潮'之時代，必文化昂進之時代也。"④ 因而北宋中後期禪悅現象的勃興
亦必然有其時代要求，大致而言，則是士大夫出於批判佛教之需要，出
於反思佛教大行於世而儒教衰微之原因的促動，開始瞭解並學習佛教理
論，並在此過程中被佛教學說折服所致。從歷時性的角度而言，士大夫
對佛教的態度經歷了一個由排毀到融通的轉變過程，而此轉變則與宋代
學術發展關係密切。

一　北宋中期之前士大夫對待佛教之態度及得失

　　北宋中期之前雖然也有許多士大夫存在佞佛之傾向，但佛教對於他們

---

① （宋）惠洪：《題讓和尚傳》，《石門文字禪》卷二十五，《四部叢刊初編》本，第 276 頁下。
② 詳見周裕鍇先生《禪宗語言》第 177 頁所論。
③ 李建軍《儒道語言觀與釋門文字禪芻議》一文持此觀點，載《宗教學研究》2006 年第 3 期。
④ 梁啓超：《清代學術概論》，上海古籍出版社 1998 年版，第 1 頁。

來說，宗教的意義大於哲學的意義。他們對於佛教多是從中尋求心靈的慰藉，與普通民眾差別不大。出於政治、學術等原因，排佛可謂北宋中期之前士大夫對待佛教的主流態度。

儒者之排佛，自魏晉而下時有出現。進入唐代後，在佛教獲得充分發展、三教並行的環境中，亦從不缺乏排佛之論與排佛之人，史書中多有記載：如唐高祖、太宗時之傅奕，武則天時之狄仁傑、李嶠、張廷珪、蘇瓌，中宗時之韋嗣立、桓彥範、李乂、辛替否、宋務光、呂元泰，睿宗時的裴漼，玄宗時之姚崇，肅宗時之張鎬，代宗時之高郢、常袞、李叔明，德宗時的彭偃、裴垍、李巖，憲宗時的韓愈、李翱等。① 其排佛之著眼點亦無外乎有損儒學正統、不利財政稅收、滅絕道德人倫、混淆夷夏之辨等幾個方面。其具體的排佛手段則基本停留在了事功層面上，亦不過是去佛、毀佛和滅佛，即"人其人、火其書、廬其居"之類的強制手段，而並未站在對佛教思想理論充分理解的基礎上，進行深度的批判，也並未反省儒學之不足。這些言論並不能夠威脅到佛教在知識階層及世俗生活中的地位，亦不能阻止佛教在義理思辨、民間信仰等方面對社會產生持續的影響力。正如朱熹評價韓愈排佛時所說：

夫及唐中宗時有六祖禪學，專就身上做工夫，直要求心見性。士大夫才有向裏者，無不歸他去。韓公當初若早有向裏底工夫，亦早落在中去了。②

蓋韓公之學，見於《原道》者，雖有以識夫大用之流行，而於本然之全體，則疑其有所未睹。且於日用之間，亦未見其有以存養省察而體之於身也。是以雖其所以自任者不為不重，而其平生用力深處，終不離乎文字言語之工。至其好樂之私，則又未能卓然有以自拔於流俗。所與遊者，不過一時之文士；其於僧道，則亦僅得毛於暢、觀、靈、惠之流耳。是其身心內外，所立所資，不越乎此。亦何所據以為息邪距詖之本，而充其所以自任之心乎？③

朱熹對韓愈之評，可謂一語中的。韓愈確實缺乏對形而上之"本然之全體"的自覺探索意識，因而不能理解佛教對士大夫產生魅力的原因。其

① 詳見湯用彤先生《隋唐佛教史稿》，中華書局 1982 年版，第 33—34 頁。
② （宋）黎靖德編：《朱子語類》卷一百三十七，中華書局 1986 年版，第 3274 頁。
③ （唐）韓愈《與孟尚書書》之朱熹注，《韓昌黎文集校注》卷三，上海古籍出版社 1987 年版，第 213 頁。

後，韓愈之弟子李翱著《復性書》，在上篇總論性情與聖人之關係，中篇論述修養成聖之方法與路徑，下篇倡導人們努力修行以達聖人之境。李翱不同於其師韓愈之處，在於有著構建儒家心性學說的自覺意識，並且在形式、境界、思維方式上廣泛借鑒佛教。其"心性論"對後來北宋理學家產生了重要的啟發意義。但是，有唐一代，士大夫們在人生的最終歸宿及信仰上，往往非佛即道。韓愈、李翱等的排佛思想並未產生重大的影響。

進入宋代以後，隨著文化的繁榮與經濟的發展，文化整合成爲此一時期的時代思潮，士人開始具有了重建儒家"道統"的自覺意識，並且出於鞏固儒家正統學說地位的考慮，此一時期的士人開始注重探索佛教之所以盛行不衰並廣爲世人所接受的原因——心性論。在此基礎上，士人們開始有意識地建構儒家的心性論體系，以此來抗衡佛教理論，達到鞏固儒家學說正統地位的目的。

北宋士人對待佛教的態度經歷了一個由沿襲前人排佛言論，到"修其本以勝之"，再到實現融通儒佛的一個轉變過程。宋初的王禹偁、柳開等人已有不少的排佛言論，仁宗慶曆之際的孫復作《儒辱》、《無爲指》等文，認爲儒、佛、道的鼎立是爲儒者之辱，力圖通過重倡韓愈排佛之論達到復興儒家文化的目的。其弟子石介則更爲激進，作《怪說》、《中國論》、《辨惑》、《讀〈原道〉》、《尊韓》等文，抨擊佛道學說壞亂聖賢之道。但其說並未觸及佛教思想本身，故其影響並不深遠。稍後的李覯作《潛書》、《廣潛書》和《富國策》宣揚其排佛思想，其根本認識亦未越過前人排佛思想之藩籬。但李覯對佛教盛行的原因進行了分析，認爲是"儒失其守，教化墜於地"[1]，味其所論，李覯於儒學衰微與佛教盛行之關係已開始關注。在此基礎上，李覯認識到了佛教心性學說的魅力："佛以大智慧，獨見情性之本，將趨群迷，納之正覺，其道深至，固非悠悠者可了。若夫有爲之法，曰因與果，謂可變苦而樂，自人而天，誠孝子慈孫所不能免也。"[2] 但是李覯認爲這種"情性之本"，儒家經典中已經具有："欲聞性命之趣，不知吾儒自有至要，反從釋氏而求之！噫！釋之行固久，始吾聞之疑，及味其言，有可愛者，蓋不出吾《易·繫辭》、《樂記》、《中庸》數句間。苟不得已，猶有《老子》、《莊子》書在，何遽冕弁匍

---

[1]　（宋）李覯：《建昌軍景德寺重修大殿並造彌陀閣記》，《李覯集》卷二十四，中華書局1981年版，第206頁。

[2]　（宋）李覯：《修梓山寺殿記》，《李覯集》卷二十四，中華書局1981年版，第267頁。

匐於戎人前邪?"① 李覯雖然認為"性命之趣"的討論在儒家經典中已存在，但他亦承認佛教中"有可愛者"，這較之孫復、石介、柳開等人已有了顯著不同。

李覯之後，歐陽修在此一問題的認識上又向前推進了一步，其《本論》一文，雖然整體基調依然是排佛，但歐陽修對佛教興盛的原因做出了更具體的探索，認為其一為"王政闕，禮義廢"，其二即為佛教具有頗為吸引士人的心性理論。呂澂先生認為："在中國佛學裏有關心性的基本思想可說是極其重要的一部分，有時還可算是中心的部分，佛家思想通過佛學來影響於別家學說的，也常以這部分為其重點。"② 因而如欲排佛，"莫若修其本以勝之"③，陳善《捫虱新話》中載："退之《原道》辟佛老，欲人其人，火其書，廬其居，於是儒者或咸宗其語。及歐陽公作《本論》，謂'莫若修其本以勝之'，何必人其人，火其書，廬其居也哉？此語一出，而《原道》之語幾廢。"④ "修其本以勝之"的思想啟迪了後來的學者們在重建儒家心性理論上進行努力。士大夫具備重建儒家心性學說的普遍意識與其對佛教的瞭解與借鑒是密不可分的，因而如欲分析北宋中後期士人對於佛教理論之學習、闡釋，必須將士大夫對佛學的研習與闡釋放在此一過程中加以瞭解與分析。

延至北宋中葉，隨著儒學的復興與進一步發展，不同的儒學流派開始呈現。較具代表性者則有王安石新學、蘇軾蜀學與二程洛學。在蘇軾蜀學一系中，黃庭堅雖位列"蘇門四學士"，但其對待佛學、儒學的態度卻有別於蘇軾，故而對黃氏與佛學之關係應另作考察。鑒於潘桂明先生《中國居士佛教史》對宋代理學對佛學之吸收與批評及理學家之佛學修養已設專章考察，故而拙著此處，擬簡要勾勒王安石新學、蘇軾蜀學及元祐後期士大夫代表黃庭堅與佛學之關係，揭示北宋中後期士大夫在佛學研習與儒釋融通上的不同層次。

二　王安石新學與佛學

王安石新學的構建與其對佛學的借鑒吸收關係密切，王安石之婿蔡卞

---

① （宋）李覯：《郡武軍學置莊田記》，《李覯集》卷二十三，中華書局 1981 年版，第 252 頁。

② 呂澂：《試論中國佛學有關心性的基本思想》，載《呂澂佛學論著選集》卷三，齊魯書社 1991 年版，第 1423 頁。

③ （宋）歐陽修：《本論中》，《歐陽修全集》卷十七，中華書局 2001 年版，第 290 頁。

④ （宋）陳善：《捫虱新話》卷七之"退之辟佛老"，《津逮秘書》本。

曾作《王安石傳》，論及荊公學術時曰：

> 自先王澤竭，國異家殊。由漢迄唐，源流浸深。宋興，文物盛
> 矣，然不知道德性命之理。安石奮乎百世之下，追堯舜三代，通乎畫
> 夜陰陽所不能測而入於神。初著《雜說》數萬言，世謂其言與孟軻
> 相上下。於是天下之士，始原道德之意，窺性命之端。①

蔡卞對王安石的稱讚集中在了王安石對"道德性命之理"的銳意探求上。
此為肯定其學說者之觀點。陳瓘（公元 1057—1122 年）作《尊堯集》辯
王氏之《日錄》為偽妄之書，其言曰：

> 臣聞"先王所謂道德者，性命之理而已矣"，此安石之精義也。
> 有《三經》焉，有《字說》焉，有《日錄》焉，皆性命之理也。蔡
> 卞、塞序辰、鄧洵武等用心純一，主行其教，所謂大有為者，亦性命
> 之理而已矣；其所謂繼述者，亦性命之理而已矣；其所謂一道德者，
> 亦以性命之理而一之也；其所謂同風俗者，亦以性命之理而同之也。
> 不習性命之理謂之流俗，黜流俗則竄其人，怒曲學則火其書，故自卞
> 等用事以來，其所謂國是者皆出性命之理，不可得而動搖也。②

陳瓘將王氏及其門人之學說統歸之於"性命之學"，可見否定其學說者亦
將其學歸入探討道德性命之理的形上學範疇。又，金人趙秉文（公元
1159—1232 年）評荊公之學曰：

> 自王氏之學興，士大夫非道德性命不談，而不知篤厚力行之實，
> 其弊至於以世教為俗學。而道學之弊，亦有以中為正位，仁為種性，
> 流為佛老而不自知，其弊又有甚於傳注之學。此又不可不知也。③

文中，趙氏不但將王安石之學定位為"道德性命"之學，以此與"傳注
之學"，即傳統訓詁之學相區別，並進一步指出王安石汲取佛教思想這一

---

① （宋）晁公武撰，孫猛校證：《郡齋讀書記校證》卷十二，"王氏雜說十卷"所引，上海
　　古籍出版社 1990 年版，第 525—526 頁。
② （宋）邵博著，劉德權、李劍雄校點：《邵氏聞見後錄》卷二十三引，中華書局 1983 年
　　版，第 179—180 頁。
③ （金）趙秉文：《性道教說》，《閑閑老人滏水文集》卷一，《叢書集成初編》本，第 3 頁。

特點。

從以上三人之論述來看，三人對王安石學說雖有肯定與否定之別，但在荊公學說旨歸的認識上卻趨於一致，即認為其學為"道德性命"之學。此"道德性命"之學，不同於漢儒訓詁注疏之學，乃是對儒家學說做形而上之義理闡發。王安石之思想的最大特點也確實為致力融通儒佛，構建儒家心性學說。

王安石對於佛教學說的態度，也經歷了一個由排斥到接受的過程，在早年"簽書淮南節度判官廳公事"任上，王安石作《送孫正之序》，其中有言曰："時乎楊、墨，已不然者，孟軻氏而已；時乎釋、老，已不然者，韓愈氏而已。如孟、韓者，可謂術素脩而志素定也，不以時勝道也。"① 文中，王安石稱讚韓愈的排佛是"術素脩而志素定"的表現，是本自聖人之道"己然而然"的表現。而也正是在這一時期，隨著王安石閱歷的豐富與交往的廣泛，其思想也開始發生變化，其《揚州龍興寺講院記》一文，在表達對方外之友惠禮學識、人品、能力及短期內營建十方講院的讚譽後，感慨曰："今夫衣冠而學者，必曰自孔氏。孔氏之道易行也，非有苦身窘行、離性禁欲若彼之難也。而士之行可一卿，才足一官者常少，而浮屠之寺廟被四海，則彼其所謂材者，寧獨禮耶？以彼之材，由此之道，去至難而就甚易，宜其能也。"② 儒道易行，佛道難達，而如惠禮之人才反被"苦身窘行、離性禁欲"的佛教所吸引而去，這種現象明顯引發了王安石的疑問與思考。而此疑問也使王安石開始以廣取博收之開放眼光瞭解其他學說，其《答曾子固書》一文，針對曾鞏對其閱讀佛經的疑問，答曰："然世之不見全經久矣，讀經而已，則不足以知經。故某自百家諸子之書，至於《難經》、《素問》、《本草》、諸小說，無所不讀；農夫、女工，無所不問。然後於經，為能知其大體而無疑。蓋後世學者，與先王之時異矣，不如是，不足以盡聖人故也。"③ 在這種對佛教有了深入瞭解的基礎上，王安石對佛教學說的態度也發生了很大的變化，其《璨公信心銘》曰："沔彼有流，載浮載沈。爲可以濟，一壺千金。法譬則水，窮之彌深。璨公所傳，等觀初心。"④ 表達了對三祖的欽慕之情。又，《續資治通鑒長編》"熙寧五年甲午記事"條中載：

---

① （宋）王安石：《臨川先生文集》卷八十四，中華書局 1959 年版，第 884 頁。
② （宋）王安石：《臨川先生文集》卷八十三，中華書局 1959 年版，第 871 頁。
③ （宋）王安石：《臨川先生文集》卷七十三，中華書局 1959 年版，第 779 頁。
④ （宋）王安石：《臨川先生文集》卷三十八，中華書局 1959 年版，第 409 頁。

安石曰："……臣觀佛書，乃與經合，蓋理如此，則雖相去遠，其猶符節也。"上曰："佛，西域人，言語即異，道理何緣異？"安石曰："臣愚以為，苟合於理，雖鬼神異趣，要無以異。"①

對佛教的深入研究與瞭解，為王安石的融通儒佛並構建心性學說，提供了必要條件。

《宋元學案》之"荊公新學略"，援引王安石所著之《王霸論》、《性情論》、《勇惠論》、《仁知論》、《中述》、《行述》、《原性》、《原教》、《原過》，認為此數篇文章是王安石思想的集中體現。也確如全祖望所論，在這數篇文章中王安石有意識地對王與霸、情與性、仁與智的辨別提出了自我見解，並且詳細論述了"性"之含義。從王安石的論述中不難看到他借鑒佛教思想的意圖，如《王霸論》一文論述王與霸之區別，認為其只是"心"的區別："仁義禮信，天下之達道，而王霸之所同也。夫王之與霸，其所以用者則同，而其所以名者則異。何也？蓋其心異而已矣。其心異則其事異，其事異則其功異，其功異則其名不得不異也。"② 又，其《性情論》曰："夫性，猶水也。江河之與畎澮，小大雖異，而其趨於下，同也。性猶木也，梗楠之與樗櫟，長短雖異，而其漸於上，同也。智而至於極上，愚而至於極下，其昏明雖異，然其於惻隱、羞惡、是非、辭讓之端則同矣。故曰：仲尼、子思、孟軻之言有才性之異，而荀卿亂之；揚雄、韓愈惑乎上智下愚之說，混才與性而言之。"③ 王與霸的不同在於"心"，智與愚迥異，而其本源則在於"性"。王安石的這種邏輯推演過程及建構心性學說的方式，有著明顯受佛學影響的痕跡，錢穆先生亦認為："惟荊公以性分體用言，又分已發未發前後兩截言，此等見解實受佛家影響，先秦孔孟思想並不如此。"④ 此外，王安石之論與《大乘起信論》中"一心開二門"有著類似之處⑤，但《大乘起信論》中之"心"為"如來藏自性清淨心"，而王安石思想中之"心"，依其所論應為"孟韓之心"，但是其對於"孟韓之心"，卻並未給出明確的解釋，亦未明確指出如何方

---

① （宋）李燾：《續資治通鑒長編》卷二百三十三，上海師範大學古籍整理研究所、華東師範大學古籍研究所點校，中華書局 1995 年版，第 5660 頁。

② （宋）王安石：《臨川先生文集》卷六十七，《四部叢刊初編》本，第 430 頁上。

③ （宋）王安石：《臨川先生文集·臨川集補遺》，中華書局 1959 年版，第 1064—1065 頁。

④ 錢穆：《初期宋學》，《中國學術思想史論叢》第五冊，東大圖書有限公司 1983 年版，第 12 頁。

⑤ 張煜《王安石與佛教》一文亦持此觀點。

能達到具備"孟韓之心"的境界。

　　因而，王安石對於佛教思想的吸收，是將佛教經典作為等同於儒家經典的文本，對其進行解讀與研究，以充實思想並獲得啓發，從而有助於其儒佛融通的思想建構。其基本思路是立足儒家，借鑒、吸收佛教思想，建構一套新的心性體系。但是王安石在目的性上，即儒家之心為何物、儒者應該具有怎樣之精神境界上，並未進行深入的探討，並未像二程洛學一樣從"誠"、"敬"等諸多方面，指出如何通過自身修養而達到儒者應該具有的理想精神境界。向內探求方面存在的內在缺陷，使王安石對於佛教思想的吸收只是停留在了應用的層面上，而並未上升到融通的境界。如其晚年所作《字說》，於解字中往往直接援引佛教思想，如陳善《捫虱新話》載王安石《字說》釋"空"字，用《維摩詰經》、《法華經》、《楞嚴經》；"追所追者，正能追者，定而從之"、"搔手能搔所搔"、"將何以能入為柯，所入為柯"之類，此"能"、"所"二語，亦出自《圓覺經》。① 朱翌《猗覺寮雜記》亦評之曰："介甫字說，往往出於小說、佛書。"② 而《字說》一書是王安石比較看重的一部著作，羅大經《鶴林玉露》載："荊公《字說》成，以為可亞六經。"③ 而在自己認為很重要的儒家著作中，大量地直接援引佛經，與其說是大膽的借鑒，倒不如說是未在深層次上融通儒佛的表現。因而張栻批評王安石曰："介甫之學乃是祖虛無而害實用者。"④又曰："王氏之說，皆出於私意之鑿，而其高談性命，特竊取釋氏之近似者而已。"⑤

　　徐洪興先生《思想的轉型——理學發生過程研究》一書曾指出宋代學術發展的一個現象是"孟子升格"，並指出王安石扮演著重要的角色，王安石之所以欽慕孟子，正在於對孟子"內聖外王"的服膺。而王安石之學說及其融通儒佛的終極目的，亦是達到"內聖外王"的境界。如錢穆論王安石學說，認為："乃是一致功利與心性之融成一片，即世、出世之融成一片，亦是儒釋融成一片之一種理想境界。"⑥ 這只能說是王安石期望達到的境界，但是在現實中，"內聖"一環上的缺陷卻使得王安石

---

① （宋）陳善：《捫虱新話》卷一"王荊公《新經》、《字說》多用佛語"，《津逮秘書》本。

② （宋）朱翌：《猗覺寮雜記》，《叢書集成初編》本，第 31 頁。

③ （宋）羅大經：《鶴林玉露·甲編》卷三，中華書局 1983 年版，第 53 頁。

④ （宋）張栻：《寄周子充尚書》其二，《張南軒先生文集》卷一，《叢書集成初編》本，第 2 頁。

⑤ （宋）張栻：《與顏主簿》，《張南軒先生文集》卷一，《叢書集成初編》本，第 3 頁。

⑥ 錢穆：《中國學術思想史論叢》第五冊，東大圖書有限公司 1983 年版，第 9—10 頁。

的思想呈現了紛繁蕪雜、旨歸不明的特點，進而使其 "外王" 缺乏了說服力。《伊洛淵源錄》中載："神宗問王安石之學何如，明道對曰：'安石博學多聞則有之，守約則未也。'"① "守約" 出自《孟子》，其意為 "得其要"。朱熹亦言："荊公之學之所以差者，以其見道理不透徹。" 其《讀兩陳諫議遺墨》一文，對王安石學說在內聖一環上的缺失，所評甚詳：

> 學本出於刑名度數，而不足於性命道德也；釋經奧義多出先儒，而旁引釋氏也。是數條者，安石信無所逃其罪矣。……今謂安石之學，獨有得於刑名度數，而道德性命則為有所不足，是不知其於此既有不足，則於彼也，亦將何自而得其正耶？夫以佛老之言為妙道，而謂禮法事變為粗迹，此正王氏之深蔽。……而其所以不能使人無可恨者，四也。若其釋經之病，則亦以自處太高，而不能明理勝私之故。故於聖賢之言，既不能虛心靜慮，以求其立言之本意。於諸儒之同異，又不能反復詳審；以辨其為說之是非。但以己意，穿鑿附麗，極其力之所通而肆為支蔓浮虛之說。至於天命、人心、日用、事物之所以然，既已不能反求諸身以驗其實，則一切舉而歸之於佛老。②

程頤、朱熹對王安石之批評，可謂切中要害，一語道出了其學說在 "內聖" 上旨歸不明的缺陷。而 "內聖" 的欠缺必然會導致 "外王" 的無法實現，誠如陸九淵所言："為政在人，取人以身，修身以道，修道以仁。仁，人心也；人者，政之本也；身者，人之本也；心者，身之本也。不造其本而從事其末，國不可得而治矣。"③ 牟宗三先生認為："夫真知聖道者，內聖必通外王，外王亦必本於內聖。"④ 余英時先生亦認為："只有在內聖之學大明以後，外王之學才有充分實現的可能。"⑤

王安石學說在 "內聖" 一環旨歸上的模糊，使他對於佛學的融通僅僅停留在了借用、借鑒的層面上，而沒有上升到立足於發展儒家學說，對其進行融通的境界，這影響了其外王之學的說服力。熙寧、元豐變法過程

① （宋）朱熹：《伊洛淵源錄》，《叢書集成初編》本，第 24 頁。
② （宋）朱熹：《讀兩陳諫議遺墨》，《朱文公文集》卷七十，《四部叢刊初編》本，第 1285 頁上—第 1285 頁下。
③ （宋）陸九淵：《荊國王文公祠堂記》，鍾哲點校，《陸九淵集》卷十九，中華書局 1980 年版，第 233 頁。
④ 牟宗三：《宋明儒學的問題與發展》，華東師範大學出版社 2004 年版，第 28 頁。
⑤ 余英時：《朱熹的歷史世界》，生活·讀書·新知三聯書店 2004 年版，第 410—411 頁。

中，士大夫對其學說的批評，並不能僅僅看作是黨爭而引起的私見，亦是王安石學說固有的缺陷並不能使士大夫完全信服的表現。

三　蘇軾 "蜀學" 與佛學

關於蘇軾 "蜀學" 及蘇軾的思想，學界已多有論述，而且不管在深度還是廣度上都達到了一定的高度。關於蘇軾對佛學的態度及接受也有相關的論述，如冷成金先生的《蘇軾的哲學觀與文藝觀》一書，設專章論述其哲學思想及蘇軾對於佛學的吸收；梁銀林先生的博士論文《蘇軾與佛學》亦對此做了專門的論述。然而遍覽相關的論述，對於蘇軾與佛學的關係，大都集中在考論蘇軾與佛教僧人的交往，列舉蘇軾詩文所涉及的佛學、禪學術語、典故上；對於蘇軾到底是如何運用佛學的研究上則相對薄弱。蘇軾對佛學的吸收與學習，是與其哲學思想難以分割的，而其哲學思想的特色，也決定了他對於佛學吸收和學習的特色。

秦觀《答傅彬老簡》一文，稱讚蘇軾曰：

> 蘇氏蜀人，其於組麗也，獨得之於天，故其文章如錦綺焉。其說信美矣，然非所以稱蘇氏也。蘇氏之道，最深於性命自得之際。其次則器足以任重，識足以致遠，至於議論文章，乃其與世周旋，至粗者也。閣下論蘇氏而其說止於文章，意欲尊蘇氏，適卑之耳。[1]

秦觀認為蘇軾之學，成就最高者乃是其 "深於性命自得之際"，即蘇軾在性命探討上所達到的高度。蘇軾性命之學不同於二程學說、荊公學說的一大特點，即對於 "情" 的肯定，其《東坡易傳》中曰："情者，性之動也。溯而上至於命，沿而下至於情，无非性者。性之與情，非有善惡之別也，方其散而有為，則謂之情耳；命之與性，非有天人之辨也，至其一而无我，則謂之命耳。"[2] 蘇軾認為 "情" 是連接 "性" 與 "命" 的關鍵，人性與天命，也並非是有霄壤之別的，只要消除私見，達到 "無我" 的境界，則人性即可符合天命。"性" 可以符合天命，其具體表現之 "情"，也就具有了合理性。蘇軾之論和二程學說的直接區別，即在於對情欲的肯定與否定上。從人之情感具有合理性的立足點出發，蘇軾進而認為聖人之

---

① （宋）秦觀：《答傅彬老簡》，徐培均箋注，《淮海集箋注》卷三十，上海古籍出版社 2000 年版，第 981 頁。

② （宋）蘇軾：《東坡易傳》卷一，吉林文史出版社 2002 年版，第 5 頁。

道建立在符合人情的基礎上，其曰："君子之欲誠也，莫若以明。夫聖人之道，自本而觀之，則皆出於人情。不循其本，而逆觀之於其末，則以為聖人有所勉強力行，而非人情之所樂者。夫如是，則雖欲誠之，其道無由。"① 蘇軾認為聖人之道是本自人之本真情感，若不從人情所樂的角度出發來理解聖人之道，則會認為聖人之說是對人情的否定，其道亦是勉強而為。蘇軾不但肯定人之情感的合理性，而且還從人情所樂的角度來發揮先儒學說，蘇軾曰：

> 夫惟聖人，知之者未至，而樂之者先入，先入者為主，而待其餘，則是樂之者為主也。若夫賢人，樂之者未至，而知之者先入，先入者為主，而待其餘，則是知之者為主也。樂之者為主，是故有所不知，知之未嘗不行；知之者為主，是故雖無所不知，而有所不能行。子曰："知之者不如好之者，好之者不如樂之者。"知之者與樂知者，是賢人、聖人之辯也。好之者，是賢人之所由以求誠者也。②

蘇軾認為聖人是將己之所行，化為自己所樂為之之事，而並不以此為累；而賢人則是通過自己的認知，知曉何者當爲、何者不當為，並約束自我做當爲之事。賢人若要實現向聖人境界的邁進，則應該將自己認為所行之事，化為情感上所樂於去做之事。蘇軾認為作為賢人的子路，"能死於衛，而不能不慍於陳蔡"，是子路與孔子人格境界之區別的外在表現，因而蘇軾認為："故夫弟子之所為從孔子游者，非專以求聞其所未聞，蓋將以求樂其所有也。"③ 蘇軾將人的本真情感合理化，並以此來發揮儒家學說，主張將情感所好與修習聖人之道相結合。換言之，只有將修習聖人之道化為情感所好之事，才能使自己的這種追求成為所樂之事，而不是勉強為之；唯有如此，方能使自己對於聖人之道的追求具有源源不斷的動力，正如其所言："故曰：'莫若以明'，使吾心曉然知其當然，而求其樂。"④但是蘇軾對於情之合理性的肯定，並不是將情感低俗化、隨心所欲，而是將人之本真情感與禮儀道德建立聯繫，是將"溯而上至於命"的情感合理化，如其在《中庸論》中篇中的論述，人若是隨心所欲地放任自己情

---

① （宋）蘇軾：《中庸論中》，《蘇軾文集》卷二，中華書局 1986 年版，第 61 頁。
② （宋）蘇軾：《中庸論上》，《蘇軾文集》卷二，中華書局 1986 年版，第 60 頁。
③ 同上書，第 61 頁。
④ （宋）蘇軾：《中庸論中》，《蘇軾文集》卷二，中華書局 1986 年版，第 61 頁。

感，則"天下之匹夫匹婦，莫不病之也"。①

　　蘇軾性命論的一大特色即是對人之情感合理化的肯定，並以此去發揮聖人之道。他的這種思想特點決定了他對於佛學或是其他學說的態度，即是從自己儒者角度出發，從站在儒者立場所好的角度，來借鑒、學習、融會其他學說。這使他對於佛學融會的最突出的表現就是"用"。其在《答畢仲舉二首》其一中說：

　　　　佛書舊亦嘗看，但闇塞不能通其妙。獨時取其粗淺假說以自洗濯，若農夫之去草，旋去旋生，雖若無益，然終愈於不去也。若世之君子所謂超然玄悟者，僕不識也。往時陳述古好論禪，自以為至矣，而鄙僕所言為淺陋。僕嘗語述古：公之所談，譬之飲食，龍肉也。而僕之所學，豬肉也。豬之與龍，則有間矣。然公終日說龍肉，不如僕之食豬肉，實美而真飽也。②

文中觀點正是蘇軾對待佛學態度的表現，即以之為用。這種態度使蘇軾對於佛學的研究與領悟始終缺乏系統性與深入性，《羅湖野錄》中載靈源禪師曾駁斥蘇軾"龍肉"、"豬肉"說曰："靈源曰：'此乃東坡早歲趁後發言，不覺負墮，當為明之。'於是成二偈：'東坡笑說喫龍肉，舌底那知已嚥津。能省嚥津真有味，會言龍肉不為珍。'又曰：'何知龍肉即豬肉，細語囈言盡入神。惜彼當年老居士，大機曾未脫根塵。'"③　《碧巖錄·序》亦曰："如東坡日喻之說，往復推測，愈遠愈失。"④儘管有如此之缺陷，但是蘇軾對於佛學的研習還是達到了一定的高度，其詩文中多處援引佛學思維方式，如其在《思無邪齋銘（並敘）》一文中，巧妙借用《楞嚴經》"本覺妙明"之思想，來化解"有思皆邪，無思則土木也"的矛盾。而蘇軾與佛教有關的文章，也顯示了他對佛教思維方式的熟稔，其《送壽聖聰長老偈並敘》一文，論述《圓覺經》中所言之四病"作"、"止"、"任"、"滅"亦是"四妙法門"："我今亦作、亦止、亦任、亦滅，滅則無作，作則無止，止則無任，任則無滅。是四法門，更相掃除。火出木盡，灰飛煙滅。如佛所說，不作不止，不任不滅。是則滅病，否即任病。如我所說，亦作亦止，亦任亦滅。是則作病，否即正病。我與佛說，既同

①　（宋）蘇軾：《蘇軾文集》卷二，中華書局 1986 年版，第 62 頁。
②　（宋）蘇軾：《蘇軾文集》卷五十六，中華書局 1986 年版，第 1671 頁。
③　（宋）釋曉瑩：《羅湖野錄》，《卍新纂續藏經》第 83 冊，第 390 頁下。
④　（宋）圓悟克勤集：《碧巖錄》，《大正藏》第 48 卷，第 139 頁上。

是法，亦同是病。"①

　　蘇軾對待佛學所採取的"用"的態度，使他呈現了借鑒、借用居多，而有意融通較少的特點。也正如周裕鍇先生所言："禪宗對於他來說，是一種緩和緊張、消彌分裂、維持心理平衡的有效方法，他從未想到過'出生死，超三乘，遂作佛'，所以對'世之君子，所謂超然玄悟者'表示懷疑。蘇軾對禪宗義理談不上有多少發揮或獨到的體會，但由於他將人生如夢的真切體會以及隨之而產生的遊戲人間的態度與禪宗詼詭反常的思維方式結合在一起，因此更充分地顯示了禪宗思想作為一種人生藝術所發揮的作用。"②

四　黃庭堅對於佛學的吸收與學習

　　黃庭堅之思想與王安石、蘇軾相比，最大的特點即是有著豐富儒學內聖涵義的自覺意識。黃庭堅生活的時期，新儒學流派已基本形成，而各派在理論體系的建構上也漸趨完善。與王安石在內聖一環上的界定不清相比，黃庭堅在內聖方面，即在個人人格修養上有著明確的旨歸，黃庭堅將儒家的"忠信孝友"、"仁義道德"作為自己立身處世的人生根本準則，並在與友人及後輩的書信中屢次談及："任道之命其子，不在於富貴顯，而在於道德，可謂父父矣。"③"無量、端明二丈，人物之冠冕，道德文章足以增九鼎之重。"④"道德千古事，斯文非一朝。"⑤"忠信以為經，義理以為緯，則成文章矣。"⑥"夫忠信孝友，不言而四時並行。"⑦並且，黃庭堅強調在具有根本準則後獨立不倚的剛健精神，其《跋砥柱銘後》中曰："余觀砥柱之屹中流，閱頹波之東注，有似乎君子士大夫立於世道之風波，可以託六尺之孤，寄百里之命，不以千乘之利奪其大節，則可以不

---

① （宋）蘇軾：《蘇軾文集》卷二十二，中華書局 1986 年版，第 642 頁。
② 周裕鍇：《夢幻與真如——蘇、黃的禪悅傾向與其詩歌意象之關係》，載《文学遗产》2001 年第 3 期。
③ （宋）黃庭堅：《李大耕大獵字序》，《黃庭堅全集·正集》卷二十四，四川大學出版社 2001 年版，第 631 頁。
④ （宋）黃庭堅：《寄蘇子由書三首》其二，《黃庭堅全集·正集》卷十八，四川大學出版社 2001 年版，第 460 頁。
⑤ （宋）黃庭堅：《招子高二十二韻兼簡常甫世弼》，任淵、史容、史季溫注，劉尚榮校點，《黃庭堅詩集注》，中華書局 2003 年版，第 793 頁。
⑥ （宋）黃庭堅：《國經字說》，《黃庭堅全集·正集》卷二十四，四川大學出版社 2001 年版，第 623 頁。
⑦ （宋）黃庭堅：《上蘇子瞻書二首》其二，《黃庭堅全集·正集》卷十八，四川大學出版社 2001 年版，第 458 頁。

為此石羞矣。"①《王元之真贊》中曰："萬物並流，砥柱中立。"②《祭外舅孫莘老文》中曰："萬物紜紜，隨川而東。金石獨止，何心於逢。天地雷雨，草木爭長。松柏不春，以聽年往。"③ 黃庭堅強調儒家的名教，但是他沒有停留在簡單的重複上，而是力圖將儒家的名教上升爲内心的自覺，他認為"道德無多只本心"，並且認為禮樂道德乃是聖人依人之常情而制定的，其《與洪氏四甥書》其四中說："故其用禮樂也，知變化之道而與天地同流。故鐘鼓之間而與天地同和，俎豆之間而與天地同節。後世不本心術，故肝膽楚越也，而況於禮樂乎？"④ 因而要理解倫理道德，應該在反省内心的基礎上進行。

黃庭堅的這種思想特點，與禪宗的明心見性具有相通之處，也為其借鑒佛禪理論以融通儒釋提供了動力，指明了方向。以往論者已經指出黃庭堅對於佛禪思想的吸收集中在對於禪宗明心見性等思想的吸收上，而其對於這種思想的吸收，目的是與自己"养心治性"以達聖人之境的修養方式相融合⑤。但是關於黃庭堅如何將"明心見性"與"養心治性"進行相融通上，即二者結合點的分析上，尚缺乏必要的論述。黃庭堅在其文章中談及人格境界的修養時多言"反觀"、"內視"、"反聽"，儒家傳統學說中亦有類似於黃氏所論之内省，《論語》中曰"吾日三省吾身，爲人謀而不忠乎？與朋友交而不信乎？"其内省乃是反思己之過失，以求合於道德倫理。佛教學說中的反觀自性則為内省提供了一種嶄新的理論和視角。如來藏系經典中，認為眾生皆具有"如來藏自性清淨心"，而實現解脫亦是通過對這種"自性清淨心"的覺知來實現，《楞嚴經》則對此進行了發揮，書中通過如來講述明確指出，諸修行人不知無上菩提，未能解脫成佛，都是因為不知曉兩種根本。其中之一為："無始菩提涅槃元清淨體，則汝今者，識精元明，能生諸緣，緣所遺者。"此"無始菩提涅槃元清淨體"即眾生解脫成佛之根據。《楞嚴經》卷一言："一切眾生，無始來生死相續，皆由不知常住真心性淨明體，用諸妄想。此想不真，故有輪轉。"⑥ 而《楞嚴經》正是圍繞著這一命題展開的。而《圓覺經》中有

① （宋）黃庭堅：《跋砥柱銘後》，《黃庭堅全集·正集》卷二十六，四川大學出版社 2001年版，第 699 頁。

② （宋）黃庭堅：《黃庭堅全集·正集》卷二十二，四川大學出版社 2001 年版，第 557 頁。

③ （宋）黃庭堅：《黃庭堅全集·別集》卷十三，四川大學出版社 2001 年版，第 1730 頁。

④ （宋）黃庭堅：《黃庭堅全集·別集》卷十八，四川大學出版社 2001 年版，第 1871 頁。

⑤ 見錢志熙《黃庭堅與禪宗》，載《文學遺產》1986 年第 1 期；又見周裕鍇《夢幻與真如——蘇黃的禪悅傾向與其詩歌意象之關係》，載《文學遺产》2001 年第 3 期。

⑥ （唐）般剌密諦譯：《大佛頂首楞嚴經》，《大正藏》第 19 卷，第 106 頁下。

"圓覺三觀"，即"奢摩他觀"、"摩缽底觀"、"禪那觀"，依宗密之概括此三觀亦可謂："一泯相澄神觀，二起幻銷塵觀，三絕待靈心觀。"① 實際上就是指佛性的體、相（性）、用的證悟，一為通過靜止心念而體認涅槃寂靜之佛體；二為通過觀察一切身意行為及其所在世界都是幻用，由觀察如幻之相而證清靜；三為通過思，即禪那，而使修行者無緣時守住本性，有緣時隨順因緣而生出妙用。黃庭堅對此頗為熟悉，其詩文中多次談及，如其在《與胡逸老書》其九中寫道："可試看《楞嚴》、《圓覺》經，反觀自足。"② "中有寂寞人，自知圓覺性"，"終日忙忙本圓覺，只為魔強令法弱"。但與佛教修行通過強調反觀自身以求明瞭真如本體有所差異，黃庭堅是吸收了這種方式，不但用之去明瞭真如自性，並且將其運用到對於儒家之道的體認上。

　　關於儒家之道，黃庭堅在《羅中彥字說》中解釋曰："道之在天地之間，無有方所，萬物受命焉，因謂之中。衡稱物低昂，一世波流，洶洶憒憒，我無事焉。叩之即與為賓主，恬淡平愉，宴處而行，四時死生之類，皆得宜當，是非中德也歟？惟道之極，小大不可名，無中無徹，以其為萬物之宰，強謂之中，知無中之中，斯近道矣。"③ 黃庭堅將儒家倫理道德上升為本體化的道，認為道是宇宙之本體，萬物之主宰。萬物之死生、四時之變遷，皆符合道。而人作為萬物之一，人之本真的存在亦是符合道的，因而如欲得道，則須"知無中之中"，即應擯棄私見，以求達到無心境界，其《楊概字說》中亦言："近夫學至於無心，而近道矣。"④ 這和理學家之論有相通之處："道即性也，若道外尋性，性外尋道，便不是。聖賢論天德，蓋謂自家元是天然完全自足之物，若無所污壞，即當直而行之，若小有污壞，即敬以治之，使復如舊。"⑤ 因而如欲體認道之內涵，達聖人之境，必須從自身上下工夫，即前所言之"反觀"、"內視"等。

　　黃庭堅由此建立起了自己的思想體系，將佛學中明心見性的思維方式融合到儒家的內省修養工夫中，同時，又將佛學中明心見性以體認真如本體的修行方式，與儒家體認道的方式相結合。周裕鍇先生據此認為黃庭堅的"修養方式和哲學根柢似更多來自禪宗的心性證悟"，確為不刊之論。但黃庭堅思想體系的根本——"道"，卻與佛禪學說有所差異，其所論之

① （唐）宗密：《大方廣圓覺修多羅了義經》，《大正藏》第 39 卷，第 557 頁下。
② （宋）黃庭堅：《黃庭堅全集·別集》卷十四，四川大學出版社 2001 年版，第 1748 頁。
③ （宋）黃庭堅：《黃庭堅全集·正集》卷二十四，四川大學出版社 2001 年版，第 629 頁。
④ 同上書，第 625 頁。
⑤ （宋）程顥、程頤：《二程集·河南程氏遺書》，中華書局 1981 年版，第 1 頁。

“道”，乃是上升為本體論的儒家倫理道德，他雖然強調“明心見性”、“養心治性”的人格培養方式，但是卻並未滑入性命之理的玄談上。如前所論，黃庭堅認為倫理道德及禮儀是聖人依人之常情而設定，換言之，聖人之所以高於常人，即在於其在倫理道德上的修為甚高，因而如欲達聖人之境，須將倫理道德內化為心靈的自覺意識。這一過程的實踐，應於日常生活中努力提升“忠信孝友”等基本倫理道德的修養，其《楊概字說》一文中明確表達了這一觀點：

> 曰：“然則願聞性命之說。”黃子曰：“今孺子總髮而服大人之冠，執經談性命，猶河漢而無極也。吾不知其說焉。君子之道，焉可誣也？吾子欲有學，則自俎豆、鐘鼓、宮室而學之，灑掃、應對、進退而行之。”①

以類似“平常心是道”的修養工夫，於日常倫理修養上使自己達到入聖的境界。《宋元學案》將黃庭堅列為“濂溪私淑”，其根據則在於黃庭堅在人格修養上的主張，與周敦頤講求“明”、“誠”的人格修養觀點具有相似之處。

黃庭堅對於佛學的融通，是將佛學中明心見性的修養理論融入其內省修養理論中。黃庭堅主張於日常倫理的修養上實踐內聖的方式，使內聖具有了切實可行的修養目標與修養方式。這使黃庭堅對於佛學的學習上升到了融通的高度，而不是像王安石、蘇軾一樣停留在借用、借鑒的層面。而這也與二程理學在某種程度上形成了一致，後世理學家多對黃氏持讚賞態度，原因即在於黃氏对內聖之學的認識更接近於理學家。

小　結

自晚唐五代以來，佛教發展形成了禪宗特盛的局面。禪宗在其發展過程中，亦出現了種種弊端，針對這些弊端，禪門中人提出了禪教合一的發展思路。而北宋佛教發展的特點即是禪教合一。佛教禪教合一的發生特點，使佛教作為思辨哲學的一面被凸顯出來，這對崇尚理性精神的士大夫產生了巨大吸引力。而自北宋中期以降，隨著文化繁榮而產生的文化整合

---

① （宋）黃庭堅：《黃庭堅全集·正集》卷二十四，四川大學出版社 2001 年版，第 625 頁。

的趨勢，使士大夫對待佛教之態度發生了轉變，實現了由以前的排佛、毀佛到研習學習之，再到融通儒釋的轉變。而士大夫對於佛教的濃郁興趣，及吸收佛學理論使之服務於儒學復興的思考，使當時出現了一個"近來朝野客，無座不談禪"的佛學語境。在此語境下，士大夫對自我人生價值、思維方式等都不可避免地受到佛學之影響，而宋代詩歌強調其道德功能的作用，使詩歌傾向於書寫"體悟形而上學的'明道'與表現人格精神的'見性'"①。這種特點無形之中增強了詩歌的功能，由此佛教對於文人之影響亦不可避免地滲透到了詩歌創作之中。

①　周裕鍇：《宋代詩學通論》，上海古籍出版社 2008 年版，第 31 頁。

第二章　學佛路徑的文學書寫
——以王、蘇、黃之學佛與創作為中心

　　筆者在緒論及第一章中論及：延至北宋中後期，隨著文化的繁榮，出現了文化整合和發展的需要。在此時代思潮下，宋代士大夫大都具有廣取博收的學術眼光。作為外來文化的佛教，也在北宋中後期實現了巨大的發展，佛教士大夫化的發展趨勢更加明顯。這與士大夫廣取博收的融通意識相結合，遂對士大夫產生了巨大的吸引力。這種思想上的影響也不可避免地表現在了此一時期的文人詩歌中，他們或於詩歌中表達自己對於佛法之理解，或於詩歌中描寫自己以佛禪眼光觀照外部世界之所得，或於詩歌中展示自己證悟後之境界。這使此一時期的詩歌在內容上出現了諸多與佛教有關的內容。本章擬以王、蘇、黃三位北宋中後期最有代表性的詩人為中心，結合他們的創作歷程及心態，以歸納、分析的方法，對他們詩歌中與佛教有關之內容做一次深入的考察，旨在揭示他們有意識地汲取了佛教的哪類思想，揭示佛教的哪些思想對他們產生了潛在的影響。以此為基礎，探明他們佛學思想的邏輯順序，勾勒出他們佛學思想體系的具體形態，並論述此種形態是如何生成建構的。

第一節　從服膺空觀到體認禪悟：王安石學佛
路徑的文學書寫

　　王安石與佛禪之關係，論者多有涉及，李祥俊《王安石學術思想研究》第三章"王安石的子學、佛學、道教思想"之第五節"王安石的佛學思想"，從其對佛教世界觀的理解、人性論的體認及其對佛教生存方式的闡發三個方面，對王安石與佛學之關係進行了論述。但相對來說比較粗略，也並未對王安石的學佛與其詩歌之關係進行細緻的解讀。另外，復旦大學 2004 年張煜先生之博士論文《王安石與佛教》，也在此方面進行了

探討，但顧其全篇，只有第二章“王安石禪林交遊考述”及第四章第二節“荆公詩法與佛教”，屬於探討佛教與王安石之關係的範疇。前者對王安石禪林交遊做了細緻的考證，但是後者對王安石詩歌與佛教之關係亦失之粗略，缺乏細緻深入的分析。文中對王安石之翻案詩受禪宗“反常合道，不煩正位”的分析過於牽強，也未通過材料的分析、證據的占有來證明二者之間的必然聯繫。因而對於王安石詩歌與佛教之關係，尚有開拓的空間，亦有全面、細緻分析的必要。

拙著此處將從王安石學佛之經歷、佛學思想的汲取在其詩歌中之體現及佛學思想之容納對其詩學之影響三個方面進行論述。以李壁注釋為基準，通過統計各種佛學經典在王安石詩歌中出現的次數，明確王安石吸收佛學思想的特點；立足於文本的細讀，通過對王安石詩歌的細緻剖析，解析王安石是如何將佛學思想融入詩歌創作中去的。

一　王安石對佛教態度的轉變過程

鑒於張煜先生《王安石禪林交遊考述》已對王安石與禪宗中人之關係譜系作了詳細的考察，拙著此處論述王安石學佛經歷，將不再作重複性的研究，而是簡要勾勒王安石對佛教態度轉變的過程，為下文展開王安石學佛的具體過程做好鋪墊。

王安石之父王益，初字捐之，後改字舜良，“祥符八年進士，初任建安主簿，判臨江軍，出領新淦縣，知廬陵縣，移知新繁。所至有聲，改殿中丞，尋知韶州，改太常博士，尚書都官員外郎，丁外艱，服除，通判江寧府，卒官。”① 王安石即生於王益臨江軍任上，在王安石二十一歲前，除去明道二年至景祐二年的三年平居於臨川故里外，其餘時光皆隨其父輾轉於江寧、新繁、汴京、韶州等地，從景祐四年隨其父至江寧，到慶曆元年進士及第的近四年間，王氏一家定居於江寧，顧棟高《王荆國文公年譜》卷上“明道二年”條曰：“十五歲以上大抵從宦游，居則官舍，……都官公隨仕宦，而七男三女家累重大，初不及營半椽，直至丁丑判江寧府，乙卯卒官，其家始寄金陵。”② 其少年成長時期所居幾地皆為佛教繁盛之處。雖然沒有文獻顯示王安石少年即受佛教之影響，但是所經、所居之處濃厚的佛教氛圍，難免對他產生潛在的影響。

---

① （清）顧棟高：《王荆國文公年譜》，《王安石年譜三種》本，中華書局 1994 年版，第 23 頁。
② 同上書，第 26 頁。

　　慶曆二年王安石及第步入仕途後，王安石的人生進入了一個新的階段。其思想開始日趨成熟，也開始萌發了致力貫通各家學說的自覺意識。此一時期，他對待佛教的態度可以從其兩篇文章《送孫正之序》與《揚州龍興寺十方講院記》中窺其大概。《送孫正之序》並非是王安石專門討論佛學的文章，但是我們從文中王安石對於韓愈排佛“術素修而志素定”的讚揚中，可以看出其對於佛教並非是持單純肯定態度的。但是王安石對於佛教的態度又和韓愈、石介等武斷反對有所區別，其《揚州龍興寺十方講院記》中言：“予少時客遊金陵，浮屠慧禮者從予遊。”① 可見王安石及第前居金陵時就已經和僧人有所來往。與僧人交往的經歷，使他對於佛教有了一定的瞭解，造就了他對待佛教並非一味排斥的態度，而是在持續地思考著儒教易行而衰微、佛教難就而大盛的原因。他認為是因為佛教中人如慧禮“行謹潔，學博而才敏”者眾多，並全力弘道所至。但此一時期王安石未深入地研讀佛學經典，亦並未與佛教中人廣泛地交往。但王安石在學術上“惟理之求”的開放精神，卻成爲了他後來研究佛學經典的動力。惠洪《冷齋夜話》卷六載：

　　　　舒王嗜佛書，曾子固欲諷之，未有以發之也。居一日，會於南昌，少頃，潘延之亦至，延之喜談禪，王問其所得，子固熟視之。已而又論人物，曰：“某人可拊。”子固曰：“弇用老而逃佛，亦可一拊。”舒王曰：“子固失言也，善學者讀其書，惟理之求。有合吾心者，則樵牧之言猶不廢；言而無理，周孔所不敢從。”子固笑曰：“前言第戲之耳。”②

在王安石看來，只要合於理，則不必在乎其言出自孔孟抑或是佛老。作為佛教中人的惠洪或許有拉名人為佛教壯聲勢的嫌疑，但廣為學者徵引的王安石《答曾子固書》，卻表達了與上述引文相似的觀點：“某但言讀經，則何以別於中國聖人之經？……世之不見全經久矣，讀經而已，則不足以知經。故某自百家、諸子之書，至於《難經》、《素問》、《本草》、諸小說無所不讀；農夫、女工無所不問。然後於經，為能知其大體而無疑。”③ 王安石也確實如其所言，著力於各家學說的研讀與貫通，顧棟高所編

<hr>

① （宋）王安石：《臨川先生文集》卷八十三，中華書局 1959 年版，第 871 頁。
② （宋）惠洪：《冷齋夜話》，《稀見本宋詩話四種》本，江蘇古籍出版社 2002 年版，第 56 頁。
③ （宋）王安石：《答曾子固書》，《臨川先生文集》，中華書局 1959 年版，第 779 頁。

《王荊國文公年譜》中載："魏公知揚州，王荊公初及第，為簽判，每讀
書至達旦，略假寐，日已高，急上府，多不及盥漱。"[1] 此廣取博收之開
放態度及焚膏繼晷之努力精神，使王安石對佛教之理解日漸加深。嘉祐五
年，王安石送契丹使節北歸途中作《寄育王山長老常坦》一詩曰：

> 　　道人少賈海上游，海舶破散身波浮。抱金滿篋人所寄，吹篴偶得
> 還中州。羸身歸來不受報，祇取斗酒相獻酬。歡娛慈母終一世，脫去
> 妻子藏巖幽。蒼煙寥寥池水漫，白玉菡萏吹高秋。夜燃柏子煮山藥，
> 憶此東望無時休。塞垣春枯積雪留，沙礫盛怒黃雲愁。五更疋馬隨鴈
> 起，想見鄭郭花稠稠。百年夸奪終一丘，世上滿眼真悠悠。寄身萬里
> 心綢繆，莫道異趣無相求。[2]

詩之開端述常坦作商賈游於海上，遇風暴偶得生還，由此照破生死之根而
拋妻棄母出家。後半轉而敘述自己於征途中所感之身心上的勞累及對仕途
的厭倦。值得注意的是該詩之作結處，王安石在經歷的人生的漂泊、仕宦
的輾轉後，感悟到人世間的奔競角逐，最終會化為烏有。面對著這種人生
空幻的迷惘，其發出了"莫道異趣無相求"的感慨。字面意思雖如李壁
所注"言不可以儒釋之異而相忘"，但卻隱含了王安石欲從佛教中尋求心
靈慰藉的訴求。

　　治平三年，王安石丁母憂，居於江寧，與臨濟宗石霜楚圓之門人蔣山
贊元相識[3]，蔣山贊元根據王安石的性格特點，對其學佛提出了自己的建
議："當以教乘滋茂之"[4]。這正與王安石苦心讀書的精神相契合，也使王
安石的學佛路徑是"藉教悟宗"。此點從佛教典籍中關於王安石的記載中
即可以看出：

> 　　王文公曰："佛與比丘辰巳間應供，名為齋者，與眾生接，不可
> 不齋。又以佛性故，等視眾生，而以交神之道見之。故《首楞嚴》
> 曰：'嚴整威儀，肅恭齋法。'"又曰："梵語三昧，此云正定。正定
> 中所受境界謂之正受，異於無明所緣受。故《圓覺》曰：'三昧正

---

① （宋）顧棟高：《王荊國文公年譜》，《王安石年譜三種》本，中華書局1994年版，第29頁。
② （宋）王安石著，李壁箋注：《王荊文公詩箋注》卷七，中華書局1958年版，第83頁。
③ （元）念常集《佛祖歷代通載》卷十九載："舒王丁太夫人憂，讀經山中，與元游如昆
　　仲。"《大正藏》第49卷，第672頁下。
④ 念常集：《佛祖歷代通載》，《大正藏》第49卷，第672頁下。

受。’釋者謂梵語三昧，此云正受。而《寶積》云："三昧及正受"，
則此釋非也。"①

　　王文公罷相，歸老鍾山，見衲子必探其道學，尤通《首楞嚴》。嘗
自疏其義。其文簡而肆，略諸師之詳，而詳諸師之略。非識妙者，莫
能窺也。每曰："今凡看此經者，見其所示本覺妙明，性覺明妙。知根
身器界生起不出我心。竊自疑今鍾山，山川一都會耳，而游於其中無
慮千人。豈有千人內心共一外境耶？借如千人之中一人忽死，則此山
川何嘗隨滅？人去境留，則經言山河大地生起之理不然。何以會通稱
佛本意耶？"②

　　王安石解釋辰巳間應該供仰佛及比丘，引用《楞嚴經》；論證"三昧"與
"正受"意義並非相同，引用《圓覺經》、《寶積經》。王安石從人死而外部
世界依然存在的角度，提出了對世人"根身器界生起不出我心"這一說法
的質疑。從中可以窺見，王安石在經過數年的苦讀後，對於佛學經典是何
其熟稔！又，其《空覺義示周彥真》一文論"覺"、"空"關係云："覺不
遍空而迷，故曰覺迷；空不遍覺而頑，故曰空頑。空本無頑，以色故頑；
覺本無迷，以見故迷。"③王安石認為佛家的"覺"和"空"是互相依存
的，假如不能覺悟諸法性空，就是"覺迷"，假如認為"空"只是意味著一
無所有的虛空，而不是覺悟後的"真空"，那就是"空頑"，造成二者的原
因是沒有擺脫"色"或"見"。此外，《宋史·藝文志》載王安石曾著有
《維摩經注》三卷；晁公武《郡齋讀書志》載其著有《金剛經會解》一卷、
《楞嚴經解》十卷；《蘇軾文集》中有《跋王氏華嚴經解》一文，蘇軾寫
道："《華嚴經》卷八十，今獨解其一，何也？"④從蘇軾的質疑中可以推知
王安石還曾對《華嚴經》中之一章作注，惜其並未流傳至今。這都反映
了王安石對佛學的濃厚興趣，亦反映了王安石對佛學研究的深入程度。

　　王安石對於佛學經典的著力研究與廣泛閱讀，使他的佛學造詣達到了
很高的程度，也使其對於佛學思想的吸收顯得十分繁雜。但王安石所吸收
之佛學思想對其產生潛移默化的影響，使其有意無意間在其詩歌中多有展
示。因而，如欲探明王安石所接受之佛學思想及其學佛之進程，細緻分析
其詩歌乃是必由之路，甚至可以說，除此之外，別無他徑。

---

①　（宋）惠洪：《林間錄》，《卍新纂續藏經》第 87 冊，第 250 頁上。

②　同上書，第 276 頁上。

③　（宋）王安石：《臨川先生文集》卷三十八，中華書局 1959 年版，第 409 頁。

④　（宋）蘇軾：《跋王氏華嚴經解》，《蘇軾文集》卷六十六，中華書局 1986 年版，第 2060 頁。

王安石對於佛學的研究路徑是"藉教悟宗"，他對於佛學經典的研讀
著力頗深。這也深深影響了他的詩歌創作，使其詩歌屢次出現佛教典故及
與佛教思想有關的內容，而其一些詩歌更是對佛教義理的精心融攝與別樣
言說。王安石詩歌多處運用、攝取佛學典故，所涉及之佛學經典眾多。筆
者依李壁之注釋，將各種佛典總共出現之次數統計如下：《景德傳燈錄》
三十一次、《維摩詰所說經》二十一次、《華嚴經》十六次、《楞嚴經》
十一次、《圓覺經》九次、《法華經》七次，《金剛經》、《金光明經》、
《高僧傳》各兩次，《心經》、《涅槃經》、《諸經要集》、《大唐西域記》、
《寶積經》、《耆域經》、《續高僧傳》、《增壹阿含經》、《雜阿含經》、《阿
彌陀經》、《緣起經》、《昇玄經》、《中阿含經》、《淨土經》、《四分律》、
《大集經》、《大般若波羅蜜經》各一次。這些佛經中所蘊含的思想也影響
了王安石的詩歌創作，並屢次出現在其詩歌中。從王安石詩歌中所體現的
佛學思想來看，大致可以歸納為三類：對夢幻泡影、萬法本空之大乘般若
空觀思想的服膺，對心佛眾生、本無差別之平等觀思想的運用，對無住生
心、隨緣任運之禪悟境界的體認。

二　夢幻泡影、萬法本空：對般若空觀思想的服膺

關於般若空觀，佛教典籍中多有論述，從王安石詩歌所涉及的佛典情
況來看，其所吸收之般若空觀的思想，應來自於《維摩詰所說經》、《心
經》、《華嚴經》、《圓覺經》及禪宗僧人的相關著述。

《維摩詰所說經·方便品第二》中云："是身如聚沫，不可撮摩；是
身如泡，不得久立；是身如炎，從渴愛生；是身如芭蕉，中無有堅；是身
如幻，從顛倒起；是身如夢，為虛妄見；是身如影，從業緣現；是身如
響，屬諸因緣；是身如浮雲，須臾變滅；是身如電，念念不住；是身無主
為如地，是身無我為如火，是身無壽為如風，是身無人為如水，是身不實
四大為家。是身為空離我我所，是身無知如草木瓦礫，是身無作風力所
轉，是身不淨穢惡充滿，是身為虛偽，雖假以澡浴衣食必歸磨滅。"① 連
用排比，指出自身的虛幻不實。又，《觀眾生品第七》中云："維摩詰言：
'譬如幻師見所幻人，菩薩觀眾生為若此。如智者見水中月，如鏡中見其
面像。如熱時焰，如呼聲響，如空中雲，如水聚沫，如水上泡，如芭蕉
堅，如電久住。'"② 在對文殊師利"菩薩云何觀於眾生"的回答中，維

---

① （後秦）鳩摩羅什譯：《維摩詰所說經》，《大正藏》第 14 卷，第 539 頁中。
② 同上書，第 547 頁上。

摩詰指出所見之物皆乃空幻。《心經》之"照見五蘊皆空"的思想相通，如永明延壽之《宗鏡錄》中有言曰："經云：'是身如聚沫，不可撮摩'即色蘊空；'是身如泡，不得久立'即受蘊空；'是身如焰，從渴愛生'即想蘊空；'是身如芭蕉，中無有堅'即行蘊空；'是身如幻，從顛倒起'即識蘊空。五蘊既空，誰為主宰。所有分別，是妄識攀緣。言語去來，唯風力所轉。離情執外，中間唯有空性。"①

王安石對此極為熟悉，並屢次在詩中或有意、或無意地運用此一典故。其《贈約之》一詩曰："君胸寒而痞，我齒熱以搖。無方可求藥，相值久無憀。欲尋秦越人，魂逝莫能招。但當觀此身，不實如芭蕉。"② 又其《讀維摩經有感》一詩曰："身如泡沫亦如風，刀割香塗共一空。宴坐世間觀此理，維摩雖病有神通。"③ 二者皆是用《維摩經》中此身畢竟虛無的觀點，來化解年老體衰的哀傷。其《贈王居士》一詩："武林王居士，與子俱學佛。以財供佛事，不自費一物。"李壁（公元 1157—1222 年）注曰："財本身外之物，取其了此理而不吝。"④ 自己之身體況空幻不實，須臾遷滅，更遑論身外財物？王安石由此角度，讚賞友人以財供佛而不以之為失的豁達態度。又，其五律《送鄧監簿南歸》之頸聯曰："水閱公三世，雲浮我一身。"亦是用《維摩經》"是身如浮雲，須臾變滅"的典故，旨在以此身虛幻不實之理，化解與友人別離之傷感。其慣用《維摩經》此身虛幻不實的典故，也與其經歷有關。元豐末，王安石病愈後，將其宅捨為禪院，《雲庵克文禪師語錄》載："時公方病起，樂聞空宗。"⑤ 或許是此患病之經歷，使其對此身之虛幻不實有更深之體驗所致。

除去《維摩經》中此身虛幻不實的空無思想外，王安石般若空觀的思想更多地來自於《金剛經》、《華嚴經》及《圓覺經》。《金剛經》中有偈語云："一切有為法，如夢幻泡影。如露亦如電，應作如是觀。"⑥《華嚴經》與《圓覺經》亦有類似的表達，前者有言曰："了知境界，如幻如夢，如影如響，亦如變化。"又曰："知諸法門悉皆如幻，一切眾生悉皆如夢，一切如來悉皆如影，一切言音悉皆如響，一切諸法悉皆如化。"⑦

---

① （宋）延壽：《宗鏡錄》，《大正藏》第 48 卷，第 785 頁上。
② （宋）王安石：《贈約之》，《王荊文公詩箋注》卷二，中華書局 1958 年版，第 14 頁。
③ （宋）王安石：《王荊文公詩箋注》卷四十八，中華書局 1958 年版，第 685 頁。
④ （宋）王安石：《王荊文公詩箋注》卷三，中華書局 1958 年版，第 35 頁。
⑤ （宋）真淨克文撰，法深、福深編錄：《雲庵克文禪師語錄》，《卍新纂續藏經》第 69 冊，第 221 頁上。
⑥ （後秦）鳩摩羅什譯：《金剛般若波羅蜜經》，《大正藏》第 8 卷，第 752 頁中。
⑦ （唐）實叉難陀譯：《大方廣佛華嚴經》，《大正藏》第 10 卷，第 88 頁下。

後者之“文殊師利”章中有言：“如夢中人，夢時非無，及至於醒，了無所得。”“普眼菩薩”章中亦曰：“生死涅槃，猶如昨夢。善男子，如昨夢故，當知生死及與涅槃，無起無滅，無來無去。”皆是通過夢境比喻，來說明世間一切虛無空幻之理。

對於熟讀這幾種佛學經典的王安石來說，這種思想並不陌生，其《與沈道源書三》其一中曰：“一切如夢，不須深以概懷。”① 《再答呂吉甫書》中亦言：“示及法界觀文字，輒留玩讀，研究義味也。觀身與世，如泡夢幻，若不以此洗心而沈於諸妄，不亦悲乎！”② 表達了世間一切皆如夢境，虛幻不實，不應牽情於此的思想。王安石從此三種經典中所吸收之般若空觀思想，也屢次形諸其詩歌創作中。其突出的表現即是其詩中多言“夢”。其《擬寒山拾得二十首》其三曰：“凡夫當夢時，眼見種種色。此非作故有，亦非求故獲。不知今是夢，道我能蓄積。貪求復守護，嘗怕水火賊。既覺方自悟，本空無所得。死生如覺夢，此理甚明白。”③ 該詩乃是對上述所引《圓覺經》思想之闡述，通過夢境虛幻的認知，推知人生如夢，同樣虛幻，從而達到超越生死的境界。其《夢》詩曰：“知世如夢無所求，無所求心普空寂。還似夢中隨夢境，成就河沙夢功德。”④ 過去如夢境般虛幻，已然逝去，不可把握。而可以把握之現在，則如同夢中之夢，也必將逝去，同樣的空妄不實。若著心追求，即使能有所得，也如同夢中千里封侯一般虛妄。如果說這類詩歌借助詩歌的形式來闡釋其對於佛學思想的理解，尚屬王安石有意而為，那么王安石在觀察身邊日常生活中之普通事物時，於有意無意間流露出的以此種佛學思想進行觀照，則更能說明此種思想對其影響之深。其《題勇老退居院》、《與道原步至景德寺》二詩曰：

> 前時偶見花如夢，紅紫紛披競淺深。今日重來如覺夢，靜無餘馥可追攀。⑤
>
> 道人投老寄山林，偶坐翛然洗我心。夢境此身能且在，明年寒食更相尋。⑥

---

① （宋）王安石：《臨川先生文集·臨川集補遺》，中華書局 1959 年版，第 1078 頁。
② 同上書，第 1080 頁。
③ （宋）王安石：《王荊文公詩箋注》卷四，中華書局 1958 年版，第 40 頁。
④ 同上書，第 48 頁。
⑤ （宋）王安石：《王荊文公詩箋注》卷四十二，中華書局 1958 年版，第 547 頁。
⑥ 同上書，第 548 頁。

前詩將自己的存在等同於夢幻，後者用夢之虛幻不實來寫春去花謝，了無痕跡可以尋覓，皆是由人生如夢幻泡影畢竟空無的角度，來審視自己所見之事物，而其中又包含了自己獨特的人生體驗，使其詩歌具有一種滄桑、超然之韻味。《王直方詩話》中載："舒王詩云：'投老歸來供奉班，塵埃無復見鍾山。何須更待黃粱熟，始信人間是夢間。'又云：'黃粱欲熟日流連，謾道春歸莫悵然。蝴蝶豈能知夢事，蓮蓮先墮晚花前。'又云：'客舍黃粱今始熟，鳥殘紅柿昔分甘。'蓋三用黃粱而意義皆妙。"① 其詩中慣用"黃粱"之典，雖與佛教並無直接之關係，但其詩歌通過對此典故的運用，所要表達的正是世間一切如夢境般虛幻不實的觀點。這無疑與王安石對於般若空觀的深切體認與拳拳服膺有著內在的聯繫，不可僅僅看作是其詩歌技法高超的表現。

除去上述兩類般若空觀思想外，佛教緣起性空的思想也為王安石所吸納、接受。佛教諸宗皆認為世間之有為法，乃是待特定之條件因緣和合而起。《華嚴經》卷四十四中曰："菩薩摩訶薩，知一切法皆悉如幻，從因緣起。"② 又曰："悉從因緣起，無生故無滅。"《諸佛要集經》中亦曰："法從因緣起，設無因緣，則無所起，亦無所滅。"③ 諸法因緣和合則有，各種因緣消散則無。王安石《即事二首》即是此種緣起性空思想之體現：

> 雲從鍾山來，卻入鍾山去。借問山中人，雲今在何處。
> 雲從無心來，還向無心去。無心無尋處，莫覓無心處。④

詩中之"雲"即為因緣和合所生之"法"，其乃因緣和合而生，因緣消散而去，究其實質，乃是虛幻。後者中之"無心"，還與"如來藏"思想有關，"如來藏"是一切眾生本有之如來法身，但其"雖自性淨，客塵所覆，故猶見不淨。"⑤ "如來藏"因受客塵煩惱遮蔽，能生出有為之法，因而"如來藏是善、不善因"。但是"如來藏"並非是實有之物，"它的提出只是如來說法時隨緣開示的種種方法之一，只是為了引導學人舍離不實的我見和妄想，迅速證得無上正等正覺。"⑥ 因而經中曰："如來應供等正

①　（宋）王直方撰：《王直方詩話》，《宋詩話輯佚》本，中華書局1980年版，第27—28頁。
②　（後秦）鳩摩羅什譯：《大方廣佛華嚴經》，《大正藏》第10卷，第232頁中。
③　（西晉）法護譯：《諸佛要集經》，《大正藏》第17卷，第757頁上。
④　（宋）王安石：《王荊文公詩箋注》卷四，中華書局1958年版，第39頁。
⑤　（南朝宋）求那跋陀羅譯：《楞伽阿跋多羅寶經》，《大正藏》第16卷，第510頁下。
⑥　吳言生：《禪宗思想淵源》，中華書局2001年版，第8頁。

覺，為斷愚夫畏無我句，故說離妄想無所有境界如來藏門。"① 此詩李壁注印禪歌釋之："莫道無心便為道，無心猶隔一重關。" 又 "大智發於心，心於何處尋?" 可謂頗中肯綮。詩中之 "無心" 即是 "如來藏" 清淨體，有為法 "雲" 於其生起、遷滅，而其本身則是虛無的，故詩言 "無心無尋處，莫覓無心處"。

綜上所述，兩次罷相，愛子早逝，門生交惡，這些獨特的人生經歷與生命體驗，使王安石對大乘佛教般若空觀的思想體認甚深。這種深切體認與拳拳服膺不可避免地滲透到了其詩歌創作中，為其詩歌注入了極強的哲理意味。雖然其部分詩歌純粹成為了佛理的闡釋，以致缺乏形象性與可感性，但王安石一些富有禪意佛情的寫景狀物之詩，卻達到了哲理與情感和諧並存、滄桑與超然同行不悖的境界。

三　心佛眾生、本無差別：對平等觀思想的運用

佛教平等觀思想也為王安石所吸收，並體現在了其詩歌創作中。王安石所吸納之佛教平等觀思想大體來源於《金剛經》、《維摩經》、《華嚴經》、《大乘起信論》等佛學著作中。

《金剛經》中曰："凡所有相皆乃虛妄，若見諸相非相，即見如來。"② 主張從萬法皆空的角度，來取消對於事物分別的念想。《維摩經》"入不二法門品" 曰："生滅為二，法本不生，今則無滅，得此無生法忍，是為入不二法門。"③ 僧肇注曰："離真皆名二，故以不二為言。"④《大乘義章》中云："言不二者，無異之謂也，即是經中一實義也。一實之理，妙寂離相，如如平等，亡於彼此，故云不二。"⑤ 強調通過泯滅差別而證入菩提。《華嚴經》詳細描述了由於分別而產生的生死輪回，強調通過不生分別心，來超越生死輪回，其亦反復強調消除差別："離諸分別心不動，善了如來之境界。……能所分別二俱離，雜染清淨無所取。若縛若解智悉忘，但願普與眾生樂。"⑥ "諸法寂滅非寂滅，遠離此二分別心。知諸分別是世見，入於正位分別盡。"⑦

① （南朝宋）求那跋陀羅譯：《楞伽阿跋多羅寶經》，《大正藏》第 16 卷，第 489 頁中。
② （後秦）鳩摩羅什譯：《金剛般若波羅蜜經》，《大正藏》第 8 卷，第 749 頁上。
③ （後秦）鳩摩羅什譯：《維摩詰所說經》，《大正藏》第 14 卷，第 550 頁中。
④ （東晉）僧肇選：《注維摩經》，《大正藏》第 38 卷，第 396 頁下。
⑤ （隋）慧遠：《大乘義章》，《大正藏》第 44 卷，第 481 頁中。
⑥ （唐）實叉難陀譯：《大方廣佛華嚴經》，《大正藏》第 10 卷，第 93 頁上—第 93 頁下。
⑦ 同上書，第 160 頁下。

曾為《金剛經》、《維摩經》作注，並著有《華嚴經會解》的王安石，對這類思想必十分熟稔。用此種思想觀照外界，則外物之差別完全消失。其《擬寒山拾得二十首》之十三曰："衆生若有我，我何能度脫。衆生若無我，已死應不活。衆生不了此，便聽佛與奪。我無我不二，四天王獻鉢。"① 詩之前半所表之意，恰如李壁之注："小乘以封我為累，故尊於無我。無我既尊，則於我為二。大乘是非齊旨，二者不殊，為無我義也。"末二用《諸經要集》佛疊用比丘所奉四鉢之典，說明只要消除分別即可達到佛之境界。其《與僧道昇二首》其一曰：

> 昇也初見我，膚腴仍潔白。今何苦而老，手脚皺以黑。聞有道人者，於今號禪伯。嬲汝以一句，西歸瘦如腊。汝觀青青枝，歲寒好顏色。此松亦有心，豈問庭前柏。②

將道昇多方求道的行為解釋為浪自求苦，心、佛及世間萬物皆具佛性，因而隨處皆可悟道。從此角度來看，多方求道即是生起分別心，分別心生起，則難以證入佛道。末四句用趙州和尚"庭前柏樹子"的典故，言此處之松與趙州庭前之柏並無差別，為何心生分別，捨近取遠？其《題半山寺壁二首》則將此思想與詩意融於一體：

> 我行天即雨，我止雨還住。雨豈為我行，邂逅與相遇。
> 寒時暖處坐，熱時涼處行。衆生不異佛，佛即是衆生。③

其一，我行雨作，我止雨住，平常人對此難免會發出怨聲。然王安石本自不生分別心之理，認為雨作雨止並無區別，因而其與不與我行路有關，亦無區別。將吸納平等觀所熔鑄之灑脫超越精神，為其對日常瑣事的描寫注入了睿智瀟灑的氣韻。其二，對洞山良介禪師一則公案的闡釋，《五燈會元》卷十三中載："問：'寒暑到來，如何回避？'師曰：'何不向無寒暑處去？'曰：'如何是無寒暑處？'師曰：'寒時寒殺闍黎，熱時熱殺闍黎。'"④ 面對僧人如何回避寒暑的問題，洞山良介禪師言嚮無寒暑處則可，言外之意則是啓發僧人：汝回避寒暑，即是承認寒暑之區別。若不生

① （宋）王安石：《王荊文公詩箋注》卷四，中華書局 1958 年版，第 43 頁。
② （宋）王安石：《王荊文公詩箋注》卷三，中華書局 1958 年版，第 34 頁。
③ （宋）王安石：《王荊文公詩箋注》卷四，中華書局 1958 年版，第 36 頁。
④ （宋）普濟編：《五燈會元》，中華書局 1984 年版，第 780 頁。

分別心，寒暑之別消失，則何須回避寒暑？真淨克文在廬山說法時評點此曰：“大眾若也會得，不妨神通遊戲，一切臨時，寒暑不相干。若也不會，且向寒暑裏經冬過夏。”① 認為若消除分別心，則舉手投足，皆是道場；若心生分別，則沉於苦海，不能自拔。王安石曾延請真淨克文住持報寧禪院，二者在佛學探討上多有交流②，王安石可能從克文處關注此一佛學思想。其詩亦是言若除去分別心，則可達佛之境界。其《題徐浩書〈法華經〉》中云：“一切法無差，水牛生象牙。”③ 用《善慧大士語錄》中語：“無我無人真出家，何須剃髮染袈裟。欲識逍遙真解脫，但看水牛生象牙。行路易，路易君諦聽。無覺無菩提，無垢亦無淨。”④ 其意仍是要消除分別心。

　　王安石對於佛教平等觀思想的吸納，是建立在對前述般若空觀融會的基礎上的。是由萬法皆空，虛幻不實的角度，進而認為心佛眾生，並無分別，終究歸於空幻，從此角度而言，萬法平等、無差無別。這種萬法平等、終究空幻的思想也為王安石進一步體認到“應無所往而生其心”的佛學道理，並使他最終走向了隨緣任運的禪悟境界。

四　無住生心、隨緣任運：對禪悟境界的體認

　　《金剛經》中云：“過去心不可得，現在心不可得，未來心不可得。”⑤強調學者要截斷三心的妄念流轉，從而一念不生，超出俗世。《宗鏡錄》對此進行發揮云：“此三識若不死過去，即想未來，過未不緣，即住現在，離三際外，更無有識。故祖云：一念不生，前後際斷。”⑥ 又曰：“過去心已過去，未來心未至，現在心不住。”⑦ 只有認識到三心皆乃虛妄，消除任何執著，才能超越了悟的境界。這就要求學者之心應無所住，“於法應無所住”，“不應住色生心，不應住色聲香味觸法生心，應無所往而生其心”。體認到無住生心，方可實現精神的無拘無束、自在自為；具有了如此灑脫之胸襟，才能觸處逢春，達到隨緣任運的境界。此境界之具體表現則為“隨處作主，立處皆真，境來回換不得。縱有從來習氣、五無

---

① （宋）賾藏主編：《古尊宿語錄》，中華書局 1994 年版，第 820 頁。
② 《雲庵克文禪師語錄》，《卍新纂續藏經》第 69 冊，第 221 頁上載二人討論宗密改《圓覺經》“皆證圓覺”為“皆具圓覺”事。
③ （宋）王安石：《王荊文公詩箋注》卷四十，中華書局 1958 年版，第 524 頁。
④ （唐）樓穎錄：《善慧大士語錄》，《卍新纂續藏經》第 69 冊，第 120 頁下。
⑤ （後秦）鳩摩羅什譯：《金剛般若波羅蜜經》，《大正藏》第 8 卷，第 751 頁中。
⑥ （宋）永明延壽：《宗鏡錄》，《大正藏》第 48 卷，第 790 頁中。
⑦ 同上書，第 777 頁中。

間業，自為解脫大海"。①

　　曾為《金剛經》作注的王安石，"應無所往而生其心"的道理應不陌生；而與禪宗僧人交往甚深的經歷，也促成了對於隨緣任運之禪悟境界的體認。對此禪悟境界之體認也多次出現於其詩中。其《杭州修廣師法喜堂》詩云："浮屠之法與世殊，洗滌萬事求空虛。師心以此不掛物，一堂收身自有餘。"② 讚許友人通過對般若空觀的體認，而達到心無所住，不為塵俗牽累的境界。緊接著的二句"堂陰置石雙嶙峋，石脚立竹青扶疏"，既是寫景，也是王安石運用興寄手法，讚許其具有觸處皆真、隨緣任運的了悟心境。其《和栖霞寂照庵僧雲渺平甫同作》詩云："蕭然一世外，所樂有誰同。宴坐能忘老，齋蔬不過中。無心為佛事，有客問家風。笑謂西來意，雖空亦不空。"③ 詩之前半乃是敘述友人隨緣任運、擺脫世俗牽累的修為境界，後半通過回答客人"家風"為何的"雖空亦不空"之語，道出友人達到前述境界的原因：無住生心及對無住生心後之瞭悟境界亦不牽懷。這種在對友人或僧人的讚頌、描述的詩歌中出現的對無住生心、隨緣任運之境界的體認，雖不是直接訴說自己具備此精神境界，但這並不能說明王安石並未體認到此一境界。海德格爾認為："把某某東西作為某某東西加以解釋，這在本質上是通過先行具有、先行視見與先行掌握來起作用的。解釋從來不是對先行給定的東西所作的無前提的把握。"④ 王安石對於他人達此境界的讚許，實際上正是建立在自己先行體認到此境界的基礎上。

　　通過對於他人達此境界的讚許來說明王安石具備對此境界的體認，如果說這種推論尚屬牽強的話，那么王安石在其詩歌中自覺的表述，則無疑驗證了他體認到隨緣任運境界的事實。其《莫疑》詩之後半曰："蓮花世界何關汝，楮葉工夫浪費年。露鶴聲中江月白，一燈岑寂擁書眠。"⑤ 不但應無住生心，就連無住生心後所得之了悟境界，也要破除。既不執著於超越境界，苦苦追尋了悟與否，亦不牽情於世間俗務，矻矻以求富貴顯達。但隨順自然，自可擺脫俗世之累，從而體驗到江水東去、鶴唳月白、擁書安眠的愉悅。其《次韻葉致遠置洲田以詩言志四首》其二曰："若將

①　（宋）賾藏主：《古尊宿語錄》，中華書局 1994 年版，第 59 頁。
②　（宋）王安石：《王荆文公詩箋注》卷二十，中華書局 1958 年版，第 221 頁。
③　（宋）王安石：《王荆文公詩箋注》卷二十三，中華書局 1958 年版，第 263 頁。
④　［德］海德格爾：《存在與時間》，孫周興譯，生活·讀書·新知三聯書店 2006 年版，第 176 頁。
⑤　（宋）王安石：《王荆文公詩箋注》卷二十七，中華書局 1958 年版，第 320 頁。

有限計無涯，自困真同算海沙。隨順世緣聊戲劇，莫言河渚是吾家。"①
前兩句運用《景德傳燈錄》中"佛祖正法，直截亡詮。汝算海沙，於理
何益"② 之語，言人生短暫，如以世俗之思維尋求悟道，無異於計算不可
數之無窮海沙，永無盡頭，荒唐可笑。後二用張拙頌"隨順世緣無掛礙，
涅槃生死等空花"，詩意為與其如前以"有限計無涯"而墜入世間苦海，
不若隨順世緣、無住生心，從而消除分別之心以擺脫世累。分別之心消
除，則世間處處是吾之精神樂園，非獨河渚之家。

　　與上述兩種於讚許友人之詩或明確以詩明理之詩作不同，在觀照外物
之所自然留露出的隨緣任運生活態度，則使王安石詩歌呈現了從容閑雅、
悠游不迫的特點。其《雜詠六首》其三："小雨蕭蕭潤水亭，花風颭颭破
浮萍。看花聽竹心無事，風竹聲中作醉醒。"③ 王安石隨順世緣、無住生
心的心境使其觸處皆真，細雨落於庭外，微風吹破浮萍，無處不是悅目之
境。泯滅世間所有差別後，無論醉醒，都是真如自在的。其《東岡》詩：
"東岡歲晚一登臨，共望長河映遠林。萬竅怒號風喪我，千波競涌水無
心。"④ 遠林中狂風怒號，長河中波浪滔天。風則不論遠林、屋宇，只
是如此吹去；水則不論風起與否，只如常時一般。王安石對隨緣任運境
界的體認，使其詩歌充滿了"萬竅怒號"、"千波競涌"的十足張力，
但"風喪我"、"水無心"又使其終歸澹泊寧靜，實現了兩種相悖之美
的和諧並存。

五　王安石佛學思想的邏輯順序

　　在王安石的思想中，般若空觀思想、平等觀思想及證悟後的隨緣任
運，三者是遞進而來之邏輯關係，並非平行而互不相干的三個部分。世間
萬法、萬物皆乃空幻不實，進而認識到自己所見、所感以及自己的見聞知
覺等都是虛妄的，由此體認到萬法、萬物皆平等不二，再進而達到無所往
而生心、隨緣任運的境界。這種邏輯推演過程在《圓覺經》中即有完整
的表述：

　　　　一切眾生，種種幻化，猶如空花從空而有。幻花雖滅，空性不
　　壞。眾生幻心，還依幻滅，諸幻盡滅，覺心不動。依幻說覺，亦名為

---

①　（宋）王安石：《王荊文公詩箋注》卷四十一，中華書局1958年版，第543頁。
②　（宋）道原：《景德傳燈錄》，《大正藏》卷51，第279頁下。
③　（宋）王安石：《王荊文公詩箋注》卷四十六，中華書局1958年版，第633頁。
④　（宋）王安石：《王荊文公詩箋注》卷四十一，中華書局1958年版，第531頁。

幻，若說有覺，猶未離幻。說無覺者，亦復如是，是故幻滅名為不動。善男子，一切菩薩及末世眾生，應當遠離一切幻化虛妄境界，由堅執持遠離心故。心如幻者，亦復遠離。遠離為幻，亦復遠離。離遠離幻，亦復遠離。得無所離，即除諸幻。譬如鑽火，兩木相因，火出木盡，灰飛煙滅。以幻修幻，亦復如是。諸幻雖盡，不入斷滅。善男子，知幻即離，不作方便，離幻即覺，亦無漸次。一切菩薩及末世眾生，依此修行，如是乃能永離諸幻。①

世間萬物皆乃虛妄，而體認到世界虛幻不實所生之覺心，亦是虛幻的。覺心只是相對執著於迷妄現實的迷惑之心而言的，與迷惑之心是相對立而共存的關係，不是實有之物，亦非永恆真理。修行者應首先明瞭外界事物及自我本身的虛幻不實，從而破除對這種虛幻現實的任何執著，進而應體認到自我認知到外界虛幻的覺悟之心亦屬虛妄，不應執著於此，由此方能"永離諸幻"。實現對虛妄現實的體認與遠離並不是修行的最終目的，這種體認與遠離是為了明瞭諸法本質為空，一切存在之諸法皆為平等，從而達到無思無慮、隨緣任運的境界。普眼章中世尊從空觀角度對普眼菩薩言說"四緣假合，妄有六根，六根四大，中外合成，妄有緣氣"後，進而說道：

> 知菩薩，不與法縛，不求法脫；不厭生死，不愛涅盤；……一切覺故。譬如眼光曉了前境，其光圓滿，得無憎愛，何以故？光體無二，無憎愛故。善男子，此菩薩及末世眾生，修習此心得成就者，於此無修亦無成就，圓覺普照寂滅無二，於中百千萬億不可說阿僧祇恒河沙諸佛世界，猶如空花，亂起亂滅，不即不離，無縛無脫。始知眾生本來成佛，生死涅盤猶如昨夢。善男子，如昨夢故，當知生死及與涅槃，無起無滅，無來無去。其所證者，無得無失，無取無舍。其能證者，無住無止，無作無滅。於此證中無能無所，畢竟無證，亦無證者，一切法性平等不壞。善男子，彼諸菩薩，如是修行，如是漸次，如是思惟，如是住持，如是方便，如是開悟。②

在體認到世間萬物包括自我之身體、思維等皆為虛妄後，修行者應進而認

---

① （唐）佛陀多羅譯：《大方廣圓覺修多羅了義經》，《大正藏》第 17 卷，第 914 頁上。
② 同上書，第 915 頁上。

識到、體認到萬物虛妄的覺心亦是虛幻不實的。此一體察思維之過程，依《圓覺經》中所言即是以幻修幻、以幻除幻的修行過程，正如經文中所作之譬喻："譬如鑽火，兩木相因，火出木盡，灰飛煙滅。"通過否定之否定的層層破除方式，使修行者識得世間萬物皆乃虛幻，覺悟之心亦乃虛幻，修行者不應執著於生死，亦不應執著於自我體察到的解脫境界。因為解脫境界是依附於虛幻之現實的，與虛幻現實在本質上是相生相待的關係，假若一味沉迷於對解脫境界的追尋，實則相當於肯定了迷妄現實的合理性。因而，修行者應在認清此理之後，斬斷一切執著，不執著於生死，亦不執著於對涅槃境界的追尋①。

王安石對《圓覺經》極其熟悉，惠洪《禪林僧寶傳》載真淨克文在金陵時與王安石討論有關《圓覺經》之問題②。其中真淨克文為王安石釋"皆證圓覺"即與《圓覺經》之邏輯推演密切相關，真淨克文認為"蓋眾生現行無明，即是如來根本大智"，其意即是啟示王安石不可耽於對覺悟之心的追尋，王安石深以為然。可以想見，王安石對於《圓覺經》之邏輯推演過程必極其熟稔，受其影響也不可避免，其《答蔣穎叔書》一文即表達了這一思想脈絡：

> 所謂性者，若四大是也。所謂無性者，若如來藏是也。雖無性而非斷絕，故曰一性所謂無性。曰一性所謂無性，則其實非有非無。此可以意通，難以言了也。惟無性故能變，若有性，則火不可以為水，水不可以為地，地不可以為風矣。長來短對，動來靜對，此但令人勿著爾。若了其語意，則雖不著二邊，而著中邊，此亦是著。故經曰："不此岸，不彼岸，不中流。"③

---

① 關於《圓覺經》對佛教修行方式及邏輯推演的詳細論述，見拙文《層層破除，直體真如——〈圓覺經〉關於佛教修行的論述及其影響》，載《中國宗教》2011 年第 9 期。

② （宋）惠洪《禪林僧寶傳》卷二十三載："至金陵，時舒王食官使祿，居定林。聞師至，倒屣出迎。王問：'諸經皆首標時處，〈圓覺經〉獨不然，何也？'師曰：'頓乘所演，直示眾生，日用現前，不屬今古。只今老僧與相公，同入大光明藏，游戲三昧，互為賓主，非干時處。'又問：'經曰一切眾生皆證圓覺，而圭峯以證為具，謂譯者之訛，如何？'對曰：'〈圓覺〉如可改，〈維摩〉亦可改也。維摩豈不曰：亦不滅受而取證？夫不滅受蘊而取證者，與皆證圓覺之意同。蓋眾生現行無明，即是如來根本大智，圭峯之言非是。'舒王大悅，稱賞者累日。"《卍新纂續藏經》第 79 冊，第 537 頁下。

③ （宋）王安石：《答蔣穎叔書》，《臨川先生文集》卷七十八，中華書局 1959 年版，第827 頁。

文中所說之"一性"即是眾生都具有同樣無上正覺的佛性，即"如來藏"。但此"如來藏"是沒有實體與定相的，是"如來應供等正覺，為斷愚夫畏無我句，故說離妄想無所有境界如來藏門"。"一性"其實並不是真實存在的，所以說"一性所謂無性"。此"如來藏"到底是如何的，王安石言"非空非有"，即是本體論意義上的"空"，諸法性空。正因為"如來藏"是空，所以萬物的各種差異也就不存在了，即是應無所往而生其心，不應執著於某一概念。若執著於無所往而生其心這一概念，也是沒有放下執著。這就是文中所說的"雖不著二邊而著中邊，此亦是著"。既已消除了分別心，做到了無所往而生心，那也就進入了隨緣任運、自在自為的禪悟境界了。

第二節　從相生相待到平等不二:蘇軾學佛路徑的文學書寫

　　蘇軾與佛教及佛學之關係，是研究蘇軾思想不可回避的一個方面，也為論者多所關注。冷成金先生之《蘇軾的哲學觀與文藝觀》一書，在第三章第三節"蘇軾的禪學思想與其哲學觀"中對此進行了論述。列舉了蘇軾與佛門弟子的交往，並認為"蘇軾在文格、人格上易於接受佛家的影響，但在政治觀點上卻傾向於詆斥佛家"，"在早年和仕途順利的時期對佛家微詞甚多，而在遭受貶謫和晚年對佛家青眼有加"。[1] 在蘇軾對佛學的研習上，冷先生認為"禪宗、華嚴宗、雲門宗、天台宗對蘇軾的影響最大"[2]，並依次進行了分析。但是雲門宗作為禪宗五家七宗之一，其理論及學說未出禪宗之範疇，乃是禪宗分支，如此分析，似不甚妥當。此外，蘇軾之學佛，並未皈依於某一派思想的自覺意識，因而不宜以佛教宗派為基準來分析蘇軾所受佛教學說之影響。除此之外，梁銀林先生之博士論文《蘇軾與佛學》，專門論述了蘇軾思想、文學與佛學之關係，該文首先從歷時性的角度分析了蘇軾的學佛歷程，在此基礎上討論了蘇軾的佛學修養。但於蘇軾對佛教理論接受的由淺及深的過程分析上，略顯不足。因而對於蘇軾學佛之歷程與路徑及蘇軾傾向於何種佛教理論，尚有探討之空間，亦有探討之必要。

---

[1]　冷成金:《蘇軾的哲學觀與文藝觀》，學苑出版社 2003 年版，第 280 頁。

[2]　同上書，第 284 頁。

　　此處，拙著將從蘇軾學佛之經歷、佛學思想的汲取在其詩歌中之體現及佛學思想之容納對其詩學之影響三個方面對此進行論述。通過統計各種佛學經典在蘇軾詩歌中出現的次數，明確蘇軾吸收佛學思想的特點；並立足於文本的細讀，通過對蘇軾詩歌的細緻剖析，解析蘇軾是如何將佛學思想融入到詩歌創作中去的。

一　蘇軾之學佛歷程

　　鑒於學界已對蘇軾與佛教中人的關係進行了相關的詳細考察，拙著此處不作贅述，擬簡要勾勒蘇軾學佛的幾個階段。蘇軾之學佛，概括而言，經歷了一個由好奇到自覺研習，再到深切認同並產生信仰心理的過程。

　　（一）少年好佛

　　蘇軾出生於一個比較尊崇佛教的士大夫家庭，蘇軾謫居海南期間所作之《十八阿羅漢頌》曰：“軾外祖父程公，少時游京師，還，遇蜀亂，絕糧不能歸，困臥旅舍。有僧十六人往見之曰：‘我，公之邑人也，各以錢二百貸之。’公以是得歸，竟不知僧所在。公曰：‘此阿羅漢也。’歲設大供四。公年九十，凡設二百餘供。”[1]　其外祖父的這種佛教信仰，及“天府佛國”的濃厚佛教氣氛直接影響了蘇軾父母，蘇軾《真相院釋迦舍利塔銘》一文中云：“昔予先君文安主簿贈中大夫諱洵，先夫人武昌太君程氏，皆性仁行廉，崇信三寶，捐館之日，追述遺意，捨所愛作佛事，雖力有所止，而志則無盡。”[2]　其父蘇洵也多與僧人結交，《佛祖統紀》載：“眉山蘇洵赴汴京舉進士不中，泝江至潯陽，登廬山謁祖印訥禪師問法。”[3]　家庭及地域文化中濃厚的佛教氛圍，使蘇軾自幼便有接觸到佛教的大量機會。後來蘇軾回憶其稍長後游歷成都，於大悲閣所見千手觀音時的感受說：“昔吾嘗觀於此，吾頭髮不可勝數，而身毛孔亦不可勝數。牽一髮而頭爲之動，拔一毛而身為之變然，則髮皆吾頭，而毛孔皆吾身也。彼皆吾頭而不能為頭之用，彼皆吾身而不能具身之智，則物有以亂之矣。吾將使世人左手運斤，而右手執削，目數飛鴈而耳節鳴鼓，首肯傍人而足識梯級，雖有智者，有所不暇矣。而況千手異執而千目各視乎？”[4]　蘇軾

---

①　（宋）蘇軾：《十八阿羅漢頌有跋》，《蘇軾文集》卷二十，中華書局 1986 年版，第 587 頁。

②　（宋）蘇軾：《真相院釋迦舍利塔銘》，《蘇軾文集》卷十九，中華書局 1986 年版，第 578 頁。

③　（宋）志磬撰：《佛祖統紀》，《大正藏》第 49 卷，第 411 頁中。

④　（宋）蘇軾：《成都大悲閣記》，《蘇軾文集》卷十二，中華書局 1986 年版，第 395 頁。

見到千手觀音時，不似常人將其當作純粹的景點，而是思考並質疑觀音"千手異執而千目異視"的可能性，此時的蘇軾雖然還未深契佛理，未明了"雖一身不成二佛而一佛能遍河沙諸國"的道理，但他表現出來的對佛教的濃厚興趣，卻成了他將來自覺研習佛學的動力。此外，在成都所結識之僧人給他留下的良好印象，也為他種下了日後與佛教的因緣，其於《中和勝相院記》中談及對惟簡、惟度二位法師的印象時曰："文雅大師惟度，器宇落落可愛，渾厚人也。能言唐末、五代事傳記所不載者，因是與之遊，甚熟。惟簡則其同門友也。其為人，精敏過人，事佛齋眾，謹嚴如官府。二僧皆吾之所愛。"①

（二）自覺研習

進士及第後，蘇軾出任鳳翔簽判，其間蘇軾在友人王彭的啟示下，開始有意識地研習佛教學說，其《王大年哀辭》中云："予始未知佛法，君為言大略，皆推見至隱以自證耳，使人不疑。予之喜佛書，蓋自君發之。"② 與其研習佛學相應，蘇軾首次創作了以佛教為題材的詩歌：《記所見聞開元寺吳道子畫佛滅度以答子由》、《王維吳道子畫》、《維摩詰像楊惠之塑在天柱寺》等。詩中多用佛典，所涉及的佛學典籍主要以《維摩經》為主，如"乃知人外生死，此身變化浮雲隨"，"當其在時或問法，俯首無言心自知。至今遺像兀不語，與昔未死無增虧"等。此外，其詩所涉及之典故還有《傳燈錄》，如"当时修道颇辛苦，柳生两肘乌巢肩"，後句雜用《莊子·至樂》支離叔柳生左肘及《傳燈錄》"如來在雪山修道，芻尼巢於頂上"的典故。但此一時期，蘇軾對佛學典故的運用，多集中於在佛教場所所作之詩及與佛教有關之詩中。並且，從動機上來講，文學創作之促動多於自覺之運用。隨著時間的推移，蘇軾對於佛學的學習也在日漸加深，從詩歌中所涉及佛學典故即可以看出，除去他比較熟悉的《維摩經》之外，其詩歌中所涉及之佛典還包括了《圓覺經》、《法華經》、《楞嚴經》等。如"已將世界等微塵，空里浮花夢裏身"，前句用《法華經》"三千大千世界，抹為微塵"之語，後句用《圓覺經》"譬彼病目，見空中花"之典。"欲問雲公覓心地，要知何處是無還"，"無還"出自《楞嚴經》："佛告阿難：'且汝見我見精明元，此見雖非妙精明心，如第二月非是月影，汝應諦聽，今當示汝無所還地。"③ 此一時期所作之

---

① 《蘇軾文集》卷十二，中華書局1986年版，第384頁。
② 《蘇軾文集》卷六十二，中華書局1986年版，第1965頁。
③ （唐）般剌蜜帝譯：《大佛頂首楞嚴經》卷二，《大正藏》第19卷，第111頁上。

詩歌中，蘇軾亦廣泛應用禪宗公案典故，如“因病得閑殊不惡，安心是藥更無方”，用《景德傳燈錄》達摩祖師與慧可“安心”之公案故事；“老非懷土情相得，病不開堂道益尊”，用《景德傳燈錄》中清涼文益禪師“長老未開堂，不答話”之典故；“相逢更無言，無病亦無藥”，用《傳燈錄》中百丈之語：“佛是眾生藥，無病不要喫”之典。如果說對於“安心”這類廣為人知的典故的應用屬於不自覺行為的話，那么對於後二類典故的應用則非著力研讀佛經之人不可為。但綜合考察蘇軾湖州任上之前對於佛學典故的應用來看，多集中作於佛教場所的詩歌，及與僧人唱和、交游的詩歌中。蘇軾應用佛典之動機仍是多出於文學創作之需要。

（三）傾心佛禪

“烏臺詩案”使蘇軾遭遇了人生的重大挫折，也使他反思自己的處世方式，這種反思及畏禍心理與其佛學素養相結合，使他對待佛教思想之態度發生了重大的轉變。其《子由自南都來陳三日而別》一詩中寫道：“嗟我晚聞道，款啓如孫休。至言雖久服，放心不自收。悟彼善知識，妙藥應所投。納之憂患場，磨以百日愁。冥頑雖難化，鐫發亦已周。平時種種心，次第去莫留。但餘無所還，永與夫子遊。”① 首次表達了欲求諸佛教以平和內心，從而達到擺脫世累之境界的心跡。其《黃州安國寺記》亦言：“道不足以御氣，性不足以勝習。不鋤其本，而耘其末，今雖改之，後必復作，盍歸誠佛僧，求一洗之。”對待佛教態度的轉變，也使蘇軾在體認佛理及研習佛學上取得了較大進展。與之前多在與佛教有關之詩歌中運用佛典不同，此一時期，蘇軾對於佛典的運用開始擴展到其他詩歌中，如他在《次韻子由寄題孔平仲草庵》詩中云：“猶喜大江同一味，故應千里共清甘。”此詩化用《華嚴經》中語：“譬如眾水，皆同一味。隨器異故，水有差別。水無念慮，亦無分別。”② 其《姪安節遠來夜坐三首》詩之其一云：“遮眼文書元不讀，伴人燈火亦多情。”“遮眼文書”用《傳燈錄》中之典：“有僧問（藥山惟儼）：‘和尚尋常不許人看經，為什麼卻自看？’師曰：‘我只圖遮眼。’”③ 這種運用佛典的擴展，既反映出了蘇軾研習佛學的深化，亦反映了其內心對於佛理的服膺及體認。如果說在黃州時期，蘇軾是出於寬解其精神困境的現實需要而研習佛教學說，那么結束黃州之旅後，蘇軾在平和狀態下所作之詩歌則反映出了他對佛教學說發自

---

① （宋）蘇軾著，馮應榴注，黃任軻、朱懷春校點：《蘇軾詩集合注》卷二十，上海古籍出版社 2001 年版，第 980 頁。

② （唐）實叉難陀譯：《大方廣佛華嚴經》卷五十二，《大正藏》第 10 卷，第 269 頁上。

③ （宋）道原：《景德傳燈錄》，《大正藏》第 51 卷，第 312 頁中。

內心的認同，其《初別子由至奉新作》一詩，運用佛教理論看待自己與蘇轍的離別："盛衰豈我意，離合非所礙。何以解我憂，粗了一事大。"①欲以佛教之了生死之說寬慰離別之感。還朝之後所作之《和王晉卿》詩中有言曰："吾生如寄耳，何者為禍福。不如兩相忘，昨夢哪可逐。"言此生短暫，世事如夢，夢時非有，醒來全無。以前所經歷之憂患現在已成空無，而今日之仕宦得意，事過之後亦將成空。末句則暗用《楞嚴經》："卻來觀世間，猶如夢中事"之語。

在經歷了元豐年間的政治迫害後，蘇軾對待佛教的態度並非是"在早年和仕途順利的時期對佛家微詞甚多"。蘇軾除了繼續運用佛教理論作為應對精神困境的工具、豐富自己思想外，他對於佛教的信仰較之以前更加虔誠，突出的表現即為對於佛教轉世輪回這一神秘學說的認同。《冷齋夜話》"夢迎五祖戒禪師"條云：

> 蘇子由初謫高安時，雲菴居洞山，時時相過。聰禪師者，蜀人，居聖壽寺。一夕，雲菴夢同子由、聰出城迓五祖戒禪師。既覺，私怪之，以語子由，語未卒，聰至。子由迎呼曰："方與洞山老師說夢，子來亦欲同說夢乎？"聰曰："夜來輒夢見吾三人者，同迎五戒和尚。"子由拊手大笑曰："世間果有同夢者？異哉！"良久，東坡書至，曰："已次奉新，旦夕可相見。"二人大喜，追筍輿而出城，至二十里建山寺，而東坡至。坐定無可言，則各追繹向所夢以語坡。坡曰："軾年八九歲時，嘗夢其身是僧，往來陝右。又先妣方孕時，夢一僧來託宿，記其頎然而眇一目。"雲菴驚曰："戒，陝右人，而失一目。暮年棄五祖來游高安，終於大愚。"逆數蓋五十年，而東坡時年四十九矣。後東坡復以書抵雲菴，其略曰："戒和尚不識人嫌，強顏復出，真可笑矣。既法契可，痛加磨礪，使還舊規，不勝幸甚。"自是常衣衲衣。②

蘇軾將自己的生日與戒和尚相附會，並以前身為戒和尚自居。《冷齋夜話》"蘇軾襯朝道衣"條還載有蘇軾以衲衣襯於朝服之下而為哲宗注意之事。謫居海南後，蘇軾更是多次在詩中以僧人自稱，其寫惠州靈感院壁畫

---

① 《蘇軾詩集合注》，上海古籍出版社 2001 年版，第 1171 頁。
② （宋）惠洪：《冷齋夜話》，《稀見本宋人詩話四種》本，江蘇古籍出版社 2002 年版，第66 頁。

中"仰面向天醉僧"時曰:"相逢莫怪不相揖,只見山僧不見公。"借畫中醉僧之口,言在畫中僧人眼中,自己是僧人,而非士大夫。其《白鶴峰新居欲成夜過西鄰翟秀才二首》其二中曰:"佐卿恐是歸來鶴,次律寧非過去僧。"① 以房琯前世為僧之典故,言自己與其相同,乃僧人之後身;其《題靈峰寺壁》曰:"前世德雲今我是,依稀猶記妙高臺。"② 說自己乃《華嚴經》中德雲比丘之後身。

因而,蘇軾對於佛教,經歷了一個由好奇到自覺研習,再到深切服膺並信仰之的過程。在此過程中,佛教理論對其人生觀產生了重大影響,在深層次上影響了蘇軾看待人生及世事的方式,進而影響到了其詩歌創作,為其詩歌注入了睿智的哲理成分。

二　平等觀:蘇軾研習佛學的切入點及關注點

與王安石相似,蘇軾之學佛是由閱讀佛經開始的,其鳳翔時期首次於詩歌中運用之佛典為《維摩經》,從這一現象可以看出,蘇軾乃是以閱讀佛經作為其學佛之開端與主要途徑的。從蘇軾詩歌中所體現的佛學思想來看,般若空觀思想和平等觀思想在蘇軾佛學思想中居於至關重要的中心位置。關於蘇軾對佛教般若空觀思想的體認,周裕鍇先生《夢幻與真如——苏、黄的禅悦倾向与其诗歌意象之关系》一文中有詳細論述,梁銀林先生也於其博士論文第三章中論之頗詳。但平等觀思想亦在蘇軾佛學思想中居於重要地位,其《跋魯直為王晉卿小書爾雅》曰:"魯直以平等觀作欹側字"③,蘇軾對黃庭堅的評價,實際上是建立在自己對平等觀有著深切體認之基礎上的。其《阿彌陀佛贊》中亦曰:"但當常作平等觀,本無憂樂與壽夭。"④ 蘇軾對平等觀之體認是建立在充分理解般若空觀基礎上的,又與他對道家思想的借鑒有著密切的聯繫。因而對此進行探討,有利於更好地認識蘇軾對於佛學思想的接受情況。

鑒於學界目前對於蘇軾接受般若空觀的研究較為充分,拙著此處著重探討蘇軾在對吸收般若空觀的基礎上是如何理解佛教之平等不二思想的,及其又是如何運用此種理解觀照外物的。靈源惟清禪師曾評蘇軾曰:"惜彼當年老居士,大機曾未脫根塵。"而蘇軾之"未脫根塵"與其學佛方式及對佛教思想的選擇性接受有著密切聯繫,這也是瞭解蘇軾思想形態的關

---

① 《蘇軾詩集合注》,上海古籍出版社 2001 年版,第 2091 頁。
② 同上書,第 2247 頁。
③ 《蘇軾文集》卷六十九,中華書局 1986 年版,第 2195 頁。
④ 《蘇軾文集》卷二十一,中華書局 1986 年版,第 619 頁。

捘點。

梁銀林先生曾在其博士論文及《蘇軾與〈維摩經〉》一文中指出，《維摩經》是蘇軾最早閱讀的佛經之一，衡之以蘇軾詩文，也確是如此。蘇軾鳳翔時期融攝佛典而作《維摩詰像楊惠之塑在天柱寺》詩，其中有言曰：“今觀古塑維摩像，病骨磊嵬如枯龜。乃知至人外生死，此身變化浮雲隨。世人豈不碩且好，身雖未病心已疲。此叟神完中有恃，談笑可卻千熊羆。當其在時或問法，俯首無言心自知。”①《維摩經‧方便品第二》：“是身如浮雲，須臾變滅。”② 言此身終歸空化，虛幻不實。從詩中“乃知”二句來看，蘇軾對《維摩經》中講述自身虛幻不實之空觀思想的理解是頗為準確的，但在取消一切差別之不二法門的理解上，則似乎還處於朦朧模糊的階段。《維摩經‧入不二法門品第九》：“於是文殊師利問維摩詰：‘我等各自說已。仁者當說，何等是菩薩入不二法門？’時維摩詰默然無言。文殊師利歎曰：‘善哉，善哉！乃至無有文字語言，是真入不二法門。’”③ 維摩詰用無言之默來應對文殊“何等是菩薩入不二法門”的詢問，所要表達的是不二法門乃消除一切差別、圓融平等的法門，是絕對本體。執著於世間萬物及各種情感固然是癡，而執著於覺悟境界及對此境界之追求，亦是癡，與前者並無本質之差別。維摩詰此時之默亦是告誡諸菩薩，執著於入不二法門的修行方式，便心生分別，未達無上正覺之境界。因而經中有言曰：“法無分別，離諸識故；法無有比，無相待故。”④又曰：“不二是菩提離意法故。”⑤

此時的蘇軾，對於維摩詰以默然無言應對文殊之典印象深刻，但是在這一典故具體含義的理解上，尚處於朦朧階段，只是說維摩詰“俯首無言心自知”。熙寧九年密州任上，蘇軾作《和文與可洋川園池三十首》，其《無言亭》詩云：“殷情稽首維摩詰，敢問何處是法門。彈指未終千偈了，向人還道本無言。”⑥ 梁銀林先生認為：“蘇軾其實是借維摩詰之酒杯，澆自己胸中的塊壘。在人生際遇中，有時會碰到什麼都不能說、不敢說的境況，會遇到說什麼也沒用的無可奈何，於是也就什麼都不想說、不願說。蘇軾此時的處境、心境或許正是如此，所以當他面對無言亭時，維

① 《蘇軾詩集合注》，上海古籍出版社 2001 年版，第 155 頁。
② 《維摩詰所說經》，《大正藏》第 14 卷，第 539 頁中。
③ 同上書，第 551 頁中。
④ 同上書，第 540 頁上。
⑤ 同上書，第 542 頁中。
⑥ 《蘇軾詩集合注》，上海古籍出版社 2001 年版，第 641 頁。

摩居士'默然無言'的情形便浮現出來，編織成這麼一首'偈言'詩。道是無情卻有情，'經抄'的後面，暗地流動著詩人難以言說的隱情。"①從文學創作的角度而言，蘇軾對此典故的活用賦予了詩歌更多的含義，爲詩句注入了嶄新的文化意蘊。但蘇軾將維摩詰的默然無語與自己的滿腹心事相比擬，正反映出這樣一個事實：蘇軾此時在維摩之默含義的理解上存在著偏差。

從以上分析可以看出，蘇軾對於維摩之默有著深刻印象，但在其含義的理解上卻處於模糊朦朧之階段。同時，維摩詰通過消融一切差別、放棄所有執著的默然無言方式所指出的不二法門，是佛教理論中重要而基礎的一個部分，是研習佛學不可回避的一個問題。佛教中人對此多有論述，如《古尊宿語錄》卷三十八"襄州洞山第二代初禪師語錄"中載："問：'諸上善人皆說不二法門，居士默然，意旨如何？'師云：'無目不畫眉。'"②又"汝州首山念和尚語錄"載："問：'文殊贊維摩不二法門，意旨如何？'師云：'問前不明問後瞎。'僧云：'未審此意畢竟如何？'師云：'瞎。'"③皆對維摩詰以默然無言、消融分別所達之不二法門十分重視。對於某一事物好奇但不甚瞭解的情況，會喚起人內心潛在的求知欲。蘇軾對於維摩之默的好奇及理解上的模糊，正成為了其進一步研習佛學的動力。

三　出於唱和需要而不自覺地援道入佛——由"相生相待"而至"平等不二"（上）

蘇軾對維摩之默理解上的突破，卻是吸收《莊子》之學說，通過援道入佛之手段來實現的。

《莊子·齊物論》中曰："物無非彼，物無非是。自彼則不見，自知則知之。故曰：彼出於是，是亦因彼。彼是，方生之說也。雖然，方生方死，方死方生；方可方不可，方不可方可；因是因非，因非因是。是以聖人不由而照之於天，亦因是也。是亦彼也，彼亦是也。彼亦一是非，此亦一是非。"④認為事物相待而生，與對立面相互依附而共同存在，如"是"、"非"相待而生，假如事物對立面喪失，那麼事物的存在也就沒有了意義。

---

① 梁銀林：《蘇軾與〈維摩經〉》，載《文學遺產》2006 年第 1 期。
② （宋）賾藏主編：《古尊宿語錄》，中華書局 1994 年版，第 706 頁。
③ 《古尊宿語錄》，中華書局 1994 年版，第 129 頁。
④ （清）郭慶藩：《莊子集釋》，《諸子集成》本，上海書店 1986 年影印版，第 32 頁。

弱冠讀莊子，感嘆"是書得吾心矣"的蘇軾，對此相生相待之理應不陌生，其《前赤壁賦》中曰："客亦知夫水與月乎？逝者如斯，而未嘗往也。盈虛者如彼，而卒莫消長也。蓋將自其變者而觀之，則天地曾不能以一瞬；自其不變者而觀之，則物與我皆無盡也。"① 事物的意義是由其存在境域，即與對立面共存的境域所決定的②，假如對立面變化或消失，會引起存在境域的變化或消失，事物的意義亦將隨之變化或消失。這與佛教思維有著相同之處：執著於對彼岸世界的追求，實際上暗含著對此岸世界意義的肯定，而肯定此岸世界，則與佛教"一切有為法，如露亦如電"之空觀思想相矛盾。因而，維摩詰用默然無言，否定對彼岸世界之追求，從而達到徹底地對此岸世界否定之目的。蘇軾正是從這一角度援道入佛，實現了對不二法門理解上之突破。但其也經歷了一個由不自覺援引，到自覺融通的過程。

周裕鍇先生在《詩可以群：略談元祐體詩歌的交際性》一文中指出："元祐諸公詩歌的功能其重心已轉移到交際方面，詩歌成了日常生活中的交往工具，在很大程度上承擔著書信（尺牘）的作用。"並認為唱和詩是詩人"在充滿缺陷的現實世界中，以藝術的競技和應答來實現人的'詩意地棲居'。"③ 此種風氣在元祐到達頂峰之前，已經開始逐漸彌漫開來。從蘇軾、王安石等人集中寫作於元祐前的大量次韻詩即可看出。這種"藝術的競技和應答"往往會促使詩人在唱和中對所涉及之主題，進行細緻、深化的思考，以求翻出新意，而不僅僅是停留在寒暄問候的層面上。

當時就以詩文名於當世的蘇軾，極為重視在酬唱中翻新出奇。其《錢道人有詩"直須認取主人翁"，作兩絕答之》曰：

> 首斷故應無斷者，冰消那復有冰知。主人苦苦令儂認，認主人人竟是誰。④

前兩句用《圓覺經》中語："是故菩薩常覺不住，照與照者同時寂滅。譬如有人自斷其首，首已斷，故無能斷者。則以礙心自滅諸礙，礙已斷滅，

---

① 《蘇軾文集》卷一，中華書局 1986 年版，第 5 頁。

② 關於主體存在於存在境域之關係的論述，詳見李清良先生《中國闡釋學》第一篇"語境論"之"闡釋語境與存在境域"，湖南師範大學出版社 2001 年版。

③ 周裕鍇：《詩可以群：略談元祐體詩歌的交際性》，載《社會科學研究》2001 年第 5 期。

④ 《蘇軾詩集合注》，上海古籍出版社 2001 年版，第 510 頁。

無滅礙者。"① 又: "善男子，若心照見一切覺者皆為塵垢，覺所覺者不離塵故。如湯銷冰，無別有冰。知冰銷者，存我覺我亦復如是。"② 所表之意爲: 覺心是與所認識到的虛妄外界相對應而存在的，若從 "凡所有相皆乃虛妄" 的空觀角度認識到覺心亦是虛妄，方能實現對外界虛妄的徹底超越。後二句言，學道者目的在於覺悟清淨自性，殊不知此覺心本身就是虛妄的，所以說 "認主人人竟是誰"。該詩從空觀視物之角度出發，通過否定矛盾之對立面，在和答詩這一智力游戲的競爭中，實現對所討論主題認識上的深化。

從蘇軾對於友人 "直須認取主人翁" 的和答詩句中，可以看出蘇軾之思路，即本之以空觀理論，參照《齊物論》相生相待之理，從否定矛盾之對立面來實現對矛盾的消解，從而達到平等不二之認識上的超越境界。此種體察外物之方式也多次表現於其詩歌中，如《柳子玉亦見和因以送之兼寄其兄子璋道人》詩中云: "説靜故知猶有動，無閑底處更求忙。" 從靜與動、閑與忙相待而生的角度表達其見解。其《次韻秦太虛見戲耳聾》一詩中云: "君知五蘊皆是賊，人生一病今先差。但恐此心終未了，不見不聞還是癡。" 前兩句用 "五蘊皆空" 之理自我寬慰，兼答友人 "耳聾" 之戲。後兩句用壽州道樹禪師事: 道樹卜居三峯山時，"常有野人服色素朴，言譚詭異，於言笑外化作佛形及菩薩羅漢天仙等形。或放神光，或呈聲響。師之學徒覩之，皆不能測，如此涉十年，後寂無形影。師告眾曰: '野人作多色伎倆眩惑於人，只消老僧不見不聞。伊伎倆有窮，吾不見不聞無盡。'"③ 道樹雖然 "不見不聞"，但這樣卻承認了野人虛幻法術的存在，因而其妄心依然見在。

此一時期，蘇軾雖多援引道家相待而生之思想，使之融入自己對佛學的研習中，但蘇軾對於相待而生之思維方式的援引，多出現於唱和詩中，其主觀動機是以對唱和主題的深化來答復友人，使此種唱和不僅僅停留在寒暄問候的低級階段。蘇軾於平等觀思想理解上的突破，雖然是他長期研習佛學瓜熟蒂落的必然結果，但唱和應答中翻新出奇之要求，則使他在創新中不自覺地探索到了對平等觀思想理解的途徑。

四 自覺的融通佛道——由 "相生相待" 而至 "平等不二"（下）

蘇軾從萬物相待而生之角度，化解矛盾、取消一切分別，以此來達到

---

① （唐）佛陀多羅譯:《大方廣圓覺修多羅了義經》，《大正藏》第 17 卷，第 917 頁上。
② 同上書，第 919 頁下。
③ 《景德傳燈錄》，《大正藏》第 51 卷，第 232 頁中。

平等不二之境界。蘇軾對於平等觀的這種理解方式，在黃州之貶後，日趨呈現自覺化的趨勢。這種體察外部世界的方式，更是成為了蘇軾擺脫精神困境實現對苦難現實超越的"工具"。其《定惠院顒師為余竹下開嘯軒》詩曰：

> 啼鳩催天明，喧喧相詆譙。暗蛩泣夜永，唧唧自相弔。飲風蟬至潔，長吟不改調。食土蚓無腸，亦自終夕叫。鳶貪聲最鄙，鵲喜意可料。皆緣不平鳴，慟哭等嬉笑。阮生已粗率，孫子亦未妙。道人開此軒，清坐默自照。衝風振河海，不能號無竅。累盡吾何言，風來竹自嘯。①

在盡數鳩、蛩、蟬、鵲之鳴叫後，蘇軾指出雖其形態各異，實質則一，即"皆緣不平鳴"，緣自愛憎之心；後又用阮籍、孫登長嘯事，言其長嘯亦是不平之鳴。詩之後半，乃用顒師之超然氣度與前面所列舉之人與物相對比，用"衝風振河海，不能號無竅"來讚譽顒師擺脫世累的境界，主體既心無所繫，外界一切可使其不平之心發生反應的事物，對主體而言自然也就喪失了意義與作用，如同風不能號無竅。雖是對顒師之讚譽，但卻包含了蘇軾欲通過滅除自己憎愛、不平之心，來使外界一切引起自己愛憎從而困擾自己的事物，喪失對自己的存在意義。此一時期，蘇軾的這種思想屢次形諸詩歌創作，元豐七年蘇軾結束黃州之貶，輾轉至南都途中作《徐大正閑軒》，其中有言曰："知閑作閑地，已覺非閑侶"、"問閑作何味，如眼不自睹。"② 言真正的安閑之人，不會意識到自己的安閑狀態，因為其內心從未因外界而萌動，如同人之雙眼，不能看到自己的形狀一樣。此時所作之《記夢》詩之作結二句曰："稽首問公公大笑，本來誰礙更求通。"③ 所有一切皆是虛妄，"礙"即為虛幻不實，本不存在，則"通"又是何種狀態，又在何處？

這種思維方式對蘇軾的思想產生了深遠的影響，不管是仕途順利之時，還是厄運降臨之際，此種思維方式多次於蘇軾詩歌中出現。元祐二年蘇軾《偶與客飲，孔常父見訪……》詩中云："盡力去花君自癡，醍醐與酒同一厄，請君更為文殊師。"首句用《維摩經》中天女散花事："時維

---

① 《蘇軾詩集合注》，上海古籍出版社 2001 年版，第 1019 頁。
② 同上書，第 1220 頁。
③ 同上書，第 1257 頁。

摩詰室有一天女，見諸大人聞所說法，便現其身，即以天華散諸菩薩大弟子上，華至諸菩薩即皆墮落，至大弟子便著不墮，一切弟子神力去華不能令去。爾時天女問舍利弗：‘何故去華？’答曰：‘此華不如法，是以去之。’天曰：‘勿謂此華為不如法，所以者何。是華無所分別，仁者自生分別想耳。若於佛法出家有所分別為不如法，若無所分別是則如法。觀諸菩薩華不著者已斷一切分別想故。’”① 蘇軾此處用之，言若以不生分別之心觀物，酒與醍醐並無二致。馮應榴讚之曰：“先生語妙，深得禪理。”② 紹聖元年，蘇軾南遷儋州途中，作《塵外亭》詩，詩之後半云：“幽人宴坐處，龍虎為斬薙。馬駒獨何疑，豈墮山鬼計。夜垣非助我，謬敬欲其逝。戲留一轉語，千載起攘袂。”③ 詩中之“馬駒”乃馬祖道一禪師，蘇詩王注云：“馬祖始居此山，山鬼為築垣。自謂曰：‘修行不至，為鬼所識。’乃舍去。”蘇軾認為馬祖因為為山鬼所識而離開此山的行為，是心生分別，未能深契一切皆虛妄的平等不二思想。王十朋認為：“今先生詩語高馬祖一著也。”所評中肯，不為諛詞。從其詩中所用典故來看，蘇軾對於消融分別之平等不二思想的理解，已經走出了早期的朦朧模糊階段，而其佛學修養也由最初對於般若空觀的理解，實現了深化認知平等觀思想的進步。

　　雖然蘇軾對於佛學之研習並未因仕途的順利而中斷，但隨著他仕途的跌宕，佛學對他的影響卻明顯呈現了日漸深刻的趨勢。在貶謫惠州、儋州期間，蘇軾用平等觀體察外物的思維趨向日漸明顯，並呈現在其詩文創作中。蘇軾貶謫儋耳時期作《夢齋銘》，其“敘”中曰：“世人之心，因塵而有，未嘗獨立也。塵之生滅，無一念住。夢覺之間，塵塵相授，數傳之後，失其本矣。”④ 蘇軾之語實本自《景德傳燈錄》中“毘舍浮佛”偈：“假借四大以為身，心本無生因境有。前境若無心亦無，罪福如幻起亦滅。”⑤ 亦是從否定矛盾的對立面入手，進而明瞭相生相待的矛盾此一面失去意義，則對立面亦失去了存在之意義。此種體悟平等觀之方式，也為後世論者所注意到，明紫柏老人曾以偈釋蘇軾《夢齋銘》：“如覺乃有待，夢或無待者。無待則獨立，何塵相引授。以此觀覺夢，開合見非異。”⑥

① 《維摩詰所說經》，《大正藏》第 14 卷，第 547 頁下。

② 《蘇軾詩集合注》，上海古籍出版社 2001 年版，第 1419 頁之注。

③ 同上書，第 1943 頁。

④ 《蘇軾文集》卷十九，中華書局 1986 年版，第 575 頁。

⑤ 《景德傳燈錄》，《大正藏》卷 51，第 205 頁上。

⑥ （清）錢謙益纂：《紫柏尊者別集》，《卍新纂續藏經》第 73 冊，第 413 頁下。

世間萬物皆相待而生，"無待則獨立"，人心亦是如此，由外界事物之觸發而生滅。而世間萬物皆乃虛妄，所以認識到外界虛妄的覺心也是虛幻不實的。蘇軾之《蘇程庵銘》中"本無通，安有礙"，亦是用此思維方式，從反向言明之。同樣，這種思維方式也多次體現在其詩歌創作中，其《和陶王撫軍座送客》詩中言："莫作往來相，而生愛見悲。"① 用《維摩經》"不使人有往來想"② 之語。往來即為過去與未來，心生過去、未來之想法，即是有分別心，而悲歡愛恨皆是緣自於人之分別心。東坡此處即是用平等觀體察人事，以求擺脫悲歡愛憎之纏繞。其《庚辰歲人日時作……二首》其二之作結云："此生念念隨泡影，莫認家山作本元。"③ 蘇軾自注云："言雖羈旅於海上，不必以家山方是本元。""本元"出自《楞嚴經》："徒獲此心，未敢認為本元心地。"④ 人生如夢幻泡影般短暫而虛幻，因而不必以家鄉才是自己安身之所。此處亦是通過平等觀思想的運用，消除貶謫之地與家鄉之分別，從而寬慰自己。

蘇轍《亡兄子瞻端明墓志銘》中評論其兄曰："後讀釋氏書，深悟實相，參之孔、老，博辯無礙，浩然不見其涯也。"⑤ 蘇轍此段評語廣為論者所引用，往昔之論者多籠統看待為蘇轍對其兄長學問之淵博、文章之高妙的讚譽，但是文中"後讀釋氏書"，又"參之孔、老"的評語，實則明確指出了蘇軾援道入佛的修證特點。蘇氏昆仲感情甚深，又交流頗多，蘇轍之語，當不為無據。蘇軾本自於佛教般若空觀，在道家相生相待之思想啟示下，通過對虛幻外物、迷妄之心的否定，進而實現對見聞知覺的否定，其目的在於由此進入消融所有分別的平等不二之境界。

五　蘇軾援道入佛與其晚年思想特點之關係

佛道思想雖有許多相通之處，但二者卻存在著根本性的分歧。蘇軾借鑒道家相生相待思想，來實現對平等觀思想的理解。其主觀意圖如前所述，是通過對矛盾一方面的否定，從而使相生相待的矛盾另一方面喪失存在意義，由此達到消融分別的平等不二境界。但在援引道家相生相待思想時，蘇軾未能細緻分辨道家思想與佛教思想在具體指向上的差異，由此使

---

① 《蘇軾詩集合注》，上海古籍出版社 2001 年版，第 2171 頁。
② 《維摩詰所說經》，《大正藏》第 14 卷，第 546 頁下。
③ 《蘇軾詩集合注》，上海古籍出版社 2001 年版，第 2186 頁。
④ 《楞嚴經》，《大正藏》第 19 卷，第 111 頁上。
⑤ （宋）蘇轍著，陳宏天、高秀芳點校：《蘇轍集·欒城後集》卷二十二，中華書局 1990 年版，第 1127 頁。

他未能達到真正擺脫世累之目的及精神境界。

道家思想雖然認為萬物相生相待，矛盾對立雙方是相互依存的，但其目的是從另一個角度來重新認識世界，即達到"齊物"。《齊物論》中曰："物固有所然，物固有所可。無物不然，無物不可。故為是舉莛與楹，厲與西施，恢恑憰怪，道通為一。其分也，成也，其成也，毀也。凡物無成與毀，復通為一。"① 莊子之意乃是說明，從物之整體或所屬之類別來看，任何事物都有"是"、"可"的地方，都有其存在的價值。並以莛與楹、厲與西施作對比，雖則兩組事物大小、美丑不一，但都有共同之屬性，即前二者為木，後二者為人，其共同屬性，則無區別。因而看待事物應該看到其獨立的存在價值，瞭解事物本來的齊一相同之處，而不應用自己的一端之見，執著地認定事物的其中一面，如此方能從相生相待的矛盾對立中超脫出來。與佛教不同，道家思想並沒有否定客觀世界的意義，也沒有否定人之認知能力。其目的在於更為強調認識世界的新視角會帶來新的發現。而道家思想所謂之新視角，則是強調將視野盡量擴大，主體視角擴大後，從更大的視野來看世間事物，事物的差別與對立就會相對縮小。如人們眼中的厲與西施是丑美對比明顯的二人，此種結論的得出，是觀照主體的視野集中在了人的外貌上；假若主體以擴大後的視野審視人與外物關係時，厲與西施之區別就縮小許多，而二者都是人類的這一共同點則被凸顯了出來。

蘇軾在援引道家相生相待思想體悟平等觀時，不自覺地引入了這種道家的觀照方式，並且時時將此觀照方式與佛教觀照方式共用並存。如蘇軾在潁州時期所作詩中云："太山秋毫兩無窮，鉅細本出相形中。大千起滅一塵裏，未覺杭潁誰雌雄。"② 從表面來看形似於平等觀照物，但細味其意，蘇軾之意乃為：大小乃相形而出，如果將視角無限放大，則大小之區別無限縮小；如從無限放大之視角來看大千世界，則其生滅如同在一塵之間。從此角度而言，杭州之西湖與潁州之西湖無甚區別。其《袁公濟和劉景文登介亭詩復次韻答之》詩曰："升沈何足道，等是蠻與觸。"③ "蠻觸"之典出自《莊子·則陽》："有國於蝸之左角者，曰觸氏，有國於蝸

---

① （清）郭慶藩：《莊子集釋》，《諸子集成》本，上海書店 1986 年影印版，第 34 頁。
② （宋）蘇軾：《軾在潁州與趙德麟同治西湖未成改揚州三月十六日湖成德麟有詩見懷次韻》，《蘇軾詩集合注》，上海古籍出版社 2001 年版，第 1772 頁。
③ （宋）蘇軾：《袁公濟和劉景文登介亭詩復次韻答之》，《蘇軾詩集合注》，上海古籍出版社 2001 年版，第 1617 頁。

之右角者，曰蠻氏，時相與爭地而戰，伏屍數萬，逐北，旬有五日而後反。"① 蘇軾將这两类極為渺小之动物的廝殺與人世間的奔競相比，說他們的廝殺與爭奪在人類看來十分渺小、微不足道，而當主體站在一個更高的高度來看人世間的奔競時，同樣會覺得沒有任何意義。紹聖年間蘇軾接連遭受貶謫時，這種觀照方式成為了他超越苦難的 "工具"。王文誥（公元 1764—?）《蘇海識餘》卷四載：

> 東坡在儋耳，因試筆嘗自書云："吾始至海南，環視天水無際，悽然傷之曰：'何時得出此島耶？'已而思之，天地在積水中，九州在大瀛海中，中國在少海中，有生孰不在島者？'"②

將看待外界之視野放大，則發現海南島與中原沒有本質區別，都是 "積水" 中之陸地，因而得出來 "有生孰不在島" 的結論，實現了對此時因思歸而極度愁苦之情緒的消解。同樣的觀照外物之方式，也多次體現於蘇軾詩歌中。紹聖三年，蘇軾在惠州作《遷居》詩，其中有言曰："念念自成劫，塵塵各有際。下觀生物息，相吹等蚊蚋。"首二句，王十朋注曰："佛以世為劫，念念成劫，言光景之速也；道以世為塵，塵塵有際，言物各有世界也。"③ 站在時間飛速流逝的角度來看世界，頓覺萬物之存在是何其之短暫；站在空間浩大無垠的角度來看世界，頓覺世間萬物無論大小，各有其邊際。以此方式觀照世間萬物及己之得失，頓覺皆如蚊蚋般渺小而微不足道。以此來看自己之三次遷居，也是微不足道，不必以其為苦。

這種道家觀照方式的介入，使蘇軾之人格精神呈現了通達超脫而不黏滯執著的特點，也使其文學創作呈現了這種特點，方東樹曰："坡時出道根語。然坡之道只在《莊子》與佛理耳；取入詩既超曠，又善造快句，所以可佳。"④ 但是此種道家觀照方式卻暗含了對現實世界意義的肯定，這決定了蘇軾無法徹底放下對現實世界的牽掛，也決定了蘇軾無法做到對平等觀思想的真正體認，而是 "大機未曾脫根塵"，即沒有實現對苦難現實的徹底超越，沒有徹底擺脫苦悶、迷惘情緒的纏繞。

---

① （清）郭慶藩：《莊子集釋》，《諸子集成》本，上海書店 1986 年影印版，第 385 頁。
② （清）王文誥：《蘇海識餘》卷四，《蘇文忠公詩編注集成總案》附本，巴蜀書社 1985 年版，第 5 頁。
③ 《蘇軾詩集合注》，上海古籍出版社 2001 年版，第 2068 頁，王十朋注。
④ （清）方東樹著，汪秀楹點校：《昭昧詹言》，人民文學出版社 1961 年版，第 242 頁。

第三節　從反觀內省到自在自為:黃庭堅學佛 路徑的文學書寫

黃庭堅與佛教有著千絲萬縷的關係,《五燈會元》、《續傳燈錄》等禪宗典籍更是將其列為臨濟宗黃龍派的門人。關於黃庭堅與佛學的關係,黃寶華先生於《黃庭堅評傳》一書第六章之二、三節"儒道佛三家融合的思想特色"、"以儒為本、融攝佛道的心性修養"中進行了分析。書中將黃庭堅之融攝佛禪放在新儒學勃興的大環境中加以分析,認為佛禪理論對黃氏養心治性理論具有啓發意義,並產生了重要影響。但對於黃庭堅研習佛學缺乏歷時性的分析,在揭示黃氏接受佛禪理論由淺及深的過程方面有所缺失。此外,還有一些單篇論文涉及了黃庭堅與佛禪之關係,如孫海燕之《黃庭堅的〈發願文〉與〈華嚴經〉》、龍延之《〈楞嚴經〉與黃庭堅——以典故為中心》探討了黃庭堅思想、詩歌與某一佛學經典之關係。但綜合來看,對於黃庭堅與佛學關係的研究上存在著三個方面的缺失:一、對於黃氏學佛的歷時性,即由淺及深之過程缺乏梳理與深入的分析;二、對於黃氏之學佛在其詩歌創作中的體現缺乏細緻梳理與分析;三、對於黃庭堅佛學思想體系的具體形態及此形態的生成建構過程,缺乏全面系統的探討。因而關於黃庭堅對佛學的理解與接受,尚有重新梳理與分析的必要。拙著此處擬立足於黃庭堅詩歌的細讀基礎上,從歷時性的角度梳理黃庭堅學佛過程,並對黃庭堅學佛在其詩歌中的體現做一次細緻的考察。

一　從研習到親證:黃庭堅之學佛歷程

與王安石、蘇軾等前輩不同,黃庭堅從未有過在仕宦上努力進取的志向。英宗治平四年黃庭堅登許安世榜進士第,調汝州葉縣尉。黃氏雖中第得官,卻無絲毫喜悅之感。還鄉途中,其所作之《新息渡口》詩云:"京塵無處可軒眉,照面淮濱喜自知。"[1] 表達了對奔競爭逐之仕宦經歷的極端厭惡及對處身江湖之寧靜生活的由衷向往。同是歸鄉途中所作之《初望淮山》云:"三釜古人干祿意,一年慈母望歸心。"[2]《光山道中》亦

---

[1]　《黃庭堅詩集注·山谷詩外集補》,中華書局 2003 年版,第 1624 頁。
[2]　同上書,第 1642 頁。

云："出門捧檄羞間友，歸壽吾親得解顏。"① 同樣表達了對於自己不得不出仕的無奈，及思鄉懷親的強烈情感。或許正是黃庭堅早年就呈現的這種思想特點，使他較早地認同並接受了佛教理論。

家庭成員之影響與地域文化之氛圍，也是黃庭堅較早接觸佛教的重要原因。呂本中《東萊呂紫微師友雜誌》云："范元實嘗謂黃魯直禪學於祖母仙源君。"② 江西當時亦是禪宗大盛之地，黃庭堅在《洪州分寧縣雲巖禪院經藏記》一文中寫道："江西多古尊宿道塲，居洪州境內者以百數，而洪州境內禪席居分寧縣者以十數。"③ 其《送密老住五峰》詩中亦記載江西禪宗興盛之狀："我穿高安過萍鄉，七十二渡遶羊腸。水邊林下逢衲子，南北東西古道場。"④ 黃庭堅從小就被家鄉濃郁的佛教氛圍包圍，經常出入佛寺。胡仔的《苕溪漁隱叢話·後集》卷三一中載："魯直少喜學佛。"⑤ 因而與其前輩不同，黃庭堅早年並沒有排佛之言論，而是對佛教有著濃烈的興趣。早在治平三年，黃庭堅作《次韻十九叔父臺源》一詩，詩之後半曰："萬壑秋聲別，千江月體同。須知有一路，不在白雲中。"前兩句即是寫景，又暗用《傳燈錄》中語："千江同一月，萬戶盡逢春"⑥，言佛具遍智，如月可於千江中現其影，隨處皆可悟道。若悟得自身佛性所在，則世間處處無不可人之意。因而勸誡其叔父曰：若想超越俗世，乃在於向內探求，悟得自身本有之佛性，達到身在俗世而超越俗世的境界，而不在於行跡上的變化。熙寧元年，黃庭堅因友人何造誠喜度世飛仙之說，而作詩勸誡之，詩曰：

> 萬物浮沈共我家，清明心水徧河沙。無鉤狂象聽人語，露地白牛看月斜。小雨呼兒蓺桃李，踈簾幛客轉琵琶。塵塵三昧開門戶，不用丹田養素霞。⑦

詩之前半描繪悟道後之內心狀態，首聯用《傳燈錄》張拙秀才頌："光明

---

① 《黃庭堅詩集注·山谷詩外集補》，中華書局 2003 年版，第 1641 頁。
② （宋）呂本中：《東萊呂紫薇師友雜誌》，《叢書集成初編》本，第 18 頁。
③ 《黃庭堅全集·正集》，四川大學出版社 2001 年版，第 444 頁。
④ （宋）黃庭堅：《送密老住五峰》，《黃庭堅詩集注·山谷詩集注》，中華書局 2003 年版，第 592 頁。
⑤ （宋）胡仔著，廖德明點校：《苕溪漁隱叢話·後集》，人民文學出版社 1962 年版，第 233 頁。
⑥ 《景德傳燈錄》，《大正藏》第 51 卷，第 365 頁下。
⑦ 《黃庭堅詩集注·山谷外集詩注》，中華書局 2003 年版，第 759 頁。

寂照遍河沙,凡聖含靈共我家。"言悟道後看世間萬物,平等不二,毫無差別,任由萬物沉浮而覺心不動。頷聯用《遺教經》及《傳燈錄》中大安禪師語,言護衛真如自性,不受外界之染污。頸聯則寫體悟到真如自性後,呼兒種桃李、聽客彈琵琶等日常生活中之舉動無不合乎道,亦是言覺悟真如自性後所達到的處於俗世而又超越俗世的自在自得精神境界。"塵塵三昧"出自《華嚴經·賢首品》:"一微塵中入三昧,成就一切微塵定,而彼微塵亦不增,於一普現難思剎。"① 意為於一微塵中入一切之三昧,即隨處皆可悟道之意。黃庭堅用隨處皆可悟道來勸誡友人要向內尋求實現精神境界的提升與超脫,勿耽於煉氣飛升之虛妄學說。從黃庭堅此兩首早期詩歌中所反映出的對佛學的理解程度來看,其並未如王安石、蘇軾等前輩士大夫一樣由理解般若空觀入手,而是直趨對真如自性的體認。而對於真如自性該如何體認,黃庭堅也給出了自己的見解。熙寧三年,黃庭堅葉縣任上作《戲題葆真閣》一詩,詩中云:"真常自在如來性,肯縈修持祇益勞","有心便醉聲聞酒,空手須磨般若刀"②,黃庭堅認為尋得真如自性的關鍵不在於著力修持,而在於"無心",若有心追尋即落入小乘教法。

黃庭堅早期創作的與佛學有關的詩歌,顯示了他對於佛教學說的強烈興趣及初步的理解。與其前輩不同,黃庭堅對於佛學的理解帶有更多的禪宗特色,他在領會佛學要義上抓住了體悟真如自性這一點,但此時黃庭堅在真如自性的體認上缺乏切身感觸與獨特理解,只是簡單地用"無心"來概括。並且,其詩歌中所涉及的這一概念也是為切合作詩場合而運用,帶有更多被動、不自覺的意味。在此之後的很長一段時期,黃庭堅詩文中未曾再次涉及對於真如自性的體悟,這也正說明了此時的黃庭堅尚未具備對真如自性的切身感觸與理解。但黃庭堅對於佛學的濃厚興趣卻使他一直未曾停止對佛學的研習,他也多次化用佛經典故於詩歌創作中。如《聽崇德君彈琴》一詩言及崇德君琴聲美妙罕得聞見曰:"猶如優曇鉢,時一出世間。"③ 化用《法華經》中語:"如是妙法,諸佛如來時乃說之,如優曇鉢華時一現耳。"④ 其《次韻師厚病間十首》詩其三曰:"天地入喻

① 《大方廣佛華嚴經》,《大正藏》第 10 卷,第 74 頁上。
② (清)謝啓崑:《山谷詩外集補》,《黃庭堅詩集注》,中華書局 2003 年版,第 1636 頁。
③ 《黃庭堅詩集注·山谷外集詩注》,中華書局 2003 年版,第 784 頁。
④ 《妙法蓮華經》,《大正藏》第 9 卷,第 7 頁上。

指，芭蕉自觀身。"① 後句即是化用《維摩經》："是身如芭蕉，中無有堅。"② 而其《題吉州承天院清涼軒》之首二句"菩薩清涼月，遊於畢竟空"，則是直接引用《華嚴經》普賢菩薩偈③。此外，黃庭堅詩歌中涉及之佛典還包括《楞嚴經》、《圓覺經》等。但直至罷任太和時，黃庭堅對於佛學典故的運用，更多的是出於借助佛經語言、典故更好地摹景狀物、抒情表意。

任職基層的仕宦生涯，使黃庭堅更加厭倦官場，他屢次表達與世乖合的憤懣與無奈："楚客雖工瑟，齊人本好竽。""白雪非眾聽，夜光忌暗投。古來不識察，浪自生百憂。三月楚國淚，千年郢中樓。""腹中萬卷書，阽死填溝壑。""丈夫例寒餓，萬世無後先。"這種對於世俗爭名逐利的不齒及與官宦生活鑿枘難合的無奈，使他對現實日益不滿。這也促使他尋求消弭內心的不平與憤懣，實現身在俗世而超越俗世的境界。佛學則適應了他此時的要求。元豐七年，黃庭堅移監德平鎮，途中經泗州僧伽塔作《發願文》，其中有言曰："願從今日盡未來世，不復淫欲；願從今日盡未來世，不復飲酒；願從今日盡未來世，不復食肉。……願我以此，盡未來際，忍可誓願，根塵清淨，具足十忍，不由他教，入一切智，隨順如來，於無量眾生界中，現作佛事。"④ 從文中黃庭堅發願的真誠與猛利來看，他決定將佛教作為自己的終生信仰，並制訂了不飲酒、不食肉等具體的修行計劃；也反映了他不再僅僅滿足於以前的閱讀佛經、引證禪語佛理以自適的佛學水平。他在之後的生活中也確實實踐了這一誓言，蘇轍《答黃庭堅書》中讚其曰："今魯直目不求色，口不求味，此其中所有過人遠矣。"⑤ 張耒描述其曰："中年一鉢飯，萬事寒木朽。室有僧對談，房無妾侍帚。"⑥ 蘇軾亦讚其曰："一飯在家僧，至樂甘不壞。"⑦ 黃氏自己也多以"在家僧"自居，"舊時愛酒陶彭澤，今作梅花樹下僧"⑧、"似僧有

① 《黃庭堅詩集注·山谷外集詩注》，中華書局 2003 年版，第 848 頁。

② 《維摩詰所說經》，《大正藏》第 14 卷，第 539 頁中。

③ 見《華嚴經·離世間品》，《大正藏》第 9 卷，第 670 頁下。

④ 《黃庭堅全集·正集》，四川大學出版社 2001 年版，第 782 頁。

⑤ 《蘇轍集·欒城集》卷二十二，中華書局 1990 年版，第 392 頁。

⑥ （宋）張耒著，李逸安、孫通海、傅信點校：《張耒集》卷七，中華書局 1999 年版，第 91 頁。

⑦ （宋）蘇軾：《和黃魯直食筍次韻》，《蘇軾詩集合注》，上海古籍出版社 2001 年版，第 1170 頁。

⑧ （宋）黃庭堅：《出禮部試院王才元惠梅花三種皆妙絕戲答三首》其二，《黃庭堅詩集注·山谷詩集注》，中華書局 2003 年版，第 327 頁。

髮，似俗無塵"①。

與黃庭堅對待佛學態度上的轉變相一致，他對於佛學的研習也日漸精進，呈現出了嶄新的氣象。自元豐七年後，其詩歌中所涉及之佛學典故，也超越了早期運用佛學典故摹景狀物的層次，而是將對自己之精神境界的描述與佛禪得道超越之境界相比擬。黃庭堅對於佛典的運用、融攝也發生了轉變，傾向於化用佛學義理及意蘊豐厚的禪宗公案。其《奉答茂衡惠紙長句》一詩中言及自己佛學修行時曰："春草肥牛脫鼻繩，菰蒲野鴨還飛去。"② 前用福州大案禪師"露地白牛"之公案，言自己不能呵護心性，經常因外物觸發而妄起；後句用百丈懷海禪師"野鴨子"之公案，言自己心隨物轉。從其自謙之詞中，可以看到黃庭堅對於呵護心性，不起分別之念，應無所往而生其心之修行方式的深切體認。其《贈張叔和》詩中曰："無可簡擇眼界平，不藏秋毫心地直。"③ 則是化用三祖僧璨《信心銘》："至道無難，唯嫌揀擇。但莫憎愛，洞然明白。"④ 亦是勸誡友人以不生分別平等不二之心看待外界，則憤懑不平之氣自可散去。

元祐七年至紹聖元年居鄉丁憂期間，黃庭堅與祖心的兩位弟子悟新、惟清交往甚密，惠洪《冷齋夜話》卷八中載："寶覺禪師（祖心）老庵於龍峰之北。魯直丁家難，相從甚久，館於庵之旁兩年。"⑤ 正是在這種密切交往中，黃庭堅佛學修養得到極大的提高。《五燈會元》中載祖心禪師曾以"吾無隱乎爾"開示黃庭堅，使他明白道即寓於日常生活中，需要自己放下一切念想去體驗之，方能悟得。黃庭堅《與覺海和尚》中曰："某數年在山中，究尋疑處，忽然照破心是幻法。"黃氏"究尋疑處"的思考，則反映出了其實證實悟的修行特點。黃庭堅之前對佛禪道理應不陌生，但祖心禪師的這種開示卻使他真真切切地體認到了這一境界。黃庭堅黔南貶謫時期所作之《明叔惠示二頌》其一之前半則是對此種思想的言說，詩曰："山川圍宴坐，日月轉庭隅。般若尋常事，如來臥起俱。"其於《與死心道人書》中回憶道："往日常蒙苦口提撕，常如醉夢，依稀在光影中。今日昭然，明日昧然，蓋疑情不盡，命根不斷，故望涯而退耳。

---

① （宋）黃庭堅：《寫真自贊五首》其五，《黃庭堅全集・正集》卷二十二，四川大學出版社2001年版，第559頁。

② 《黃庭堅詩集注・山谷外集詩注》，中華書局2003年版，第1176頁。

③ 《黃庭堅詩集注・山谷內集詩注》，中華書局2003年版，第179頁。

④ （宋）道原：《景德傳燈錄》，《大正藏》第51卷，第457頁上。

⑤ （宋）惠洪：《冷齋夜話》，《稀見本宋人詩話四本》卷八，江蘇古籍出版社2002年版，第68頁。

謫官在黔州道中，晝臥覺來，忽然廓爾，尋思平生被天下老和尚謾了多少，惟有死心道人不相背，乃是第一慈悲。"①

綜上所述，黃庭堅的學佛可以分為三個階段：家鄉的佛教氛圍及家庭成員的信仰，使其早年即對佛教抱有濃厚的興趣。從其早年詩文中可以看出，黃庭堅受《維摩》、《楞嚴》等佛學經典影響較大；元豐七年作《發願文》後，黃庭堅對於佛教理論開始自覺著力研習，而其佛學素養也得到了極大的提高，禪宗思維開始對黃庭堅產生重要影響。其學佛開始由學理性的瞭解向著親證親悟的宗教實踐轉變。元祐末紹聖初問道於黃龍三禪師及晚年的遷播經歷，使黃庭堅的佛學修養達到了最後的高峰。

黃庭堅對於佛教理論的研習是一個由淺及深的過程，大體經歷了三個階段：元豐七年前、元豐七年至紹聖元年、紹聖元年至逝世。在元豐七年前，黃庭堅對於佛教理論的學習，主要是通過閱讀佛經的方式來進行的。黃氏所閱讀之佛經主要是《維摩》、《楞嚴》、《圓覺》等經書，乃當時士大夫普遍喜好之佛學經典，因而黃庭堅早期的學佛方式較多受時代風氣之影響，缺乏自覺意識與個性特點，他在詩歌中所使用的佛經典故亦與王安石、蘇軾等前輩詩人差別不大，如對於《維摩經》"身如芭蕉"的運用等。鑒於其與王、蘇二前輩共性較多，拙著於此不再贅述。而元豐七年後，黃庭堅對於佛學之研習呈現了獨特的個性特點，禪宗思維對其影響逐漸超越了佛經。與此相一致，這種佛學研習上的新變化對黃庭堅產生了潛移默化的影響，並體現在了其詩歌創作中。黃庭堅對於佛學的理解過程，即其研習之路徑，大致而言是由反觀自心而明瞭、體悟真如自性，在實現了此種明瞭、體悟後謹慎護持之，使之不受外界之染污，由此而達"隨心所欲而不逾矩"的隨緣任運境界。

二　反觀與內省：以儒入佛的真如自性體悟方式

黃庭堅對於佛學之研習，最大的特色在於以了悟真如自性為旨歸，而其了悟真如自性的方式，則可用"反觀"來概括之。黃庭堅反觀自心以了悟真如自性的方式，兼具儒釋特點，可以說是水乳交融，難以辨別。眾所周知，禪宗之所以能廣為士大夫所接受，正在於禪宗擁有傳統儒學所缺失的心性修養理論，因而論者多以此認為黃庭堅在心性修養這一具體方式上，是借鑒禪宗心性修養理論來豐富儒家修養理論。但是如果從歷時性的角度對黃庭堅之思想發展軌跡進行一次梳理的話，就可以

①《黃庭堅全集·別集》，四川大學出版社 2001 年版，第 1850 頁。

看到黃庭堅是在儒家內省的修養方式的啓發下，探索出反觀自心以了悟真如自性的修行方式。

　　早在熙寧五年，黃庭堅作《論語斷篇》，其有言曰："由學者之門地至聖人之奧室，其塗雖甚長，然亦不過事事反求諸己，忠信篤實，不敢自欺，所行不敢後其所聞，所言不敢過其所行，每鞭其後，積自得之功也。"① 文中，黃庭堅明確表露了通過"反求諸己"的內省修養方式，實現向聖人閫域邁進的自覺意識。《論語斷篇》及作於同一年的《孟子斷篇》都顯現出了黃庭堅在熙寧五年前後即已具備了治心養性的明確意識，具備了通過內省以明確、增強忠信孝友等與生俱來之倫理信念的明確意識，如《論語斷篇》中言："故樂與諸君講學以求養心寡過之術。"② 《孟子斷篇》中言："方將講明養心治性之理與諸君共學之。"③ 這遠遠早於元豐七年黃氏在佛學理解上取得突破之前。因而黃氏之學佛反觀自心的修行方式，應是受其"內省"的儒學修養工夫的啓發。黃庭堅之學佛方式，最大的特點在於立足於儒釋修養工夫的相通處，實現了儒釋修養方式的融合。

　　（一）內省——黃庭堅的儒學修養工夫

　　黃庭堅的"反求諸己"、"治心養性"，直接的理論來源即是儒學的"內省"學說。《論語·學而》中載："曾子曰：'吾日三省吾身，爲人謀而不忠乎，與朋友交而不信乎，傳不習乎。'"④ 內省之目的乃是使主體反思自己行為，明確、增強忠、信等倫理信念。並且，儒家學說是將忠、信等倫理信念視作人與生俱來的，是人之為人所必須具備的特質，《孟子·公孫丑章句上》中載："今人乍見孺子將入於井，皆有怵惕惻隱之心。非所以內交於孺子之父母也，非所以要譽於鄉黨朋友也，非惡其聲而然也。由是觀之，無惻隱之心非人也，無羞惡之心非人也，無辭讓之心非人也，無是非之心非人也。惻隱之心，仁之端也；羞惡之心，義之端也；辭讓之心，禮之端也；是非之心，智之端也。人之有是四端也，猶其有四體也。"⑤ 孟子通過分析人們看見孺子入井的表現，說明惻隱、羞惡、辭讓、是非之心乃人生來具有，由此進而說明仁義禮智信乃人之精神修養的方向。生活在發生了孟子升格時代的黃庭堅，受此影響極大，極為重視儒家倫理，如黃庭堅勸誡洪芻曰："然孝友忠信，是此物（學問文

① 《黃庭堅全集·正集》卷二十，四川大學出版社 2001 年版，第 506 頁。
② 同上書，第 505 頁。
③ 同上書，第 507 頁。
④ （宋）朱熹集注：《四書章句集注》，中華書局 1983 年版，第 47 頁。
⑤ 同上書，第 237 頁。

章）根本。"①《國經字說》中亦言："忠信以為經；義理以為緯，則成文章矣。"②《訓郭氏三子名字說》中曰："有忠信以為基，而齊之以好問強學，何所不至哉？"③《論語斷篇》中曰："由學者之門地至聖人之奧室，其塗雖甚長，然亦不過事事反求諸己。"④ 黃庭堅極為重視忠信孝友等儒家倫理，並受孟子影響，將儒家倫理理解為人與生俱來的特質。這使得黃庭堅形成了通過內省，即"反求諸己"，來明確並增強儒家倫理的修養方式。

（二）反觀——黃庭堅的佛教修行方式

通過內省自察明確、增強忠信孝友等本身具有之倫理信念的方式，與佛教之修行理念具有相通之處。佛教認為眾生本具真如自性，與諸佛如來沒有差別，但因被外界迷惑而迷失自性，如《圓覺經》中言："一切眾生從無始來，種種顛倒，猶如迷人，四方易處。妄認四大為自身相，六塵緣影為自心相。"⑤《楞嚴經》亦曰："汝身汝心，皆是妙明真精妙心中所現物。云何汝等遺失本妙圓妙明心寶明妙性，認悟中迷？"⑥ 又曰："一切眾生從無始來，迷己為物，失於本心，為物所轉，故於是中觀大觀小。若能轉物，則同如來。"⑦ 因而如欲證得無上正覺，須破除迷惑，識得自己清淨真如自性。正如《楞嚴經》中文殊偈所云："反聞聞自性，性成無上道。"⑧ 禪宗則繼承了這一修行方式，《壇經》中云："佛是自性作，莫向身外求。自性迷，佛即眾生；自性悟，眾生是佛。"⑨ 馬祖道一教誨弟子時亦曰："汝等諸人各信自心是佛，此心即是佛心。"⑩ 黃庭堅早年即在詩歌創作中，多次融攝《楞嚴》、《圓覺》二經之典故，如"有生甚苦相，

---

① （宋）黃庭堅：《與洪駒父》其一，《黃庭堅全集·外集》，四川大學出版社 2001 年版，第 1365 頁。
② 《黃庭堅全集·正集》卷二十四，四川大學出版社 2001 年版，第 623 頁。
③ 同上書，第 625 頁。
④ 《黃庭堅全集·正集》卷二十，四川大學出版社 2001 年版，第 506 頁。
⑤ 《圓覺經》，《大正藏》第 17 卷，第 913 頁中。
⑥ 《楞嚴經》，《大正藏》第 19 卷，第 110 頁下。
⑦ 同上書，第 111 頁下。
⑧ 同上書，第 131 頁中。
⑨ （元）宗寶編：《六祖大師法寶壇經》，《大正藏》卷 48，第 352 頁中。《壇經》版本眾多，今人郭朋先生之《壇經校釋》為當今點校本，作為學界新成果，拙著理應本之。但郭朋先生校釋此書，所用版本乃是敦煌本，而宋人所見、所讀版本則與敦煌本相異，為《六祖大師法寶壇經》，即契嵩作序本，故拙著從傳播學角度考慮，凡涉及壇經內容者，皆以此《六祖大師法寶壇經》為準。
⑩ 《景德傳燈錄》，《大正藏》第 51 卷，第 245 頁下。

細大相噉食"，語出《楞嚴經》："以人食羊，羊死為人，人死為羊。如是乃至十生之類，死死生生互來相噉。"① "談餘天雨花"、"我來雨花地"，同出《楞嚴經》："即時天雨百寶蓮華，青黃赤白，間錯紛糅。"② "胸中種妙覺，歲晚期必獲"之"妙覺"則出自《圓覺經》："由彼妙覺，性遍滿故。根性塵性，無壞無雜。"③ 黃庭堅早年對於《楞嚴》、《圓覺》二經的閱讀，受時代風氣影響的成分居多。二經中所講述的眾生皆具真如清淨自性，但被外界迷惑所蒙蔽的理論，當時雖未對黃庭堅產生明顯之影響，但二經中這種證悟方式卻潛藏其內心中，後來隨著黃庭堅對於儒家養心治性修養方式的注重而被重新發現、審視，從而形成其儒釋交融的證悟特點。

黃庭堅作於元豐七年前的涉及佛學之詩歌，雖對反觀這一修行方式多所觸及，但其理論來源乃是《維摩經》等般若空觀理論，缺乏個性特點，與王安石、蘇軾等前輩無本質差別，如"天地入喻指，芭蕉自觀身"、"我觀諸境盡，心與古人同"、"百體觀來身是幻"、"萬水千山厭問津，芭蕉林裡自觀身"等。此一時期的黃庭堅沒有明確探求真如自性的意識，亦無明確運用反觀的意識。隨著黃庭堅思想的發展，特別是他對於儒家養心治性修養方式有了明確的意識後，其了悟真如自性的自覺意識，即兼具儒釋特點反觀內省修養方式，開始多次體現在其詩歌創作中。

（三）融合儒釋之修養方式在其詩歌創作中的體現

元豐五年，黃庭堅作《雜言贈茂衡》，詩中曰："萬物崢嶸，本由心生。去子之取捨與愛憎，惟人自縛非天黥。"④ 詩中用僧璨之典："有沙彌道信，年始十四，來禮師（僧璨）曰：'願和尚慈悲乞與解脫法門。'師曰：'誰縛汝。'曰：'無人縛。'師曰：'何更求解脫乎？'信於言下大悟。"⑤ 黃庭堅用此典故來說明學道應反求自心，顯示出了不同於以往的對反觀自心這一修養方式的重視。元豐七年作《發願文》後，黃庭堅追尋清淨真如自性的意識更加自覺化。元豐七年黃庭堅作《贈別李次翁》詩，其詩中曰："於愛欲泥，如蓮生塘。處水超然，出泥而香。孔竅穿穴，明冰其相。維乃根華，其本含光。"⑥《圓覺經》中云："一切眾生從

---

① 《楞嚴經》，《大正藏》第 19 卷，第 120 頁中。
② 同上書，第 130 頁上。
③ 《圓覺經》，《大正藏》第 17 卷，第 915 頁上。
④ 《黃庭堅詩集注·山谷外集詩注》，中華書局 2003 年版，第 1177 頁。
⑤ 《景德傳燈錄》，《大正藏》第 51 卷，第 221 頁下。
⑥ 《黃庭堅詩集注·山谷詩集注》，中華書局 2003 年版，第 63 頁。

無始際，由有種種恩愛貪欲，故有輪回。……欲因愛生，命因欲有。眾生愛命還依欲本，愛欲為因，愛命為果，由於欲境起諸違順，境背愛心而生憎嫉造種種業。"① 黃庭堅將愛欲比作淤泥，言蓮花出淤泥而不染，是因為"其本含光"，即本身是清淨的。黃氏用此比喻之目的，乃在於說明如覺悟到真如清淨自性，方能達到身處俗世而超越俗世之境界。其詩於末尾處勸誡友人曰："成功萬年，付之面墙。草衣木食，與世低昂。"任淵注曰："欲成遠大事業，當如少林之面壁，自求己事也，雖草衣木食，鐵石其心，然未嘗違世，亦與之俯仰，聊同其波耳。"其意乃是勸誡友人反觀自心，即"自求己事"，以悟真如自性，從而達到身處俗世而超越俗世的隨緣任運境界。其《答王子飛書》曰："人固與憂樂俱生者也，於其中有簡擇取捨，以至於六鑿相攘，日尋干戈。古之學道深探其本，以無諍三昧治之，所以萬事隨緣，是安樂法。"② 人自生來浸染世間俗諦，生起分別之心，所以有選擇與捨棄，當選擇取捨不如意時，煩惱就會生出。因而欲擺脫煩惱，需要反觀自心，即"深探其本"，滅除分別之心，由此方能達隨緣任運之境界。黃庭堅作於元祐四年的《頤軒詩六首》之序曰："匹夫之志，不可奪於三軍之帥，是謂觀其自養，盡己之性也。"③ 亦是強調自觀其心的修養方式。該組詩其一曰："金石不隨波，松竹知歲寒。冥此芸芸境，回向自心觀。"士大夫處世如欲達到獨立不倚、守節不移之境界，如金石般不隨波逐流，又如松柏般不隨節序更替而凋謝，最重要的應是反觀自心。黃庭堅於答黃斌老之詩中亦曰："中有寂寞人，自知圓覺性。"雖是對友人的讚譽，但從中亦可以看出黃庭堅對於反觀自心以覺悟真如自性的認識。其《答楊明叔送米頌》則是對這種修養方式的明確表達，頌曰："用此回光反照，佛事一時成辦。不須天下求佛，問取弄臭腳漢。"④ "回光返照"意謂收回向外尋求的眼光，反照自身自心，如《臨濟語錄》云："儞言下便自回光返照，更不別求，知身心與祖佛不別，當下無事，方名得法。"⑤

　　綜上所述，黃庭堅對於佛學的研習，帶有極強的儒者色彩，其最大的特色在於著眼於儒家修養方式與佛教修行方式的相通處。黃庭堅通過自己對於儒學的理解，探索出了通過內省以求明確增強自身本有之倫理信念的

---

① 《圓覺經》，《大正藏》第 17 卷，第 916 頁中。
② 《黃庭堅全集·正集》，四川大學出版社 2001 年版，第 467 頁。
③ 《黃庭堅詩集注·山谷詩集注》，中華書局 2003 年版，第 381 頁。
④ 《黃庭堅全集·正集》，四川大學出版社 2001 年版，第 590 頁。
⑤ （唐）慧然集：《鎮州臨濟慧照禪師語錄》，《大正藏》第 47 卷，第 520 頁上。

修養方式。在佛學研習上，其立足佛學經典及禪宗理論中眾生皆具真如自性這一要點，在探索儒家內省修養方式的啓發下，發展出了反觀本心以了悟真如自性的修行方式。黃庭堅的這種獨具特色的修行方式打通了儒釋之界限，使儒學研究與佛教修行實現了完美的結合；同時此種修行方式又與禪宗理論更為接近，不同於王安石、蘇軾等"藉教悟宗"，即由般若空觀悟入的學佛路徑。

三 護持與堅守：真如自性之護持與倫理信念之堅守

佛教修行並不僅僅是追求頓悟，追求明瞭真如自性的存在與體悟。佛教學說認為在明瞭體悟到自身本有之真如自性後，還應護持之，使之不再隨外物之變遷而生變動，以致染污。講求頓悟的禪宗對此亦是十分重視，禪宗多用"牧牛"來比擬對真如自性的護持。《景德傳燈錄》卷六"撫州石鞏慧藏禪師"中載："一日在廚中作務次，祖問曰：'作什麼?'曰：'牧牛。'祖曰：'作麼生牧?'曰：'一迴入草去，便把鼻孔拽來。'祖曰：'子真牧牛。'"① 而《景德傳燈錄》卷七"福州大安禪師"中則將反觀自心以了悟真如自性，而後小心護持之的覺悟、修行方式作了一次完整的敘述：

> 師即造於百丈，禮而問曰："學人欲求識佛，何者即是?"百丈曰："大似騎牛覓牛。"師曰："識後如何?"百丈曰："如人騎牛至家。"師曰："未審始終如何保任?"百丈曰："如牧牛人，執杖視之，不令犯人苗稼。"師自茲領旨更不馳求。……師上堂云："汝諸人總來就安求覓什麼? 若欲作佛，汝自是佛，而卻傍家走，忽忽如渴鹿趁陽焰，何時得相應去? 阿爾欲作佛，但無如許多顛倒攀緣妄想、惡覺垢欲不淨眾生之心，則汝便是初心正覺佛，更向何處別討所以? 安在溈山三十來年，喫溈山飯，屙溈山屎，不學溈山禪。只看一頭水牯牛，若落路入草，便牽出；若犯人苗稼，即鞭撻。調伏既久，可憐生受人言語，如今變作箇露地白牛，常在面前，終日露迥迥地，趁亦不去也。'"②

眾生本具佛性，成佛之過程不過是反觀自身，明瞭清淨真如自性，而後應

---

① 《景德傳燈錄》，《大正藏》第 51 卷，第 248 頁下。
② 同上書，第 267 頁中—第 267 頁下。

當小心護持之，使之不隨外物流轉而變遷，最後進入一個隨心所欲而不逾矩的自在自為的境界。

　　值得注意的是，以上言論皆出自馬祖道一及其門人之口，是洪州禪學的重要方式之一。而黃庭堅之家鄉分寧正是洪州法席大盛之地，加之黃庭堅對於佛教的濃厚興趣，黃庭堅早年便對此有所瞭解。熙寧元年其作詩勸誡何造誠勿耽於飛升之說，詩中即運用此禪學典故："無鈎狂象聽人語，露底白牛看月斜。"隨著黃庭堅對於佛學研習的深入，他對於護持自性的自覺意識也逐漸加強，與此相一致，他對於"露地白牛"這一公案也逐漸擁有了自己的親身感悟，逐漸超出了以前知識性瞭解的層次。元豐五年太和任上，黃庭堅於《奉答茂衡惠紙長句》中言及其禪學修養時寫道："青草肥牛脫鼻繩，菰蒲野鴨還飛去"①，黃庭堅反用公案典故，意謂自己不能護持自性，己之自性隨物流轉，如同水牛掙脫鼻繩，奔入草中。元豐七年所作之《平陰張澄居士隱處三首》"仁亭"詩曰："牧牛有坦塗，亡羊自多端。市聲鏖午枕，常以此心觀。"② 詩中其用"牧牛"、"亡羊"之典故稱讚友人能護持自性，任世路紛紜，而此真如心性不變。對於這則講求護持真如自性的公案，黃庭堅有著深刻的體驗，甚至將這種體驗投入到了對日常生活中器物的觀照中，如他在描寫做成銅犀牛狀的鎮尺時曰："不著鼻繩袖兩手，古犀牛兒好看取。"③ 將銅犀牛鎮尺比作是調伏得當的"露地白牛"，亦包含了對於李公擇禪學修養高妙的讚譽。建中靖國元年，黃庭堅遊萬州下巖寺院，見山僧不遵戒律，作詩曰："若為劉道者，拽得鼻頭回。"④ 其借用此公案，表達了"安得道者復生，鞭繩之也"的意思。從黃庭堅對此典故的多次運用來看，其對於覺悟真如自性後的護持，是具有自覺意識並頗為重視的。

　　除此之外，黃庭堅詩中還有許多作品，運用佛經典故言說護持真如自性。元豐五年所作之《明叔知縣和示過家上冢二篇復次韻》其二中曰："聞道下士笑，轉物大人勇。"⑤ 前句用《老子》中語"下士聞道大笑之"，後句用《楞嚴經》中語："一切眾生從無始來，迷己為物，失

---

① （宋）黃庭堅：《奉答茂衡惠紙長句》，《黃庭堅詩集注·山谷外集詩注》，中華書局 2003 年版，第 1176 頁。

② 《黃庭堅詩集注·山谷詩集注》，中華書局 2003 年版，第 71 頁。

③ （宋）黃庭堅：《六舅以詩來覓銅犀，用長句持送·舅氏學古之餘，復味禪悅，故篇末及之》，《黃庭堅詩集注·山谷外集詩注》，中華書局 2003 年版，第 1303 頁。

④ （宋）黃庭堅：《萬州下巖二首》其二，《黃庭堅詩集注·山谷詩集注》，中華書局 2003 年版，第 508 頁。

⑤ 《黃庭堅詩集注·山谷外集詩注》，中華書局 2003 年版，第 1258 頁。

於本心，為物所轉。……若能轉物，則同如來。"① 稱美友人在世風澆
薄的環境下，沒有 "迷己為物"，而是能 "轉物"，即護持真如自性，
不使受外界之染污。紹聖四年謫居黔南時所作之《次韻楊明叔四首》
其二曰：

> 道常無一物，學要反三隅。喜與嗔同本，嗔時喜自俱。心隨物作
> 宰，人謂我非夫。利用兼精義，還成到岸桴。②

詩中用惠能語："本來無一物，何處染塵埃。" 言悟道應反觀自心，滅除
種種妄想、邪見，找尋到未經染污的清淨本心。又用《圓覺經》中語：
"一切眾生從無始際，由有種種恩愛貪欲，故有輪回。……眾生愛命還依
欲本，愛欲為因，愛命為果，由於欲境起諸違順，境背愛心而生憎嫉造種
種業。"③ 黃庭堅此處用之，乃謂悟道是去除邪見、了悟清淨本心，因此
要舉一反三，明瞭愛欲也是妄想邪見，要從因愛欲而生的輪回旋渦中超
脫出來。假若心隨物轉，則會墜入煩惱旋渦。從詩中對友人不應心隨物
轉的勸誡中，抑或說是自我警示中，不難看出黃庭堅護持真如自性的明
確意識。

　　黃庭堅覺悟真如自性然後用功護持的修行方式，又與其儒學修養工夫
有著相通之處。其《答秦少章帖》云："誠見其性，坐則伏於几，立則垂
於紳，飲則列於樽彝，食則形於籩豆，升車則鸞和與之言，奏樂則鐘鼓為
之說，故見己者無適而不當。"④ 這種明心見性後達到的行止語默無不合
道的境界，即是黃庭堅所理解的儒者之道。而要達到這種境界，最重要的
即是通過日常生活中的修養，將忠信仁義等本身具有的倫理信念內化為主
體精神的一部分，使主體的舉止行動在不自覺中皆符合倫理道德的要求。
黃庭堅於《士大夫食時五觀》中寫道："禮所教飲食之序，教之末也。食
而作觀，教之本也。"⑤ 即是主張從飲食這一日常必須之行為中強化對於
禮的認識。其《書〈食時五觀〉後》一文則更明確地寫道："大夫能刳心
學之，遁世無悶之道也。"⑥ 惠洪稱其曰："其信道為法之勤，可謂透脫情

---

① 《楞嚴經》，《大正藏》第 19 卷，第 111 頁下。
② 《黃庭堅詩集注·山谷詩集注》，中華書局 2003 年版，第 438 頁。
③ 《圓覺經》，《大正藏》第 17 卷，第 916 頁中。
④ 《山谷集·山谷別集》卷十六，《景印文淵閣四庫全書》第 1113 冊，第 701 頁下。
⑤ 《黃庭堅全集·外集》，四川大學出版社 2001 年版，第 1423 頁。
⑥ 《黃庭堅全集·別集》，四川大學出版社 2001 年版，第 1606 頁。

境者耳。"① 此外，黃庭堅還強調獨立不倚的人格精神。其《跋低柱銘後》中曰："士大夫立於世道之風波，可以托六尺之孤，寄百里之命，不以千乘之利奪其大節，則可以不為此石羞矣。"② 黃氏還稱讚王禹偁曰："萬物交流，砥柱中立"③，讚孫莘老曰："萬物紜紜，隨川而東；金石獨止，何心於逢?"④ 推崇蘇軾曰："臨大節而不可奪，則與天地相終始。"⑤ 而這種獨立不倚精神，正是主體內心對忠信等倫理信念永恒堅守的外在表現。從黃庭堅對於獨立不倚精神的反復讚揚中，不難看出他的主張：在通過內省明瞭忠信等倫理信念後，應在日常生活中立身處世、衣食住行等方面堅守、實踐這種倫理信念。

黃庭堅探索出了反求諸己的儒釋相通的修行方式，即由反觀自心以覺悟眾生本具之真如自性，由內省自身而明瞭每人本有之倫理信念。在實現了這種覺悟和明瞭後，他又主張護持真如自性、堅守倫理信念，而這種護持與堅持的最終目的是為了達到"隨心所欲而不逾矩"的自在自為的人生境界。

四　儒釋交融之自在自為境界的體悟

黃庭堅講求對真如自性的護持，亦強調對倫理信念的堅守，其最終的旨歸都是為了實現"隨心所欲而不逾矩"的自在自為的境界。這一境界是兼具儒釋特色的，是對儒釋思想實現深層次融合的表現。如其《跋雙林〈心王銘〉》曰："費畔召，佛肸召。學士大夫每於此處惟以歸潔其身、君子不器解其章句，其心未嘗不快快也。良由未嘗學明己事，不識心耳。若解雙林此篇，則以讀《論語》如啖炙，自知味矣。不識心而云解《論語》章句，吾不信也。後世雖有作者，不易吾言矣。"⑥ 傅大士《心王銘》中有言曰："知佛在內，不向外尋。即心即佛，即佛即心。……是故智者，放心自在，莫言心王，空無體性，能使色身，作邪作正。非有非無，隱顯不定，心性雖空，能凡能聖，是故相勸，好自防慎。"⑦ 叛亂之

---

① （宋）惠洪：《跋山古五觀》，《石門文字禪》卷二十七，《四部叢刊初編》本，第 301 頁上。

② 《黃庭堅全集·正集》，四川大學出版社 2001 年版，第 699 頁。

③ （宋）黃庭堅：《王元之贊》，《黃庭堅全集·正集》，四川大學出版社 2001 年版，第 557 頁。

④ （宋）黃庭堅：《寄外舅孫莘老文》，《黃庭堅全集·別集》卷十三，四川大學出版社 2001 年版，第 1730 頁。

⑤ （宋）黃庭堅：《東坡先生真贊》其二，《黃庭堅全集·正集》卷二十二，四川大學出版社 2001 年版，第 558 頁。

⑥ 《黃庭堅全集·正集》卷二十五，四川大學出版社 2001 年版，第 649 頁。

⑦ 《景德傳燈錄》，《大正藏》第 51 卷，第 456 頁下。

臣公山弗擾、佛肸招孔子前往，孔子打算前去而為子路所質問。對此黃庭堅提出了自己的看法，他認為只要堅守忠信等倫理信念，則無往而不可，而孔子就達到了這種境界，即"隨心所欲而不逾矩"的自在自為境界。從中不難看出，黃庭堅對帶有儒釋融合特點的這一境界的追求。

黃庭堅於儒學修養上立足於忠信等倫理信念的堅守，追求獨立不倚的精神境界，並於佛學修養上護持真如自性，不使之受外界之染污。兩者互相結合形成了其獨特特點，即以抱道自居為樂，而不牽情於世務，不以是否見用於世為意。如其《寄晁元忠十首》其三曰："魯儒守一經，亦有澗谷槃。何事窮愁極，江南庾子山。"[1] 詩意乃謂以詩書自娛，修身養性，樂在其中，為何如庾信般窮愁至極？其《再用前韻贈子勉四首》其一曰："胸中有度擇人，事上無心活身。只麼情親魚鳥，儻然圖畫麒麟。"[2] 首句言："欲口不臧否人物，而胸中自有準則也"，次句用德山宣鑒語："汝但無事於此心，無心於事，則虛而靈，空而妙。"[3] 二者看似矛盾，實則不然。本之以忠信等倫理信念的堅守，既保持獨立不倚之精神，不隨波逐流，又不牽情於世務，則不論閑居還是入世，都可做到放心自在。黃庭堅於《次韻仲車為元達置酒四韻》詩中曰："惟此酒中趣，難為醒者論。盜臥月皎皎，雞鳴雨昏昏。"[4] 任淵注曰："明月皎然，盜所畏忌。此古人所以自晦於酒，世間萬事付之一醉，而胸中了了自有常度，如雞鳴之不為風雨所廢也。"亦是對於通過堅守倫理信念、護持真如自性以求達到自在自為境界的描述。

黃庭堅的晚年，隨著其佛學修養的進步，他實現了對於無心即道的更深體驗，加之接二連三的政治迫害，他在儒釋融合的自在自為境界的體悟上也發生了微妙的變化，即"無心"這一特點更加突出。黃庭堅元符三年遇赦時所作之《次韻石七三留言七首》其六曰："看著莊周枯槁，化為胡蝶翩輕。人見穿花入柳，誰知有體無情。"[5] 雖用莊周夢蝶之典，所要書寫的卻是對心無分別、隨緣任運之禪悟境界的體認。崇寧三年，黃庭堅再遭貶謫，在前往宜州途中，其作《代書寄翠巖新禪師》一詩，詩中曰："八風吹得行，處處是日用。"[6] "八風"乃是利、衰、毀、譽、稱、譏、

---

① 《黃庭堅詩集注·山谷外集詩注》，中華書局 2003 年版，第 1180 頁。
② 《黃庭堅詩集注·山谷詩集注》，中華書局 2003 年版，第 575 頁。
③ 《景德傳燈錄》，《大正藏》第 51 卷，第 317 頁下。
④ 《黃庭堅詩集注·山谷詩集注》，中華書局 2003 年版，第 607 頁。
⑤ 同上書，第 503 頁。
⑥ 同上書，第 700 頁。

苦、樂，此反用寒山詩之“八風吹不動”，其意仍是書寫自己本自真如自性的護持，在面對世事變遷時不以為意的隨緣任運心態。而其《題默軒和尊老》亦是對無心於事、無事於心之隨緣自在境界的寫照：“平生三業淨，在俗亦超然。佛事一盂飯，橫眠不學禪。”①

五　黃氏佛學思想邏輯順序與其儒學修養理論的對應關係

綜上所述，黃庭堅之學佛不同於期前輩詩人王安石、蘇軾等，黃氏受禪宗思維影響較大，在修行的指向上直趨真如自性的體悟，而不是由般若空觀悟入。黃庭堅於《跋王荊公禪簡》中曰：“荊公學佛，所謂吾以為龍又無角，吾以為蛇又有足者也。”② 他對王安石學佛的評價正是站在禪宗立場對“藉教悟宗”的批評，“龍又無角”即是批評王安石未曾重視對本身具有之真如自性的了悟，“蛇又有足”即是說學佛之目的在於了悟真如自性，從而達到自在自為的境界。如能直趨此境界，則不必糾結於空觀、平等觀等概念的認知中。

黃庭堅對於佛學的研習與其對於儒學的發明相融無間，從修行方式到所要了悟明確之對象，到對此對象的護持與堅守，再到此護持與堅守所要達到之境界上，都有著深層次的相通之處。正如下圖所示：

反觀→真如自性→護持之↘
↑↓　　↓↑　　↑↓　“隨心所欲而不逾矩”的自在自為境界
內省→倫理信念→堅守之↗

牟宗三先生認為：“‘內聖之學’亦曰‘成德之教’。‘成德’之最高目標是聖，是仁者，是大人，而其真實意義則在於個人有限之生命中取得一無限而圓滿之意義。”③ 黃庭堅對人生境界的追求與體悟，從實質上而言即是對主體生存狀態“無限而圓滿之意義”的詮釋，而其融通儒釋的思想形態構建方式對後學而言，無疑具有重大的啓發意義。而這實則是黃庭堅成為一種文化人格範式的內在原因。

---

① 《黃庭堅詩集注·山谷詩集注》卷十八，中華書局 2003 年版，第 637 頁。
② 《黃庭堅全集·正集》，四川大學出版社 2001 年版，第 696 頁。
③ 牟宗三：《宋明理學之課題》，載《道德理想的重建——牟宗三新儒學論著輯要》，中國廣播電視出版社 1992 年版，第 215 頁。

小　結

　　處於佛學語境下的士大夫對佛學的濃厚興趣促使他們對佛學進行了深入而持久的研習，這使他們的詩歌包含了大量佛理體悟與佛法研習的內容。這亦爲今人考察其學佛路徑提供了可能。本章立足於文本的細讀，勾勒出了王、蘇、黃三人之佛學思想的邏輯體系，並分析三人佛學思想體系的生成構建過程。三人之學佛路徑各有特色，相比較而言，王安石對佛學之研究比較純粹，其學佛路徑可用“藉教悟宗”來概括。他從研習佛教般若空觀開始，逐漸達到了對佛教平等觀思想的深化理解及對禪悟境界的體認。蘇軾之學佛則顯示了一定程度上的融通其他學說的特點，他本自對道家相生相待理論的運用，使之與佛教相對主義實現了對接，由此實現了佛學理論理解上的突破，而蘇軾這種援道入佛的特點亦是其晚年無法徹底超越人生厄苦命運的原因所在。黃庭堅學佛之一大特點即是融通儒釋，黃庭堅所理解的佛教修行方式與他所發明之儒學修養工夫存在一一對應的關係，而他所追慕之境界亦呈現了儒釋兼具的特色。三人是北宋中後期不同時段的代表人物，他們學佛方式、所接受佛學思想的不同，亦具有極大的代表性，考察他們在此兩方面的不同，對於揭示北宋中後期士大夫對佛教學習、接受特點的變化與儒學之發展，亦具有極大的作用。

第三章　佛禪語言的詩化運用

——以王、蘇、黃學佛與其詩歌語言、詩學思想之關係為中心

　　士大夫對於佛教學說的研習，不可避免地對他們的人生觀、價值觀產生著潛移默化的影響，這種影響進而使他們對詩歌的認識發生了相應的變化，而這種變化正與北宋中後期詩學的發展變化相同步。如果從當時政治、思想界的變化及詩人個體經歷來看，此種同步並非簡單的巧合，而是有著密切的聯繫。因而從士大夫研習佛學的角度切入，細緻尋繹士大夫研習佛學對其精神所產生浸染的過程，並將這種尋繹與探討文人詩學觀念的演進相結合，能更好地揭示士大夫學習接受佛教學說是如何影響到其詩歌創作的。本章仍以王、蘇、黃三位北宋中後期不同階段的代表性詩人為代表，從他們對佛教學說的吸收對其思想產生影響的角度，來分析這種學習和接受與其詩學思想變化發展的關係。

第一節　王安石學佛與其詩歌語言及詩學思想

　　第二章中已經論述了王安石學佛的三個階段，是由對佛教般若空觀的服膺，到對無所往而生其心的平等觀的體認，最終達到隨緣任運的自得境界。此一學佛過程對王安石詩學思想的變化發展產生了潛移默化的影響，這種影響具體體現在三個方面：其一表現在詩道認識上，王安石逐漸實現了對悲哀詩風的揚棄；其二表現在詩歌境界營造方面，體悟隨緣任運之禪悟精神使王安石更加注重追求澹泊寧靜的詩歌境界；其三表現在詩歌語言運用方面，王安石爲追求語言的工整與新穎，廣泛借用佛經語言、詞彙。而這三種具體的表現又與王安石的詩學淵源有著密切的聯繫，是其詩學觀念發展與學佛經歷產生之相互影響的必然結果。因而如欲探討學佛經歷影響下王安石詩學思想之發展變化，必須首先探明王安石之詩學淵源，並對

其學佛經歷如何影響至詩學思想的變化予以關注，從具體的文獻資料入手，努力尋繹佛學向其文學滲透的實際軌跡，探討佛學究竟以何種途徑、在何種程度上影響王安石的文學理論及創作，以揭示其學佛經歷與文學思想變化的內在聯繫。

一　王安石之詩學探源：以其唐詩選及集句詩創作為中心

關於王安石的詩學淵源，大多論者以王安石"推公之心古亦少，願起公死從公游"、"吾觀少陵詩，謂與元氣侔"等推崇杜甫的詩句，及王安石曾經編選杜集的經歷為根據，認為王安石之詩學來自杜甫；又以王安石的一些學習韓愈鋪張手法的古詩為根據，指出王安石學韓的事實。此確為不易之論，然而王安石的詩學有著複雜的來源，不僅僅來源於杜、韓二家。即便是在學杜、學韓方面，由於杜甫、韓愈詩文集在宋代已經廣泛流傳，且數量較大，因而也還存在著王安石師法杜甫、韓愈哪類題材、哪類風格的具體問題。因而對於王安石詩學淵源的探討存在著進一步深入、細化的必要。而現存的王安石編選的《王荊公唐百家詩選》、《四家詩選》及《臨川先生文集》卷三十六及卷三十七中的集句詩，為我們進一步深入、具體地瞭解王安石之師法對象提供了可以追尋的路徑。而從這一角度切入，探討王安石詩歌之師法對象，也正是學界目前關於王安石研究的薄弱環節。

（一）《王荊公唐百家詩選》與王安石之詩學

《王荊公唐百家詩選》現存二十卷，作於嘉祐五年王安石三司度支判官任上。王安石自序曰："余與宋次道同為三司判官時，次道出其家藏唐詩百餘編，諉余擇其精者。次道因名曰：《百家詩選》。廢日力於此，良可悔也。雖然，欲知唐詩者觀此足矣。"[①] 楊蟠（公元 1017—1106 年）之序曰："公自歷代而下，無不考正。於唐，選其百家，特錄其警篇。"[②] 從王安石的自序及當時人楊蟠的序文中可以看出，此《百家詩選》乃是經過了王安石精心揀擇的。陳振孫言："王安石以宋次道家所有唐人詩集，選為此編。世言李、杜、韓詩不與，為有深意。其實不然，按此集非特不及此三家。而唐名人如王右丞、韋蘇州、元白劉柳、孟東野、張文昌之倫皆不在選。意荊公所選，特世所罕見。其顯然共知

---

① （宋）王安石：《唐百家詩選》之"自序"，《景印文淵閣四庫全書》第 1344 冊，臺灣商務印書館 1983 年版，第 565 頁下。

② （宋）楊蟠：《王荊公選唐百家詩》之"序"。

者，固不待選耶。"① 雖然王安石編選的目的是選擇當時不常見詩篇中之佳作，以供學者研習。但 "詩系人之好尚"，其中所選作品均是王安石所認為的 "警篇"，頗能反映王安石對詩歌的看法。

通觀《百家詩選》，歌行體之類的詩歌數量相對較少，所選之古體詩，五言居多，且風格大多屬於古淡閑雅類。即使是高適、岑參等盛唐邊塞詩人，其入選詩歌也多為風格蒼涼古樸的寄贈詩。另外戴叔倫、司空曙、郎士元、盧綸、皇甫冉等詩風 "體格清新、理致清淡" 的大曆詩人所選之詩歌所占比重很大，如戴叔倫詩四十七首、皇甫冉詩八十五首，另外耿湋等人也有詩歌入選；其次從所選之詩歌的題材上來看，與當時時事、詩人身世相關之詩歌入選者幾乎沒有，而山水、紀游、贈別詩所占比重比較大，且風格多古淡簡遠。從全書的編纂順序來看是以時間前後為序，初唐、盛唐作品並不多，只占了其中的六卷。倒是從第六卷開始，中唐大曆詩人的作品所選入者甚多，晚唐詩被選入者所占比重亦不在少數。

值得注意的是，王安石編選《唐百家詩選》的時間是嘉祐五年，這一時期正是宋代詩學承前啓後發生變化的時期，《苕溪漁隱叢話》載："宋興，楊文公始以文章蒞盟。然至於詩，專以李義山為宗。以漁獵掇拾為博，以儷花鬭葉為工，號稱 '西崑體'。嫣然華靡而氣骨不存。嘉祐以來，歐陽公稱太白為絕唱，王文公稱少陵為高作。詩格大變，高風之所扇，作者間出，班班可述矣。"② 胡仔所稱許的變革文風的詩人，並沒有對學習晚唐詩的前輩簡單地一筆抹殺，而是對其成就給予了充分的肯定。歐陽修《六一詩話》中稱讚劉筠曰："雄文博學，筆力有餘，故無施而不可。非如前世號詩人者，區區於風雲草木之類，為許洞所困也。"③ 又稱讚錢惟演 "錢詩好句尤多"④。王安石在京師任職期間與歐陽修交往頗深。此時的王安石四十三歲，在文學創作上屬於穩定待變的一個時期，其受同時代人之影響，學習李商隱等晚唐詩，也是不可避免的。

葉夢得（公元 1077—1148 年）《石林詩話》載："王荊公少以意氣自許，故詩語惟其所向，不復更為涵蓄。……後為羣牧判官，從宋次道盡假唐人詩集，博觀而約取，晚年始盡深婉不迫之趣。"⑤ 葉夢得認為王安石

---

①　（宋）陳振孫：《直齋書錄解題》卷十五，許小蠻、顧美華校點，上海古籍出版社 1987年版，第 444 頁。

②　（宋）胡仔：《苕溪漁隱叢話・後集》卷八，人民文學出版社 1962 年版，第 58 頁。

③　（宋）歐陽修：《六一詩話》，《歷代詩話》本，中華書局 1981 年版，第 270 頁。

④　同上。

⑤　（宋）葉夢得：《石林詩話》卷中，《歷代詩話》本，中華書局 1981 年版，第 419 頁。

"廢日力於此"，編選《百家詩選》，使其創作風格發生了改變。從《百家詩選》之選詩標準來看，也確如葉氏所言。王安石選詩，推崇古淡簡遠的藝術風格，在詩道認識上主張詩歌的功用是吟詠性情，重視詩歌抒寫作者情懷及交游的作用。詩歌反映現實、抨擊時弊的作用被淡化。這反映了王安石在詩歌認識上所發生的變化。

（二）《四家詩選》與王安石之詩學

《宋史·藝文志》中載王安石還編有《四家詩選》，選杜、韓、歐、李四家詩，從其選詩思路來看，是欲以此《四家詩選》與《百家詩選》互為表裏。李綱（公元 1083—1140 年）《書四家詩選後》中所言："然則四家者，其詩之六經乎，於體無所不備，而測之益深，窮之益遠。百家者，其詩之諸子百氏乎，不該不偏，而各有所長。時有所用，覽者宜致意焉。"①

從此書所選之詩及選詩宗旨，我們可以瞭解王安石之詩學好尚及具體師法對象，惜其未傳至今。其書雖不傳，但從相關資料關於其選詩宗旨、標準的論述中，仍然可以窺見王氏詩學好尚之一斑。《四家詩選》一書已經散佚，關於其選詩標準未有明文記載，但從宋人詩話中的相關論述中亦可窺其大概，《蔡寬夫詩話》中云："子美詩善叙事，故號'詩史'。其律詩多至百韻，本末貫穿如一辭，前此蓋未有。然荊公作《四家詩選》，而長韻律詩皆棄不取，如《夔府書懷一百韻》亦不載。退之詩豪健雄放自成一家，世特恨其深婉不足，《南溪始泛》三篇乃末年所作，獨為閒遠，有淵明風氣。而詩選亦無有，皆不可解，公宜自有旨也。"② 從文中對王安石選詩棄長律而不選，及對韓愈《南溪始泛》等風格閒遠詩篇之不能入選的不滿來看，王安石的選詩宗旨是側重於篇章相對簡短但富有韻味的詩篇。

此外，從所選之四家的前後次序上，亦可窺王氏詩學觀之一斑。《環溪詩話》載："仲兄云：'近時荊公作《四家詩選》，如何添永叔？'環溪云：'荊公置杜甫於第一，韓愈第二，永叔第三，太白第四。蓋謂永叔能兼韓、李之體，而近於正，故選焉耳。又謂李白無篇不說酒色，故顯擠於永叔之下，則此公用意亦已深矣。'"③ 吳沆（公元 1116—1172 年）認為

① （宋）李綱：《梁谿集》卷一百六十二，《景印文淵閣四庫全書》第 1126 冊，第 711 頁上。
② （宋）胡仔：《苕溪漁隱叢話·前集》卷十八引，人民文學出版社 1962 年版，第 119 頁。
③ （宋）吳沆：《環溪詩話》，《冷齋夜話·風月堂詩話·環溪詩話》本，中華書局 1988 年版，第 131 頁。

王安石以杜、韓為"正"，至於何為"正"，從其後語中歐陽修之詩"近於正"，及對李白詩之內容涉及酒色之處太多的批評中，可以推知"正"即為內容合乎儒家溫柔敦厚的雅正宗旨。吳沆認為《四家詩選》的次序安排是與入選作家詩歌內容相關的，並認為內容的雅正與否是王安石的選詩標準，也是其論詩的標準。李綱《讀四家詩選四首》之詩序曰："介甫選四家之詩，第其質文以為先後之序。予謂子美詩閎深典麗，集諸家之大成；永叔詩溫潤藻豔，有廊廟富貴之氣；退之詩雄厚雅健，毅然不可屈；太白詩豪邁清逸，飄然有凌雲之志。皆詩傑也。"① 其《書四家詩選後》曰："子美之詩非無文也，而質勝文；永叔之詩非無質也，而文勝質。退之之詩質而無文，太白之詩文而無質。介甫選四家之詩，而次第之，其序如此。"② 質文之論，首出《論語》，何晏釋"質"為"實"，釋"文"為"華"。李綱認為王安石的選詩標準重視"質"，即為追求詩歌言之有物，合乎儒家厚人倫、美教化詩教觀，在此基礎上再追求文辭的華美。《遯齋閑覽》載："或問王荊公云：'編四家詩，以杜甫為第一，李白為第四。豈白之才格詞，致不逮甫也？'公曰：'白之歌詩豪放飄逸，人固莫及。然其格止於此而已，不知變也。至於甫，則悲懽窮泰，發斂抑揚，疾徐縱橫，無施不可。故其詩有平淡簡易者，有綿麗精確者，有嚴重威武若三軍之帥者，有奮迅馳驟若泛駕之馬者，有淡泊閑靜若山谷隱士者，有風流醞藉若貴介公子者。蓋其詩緒密而思深，觀者苟不能臻其閫奧，未易識其妙處，夫豈淺近者所能窺哉？此甫所以光掩前人，而後來無繼也。元稹以謂兼人所獨專，斯言信矣。'"③ 可見，王安石還推崇杜甫詩歌之內容、題材、手法上變化多端，詩思巧妙縝密、用意精深。

從以上之論《四家詩選》語中，大體可以推知王氏之選詩，追求內容雅正、文辭華美，並以前者為重。在藝術手法上崇尚變化，具體的創作上推崇詩思巧妙、用意精深之詩。

（三）集句詩與王安石之詩學

如果說從《王荊公唐百家詩選》、《四家詩選》推論王安石的詩學好尚及其詩學觀點尚顯粗疏的話，那么王安石集句詩的創作，則為我們探討王安石對於前代詩人哪些、哪類經典作品的具體師法情況。集句詩截取前人一家或幾家之詩進行拼集，使之成為表述自己心意之詩歌的創作方式，

① （宋）李綱：《梁谿集》卷九，《景印文淵閣四庫全書》第 1126 冊，第 575 頁上。
② （宋）李綱：《梁谿集》卷一百六十二，《景印文淵閣四庫全書》第 1126 冊，第 711 頁上。
③ （宋）胡仔：《苕溪漁隱叢話·前集》卷六，人民文學出版社 1962 年版，第 37 頁。

需要作者對所選取詩人之詩十分熟悉。而此作者熟稔異常之詩歌，在其腦海中長期存在，因而往往會對其關於詩歌之理解及本身之創作產生潛在而巨大的影響。所以考察詩人集句詩創作中對前人詩篇的驅遣運用，可以知曉詩人所熟悉的前人詩作，進而為對其詩學淵源進行更深、更細緻的考察提供可能性。

王安石之集句詩創作在當代既已聞名，《竹坡詩話》中云："集句，近世往往有之，唯王荊公得此三昧。"①《王直方詩話》載："荊公始為集句，多者至數十韻，往往對偶親於本詩，蓋以誦古人詩多，或坐中率然而成，始可以為貴也。"②《大慧普覺禪師宗門武庫》中載："王荊公一日訪蔣山元禪師，坐間談論品藻古今。山曰：'相公口氣逼人，恐著述搜索勞役，心氣不正，何不坐禪體此大事？'公從之。一日謂山曰：'坐禪實不虧人，余數年要作《胡笳十八拍》不成，夜坐間已就。'山呵呵大笑。"③從上述資料的記載中可以看出，王安石對前人作品的熟悉，達到驅遣自如的境地，以至"坐中率然而成"、"夜坐間已就"，從而能自出己意，鑄為己之詩章。此對前人作品的充分解讀與記誦，使其在運用前人詩句集句時，往往能巧妙地對原作進行修改，賦予其新的韻味。《容齋隨筆·五筆》卷五，"桃花笑春風"條載："王荊公集古胡笳詞一章云：'欲問平安無使來，桃花依舊笑春風。'後章云：'春風似舊花仍笑，人生豈得長年少。'二者貼合如出一手，每歎其精工。其上句蓋用崔護詩，後一句久不見其所。出近讀范文正公《靈巖寺》一篇云：'春風似舊花猶笑'，以'仍'為'猶'乃此也。李義山又有絕句云：'無賴夭桃面，平明露井東。春風為開了，卻擬笑春風。'語意兩極其妙。"④

王安石的集句詩反映了他對於前人作品的熟悉與良好的記誦能力，同時，王安石之集句詩中所運用的詩句，既為他所熟悉、記誦，此詩必是他認為的"警篇"，勢必對他產生潛在而巨大的影響。因而從其集句詩對前人詩句運用的情況進行分析，可以窺見王安石具體的師法對象及對詩歌美學的具體追求。

據《臨川先生文集》卷三十六及卷三十七的記載，王安石現存集句詩共六十八首。在其集句詩中，以唐代詩人之作品使用次數為多，杜甫、韓愈、李白等大家作品出現頻率最高，再次是白居易、劉禹錫、張籍、杜

---

① （宋）周紫芝：《竹坡詩話》，《歷代詩話》本，中華書局1981年版，第339頁。
② （宋）王直方：《王直方詩話》，《宋詩話輯佚》本，中華書局1980年版，第41頁。
③ （宋）道謙編：《大慧普覺禪師宗門武庫》，《大正藏》第47卷，第954頁下。
④ （宋）洪邁：《容齋隨筆·五筆》卷五，上海古籍出版社1978年版，第859頁。

牧、李商隱、李端、鄭谷詩；《全唐詩》中僅存詩一首的嚴惲《落花》詩
也兩次出現。此外，還有一些南北朝詩歌如《團扇郎六首》、《烏孫公主
歌》、鮑令暉《題書寄行人》、陶淵明《擬古詩九首》、陶弘景《詔問山
中何所有賦詩以答》等。雍陶《過舊宅看花》、崔塗《春夕》、楊巨源
《折楊柳》、王建《唐昌觀玉蕊花》、蔣維翰《春女怨》、方干《途中言事
寄居遠上人》、嚴休復《唐昌觀玉蕊花折有仙人游悵然成二絕》其二、李
益《竹窗聞風寄苗發司空曙》、李德裕《江南西道團練觀察使沈傅師》等
也出現於其集句詩中。

　　王安石對於前代詩人作品之運用頗為廣泛，亦頗為繁雜，但是如細緻
考察，也可以發現其中規律。王安石所作之集句詩，古體詩共三十八首，
在古體詩中，王安石運用杜甫、韓愈、李白詩為多。因他對於杜甫之師法
比較廣泛，所以杜甫各體、各期詩歌在其集句詩中都有出現。但從王安石
對於韓愈、李白詩之運用中，可以看出他對韓、李二人何種詩歌之好尚。
王安石對於韓愈詩歌之運用，多是選取《憶昨行和張十一》、《遊青龍寺
贈崔大補闕》、《秋懷詩十一首》、《聽穎師彈琴》、《八月十五日夜贈張功
曹》等章法井然、用意精細、書寫不同於流俗之寂寥不偶情懷的古體詩，
而對於韓愈風格粗硬一類的詩歌以及其律詩則運用較少。在李白詩的運用
上，絕大多數亦為古體詩歌，如《廬山謠寄盧侍御虛舟》、《陪族叔當塗
宰遊化城寺升公清風亭》、《送王屋山人魏萬還王屋》、《登瓦官閣》、《過
汪氏別業二首》等，皆為風格清麗勁健、語言富有張力的這類詩歌，而
運用李白之律詩甚少。在集句律詩之創作中，除杜甫外，王安石對於杜牧
之詩歌運用頗多，如《李甘詩》、《九日齊山登高》、《題宣州開元寺水閣
閣下宛溪夾溪居人》、《柳長句》、《早雁》、《題池州貴池亭》、《題禪院》、
《漢江》、《奉陵宮人》等，其中除去前四首為七言律詩外，其餘皆為七言
絕句。此外，李商隱之《夕陽樓》、《潭州》及鄭谷之《為人題》、《望湘
亭》均在其集句詩中出現。而王安石對於這些晚唐詩人律絕的運用又多
集中在其集句律絕中，由此可以看出王安石在律絕創作上的師法對象除
杜甫外，師法晚唐亦是不爭的事實。① 也正是王安石對於晚唐詩的學習
使其晚年詩在意境營造上、語言運用上，脫離了早年"不復更為含蓄"
的缺陷。

　　從其集句詩中運用前代詩人詩句的情況來看，除去對杜甫的全方位的

---

① 劉寧《論王安石絕句對中晚唐絕句的繼承與變化》一文論之甚詳，拙著茲不贅述。劉文
　載《廣西師範大學學報》2005 年第 2 期。

師法外，王安石對於李白、韓愈之師法，集中在古體詩上，而對於李、韓之古體，又集中師法其清勁簡遠、用意精細、章法井然的這類古體詩，對於韓愈之險怪、粗硬詩歌學習甚少。王安石之律絕則受晚唐影響甚大，於李商隱、杜牧等人詩歌的研讀上著力頗多。在藝術手法上崇尚變化，具體的創作上推崇詩思巧妙、用意精深之詩。

（四）王安石對師法對象的具體學習

如前所述，王安石詩古體以李白、韓愈為宗，其中對於韓愈古體詩的學習尤為突出。關於王安石古體詩與韓愈古體詩之關係，清人延君壽在其《老生常談》中頗具慧眼地指出：

> 昌黎詠雪云："崩騰相排拶，龍鳳交橫飛。波濤何飄揚，天風吹旛旍。白帝盛羽衛，鬖影振裳衣。白霓先啟途，從以萬玉妃。"極形容之妙。王荊公詠雪云："滔天有凍浪，匝地無荒隴。飛揚類挾富，委翳等辭寵。穿幽偶相重，值險輒孤聳。"又"荒林無空枝，幽瓦有高隴。分縷一毛輕，聚或千鈞重。飛揚窺已眩，摧壓聽還凶。漁舟平系舷，樵屬沒歸踵。空令物象瑩，豈免川途壅。爭光姮娥妒，失色羲和恐"。又作一樣形容，不蹈韓之一。①

無獨有偶，錢鍾書先生在《談藝錄》中也對此進行了細緻的考索，指出王安石古體詩對韓愈的師法集中表現為"偷語"、"偷意"、"偷勢"：

> 《再用前韻寄蔡天啓》曰："微言歸易悟，捷若髭復鑷"；比喻新妙，雁湖未注出處。按本自昌黎《寄崔立之》詩："連年收科第，若摘頷底髭。"他如《懷鐘山》曰："何須更待黃粱熟，始信人間是夢間"；則本自昌黎《遣興》曰："須著人間比夢間。"……然此皆不過偷語偷意，更有若皎然《詩式》所謂"偷勢"者。如《游土山示蔡天啓》之"或昏眠委翳"四句，《用前韻贈葉致遠》"或撞關以攻"十二句，全套昌黎《南山》詩"爛漫堆眾皺"一段格調。《和文淑溢浦見寄》之"發為感傷無翠葆，眼從瞻望有玄花"，又本於昌黎《次鄧州界》之"心訝愁來惟貯火，眼知別后自添花"，匪特"玄花"二字，擷取昌黎《寄崔立之》詩"玄花著兩眼"句已也。②

---

① （清）延君壽：《老生常談》，《清詩話續編》本，上海古籍出版社1983年版，第1822頁。

② 錢鍾書：《談藝錄》，生活·讀書·新知三聯書店2007年版，第173—174頁。

王安石可謂學韓而不著痕跡，而延君壽與錢先生所列舉的王安石詩所本之韓詩用意精細、構思巧妙，除《南山》詩外，王安石所襲用之韓愈詩皆與“橫空盤硬語”之類有所區別。同時，錢鍾書先生還指出：“荊公五七古善用語助，有以文為詩，混灝古茂之致，此秘尤得昌黎之傳。”① 更是進一步指出了王安石古體詩對韓愈多用語助詞而搖曳多姿、樸茂流轉一類詩歌的學習。

對於王安石學中晚唐詩，宋人已形成共識，蘇軾云：“荊公暮年詩，始有合處，五字最勝，二韻小詩次之，七言詩終有晚唐風味。”② 惠洪《冷齋夜話》云：“詩到李義山，謂之文章一厄，以其用事僻澀，時稱西昆體，然荊公晚年亦或喜之。”③《蔡寬夫詩話》云：“王荊公晚年亦喜義山詩，以為唐人學老杜而得其藩籬，惟義山一人而已。”④ 楊萬里《誠齋詩話》中則指出了王安石律絕對晚唐詩內蘊的相通：

> 五七字絕句最少，而最難工，雖作者亦難得四句全好者，晚唐人與介甫最工於此。李義山憂唐之衰云：“夕陽無限好，只是近黃昏。”如：“青女素娥俱耐冷，月中霜裏鬪嬋娟。”如：“芭蕉不展丁香結，同向春風各自愁。”如：“鶯花啼又笑，畢竟是誰春。”……皆佳句也。如介甫云：“更無一片桃花在，為問春歸有底忙。”“祇是蛩聲已無夢，三更桐葉強知秋。”“百囀黃鸝看不見，海棠無數出墻頭。”“暗香一陣東風起，知有薔薇澗底花。”不減唐人，然鮮有四句全好者。杜牧之云：“清江漾漾白鷗飛，綠淨春深好染衣。南去北來人自老，夕陽長送釣船歸。”……韓偓云：“昨夜三更雨，臨明一陣寒。薔薇花在否，側臥捲簾看。”介甫云：“水際柴扉一半開，小橋分路入青苔。背人照影無窮柳，隔屋吹香併是梅。”……四句皆好矣。⑤

楊萬里將王安石絕句與晚唐絕句相類比，指出王安石絕句追步晚唐的極高藝術成就，也正說明了王安石絕句師法晚唐這一事實。這也與王安石的自

---

① 錢鍾書：《談藝錄》，生活·讀書·新知三聯書店 2007 年版，第 174 頁。
② （宋）趙令時：《侯鯖錄》卷七“東坡云荊公暮年詩五字最勝”，中華書局 2002 年版，第 182 頁。
③ （宋）惠洪：《冷齋夜話》，《稀見本宋人詩話四種》本，江蘇古籍出版社 2002 年版，第 38 頁。
④ （宋）魏慶之：《詩人玉屑》卷十七引，上海古籍出版社 1959 年版，第 362 頁。
⑤ （宋）楊萬里：《誠齋詩話》，《歷代詩話續編》本，中華書局 1983 年版，第 141—142 頁。

述顯現出了高度的一致性，其作《靈谷詩序》稱讚友人詩歌時說："然君浩然有以自養，遨遊於山川之間，嘯歌謳吟以寓其所好。……其鑱刻萬物，而接之以藻繢，非夫詩人之巧者，亦孰能至於此?"① 稱讚友人能以"藻繢"之豐富多變語言描繪萬物、表現主體超凡之胸襟氣度，著眼於對友人詩歌構思精巧、語言豐富的激賞。其《張刑部詩序》中有言曰："刑部張君詩若干篇，明而不華，喜諷道而不刻切，其唐人善詩者之徒歟?"② "明而不華"正印證了李綱關於王安石《四家詩選》選詩標準"質"先"文"后的論斷，而"喜諷道而不刻切"則彰顯了王安石主張詩歌在關注現實、言之有物的基礎上，應避免怒鄰罵座、乖張狷狂，而應著重表現主體從容閒雅、優遊不迫的精神氣度。

王安石推崇中晚唐詩，推崇用意精深之詩的詩學特點，必然使其詩歌創作在總體上仍然是對唐詩路線的延續，而王安石對於用意精深之詩歌的推崇，必然要求其創作在用典、使事、對偶上著力甚深。王安石學養之豐贍則使他延續前代詩歌創作路線而後出轉精具備了可能性。作為其豐贍學養之重要組成部分的佛學，則在其中扮演了至關重要的角色。王安石之學佛使其詩歌中在語言運用上較之唐人更加豐富，對於佛典、佛語的運用亦使其詩歌具備了陌生化之藝術效果。而學佛使他對於詩道體認亦發生了變化，由此也影響了其詩歌之境界營造，茲一一分析之。

二　豐富語言與對偶求工：王安石以佛語入詩之動因考察

宋詩作為對唐詩的開拓與發展，相比於唐詩的突出特點之一即是語言運用上的推陳出新。宋人的這種有意之為，實際上正是詩歌發展的必然趨勢。唐詩發展至晚唐，詩人單純沿襲前人之創作路綫，在詩歌創作中所使用之語言缺乏創新，陳陳相因，用典使事日趨模式化，造成了極高的意象重合率。創作上的缺乏出路，使得一些詩人甚至出現了同一聯詩出現於不同詩歌中的窘境，即使一些名家也不能例外，如李商隱《槿花二首》其一曰："月裏甯無姊，雲中亦有君。"《子直晉昌李花》一詩曰："月裏誰無姊，雲中亦有君。"二聯同為寫花，惟有一字之差，就連對義山詩推崇備至的馮浩亦嘆曰："此聯全同《槿花詩》，惟改'甯'為'誰'，又與'誰'字複，不知何以至此?"③ 許渾詩之"殘雲歸太華，疏雨過中條"

---

①　（宋）王安石：《臨川先生文集》卷八十四，中華書局 1959 年版，第 881 頁。

②　同上書，第 884 頁。

③　（唐）李商隱著，馮浩箋注：《玉谿生詩集箋注》，上海古籍出版社 1998 年版，第 409 頁。

一聯，先後出現於《秋日赴闕題潼關驛樓》、《秋霽潼關驛亭》以及《夜行次東關逢魏扶東歸》三首同屬行旅題材的五言律詩中。

隨著宋代文化的繁榮及詩歌發展的需要，宋人意識到晚唐詩之弊端所在，歐陽修於《六一詩話》中云："前世號詩人者，區區於風雲草木之類，為許洞所困也。"① 從歐陽修對宋初晚唐體詩人的批評可以看出其對於詩歌語言、意象重複之弊端的認識。與此同時宋人開始追求在語言運用上實現創新與突破，其突出的表現即是對詩歌語言系統的豐富，強調以才學為詩，廣用儒家經典之語、佛教詞彙、術語等。《王直方詩話》載："山谷嘗謂余曰：'作詩使《史》、《漢》間全語為有氣骨。'"② 費袞《梁谿漫志》"作詩當以學"條云："大凡作詩以才而不以學者，正如揚雄求合六經，費盡工夫，造盡言語，畢竟不似。"③ 詩歌理論的提出往往是對已經普遍存在現象的總結，因此早在黃庭堅、費袞之前宋代詩人拓展詩歌語言系統的努力即已開始。

受此時代文學風氣的影響，王安石也有意識地在詩歌語言運用、意象組合上進行創新，其詩歌基本實現了對類書式用典的超越。而佛學經典作為儒家經典之外的一個數量龐大、系統繁雜的文化資源，為他在語言運用、意象組合上的創新提供了嶄新的、可供其驅遣的資源。王安石在詩歌創作中以佛經語言及融佛理入詩，目的在於追求詩歌陌生化表達的需要及探索新的詩歌表達方式。

（一）豐富詩歌語言系統之需要

姚斯"期待視野"理論認為，假如讀者在閱讀中的感受與自己的期待視野一致，讀者便感到作品缺乏新意和刺激力而索然寡味。相反，作品之意味大出讀者意料之外，超出讀者之期待視野，讀者便會感到振奮，這種新體驗便豐富和拓展了新的期待視野。如欲使詩歌具有活力，超出讀者的期待視野，對這一凝固的語言系統進行豐富與創新乃是必需之手段。王安石在此方面具有明確的意識，而其對於語言系統豐富的手段之一便是以佛語入詩。王安石之以佛語入詩，一是用佛語表佛意，關於此點，筆者已於第二章第一節中論述之，茲不重複。除此之外，王安石詩歌以佛語入詩的另一表現即為廣泛借用佛學經典中之詞彙，廣泛運用佛學典故，達到更加充分地表達詩意的目的。

---

① （宋）歐陽修：《六一詩話》，《歷代詩話》本，中華書局1981年版，第270頁。
② （宋）王直方：《王直方詩話》，《宋詩話輯佚》本，中華書局1980年版，第87頁。
③ （宋）費袞：《梁谿漫志》，《宋元筆記叢書》本，上海古籍出版社1985年版，第75頁。

　　王安石詩歌中多次直接借用佛學經典中之詞彙、語言，使詩意達到更充分的表達。如《獨飯》詩之尾聯曰：「獨飯墻陰轉，看雲坐久如。」「久如」出自《維摩經》中文殊師利詢問維摩詰之語：「是疾何所因起，其生久如。」①　此處借用，寫自己安閒舒適之精神狀態；《半山春晚即事》詩曰：「床敷每小息，杖屨亦幽尋。」寫自己據床小憩，借用《寶積經》中之語：「亦不為求天玉女，及諸衣食床敷事。」②《書湖陰先生壁二首》其二云：「桑條索漠柳花繁，風斂餘香暗度垣。」詩中之「度垣」，來自《楞嚴經》：「如聲度垣，不能為礙。」王安石用之言花之香氣為風所挾，越過院墻而來。《謁曾魯公》：「翊戴三朝冕有蟬，歸榮今作地行仙。」「地行仙」用《楞嚴經》中典：「彼諸眾生，堅固服餌，而不休息。食道圓成，名地行仙。」此處借用，稱許魯公亮之長壽。《朱朝議移法雲蘭》詩曰：「幽蘭有佳氣，千載閟山阿。不出阿蘭若，豈遭乾闥婆。」詩意為「當是移蘭入城中」，但以「阿蘭若」指稱佛寺，「乾闥婆」指稱城市。對佛典語言之借用，於王安石詩中極為普遍。在描寫同一現象，說明同一物體時，使用佛典語言，跳出慣常使用的詩歌語言系統及日常語言系統，使其詩歌在語言運用上達到了陌生化的效果，讀者在閱讀時便會產生新奇的感受及解決疑團後的愉悅。

　　多以佛經典故入詩，亦是王安石詩歌之一大特色。王安石《酬俞秀老》詩云：「有言未必輸摩詰，無法何曾似飲光。」前句出自《維摩經》，維摩詰以默然無語回答文殊師利「何等是菩薩入不二法門」的提問。後句用迦葉尊者付阿難偈：「法法本來法，無法無非法。何於一法中，有法有不法。」王安石此詩用佛學典故，旨在說明友人佛學修為頗深，「有言不必輸摩詰之一默」；自悟佛法在於無心，並非泥於經教之言。《平甫游金山同大覺見寄相見後次韻二首》其二之頷聯曰：「獨往便應諸漏盡，相逢未免故情深。」前句用《法華經》「諸漏已盡，無復煩惱」之語，詩意乃是說明友人超然出世，世緣已盡，了無牽掛，但與己相見，卻故舊依然情深。《懷古二首》其一之「那知飯不賜，所喜菊猶存。」其二之「非無飯滿缽，亦有酒盈樽。」二句皆用《維摩經》中之典：「化菩薩以滿缽香飯與維摩詰，飯香普熏毘耶離城及三千大千世界……諸地神虛空神及欲色界諸天。聞此香氣亦皆來入維摩詰舍。時維摩詰語舍利弗等諸大聲聞：『仁者可食如來甘露味飯，大悲所熏，無以限意食之，使不消也。』有異

---

① 《維摩詰所說經》，《大正藏》第 14 卷，第 544 頁中。
② （唐）玄奘譯：《大寶積經》，《大正藏》第 11 卷，第 282 頁上。

聲聞念：'是飯少，而此大眾人人當食。'化菩薩曰：'勿以聲聞小德小智
稱量如來無量福慧，四海有竭，此飯無盡。'"① 在這類對佛經語言的運用
中，這些佛經語言、詞彙之指向，依然與其在佛經中的意義無二。

　　雅各布森認為："詩歌的功能在於指出符號和它所指的對象是不一致
的。"② 當詩歌語言的所指與能指的對應被打破時，語言符號即會被讀者
首先關注到，陌生而反常的新意也就由此產生。而王安石對於佛經典故的
運用，還有另一種情況，即是將佛經中語以己意出之，使其在指向上發生
了變化。王安石《送純甫如江南》詩之末句："此去還知苦相憶，歸時快
馬亦須鞭。"後句之典故即出自《雜阿含經》："有良馬駕以平乘，顧其鞭
影馳駛。"③ 王安石用之言友人思鄉情感之強烈，即使坐騎為見鞭影而行
的快馬，也要揮鞭促其更快地前行，其詩通過活用佛經語，更充分地突出
了對友人返鄉之迫切心情的描寫。其《次韻吳季野題岳上人澄心亭》詩，
在盡述澄心亭之清爽及景物之宜人後，以 "腸胃坐來清似洗，神奇未怪
佛圖澄" 作結。王安石對於佛圖澄於流水側清洗臟腑之典的運用，旨在
說明景物之沁人心脾，使人感覺神清氣爽。王安石活用佛典，巧妙說明登
臨之感。《次前韻寄德逢》詩曰："一雨洗炎蒸，曠然心志適。如輪浮幢
海，滅火十八隔。"王安石運用《華嚴經》及阿鼻地獄之典故，其意乃是
說明雨過之後，天清氣爽，令人心曠神怡如置身於浮幢王香水海，如同阿
鼻地獄中之炎熱暑氣已消散無餘。《蔡寬夫詩話》中載："荊公嘗云：'詩
家病使事太多，蓋皆取其與題合者類之，如此乃是編事，雖工何益？若能
自出己意，借事以相發明，變態錯出，則用事雖多，亦何所妨？'"④ 這類
情況中，王安石對於佛學典故的使用，使之與自己所述之意融合無間，雖
是用佛語，然而所要表達的卻是自己的感受，詞語在指向上發生了變化，
故雖用典較多，卻無斧鑿之痕。方東樹《昭昧詹言》中曰："大家用事若
不知其用事者，此其妙也。"⑤ 王安石對佛經典故的運用，正可當之。

　　李壁在注釋王安石《清涼寺白雲菴》一詩之 "木落崗巒因自獻，水
歸洲渚得橫陳" 之 "橫陳" 時曰："《周禮》掌客注有 '橫陳' 字。又，

① 《維摩詰所說經》，《大正藏》第 14 卷，第 552 頁中。
② 轉引自［英］特倫斯·霍克斯《結構主義和符號學》，瞿鐵鵬譯，上海譯文出版社 1997
　　年版，第 70 頁。
③ （南朝宋）求那跋陀羅譯：《雜阿含經》，《大正藏》卷 2，第 234 頁上。李壁認為此句典
　　故本自《法華經》，當屬錯訛。
④ （宋）胡仔：《苕溪漁隱叢話·後集》卷二十五引，人民文學出版社 1962 年版，第 179 頁。
⑤ （清）方東樹：《昭昧詹言》，人民文學出版社 1961 年版，第 238 頁。

騷詞：'橫自陳兮君之前。'今人但取《首楞嚴經》：'於橫陳時，味如嚼蠟。'非也。"李壁之意雖在於駁斥當時學者運用佛經語附會荊公詩的失當，但從當時學者連王安石詩中"橫陳"這一普通名詞的使用，亦與佛經語做聯繫這一情況來看，與王安石同時或稍後之學者，皆注意到了王安石詩廣用佛語這一現象。而王安石詩對於佛語之運用也確實豐富了詩歌語言系統，這種運用也使他達到詩歌之抒情達意更加充分的目的。

（二）求"工"之需要

宋人詩話評王安石詩，如以一字簡括，陳師道之言最具代表性，即認為王安石詩之特色乃為"工"："詩欲其好，則不能好矣。王介甫以工，蘇子瞻以新，黃魯直以奇。"① 又曰："公平生文體數變，暮年詩益工，用意益苦。"②《北山詩話》亦云："荊公云：'髮爲感傷無翠葆，眼因多病有玄花。'東坡云：'倖免趨時須以葆，稍能忍事腹如囊。'詩乃二公餘事，而工如此。才氣相垺，故多同耳。"③ 與王安石同時或稍後之學者，多以"工"稱許其詩。在稱許其詩"工"之同時，宋詩話中還多以法度謹嚴稱之，如"荊公詩用法甚嚴，尤精於對偶"④；"荊公詩用法之嚴如此"⑤ 等。故此可見，"工"與"法度"是緊密相連的，如欲使詩歌達到"工"之效果，必須在法度上著力探索。王安石對於法度的探索主要是在對仗與用事兩方面進行的。

王力先生《漢語詩律學》之"對仗的種類"一節中云："對仗的範疇越小，就越工整。"⑥ 因而如欲求"工"，其在詩歌對仗上必然要求縮小對仗的范疇。在對仗范疇縮小的情況下，如果依然在以前之詩歌語言系統內遣詞命意，則必然會陷入困境，晚唐詩人的創作已經說明了這一情況。

王安石在創作中，在使用原有語言系統時，在深度、精度上繼續向前推進，在煉字、煉句、煉意上著力追新，如《雪浪齋日記》云："荊公詩'草深留翠碧，花遠沒黃鸝'。人只知翠碧黃鸝為精切，不知是四色也。又以'武丘'對'文鷁'，'殺青'對'生白'，'苦吟'對'甘飲'，

---

① （宋）陳師道：《後山詩話》，《歷代詩話》本，中華書局1981年版，第306頁。
② 同上書，第304頁。
③ （宋）佚名：《北山詩話》，《稀見本宋人詩話四種》本，江蘇古籍出版社2002年版，第410頁。
④ （宋）葉夢得：《石林詩話》，《歷代詩話》本，中華書局1981年版，第422頁。
⑤ （宋）葛立方：《韻語陽秋》，《歷代詩話》本，中華書局1981年版，第492頁。
⑥ 王力：《漢語詩律學》，上海世紀出版集團2005年版，第160頁。

'飛瓊'對'弄玉',世皆不及其工。"①《王直方詩話》:"舒王詩云:'投老歸來供奉班,塵埃無復見鍾山。何須更待黃粱熟,始信人間是夢間。'又云:'黃粱欲熟日流連,謾道春歸莫悵然。蝴蝶豈能知夢事,蓬蓬先堕晚花前。'又云:'客舍黃粱今始熟,鳥殘紅柿昔分甘。'蓋三用黃粱,而意義皆妙。"② 雖是前人詩歌中慣常描寫之場景及慣常使用之典故,但王安石在運用過程中通過煉字、煉句,使之具備了新的藝術表現力,亦實現了對前人的超越。葉夢得《石林詩話》云:"(王安石)嘗與葉致遠諸人和頭字韻詩,往返數四,其末篇有云:'名譽子真矜谷口,事功新息困壺頭。'以'谷口'對'壺頭',其精切如此。"③ 對王安石注重煉字等詩歌技法而達到的高妙境界給予了充分的肯定。方東樹亦云:"向謂歐公思深,今讀半山詩,其思深妙,更過於歐。"④ 即是對王安石詩通過煉字、煉句等詩歌技法的錘煉而超越前人的讚許。

在原有的、未發生變化的語言系統內,即使如何著力探索,其出路也是比較狹窄的。因而王安石還致力於語言系統的豐富,在豐富語言系統的基礎上探索詩法。曾季貍《艇齋詩話》云:"荊公詩及四六,法度甚嚴。湯進之丞相嘗云:'經對經,史對史,釋氏事對釋氏事,道家事對道家事。'此說甚然。"⑤《石林詩話》云:"荊公詩用法甚嚴,尤精於對偶。嘗云用漢人語,止可以漢人語對,若參以異代語,便不相類。如'一水護田將綠去,兩山排闥送青來'之類,皆漢人語也。此惟公用之不覺拘窘卑凡。如'周顒宅在阿蘭若,婁約身隨窣堵波',皆以梵語對梵語,亦此意。"⑥ 其語義雖為稱美王安石詩歌之工整,但可以看出王安石廣以經史語及佛語入詩已是宋人所公認之事實。

著力求工的詩美追求,促使王安石通過運用自己熟悉的佛經語言及典故入詩,豐富了詩歌語言系統。而此詩歌語言系統的豐富,又為其之求"工",提供了更大的可以開拓的空間。

三 揚棄悲哀、走向自持:詩道體認變化與其學佛經歷之關係

周裕鍇先生在《宋代詩學通論》一書及《自持與自適——宋人論詩

① (宋)胡仔:《苕溪漁隱叢話·前集》卷三十五,人民文學出版社 1962 年版,第 236—237 頁。
② (宋)王直方:《王直方詩話》,《宋詩話輯佚本》,中華書局 1980 年版,第 27—28 頁。
③ (宋)葉夢得:《石林詩話》,《歷代詩話》本,中華書局 1981 年版,第 406 頁。
④ (宋)方東樹:《昭昧詹言》,人民文學出版社 1961 年版,第 284 頁。
⑤ (宋)曾季貍:《艇齋詩話》,《歷代詩話續編》本,中華書局 1983 年版,第 310 頁。
⑥ (宋)葉夢得:《石林詩話》,《歷代詩話》本,中華書局 1981 年版,第 422 頁。

的心理功能》一文中，指出宋代詩學最大的特點之一，即是在詩道的認
識上實現了對悲哀的揚棄。他認為"宋人對詩的心理功能作了根本的修
正，以理性的控持取代激情的宣泄，以智慧的愉悅取代癡迷的痛苦"①。
並認為這一論詩心理功能的轉向始自北宋中葉的詩文革新運動。這一特點
在生平創作處在北宋中後期之交的王安石身上尤為明顯，如對王安石詩文
作細緻的考察，我們可以發現，王安石一生之創作其最大的變化即是實現
了對悲哀的揚棄，并且走入了書寫自己澹泊寧靜之心理世界的"自適"
境界。

　　范仲淹於《唐異詩序》中曰："五代以還，斯文大剝。悲哀為主，風
流不歸。……故有非窮途而悲，非亂世而怨。華車有寒苦之述，白社為驕
奢之語。學步不至，效顰則多，以至靡靡增華，憒憒相溢。"② 尖銳批評
了五代以來文學創作中傷感風氣的氾濫現象。宋初此風仍大行於詩壇，如
寇準等達官貴人的創作亦多是書寫凄愴哀婉之情，可謂是傷感風氣蔓延到
極致的一種表現。范仲淹對於這種情況的批評實際上也反映了北宋中期文
人對此的不滿，也暗含了力圖改變這種情況的要求。隨著詩文革新運動的
展開，這種濫情感傷文學風行文壇的情況也獲得了極大的改善，這點從歐
陽修等人的創作及詩論中即可看出。但是從詩歌專門書寫羈旅愁思、與世
不偶等傷感內容，到實現書寫對人生困境的睿智超越，是一個長期的漸進
過程。而這一演變軌跡則完完整整地展現在了王安石的創作中，即王安石
詩實現了詩歌書寫內容的轉變。而在這個轉變過程中，王安石的學佛行為
起到了很重要的作用。

　　王安石在少年時期，一直隨其父王益之仕宦輾轉漂泊，進士及第後很
長的一段時期又是輾轉於地方官任上。這種漂泊無定的生活使他倍感身心
疲倦，因而其早期詩歌中多出現羈旅愁思，抒寫其身如轉蓬、居無定所的
漂泊凄苦之情，試观其一二：

　　　　西州行路日蕭條，執手傷懷不自聊。故子故鄉終念返，豈能無意
　　冶城潮。③
　　　　蕭條冬風高，吹我冠上霜。我行歲已寒，悲汝道路長。持以犬馬
　　心，千里不得將。使汝身百憂，辛苦冒川梁。青燈照詩書，仰屋涕數

---

① 周裕鍇：《自持與自適——宋人論詩的心理功能》，載《文學遺產》1995 年第 6 期。
② （宋）范仲淹：《范文正集》卷六，《四部叢刊初編》本，第 54 頁下。
③ （宋）王安石：《送丁廓秀才歸汝陰二首》其二，《王荊文公詩箋注》，中華書局 1958 年版，
　　第 612 頁。

行。不有親戚思，詎知遠遊傷。①

　　窮冬追路出西津，得侍茫然兩見春。發丹久嗟淹國士，起家初命慰鄉人。行辭北闕樓臺麗，歸佐南州縣邑新。班草數行衣上淚，何時杖屨卻相親。②

　　走馬黃昏渡河水，夜爭歸路春風裏。指點韋城太白高，投鞭日午陳橋市。楊柳初回陌上塵，煙脂洗出杏花勻。紛紛塞路堪追惜，失卻新年一半春。③

上述詩歌分別作於慶曆四年、五年、七年及嘉祐五年，詩歌中所書寫的皆是與友人贈別之傷感、與骨肉離別之苦楚及自己年華逝去之哀傷。類似這樣的情感，多次在詩歌中被表述："壯節易催行踽踽，華年相背去堂堂"，"朱顏去似朔風驚，白髮多於野草生"，"年光斷送朱顏老，世事栽培白髮生"，"白日屢移催我老，清風一至使人愁"等，雖與宋初濫情式的感傷文學不同，皆以真情實感灌注於其中，但終歸屬於述悲傷之情的範疇。正如其詩所言："歸期正自憑蓍蔡，生理應須問酒醪。"仕宦漂泊帶給了王安石身心上的疲憊與厭倦，使其一度對人生意義何在感到迷惘，這突出表現在了王安石的懷古詩創作中：

　　數百年來王氣消，難將前事問漁樵。苑方秦地皆蕪沒，山借揚州更寂寥。荒堞暗雞催月曉，空場老雉挾春驕。豪華只有諸陵在，往往黃金出市朝。④

　　地勢東回萬里江，雲間天闕古來雙。兵纏四海英雄得，聖出中原次第降。山水寂寥埋王氣，風煙蕭颯滿僧窗。廢陵壞塚空冠劍，誰復沾纓酹一缸。⑤

　　青山如浪入漳州，銅雀臺西八九丘。螻蟻往還空壟畝，騏驎埋沒幾春秋。功名蓋世知誰是，氣力回天到此休。何必地中餘故物，魏公諸子分衣裘。⑥

---

①　（宋）王安石：《寄二弟時往臨川》，《王荊文公詩箋注》，中華書局1958年版，第88頁。

②　（宋）王安石：《次韻十四叔賜詩留別》，前引書，第439頁。

③　（宋）王安石：《陳橋》，《王荊文公詩箋注》，中華書局1958年版，第81頁。

④　（宋）王安石：《自金陵至丹陽道中有感》，《王荊文公詩箋注》，中華書局1958年版，第499頁。

⑤　（宋）王安石：《金陵懷古四首》其三，《王荊文公詩箋注》，中華書局1958年版，第446頁。

⑥　（宋）王安石：《將次相州》，《王荊文公詩箋注》，中華書局1958年版，第356頁。

　　　臺殿荒墟辱井堙，豪華不復見臨春。北山漠漠雲垂地，南埭悠悠
水映人。馳道蔽虧松半死，射場埋沒雉多馴。登高一曲悲亡國，想繞
紅梁落暗塵。①

詩中所要表現的乃是作者於歷史遺跡前感慨時空轉變的情懷，而這種情懷
的具有乃是因為作者對於人生意義何在這一終極關懷的關注。與前述詩歌
中表達個人羈旅愁思、骨肉離別之哀痛、年華逝去之悲哀不同，這類詩歌
中沒有其一人的身世之悲，亦不是致力於探討某一具體歷史事件的成因，
而是以對某一歷史事件的詠嘆為載體，書寫自己對生命哲理的思考。在這
類詩歌中，創作主體亦是對象主體，詩中亦隱含著對自己存在意義的思
考。但是從上述詩中所流露的情感意緒來看，王安石對終極關懷的思考使
其感到迷惘與苦悶，此種思考亦是沒有找到答案的。王安石的這類懷古詩
和晚唐詩人之創作，在所要表達之意緒上有著極大的相似處，試觀晚唐人
之創作：

　　　青塚前頭隴水流，燕支山上暮雲秋。蛾眉一墜窮泉路，夜夜孤魂
月下愁。②
　　　繁華事散逐香塵，流水無情草自春。日暮東風怨啼鳥，落花猶似
墜樓人。③
　　　一條春水漱莓苔，幾繞玄宗玉殿回。此水貴妃曾照影，不堪流入
舊宮來。④
　　　霞拂故城疑轉旆，月依荒樹想鬘蛾。行人欲問西施館，江鳥寒飛
碧草多。⑤

王詩與晚唐詩雖在風格上有所差異，但詩中所蘊含的傷感迷惘意緒則具有
極大的相同處。王安石懷古詩中所體現出的滄桑迷惘情懷，正是他將一己

① （宋）王安石：《次韻登微之高齋有感》，《王荊文公詩箋注》，中華書局1958年版，第
　370頁。
② （唐）杜牧著，馮集梧注：《樊川詩集注・樊川別集》，《青塚》，上海古籍出版社1998
　年版，第332頁。
③ （唐）杜牧：《金谷園》，《樊川詩集注・樊川別集》，上海古籍出版社1998年版，第337頁。
④ （唐）羅鄴：《溫泉》，《全唐詩》，上海古籍出版社1986年影印揚州詩局刻本，第1653
　頁下。
⑤ （唐）李遠：《吳越懷古》，《全唐詩》，上海古籍出版社1986年影印揚州詩局刻本，第
　1315頁下。

身世之悲上升到了對人之存在意義這一終極關懷進行思考的層面所致，但其思考卻並沒有得出結論，而是走入了思考不得所帶來的傷感、苦悶及迷惘中。

早在嘉祐五年送契丹使北還途中，王安石曾作詩贈育王山僧人長坦曰："百年夸奪終一丘，世上滿眼真悠悠。寄身萬里心綢繆，莫道異趣無相求。"① 表達了欲從佛教學說中尋找擺脫人生空幻所帶來苦悶、迷惘的方法。隨著王安石對佛教學說研習的深入，隨著王安石自我佛學思想體系的建構完備，王安石從佛教般若空觀中汲取理論養分，用此觀照世事變遷；又用平等不二之思想應對這種轉變，認為世事皆歸空無，因而並無異至；在此基礎上達到了隨緣任運的境界，實現了對人生空幻、意義何在之迷惘苦悶情緒的超越。如王安石於《再答呂吉甫書》中言："觀身與世，如泡夢幻，若不以此洗心而沈於諸妄，不亦悲乎！"用世事終歸空無，不應牽情於此的道理，來看待自己與呂惠卿之關係。黃庭堅《跋王荊公禪簡》讚其曰："余嘗熟觀其風度，真視富貴如浮雲，不溺於財利酒色，一世之偉人也。"② 王安石之所以能達到此種人格境界，與他對於佛學之研習、對於佛理之體悟，無疑具有極大之關係。而此人格境界的獲得，體現在其詩歌創作中，便是實現了對悲哀的揚棄，轉而以吟詠性情為主，以書寫自己平和澹泊情懷為主。王安石晚年退居鍾山，告別權利中心後所作之詩，毫無寂寞憂愁感受的表述，而多閑暇適意心跡的書寫，如其《與呂望之上東嶺》："適野無市喧，吾今亦如此。紛紛舊可厭，俗子今掃軌。"李壁注曰："方公盛時，俗子紛沓而至，徒使人厭之。今居閑自無一迹，公更以為愜也。"表達了自己對此閑靜適意生活的滿足。其《與徐仲元自讀書臺上過定林》一詩亦是此種情懷之書寫："橫絕潺湲渡，深尋犖确行。百年同逆旅，一壑我平生。"③

這種不牽情於外物的灑脫態度，使王安石在早年時慣常表達哀傷情懷這類題材的書寫上，也呈現了全新的面貌，以其《嘲白髮》及《代白髮答》為例：

久應飄轉作蓬飛，眷惜冠巾未忍違。種種春風吹不長，星星明月

① （宋）王安石：《寄育王山長老常坦》，《王荊文公詩箋注》卷七，中華書局 1958 年版，第 83 頁。
② （宋）黃庭堅：《跋王荊公禪簡》，《黃庭堅全集·正集》卷二十六，四川大學出版社 2001 年版，第 696 頁。
③ 《王荊文公詩箋注》卷四十，中華書局 1958 年版，第 521 頁。

照還稀。

　　　從衰得白自天機，未怪長青與願違。看取春條隨日長，會須秋葉
向人稀。①

在其早年詩歌中所屢次悲嘆的年華逝去之悲，在這裏被其理性達觀的戲謔
態度所驅散，實現了對詩歌書寫悲情之固定模式的突破。歷來詩人面對春
來春去，慣常以時光逝去不可挽留之悲情寫之，王安石早年之詩歌在應對
此種題材時，亦未出此藩籬："從此暄妍知幾日，便應鶗鴂損年芳"，"衰
顏一照自多感，回首江南春水生"，"緣岡初日溝港凈，與我門前綠相映。
隔淮仍見晏晏垂，佇立怊悵去年時"，"紛紛塞路堪追惜，失卻新年一半
春"，等等。而在其晚年詩歌中，由於王安石對般若空觀的服膺，以及其
從萬物終歸空無的角度出發來觀照外物，他體味到春去春來同是虛幻，皆
由觀照主體具有分別心所致。認識上的變化，使他在這類題材的書寫上也
跳出了以往之窠臼，如其《夢》詩：

　　　黄粱欲熟日留連，謾道春歸莫悵然。蝴蝶豈能知夢事，蘧蘧先墮
晚花前。②

其詩所表達之意緒，誠如李壁所言："雖言春去而无戀繆之意，均知為夢
耳。"已經毫無早年詩歌中面對時光流逝的哀傷之感。
　　王安石對於佛學之研習，使他走向了隨緣任運、無住生心的禪悟境
界，這一思想境界上的提升與轉變影響了他的詩歌創作，具體的表現之一
即為書寫內容上發生了變化，實現了對悲哀的揚棄，轉向了以吟詠性情、
書寫澹泊寧靜情懷為主。李壁在王安石《雜詠六首》之注中曰："公閑居
詩大率類此，怨懟譏刺者視之有愧矣。"③ 究其實質，這種轉向是王安石
詩道體認發生變化的具體表現。正如其《李璋下第》詩中所言："意氣未
宜輕感慨，文章猶忌數悲哀。"④ 綜上所述，王安石晚年創作實現了對以
悲為美之傳統模式的突破，而這與王安石對佛學的研習及對禪悟境界的體
悟是密不可分的。

---

①《王荊文公詩箋注》卷四十一，中華書局 1958 年版，第 539 頁。
② 同上書，第 530 頁。
③（宋）王安石：《雜詠六首》其六李壁之注，《王荊文公詩箋注》卷四十六，中華書
　局 1958 年版，第 633 頁。
④《王荊文公詩箋注》卷三十四，中華書局 1958 年版，第 427 頁。

四 澹泊沉靜、雅麗工巧：境界營造與學佛之關係

如前所述，王安石突破以悲為美藩籬的明確意識，與他對於佛學的研習及對於禪悟境界的體認相結合，使其詩歌創作轉而以吟詠性情書寫澹泊情懷為主。與此書寫內容的轉向相同步，王安石詩歌境界的營造也在逐漸發生變化，形成了其後期創作中澹泊沉靜、雅麗工巧的整體風格。

（一）澹泊沉靜之境界營造與其學佛之關係

宋人陳巖肖《庚溪詩話》卷下曰："王荊公介甫辭相位，退居金陵，日游鍾山，脫去世故，平生不以世利為務，當世少有及之者。"[1] 退居鍾山後，王安石在詩中多次直接書寫自己的退居生活，表現其脫去世累後自得安閑之情懷及內心澄然不動之狀態，這使其詩歌在境界上呈現出了澹泊沉靜的特點。此類的詩歌在其集中比比皆是：

> 漱甘涼病齒，坐曠息煩襟。因脫水邊屨，就敷林上衾。但留雲對宿，仍值月相尋。真樂非無寄，悲蟲亦好音。[2]
> 井逕從蕪漫，青藜亦倦扶。百年唯有且，萬事總無如。弃置蕉中鹿，驅除屋上烏。獨眠窗日午，往往夢華胥。[3]
> 乞得膠膠擾擾身，五湖煙水替風塵。只將鳧雁同為侶，不與龜魚做主人。[4]

第一首詩《定林院》，王安石在盡述游玩之樂後，以小蟲悲鳴之聲亦足可樂，表達了自己這種無以復加的安閑適意。第二首詩首二句言自己疏懶安閑，亦懶於杖藜出游，任趨井之路為野草所覆蓋。而這種安閑寧靜胸懷的具有乃是因為詩人體味到萬事終歸空無所致，是詩人不牽情於世務之超越精神的外化。第三詩首句"膠膠擾擾"，出自《莊子·天道》，成玄英疏曰："皆紛亂之貌也"，表達了要擺脫世累糾纏，追尋安閑自得之退隱生活的意願。此類詩歌皆是書寫自己閑居生活中的自得適意及澹泊沉靜之情懷。

---

① （宋）陳巖肖：《庚溪詩話》，《歷代詩話續編》本，中華書局 1983 年版，第 183 頁。
② （宋）王安石：《定林院》，《王荊文公詩箋注》卷二十二，中華書局 1958 年版，第 242 頁。
③ （宋）王安石：《酬沖卿月晦夜有感》，《王荊文公詩箋注》卷二十二，中華書局 1958 年版，第 181 頁。
④ （宋）王安石：《答韓持國芙蓉堂二首》其二，《王荊文公詩箋注》卷四十一，中華書局 1958 年版，第 546 頁。

　　王安石由對般若空觀的服膺，進而體認到平等不二的思想，這使他看待外部世界之方式發生了潛移默化之變化。出於達到擺脫世累以求解脫的目的，王安石在看待外界變化時，有意識地突出自己體悟到世間萬物平等不二、人事變遷不掛於心的感悟，更加強調在面對外界變遷時自己覺心不動的安閑。這種看待外界方式的變化形諸其詩歌創作，使王安石詩在境界營造上呈現了澹泊沉靜的特點，以其詩為例：

　　　　夜雲不見天，況乃星與月。蕭蕭暗塵定，坎坎寒更發。樓歌客尚飲，酌酒不畏雪。巷哭復有人，隣風送幽咽。紛然各所遇，悲喜孰優劣。君方感莊周，浩蕩擺羈絏。歸來亦置酒，玉指調絃撥。獨我坐無為，青燈對明滅。①
　　　　客臥書顛倒，蟲鳴坐寂寥。殘燈生暗暈，重露集寒條。真樂閑尤見，深禪靜更超。此懷無與晤，擁被一長謠。②
　　　　病與衰期每強扶，難雍桔梗亦時須。空花根蒂難尋摘，夢境煙塵費埽除。耆域藥囊真妄有，軒轅經匱或元無。北窗枕上春風暖，謾讀毗耶數卷書。③

第一首詩，首四句述時節，緊接著的四句言樓館有對歌暢飲之人，窮巷有臨風抽泣之人，己之友人卻如莊子般達觀，有超然出世之情懷。在敘述完世間眾人萬象後，王安石用自己寂然默坐，獨對青燈之明滅的寧靜心境作結，將自己身處俗世但擺脫世累，了無悲歡所糾結的澹泊情懷顯於言外。第二首詩在敘述秋來時之蕭颯後，跳出悲嘆時序變遷的窠臼，出人意料地書寫真樂寓於閑暇之中，閑靜中更適合坐禪修行。末尾作結曰：以此種情懷無人分享，自己唯有擁被長吟。王安石通過強調在時序變遷前自己不同於常人之感受，來營造出澹泊沉靜的意境。第三首詩寫於病中，卻沒有因病而生的哀愁與擔憂，而是用調侃的語言述說自己境況，作結處以沐浴於春風中翻閱佛書收筆，不見患病之苦楚，內心毫不以此掛懷。此亦是通過書寫面對世事變遷時自己異於常人之心態、感受，來更好地營造出詩歌澹泊沉靜的境界。

---

①　（宋）王安石：《酬沖卿月晦夜有感》，《王荊文公詩箋注》卷十六，中華書局 1958 年版，第 148 頁。
②　（宋）王安石：《秋夜二首》其一，《王荊文公詩箋注》卷二十二，中華書局 1958 年版，第 244 頁。
③　（宋）王安石：《北窗》，《王荊文公詩箋注》卷二十七，中華書局 1958 年版，第 315 頁。

　　王安石此類詩歌在語言運用上清簡有力，在境界營造上澹泊寧靜。這種是非齊旨、悲歡不異的觀物方式，使他在吟詠情懷時傾向於表達自己在萬象變遷前內心澄然不動的狀態，由此使其詩歌具有了澹泊寧靜的境界特點。

　　王安石詩歌在境界營造上所呈現的澹泊寧靜特點，是其人格境界的一種具體表現，而此人生境界是其經歷人生滄桑，浸染佛學後所獲得。這是其詩歌發展的必然結果，亦與其前期創作關係緊密且無法分割。若無其早年仕宦之漂泊、中年變法革新之失敗，王安石之晚年也就沒有對這種安閑之退居生活的向往，其詩歌也就不會呈現澹泊寧靜的境界特點。莫礪鋒先生在其《論王荊公體》一文中說："從藝術的角度看，王安石的晚期詩正是其早期詩的自然延伸。"① 王安石晚期詩從藝術發展上講是其早期詩的延續，其晚期詩之特點與其思想發展亦關係密切，不可忽視。清人吳之振《宋詩鈔》卷十八評王安石之詩曰："論者謂其有工致而無悲壯，讀之則令人筆拘而格退。余以為不然，安石遣情世外，其悲壯即寓閑澹之中。"② 可謂是著眼於王安石詩歌創作的整體過程及其人生歷程所作之結論，其論頗為中肯。

　　（二）雅麗精工之境界營造與其學佛之關係

　　《後山詩話》載："荊公詩云：'力去陳言誇末俗，可憐無補費精神'。而公平生文體數變，暮年詩益工，用意益苦，故知言不可不慎也。"③ 又曰："詩欲其好，則不能好矣。王介甫以工，蘇子瞻以新，黃魯直以奇。而子美之詩，奇常、工易、新陳莫不好也。"④ 文中之觀點認為王安石詩最大的特點即為"工"，同時認為這種特點是與其"用意益苦"的創作精神相連的。王安石詩歌之"工"既是指其詩歌在用事、對偶上之工巧，同時也是指其詩歌在境界營造上的細膩精巧、清麗脫俗。如黃庭堅曰："荊公暮年作小詩，雅麗精絕，脫去流俗。每諷味之，便覺沆瀣生牙頰間。"⑤ 王安石這類"雅麗精絕"的詩歌，大多集中在其律絕創作中，或是對日常生活常見事物作精細之描寫，或是對自己瞬間幽微感觸做細緻之表達，這與王安石晚年對隨緣任運境界的體悟是分不開的。佛教認為

---

① 莫礪鋒：《論王荊公體》，載《南京大學學報》1994 年第 1 期。
② （清）吳之振等選：《宋詩鈔》，中華書局 1986 年版，第 564 頁。
③ （宋）陳師道：《後山詩話》，《歷代詩話》本，中華書局 1981 年版，第 304 頁。
④ 同上書，第 306 頁。
⑤ （宋）胡仔：《苕溪漁隱叢話·前集》卷三十五引，人民文學出版社 1962 年版，第 234 頁。

"過去心不可得，現在心不可得，未來心不可得。"① 三心之所以不可得是因為"過去心已過去，未來心未至，現在心不住"，要達到了悟的境界，就要認識到三心皆乃虛妄，消除任何執著，即"應無所往而生其心"，體認到無住生心，方可實現精神的無拘無束、自在為為；具有了如此之灑脫胸襟，才能"隨處作主，立處皆真"②。王安石對此境界的體悟，及其晚年閑適安寧的退居生活，使他更加關注日常瑣細事物，並將自己安閑適意、澄然不動之心境，投入到了對日常景物的細膩書寫中。而此雅麗精工之詩歌境界的成功營造，是通過兩個途徑實現的：一是通過煉意，即構思上的"用意益苦"來實現；二是通過對仗的精巧細緻來實現。

范溫《潛溪詩眼》"煉字"條云："世俗所謂樂天《金針集》殊鄙淺，然其中有可取者。'煉句不如煉意'，非老於文學不能道此。"③《詩人玉屑》"煉格"條引《金針詩格》語曰："煉句不如煉字，煉字不如煉意，煉意不如煉格。以聲律為竅，物象為骨，意格為髓。"④ 從文中語義來看，"句"所對應的是"聲律"，"字"所對應的是"物象"，而"意"則是"意格"。前二者皆為具體之概念，而"意"、"意格"則是抽象之概念，為字與句所承載，亦是貫連聲律、物象的關鍵。從此推斷，這種"意"、"意格"乃是詩歌命意，即詩歌所要表達的意緒、情感。王安石詩歌之精工一是通過"煉意"，即從全局著眼，在所要表達之意緒上下工夫，致力於詩歌所要表達之意緒的細膩、清新、脫俗；二是通過對仗的工穩，將意緒之表達作細膩化、細緻化的處理。

關於"煉意"，以其詩歌分析為例，試觀其《自定林過西庵》、《示公佐》、《春晴》：

新春十日雨，雨晴門始開。靜看蒼苔紋，莫上人衣來。⑤
愛此江邊好，留連至日斜。眠分黃犢草，坐占白鷗沙。⑥
殘生傷性老耽書，年少東來復起予。各據槁梧同不寐，偶然聞雨落階除。⑦

---

① 《金剛經》，《大正藏》第 8 卷，第 751 頁中。
② （宋）賾藏主編：《古尊宿語錄》，中華書局 1994 年版，第 59 頁。
③ （宋）范溫：《潛溪詩眼》，《宋詩話輯佚》本，中華書局 1980 年版，第 321 頁。
④ （宋）魏庆之：《詩人玉屑》，上海古籍出版社 1959 年版，第 172 頁。
⑤ （宋）王安石：《春晴》，《王荊文公詩箋注》卷四十，中華書局 1958 年版，第 519 頁。
⑥ （宋）王安石：《題舫子》，《王荊文公詩箋注》卷四十，中華書局 1958 年版，第 520 頁。
⑦ （宋）王安石：《示公佐》，《王荊文公詩箋注》卷四十三，中華書局 1958 年版，第 577 頁。

詩中所寫或為眼中所見，或為出游之愜意，皆是對自己日常生活的書寫。信手拈來，毫無雕飾之跡，但所營造意境之清新細膩、脫俗自然，卻非常人可比。究其原因，乃是王安石將自己所體悟到的隨緣任運之禪悟境界，作具體化之表達。由所書寫之精神的脫俗、氣度的不凡，來實現境界營造上的雅麗精工，超越流俗。在王安石之晚年詩作中，這類重在"煉意"的詩歌比比皆是，如其《金陵即事三首》、《陂麥》、《五更》、《獨卧》、《同熊伯通自定林過悟真》等。王鞏《甲申聞見二錄補遺》中載："王荊公領觀使歸金陵，居鍾山下，出即騎驢。予嘗謁之，既退，見其乘之而出，一卒牽之而行。問其指使：'相公何之？'指使曰：'若卒在前，聽牽卒；若牽卒在後，即聽驢矣。或相公於止，即止。或坐松石之下，或田野耕鑿之家，或入寺。隨行未嘗無書，或乘而頌之，或憩而誦之。仍以囊盛餅十數枚，相公食罷，即遺牽卒，牽卒之余，即飼驢矣。或田野閑人持飯飲獻者，亦為食之。蓋初無定所，或數不復歸，近於無心者也。'"① 正是這種"近於無心"的隨緣任運的灑脫精神，賦予了其詩歌命意高妙的特質。

　　關於王安石詩之"煉字"、"煉句"，宋人詩話中多有評論，《石林詩話》載："蔡天啓云：'荊公每稱老杜'鈎簾宿鷺起，丸藥流鶯囀'之句，以為用意高妙，五字之模楷。他日公作詩，得'青山捫蝨坐，黄鳥挾書眠'，自謂不減杜語，以為得意，然不能舉全篇。'"又云："王荊公晚年詩律尤精嚴，造語用字，間不容髮。然意與言會，言隨意遣，渾然天成，殆不見有牽率排比處。如'含風鴨綠鱗鱗起，弄日鵝黄裊裊垂'，讀之初不覺有對偶。至'細數落花因坐久，緩尋芳草得歸遲'，但見舒閑容與之態耳。而字字細考之，若經礱括權衡者，其用意亦深刻矣。"② 南宋人陳模《懷古錄》中云："本朝絕句好者稱半山，如'繰成白雪桑重綠，割盡黄雲稻正香'，'含風鴨綠鄰鄰起，弄日鵝黄嫋嫋垂'，工麗或過於唐人。又如'野水縱橫漱屋除，悠悠殘夢鳥相呼。春風日日吹香草，山南山北路卻無'，'春風自綠江南岸，明月何時照我還'，'細數落花因坐久，獨尋芳草得歸遲'。此等閒適風韻姿態處，亦不減於唐人。"③ 皆對王安石通過煉字、煉句所達到的追步唐人的藝術境界給予了極高的評價。

　　王安石晚年對擺脫世累，無住生心之禪悟境界的體認，使他觀照外物

---

①　（宋）王鞏：《甲申聞見二錄補遺》，《景印文淵閣四庫全書》第 1037 冊，第 220 頁下。

②　（宋）葉夢得：《石林詩話》卷上，《歷代詩話》本，中華書局 1981 年版，第 406 頁。

③　（宋）陳模著，鄭必俊校注：《懷古錄校注》，中華書局 1993 年版，第 16 頁。

時採取的是立身於靜以觀動的方式，即是覺心不動，任萬象往還。正是這種內在精神的脫俗及學養的豐厚，才使得其用意深刻，苦思為詩的創作方式並沒有使王安石像晚唐苦吟詩人一樣走入狹小的天地，而是達到渾然天成、了無痕跡的藝術高度。也正是王安石內在精神的脫俗及學養的豐厚，使其詩歌中並沒有出現像李商隱、許渾、方干等晚唐詩人多次在不同的詩歌中運用同一聯自認為高妙的詩句，而是對偶精切之句層出不窮，如"坐對高梧傾曉月，看翻清露洗新秋"、"飛花著地容難冶，鳴鳥窺人意轉閑"、"綠垂靜路要深駐，紅寫清陂得細看"、"野豔輕明非傅粉，秋光清淺不憑材"、"蒲葉清淺水，杏花和暖風。地偏綠底綠，人老為誰紅"等。

第二節　蘇軾學佛與其詩歌語言及詩學思想

蘇軾研習佛學對其詩歌創作產生了潛移默化的影響，使其詩歌創作中屢次出現佛教詞彙，甚至有一些詩歌直接就是自己對佛教教義理解的書寫。蘇軾對於佛教語言的借用是其求新之詩學思想的具體踐行，而其借用佛禪語言、融攝佛禪典故則是蘇軾求新的具體方式之一。蘇軾對佛禪典故的運用無外乎兩種情況：一是用佛禪典故所承載的獨特意蘊，實現其解構現實觀念與價值體系的目的；二是用佛禪典故以摹景狀物、表情達意，以達到詩歌語言新穎化的效果。通過這兩方面的著意而為，蘇軾詩歌在意緒表達方面呈現出了"千偈如翻水"的新穎奇特、敏捷多變，也更好地表現出了蘇軾不繫於物的通脫豁達精神特質。

一　求新：蘇軾詩學思想的核心

《後山詩話》云："詩欲其好，則不能好矣。王介甫以工，蘇子瞻以新，黃魯直以奇。杜子美之詩，奇常、工易、新陳，莫不好也。"① 陳氏之意雖是讚賞杜甫詩歌的集大成，但也反映出了他認為蘇軾詩歌最大之特色乃是"新"。蘇軾此種追求也多在詩文中表達，其稱讚劉攽之詩曰："吟哦出新意，指畫想前檛。"② 蘇軾於《晁君成詩集敘》中言："每篇輒

---

① （宋）陳師道：《後山詩話》，《歷代詩話》本，中華書局 1981 年版，第 306 頁。
② （宋）蘇軾：《次韻和劉貢父登黃樓見寄並寄子由二首》其二，《蘇軾詩集合注》，上海古籍出版社 2001 年版，第 966 頁。

出新意，奇語宜為人所共愛。"① 除詩文外，蘇軾也多用"新意"讚許書
畫等藝術品，其《書蒲永昇畫後》曰："唐廣明中，處士孫位始出新意，
畫奔湍巨浪與山石曲折，隨物賦形，盡水之變，號稱神逸。"《書唐六家
書後》曰："柳少師書本出於顏，而能自出新意。"② 此外，蘇軾還多在詩
文中推崇詩文之"自然"，其《與謝民師推官書》曰："所示書教及詩賦
雜文，觀之熟矣。大略如行雲流水，初無定質，但常行於所當行，常止於
不可不止，文理自然，姿態橫生。"③ 其《書辯才次韻參寥詩》中曰：
"辯才作此詩時，年八十一矣。平生不學作詩，如風吹水，自成文理。而
參寥與吾輩詩，乃如巧人織繡耳。"④ 實際上崇尚"自然"與追求"新
意"在蘇軾看來並不相互矛盾，反而具有某種內在的聯繫性。"自然"與
"新意"的結合，即在於創作主體內在精神境界的提升，在於主體觀物視
角的新穎。

　　蘇軾《六觀堂老人書》一詩即是其詩學思想於不自覺中進行的言說：
"物生有象象乃滋，夢幻無根成斯須。方其夢時了非無，泡影一失俯仰
殊。清露未晞電已徂，此滅滅盡乃真吾。云如死灰實不枯，逢場作戲三昧
俱。化身為醫忘其軀，草書非學聊自娛。"⑤ 詩之前六言"老人"深契佛
家空觀之理，視世間萬物為夢幻泡影般轉瞬逝去，因而心無所住，亦不執
著於認識到萬物終歸空無之覺心，從而進入了自在自為的境界。這種精神
境界的脫俗，使友人用以自娛的草書，也具有非凡之姿態。蘇軾對"老
人"書法的讚譽並不是正面著眼，而是通過從"老人"高妙精神境界的
讚譽入手，進而說明老人體認到萬事萬物終將逝去的道理，故而隨緣任
運，即內在精神境界的高妙使其觀物視角超越流俗。故而練習書法即其
"逢場作戲"的自娛，乃無意為之。正是因為這種隨心的無意，所以使其
書法迥異流俗。而黃庭堅對蘇軾的稱讚也集中在了這一點，其《題子瞻
枯木》："胸中原自有丘壑，故作老木蟠風霜。"⑥ 其《題子瞻畫竹石》：
"東坡老人翰林公，醉時吐出胸中墨。"⑦ 皆認為蘇軾藝術境界的超妙，乃
源於其內在精神修養的脫俗。

① 《蘇軾文集》，中華書局1986年版，第319頁。
② 同上書，第2206頁。
③ 同上書，第1418頁。
④ 《蘇軾文集》，中華書局1986年版，第2144頁。
⑤ 《蘇軾詩集合注》，上海古籍出版社2001年版，第1702頁。
⑥ 《黃庭堅詩集注·山谷詩集注》，中華書局2003年版，第348頁。
⑦ 同上書，第563頁。

在蘇軾看來，主體修養沖粹、學問豐贍，於詩歌創作中隨物賦形、自由揮灑，則自可達到自然新穎的高妙境界。蘇軾得出此種見解，正是建立在自我切身體會之基礎上的。考察蘇軾求新之具體方式則應與從其知識構成、修養特點的分析入手。關於蘇軾的知識構成，蘇轍在《亡兄子瞻端明墓誌銘》中蓋棺定論地指出：“後讀釋氏書，深悟實相，參之孔、老，博辯無礙，浩然不見其涯也。”① 蘇轍指出了蘇軾思想駁雜的一面，同時亦指出了蘇軾“博辯無礙”之境界是以佛學為本位“參之孔老”所達到的。方東樹則指出了蘇軾隨意揮灑、不假雕飾的創作特點：“東坡只用長慶體，格不必高，而自以真骨面目與天下相見，隨意吐屬，自然高妙，奇氣崛兀，情景湧見，如在目前。”② 蘇軾的知識構成與“隨意吐屬”創作特點相結合，則使蘇軾於創作中本自其“深悟實相”的佛學修養，於友朋儔侶的唱和中解構現時概念以出人意表，於自我生命的觀照中解構價值體系以超越困境。同時，蘇軾還於摹景狀物中借用佛禪語言，以達到新穎出奇之效果。凡此，皆是蘇軾求新詩學思想的具體踐行。

二 現時概念與價值體系的解構：運用佛禪語言求新方式之一

如前所述，求新是蘇軾的詩學核心，而求新並不是追求韓愈、孟郊式的險怪，並不是通過怪異意象以營造怪異詩境，而是通過主體的豐富學養在觀照外部世界時，突破原有思維框架、思維模式的限制，以自然新穎的觀物視角傳遞出人意表的詩意。

蘇軾自然新穎之觀物視角，則是通過佛學的研習與運用而獲得的。運用佛學觀物方式以實現觀物視角革新的方式，實則即是對原有概念、現時價值的解構。蘇軾《答畢仲舉書》中云：“佛書舊亦嘗看，但闇塞不能通其妙，獨時取其粗淺假說以自洗濯，若農夫之去草，旋去旋生，雖若無益，然終愈於不去也。”③ 此段文字既是蘇軾面對佛學時始終堅持儒生立場的自我言說，也是蘇軾對佛學缺乏深入研究與內心認同的一種表現。同時，這又反映出了蘇軾運用佛禪學說的特點：其所謂“取其粗淺假說以自洗濯”，即是運用佛學的觀物視角來觀想外部世界。這也就存在著這樣的可能，即蘇軾在詩歌創作中通過解構現有概念、價值體系的方式，來達到詩意表達與詩境營造的自然新穎。周裕鍇先生指出：“空靜的觀照本是

① （宋）蘇轍著，陳宏天、高秀芳點校：《蘇轍集·欒城後集》卷二十二，中華書局 1990 年版，第 1127 頁。

② （清）方東樹：《昭昧詹言》，人民文學出版社 1961 年版，第 444 頁。

③ （宋）蘇軾：《答畢仲舉》，《蘇軾文集》卷五十六，中華書局 1986 年版，第 1671 頁。

無言的，或是寡言的，意象自然呈露，禪意自蘊其中，而蘇軾觀照的結果，卻常常引發大段哲理性的思辨。"又說："在創作實踐上，蘇軾似乎更傾心'機鋒不可觸，千偈如翻水'、'掣電機鋒不容擬'那種敏捷機智的語言藝術。"① 蘇軾觀照外物時產生的哲理性思辨及"千偈如翻水"式的旋立旋破表達方式，實則是用佛學相對主義的思辨方式解構現有觀念及價值體系的表現。

德里達解構主義認為："解構一方面意味著突破原有的系統，打開其封閉的結構，排除其本源和中心，消除其二元對立；另一方面意味著將瓦解後的系統的各種因素暴露於外，看看它隱含了什麼，排除了什麼，然後使原有因素與外在因素自由地結合，使它們相互交叉，相互重疊，從而產生一種無限可能的意義網絡。"② 而佛學從本體論、實踐論到最終的修行目的，都是對社會主流儒學思想的一種突破，佛學世界空無、人生虛妄的根本立論直接對儒家價值體系產生了極大的衝擊。③ 具體到思維方式上，儒學、佛學亦存在著極大的差異，佛學力圖通過相對主義的論辯，啓示修行者將對世界的認識保存在一種空無的狀態。如《金剛經》云："無有定法名阿耨多羅三藐三菩提，亦無有定法如來可說，何以故？如來所說法，皆不可取不可說，非法非非法，所以者何？一切賢聖皆以無為法而有差別。"④ 以自己的意識對客觀世界進行描述界定，並將這作為自己行為思想準則的想法和做法就是有為法，而"一切有為法，如夢幻泡影"，故而應打破自己對於世界的固定的看法，不應抱有某一執著的見解，同時亦不應抱有對不執著的執著，是以為"無為法"、"非法非非法"。《楞伽經》中亦云："涅槃自性，不生不滅，本來寂靜，自性涅槃。……爲斷愚夫畏無我句，故說離妄想無所有境界如來藏門。"⑤ 所謂"如來藏"清淨法門並非實有之物，只是引導參學者破除所有執著的一個權宜說法。這與解構主義理論是本質相通的。《壇經》解釋"無住"時云："無住者，人之本性。……若前念今念後念，念念相續不斷，名為繫縛。於諸法上，念念不住，即無縛也。此是以無住為本。"⑥ 又云："若有人問汝義，問有將無

---

① 周裕鍇：《中國禪宗與詩歌》，上海人民出版社 1992 年版，第 85 頁。
② ［法］雅克·德里達：《論文字學》，汪堂家譯，上海譯文出版社 1999 年版，第 3 頁。
③ 關於佛學理論與解構主義的關聯及區別，郭延成先生《佛教哲學與德里達解構主義》一文論之甚詳，郭文載《五台山研究》2007 年第 2 期。
④ （後秦）鳩摩羅什譯：《金剛般若波羅蜜經》，《大正藏》第 8 卷，第 749 頁中。
⑤ （南朝宋）求那跋陀羅譯：《楞伽阿跋多羅寶經》，《大正藏》第 16 卷，第 489 頁中。
⑥ （元）宗寶編：《六祖大師法寶壇經》，《大正藏》第 48 卷，第 352 頁下。

對，問無將有對，問凡以聖對，問聖以凡對；二道相因，生中道義。如一問一對，餘問一依此作，即不失理也。設有人問：‘何名為闇？’答云：‘明是因，闇是緣；明沒即闇，以明顯闇，以闇顯明。來去相因，成中道義。餘問悉皆如此。’”① 皆是啓示學者通過相對主義的思辨方式觀照世界，以此達到對佛學空無本體論的深切體認。

“時取其粗淺假說以自洗濯”的蘇軾，往往於詩歌創作中運用佛學思辨方式及價值觀念，以實現詩意表達的創新與詩境營造的不俗。而其具體的方式則有兩種：一是對現有概念的解構，二是對主流價值體系的“顛覆”。

（一）現有觀念的解構

費袞《梁谿漫志》曰：“作詩押韻是一奇，荆公、東坡、魯直押韻最工，而東坡尤精於次韻，往返數四，愈出愈奇。”② 指出了元祐諸公於詩歌唱和中著意出新的事實，衡之以蘇軾唱和詩確是如此。而蘇軾出新的手法之一即是用解構的方式，打破友人於詩中流露出的對某一概念的認識。蘇軾友人錢道人作詩，其中有“直須認取主人翁”之句，蘇軾答曰：

> 有主還應更有賓，不如無鏡更無塵。只從半夜安心後，失卻當年覺痛人。③

錢道人“認取主人翁”乃是基於“主人翁”是存在的，是以這一“在場”事物的存在為前提的。但德里達解構理論認為“在場”事物的存在是依賴於“某種不在場”事物的，而這個“不在場”事物同樣也依賴於其他“不在場”事物。而這種依賴關係可以被無限地追索。“在場”事物的背後有一個無限的由相互依賴關係構成的序列。這樣居於優勢地位的“在場”事物的權威性被逐漸削弱直至蕩然無存。但“當某一理論舉出幾個特定的呈現作為進一步發揮的根基時，這些實例無一例外的證明已經是種種錯綜複雜的結構。說是給定的基礎的成分，到頭來卻是發現是依賴性的、派生性的產物，簡約或純粹之呈現的權威意味蕩然無存。”④ 所以

---

① （元）宗寶編：《六祖大師法寶壇經》，《大正藏》第48卷，第360頁中。
② （宋）費袞：《梁谿漫志》卷七，上海古籍出版社1985年版，第74頁。
③ （宋）蘇軾：《錢道人有詩“直須認取主人翁”，作兩絕答之》其二，《蘇軾詩集合注》，上海古籍出版社2001年版，第510頁。
④ ［美］喬納森·庫勒：《論解構》，陸揚譯，中國社會科學出版社1998年版，第79頁。

"主"的存在必是以"賓"的同樣存在為前提的，假如"賓"這一"不在場"事物消失，則基於"主人翁"存在而作的所有推演都將失去存在的合理性。此詩即是蘇軾運用其禪學知識，解構"錢道人"詩中流露出的對於禪學修行觀念的認識。而蘇軾《贈錢道人》詩，則是運用自己的禪學修養，通過解構時人對禪學修行的觀念來塑造錢道人的形象："而況錢夫子，萬事初不作。相逢更何言，無病亦無藥。"①化用《傳燈錄》中百丈懷海禪師語："佛是眾生邊藥，無病不要吃藥。"人之修行，因世緣深重，如未受世俗熏染，則無修行之必要。友人身為"道人"卻不事修行，而是"萬事初不作"，原因在於未受世俗風習之染污，正如無病亦無須用藥來醫一樣。

周裕鍇先生論述元祐諸公的唱和詩歌特點時，指出了元祐諸公詩歌的交際性，認為："元祐諸公卻有意破體出位，以詩為文（尺牘），以文（尺牘）為詩，打破二者之間的分疆。換言之，在元祐諸公筆下，詩歌成了有韻的尺牘，成了藝術化的尺牘。"②詩文界限的打破，意味著詩文要交互承擔彼此的功能，故而元祐詩歌也多有切磋問學的內容。蘇軾即多以詩歌唱和的形式與友人交流對於佛禪學說的看法，而其方式亦是通過解構對方所持觀念而達到意脈表達的獨出機杼，如其《王鞏清虛堂》詩：

> 清虛堂裏王居士，閉眼觀身如止水。水中照見萬象空，敢問堂中誰隱几。吳興太守老且病，堆案滿前長渴睡。願君勿笑反自觀，夢幻去來殊未已。長疑安石恐不免，未信犀首終無事。勿將一念住清虛，居士與我盖同耳。③

王十朋之題注曰："定國名堂，蓋取於此，非止言景物之清虛也。"蘇軾此詩以佛經語言、典故入詩，篇首將王鞏之安閑自得比作月光童子修習水觀，表達了對於王鞏居清虛堂安閑之狀態的艷羨，接著敘述自己苦於公務之困窘狼狽貌，而後又用《楞嚴經》中文殊偈："卻來觀世間，猶如夢中事。""長疑"句用謝安及公孫衍之典，用戲謔之口吻言友人不要嘲笑自己困苦之貌。末句言了悟現實的紛亂虛妄，故而實現了對真如清虛心境的

① 《蘇軾詩集合注》，上海古籍出版社 2001 年版，第 916 頁。
② 周裕鍇：《詩可以群——略談元祐詩歌的交際性》，載《社會科學研究》2001 年第 5 期。
③ 《蘇軾詩集合注》，上海古籍出版社 2001 年版，第 929 頁。

把握，但後者卻是以前者的存在為前提的。故而蘇軾勸誡友人：虛妄現實與清虛心境皆為虛妄，終歸空無，不應有任何執著，更不可能心生分別而視清虛優於忙亂。蘇軾以空觀照物之思維，從消解"不在場"因素的角度，解構友人對"清虛"觀念的認識，而使此詩具有了一種睿智而幽默的風味，而不是單純讚譽友人之安閑自得，或單純地描繪堂中幽靜之景物。

蘇軾還常於瑣細事物的書寫中，運用佛禪語言，融攝相關典故，解構時人的習以為常的觀念，如書寫觀琴時的思考："若言琴上有琴聲，放在匣中何不鳴。若言聲在指頭上，何不於君指上聽。"① 慣常思維認為琴聲乃手指與琴絃相觸碰而發出的聲音，蘇軾卻以解構這一觀念的方式，來隱喻自己對《楞嚴經》中這段文字的認識："譬如琴、瑟、箜篌、琵琶，雖有妙音，若無妙指，終不能發。汝與眾生亦復如是，寶覺真心各各圓滿，如我按指，海印發光。"子璿注曰："琴等眾生也，妙音藏性也，妙指實智也，發起用也。"又曰："汝與眾生合前琴等，寶覺真心合前妙音，按指約喻指法。"② 經中之意為眾生皆具清淨自性，即寶覺真心，但須通過研習佛法及自我修行，方能悟得。蘇軾化用《楞嚴經》中此段文字，目的乃是說明眾生雖皆具清淨自性，但"從無始來，迷己為物，失於本心，為物所轉"，即為俗諦所蒙蔽，沒有意識到清淨自性的存在，須通過研習佛法才能悟得。

諸如此類通過解構現有概念以求得詩意創新的方式，在蘇軾集中頗為常見，如"莫作往來想，而生愛見悲。"即是運用佛學"念念不住"之思維方式，從否認執著於過去、現在、未來之意義的角度，滅除分別心，實現送別友人之悲傷的別樣疏泄。又如"稽首問公公大笑，本來誰礙更求通。"③《金剛經》云："凡所有相皆乃虛妄，若見諸相非相，即見如來。"萬物終將逝去，終歸虛妄，"礙"即為虛幻不實，本不存在，"通"復在何處？這使得蘇軾廣泛於詩歌創作用運用佛禪語言及典故，而這也使其詩歌呈現出了不繫於物、通脫無礙的藝術特點。

（二）價值體系的解構

蘇軾多用佛學的般若空觀理論來實現對主流價值體系的解構，而達到

---

① （宋）蘇軾：《武昌主簿吳亮君采攜其友人沈君十二琴之說……》，《蘇軾詩集合注》，上海古籍出版社 2001 年版，第 1103 頁。此詩在王文誥輯注，孔繁禮點校之《蘇軾詩集》中名為《琴詩》。

② （宋）子璿集：《首楞嚴義疏注經》，《大正藏》第 39 卷，第 880 頁中—第 880 頁下。

③ （宋）蘇軾：《記夢》，《蘇軾詩集合注》，上海古籍出版社 2001 年版，第 1257 頁。

豁達平和之詩歌境界。如"生前富貴草頭露，身後風流陌上花。"① "生前富貴，死後文章。百年瞬息萬世忙，夷齊盜跖俱亡羊。"② "達人自達酒何功，世間是非憂樂本來空。"③ 皆本自空觀理論，從萬事終歸空無的角度，將現實受挫、襟懷難展的抑鬱化為豁達開朗、閑適灑脫的吟唱。而隨著蘇軾人生的跌宕，這種解構更是上升到了否定人生意義的層面上，南遷過大庾嶺時蘇軾作詩曰：

> 一念失垢汙，身心洞清淨。浩然天地間，惟我獨也正。今日嶺上行，身世永相忘。仙人拊我頂，結髮受長生。④

趙汸《東山集》中評此曰："公中歲始留心佛乘，晚節乃播遷嶺海……以其垂老之年，當轉徙流轉之際，而浩然無毫髮顧慮，非此事數定於中，殆未易能也。"⑤ 指出了研習佛學對其胸襟氣度所產生的影響，而正是這種與學佛有著密切聯繫之開闊胸襟、灑脫氣度的存在，才使得蘇軾詩歌在意緒表達上，脫離了唐人面對貶謫時的凄涼酸楚。而其灑脫氣度的呈現，卻是通過對生命存在意義的解構來實現的：往者以遷播嶺海為悽苦，是因視身居廟堂為榮耀。前者為"在場"因素，後者為"不在場"因素，兩者是二元對立、相互依存的關係。然一切有為法如夢幻泡影，無論賢愚是非終將歸於空幻。"不在場"因素之價值被消解，"在場"因素亦失去了意義，二元對立的結構因此崩解。因而念及於此，身心清淨，故能"身世永相忘"。

　　蘇軾將這種達觀態度投入對生活各個角落的觀照中，其《四月十一日初食荔枝》一詩，先寫自己播遷嶺海而得嘗此物所感到的欣喜，最後作結曰："我生涉世本為口，一官久已輕蓴鱸。人間何者非夢幻，南來萬里真良圖。"⑥ 言自己處世只為生存，故而不能如張翰般因思鱸魚、蓴菜而棄官。但人間萬事終歸空幻，無論是身居鄉園還是遷播嶺海。因此

---

① （宋）蘇軾：《陌上花三首》其三，《蘇軾詩集合注》，上海古籍出版社 2001 年版，第 465 頁。

② （宋）蘇軾：《薄薄酒二首》其一，《蘇軾詩集合注》，上海古籍出版社 2001 年版，第 658 頁。

③ （宋）蘇軾：《薄薄酒二首》其二，《蘇軾詩集合注》，上海古籍出版社 2001 年版，第 660 頁。

④ （宋）蘇軾：《過大庾嶺》，《蘇軾詩集合注》，上海古籍出版社 2001 年版，第 1945 頁。

⑤ 見《蘇軾詩集合注》，上海古籍出版社 2001 年版，第 1946 頁查慎行之注所引。

⑥ 《蘇軾詩集合注》，上海古籍出版社 2001 年版，第 2025 頁。

"南來萬里" 不僅不是人生的低谷，反使生命的存在多了一份難得的經歷，故曰 "真良圖"。其《次韻正輔兄江行見桃花》一詩開篇曰： "曲士賦懷沙，草木傷莽莽。德人無荊棘，坐失嶺嶠阻。"① "荊棘" 出自陶弘景《真誥》，看似與道教有關，但詳味詩意，及從詩中 "淨眼見桃花，紛紛墮紅雨。蕭然振衣裓，笑問散花女" 之語來看，其意乃是讚許程正輔以空觀照物，認為萬事終歸空幻，從不以流落嶺南而介懷，故而 "坐失嶺嶠阻"。蘇軾自覺地將自己對於般若空觀的體悟運用到觀照日常生活中，使其樂觀豁達之精神形諸其詩歌創作中。謫居嶺南時所作之《和陶詩》中多出現這種主題，如 "百年六十化，念念竟非是。是身如虛空，誰受譽與毀？" "感子至意，託辭西風。吾生一塵，寓形空中。" "夢幻去來，誰少誰多？彈指太息，浮雲幾何？" 該組詩雖名為 "和陶"，表達的卻是人生空無虛幻的佛學主題，正如周裕鍇先生所言： "他和陶而不似陶，'自用本色'，以禪宗的空觀取代了老莊的委運乘化。"②

在蘇軾遇赦北還，擺脫貶謫命運時，他亦是從萬事終歸空幻的空觀角度，來解構生命的意義。因此毫無欣喜情緒之流露，唯有歷經世事後的輕描淡寫的感慨。其《別海南黎民表》詩云：

> 我本海南民，寄生西蜀州。忽然跨海去，譬如事遠遊。平生生死夢，三者無劣優。知君不再見，欲去且少留。③

被貶時淒涼苦楚心境乃因思念鄉國而產生，詩中蘇軾打破鄉國、貶所的對立，將海南貶所視為家鄉，將北歸中原看作是跨海出游。進而言人生空幻，終歸虛無，因而無論得意失意，都無區別。蘇軾於《過嶺二首》詩中言及自己之人生曰： "暫著南冠不到頭，卻隨北雁與歸休。平生不作兔三窟，今古何殊貉一丘。" 詩中又曰： "夢裏似曾遷海外，醉中不覺到江南。"④ 其《用前韻再和孫志舉》詩中亦云： "寵辱能幾何，悲歡浩無垠。回視人間世，了無一事真。"⑤ 皆是通過解構生命的意義來緩解因現實失意而產生的緊張苦悶情緒。

---

① 《蘇軾詩集合注》，上海古籍出版社 2001 年版，第 2019 頁。
② 周裕鍇：《夢幻與真如——蘇黃的禪悅傾向及其詩歌意象之關係》，載《文學遺產》2001 年第 3 期。
③ 《蘇軾詩集合注》，上海古籍出版社 2001 年版，第 2473 頁。
④ 同上書，第 2263 頁。
⑤ 同上書，第 2282 頁。

　　蘇軾對於價值體系的解構，目的在於消解現實失意所帶來的苦悶情緒，但蘇軾對主流價值體系的"顛覆"，實則是故作曠達的一種表現，其內心則與佛學理論終隔一層，正如其所言："世之君子，所謂超然玄悟者，僕不識也。"① 正是對佛學缺乏內心深刻認同的狀態，也正是"時取其粗淺假說以自洗濯"的"用"的態度，才使蘇軾將佛學思辨方式作為一種解構現實世界的無往不利的"工具"，從而使其詩歌具備了機智與新穎融為一體、豁達與滄桑並行不悖的藝術特點。

　　因此，蘇軾借用佛學典故來解構現時概念、價值體系，是其踐行求新詩學思想的方式之一，是其通過佛禪典故所承載的意蘊，來實現詩歌構思及意緒表達等方面創新的成功嘗試。

三　表情達意與摹景狀物：運用佛禪語言求新方式之二

　　蘇軾詩歌廣用佛教語言，其突出表現之一，即在與友人唱和應答中為了切合場所、對象、所詠之人、物及所吟詠之主題而運用佛教語言及詞彙。

（一）切合作詩及唱和場所的需要

　　蘇軾交游廣泛，尤好游歷，每至一地，必訪其幽勝之處。蘇轍於《武昌九曲亭記》中回憶道："昔余少年，從子瞻遊，有山可登，有水可浮，子瞻未始不褰裳先之，有不得至，為之悵然移日。至其翩然獨往，逍遙泉石之上，擷林卉，拾澗實，酌水而飲之，見者以為仙也。"② 蘇軾自少年時便有寄情山水追求超然自得之趣的愛好，此愛好終其一生未曾改變。與此相一致，蘇軾也創作了大量的紀游詩。其中在佛寺游歷時所作之詩歌，為了切合佛寺這一佛教場所，其多借用佛教詞語來形容之。廣為論者所征引的《吉祥寺僧求閣名》一詩，即屬此類範疇，詩曰：

> 過眼榮枯電與風，久長那得似花紅。上人宴坐觀空閣，觀色觀空色即空。③

此詩作於蘇軾倅杭時期，其《牡丹記敘》云："熙寧五年三月二十三日，予從太守沈公觀花於吉祥寺僧守璘之圃。"可能是守璘為其閣求名於蘇

① （宋）蘇軾：《答畢仲舉書》，《蘇軾文集》卷五十六，中華書局 1986 年版，第 1671 頁。
② 《蘇轍集·欒城集》卷二十四，中華書局 1990 年版，第 407 頁。
③ 《蘇軾詩集合注》，上海古籍出版社 2001 年版，第 306 頁。

軾，蘇軾名之為"觀空"，並作詩記之。該詩為切合閣之名"觀空"，而引述佛經中解釋空觀之語言說之，如首句用《維摩經·方便品第二》之語："是身如電，念念不住。……是身無壽，為如風。"① 言世間萬物生滅之迅疾；末句則用《維摩經·入不二法門品第九》："色即是空，非色滅空，色性自空。"② 詩言萬物之生滅如同過眼之閃電與疾風般迅快，不似眼前之牡丹每年皆有盛開之時。後兩句塑造了一個深契般若空觀並以此照物的"上人"形象，以此與"觀空"之閣名相稱。元豐三年蘇軾赴黃州途中，作《遊淨居寺》詩，詩曰：

> 十載遊名山，自製山中衣。願言畢婚嫁，攜手老翠微。不悟俗緣在，失身蹈危機。刑名非夙學，陷阱損積威。遂恐生死隔，永與雲山違。今日復何日，芒鞋自輕飛。稽首兩足尊，舉頭雙涕揮。靈山會未散，八部猶光輝。願從二聖往，一洗千劫非。徘徊竹溪月，空翠搖煙霏。鐘聲自送客，出谷猶依依。回首吾家山，歲晚將焉歸。③

詩之前半，言自己世緣深重，於危機中幾乎殞命，暗指經受"烏臺詩案"之禍；後半言自己遊寺時之感受，表達了欲皈依佛教長住此山以求擺脫世累的願望。該詩亦是用佛經語來切合"淨居寺"這一游歷、作詩之場所。"兩足尊"乃佛之尊號，"雙涕揮"用《金剛經》"須婆提聞說是經深解義趣，涕淚悲泣"④ 之事，此處用之，言自己在經歷世事後，深切認同佛教教義，欲皈依佛教以求尋得心靈之解脫。

除此之外，在對某類富有禪意之場所的描寫中，蘇軾往往全以佛語描述之，如其元祐五年守杭時所作《觀臺》詩：

> 三界無所住，一臺聊自寧。塵勞付白骨，寂照起黃庭。殘磬風中嫋，孤燈雪後青。須防童子戲，投瓦犯清泠。⑤

首聯用《金剛經》"應無所住而生其心"，言不應住心於任何外物，即此心不隨物遷轉，方能身在三界而超脫於三界，如此方能達到內心安閒自然

---

① 《維摩詰所說經》，《大正藏》第 14 卷，第 539 頁中。
② 同上書，第 551 頁上。
③ 《蘇軾詩集合注》，上海古籍出版社 2001 年版，第 987 頁。
④ （後秦）鳩摩羅什譯：《金剛般若波羅蜜經》，《大正藏》第 8 卷，第 750 頁上。
⑤ 《蘇軾詩集合注》，上海古籍出版社 2001 年版，第 1600 頁。

之境界，即"一臺聊自寧"。"臺"即心境，用神秀偈"心如明鏡臺"之語；頷聯之"白骨"用《楞嚴經》中優波尼沙陀之語："觀不淨相，生大厭離，悟諸色性。以從不淨，白骨微塵，歸於虛空。"① "寂照"亦是出自《楞嚴經》："淨極光通達，寂照含虛空。卻來觀世間，猶如夢中事。"② "寂照"乃法身，即真如自性。意為由對於不淨之物的觀想中，滅除對於世間萬物的留戀、喜愛，明瞭萬物終歸空無之理。用此不隨物遷轉之內心，靜觀外界之變化，認識到世間萬物皆如夢幻般不實，由此真如自性便能於自身中生起，即"寂照起黃庭"。頸聯即是對觀臺景物之描寫，蘇軾用風過後隱約傳來之磬聲、雪後倍顯清冷之燈光，來突出冥心靜坐時覺心不動之寂然狀態。末句用《楞嚴經》中月光童子修習水觀，其弟子投石入室，而月光童子出定後心痛之事，言須擺脫外界之干擾。諸如此類的詩歌尚有許多，如其南遷時所作之《無言亭》詩："殷勤稽首維摩詰，敢問如何是法門。彈指未終千偈了，向人還道本無言。"用維摩詰以默然無言應對文殊之典故，以此來切合"無言亭"這一所詠對象。同是南遷時所作之《南華寺》詩："云何見祖師，要識本來面"，用六祖與道明禪師之語："不思善，不思惡，正恁麼時。阿哪箇是明上座本來面目？"③ 以此入詩來切合慧能曾駐錫之南華寺這一作詩場所。

除此之外，蘇軾還多運用佛語入詩，以此來描繪眼前所見之景，達到更好的摹景狀物的目的。倅杭時期所作之《鹽官絕句四首》之"南寺千佛閣"與"塔前古檜"詩曰：

　　古邑居民半海濤，師來構築便能高。千金用盡身無事，坐看香煙繞白毫。④
　　當年雙檜是雙童，相對無言老更舔。庭雪到腰埋不死，如今化作兩蒼龍。⑤

前詩首句之"白毫"用《法華經》中語："世尊放眉間白毫相光。"此處用之，言閣內香煙繚繞於佛像間之景象。後詩之後二句用二祖慧可求法達摩時，積雪過膝之事，蘇軾此處用之，其意在於描繪松樹之下，積雪甚深

① 《大佛頂首楞嚴經》，《大正藏》第 19 卷，第 125 頁下。
② 同上書，第 131 頁上。
③ 《六祖大師法寶壇經》，《大正藏》卷 48，第 349 頁中。
④ 《蘇軾詩集合注》，上海古籍出版社 2001 年版，第 367 頁。
⑤ 同上書，第 369 頁。

的寂寥清冷景象。其《上元過祥符僧可久房蕭然無燈火》詩云："門前歌舞鬧分朋，一室清風冷欲冰。不把瑠璃閒照佛，始知無盡本無燈。"前兩句用歌舞紛擾之貌與可久僧房内無燈火之寂靜蕭然之貌作對比，突出室内的莊嚴寂靜。後兩句言此次來訪，友人室内寂寥無燈火之寂靜蕭然氣氛，使自己在佛道理解上心有所得，並非掌燈觀佛像之尋常游歷所能得來。"無盡燈"出《維摩經》："無盡燈者，譬如一燈燃百千燈，冥者皆明，明終不盡。如是諸姊，夫一菩薩開導百千眾生，令發阿耨多羅三藐三菩提心，於其道意，亦不滅盡，隨所說法而自增益一切善法，是名無盡燈也。"①意為佛法開導百千人而無盡。此處用之，詩中之"燈"乃燈火，象徵明示言說之意，"無盡本無燈"乃是說佛性每人皆有，不需外人言說明示之，自己亦可悟得。此處用"無盡燈"之語，既切合了室内無燈之景，也一語雙關地表達了自己心有所悟的感受。

與前類詩歌運用佛語不同，蘇軾此種對於佛學經典語言的運用，其指向並不與這些語言在佛經中的指向完全一致，而是借用這些語言、詞彙在佛經中所代表的意義，比擬眼前所要描述之景象，賦予了詩歌比白描更多的内涵。相比於白描，這種語言的借用也起到了更好的摹景狀物效果。

（二）切合唱和對象的需要

蘇軾交游廣泛，不乏佛教中人，而其世俗之友，傾心佛禪者亦不在少數。在與友人的唱和中，為了切合友人身份及愛好、追求等，蘇軾往往以佛語入詩。

蘇軾倅杭時期所作之《贈上天竺辯才師》一詩，在敘述自己對辯才之印象時曰："不知修何行，碧眼照山谷。見之自清涼，洗盡煩惱毒。坐令一都會，男女禮白足。"②"碧眼"用達摩眼紺青色之典，將辯才比作達摩，言其深契禪法；"煩惱"，貪欲瞋恚愚痴等諸惑，煩心惱身，謂為煩惱，《大智度論》曰："煩惱名，略說則三毒，廣說則三界九十八使，是名煩惱。"③此處用之言辯才因深契佛法而氣度非凡，使人見之而煩惱消盡；"白足"，乃僧之別稱，此處言辯才能以自身影響一方，使佛法大勝於此地。全用佛教術語來切合友人之身份與事跡。而蘇軾與詩僧參寥之詩，皆用佛典切合對方乃工詩之僧人這一特點。其《送參寥師》詩，前

---

① 《維摩詰所說經》，《大正藏》第 14 卷，第 543 頁中。
② 《蘇軾詩集合注》，上海古籍出版社 2001 年版，第 314 頁。
③ （後秦）鳩摩羅什譯：《大智度論》，《大正藏》第 25 卷，第 260 頁下。

半敘述對參寥之印象時曰："上人學苦空,百念已灰冷。劍頭惟一映,焦穀無新穎。胡為逐吾輩,文字爭蔚炳。新詩如玉雪,出語便清警。"①"苦空",《翻譯名義》曰："苦以逼惱為義……身為諸苦之本、眾患之原,當求空寂滅最為樂。"②"焦穀"出自《維摩經》:"如焦穀牙……如石女兒。"③詩意為參寥作為僧人追求心如死灰、不隨物變遷之寂滅境界,這沒有什麼好奇的,如同吹劍環之小孔,只能發出細微之聲;又如同燒焦之穀粒,不會發出新芽一般。但是他卻喜好舞文弄墨,與我等士大夫相較高下。南遷時期,蘇軾所作《贈月長老》一詩,化用禪師語錄入詩,以切合贈詩對象之身份:"子有折足鐺,中容五合陳"④,"折足鐺"出《傳燈錄》中汾陽無業禪師語:"看他古德道人得意之後,茆茨石室,向折腳鐺子裏,煮飯喫過三十二十年,名利不干懷,財寶不為念,大忘人世,隱跡巖叢,君王命而不來,諸侯請而不赴。"⑤此處用之言月長老悟道後隨緣任運之生活態度。詩之末尾云:"後夜當獨來,不需主與賓。蒲團坐紙帳,自要觀我身。"則是用《維摩經》中語:"世尊問維摩詰:'以何等觀如來乎?'維摩詰言:'如自觀身實相。'"⑥言欲與月長老共同跏趺靜坐,體悟自性所在。

　　除去與僧人之交往酬唱中化用佛經語以切合對方身份外,蘇軾還多在與同僚等世俗之友的唱和應答中,針對對方之愛好、追求等,以佛語入詩,突出友人脫俗不凡之氣度及風貌。熙寧八年蘇軾所作之《張安道樂全堂》詩,開篇稱讚張方平曰:"列子御風殊不惡,猶被莊生譏數數。步兵飲酒中散琴,於此得全非至樂。樂全居士全於天,維摩丈室空儳然。"⑦詩中,蘇軾將張方平室內空無所有,與維摩相比,將其理解為張方平深契佛理,不似列子依賴外物而暫得逍遙,亦不似阮籍、嵇康寄情於酒與琴,而是明瞭真如自性之所在,不留意於物。因而其室內儳然無所有,如同維摩詰得知文殊與大眾來訪而"以神力,空其室內,除去所有,惟置一牀。"該詩為切合張方平"性與道合,得佛老之妙"⑧的精神追求,而化用《維摩經》中典故,以維摩比擬之。其《贈王仲素寺丞》詩借用《維

①《蘇軾詩集合注》,上海古籍出版社2001年版,第863頁。
②(宋)法雲編:《翻譯名義集》,《大正藏》第54卷,第1117頁下—第1118頁上。
③《維摩詰所說經》,《大正藏》第14卷,第547頁中。
④《蘇軾詩集合注》,上海古籍出版社2001年版,第1711頁。
⑤《景德傳燈錄》,《大正藏》第51卷,第444頁下。
⑥《維摩詰所說經》,《大正藏》第14卷,第554頁下。
⑦《蘇軾詩集合注》,上海古籍出版社2001年版,第615頁。
⑧(宋)蘇軾:《張文定墓志》,《蘇軾文集》,中華書局1986年版,第444頁。

摩經》"法喜為妻"之語，讚許王景純不置財貨，而以追求禪悟為樂，其曰："雖無孔方兄，顧有法喜妻。"①

南宋吳聿在其《觀林詩話》中提到"贈人詩多用同姓事"②之現象，在宋代以才學為詩背景下，詩人在作詩時亦多根據場合、對象而有選擇地運用典故。如前所述之切合作詩場所及唱和對象而以佛語入詩，則屬於此種情況，在此情況下運用佛語入詩具有一定程度上的被動性。在此局限下，蘇軾對於佛學之研習，使他能左抽右取，不僅毫無窘迫地完成摹景狀物、抒情表意之任務，而且蘇軾對於佛經典故的運用及佛經語言的化用、借用，也使其詩歌變化多端、氣象萬千，實現了對晚唐賈島、姚合創作風格單一、境界褊狹的超越，而具有了更豐厚的文化內涵。

第三節　黃庭堅學佛與其詩歌語言及詩學思想

作為一個在詩歌創作上有著明確求新意識的詩人，黃庭堅對於如何求新提出了一系列具體的見解，即在詩歌用字、句法、章法、意境營造上著力探索。黃庭堅對佛學的研習，不僅豐富了其知識體系，而且對其看待、思考外部世界及自我人生的方式產生了潛移默化的影響，而此種影響又滲入到了其詩歌創作過程及詩學體系構建中去。其具體表現在三個方面：一是於講求學力的基礎上力圖實現詩歌語言的清新雅健，此一要求使黃庭堅多於佛學經典中提煉詩歌語言；二是於意緒表達上實現求新，佛禪思想在看待、思考外部世界、自我人生的方式上有其獨特一面，不同於中國本土之儒道家學說，對佛禪觀物角度、思維方式的借鑒，則有助於實現在詩歌意緒表達上的創新；三是融攝佛禪宗典故，以這些典故背後所蘊含的豐厚意蘊，達到意境營造上的創新。

索緒爾的語言學觀點將"概念和音響形象的結合叫做符號"，在此基礎上細分為："符號這個詞表示整體，用所指和能指分別代替概念和音響形象。"③羅蘭·巴爾特的符號學理論對此作了進一步的發展："一切意指系統都包含一個表達平面（E）和一個內容平面（C），意指作用則相當

---

① 《蘇軾詩集合注》，上海古籍出版社 2001 年版，第 724 頁。
② （宋）吳聿：《觀林詩話》，《歷代詩話續編》本，中華書局 1983 年版，第 129 頁。
③ ［瑞士］費爾迪南·德·索緒爾：《普通語言學教程》，高明凱譯，商務印書館 1999 年版，第 102 頁。

於兩個平面之間的關係（R），這樣我們就有表達式：ERC。"① 而黃庭堅在詩歌創作上求新的三個努力方向：語言組織、意緒表達、境界營造，則與巴爾特的意指系統三方面頗為接近。因此，拙著此處擬運用符號學的相關理論，剖析黃庭堅詩歌創新的具體方式，藉以此超越印象式的描述與主觀性的批評。

一　所指的陌生化：詩歌語言追求與融攝佛語之關係

黃庭堅有著追求勁健有力之詩歌語言風格的自覺意識，范溫《潛溪詩眼》載："老杜《謝嚴武》詩云：'雨映行宮辱贈詩。'山谷云：'只此"雨映"兩字，寫出一時景物，此句便雅健。'余然後曉句中當無虛字。"② 黃庭堅認為"雨映"二字很好表現出了客觀景物，實際上是指此二字引起了讀者對熟視無睹的客觀事物的感受。俄國形式主義文論家什克洛夫斯基認為："如果我們對感覺的一般規律作一分析，那麼，我們就可以看到，動作一旦成為習慣性的，就變得帶有機械性了。例如，我們所熟習的動作都進入了無意識的、機械的領域。"③ 因此，"詩歌的目的就是要顛倒習慣化的過程，使我們如此熟悉的東西'陌生化'，'創造性地損壞'習以為常的、標準的東西，以便把一種新的、童稚的、生氣盎然的前景灌輸給我們"④。而要實現"陌生化"手段之一即是對詩歌語言進行加工，使其具有新奇效果。這與黃庭堅的主張有著高度的一致："蓋以俗為雅，以故為新，百戰百勝，如孫吳之兵，棘端可以破鏃，如甘蠅飛衛之射，此詩人之奇也。"⑤ 所謂"以俗為雅"、"以故為新"即是強調詩歌語言應通過顛倒習慣化而實現"陌生化"，由此做到"詩人之奇"。

實現詩歌語言"陌生化"的方式極多，而黃庭堅則強調在保證雅正剛健、簡練準確的基礎上實現。正如其詩所言："矢詩寫予心，莊語不加綺。"而從黃庭堅對於浮華文風的批評中，亦可看出他主張文辭簡練有力，落盡皮毛的主張，如"後生文楚楚，照影若孔翠。""楚宮細腰死，長安眉半額。比來翰墨場，爛漫多此色。""後生玩華藻，照影終沒世。"

① ［法］羅蘭·巴爾特：《符號學原理》，李幼蒸譯，中國人民大學出版社 2008 年版，第68 頁。
② （宋）范溫：《潛溪詩眼》，《宋詩話輯佚》本，中華書局 1980 年版，第 331 頁。
③ ［俄］維·什克洛夫斯基：《作為手法的藝術》，載方珊等譯，《俄國形式主義文論選》，生活·讀書·新知三聯書店 1989 年版，第 6 頁。
④ ［英］特倫斯·霍克斯：《結構主義和符號學》，瞿鐵鵬譯，上海譯文出版社 1987 年版，第 61 頁。
⑤ 《黃庭堅詩集註》，中華書局 2003 年版，第 441 頁。

等。關於語言的雅正，黃庭堅《論作詩文》曰："唐人吟詩，絕句云如二十箇君子，不可著一箇小人也。"① 這兩種追求的結合在一起，即是通過追求詩歌語言的雅健來達到"陌生化"的效果。

　　追求語言的雅健暗含著突破原有詩歌語言運用方式的要求，至於如何實現這種突破，黃庭堅主張多於詩歌中運用經史語。《王直方詩話》載："山谷嘗謂余云：'作詩使《史》、《漢》間全語爲有氣骨。'"② 如答張耒曾晁補之詩中，寫世風澆薄，士人爭名逐利，喪失本心，黃庭堅用《左傳》"有食之既"，曰："本心如日月，利欲食之既。"《和答外舅孫莘老》詩，在書寫秋時天氣依然悶熱之感時，用《晉書》中語："鄧侯挽不來，謝令推不去。"詩曰："西風挽不來，殘暑推不去。"除此之外，佛教經典所具有的豐富詞彙及事理言說方式，迥異於中國本土的儒、道知識體系。黃庭堅融攝佛典入詩，注重應用佛典本身之意蘊，以此來達到語言雅健的"陌生化"目的。黃庭堅贈柳閎之"不"字韻詩，在講述平常心是道時，融合禪宗語錄中數則關於此理之表述："寢興與時俱，由我屈伸肘。飯羹自知味，如此是道不。"③《景德傳燈錄》載法眼禪師曰："出家人但隨時及節，便得寒即寒，熱即熱，欲知佛性義，當觀時節因緣。"④《傳燈錄》又載有棗山禪師在開示弟子佛性本有應當自悟的公案："僧曰：'請師直指。'師乃垂足曰：'舒縮一任老僧。'"⑤ 道明禪師在明瞭反觀自身以體悟真如自性時曰："如人飲水，冷暖自知。"黃庭堅用凝煉的詩歌語言，巧妙地融合此三則語錄、公案入詩，如鹽入水般了無痕跡。黃庭堅於《僧景宗相訪寄法王航禪師》詩中稱讚航禪師擺脫世累後所達到的隨緣任運的境界，同時感慨世人沉迷世網，隨物所牽，詩曰："一絲不掛魚脫淵，萬古同歸蟻旋磨。"⑥ 此聯即化用《傳燈錄》中南泉普願與陸亘之對話："師便問：'大夫十二時中作麼生？'陸云：'寸絲不掛。'師云：'猶是階下漢。'"⑦ 黃庭堅用"一絲不掛"這一禪宗公案語，與自作語"萬古同歸"形成強烈的對比，以求達到更充分抒發濃烈感慨的效果。而用"一絲不掛"這一公案語，來讚許航禪師擺脫世累的禪悟境界，則使詩歌

---

① 《黃庭堅全集·別集》卷十一，四川大學出版社 2001 年版，第 1685 頁。
② （宋）王直方：《王直方詩話》，《宋詩話輯佚》本，中華書局 1980 年版，第 87 頁。
③ （宋）黃庭堅：《柳閎展如，子瞻甥也……作詩贈之》其三，中華書局 2003 年版，第 196 頁。
④ 《景德傳燈錄》，《大正藏》第 51 卷，第 399 頁中。
⑤ 同上書，第 318 頁中。
⑥ 《黃庭堅詩集注》，中華書局 2003 年版，第 243 頁。
⑦ 《景德傳燈錄》，《大正藏》第 51 卷，第 258 頁中。

語言具有了禪學意蘊，而不是單純的直陳，增加了詩歌所包含的信息量。什克洛夫斯基認為：“藝術的手法是事物的‘反常化’手法，是複雜化形式的手法，它增加了感受的難度和時延，既然藝術中地領悟過程是以自身為目的的，它就理應延長；藝術是一種體驗事物之創造的方式，而被創造物在藝術中已無足輕重。”① 黃庭堅在抒情表意時借用禪宗語言，即增加了讀者感受的難度和延長了讀者明瞭的時間。對於讀者而言，詩化表達的方式較之所傳遞的意義更醒目，詩歌表達面的所指成分因其“陌生化”而具有了新奇的效果。

　　這種增加感受難度和時延的手法，在黃庭堅寫景摹物詩中表現得更為明顯。《題也足軒》詩中，黃庭堅化用《法華經》中用“優曇鉢華”難得一見，來譬喻世尊說法之難得，以此來說明“竹之所以可愛，正由道人難得”之意，詩曰：“客來若問有何好，道人優曇遠山綠。”② 在判斷式的詩句結構中，黃庭堅運用包含佛學文化內涵的詞彙，避免直露，達到雅正之“陌生化”效果。黃庭堅稱讚蘇軾無爭名之病迥異流俗曰：“置身九州之上腴，爭名餒中沃焚如。”③ 詩中暗用《法華經》：“澍甘露法雨，滅除煩惱焰”之語，將富有佛教意蘊融入到看似平淡的語言中，使語言平淡中蘊有雅健之氣。黃庭堅在贈陳師道詩中，化用《傳燈錄》中雲居道膺禪師語：“知有底人，終不取次。十度擬發言，九度却休去。”將陳師道抱道而居，與世不偶之精神展現無餘，詩曰：“十度欲言九度休，萬人叢中一人曉”。范溫《潛溪詩眼》中載：“句法之學，自是一家工夫。昔嘗問山谷：‘耕田欲雨刈欲晴，去得順風來者怨。’山谷云：‘不如“千巖無人萬壑靜，十步回頭五步坐”。’ 此專論句法，不論義理。蓋七言詩，四字三字作兩節也。”④ 黃庭堅以此“四字三字”句法化公案語於詩中，在增強詩歌節奏感的同時凸顯其“陌生化”效果。黃庭堅對於佛禪語言的這種借用，起到了用“陌生化”語言凸顯詩歌話語的效果。這種凸顯即是穆卡洛夫斯基所謂詩歌話語的“前推”：“詩歌語言的作用就在於為話語提供最大限度的前推。前推與自動化是相對的，也就是非自動化。一個行為的自動化程度越高，有意識的處理就越少，而前推程度越高，就越

① ［俄］維·什克洛夫斯基：《作為手法的藝術》，載《俄國形式主義文論選》，生活·讀書·新知三聯書店 1989 年版，第 6 頁。
② 《黃庭堅詩集注·山谷詩集注》，中華書局 2003 年版，第 467 頁。
③ （宋）黃庭堅：《省中烹茶懷子瞻用前韻》，《黃庭堅詩集注·山谷詩集注》，中華書局 2003 年版，第 222 頁。
④ （宋）范溫：《潛溪詩眼》，《宋詩話輯佚》本，中華書局 1980 年版，第 330 頁。

成為有完全意識的行為，客觀地說，自動化是對事件的程序化，前推則意味著違反這個程式。"① 黃庭堅借用佛禪語言摹物抒情，則是用陌生化的方式增強讀者對詩歌傳遞內容的感受，即將詩歌話語實現"前推"。

除運用禪宗語錄公案入詩外，黃庭堅還針對作詩時的佛禪語境而有意化用禪宗偈頌入詩，看似平淡的語言內包含豐富的佛禪意蘊，對於置身於此語境中的讀者而言，詩歌的表達方式因其與語境的密切關係而成為被"前推"的話語，從而產生新穎醒目的效果。如其《題學海寺》詩：

> 爐香滔滔水沉肥，水遠禪牀竹遠溪。一段秋蟬思高柳，夕陽原在竹陰西。②

黃庭堅於詩中，書寫了禪坐寺中之寧靜、閑雅情懷。黃氏化用法眼圓成實性頌："理極忘情謂，如何有喻齊。到頭霜夜月，任運落前溪。果熟兼猿重，山長似路迷。舉頭殘照在，原在住居西。" 黃庭堅將自己禪定時自性不動所體會到的安閑，點化與此情懷書寫相類似的法眼禪師頌入詩，在更好抒懷的同時，使看似白描的平淡語言成為了內涵豐富的典故符號，並因"學海寺"這一文人、僧人交往的情景語境，而成為被"前推"的話語。元符三年，身在黔南，得到復宣德郎赦命的黃庭堅，作《題王居士所藏王友畫桃杏花二首》詩，詩曰：

> 凌雲一笑見桃花，三十年来始到家。從此春風春雨後，亂随流水到天涯。
> 凌雲見桃萬事無，我見杏花心亦如。從此華山圖籍上，更添潘閬倒騎驢。③

凌雲志勤禪師見桃花而悟道，作偈云："三十年來尋劍客，幾回落葉又抽枝。自從一見桃華後，直至如今更不疑。"④ 凌雲見桃花時的具體體悟，難以確定，但歷經世事滄桑後的黃庭堅所發掘出的，乃是偈中所抒之道在於無心、隨緣自足的意蘊。黃庭堅此詩以寄贈對象"居士"的身份而作，

---

① ［捷克］揚·穆卡洛夫斯基：《標準語言與詩歌語言》，載趙毅衡選編《符號學文學論文集》，百花文藝出版社 2004 年版，第 18 頁。
② 《黃庭堅詩集注·山谷別集詩注》卷上，中華書局 2003 年版，第 1439 頁。
③ 同上書，第 1391 頁。
④ （宋）普濟：《五燈會元》卷四，中華書局 1984 年版，第 239 頁。

使凌雲見桃花悟道成為了被"前推"的話語，詩歌語言的新奇感即由此產生。

　　黃庭堅將佛學典故以雅健語言出之，以達到詩歌語言"陌生化"的效果，從而實現"以俗為雅，以故為新"的語言創新。黃庭堅在詩歌語言創新上的這種努力使得語言本身成為了最先被關注的對象，而不是語言所要表達的意義。趙翼頗為敏銳地指出："山谷則專以拗峭避俗，不肯作一尋常語。……專以選材疋料為主，寧不工而不肯不典，寧不切而不肯不奧，故往往意為詞累，而性情反為所掩。"① 趙翼對黃庭堅的批評，正說明了黃庭堅力避陳熟的語言追求。但雅各布森認為："詩歌的顯著特徵在於，語詞是作為語詞被感知的，而不只是作為所指對象的代表或感情的發洩。"② 黃庭堅對詩歌語言陌生化的追求，無疑是符合詩歌特徵和發展規律的。

二　意指的非單一化：詩歌意脈表達與佛學語言的運用

　　吳聿《觀林詩話》載黃庭堅語："余從半山老人得古詩句法云：'春風取花去，酬我以清陰。'"③ 王安石此二句詩意在摹景，言春去夏來故百花落盡，花木繁茂而清陰生成。但王氏用擬人手法，言春風將花取走並為其送來綠蔭。在完成摹景的同時，又表現出了自己在觀照自然界變化時的感受。尤里·勞特曼認為："文學用一種特殊的語言來講話，這種特殊的語言是作為第二系統而置於自然語言之上的。"④ 羅蘭·巴爾特用"直指"和"涵指"來命名這兩個符號系統，他指出："現在我們假定，這樣一個系統（ERC）本身也可變成另一個系統的單一成分，這個第二系統因而是第一系統的引申。這樣我們就面對著兩個密切聯繫但又彼此脫離的意指系統。……第一系統（ERC）變成表達平面或第二系統的能指……或者表示為（ERC）RC。……於是第一系統構成了直接意指平面，第二系統（按第一系統擴展而成的）構成了涵指平面。於是可以說，一個被涵指的系統是一個其表達面本身由一意指系統構成的系統。"⑤ 王安石詩，對季

---

① （清）趙翼：《甌北詩話》，霍松林、胡主佑點校，人民文學出版社1963年版，第168頁。
② 轉引自［英］特倫斯·霍克斯《結構主義和符號學》，瞿鐵鵬譯，上海譯文出版社1997年版，第63頁。
③ （宋）吳聿：《觀林詩話》，《歷代詩話續編》本，中華書局1983年版，第125頁。
④ ［俄］尤里·勞特曼：《藝術文本的結構》，王坤譯，載胡經之等主編《西方二十世紀文論選》第二卷，中國社會科學出版社1989年版，第378頁。
⑤ ［法］羅蘭·巴爾特：《符號學原理》，李幼蒸譯，中國人民大學出版社2008年版，第68—69頁。

節變化的描述是第一系統，觀照外界變化時所獲得的淡然欣喜則是第二系統。因其創作意圖，前者成為了後者的能指平面，其詩則成爲了包含著二者的涵指系統。王詩的意脈表達，顯然是經過了對語言的重新編碼和再次意指來實現的。《王直方詩話》亦載："山谷最愛舒王'扶輿度陽羨，窈窕一川花'，謂包含數個意。"① 黃庭堅對王安石詩的讚賞，亦是著眼於王詩意指的多樣。對王安石詩"句法"的重視，彰顯出了黃庭堅力圖在詩歌意緒表達上力求創新的自覺意識。惠洪《冷齋夜話》"詩言其用不言其名"條云：

> 用事琢句，妙在言其用不言其名耳。此法唯荊公、東坡、山谷三老知之。……山谷曰："管城子無食肉相，孔方兄有絕交書。"又曰："語言少味無阿堵，冰雪相看有此君。"又曰："眼見人情如格五，心知世事等朝三。"②

惠洪所謂"言其用不言其名"，實質上是強調語言敍述方式上的改變，通過這種改變既完成了對於現實情況的陳述，又將作者對事實的態度潛在地包含在內。通過意指的非單一化實現意脈表達的創新與信息量的增加。惠洪此處即頗具慧眼指出黃庭堅詩歌的此一特點。

佛禪學說在義理闡述方式等方面不同於儒道系統，黃庭堅即多借用佛禪義理言說方式，在保證意脈表述新穎化的同時，通過意指的非單一化構造出一個涵指系統，以此實現詩歌信息容量的增加和意脈表達的創新。其《次韻子實題少章寄寂齋》詩之後半曰："二生對曲肱，圭玉發石蘊。小大窮鵬鷃，短長見椿槿。欲聞寂時聲，黃鐘在龍筍。"③ 詩中寫二人齋居，致力於學問。雖未見用於世，但其學行才識充於胸中，如同黃鐘大呂，雖未被擊敲發聲，但具備能發出巨響之潛質，即"寂時聲"。此聲須具備"聞性"之人才能識別。其末二句乃是用《楞嚴經》中世尊語："阿難，聲銷無響，汝說無聞。若實無聞，聞性已滅，同於枯木，鍾聲更擊，汝云何知？知有知無，自是聲塵。或無或有，豈彼聞性為汝有無？聞實云無誰知無者。是故阿難，聲於聞中自有生滅。"④ 經文乃是論述聞性與聞性作用的區別，黃庭堅活用之，言具備"聞性"之人才能聽到黃鐘之聲，用

---

① （宋）王直方：《王直方詩話》，《宋詩話輯佚》本，中華書局 1980 年版，第 48 頁。
② （宋）惠洪：《冷齋夜話》，《稀見本宋人詩話四種》，江蘇古籍出版社 2002 年版，第 43 頁。
③ 《黃庭堅詩集注·山谷內集詩注》，中華書局 2003 年版，第 392 頁。
④ 《楞嚴經》，《大正藏》第 19 卷，第 124 頁上。

此表明須具備識才之眼方能瞭解二人學行之不凡。至此，事實的陳述已經完成，但細味黃庭堅此詩，尚有另一層深意在其中：二人學行卓越，堪為可用之才。唯不見用於世，如未被敲擊之黃鐘大呂。而二人卻"對曲肱"，即如顏回般抱道而居，不以是否見用為意。這樣，直指和涵指就構成了一個複合的系統，詩歌的意指多樣化也使此詩意脈表達形式具有了新穎醒目的特點。意指的非單一化在其他作者詩歌中也普遍存在，但黃庭堅詩歌卻廣泛運用佛禪典故和思維方式，在意指多樣化的基礎上增加詩歌的新穎度。不同於傳統比興類詩歌，黃庭堅詩歌的直指和涵指的向度較為接近，且涵指是作為直指的延伸而存在。

山谷詩還存在一種情況，即表達面與內容面是較為確定的，而意指則非單一化。如其《六月十七日晝寢》詩：

> 紅塵席帽烏韡裏，想見滄洲白鳥雙。馬齕枯萁諠午枕，夢成風雨浪翻江。①

《楞嚴經》中云："如重睡人眠熟床枕，其家有人，於彼睡時擣練舂米。其人夢中聞舂擣聲，別作他物，或為擊鼓，或復撞鐘。"② 黃庭堅此詩"略采其意，以言江湖之念深，兼想與因，遂成此夢"③。黃庭堅此詩之意乃在於訴說厭倦京城官場名利之地，思念江南家鄉風物。這本是詩人慣常表達之情懷，黃庭堅用記夢詩之形式出之，詩中又不直言江湖之念，而是用聽到馬吃草料之聲音，喚起熟睡中之自己江湖之念的潛意識。熟悉《楞嚴經》者會為其意指過程的獨特而吸引，不熟悉者亦可從直指系統明瞭作者之意。這種結構以圖式表示即是 ER（R1）C。其《次韻吉老十小詩》其八亦是用此典故，以之細緻入微地摹寫出"夢中聞風起，及覺，乃是松聲"的感受，詩曰："茵席絮剪翦，枕囊收決明。南風入晝夢，起坐是松聲。"④

以外物喻人事、以具體喻抽象乃是比興類詩歌慣用手法，其結構特點是用外物、具體作為"直指"，而人事、抽象乃是"涵指"。而黃庭堅詩歌往往打破常規，在其詠物詩中反其意而行之，以飽含人文意蘊的典故來形容具體事物。如其《和師厚接花》詩云："雍也本犁子，仲由元鄙人。

---

① 《黃庭堅詩集注·山谷詩集注》，中華書局 2003 年版，第 403 頁。

② 《楞嚴經》，《大正藏》第 19 卷，第 124 頁上。

③ （宋）黃庭堅：《六月十七日晝寢》詩之任淵注。

④ 《黃庭堅詩集注·山谷外集詩注》，中華書局 2003 年版，第 1222 頁。

升堂與入室，只在一揮斥。"① 方回評曰："山谷最善用事，以孔門變化雍、由譬接花，而繳以莊子揮斥語，此江西奇處。"② 方回所謂"奇處"正在於黃庭堅用抽象化的人文典故構建"直指"平面，以此構成具體化的"涵指"系統。這種意指過程因其與慣常思維的相反，故能引起讀者的新奇感。而佛禪典故的新穎性較之傳統典籍更具新奇性，故而黃庭堅多用之，如其《戲答陳季常寄黃州山中連理松枝二首》其二，即著眼於所要摹寫之物與禪宗公案中之人物在概念上的相通之處：

　　　老松連枝亦偶然，紅紫事退獨參天。金沙灘頭鎖子骨，不妨隨俗暫嬋娟。③

此詩意在描寫松樹枝彎曲相連之貌，黃庭堅用金山灘頭馬郎婦來形容之。任淵注引《續玄怪錄》："按昔延州有婦人，頗有姿貌，少年子悉與之狎昵，數歲而歿，人共葬之道左。大曆中，有胡僧敬禮其墓曰：'斯乃大慈悲喜捨，世俗之欲，無不狥焉，此即鎖骨菩薩，順緣已盡爾。'眾人開墓，以視其骨，鈎結皆如鎖狀，為起塔焉。"後禪宗公案中多將金沙灘頭馬郎婦與清淨法身聯繫在一起，以此來暗示欲望煩惱與清淨自性本無區別，如風穴延沼禪師在回答弟子"如何是清淨法身"的提問時，以"金沙灘頭馬郎婦"作答。④ 黃庭堅著眼於其隨順世緣的特性，說松枝連接於一起，是隨順世緣、聊同世好的表現。用飽含抽象禪學意義的典故呈現作為"直指"平面，"涵指"則是事物的具體外在形象。

　　黃庭堅云："讀書勿求多，要須貫穿，使義理融暢，下筆時庶不蹇吃也。"⑤ 黃庭堅以其對於佛學之深入研習為基礎，將佛禪典故運用於詩歌創作中，通過構建"直指"、"涵指"並存之複合結構的形式，以此實現意緒表達的革新，從而達到新奇之藝術效果。黃庭堅晚年論詩文時說："老來枝葉皮膚枯朽剝落，惟有心如鐵石，益厭俗文密而意疎也。"⑥ 明確

①　《黃庭堅詩集註·山谷外集詩注》卷三，中華書局 2003 年版，第 842 頁。
②　（元）方回選評，李慶甲集評：《瀛奎律髓彙評》卷二十七，上海古籍出版社 1986 年版，第 1166 頁。
③　《黃庭堅詩集註·山谷詩集注》卷九，中華書局 2003 年版，第 336 頁。
④　（宋）賾藏主：《古尊宿語錄》卷七，中華書局 1994 年版，第 114 頁。
⑤　（宋）黃庭堅：《答曹荀龍書》，《黃庭堅全集·正集》卷十九，四川大學出版社 2001 年版，第 495 頁。
⑥　（宋）黃庭堅：《與王子飛兄弟書》其一，《黃庭堅全集·別集》卷十七，四川大學出版社 2001 年版，第 1827 頁。

批評文密意疏之病，而黃庭堅避免這一弊病的方式之一，即是用"直指"、"涵指"的複合結構，增加詩歌信息量，擴張詩歌表現內容。

三　能指的可延展性：融攝佛典與詩歌意境營造的創新

范溫《潛溪詩眼》中載："老杜云：'不知西閣意，肯別定留人。'肯別耶？定留人耶？山谷尤愛其深遠閑雅。"① 黃庭堅對於杜甫此句詩的推崇，是因為其意蘊豐厚，將自己既要遠行而又對此地留戀不舍之情愫揮灑無餘。敘述雖然結束，但卻留給了讀者揣摩作者之意的空間。這與"涵指"有著可以確定的意義不同，能指的可延展性在完成一個確定內容的表達後，又有許多不確定的點圍繞在此確定內容周圍，而這些不確定的點則有待讀者去填補。正如英伽登所說："讀者進行著一種特殊的創造活動。他利用從許多可能的或可允許的要素中選擇出來的要素，主動地借助於想象'填補'了許多不定點。"② 黃庭堅對此詩句的推崇也正反映了他對意在言外之含蓄詩風的自覺追求。惠洪《冷齋夜話》亦載："黃魯直使余對句曰：'呵鏡雲遮月'。對曰：'啼妝露著花'。魯直罪余於詩深刻見骨，不務含蓄。"③ 范溫、惠洪都曾問學於黃庭堅，二者文中關於山谷論詩的記載，也基本上反映了黃庭堅關於詩歌境界營造上的追求，即應曲折含蓄、意蘊豐厚，避免淺白直露、言畢意盡。

黃庭堅對佛禪思想的由衷服膺及著力修行，使他對某些佛教義理、禪宗公案的內涵有著獨特理解及切身體會。這為他融攝典故提供了便利，也擴大了其典故融攝的來源。對佛禪典故的融攝又與黃庭堅追求意蘊豐厚、曲折含蓄的詩學趣尚相結合，形成了黃詩慣用佛禪典故來突出其出塵拔俗、澹泊閑雅之修養境界的特點。黃庭堅所融攝之佛學典故大致可以分為三類：關於禪定修行方式之典故、關於真如自性恒在之典故、反求自身以體悟隨緣任運境界之典故。黃庭堅融攝此三類典故，目的在於通過典故所承載的意蘊，在完成內容表達的同時，營造出讀者須展開想象方能體會到的深遠閑雅、澹泊靜穆的詩歌境界，即用引導讀者填補不定點的方式進行內容表達。

（一）詩境營造與禪定修行方式典故的融攝

黃庭堅對佛經中關於禪定修行方式的論述，頗為關注，亦頗為熟悉。

---

① （宋）范溫：《潛溪詩眼》，《宋詩話輯佚》本，中華書局 1980 年版，第 331 頁。
② ［波蘭］英伽登：《對文學的藝術作品的認識》，陳燕谷、曉未譯，中國文聯出版公司 1988 年版，第 53 頁。
③ （宋）惠洪：《冷齋夜話》卷十，《稀見本宋詩話四種》，江蘇古籍出版社 2002 年版，第 97 頁。

元祐元年黃庭堅任職秘書省時曾作詩:

　　　　百鍊香螺沉水，寶薰近出江南。一穟黃雲繞几，深禪想對同參。①

詩之首二句切題，點出此沉水香乃來自江南，經過複雜工藝制成；後二化
用《法華經》:"皆得神妙禪定"之語，言自己於香氣氤氲之室內冥心禪
坐時之安閑。《頓悟入道要門論》中曰:"問:'云何為禪?云何為定?'
答:'妄念不生為禪，坐見本性為定。本性者，是汝無生心。定者對境無
心，八風不能動。'"② 黃庭堅此處用佛經中禪定之典故，為自己之安閑精
神的書寫與佛經中對於禪定時內心寂然不動的闡述，建立起聯繫，將自己
禪定般的安閑精神凸顯於語言之外。同時，此詩還暗用《楞嚴經》中香
嚴童子聞香悟道之典③，意在描繪一個靜穆安閑的場景，讀者惟有透過這
些典故展開想象，方能體味到他所要向讀者傳遞的安閑自得情懷。其
《子瞻繼和復答二首》其二之"一炷煙中得意，九衢塵裏偷閑"④，則是
對自己此種情懷的再次書寫，只不過將這種情懷直接於自己精神狀態的描
寫中展現出來。

　　《楞嚴經》中香嚴童子聞香悟道是在"宴晦清齋"的場合下發生的，
是在排除一切雜念、心無所著的心理狀態上悟道的。熟讀《楞嚴經》的
黃庭堅對此十分熟悉，他對此典故的運用，是力圖通過這一典故，盡可能
地展現其心無所著、安閑自如的精神境界。如:"險心游萬仞，躁欲生五
兵。隱几香一炷，靈臺湛空明。"⑤ 首兩句言"躁欲之害，攻伐自性"，而
後二句則寫燃香隱几靜坐，內心寂然不動的精神狀態。黃庭堅描寫了兩種
截然不同的精神狀態，通過強烈的對比，引導讀者展開創造性的想象，體
味到其任世滔滔而我心不為所動的澹泊自持境界。《楞嚴經》中有觀鼻端
白的修行方式:"孫陀羅難陀，即從座起，頂禮佛足，而白佛言:'我初
出家，從佛入道。雖具戒律於三摩提，心常散動，未獲無漏。世尊教我及

---

① (宋)黃庭堅:《有惠江南帳中香者戲答六言二首》其一，《黃庭堅詩集注》，中華書局
　2003 年版，第 123 頁。
② (唐)慧海撰:《頓悟入道要門論》，《卍新纂續藏經》第 63 冊，第 18 頁上。
③ 《楞嚴經》載:"我時辭佛，宴晦清齋，見諸比丘燒沈水香，香氣寂然，來入鼻中。我觀
　此氣，非木非空，非煙非火。去無所著，來無所從。由是意銷，發明無漏。如來印我得
　香嚴號。"《大正藏》第 19 卷，第 125 頁下。
④ 《黃庭堅詩集注》，中華書局 2003 年版，第 122 頁。
⑤ (宋)黃庭堅:《賈天錫惠寶薰乞詩多以兵衛森畫戟燕寢凝清香十字作詩報之》其一，
　《黃庭堅詩集注》，中華書局 2003 年版，第 204 頁。

俱絺羅觀鼻端白。我初諦觀，經三七日，見鼻中氣出入如煙，身心內明，圓洞世界，遍成虛淨，猶如瑠璃，煙相漸銷，鼻息成白，心開漏盡，諸出入息化為光明，照十方界，得阿羅漢。'"① 黃庭堅《謝王炳之惠石香鼎》詩，融攝此典故入詩，詩曰：

> 薰爐宜小寢，鼎製琢晴嵐。香潤雲生礎，煙明虹貫巖。法從空處起，人向鼻端參。一炷聽秋雨，何時許對談。②

詩之前半寫石香鼎之材質及燃香於其中之景象，頸聯則寫自己觀石香鼎時所想，融入觀鼻端白的典故，尾聯結出希望友人來訪、聽雨對談之意。而山谷希冀與友人對談者，則是觀鼻端白所得之感悟。言雖盡，但典故運用卻為讀者打開了一個更廣的空間，在營造出安閒靜穆意境的同時，其內容卻依然在延展。其《謝曹子方惠二物二首》之"博山爐"詩，"炷香上裊裊，映我鼻端白"，亦是同樣手法的再次運用。

（二）詩境營造與真如自性恒在典故的融攝

除此之外，黃庭堅還頗為關注佛經中任外界流轉變化而真如自性恒在的義理表述，並多次融攝此類語典、事典入詩。《楞嚴經》中關於真如自性之本體恒在，不會隨外界流轉之表述也為黃庭堅所關注，並化為典故，融入了其詩歌創作，如其《寂住閣》詩：

> 莊周夢為蝴蝶，蝴蝶不知莊周。當處出生隨意，急流水上不流。③

《楞嚴經》在講述"七處征心"時，世尊曰："阿難，汝猶未明一切浮塵諸幻化相，當處出生，隨處滅盡，幻妄稱相，其性真為妙覺明體。如是乃至五陰六入，從十二處至十八界，因緣和合，虛妄有生；因緣別離，虛妄名滅。殊不能知生滅去來本如來藏常住妙明、不動周圓、妙真如性。"④《楞嚴經》此處言外界之所有變遷，即生滅來去，皆乃真如本體作用的外在表現，真如自性本身則恒定不變。黃庭堅此詩，運用《楞嚴經》中真如自性之本體恒在的講述，來切合閣名"寂住"。詩中用莊周夢蝶之典，言外界念念變遷，難辨真實與虛幻。唯有本身具足之真如自性恒在，不隨

---

① 《楞嚴經》，《大正藏》第 19 卷，第 126 頁下。
② 《黃庭堅詩集注》，中華書局 2003 年版，第 289 頁。
③ 同上書，第 418 頁。
④ 《楞嚴經》，《大正藏》第 19 卷，第 114 頁上。

外界之轉變而變異。急流之水瞬間流走,而真如本心卻並不隨之變遷。用與"動"相關之佛禪典故,來闡釋"寂住"之義,言盡於此,但是典故運用所引發的讀者思考卻仍在延續,詩歌所表達的意義也因此而具有了很大的延展性。黃庭堅的《次韻楊明叔見餞十首》其八云:"虛心觀萬物,險易極變態。皮毛剝落盡,惟有真實在。侍中乃珥貂,御史則冠豸。照影或可羞,短蓑釣寒瀨。"① 詩中用《涅槃經》中典:"如大村外有娑羅林,中有一樹,先林而生,足一百年。是時林主灌之以水,隨時修治,其樹陳朽,皮膚枝葉悉皆脫落,唯真實在。"② 黃庭堅用之,言擺脫雜念,識見真如不變之本心。後半則言"不稱其服,則孤影自羞,寧蓑笠而無愧也"。內容的表述至此完成,但聯繫到楊明叔"從予學問,甚有成。當路無知音,求為瀘州從事而不能得"③ 的人生際遇,則皮毛落盡的典故與短蓑獨釣的形象,則使讀者想象出一個抱道而居、不做尸位素餐之徒的高士形象。同時,又使讀者聯想到奔競之風甚熾而有德之士襟懷難展的現實。

(三) 詩境營造與體悟隨緣任運境界典故的融攝

黃庭堅於佛學的接受上,不同於王安石、蘇軾等前輩的一大特點是受禪宗思想影響較深。黃氏對於禪宗思想的熟悉,使他多融攝禪宗語典、事典入詩,以此來將主體隨緣任運、瀟灑自在的精神風貌現於言外。其《題前定錄贈李伯牖二首》其二曰:

> 萬般盡被鬼神戲,看取人間傀儡棚。煩惱自無安腳處,從他鼓笛弄浮生。④

首兩句言世間之人被命運所捉弄,如同傀儡般不得自由。後兩句則是融攝《傳燈錄》中寶誌之大乘讚:"眾生身同太虛,煩惱何處安著。但無一切希求,煩惱自然消落。"⑤ 黃庭堅用此來表述自己擺脫世累,無可無不可之隨緣任運心態。雖未明言,但讀者透過文字卻可以想象其身處俗世而超越俗世的瀟灑自在心境。其答賈天賜寶薰詩之"不"字詩亦是通過化用禪宗語典,來營造隨緣任運的境界,詩云:

---

① 《黃庭堅詩集註·山谷詩集注》卷十四,中華書局 2003 年版,第 500 頁。
② (北涼) 曇無讖譯:《大般涅槃經》,《大正藏》第 12 卷,第 597 頁上。
③ (宋) 黃庭堅:《次韻楊明叔見餞十首》之"序",《黃庭堅詩集註·山谷詩集註》卷十四,中華書局 2003 年版,第 494 頁。
④ 《黃庭堅詩集注》,中華書局 2003 年版,第 1243 頁。
⑤ 《景德傳燈錄》,《大正藏》第 51 卷,第 449 頁下。

衣篝麗紈綺，有待乃芬芳。當念真富貴，自薰知見香。①

詩中之"自薰"、"知見香"，用《壇經》中之"解脫知見香"，此爲五分法身之一。一戒香，二定香，三慧香，四解脫香，五解脫知見香。《壇經》中云："五解脫知見香：自心既無所攀緣善惡，不可沈空守寂，即須廣學多聞，識自本心，達諸佛理，和光接物，無我無人，直至菩提，真性不易，名解脫知見香。善知識。此香各自內薰，莫向外覓。"② 詩中用此，其意乃是說明香氣之所以能薰染衣物，使之攜帶香氣，是因為衣物的存在；若衣物不存在，在香氣終無所著。此處，黃庭堅以香氣喻外界之境，以香氣喻待境而生之妄心，言如欲覓得真正的"富貴"，即實現悟道，應反身內求，明瞭一切皆乃虛妄，明瞭認識到一切皆乃虛妄之覺心也是虛妄。黃庭堅融攝禪語入詩以說明禪理，並用跳躍性極強的句法表明之，雖使讀者具有閱讀上的障礙，但參破後卻可體味到其詩歌深遠曲折，及靜穆安閑的境界。

黃庭堅詩歌中融攝佛教典故，與他追求深遠閑雅之詩學思想密切相關。《論作詩文》其四中黃庭堅寫道："蓋詩之言近而指遠者乃得詩之妙。"③ 黃氏多通過對於佛典的融攝，以這些佛教典故所包含的意蘊，組成詩歌靜穆閑雅、超越脫俗的境界，而這正是他對"言近指遠"之作詩宗旨的具體踐行。此外，黃庭堅對於佛學典故的融攝，也與其詩學思想之演進相關，經歷了這樣一個過程：從融攝佛經典故突出主體獨立於紛擾俗世之外的靜穆閑雅精神，到融攝禪宗典故營造隨緣任運、自在自為之境界。

綜上所述，黃庭堅於詩歌創作中融攝佛學典故，主要表現在三個方面：其一為通過融攝佛典，以"陌生化"之手法實現語言風格的創新；其二為運用佛經中對於事理的言說方式，組成"直指"、"涵指"並存的複合表達結構，實現詩歌意緒表達的革新；其三為通過典故所包含之意蘊組成渾然一體之安閑靜穆之境界，增強詩歌內容面的可延展性。蘇軾評黃庭堅詩曰："黃魯直詩文如蛺蜓江瑤柱，格韻高絕，盤飧盡廢。"④ 清人方東樹亦評黃庭堅曰："涪翁以驚刱為奇，意、格、境、句、選字、隸事、

---

① （宋）黃庭堅：《賈天錫惠寶薰乞詩多以兵衛森畫戟燕寢凝清香十字作詩報之》其十，《黃庭堅詩集注》，中華書局 2003 年版，第 208 頁。
② 《六祖大師法寶壇經》，《大正藏》第 48 卷，第 353 頁下。
③ 《黃庭堅全集·別集》卷十一，四川大學出版社 2001 年版，第 1685 頁。
④ （宋）蘇軾：《書黃魯直詩後二首》其二，《蘇詩文集》卷六十八，第 2135 頁。

音節，著意與人遠，此必恪守韓公‘去陳言’、‘詞必己出’之教也。故不為凡近淺俗、氣骨輕浮，不涉毫端筆下，凡前人勝境，世所程式效慕者，尤不許一毫近似之，所以避陳言，差雷同也。”① 二者皆指出了黃詩新奇的風格特點，而此正是從上述三方面的著意求新而達到的。

小　結

　　本章考察了王、蘇、黃三人之學佛對其詩歌藝術之影響，即考察他們詩歌中佛學典故的運用情況，以及學佛與其詩學思想的關係。由於三人學佛方式、所接受之佛學思想的不同，他們對佛學典故的運用亦有比較大的差別。相比較而言，王安石研習唐詩創作路線，王氏對於佛學典故的運用目的在於實現對原有詩歌語言系統的擴大，亦與其求“工”之詩學追求有很大的關係。蘇軾之運用佛典則是其求新詩學思想的具體踐行方式之一，蘇軾運用佛學典故，是解構現時觀念及價值體系的需要，是為其抒情表意、摹景狀物服務。黃庭堅之運用佛典，受其學佛方式禪宗化的影響，他對於禪宗典故運用較多。黃庭堅運用佛學典故是爲了達到詩歌語言的陌生化、意脈表達的非單一化與境界營造的新穎化。通過對三人詩歌中佛學典故運用的分析，可以從這個側面探明北宋中後期不同階段詩人的不同詩學思想。

---

① （清）方東樹：《昭昧詹言》，人民文學出版社 1961 年版，第 225 頁。

第四章　靜定照物的引入借鑒

——以王、蘇、黃之創作對佛教靜觀的運用為中心

藝術作品是由作者、作品、世界、欣賞者四要素組成的。貫穿其中的是藝術思維，從作者的角度而言，藝術思維是世界影響感發作者後，作者對此作出反應並表達這種感受的過程。早在魏晉南北朝時期，人們已經關注到了這一問題，如陸機《文賦》中言："收視反聽，耽思旁訊，精騖八極，心游萬仞"、"應感之會，通塞之會，來不可遏，去不可止"。劉勰《文心雕龍》中曰："寂然凝慮，思接千載；悄然動容，視通萬里"等。宋代以來，隨著佛教的發展及士大夫研習佛教理論的深入，他們開始關注到佛教觀照世界的方式與詩歌創作思維的相通，周裕鍇先生認為："禪宗的觀照、機鋒、參悟等思維方式的滲入，使這種認識從形象、情感、想象的一般特征深入到非邏輯的直覺性、瞬間性、整體性、本質性和深層特性的把握。"① 約翰·霍斯珀斯認為："審美態度的理論認為我們在鑒賞一個自然對象或一件藝術作品時，我們是處在一種特殊的精神狀態中，即處在某種特殊的心理定勢的態度中。"② 而佛禪觀照外部世界的方式，實則就是一種"心理定式"，這使得詩人之學佛必然會影響到其觀物方式，進而影響到其詩歌創作。

如果說士大夫所接受之佛教思想在詩歌中的體現及對於佛教典故的融攝是有跡可尋，是士大夫學佛在詩歌創作中的顯性體現，那麼，佛教觀照方式對詩歌創作思維的滲入卻是影響更為深入的一種隱性的體現。而對於這種隱性影響的關注是進一步深入探討士大夫學佛對詩歌創作產生影響的必須步驟。因而，本章擬以王安石、蘇軾、黃庭堅這三位與佛教關係密切並具有代表性詩人為中心，從佛教靜定觀照方式對詩歌創作思維滲透的角度，解析佛教對此一時期詩歌創作的具體影響。

---

① 周裕鍇：《宋代詩學通論》，上海古籍出版社 2008 年版，第 358 頁。
② ［美］約翰·霍斯珀斯：《理解藝術》，普倫蒂斯 1982 年版，第 335 頁。

第一節 靜觀與王安石詩歌創作思維

王安石對佛學的研習使其詩歌中產生了大量與佛教有關的內容，並且使王安石的詩學觀產生了明顯轉變。與此同時，在對佛教進行研習的過程中，王安石熟悉、瞭解到佛教坐禪等修行方式與詩歌創作思維的相通，並有意識地打通佛教觀照方式與詩歌創作思維的界限。如果說將佛教內容融入詩歌、攝取佛教典故皆為學佛對於王安石詩歌創作所產生的一種顯性影響的話，那么佛教觀照方式進入詩歌創作思維，則是一種隱性的影響。王安石對佛教觀照方式的運用，有受作詩之佛教"場域"影響的被動採納，亦有以此觀照外部世界及自我行為意識的主動運用。拙著此處著眼於佛教理論與現象學的相通之處，運用現象學的意向性分析方法，力圖從意向性活動的方式、意向對象的構造兩方面，分析王安石詩歌創作思維對佛教觀照方式借鑒，對王安石運用佛教觀照方式所作詩歌予以明確的界定，釐清王安石運用佛禪觀照方式的具體路徑。

一 寺院"場域"內王安石詩歌創作對佛教觀照方式的運用

法國社會學家皮埃爾·布迪厄認為："在高度分化的社會里，社會世界是由大量具有相對自主性的社會小世界構成的，這些社會小世界就是具有自身邏輯和必然性的客觀關係的空間，而這些小世界自身特有的邏輯和必然性關係也不可化約成支配其他場域運作的那些邏輯和必然性。"① 雖然布迪厄研究的對象並非前資本主義的各種社會現象，且宋代社會文化無法與高度發展之現代社會相類比，但"天水一朝人智之活動與文化之多方面，前之漢唐，後之元明，皆所不逮也"②，也可謂中國古代文化的繁盛期。宋代文化的空前繁榮促成了各種特色鮮明的文化活動空間的形成，而作為宗教場所的佛寺則無疑是具有較強獨立性與獨特邏輯性的文化活動空間，士大夫於其中結交僧侶、參學佛理，還與方外之交及同道中人交相酬唱，本身即是不同於其他文化活動空間的一個獨特場域。布迪厄還認為個體的每一行為均受行為所發生的場域的影響，並指出了產生影響的方

① [法]皮埃爾·布迪厄、[美]華康德：《實踐與反思——反思社會學導引》，李猛、李康譯，中央編譯出版社 1998 年版，第 134 頁。
② 王國維：《宋代之金石學》，載《王國維遺書》第五冊《靜安文集續編》，上海書店 1983 年版，第 70 頁。

式："對置身於一定場域中的行動者產生影響的外在決定因素，從來也不直接作用在他們身上，而是只有先通過場域的特有形式和力量的特定仲介環節，預先經歷了一次重新形塑的過程，才能對他們產生影響。一個場域越具有自主性，也就是說，場域越能強加它自身特有的邏輯，強加它特定歷史的積累產物，上述的這一點就越重要。"① 佛寺作為宗教場所，本身即是佛教的象徵，同時又是士大夫遊歷交際、參學問道的一個文化活動空間。這一空間場具有其佛教性質所決定的不同於其他場域的獨特性，體現出對世俗觀念法則的排斥與否定，這即是佛寺作為一個獨特場域的特有力量。此外，佛寺蕭穆的宗教氛圍、清幽的自然環境，讓活動於其中的個體對佛禪義理產生敬畏嚮往之心的同時，又為其內心世界開啓了一扇通往自由之境的窗口，這即是佛寺不同於其他場域的獨特形式特點。佛寺特有的力量及其形式特點使其具有很強的自主性，從而能對場域中之活動者施以極大之影響。正如《瀛奎律髓》"釋梵類"所說："釋氏之熾於中國久矣，士大夫靡然從之，適其居，友其徒，或樂其說，且深好之而研其所謂學，此一流也。詩家者流，又能精述其趣味之奧，使人玩之而不能釋，亦豈可謂無補於身心者哉？"②

對於長期參學佛理，並認為"觀身與世，如泡夢幻，若不以此洗心而沈於諸妄，不亦悲乎"③ 的王安石而言，佛禪義理早已深入內心，他往往本自佛禪義理，以佛禪觀照方式來觀想外部世界及自我人生。當處於佛寺這一特殊場域內時，佛教靜定觀照方式必會影響其思維方式，並進入其詩歌創作。

（一）寺院記游詩

如前所述，寺院本身即是一個獨立性較強的文化活動空間，其本身具有的力量與形式，即佛教義理的符號化象徵與清幽寂靜的自然環境，使士大夫游歷其中作詩時，往往受所置身之"場域"的影響，而以幽靜之意象來營造安閑境界，以突出自己脫俗胸襟。對於浸染佛學甚深的士大夫而言，寺院游歷，往往會喚起他們心靈歸宿的潛在意識。王安石倡導革新變法失敗的政治經歷及其晚年喪子的人生不幸，使他對於現實人生不可避免地產生了厭倦疲憊之情，從而使他對於佛教的學習首先關注到的是佛教作

① ［法］皮埃爾·布迪厄、［美］華康德：《實踐與反思——反思社會學導引》，李猛、李康譯，中央編譯出版社1998年版，第144頁。
② （元）方回選評，李慶甲校點：《瀛奎律髓匯評》，上海古籍出版社1986年版，第1620頁。
③ （宋）王安石：《與呂吉甫書》，《臨川先生文集·臨川集補遺》，中華書局1959年版，第1080頁。

為一種解脫學說的存在。雖然對佛教研習的深入使王安石的認識獲得了提升，但跌宕起伏的人生經歷使他在游歷佛寺時，對於佛寺宗教氛圍的體味及對於佛寺遠離紛擾朝市特點的體味遠勝常人，場域所給予他的影響較之常人更為顯著。因而王安石作於寺院的記游詩，往往傾向於書寫由寺院宗教氛圍及寂靜特點所引發的此心如如不動，任外物紛紜變遷的禪思。如《自白土村入北寺二首》其一：

> 木杪田家出，城陰野邏分。溜渠行碧玉，畦稼卧黃雲。薄槿臙脂染，深荷水麝焚。夕陽人不見，雞鶩自成群。[1]

此詩描述了自白土村入寺途中所見，林外隱約可見之田家房屋、城外通向遠方之靜謐小路、渠中緩緩流淌之碧水、田中成熟待收之稻谷、粉紅之槿花、深綠之荷葉以及夕陽掩映下成群之家畜。在這種境界中，看不出作者的視角，因為作者是以如如不動之內心觀想外界所見，其不動之內心如同一面圓鏡，外界事物及其變遷投映於其中。其《登寶公塔》則更明確地描述出了萬象往返於眼前，而此心對境不起的境界：

> 倦童疲馬放松門，自把長筇倚石根。江月轉空為白晝，嶺雲分暝與黃昏。鼠搖岑寂聲隨起，鴟矯荒寒影對翻。當此不知誰主客，道人忘我我忘言。[2]

任仆童倦馬離去，自己獨倚拄杖棲於石上。月臨江上明亮異常，如同白晝；天邊白雲漸漸涌起，似將亮色分與黃昏。入耳之唧唧鼠聲、寓目之翻飛寒鴉，則更襯托出環境的靜謐。這些景物都是詩人以對境不起之內心體察觀想外物時的一種直覺的照見，是詩人擯棄心中所有雜念後，用真如不動之清淨本心體察外物所得的感受。而在這種對外物的直覺體察與觀想中，主體本身也達到了對真如不動之內心的更深體悟。在這種任萬象往返而此心不動的境界體悟中，外界的一切變遷都已喪失了其原本對於自己的意義，從而即物即真，消融了所有分別，不知自身是主是客，亦無法通過普通邏輯思維用語言表達這種感受。

佛寺作為一個獨立性很強的場域，清幽靜謐的宗教氛圍是其特有力

---

① 《王荊文公詩箋注》，中華書局 1958 年版，第 271 頁。
② 《王荊文公詩箋注》卷二十七，中華書局 1958 年版，第 312 頁。

量，這更加強化了王安石用其寂然不動之內心，直覺觀想外界的方式，他將這種方式與詩歌創作思維打通的特點，在其絕句創作中更為明顯。其《悟真院》詩云：“野水縱橫漱屋除，午窗殘夢鳥相呼。春風日日吹香草，山北山南路欲無。”① 暮春時節，院外溪水交錯縱橫，窗外鳥兒啼叫相呼。此時夢覺，但見春風日日吹拂下，繁茂之青草行將遮蔽山中之路。詩中，創作主體與外部世界之界限已經被完全消解，呈現出的是“無我之境”，而此“無我之境”的呈現，正是作者以寂然不動之內心，在無目的性地、非功利地體察外界時，即物即真精神的流露。王安石以靜定觀照方式體察外物而創作的絕句，在其集中比比皆是，如其《清涼寺白雲庵》詩云：“庵雲作頂峭無鄰，水月為衿靜稱身。木落崗巒因自獻，水歸洲渚得橫陳。”其《落星寺》詩中云：“坐見山川吞日月，杳無車馬送塵埃。”諸如此類之詩句在王安石集中尚有許多，茲不一一列舉。

在佛寺中所作之記游詩，因佛寺這一場域所蘊含的宗教氛圍的影響及清幽靜謐環境的觸發，擁有特殊人生、政治經歷的王安石往往自覺將靜定的觀照方式融入到詩歌創作思維中去，以此消融物我之界限，體現其內心寂然不動的狀態。王安石的此類詩作，有意隱去自我視點，以即物即真的觀物方式，突出滅除妄想雜念的內心在觀想紜紜外物時的寂然不動。

（二）與方外之交的寄贈詩

場域是獨立性較強的文化活動空間，並非單純的物理空間環境，也包括他人的行為以及與此相關聯的各種因素，這都會對主體的行動產生影響。同時，場域影響個體所造就的“稟性”②，又使個體以“可轉移性”的方式在其他經驗領域的活動中體現出場域對其產生的影響。對王安石而言，寺院場域對其產生的影響，不僅由佛寺特有的宗教氛圍和自然環境所施予，而且還通過場域空間內其他活動者的存在及行為所引發。同時，佛禪義理對其產生深刻影響而形成的“稟性”，以“可轉移性”的方式，體現在王安石與同一場域內其他活動者的交往中。

王安石在與僧人的交往中，往往作詩寄贈。這種寄贈之作因對象的僧人身份，詩人或為了從僧人處印證自己對於禪悟境界的體認，或為了切合

---

① 《王荊文公詩箋注》卷四十三，中華書局 1958 年版，第 570 頁。
② ［美］柯爾庫夫對此作了詳細的解釋：“稟性，也就是說以某種方式進行感知、感覺、行動和思考的傾向，這種傾向是每個個人由於其生存的客觀條件和社會經歷而通常以無意識的方式內在化並納入自身的。……可轉移的，這是因為在某種經驗的過程中獲得的稟性在經驗的其他領域也會產生效果。”［美］菲利普·柯爾庫夫：《新社會學》，錢翰譯，社會科學文獻出版社 2000 年版，第 36 頁。

對方身份，往往以禪理佛意入詩，或突出自己即物即真的超越精神，或讚頌對方心無所繫的精神境界。值得注意的是，王安石的這類寄贈詩，多為單向的寄贈，而非雙向的酬唱，亦非對場域內其他活動者行為的回應。這意味著王安石這類寄贈詩或是對自我精神狀態、心理活動的書寫，或是從虛擬主體的角度想象並書寫寄贈對象的精神風貌。

王安石《北山暮歸示道人》詩即為寄贈僧人詩中對自己即物即真精神的描述，詩曰：

> 千山復萬山，行路有無間。花發蜂遞繞，果垂猿對攀。獨尋寒水度，欲趁夕陽還。天黑月未上，兒童初掩關。[①]

寄贈對象"道人"的特殊身份無疑會對王安石此詩表達意脈產生影響，而意脈的表達則是在書寫觀照所得的過程中完成的。同時，長期浸染佛教學說及與佛教中人的頻繁交往，使得王安石的思維模式發生了改變，佛教靜定照物的觀照外部世界的方式深入其內心，並演化為一種"稟性"。而"稟性"的"可轉移性"亦使王安石在其他經驗領域不自覺中運用靜定照物的觀照方式，此詩即是如此。詩中寫自己於山中薄暮歸來途中所見，曲曲折折若隱若現之小路，繞花翻飛之蜜蜂、攀樹摘果之猿狖，這些景物雖在作者視野範圍內，但在詩歌語言的描述中，詩人有意地消解了自己視線的存在，甚至連夕陽映照下獨度寒水的作者本身，也成為了與前述景物毫無二致的不帶感情色彩的畫中人。詩中王安石對於自我意識的消融，是其內心寂然不動的外在表現，外界的一切對於其寂然不動之內心而言，如同物象投影於鏡中。王安石的目的是在寄贈"道人"的詩中，表明自己擺脫世累後內心無所掛念、對境不起的精神境界。

在寄贈僧人的詩篇中，王安石往往本自對心無掛念、對境不起的感悟，以此讚頌僧人修行境界。其《北山三詠》之"覺海方丈"詩曰：

> 往來城府住山林，諸法翛然但一音。不與物違真道廣，每隨緣起自禪深。舌根已淨誰能壞，足迹如空我得尋。歲晚北牕聊寄傲，蒲萄零落半床陰。[②]

---

① 《王荊文公詩箋注》卷二十二，中華書局1958年版，第253頁。
② 《王荊文公詩箋注》卷二十六，中華書局1958年版，第310頁。

此詩因對方的僧人身份，王安石從虛擬想象的角度出發，來書寫對覺海方丈精神狀態的想象。而這種書寫亦是本自佛教靜定照物觀照方式，來凸顯覺海心無掛念、對境不起的修養境界。詩之前半皆為對於覺海方丈心無所繫、不與物違的讚頌，頸聯則是切合自己與禪師的交往，而尾聯則是通過虛擬想象，讚頌覺海對境不起之內心境界。在對僧人的讚頌中，我們可以更清晰地看到王安石對於心無所繫，任萬象往返而此心寂然不動之境界的體認。其《淨因長老樓上玩月見懷有疑君魂夢在清都之句》亦是如此，詩中曰："道人心與世無求，隱几蕭然在北樓。坐對高梧傾曉月，看翻清露洗新秋。"① 其《金陵報恩大師西堂方丈二首》其一曰："簷花映日午風薰，時有黃鸝隔竹聞。香妃一爐春睡足，上方車馬正紛紛。"② 皆是本著自己對於任外界紛擾而心無掛念、寂然不動之境界的感悟，來讚頌其方外之友精神的超越。

此外，王安石還將自己與僧人實際相處、想象會面時的感受形諸詩篇，以對寂然不動之內心感悟及想象的書寫，來從側面委婉地讚頌僧人對其精神之熏染。其《示寶覺二首》其一曰："火煖窗明粥一盂，晨興相對寂無魚。翛然迥出山林外，別有禪天好淨居。"③ 詩中敘述了詩人自己對於寶覺禪師處所清幽的艷羨，首二句自己與寶覺禪師宴坐室中之感的書寫，亦是為了突出此心寂然不動的精神狀態。其《寄北山詳大師》詩，則通過想象與行詳會晤時之場景，更明顯地彰顯了自己對於內心寂然不動，任外界流轉之禪定境界的嚮往，詩曰："欲見道人非一朝，杖藜無路到青霄。千巖萬壑排風雨，想對銅爐柏子燒。"④ 詩之後二句，用千巖萬壑風雨交加的動感十足的場景，來突出銅爐燒柏子的安閑與靜謐，王安石通過對想象中自己與友人相會之場景的書寫，表現出他對外物紜紜而內心寂然之境界的神往。而對於這一境界的言說及嚮往，正說明了佛教排除雜念，心無掛念之修行方式對於王安石的影響，也說明了王安石將此修行方式與詩歌創作思維打通的明確意識。

佛寺作為一個獨立性較強的文化活動空間，其本身特有的力量和形式特點使其完全成為了一個"場域"，"場域"內個體的行動、思維均受其影響。王安石的寺院書寫即由於寫作"場域"的佛教特質，而體現出了對佛教靜定照物之觀照方式的運用。

① 《王荊文公詩箋注》卷三十三，中華書局 1958 年版，第 423 頁。
② 《王荊文公詩箋注》卷四十六，中華書局 1958 年版，第 635 頁。
③ 《王荊文公詩箋注》卷四十三，中華書局 1958 年版，第 579 頁。
④ 《王荊文公詩箋注》卷四十八，中華書局 1958 年版，第 690 頁。

二　本質直觀的即興書寫：靜定照物與王安石詩歌創作思維

在寺院記游詩及寄贈方外之交的詩作中，寫作"場域"的宗教氛圍、對象的僧人身份往往會喚起王安石的佛教情結，同時出於切合作詩場所及對象的考慮，王安石在此兩種情況下，往往以靜定的觀照方式融入詩歌創作思維中。因而從此角度而言，在這兩類詩作中，王安石對於靜定觀照方式的運用，有著受"場域"影響而體現出被動引發的特點。除此兩類詩作外，王安石晚年所作的一些絕句，直書即目所見，在其視點消融無痕的畫面中，讀者不難感受到王安石內心的寂然不動、澄明清澈及非功利、無目的性的觀物態度。

（一）現象學本質直觀與佛教靜定照物的相通

佛教的諸多修行方式中，通過禪定的方式使內心進入靜寂無所掛念的狀態，由此實現對污濁現實的認識及清淨本心的體悟，是比較傳統、基礎的一種方式。《維摩經》強調通過對外界及自身虛幻的認識，消融一切分別，由此斷除對外界的攀緣，達到心無所掛的禪悟境界。其《文殊師利問疾品》中曰："何謂病本，謂有攀緣，從有攀緣則為病本。何所攀緣，謂之三界。云何斷攀緣，以無所得。若無所得，則無攀緣。何謂無所得，謂離二見。何謂二見，謂內見外見是無所得。"[1]"攀緣"即是內心為外界所牽引而生起的妄想，因而如欲擺脫外界的牽引，則應"離二見"。所謂"二見"，僧肇釋之曰："內有妄想，外有諸法，此二虛假，終已無得。"[2]即是要求修行者滅除一切念想，進入一種無思無念的狀態，內心不因外界的變遷而萌動。《華嚴經·如來出現品》中云："無一眾生而不具有如來智慧，但以妄想顛倒執著而不證得。若離妄想，一切智、自然智、無礙智，則得現前。"[3]心體本來清淨，具有覺知外界虛妄的功用，即"自然智"。然而因妄想的遮蔽，這種智慧無法被常人發覺。只有拋離妄想，剝落一切妄念活動後，在所呈露的空寂心地上才能有所體認。《楞嚴經》中亦有相似的論述："以諸眾生從無始來，循諸色聲逐念流轉，曾不開悟性淨妙常，不循所常，逐諸生滅，由是生生雜染流轉。若棄生滅，守於真常，常光現前，塵根識心，應時銷落，想相為塵，識情為垢，二俱遠離。則汝法眼，應時清明。"[4]強調通過滅除內心由外界而引起的妄想，從而

---

① 《維摩詰所說經》，《大正藏》第 14 卷，第 545 頁上。
② 《注維摩詰經》，《大正藏》第 38 卷，第 377 頁下。
③ （唐）實叉難陀譯：《大方廣佛華嚴經》，《大正藏》第 51 卷，第 271 頁下。
④ 《楞嚴經》，《大正藏》第 19 卷，第 124 頁上—第 124 頁中。

進入寂滅的境界，由此便能心如大圓鏡，萬象來往現於其中，而此心如如不動。

這與胡塞爾現象學的"懸置"理論有著本質的相通，胡塞爾認為："實際上，一切人都在看'觀念'、'本質'，並可以說持續地看它們，在自己的思維中運用它們，也做出本質判斷；只是因為基於他們的認識論觀點，他們對這些概念做了錯誤解釋。"① 因此要獲得對事物本質的認識，需要對一切意識中現存的觀念存而不論，即胡塞爾所謂之"懸置"②。同時，胡塞爾認為："每一偶然事物按其意義已具有一種可被純粹把握的本質，並因而具有一種艾多斯可被歸入種種一般性等級的本質真理。"③ 事物與其本質是不可分離的，而事物的本質可通過直接把握而獲得，這種方式就是"直觀"，"直觀"是對事物的一種直接把握方式，是在現象中直覺到保持不變的東西，即從多樣的意識中直覺到其不變的本質結構，並在這個過程中反思自己的意識即能獲得對事物的本質認識。正如胡塞爾所言："本質直觀是對某物、對某一對象的意識，這個某物是直觀目光所朝嚮的，而且是在直觀中'自身所與的'。"④ 這樣通過"懸置"和"直觀"的方式，自我的所有經驗因素被排除，自我成為純粹的自我或先驗的自我，自我在認識世界時變為了站在世界之外的觀察者，現象學所強調的這種方式"是一種描寫物自體的方法，是一種描寫呈現在擺脫了一切概念的先天結構的旁觀者的純樸眼光下的物自體與世界的方法，事實上，它就是用直接的直覺去掌握事物的結構或本質"⑤。

這顯然與佛教觀照方式存在著理論上的相通⑥，但現象學對於意識活動的分析則更加細緻，胡塞爾突破了心體與外物的二元對立，將純粹意識分為意向性活動的主體、意向性活動和意向性的對象。胡塞爾對意向性的提出尤有意義，他將意向性解釋為對某物的意識，是給予某物以意義和秩

---

① ［德］胡塞爾：《純粹現象學通論》，李幼蒸譯，商務印書館 1992 年版，第 95 頁。
② 關於懸置，胡塞爾解釋說："我們所進行的哲學 epoche（懸置）經明確地表述之後就在於完全中止任何有關先前哲學學說內容的判斷，並在此中止作用的限制內來進行我們的全部論證。"［德］胡塞爾：《純粹現象學通論》，李幼蒸譯，商務印書館 1992 年版，第 86 頁。
③ ［德］胡塞爾：《純粹現象學通論》，李幼蒸譯，商務印書館 1992 年版，第 58 頁。
④ 同上書，第 61 頁。
⑤ ［法］約瑟夫·祁雅理：《二十世紀法國思潮》，吳永泉等譯，商務印書館 1987 年版，第 56 頁。
⑥ 現象學的方法與佛教的認識論尚存在諸多的不同，詳見彭彥琴、胡紅雲《現象學心理學與佛教心理學——研究對象與研究方法之比較》，載《南京師範大學學報》（社會科學版）2010 年第 4 期。

序，從而將其構建為意向對象的活動。因此，意識並不是對外在事物的被動記錄與反映，而是具有“意義給予”作用，積極地對外部世界進行著構造和設想。同樣，佛教靜定照物強調以純然之本心觀想外物，亦不是單純地記錄外物，而是以一種特有的方式對外部世界進行構造。這種意識活動顯然與文學創作思維存在著諸多的相通，如胡塞爾所說：“藝術家對待世界的態度與現象學家對待世界的態度是相似的。……藝術家與哲學家不同的地方只是在於：前者的目的不是論證和在概念中把握這個世界現象的‘意義’，而是在於直覺地佔有這個現象，以便從中為美學的創造性刻畫收集豐富的形象和材料。”①

（二）本質直觀的運用與表現

王安石曾作《華嚴經解》、《楞嚴經會解》、《維摩經註》，亦有過聽從蔣山贊元禪師建議進行坐禪的經歷。三部經典中所蘊含的佛教靜定照物之觀照方式，成為了王安石觀想外部世界的主要方式。

前文所言《維摩經》認為人之“病本”為有“攀緣”，即修行主體之內心往往因外界牽引而產生妄想，故而修行的旨要之一即是斬斷“攀緣”，遠離“二見”。王安石《宿北山示行詳上人》詩中曰：“是身猶夢幻，何物可攀緣。坐對青燈落，松風咽夜泉。”② 詩中王安石認為此身都是虛幻不實，更有何物值得自己牽掛，認識到此，萬念消盡。此時在排除了所有雜念之後，以純然之內心觀想外物，見燈花跌落，聽松風低嘯，聞泉水嗚咽。三種事物雖形態各異，有視覺與聽覺的區別，但三者皆具有自在自為的特點。這即是主體在擺脫所有概念與經驗後，以素樸眼光觀想寓目事物所得。從王安石對於“攀緣”的準確運用上，可以看出他對於擺脫外界牽引，以真如本心、素樸眼光體察外界之方式的自覺運用。其《與寶覺宿僧舍》詩中亦曰：“問義曹谿室，捐書闕里門。若知同二妄，目擊道逾存。”③ “二妄”出自《楞嚴經》：“言妄顯諸真，妄真同二妄。”意為世界本是虛幻不實的，而對於虛幻外界認知的覺心亦是虛妄不實的。王安石此處用之，蓋言若達到真正了悟的境界，則可目擊道存，達到用禪悟眼光觀照外界之即物即真的境界。此即是擯棄所有概念的束縛之後，以素樸眼光觀想外部世界而獲得的本質認識，即於萬物自在自為這一現象中保持不變的共性。

① 倪梁康選編：《胡塞爾選集》，上海三聯書店 1997 年版，第 1203—1204 頁。
② 《王荊文公詩箋注》卷二十二，中華書局 1958 年版，第 251 頁。
③ 《王荊文公詩箋注》，中華書局 1958 年版，第 255 頁。

如果說上述詩句因作詩環境與寄贈對象的身份，而帶有受“場域”影響之被動性的話，那麼在王安石與佛教題材無關的詩作中，詩中所體現的意向性活動的特點與上述詩句並無區別，而詩中體現出的意向性對意向對象的構造與設想也彰顯了高度的一致。而王安石的這類詩歌因其意向性活動的細微差異又可大致劃分為如下兩類：直觀所得的現實陳述和實現體驗的著重凸顯。

1. 直觀所得的現實陳述

如前所述，佛教理論認為修行主體的妄執來源於世俗的熏染，如欲實現對污濁現實的超越，就必須排除世俗概念及經驗的影響與束縛，以純然之本心觀想世界，從外物的自在自為存在中體味自我生命的本真。這與現象學的本質直觀方式存在著一致之處。而王安石在詩歌創作中運用佛教靜定照物的方式之一，即是放逐自我，以站在世界之外的觀察者的角度對直觀所得作現實陳述式的書寫。其《題齊安驛》、《南浦》二詩曰：

> 日淨山如染，風暄草欲薰。梅殘數點雪，麥漲一川雲。[1]
> 南浦隨花去，迴舟路已迷。暗香無覓處，日落畫橋西。[2]

這兩首詩的共同處在於以寫景之句作結，詩中擯棄了作者之主觀色彩，亦沒有作者參與的痕跡，這類詩歌皆是對某一靜態畫面的書寫。此種手法的運用為讀者創造了巨大的聯想空間。前詩純用白描手法，書寫即目所見之景物，通過山、草、梅、麥四種景物的描寫，組合成一幅畫面。後者前二句則寫自己隨性泛舟，遺忘來時之路，周圍香氣撲鼻，夕陽掩映著畫橋；後二句將自己的視點消融在了對景物的描寫中，由對自己行動的描述過渡到對景物寂靜的書寫，使詩歌在層次感上更加鮮明，賦予了詩歌更多的意蘊。

但在上述二首詩中，主體在創作過程中，其視界內的外部世界並不止詩中所述幾種事物，而對於上述事物的選取，則無疑與主體的意向性活動相關，現象學的觀點認為：“每一種意向性體驗……其本質正在於在自身內包含某種象‘意義’或多重意義的東西，並依據此意義給與作用和與此一致地實行其他功能，這些功能正因此意義給與作用而成為‘充滿意義的’。這類意向作用因素是，純粹自我的目光指向針對著由於意義給與

---

① 《王荊文公詩箋注》卷四十，中華書局 1958 年版，第 509 頁。
② 同上書，第 513 頁。

作用而被自我‘意指的’對象，針對著對自我來說‘內在於意義’的對象；還有，把握此對象，當目光轉向在‘意指過程’中出現的其他對象時緊握住它。”① 主體在擺脫了所有概念及經驗因素的干擾後，心如圓鏡，任外物紜紜而覺心不動，以此心應事接物則舉手投足無不合道，這體現出了主體對世間萬物包括自我生命自在自為存在意義的肯定。以此自在自為之“意義給予”作用對待外部世界，則自在自為變化著的事物因其本質與主體意向性活動的一致，必會進入主體視界。因而，詩中所選取的皆為自在自為變化著的事物，第一首中是初春暖日籠罩中變化著的山色、薰風吹拂下生機勃勃的野草、正在凋落的梅花、日漸豐茂的麥田；第二首中的事物則是暗處若有若無之花香、畫橋外正在下落之夕陽，甚至是逐香泛舟的純粹自我。作者用擺脫了一切經驗和概念的純然本心直覺把握外部世界，以肯定自在自為的“意義給予”作用，體察到外界變化著的事物的自在自為本質。外界變化著的自在自為事物正與主體寂然不動之真如心性形成對比，但真如心性又是主體自在自為的先決條件，這樣主體就以自在自為的“意義給予”作用建構起了一個對象統一體，即描述出了一個萬物自在自為、閒適靜謐的詩歌境界。

　　值得注意的是，王安石此類詩歌中放逐了自我，以現實陳述的方式進行詩化書寫，但“所有這些描述性陳述，即使它們可能像是現實陳述，卻都經受了徹底的意義變樣；同樣，被描述物本身，即使它呈現作‘完全相同的’東西，然而由於所謂記號的相反的變化，它仍是某種根本不同的東西。”② 意向對象都是經過主體意向性活動構造後的體驗存在，王安石此類詩歌雖沒有自我參與其中的痕跡，但其自在自為的精神卻以“意義給予”的方式體現在了詩歌的具體書寫中，從而營造出了閒適靜謐的詩歌境界。

　　2. 實顯體驗的著重凸顯

　　王安石詩歌創作對於佛教靜定照物觀照方式，還存在著不同於上述以現實陳述來書寫直觀所得的情況，即用動態的傾向性明顯的敘述方式突出自己對於直觀所得的意識活動，這種方式賦予了王安石詩歌以獨特的風貌，以其詩為例：

　　　　東城酒散夕陽遲，南陌秋千寂寞垂。人與長瓶臥芳草，風將急管

---

① 　[德] 胡塞爾：《純粹現象學通論》，李幼蒸譯，商務印書館 1992 年版，第 258 頁。
② 　同上書，第 261 頁。

度青陂。①

　　木末北山煙冉冉，草根南澗水泠泠。繰成白雪桑重綠，割盡黃雲稻正青。②

　　城雲如雪柳毿毿，野水橫來強滿池。九十日春渾得雨，故應留潤作花時。③

三首詩皆以消融了自己觀物視點的寫景作結，是王安石以精神的安閑及毫無掛礙、對境不起之內心，體察外物所得。同樣，詩中選取的客觀事物亦是變化著的抑或是變化了的，但卻不似《題齊安驛》、《南浦》中以陳述的形式描述，而是用充滿動態的傾向性明顯的詞彙來表現之，即使是描寫變化了的青色桑葉、綠色稻田也以"繰成白雪"、"割盡黃雲"來凸顯其自在自為的存在，而目前處於靜態的滿池春水，在主體眼中卻似為潤花而不肯流走。現象學認為，在實行了"懸置"之後，意向性活動主體眼前的事物由兩部分組成：被直覺注意到的實顯，及未被注意到的非實顯事物組成的暈圈。實顯被非實顯的暈圈包括在內，二者之間的關係是："非實顯的體驗的'暈圈'圍繞著那些實顯的體驗；體驗流絕不可能由單純的實顯性事物組成。正是這些實顯物在與非實顯物對比時，以最廣泛的普遍性決定著'我思'、'我對某物有意識'、'我進行著一種意識行為'這些詞語的隱含意義。"④ 王安石此類詩歌中用動態的詞彙來表現正在變化或已經變化了的事物，則是更加凸顯了意向性活動對實顯的體驗，意向性用這種方式構造出了一個自在自為的對象統一體。意向性活動主體在擯棄所有經驗因素後的純然本心，即隱含著本自此心舉手投足無不合道的自在自為，這就符合了因意識與實在存在本質一致而相聯繫的規律，同時意向對象的自在自為反襯出了意向性主體的任外物流轉而覺心不動的特質。

　　除此之外，王安石還運用以動襯靜的手法，從將意向對象擬人化的動態書寫入手，以此來凸顯其凝然不動的內心境界，其《池上看金沙花數枝過酴醿架盛開》曰：

　　故作酴醿架，金沙祇漫栽。似矜顏色好，飛度雪前開。

① （宋）王安石：《清明》，《王荊文公詩箋注》卷四十一，中華書局 1958 年版，第 530 頁。
② （宋）王安石：《木末》，《王荊文公詩箋注》卷四十一，中華書局 1958 年版，第 537—538 頁。
③ （宋）王安石：《春雨》，《王荊文公詩箋注》卷四十四，中華書局 1958 年版，第 604 頁。
④ ［德］胡塞爾：《純粹現象學通論》，李幼蒸譯，商務印書館 1992 年版，第 121 頁。

王安石以虛擬想象的方式，通過擬人的手法，將酴醾自在自為的生長表現得淋漓盡致，以此來襯托出其內心的寂然安閒。《高齋詩話》云："公薦進一二寒士，位侍從，初無意於大用。公去位後，遂參政柄，因作此詩寄意。"① 詩中，王安石對於過酴醾架而盛開的金沙花的描寫，並沒有流露出強烈的感情色彩，或如曾慥所言，此詩寄諷刺之意於其中；但王安石消融了視點的描寫，更直接的呈現出的卻是其超然的內心狀態，人世紛擾、外界變遷皆不繫於心。同樣的作品還有很多，如其《春晴》詩："新春十日雨，雨晴門始開。靜看蒼苔紋，莫上人衣來。"② 詩人同樣運用擬人手法，在對蒼苔紋"莫上人衣來"的告誡中，其內心毫無掛念之即物即真的精神，隱然可見。其《蒲葉》詩亦是運用擬人手法，彰顯自己即物即真，消融了物我界限的精神狀態："蒲葉清淺水，杏花和暖風。地偏緣底綠，人老為誰紅。"③ 胡塞爾認為："意識（體驗）和實在存在絕不是那種相互協調的存在，二者睦鄰而處，彼此偶爾'發生關係'或'相互聯繫'。只有本質上相類似的東西，只有當各自的本質有相同的意義時，它們才能在該詞嚴格的意義上是有聯繫的，才能構成一個整體。"④ 在王安石的這類詩歌中，所描寫之物皆為直觀目光所朝向的，皆有著自在自為變化著的本質共性。同時，主體擯棄所有世俗觀念及經驗影響的素樸本心，即存在著以此應事接物而皆能從容中道的可能，故而素樸本心即是達到自在自為境界的先決條件。正因素樸本心與自在自為之意向對象的本質相似，自在自為的事物才進入了主體的視界並成為了"實顯"對象。而擬人化的手法則賦予了對象以主體的特性，使本質上相似的意向對象和主體之界限更加模糊，"而在其實顯性樣式中，注意的構成以其特殊的方式具有主體的特性"⑤，因而這種擬人化的特殊注意方式，是通過對實顯體驗的變樣而彰顯主體安閒自得、自在自為的特質。

　　王安石的這類詩歌或運用動態的傾向性較強的詞彙，或運用擬人手法的特殊注意方式，在構造外部世界時，從強化意向活動主體體驗實顯實物的角度，凸顯出了意向對象的自在自為，烘托出了主體擯棄所有雜念後的靜定內心。這與前述《題齊安驛》、《南浦》現實陳述式的書寫方式有著顯著不同，也使王安石實現了對王孟一派的突破，使其詩歌在保持閒適靜

---

① （宋）曾慥：《高齋詩話》，《宋詩話輯佚》本，中華書局1980年版，第497頁。
② 《王荊文公詩箋注》卷四十，中華書局1958年版，第519頁。
③ 同上書，第520頁。
④ ［德］胡塞爾：《純粹現象學通論》，李幼蒸譯，商務印書館1992年版，第155頁。
⑤ 同上書，第270頁。

謐風格的基礎上，多了幾分流蕩搖曳之姿與優遊不迫之態。

　　王安石的這類詩歌雖沒有明顯的佛教痕跡，但其意向性活動開展的基礎及進行的方式卻與其在佛教“場域”內所作詩歌並無二致，亦是佛教靜定照物之觀照方式運用的產物。趙與峕《賓退錄》中載張舜民評王安石詩曰：“如空中之音，相中之色，欲有尋繹，不可得矣。”① 指出了王安石詩境界玲瓏透徹、不可捉摸的特點，而此特點之形成與王安石在詩歌創作中以寂然不動之內心對外在事物進行本質直觀式的把握密不可分。王安石將佛教靜定的觀照方式融入詩歌創作思維，書寫其即物即真的精神，客觀世界對他而言是本真的、即時呈現的、未經日常邏輯思維干涉的世界，因而其詩歌才達到了“空中之音，相中之色”的玲瓏透徹境界。而王安石對直觀所得進行現實陳述式的書寫，雖精深華妙，但與王孟詩派區別不大。而王安石通過強化實顯體驗書寫的方式，使其詩歌呈現出了優遊不迫的自我特性，亦實現了對於王孟詩派的突破。

三　潛在設定的詩化表達：禪悟境界之體認與王安石詩歌創作思維

　　對於佛教靜定修行方式在詩歌創作中的運用，使詩歌消融了作者本身的存在，呈現的是一種“無我之境”，作者用觸目即真的精神照物，消解了自我，“懸置”了外界所有觀念及經驗因素，世界對他而言是一種未經思辨的直覺的存在；而王安石以禪悟精神觀想世界所創作的詩歌，呈現的則是一種“有我之境”，是作者本身以隨緣任運精神參與其中的境界，雖有自我的參與，其目的乃是通過對於自我參與其中的精神狀態，彰顯其對於消融所有分別的禪悟境界的體認。而主體觀照外物時所本之隨緣任運精神，按現象學的界定實則是一種潛在的設定性行為。所謂設定性行為是“帶有某種存在信仰的行為”②，“它的信念的潛在性導致進行現實設定的信念行為”③，而“設定性不意味著一種現實設定的存在或實行；它只表達了進行實顯設定的信念行為之實行的某種潛在性”④。而這種設定則是由之前的體驗所構造生成的：“任何我思，由於一種仍然屬於一般意識的普遍基本本質的法則性，可轉換為一種信念的原設定。”⑤

---

① （宋）趙與峕：《賓退錄》，上海古籍出版社 1983 年版，第 21 頁。
② 倪梁康：《胡塞爾現象學概念通釋》（修訂版），生活·讀書·新知三聯書店 2007 年版，第 21 頁。
③ ［德］胡塞爾：《純粹現象學通論》，李幼蒸譯，商務印書館 1992 年版，第 322 頁。
④ 同上。
⑤ 同上書，第 320 頁。

　　王安石對於禪悟境界的切身體認，本身即是一種真切而深刻的體驗，而這種深刻的體驗以及王安石對於禪學思想的認同，必然會轉換成觀想外部世界、反思自我認知規律時的一種“設定”。同時，禪宗關注日常生活，佛性每人皆有，而對於自身佛性的體認，應從日常生活中的穿衣吃飯等活動中，覺悟到自身純真之本心，並以此本心應事接物，實現身在俗世而超越俗世的自在自為①。禪宗的這種修行特點和關注視野的內向化，使得王安石禪悟境界轉化為日常生活觀照的詩化表達成為了可能，而這種本自禪悟精神觀照日常生活的設定性行為，則使王安石詩歌呈現出了觸處皆真、灑脫優遊的特點。不同於借鑒傳統靜定照物之詩歌思維所作詩歌，王安石的這類詩歌因其設定性行為的細微區別，又大致可分為兩種情況，即現前體驗關聯本質相同行為的書寫與現前體驗對應平行回憶的書寫。

（一）現前體驗關聯本質相同行為的書寫

　　與前述之“無我之境”不同，此類“有我之境”的詩歌中，有著作者本人參與其中的明顯痕跡。其目的乃是通過對自我參與其中時之態度的書寫，展現出體悟隨緣任運境界後自己的內心狀態，從而實現詩歌境界的新穎脫俗。這類詩歌因帶有明顯的自我參與其中的態度，而呈現出了與前述本質直觀即興書寫不同的特點。本質直觀即興書寫更類似於一種單形行為的書寫，即“僅僅具有單一質性的行為，從這些行為中無法再分離出自身獨立的行為”②，簡言之即是一種而不是多種的客觀化體驗。而這類詩歌則無疑是多形行為的書寫，所謂多形行為的特點是：“這個行為隨時可以分離出一個完整的客體化行為，這個客體化行為也將總體行為的質料作為它自己的總體質料來擁有。”③ 簡言之，即是多形行為由單形行為組成，組成此多形行為的單形行為具有可分離出的獨立性，即使被分離出，其本質仍保持與總體一致的本質。

　　王安石之《晝寢》詩即是以此隨緣任運精神進入詩歌思維，是以此觀照日常生活中之瑣事所得詩情的言說，詩曰：

---

① 如臨濟義玄曰：“佛法無用功處，祇是平常無事，屙屎送尿，著衣喫飯，困來即臥。愚人笑我，智乃知焉。古人云：‘向外作工夫，總是癡頑漢。’你且隨處作主，立處皆真，境來回換不得。縱有從來習氣，五無間業，自為解脫大海。”（唐）慧然：《臨濟慧照玄公大宗師語錄》，《大正藏》第47卷，第498頁上。

② 倪梁康：《胡塞爾現象學概念通釋》（修訂版），生活·讀書·新知三聯書店2007年版，第15頁。

③ ［德］胡塞爾：《邏輯研究》（第二卷第一部分），倪梁康譯，上海譯文出版社1998年版，第554頁。

井逕從蕪漫，青藜亦倦扶。百年惟有且，萬事總無如。棄置蕉中鹿，驅除屋上烏。獨眠窗日午，往往夢華胥。①

此詩並非是一單形行為的書寫，而是多種體驗的詩化表達。此詩首聯"從蕪漫"、"亦倦扶"運用傾向性明顯的敘述方式，實則就是主體信念潛在性導致現實設定的一種表現，即本自對隨緣任運之禪悟境界的體悟，用滅除雜念、毫無掛礙之素樸眼光觀照外部世界。而頷聯、頸聯既是對首聯描述之體驗的一種延伸說明，言自我掃除外累，萬事不掛於懷；由此引出了第二個意識活動行為：正午獨眠窗下，夢至華胥，安閒自得。現象學的觀點認為："在諸體驗間包括有特殊的所謂內在性反思，特別是內在性知覺，它們在實顯的存在把握中和存在設定中指向它們的對象。此外，在這類同樣的體驗中也存在有那樣的知覺，它們在同一意義上設定著存在，並被指向超驗物。"② 因此，雖然獨眠窗下與對蕪漫井逕、傾頹籬落的觀想是兩種體驗，從發生的前後來講，是由現前體驗引出本質相同的另一種行為，但是二者皆為同一內在性反思的產物，即皆為從外物觀照中體味到隨緣任運之禪悟精神的產物，兩種體驗具有獨立性，但又共同組成一個本質相同的意識多形行為。

主體對外在事物及自我生命的觀照過程中，所採取的較為固定的觀照方式即決定了這種觀照是一種設定性行為，而所採取的觀照方式也就是意向性方式則與主體"信念的潛在性"有關。對王安石而言，這種"信念的潛在性"即是對於隨緣任運禪悟境界的真切體認。這種設定性的多形行為，使得王安石的詩歌有著隨主體目光轉移而觸處皆真的特點，也使其詩歌在有限的篇幅內增加了信息量。與前述書寫直觀所得的詩篇相比，這類詩歌增強了對主體的隨緣任運精神的表現能力。王安石晚年在其詩篇中慣用此手法，從自己對瑣事的描寫中展現自己精神的脫俗與超越。其《東皋》、《歲晚》詩曰：

起伏晴雲逕，縱橫暖水陂。草長流翠碧，花遠沒黃鸝。楚製從人笑，吳吟得自怡。東皋興不淺，游走及芳時。③
月映林塘澹，天涵笑語涼。俯窺憐綠淨，小立佇幽香。攜幼尋新

---

① 《王荊文公詩箋注》，中華書局 1958 年版，第 245 頁。
② ［德］胡塞爾：《純粹現象學通論》，李幼蒸譯，商務印書館 1992 年版，第 343 頁。
③ 《王荊文公詩箋注》，中華書局 1958 年版，第 240 頁。

莴，扶衰坐野航。延緣久未已，歲晚惜流光。①

前作之首聯、頷聯書寫自己直觀所得，用傾向性明顯的敘述方式，表現出自己本自禪悟精神，在外物觀照中所獲得的對自在自為的體驗，由此引出頸聯、尾聯自己吟唱自娛、漫步芳郊之行為的書寫。將本質相同的兩種行為，依據體認隨緣任運之禪悟精神的信念潛在性、一致性而連為一體，在書寫心無掛礙、瀟灑自得的行為中，表現出擺脫世累達到禪悟境界後對日常生活的熱愛愉悅之情。而後作則由更多主體的行為組成：俯窺綠水時產生的喜愛，佇立塘邊時聞到的幽香，攜幼尋芳，泛舟而行。其中王安石用"窺"字傳神地表現出了自己擺脫外累後從容閑暇的心境，又與"小立"形成對照，風致悠然地表現出了自己在對外物自在自為的觀想中所體味到的生命的本真存在，以及由此而產生的純然寧靜的獨特體驗。故而自我沉浸在這種體驗中徘徊佇立，惜流光而忘返。王安石本自體認禪悟境界這種信念的潛在性，書寫了自己的設定性行為，隨著自我目光的轉移，而書寫了本質相同、意向性方式相同的數種體驗，更充分地表現出自我對隨緣任運之禪悟精神的深刻體驗。禪悟精神是一種抽象的信念，以此精神觀照外物則會形成具體體驗，二者之關係正如《石門文字禪原序》中禪與文字的譬喻："蓋禪如春也，文字則花也。春在於花，全花是春；花在於春，全春是花。"②《漫叟詩話》載王安石"自以（《歲晚》詩）比謝靈運，議者以為然。"③"自以比謝靈運"當指謝靈運"池塘生春草，園柳變鳴禽"之類的詩句，王安石自比謝靈運，正在於將抽象精神化為典型的體驗書寫的一致，而這種創作思維正是信念潛在性所導致的設定性行為。

絕句講求境界的閑遠含蓄，正如劉熙載所言："絕句取徑貴深曲，蓋意不可盡，以不盡盡之。正面不寫寫反面，本面不寫寫對面、旁面，須如睹影知竿方妙。"④ 以隨緣任運精神體察外物的設定性行為方式融入詩歌創作思維的情況，更多地出現在了王安石絕句創作中。王安石往往由擺脫所有雜念的素樸眼光所朝向的順序，書寫由現前體驗而引發的一系列體驗。通過書寫由本質相同之不同體驗組成的多形行為，來實現詩歌信息量的增加，以此更好地表現其"立處皆真"的精神。以其五絕、七絕為例：

① 《王荊文公詩箋注》，中華書局 1958 年版，第 240 頁。
② （明）釋達觀：《石門文字禪原序》，《石門文字禪》，《四部叢刊》本，第 1 頁下。
③ （宋）佚名：《漫叟詩話》，《宋詩話輯佚》本，中華書局 1980 年版，第 362 頁。
④ （清）劉熙載：《藝概》，上海古籍出版社 1978 年版，第 74 頁。

愛此江邊好，留連至日斜。眠分黃犢草，坐占白鷗沙。①

臥聞黃栗留，起見白符鳩。坐引魚兒戲，行將鹿女遊。②

庵成有興亦尋春，風暖荒萊步始勻。若遇好花須一笑，豈妨迦葉杜多身。③

與客東來欲試茶，倦投松石坐欹斜。暗香一陣連風起，知有薔薇澗底花。④

詩中王安石皆以擺脫所有雜念的素樸眼光觀照外物，以現前體驗的反思開始，引入本質相同之行為的書寫，增加詩歌的信息量，通過場景的轉移和本質相同之不同體驗的書寫，來凸顯自己隨緣任運、自在自為之精神，達到“睹影知竿”的藝術效果。

如上所論，王安石的此類詩歌，隨緣任運之禪悟精神作為信念的潛在性起到了設定性的作用，在創作思維上體現出了隨擺脫雜念之素樸目光轉移而書寫由現前體驗引發的本質相同行為的明顯傾向。這樣，自我的意識活動亦成為了潛在的被反思的對象，對外在事物進行的觀照，亦是對自我意識進行的觀照，正如比利時現象學家喬治·布萊所說：“自我意識，它同時就是通過自我意識對世界的意識。這就等於說，它進行的方式本身，它認識其對象的特殊角度，都影響著它立刻或最後擁抱宇宙的方式。因為，誰以一種獨特的方式感知到自己，就同時感知到了一個獨特的宇宙。”⑤ 王安石對現前體驗關聯的本質相同行為的書寫，實則即是對自我意識的一種反思，而其這類詩歌即是對自我獨特意識所構建起的獨特意向對象統一體的書寫，這使其這類詩歌凸顯了主體對隨緣任運之禪悟境界的體認，體現出了主體意識活動的優遊不迫、從容自得，使其詩歌做到了含蓄蘊藉而富有理致。

（二）現前體驗對應平行回憶的書寫

胡塞爾認為：“每一我思都有一個與其準確對應的這樣一種對應物屬於它，即它的意向對象在平行的我思中有其相應的對應意向對象。諸平行

---

① （宋）王安石：《題舫子》，《王荊文公詩箋注》，中華書局 1958 年版，第 520 頁。

② （宋）王安石：《臥聞》，《王荊文公詩箋注》卷四十，中華書局 1958 年版，第 517 頁。

③ （宋）王安石：《次韻葉致遠置洲田以詩言志四首》其三，《王荊文公詩箋注》，中華書局 1958 年版，第 543 頁。

④ （宋）王安石：《同熊伯通自定林過悟真二首》其一，《王荊文公詩箋注》卷四十三，中華書局 1958 年版，第 570 頁。

⑤ ［比利時］喬治·布萊：《批評意識》，郭宏安譯，廣西師範大學出版社 2002 年版，第 264 頁。

‘行為’的關係是，其一為‘現實行為’，我思是一‘現實的’、一‘實行現實設定的’我思，而另一為一個行為的‘影子’，一非本然的、一非實行‘現實’設定的我思。一種行為是現實實行著，而另一種只是一種實行的反映。”① 簡言之即是當主體在進行一種體驗時，往往會以回憶的形式朝向以往發生過的本質相同的體驗。胡塞爾進而論述說：“每一種一般體驗（每一種所謂現實生動的體驗）都是一種‘現前存在的’體驗。它的本質意謂著，有可能對同一本質進行反思，在此本質中它必然具有肯定的和現前存在的特性。因此一系列觀念上可能的記憶變樣對應著每一體驗，正如對應著每一原初被意識的個別存在一樣。與作為原初體驗意識的體驗相對應的是，作為可能的平行物的體驗記憶，以及作為記憶的中性變樣的想象。這一原則適用於一切體驗，不論純粹自我的目光方向如何。”②

在主體擺脫了所有經驗因素的干擾後，在主體本自隨緣任運、無心即道的禪悟精神觀照外部世界及自我本身時，因意向性方式以及對意向對象構造的相似，主體往往會在一些場景回憶起本質相同的往昔行為。對這種今昔對比行為的書寫，對比現前體驗引發的本質相同行為的書寫，更能從時間的跨度上，凸顯出主體自在自為地參與在變化中，但真如本心未曾變異的特質。王安石慣常於詩歌創作中將此種意向性方式與詩歌創作思維貫通，通過書寫自我以無心任運精神觀想外物及自我往昔體驗的過程，來凸顯自己真如本心不變的特質。如其《回橈》詩：

> 柴荆散策静涼颷，隱几扁舟白下潮。紫磨月輪升靄靄，帝青雲幕卷寥寥。數家雞犬如相識，一塢山林特見招。尚憶木瓜園最好，興殘中路且回橈。③

詩中敘述了自己乘興而遊、興盡而返的過程，拄杖散步，興起泛舟，緩緩升於中天之月輪，漸漸消散退去之雲幕，似為識我而起之雞聲犬吠，如同招我歸隱之可愛山林。作者對寓目事物進行著直觀式的把握。此時作者眼中實顯的出現，皆是無心任運之禪悟精神導致的潛在設定，都具有自在自為的本質。作者在對其實顯的本質把握中，其純粹自我的目光以回憶的形式朝向了“木瓜園”這一本質相同的體驗。就詩歌脈絡而言，王安石此

---

① ［德］胡塞爾：《純粹現象學通論》，李幼蒸譯，商務印書館 1992 年版，第 319—320 頁。
② 同上書，第 311 頁。
③ （宋）王安石：《回橈》，《王荆文公詩箋注》卷二十六，中華書局 1958 年版，第 631 頁。

詩似與王子猷雪夜訪戴類似，但王安石對於禪悟境界的切身體驗，卻為此詩注入了無心任運、自在自為的氣韻。

這種思維方式的應用，無疑則更適合絕句創作的要求，因而王安石多於絕句創作有意識地使用此手法。試以其詩為例：

> 霹靂溝西路，柴荆四五家。憶曾騎欵段，隨意入桃花。①
> 東皋攬結知新歲，西崦攀翻憶去年。肘上柳生渾不管，眼前花發即欣然。②
> 槐陰過雨盡新秋，盆底看雲映水流。忽憶小金山下路，綠蘋稀處看游鰷。③

現前體驗與本質相同之平行回憶的書寫順序雖有不同，但皆是禪悟精神的體驗這一潛在設定所導致的行為。遊霹靂溝時回憶起往昔騎驢隨興遊走的體驗，見眼前花發憶起去歲東皋之行，看盆中倒映雲卷雲舒，回憶起往昔綠萍稀處觀賞遊魚的閒暇體驗。回憶的體驗與現前的體驗皆是主體本自禪悟境界體驗的設定性行為，因其皆為主體自在自為精神外化的相同本質而關聯為一體，正如胡塞爾所論述的那樣："對於實顯體驗的現前，在觀念上對應著一個中性變樣，即一個可能的、在內容上與其準確對應的想象體驗的現前。每一個這種想象體驗不是作為實顯的現前存在者，而是具有著'准'現前的特性。因此實際上這很類似於任何知覺的意向對象所與物和在觀念上與其準確對應的想象作用（想象中的觀察）所與物的比較：每一個被知覺物都具有'現實地現前存在的'特性，每一個平行的被想象物都具有內容上相同但'僅作為想象'、作為'准'現前存在的特性。"④王安石的這類詩歌即是通過聯想的方式，將本質相同的回憶體驗與現前體驗結合在一起，從歷時性演進的角度凸顯出任外物流轉而主體覺心不變、無心任運的特點。

本自隨緣任運之精神擯棄雜念，直覺地體察外物，即能體會到外物的本真存在，外部世界對主體而言是未經日常邏輯思維干涉的，因而一些日常邏輯思維所容易忽視的感覺，也能變得更加明晰，從而被主體所捕捉到。同時，將現前體驗所引發的本質相同之回憶，化作捕捉到的瞬間感悟

---

① （宋）王安石：《霹靂溝》，《王荆文公詩箋注》卷四十，中華書局 1958 年版，第 511 頁。
② （宋）王安石：《東皋》，《王荆文公詩箋注》，中華書局 1958 年版，第 533 頁。
③ （宋）王安石：《春風》，《王荆文公詩箋注》，中華書局 1958 年版，第 537 頁。
④ ［德］胡塞爾：《純粹現象學通論》，李幼蒸譯，商務印書館 1992 年版，第 315 頁。

並形諸於詩歌，是將自己無心任運的精神，通過詩歌語言這一媒介傳達給讀者。這種精神與內心狀態的傳達，而不是直接言明，能讓讀者站在自己的角度，在對詩歌已經的體味中重新領悟、體驗這種精神與內心狀態，從而使詩的深度和內涵具有更大限度的延展性。

（三）禪悟精神與詩歌創作思維的打通：潛在設定行為的書寫實質

如前所述，王安石對於無心任運之禪悟境界的體認，導致了其觀照外物及自我生命的一系列潛在設定性行為，這種觀念的潛在性不僅體現在佛教"場域"內的詩歌創作中，而且還體現在了超出佛教"場域"的詩歌創作中，上述所列舉、分析之詩歌即是明證。如果以王安石寄贈方外之交的詩歌與之對比，則可以更加直觀地發現二者的相似。王安石《示寶覺》、《示無外》二詩曰：

> 宿雨轉歇煩，朝雲擁清迥。蕭蕭碧柳輭，脉脉紅蕖靚。黙臥如有懷，荒乘豈無興。幽人適過我，共取墻陰徑。①
> 支頤橫口語，椎髻曲肱眠。莫問誰賓主，安知汝輩年。鄰雞生午寂，幽草弄秋妍。却憶東窗簟，蠻藤故宛然。②

前作寫宿雨驅散炎熱後作者寓目所見，從其描寫柳、荷所用之"蕭蕭"、"脉脉"，可見其內心的閑適，以及觀照外物自在自為存在而獲得的淡然欣喜。由此黙臥有懷，值友人相訪，故與友人漫步園中。后二聯則轉為對自我無心任運、隨意而行之行為的描寫。與所觀照之外物一樣，詩人自己亦是自在自為存在的生命體。二者具有本質的相同，所以此詩乃是由現前體驗引出本質相同行為的書寫。而後作則是本自現前自我無心任運之心理狀態的體驗，由此觀照外物，午間雞鳴使居所更顯靜謐，野草叢生讓秋意更加怡人。王安石用傾向性明顯的詞彙，彰顯出自己對於實顯事物自在自為存在的強烈體驗，同時又彰顯了自我對隨緣任運之禪悟精神的深刻體認。當此時，往昔與友人相處之參禪問道情形進入了其思緒之中。這種回憶體驗與其現前自在自為的體驗因具有本質的一致故而聯接為一體。

王安石寄贈方外之交的詩歌，因對象的僧人身份而帶有尋求禪學"印可"的特色，而此類詩歌與前述潛在設定行為書寫詩歌的本質相同，這一事實意味著王安石本自對禪悟精神的體認，將無心任運之禪宗觀照方

---

① 《王荆文公詩箋注》卷三，中華書局 1958 年版，第 33 頁。
② 《王荆文公詩箋注》卷二十二，中華書局 1958 年版，第 253 頁。

式運用至詩歌創作思維中。王安石的這類詩歌體現出了主體參與其中時任外物流轉而覺心不動的特質，為其詩歌注入了主體優遊不迫、從容閑雅的風致。

四　佛教觀照方式入詩與王安石對唐詩創作方式的承襲與突破

王安石在詩歌創作思維中所融入的佛教觀照方式主要有兩種：靜定的觀照方式與以禪悟精神觀物之方式。二者有著相通之處，即在體察外部世界時主體內心都是擯棄了所有雜念的，懸置了所有經驗因素的，是以純真本心直覺體察外物的表現。靜定照物方式進入詩歌創作思維，一是側重於直接書寫主體直觀所得的即興書寫，整首詩所要呈現出的意象、場景組成一個靜態的畫面，是作者的一片心境，類似於佛教的“現量”①。二是用傾向性明顯的敘述方式著重凸顯主體的實顯體驗，這類詩歌通過對主體某種體驗的著重書寫而多了幾份流蕩搖曳之姿。而禪悟精神照物之方式進入詩歌創作思維，側重表現的是作者的內在精神，即整首詩往往是對作者體察外界這一活動的描寫，並在描寫中將作者內在精神見於言外。

直觀所得的即興書寫與王孟派詩人的創作方式極其類似，尤其是對直觀所得進行現實陳述的這類詩歌。關於王孟派詩人之藝術思維，周裕鍇先生在《中國禪宗與詩歌》一書中指出：“在禪宗思維方式影響字下，王、孟派詩人大致形成了如下創作定勢：‘搜求於象，心入於境，神會於物，因心而得。’‘搜求於象’是指意念對形象的選擇，‘心入於境，神會於物’，是指主體意識融匯在客觀景物中。觀念潛入形象或形象攜帶情緒，都在瞬間直覺中完成。”② 王安石直觀所得的即興書寫與之極為類似，皆重視意象性語言的作用，甚至一些詩歌全以意象組成，如前所舉之《齊安驛》、《南浦》等詩，而意象的選擇則是主體排除所有雜念後對外物進行直觀把握所得。《墨莊漫錄》云：“七言絕句，唐人之作往往皆妙。頃時王荊公多喜爲之，極爲清婉，無以加焉。”③ 這正是王安石研習唐詩創作方式並發揮到極致而達到的境界。

---

① （宋）永明延壽之《宗鏡錄》釋之曰：“云何現量，謂不動念，如實而知。”因明大疏上本釋之曰：“能緣行相，不動不搖，自唯照境，不籌不度，離分別心，照符前境，明局自體，故名現量。”

② 周裕鍇：《中國禪宗與詩歌》，上海人民出版社1992年版，第119頁。

③ （宋）張邦基著，孔繁禮校點：《墨莊漫錄》，《墨莊漫錄·過庭錄·可書》本，中華書局2002年版，第180頁。

　　葉夢得《石林詩話》載王安石"從宋次道盡假唐人詩集，博觀而約取，晚年始盡深婉不迫之趣"①。葉夢得頗為敏銳地指出了王安石學習唐詩"博觀而約取"的態度，即襲中有變，選擇性接受的態度，並指出了王安石通過這一學習態度而達到的"深婉不迫"境界。而王安石對於唐詩創作方式的突破，則體現在了以靜定照物觀照方式入詩時的著重凸顯實顯體驗上，以及體認禪悟境界這一信念潛在設定的詩化表達中。如其廣為後人稱道的《書湖陰先生壁》即是實顯體驗的著重凸顯："茅簷長掃靜無苔，花木成畦手自栽。一水護田將綠遶，兩山排闥送青來。"不同於王孟派詩人，王安石並沒有直接描述目光由近及遠所見之四種景象，而是用"長掃"、"手自栽"、"將綠遶"、"送青來"等傾向性明顯的詞彙來凸顯自己對於實顯的體驗。言溪水似人一般將田圍繞以保護之；言兩山如兩扇大門般主動打開，將綠色送入眼簾。

　　佛教觀照方式融入詩歌創作思維使王安石晚年詩歌風格發生了變化，《漫叟詩話》云："荊公定林後詩，精深華妙，非少作之比。"指出了王安石晚年詩歌作品呈現了追求含蓄內斂的發展趨勢，而其詩歌的這一發展趨勢與王安石學習唐詩關係密切。王安石對於唐詩的學習，使他樹立了對"深婉不迫"詩風的追求，而他對於佛教觀照方式的運用，則是他實現其詩學追求的具體方式。而此"深婉不迫"之風格在其絕句創作中最為明顯，古之論者也多將其絕句與唐人絕句相提並論，如《誠齋詩話》云："五七字絕句最少，而最難工。雖作者亦難得四句全好者。晚唐人與介甫最工於此。"② 王安石對於唐詩的學習，與他將佛教觀照方式融入詩歌創作思維關係密切，不可忽視。惠洪《冷齋夜話》"詩置動靜意"條云："荊公曰：前輩詩云'風定花猶落'靜中見動意，'鳥鳴山更幽'，動中見靜意。"③ 惠洪所謂"靜中見動"、"動中見靜"本身即是凸顯實顯體驗的手法。

　　方東樹於其《昭昧詹言》中亦曰："文字精深在法與意，華妙在象與詞。"④ 而王安石詩歌對唐詩創作方式的突破，在詩歌創作思維上的突破，正是其達到"精深華妙"境界的主要原因。

---

① （宋）葉夢得：《石林詩話》卷中，《歷代詩話》本，中華書局 1981 年版，第 419 頁。
② （宋）楊萬里：《誠齋詩話》，《歷代詩話續編》本，中華書局 1983 年版，第 140 頁。
③ （宋）惠洪：《冷齋夜話》，《稀見本宋人詩話四種》本，江蘇古籍出版社 2002 年版，第 47 頁。
④ （清）方東樹：《昭昧詹言》，人民文學出版社 1961 年版，第 11 頁。

第二節 靜觀與蘇軾詩歌創作思維

蘇軾文學創作與佛教思維方式之關係，歷來為學界所關注之焦點，並有大量之論著及論文論及。其中周裕鍇先生《從法眼到詩眼——佛禪觀照方式與宋詩人審美眼光之關係》一文，分別從宋詩人對於佛禪三種觀照方式的借鑒進行了分析，即從宋人對萬法平等觀、周邊含容觀，以及法界真空、如幻三昧的般若空觀三方面的借鑒入手，進行了細緻的分析。文中多處論及蘇軾對於佛教觀照方式之借鑒與運用，頗具啓示意義。此外，其他關於蘇軾創作與佛教關係之專著對此亦有論述，如王世德先生之《儒道佛美學的融合——蘇軾文藝美學思想研究》，梁銀林先生之博士論文《蘇軾與佛學》等，但在佛教觀照方式及思想如何滲透、影響蘇軾之具體詩歌創作方面，皆論述不夠深入。因而對於佛教觀照方式是如何滲透、影響蘇軾之具體詩歌創作，及與蘇軾之詩歌創作思維之關係，尚有深入論述之必要，亦有深入挖掘之空間。拙著此處，擬以蘇軾詩歌之解讀為基礎，結合蘇軾對詩文創作的相關論述，對佛教關照方式與蘇軾詩歌創作思維之關係進行一次細緻的梳理。

在已有的關於佛教觀照方式與蘇軾詩歌創作思維的研究中，論者焦點大多都集中在了兩個方面：探討蘇軾對禪宗思維方式的借鑒，考察禪宗語言藝術對蘇軾產生的影響①。但蘇軾詩文集中，卻多次提及佛教靜定的觀照方式。其《送參寥》詩在對韓愈批評"浮屠人"、"頹然寄淡泊"提出異議後，曰："欲令詩語妙，無厭空且靜。靜故了群動，空故納萬境。閱世走人間，觀身臥雲嶺。醋酸雜衆好，中有至味永。詩法不相妨，此語當更請。"② 認為置身於靜謐方能體會到萬象往返之動態，認為主體心態虛靜的觀照方式，反而能更好地書寫萬象之動。《書王定國所藏王晉卿畫著色山》、《次韻僧道潛見贈》中亦有對此觀點的言說："我心空無物，斯文何足觀。君看古井水，萬象自往還。""道人胸中水鏡清，萬象起滅無逃形。"《上曾丞相書》亦強調對靜定觀物方式的重要："幽居默處，而觀萬

---

① 如周裕鍇先生指出："空靜的觀照本是無言的，或是寡言的，意象自然呈露，禪意自蘊其中，而蘇軾觀照的結果，卻常常引發大段哲理性的思辨。"又說："在創作實踐上，蘇軾似乎更傾心'機鋒不可觸，千偈如翻水'、'掣電機鋒不容擬'那種敏捷機智的語言藝術。"《中國禪宗與詩歌》，上海人民出版社 1992 年版，第 85 頁。

② 《蘇軾詩集合注》，上海古籍出版社 2001 年版，第 863 頁。

物之妙，盡其自然之理。"① 蘇軾對於佛教靜定觀照方式予以重視的論述多次出現，這是個值得深思的現象。闡釋學理論認為："把某某東西作為某某東西加以解釋，這在本質上是通過先行具有、先行視見與先行掌握來起作用的。解釋從來不是對先行給定的東西所作的無前提的把握。"② 同樣，蘇軾對於靜定觀照方式運用入詩文創作的表述，同樣也不可能是無前提的言說，而是以自己切身體驗為基礎的一種表述。

蘇軾對於禪宗思維及語言藝術的吸收，相對來說比較明顯，從其詩文論述之內容及典故融攝等方面可以看出，如果說這是一種顯性體現的話，那麼蘇軾對於佛教靜定的觀照方式的運用，卻是一種隱性的體現。蘇軾對於靜定思維方式在詩歌創作中的運用，和王孟派詩人有著很大的不同，與王安石也有很大的不同。蘇軾對於此觀照方式的運用，不僅僅是對自己靜觀所得、所悟的書寫，而是將這種所得、所悟的書寫，融入在一種意緒的表達和情感的展現中，使得這種對靜觀所得的書寫為全詩之整體服務。蘇軾將觀照方式運用入詩，其具體表現大致有二：一為將靜觀之所得，於詩之末尾書寫出，以此凸顯出帶有佛禪意蘊的境界，同時也達到增強詩歌語言張力的藝術效果；二為將靜觀之所得的書寫，凝煉為一聯或數聯，使之融入全篇，使之起到增強全篇層次感的作用。

一　"跡象"的陳列與"不定點"的營造——靜定觀照方式在詩歌作結處的運用

蘇軾《書晁說之考牧圖後》一詩，在敘述了自己見到《考牧圖》後所引起的對於往昔鄉居田間之牧牛的回憶後，筆鋒一轉而作結曰："煙蓑雨笠長林下，老去而今空見畫。世間馬耳射東風，悔不長作多牛翁。"紀昀評之曰："'而今'句一點，'世間'二句仍宕開，收繳前文，通篇只一句著本位，筆力橫絕。"③ 方東樹評此詩曰："此方是真妙。……一路如長江大河，忽然一束，又忽然一放。"④ 王文誥評蘇軾《登州海市》詩曰："公必找截乾淨而唱嘆無窮。"⑤ 紀昀、王文誥之評點出了蘇軾詩慣於末尾宕開，在書寫內心所感之時，注重語言張力的體現。蘇軾對於這一詩歌技

---

① 《蘇軾文集》卷四十八，中華書局 1986 年版，第 1378 頁。
② ［德］海德格爾：《存在與時間》，孫周興譯，生活·讀書·新知三聯書店 2006 年版，第 176 頁。
③ （宋）蘇軾著，孔繁禮校點：《蘇軾詩集》，中華書局 1982 年版，第 1967 頁。
④ （清）方東樹：《昭昧詹言》，人民文學出版社 1961 年版，第 306 頁。
⑤ 《蘇軾詩集》，中華書局 1982 年版，第 1389 頁，《登州海市》詩注。

法的運用也頗具自覺意識，其《新城陳氏園，次晁補之韻》一詩曰："荒涼廢圃秋，寂歷幽花晚。山城已窮僻，況與城相遠。我來亦何事，徙倚望雲巘。不見苦吟人，清樽為誰滿。"該詩於末尾處將寂寥閑雅之情懷現於言外，王文誥曰："時無咎年甚少，此詩就無咎口吻為之，有循循善誘之意。"① 蘇軾以作結處著力的自身示范來引導後學，正反應出了他關於詩之末尾作結處著力的自覺意識。

詩歌，就其創作目的而言是某種意緒或者情緒的傳遞行為，這本身即是一種敘述行為，因此詩歌亦可歸於廣義的敘事作品的範疇。羅蘭·巴爾特將敘事作品分為功能、行為、敘述三個層次。其中功能是從敘事作品中切分開來的，"能夠在敘事作品里播下一個成分以後在同一層次上或在別處另一層次上成熟的東西"②，同時，"將某一句構成功能單位的，是這一語句'要表達的意思'而不是表達這一意思的方式"③。在此基礎上，羅蘭·巴爾特又將功能層分為兩種形式類別：歸併類與分佈類。後者"包括所有的'跡象'"，這類單位"是一個對然多少有些模糊，但對故事意義必不可少的概念"，而且"要懂得一個跡象有什麼用，就必須過渡到較高一級的層次去，因為只有在那裏跡象的含義才得到解釋"④。因此，作為詩歌一部份的尾聯，亦是詩歌的一個功能層，構成尾聯這一功能單位的亦是尾聯所承載的敘述者要表達的意思。而同時，蘇軾慣常於以"橫絕筆力"達到"截乾淨而唱嘆無窮"的手法，則使得其詩歌尾聯這一功能層更接近歸併類，而"唱嘆無窮"則是用"跡象"的陳列來表達"含蓄的所指"。

而佛教靜定的觀照方式進入詩歌創作思維，所能帶來的靜穆、凝然的境界，則為蘇軾所應用，以實現其追求語言極具張力的藝術效果。而且蘇軾慣常將佛禪靜定照物所得應用於尾聯的書寫中，用一種靜穆的場景營造出一種氛圍，讓讀者通過對其陳列之"跡象"的辯讀活動，達到對其"含蓄的所指"的領悟。如其《和劉道原詠史》一詩：

> 仲尼憂世接輿狂，臧穀雖殊竟兩亡。吳客漫陳豪士賦，桓侯初笑越人方。名高不朽終安用，日飲無何計亦良。獨掩陳編弔興廢，窗前

① 《蘇軾詩集》，中華書局 1982 年版，第 582 頁。
② ［法］羅蘭·巴爾特：《敘事作品結構分析導論》，張寅德譯，《敘述學研究》，中國社會科學出版社 1989 年版，第 10 頁。
③ 同上書，第 11 頁。
④ 同上書，第 13 頁。

山雨夜浪浪。①

詩之前二聯列舉了形形色色的歷史人物，後言明萬事終歸空幻，名高不朽亦必隨時遷滅，不若如爰盎兄子種勸其之“日飲無何”。羅蘭·巴爾特認為：“一種功能只有當它在一個行動元的全部行為中佔有地位才具有意義；而這一行為本身又因為交給一個自身具有代碼的話語、得到敘述才獲得終極意義。”② 該詩的前三聯與尾聯形成一個完整的敘述行為，而尾聯則在前三聯敘述的基礎上，通過敘述作者通過對上述人、事的思慮後內心寂然、萬念不起，唯見窗前之瀟瀟夜雨。用這種含蓄的方式，營造出一種氛圍，讀者需要經過自己的辯讀方能領悟，故而紀昀讚曰：“收得生動，著此七字，便有遠神。”③ 而此“遠神”之韻味，正是蘇軾通過以靜定觀照方式體察外界的書寫來實現的。

　　這種手法大量出現在了蘇軾與佛教相關的絕句創作中，蘇軾這類作品或寄贈方外之交，或題於佛寺禪房。佛寺既是宗教場所，同時又是士大夫參學問道、遊歷交際的一個獨特文化活動空間，這本身即是一個“場域”，具有自我獨特的邏輯和客觀關係，這是影響置身其中之行動者的外在決定能力④。蘇軾寫作於佛教“場域”的詩歌，或因佛教“場域”獨特的蕭穆清幽氛圍，或因寄贈對象亦師亦友的僧人身份，皆有明顯而濃厚的佛教因子。具體的表現即是慣常於作結處營造蕭穆靜謐氛圍，以此傳遞其“含蓄的所指”。蘇軾《鹽官絕句四首》其一《南寺千佛閣》、《弔天竺海月辯才師》、《書雙竹湛師房二首》詩曰：

　　　　古邑居民半海濤，師來構築便能高。千金用盡身無事，坐看香煙繞白毫。⑤
　　　　欲尋遺跡強沾裳，本自無生可得亡。今夜生公講堂月，滿庭依舊冷如霜。⑥
　　　　我本江湖一釣舟，意嫌高屋冷颼颼。羨師此室才方丈，一炷清香

---

① 《蘇軾詩集合注》，上海古籍出版社 2001 年版，第 309 頁。
② ［法］羅蘭·巴爾特：《敘事作品結構分析導論》，張寅德譯，《敘述學研究》，中國社會科學出版社 1989 年版，第 9—10 頁。
③ 《蘇軾詩集》，中華書局 1982 年版，第 332 頁，《和劉道原詠史》詩注所引。
④ 關於佛寺“場域”的特點及其獨有形式和力量對置身其中行動者的分析，詳見本章第一節“寺院‘場域’內王安石詩歌創作對佛教觀照方式的運用”。
⑤ 《蘇軾詩集合注》，上海古籍出版社 2001 年版，第 367 頁。
⑥ 同上書，第 449 頁。

盡日留。

　　暮鼓朝鐘自擊撞，閉門孤枕對殘釭。白灰旋撥通紅火，臥聽蕭蕭雨打窗。①

詩之末尾或寫閣中香煙繚繞於佛像周圍，或寫庭院月光清冷如霜，或寫室內清香彌漫，或寫窗外夜雨瀟瀟，皆是對某一靜態畫面的描述。在這種表意型的詩歌中，蘇軾以描寫包含佛禪意蘊的場景作結，在尾聯採用對某一狀態進行定格式的書寫方式。這使文本的接受者必須進行辯讀活動，通過尾聯敘述者呈現出的"跡象"，領悟其中"含蓄的所指"。這使其詩歌在語言上更具張力，意在言外，而不是語盡意盡。

　　蘇軾於《與陳傳道五首》其二中曰："錢塘詩皆率然信筆。"這些作於"率然信筆"時期的詩篇中所展示的蘇軾對於靜定觀照方式的運用，則更能說明此一觀照方式對其影響之深。前述《書雙竹湛師房二首》等早期詩作，於作結處往往是書寫主體擯棄所有雜念、"懸置"所有經驗因素後的直觀所得，是放逐自我，以站在世界之外的觀察者的角度，對直觀所得作較為客觀化的陳述式書寫。而隨著蘇軾對於佛學研究的深入及其詩學思想的發展，蘇軾於作結處對靜定觀照所得的運用更加嫻熟，而他對於靜定觀照方式在詩歌中的運用，也發生了一定的變化，即轉向了凸顯任外界遷轉而不以之為意的隨緣任運精神，用自我參與其中的非客觀化的書寫方式，凸顯自我對於實顯的體驗。試觀其詩：

　　掃地焚香閉閣眠，簟紋如水帳如煙。客來夢覺知何處，掛起西窗浪接天。②

　　公退清閑如致仕，酒餘歡適似還鄉。不妨更有安心病，臥看縈簾一炷香。③

　　西園牡禽夜沉沉，尚有遊人臥柳陰。鶴睡覺時風露下，落花飛絮滿衣襟。④

---

① 《蘇軾詩集合注》，上海古籍出版社 2001 年版，第 497 頁。

② （宋）蘇軾：《南堂五首》其五，《蘇軾詩集合注》，上海古籍出版社 2001 年版，第 1116 頁。

③ （宋）蘇軾：《臂痛謁告作三絕句示四君子》其一，《蘇軾詩集合注》，上海古籍出版社 2001 年版，第 1708 頁。

④ （宋）蘇軾：《三月二十日開園三首》其二，《蘇軾詩集合注》，上海古籍出版社 2001 年版，第 1919 頁。

與其早期的絕句凸顯以靜定觀照方式體察外界之所得不同，蘇軾晚年創作
對靜定觀照方式的運用，所要表達的是主體對於生活熱愛之情懷的流露，
是主體超越灑脫精神的外化。第一首詩所描述的是自己夢醒時，掛起窗簾
遠望，白浪滔天。蘇軾用外界之動，來凸顯其内心之寂然安閑。第二首
詩，蘇軾先敘述自己公退後飲酒自適的生活，而後用香煙繚繞中坐禪息心
之自我形象的書寫作結，蘇軾對於自己飲酒坐禪並行不悖的生活細節的描
寫，意在彰顯自己隨緣自適之精神。第三首詩寫自己於園中睡覺時，但見
落花飛絮沾滿衣襟，意在彰顯自己天真自放之性情。三詩之作結句，皆是
對消解掉自我情思之場景的書寫，究其實質而言，即是通過"跡象"的
陳列引導讀者展開創造性的想象，上升到超出字面意思的層次，體会到作
者意圖表達的身在俗世而超越俗世的坦然自得。

在蘇軾晚年遭逢巨大政治迫害的同時，其超越豁達，不以之為意的精
神反而得到更明顯的彰顯。與此相適應，蘇軾慣用靜定觀照方式，通過書
寫其内心不以外界變遷為意的寧靜安然，來彰顯其精神的超越。建中靖國
元年正月，蘇軾度大庾嶺北歸，途中作詩曰：

> 七年來往我何堪，又試曹溪一勺甘。夢裹似曾遷海外，醉中不覺
> 到江南。波生濯足鳴空澗，霧繞征衣滴翠嵐。誰遣山雞忽驚起，半巖
> 花雨落毿毿。①

"若問平生功業，黄州惠州儋州"，此前謫居惠州的經歷已化為一種回憶
體驗，蘇軾此次北歸再過嶺南，先前體驗引發了與其平行的回憶體驗。同
時，六祖嶺南傳道使得此地具有一種濃郁的禪宗氛圍，加之蘇軾習禪的經
歷，遂使此地成為了對蘇軾而言具有"場域"的文化活動空間。故而，
雖非與佛教有明確聯繫之詩題，卻因上述原因呈現出了佛教的意蘊，是以
有"曹溪一勺甘"之語。此詩前兩聯敘述自己七年兩次經過曹溪，播遷
海外，回歸江南，皆如同醉夢。其意乃是言明人生如夢，虛幻不實，亦隱
含了蘇軾對此虛幻不實之人生毫不掛懷之意。因而蘇軾面對人生變故、世
事變遷，心如古井之水，毫無波瀾、澹泊平靜，故能照見萬象之態，聽波
浪鳴響於澗中之音，感霧氣潤濕征衣之涼，寧靜中山雞忽起，山巖上之野
花伴隨著附著於其上的水珠毿毿灑落。蘇軾通過對於靜定觀照所得之景的
書寫，將内心之寧靜超越與不繫於物之精神凸顯無餘，極大豐富了詩歌語

---

① （宋）蘇軾：《過嶺二首》其二，《蘇軾詩集合注》，上海古籍出版社 2001 年版，第 2264 頁。

言之張力。

方東樹曰："凡結句都要不從人間來，乃為匪夷所思，奇險不測。他人百思所不解，我卻如此結，乃為我之詩。……不然，人人胸中所可有，手筆所可到，是為凡近。"① 蘇軾將靜定觀照方式融入詩歌創作思維，其具體表現之一是將靜定所得凝煉為一聯或數聯，於詩歌作結處書寫之，以此來表現自己清曠之胸懷，凸顯詩歌語言的張力，避免"凡近"之病。王楙《野客叢書》將此種手法稱為"詩人斷句入他意"，並引《步里客談》中語云："古人作詩斷句，輒旁入他意，最為警策。"② 並稱"魯直此體甚多"，實際上這種手法在蘇軾集中已蔚為大觀。

這種結句"不從人間來"、"斷句入他意"的手法，本質上講即是讓作品出現"不定點"。英伽登認為讀者的閱讀是一種創造性活動："（讀者）補充再現在拙著中沒有確定的許多方面。……我把這種補充確定叫做再現客體的具體化。在具體化中，讀者進行著一種特殊的創造活動。他利用從許多可能的或可允許的要素中選擇出來的要素，主動地借助於想象'填補'了許多不定點。一般說來，作出'選擇'在讀者方面並沒有一種自覺的、特別是系統闡述的意向。他只是使自己的想象擺脫羈絆，用一系列新要素來補充對象，以使它們看起來是完全確定的。"③ 而蘇軾於尾聯應用佛禪靜定照物的觀照方式營造一種氛圍，藉以表現其覺心不動、隨緣任運之精神，這既是利用尾聯這一功能層，用"跡象"的陳列來傳遞其"含蓄的所指"，亦是製造"不定點"，調動讀者創造性的閱讀能力，增強詩歌張力與表現力的一種手法。

並且，蘇軾對這一詩歌技法之運用，經歷了一個過程，即早期主要通過對靜定思維觀物所得的書寫，來營造靜穆境界，逐漸過渡到晚期運用此觀照方式照物，將靜態場景的書寫，融入其不繫於物之動態精神的展現中，以此彰顯出身在俗世而超越俗世的隨緣任運精神。蘇軾在詩歌作結處，運用靜定觀照方式所達到的藝術效果，正如周裕鍇先生所言："它使詩歌的意脈從對主題的執著中解脫出來，以'不窘於題'的瀟灑表現出一種藝術的自由以及精神的超越，從而傳達出了某種生命了悟的感受。"④

----

① （清）方東樹：《昭昧詹言》，人民文學出版社 1961 年版，第 239 頁。
② （宋）王楙：《野客叢書》卷二十五，上海古籍出版社 1991 年版，第 363 頁。
③ ［波蘭］英伽登：《對文學的藝術作品的認識》，陳燕谷、曉未譯，中國文聯出版公司 1988 年版，第 53 頁。
④ 周裕鍇：《宋代詩學通論》，上海古籍出版社 2008 年版，第 460 頁。

二　靜觀所得的“催化”作用——靜定觀照方式在詩歌中段的運用

蘇軾往往於詩歌作結處書寫靜定照物所得，以“跡象”陳列、營造“不定點”之方式引導讀者進行創造性思考，增強詩歌表現內容與語言張力。除此之外，蘇軾還往往於詩歌中段書寫靜定照物所得，以凸顯實現體驗的方式，使之服務於詩歌的整體敘述，使詩歌具備層次鮮明的敘事特點。

如前所述，羅蘭·巴爾特將敘事作品分為功能、行為與敘述三個層次，其中功能層又分為歸併類與分佈類。與歸併類需要過渡一個較高層次才能辯讀出其意義不同，分佈類是在同一層次上的，“功能的裁定只是在‘更後面’，這是一種橫向的裁定”①，即分佈類的描述是為後面的敘述所服務的。分佈類因具體單位的性質不同，可劃分核心和催化，其中核心的“唯一條件是功能依據的行為為故事的下文打開（或者維持，或者關閉）一個邏輯選擇”②，而催化則是依附主要功能，起著增強、削弱等作用：“一筆一語表面是多餘的，然而它始終具有一個話語功能，它使話語加快、減慢、重新開始；它簡述、預述、有時甚至造成迷惑。凡是記錄下來的東西總是以值得記錄的重要東西的面貌出現的，因此催化不斷地觸發話語的語義張力，不斷地說：曾經具有、將要具有意義。”③

蘇軾於詩歌中段運用靜定照物書寫的方式，在律詩和古體詩中有所不同。在律詩中，蘇軾往往於頷聯、頸聯中運用動靜結合的方式，凸顯對實顯物的體驗，體驗的書寫與凸顯即作為“核心”與“催化”，為尾聯作結點睛張目。在古體詩中，蘇軾往往隨著自我直觀目光朝向的變化，書寫先後進入注意到的實顯物，在完成敘事的同時，以靜定照物這一獨特方式賦予敘事行為以更多的意義，起到“催化”的作用，增強詩歌的層次感與表現力。這一特點，在蘇軾佛教場域內所作詩歌中體現的尤為鮮明。

1. 靜定觀照方式的在蘇軾律詩中段的運用

惠洪《冷齋夜話》中載：“東坡嘗曰：淵明詩初看若散緩，熟看有奇句。如‘日暮巾柴車，路暗光已夕。歸人望烟火，稚子候簷隙。’又曰：‘採菊東籬下，悠然見南山。’又：‘靄靄遠人村，依依墟里烟。犬吠深巷中，雞鳴桑樹顛。’大率才高意遠，則所寓得其妙，造語精到之至，遂能

---

① ［法］羅蘭·巴爾特：《敘事作品結構分析導論》，張寅德譯，《敘述學研究》，中國社會科學出版社 1989 年版，第 14 頁。

② 同上。

③ 同上書，第 15 頁。

如此。似大匠運斤，不見斧鑿之痕。不知者困疲精力，至死不之悟，而俗人亦謂之佳。如曰：'一千里色中秋月，十萬軍聲半夜潮。'又曰：'蝴蝶夢中家萬里，子規枝上月三更。'又曰：'深秋簾幕千家雨，落日樓臺一笛風。'皆如寒乞相，一覽便盡，初如秀整，熟視無神氣，以其字露也。東坡作對則不然，如曰：'山中老宿依然在，案上《楞嚴》已不看'之類，更無齟齬之態，細味對甚的而字不露，此其得淵明之遺意耳。"① 蘇軾對陶淵明詩之稱讚著眼於淵明不事雕琢而意蘊閑遠，值得注意的是蘇軾所舉之陶詩皆乃其詩歌中間之警句，並皆為寫景之句。同樣，蘇軾所批評之"無神氣"之句，也全部是詩歌中間寫景之句。從中可以看出，蘇軾對於詩歌中寫景之句的重視，即在注重對仗精確之前提下，追求自然天成而又意蘊閑遠之藝術效果。以靜定觀照方式體察外界，強調主體內心在擯棄雜念的狀態下，如古井之水般映照萬象，以沉靜的意境表述之。這種觀照方式的運用則與蘇軾對詩句不事雕琢而意蘊閑遠的追求具有相通之處，蘇軾也慣於把靜觀外界之所得，凝煉為一聯或數聯，融入在詩歌中間，使其詩歌在層次性上更加鮮明。

　　蘇軾詩中對於靜定觀照方式體察外界之所得的書寫，大多通過對靜態畫面的側重描述，來凸顯靜穆之境界，這與王孟派詩人相似。但蘇軾詩中靜觀所得之句，大多運用較為客觀的描述方式，多角度地凸顯出自己對於實顯事物的體驗。其往往在詩歌創作中，將書寫靜觀所得的詩句，與動態感的詩句相結合，使二者相互映照，產生緩急交替的節奏感，以此增強詩歌之層次感。值得注意的是，蘇軾這種手法的運用大多集中在作於佛教"場域"內的詩歌中，佛教"場域"以其特有的力量和形式對置身其中之行動者產生影響，使其對外部世界及自我生命的觀照方式呈現出符合佛教靜定照物的特點。如蘇軾倅杭時期於開元寺作詠山茶花詩：

　　　　長明燈下石欄干，長共杉松鬭歲寒。葉厚有棱犀甲健，花深少態鶴頭丹。久陪方丈曼陀雨，羞對先生苜蓿盤。雪裏盛開知有意，明年開後更誰看。②

蘇軾此詩通過對佛教詞彙的運用和靜穆氛圍的營造來表情達意。首聯描繪

---

① （宋）惠洪：《冷齋夜話》，《稀見本宋人詩話四種》本，江蘇古籍出版社 2002 年版，第14 頁。
② （宋）蘇軾：《和子由柳湖久涸，忽有水，開元寺山茶舊無花，今歲盛開二首》，《蘇軾詩集合注》，上海古籍出版社 2001 年版，第 311 頁。

出了開元寺古舊之石欄干、蒼松與山茶花相伴的靜穆之景，而後描繪山茶花之形態，枝葉繁茂如犀牛甲一般厚實，幾朵形似鶴頭紅似的小花點綴於其中。詩之前兩聯通過消解掉個人情思的靜態場景的描寫，營造出沉靜之意境；而後筆鋒一轉，在頸聯中，蘇軾運用動賓式動詞與名詞結構的句式，以流動之句式、擬人之手法言山茶花以往不盛開是因為常陪伴方外之人，故不願與學官相對，尾聯結出人生漂泊不定之感慨。將擺脫所有雜念後直觀所得之事物，進行動靜結合的書寫，這種方式就其實質而言是對意向對象的一種構造與設想，是對眼前實顯體驗的著重凸顯。現象學的觀點認為主體眼前的事物由兩部份組成：被直覺注意到的實顯，及未被注意到的非實顯事物組成的暈圈，二者的對比強烈程度決定意識活動的意義①。這種動靜結合的敘述方式凸顯了主體對於實顯物的體驗，加大了實顯物與非實顯物的對比，彰顯了主體意識活動的意義，即是在排除所有雜念以素樸眼光觀照外物時，所獲得對外物自在自為存在的領悟。同時，"少態"、"久陪"、"羞對"等用語，是作者構造意向對象的想象，在完成描述山茶花這一敘事行為的同時，又起到了催化作用，突出了作者對山茶花自在自為、安閒自得之生存狀態的欽羨，以之來為尾聯"長恨此生非我有"的漂泊感慨張目。

　　靜動結合凸顯主體的實顯體驗，增強了敘事話語的語義張力，以催化的作用更好地完成敘事，這也豐富了詩歌的層次感。此手法在蘇軾律詩創作中頗為常見，其《壽星院寒碧軒》詩曰：

　　　　清風肅肅搖窗扉，窗前修竹一尺圍。紛紛蒼雪落夏簟，冉冉綠霧沾人衣。日高山蟬抱葉響，人靜翠羽穿林飛。道人絕粒對寒碧，為問鶴骨何緣肥。②

該詩亦是佛教"場域"內的作品，亦體現出了佛教"場域"對作者的影響。其首聯點出了寒碧軒窗外修竹林立，在風中瑟瑟作響之清新環境；頷聯繼續書寫環境之清幽，竹葉落於夏簟之上，林中綠霧潤濕衣襟；頸聯則書寫自己寓目之景，正午之時，鳴蟬在林葉中聒噪，小鳥穿林飛過，蘇軾用這種動態的描寫，襯托出寒碧軒之靜謐；尾聯用對過午不食之僧人消瘦之貌的感慨作結，更加鮮明地凸顯出清幽之境。中二聯運用動靜交映手法

---

①　[德] 胡塞爾認為："正是這些實顯物在與非實顯物對比時，以最廣泛的普遍性決定著'我思'、'我對某物有意識'、'我進行著一種意識行為'這些詞語的隱含意義。" [德] 胡塞爾：《純粹現象學通論》，李幼蒸譯，商務印書館 1992 年版，第 121 頁。

②　《蘇軾詩集合注》，上海古籍出版社 2001 年版，第 1595 頁。

凸顯出了主體對實現物的體驗，蘇軾以素樸目光直觀把握寓目事物，構造出了一個靜謐安閒、自在自為的世界。在完成對寓目事物敘述的同時，主體對意向對象統一體的獨特構造，又對敘事起到了催化作用，凸顯出了作者對此清幽環境的喜愛，增強了語言張力，有助於引發讀者閱讀中創造性的想象的展開。尾聯冥心宴處之消瘦僧人即是身處此地的修行者，亦是此自在自為世界的組成者，同時還是如蘇軾一般觀想自在自為外物的思想者。方東樹評此詩曰："奇氣一片"①，而此渾然一體之清奇，正是通過凸顯層次感的詩歌技法所展現出來的。

　　諸如此類的例子尚有許多，如遊普照寺時所作詩："富春真古邑，此寺亦唐餘。鶴老依喬木，龍歸護賜書。連筒春水遠，出谷晚鐘疎。欲繼江潮韻，何人為起予。"②頸聯用"連筒"、"出谷"、"春"、"晚"修飾"水"、"鐘"，以之與頷聯簡單句式相對應，以此緩急相映手法凸顯主體對實顯物的體驗，以催化作用凸顯出作者內心的淡然欣喜，引出尾聯主體創作興致的高漲。過乾明寺前東時作詩曰："高亭廢已久，下有種魚塘。暮色千山入，春風百草香。市橋人寂寂，古寺竹蒼蒼。鸛鶴來何處，號鳴滿夕陽。"③亦是用動態的語詞描述寓目之靜態實顯物，頷聯將傍晚的山峰描寫為正在隱入暮色之中，將聞到的香氣描寫為百草燻香了春風。而頸聯則直書環境的靜謐。以此動靜交映的對比凸顯主體對實顯物的體驗，使之在敘事中起到催化的功能，擴展了詩歌的表現內容，引導讀者創造性閱讀行為的展開，以之為尾聯的書寫做好鋪墊。

　　2. 靜定觀照方式在蘇軾古體詩中的運用

　　黃庭堅曰："往年嘗請問東坡先生作文章之法，東坡云但熟讀《禮記》、《檀弓》當得之。既而取《檀弓》二篇讀數百過，然後知後世作文章不及古人之病，如觀日月也。文章蓋自建安以來，好作奇語，故其氣象衰薾，其病至今猶在。唯陳伯玉、韓退之、李習之，近世歐陽永叔、王介甫、蘇子瞻、秦少游乃無此病耳。"④黃庭堅師從蘇軾，其語當不為無據，蘇軾認為《檀弓》、《禮記》與詩文法有相通處，既是著眼於二者敘述風格對詩文技法具有啟發意義，亦極有可能是指二者平易閑遠之風格，是詩

---

①　（清）方東樹：《昭昧詹言》，人民文學出版社 1961 年版，第 449 頁。

②　（宋）蘇軾：《獨游富陽普照寺》，《蘇軾詩集合注》，上海古籍出版社 2001 年版，第 407 頁。

③　（宋）蘇軾：《雨晴後步至四望亭下魚池上遂自乾明寺前東岡上歸二首》其二，《蘇軾詩集合注》，上海古籍出版社 2001 年版，第 1005 頁。

④　（宋）黃庭堅：《與王觀復書三首》其一，《黃庭堅全集·正集》卷十八，四川大學出版社 2001 年版，第 470—471 頁。

文所應達到之境界。文中黃庭堅認為蘇軾擺脫了"好作奇語"、"氣象衰薾"之病,指出了蘇軾詩文自然平易但又意蘊閑遠的特點。胡應麟曰:"古詩正與《檀弓》類,蓋皆和平簡易。而其敘致周折,語意神奇處,更千百年大匠國工殫精竭力不能恍惚。"① 胡應麟通過《檀弓》與古詩的比擬,指出了古詩應"和平簡易"、"敘致周折"。蘇軾強調《檀弓》與詩文法之關係,其古詩創作亦是追求和平簡易、敘致周折。

在追求和平簡易方面,佛禪靜觀的觀照方式可使主體從一嶄新的視角看待外界,從而在觀照中得出新的感悟,這樣可在避免"好作奇語"之同時,實現詩歌境界之創新。同時,詩歌中靜觀所得之句,與以平常視角觀物所得之句及表意之句相結合,以靜定照物的獨特意蘊起到敘事中的"催化"作用,增強詩歌的語義張力,擴展詩歌的表現內容,使詩歌層次鮮明,從而實現"敘致周折"。蘇軾對此雖沒有直接的論述涉及之,但從其古體詩之創作中,可以明顯地看出他運用靜定觀照方式,以追求和平簡易而敘致周折之境界的痕跡:

> 徙倚秋原上,淒涼晚照中。水流天不盡,人遠思何窮。問諜知秦過,看山識禹功。稻涼初吠蛤,柳老半書蟲。荷背風翻白,蓮腮雨退紅。追遊慰遲暮,覓句效兒童。北望苕溪轉,遙憐震澤通。烹魚得尺素,好在紫髯翁。②
> 郊原雨初足,風日清且好。病守亦欣然,肩輿白門道。荒田咽蚓蚓蛐,村巷懸梨棗。下有幽人居,閉門空雀噪。西風高正厲,落葉紛可掃。孤僮臥斜日,病馬放秋草。墟裏通有無,垣牆任摧倒。君家本冠蓋,絲竹鬧鄰保。脫身聲利中,道德自濯澡。躬耕抱羸疾,奉養百歲老。詩書膏吻頰,菽水媚翁媼。饑寒天隨子,杞菊自擷芼。慈孝董邵南,雞狗相乳抱。吾生如寄耳,歸計失不早。故山豈敢忘,但恐迫華皓。從君學種秋,斗酒時相勞。③

前詩先以寫景入手,緊接著敘述自己與友人天各一方之思念之情。而後的"稻涼"四句,運用靜定觀照方式入詩,是作者厭倦仕途奔波勞累後內心

---

① (明)胡應麟:《詩藪·內編》卷二,上海古籍出版社1979年版,第27頁。
② (宋)蘇軾:《宿餘杭法喜寺,寺後綠野堂,望吳興諸山,懷孫莘老學士》,《蘇軾詩集合注》,上海古籍出版社2001年版,第320頁。
③ (宋)蘇軾:《過雲龍山人張天驥》,《蘇軾詩集合注》,上海古籍出版社2001年版,第723頁。

波瀾不起，萬象投映於其中的表現。秋高氣爽稻田傳來陣陣蛙聲，布滿食葉蟲之老柳①，被風吹翻之荷葉，雨後花瓣凋落之蓮花，既是以書寫主體直觀目光所朝向的事物進行敘事，亦通過對自在自為變化著的意向對象的構造，彰顯出主體在觀照中獲得的體驗，而後其結出希望友人寄信之意。後詩首敘其出游，緊承其後的"西風"四句，用消解掉自我情思的手法，將寓目所見呈現於詩篇。既是對友人居所場景的敘述，亦通過落葉不掃、童僕懶睡、馬逐秋草等意向對象的獨特構造，使之起到"催化"的作用，彰顯友人慵懶自得、心不繫物之脫俗精神，為下文敘述提前張目。

從其詩歌分析來看，蘇軾對於靜定照物所得的書寫，使得其詩在不事雕琢、不用典故的情況下，通過章法的轉折表露出其清新嫻雅之風致。同時，蘇軾本自佛禪靜定方式觀想外物，在書寫直觀目光朝向事物變化的同時，又賦予了事物自在自為存在的意蘊，此意蘊以"催化"的功能，完善、豐富著詩歌的敘事，讓讀者更明顯地注意到蘇軾敘事中所要表達的情感，從而使詩歌達到了"敘致周折"的效果。

除此之外，蘇軾古體詩之創作中對於靜定觀照方式之應用，還往往夾雜於全篇之中，靜觀所得之景的書寫與平常視角觀物所得之書寫，往復回環，形成動、靜交替更迭之形態。試觀其《宿臨安淨土寺》詩、《南都妙峰亭》詩：

> 雞鳴發余杭，到寺已亭午。參禪固未暇，飽食良先務。平生睡不足，急掃清風宇。閉門群動息，香篆起煙縷。覺來烹石泉，紫筍發輕乳。晚涼沐浴罷，衰髮稀可數。浩歌出門去，暮色入村塢。微月半隱山，圓荷爭瀉露。相攜石橋上，夜與故人語。明朝入山房，石鏡炯當路。昔照熊虎姿，今為猿鳥顧。廢興何足弔，萬世一仰俯。②

> 千尋掛雲闕，十頃含風灣。開門弄清泚，照見雙銅鐶。池台半禾黍，桃李餘榛菅。無人肯回首，日暮車班班。使君非世人，心與古佛閑。時要聲利客，來洗塵埃顏。新亭在東皐，飛宇凌通闤。古甃磨翠壁，霜林散煙鬟。孤雲抱商丘，芳草連杏山。俯仰盡法界，逍遙寄人寰。亭亭妙高峰，了了蓬艾間。五老壓彭蠡，三峰照潼關。均為拳石小，配此一掬慳。煩公為標指，免使勤躋攀。③

---

① "書蟲"依《漢書·五行志》之解釋："昭帝時，上林苑中大柳樹斷仆地，一朝起立，生枝葉，有蟲食其葉，成文字。"

② 《蘇軾詩集合注》，上海古籍出版社 2001 年版，第 322 頁。

③ 同上書，第 1255 頁。

前詩先敘述詩人出游到寺之舉止，食飽後閉門安眠，"閉門"二句純以書寫靜觀所得來凸顯安閑靜謐之場景，而後其再敘醒後烹茶、沐浴、出寺之行動，接著又以微月隱山、圓荷瀉露之靜觀所見之景的書寫緊承其後，後其再敘明朝游歷之舉止，並以興廢弔古之懷古感慨作結。後詩先述妙峰亭之周圍環境，該亭居於高峰，毗鄰清泚，而後承以靜觀所得之二句，池臺廢棄，布滿榛菅，車馬往返於其側而無人關注之，以此引出自己與世人相異，而心如古佛般閑靜，常邀客來訪的行動描寫。緊承其後，又是對於靜觀所得的書寫，古井布滿青苔的井壁，寒林之上籠罩的霧氣；天邊之孤雲似與商丘城相接，遠處之芳草綿延開去直至杏山。蘇軾用此凸顯出了一個清新寂寥的境界，而後之作結又以行動描寫收之。二詩中，靜態畫面之刻畫與動態舉止之敘述相結合，不論是靜態的描述還是動態的刻畫，蘇軾都是在對意向對象進行著獨特的構造，而不是客觀的再現。這實質上就是在完成敘事活動的同時，讓前述獨特的構造起到"催化"的作用，讓讀者更強烈地注意到作者想要敘述的內容，使詩歌在自然平易之基礎上，通過層次性的豐富，達到"敘致周折"之章法效果，並用動態舉止之書寫凸顯出沉靜閑遠之意境。

胡應麟《詩藪》在論及詩歌用事時曰："詩自摹景述情外，則有用事而已。用事非詩正體，然景物有限，格調易窮，一律千篇，祇供厭飫。欲勸人筆力才詣，全在阿堵中。且古體小言，姑置可也，大篇長律，非此何以成章？"① 蘇軾詩歌在注重用典使事之同時，打通佛禪靜定的觀照方式與詩歌創作思維之界限，將靜觀所得凝煉地表達之，使之融入到全詩之中，在完成敘事的同時，用靜定照物所帶入的獨特氛圍起到"催化"的作用，增強全詩的層次感，以達到更好的抒情表意之效果。

三　靜定觀照方式運用入詩與蘇軾學佛之關係

蘇軾《評韓柳詩》曰："柳子厚詩在陶淵明下，韋蘇州上。退之豪放奇險則過之，而溫麗靖深不及也。所貴乎枯澹者，謂其外枯而中膏，似澹而實美。淵明、子厚之流是也。若中邊皆枯澹，亦何足道。佛云：'如人食蜜，中邊皆甜。'人食五味，知其甘苦者皆是，能分別其中邊者，百無一二也。"② 論者多將"外枯而中膏，似澹而實美"，從形式與內容的角度理解之，如廖肇亨先生認為："蘇軾所謂'中邊'，其實大約是指外在形

---

①　（明）胡應麟：《詩藪》，上海古籍出版社 1979 年版，第 64 頁。
②　（宋）蘇軾：《蘇軾文集》，中華書局 1986 年版，第 2109—2110 頁。

貌的枯澹與內在情思的豐美，藉分別中邊之難，以見讀書識人之不易。"①
首先，蘇軾此語目的乃是評價前輩詩人之詩，未涉及"讀書識人"之問
題；其次，蘇軾認為韓愈之詩在豪放奇險上超過了柳宗元詩，而在溫麗靖
深上則遠不如柳詩，也就是說蘇軾認為柳詩在豪放奇險與溫麗靖深二種風
格的平衡性上，與韓詩相比，較為合理得當。蘇軾進而舉例說：人能很容
易的分別甘苦，但作為甘甜之物的蜜，人們要想分別其中與邊，則百人中
無一人可做到。其目的乃在於說明詩文應具有層次感，應做到枯與澹、膏
與美兼具，以枯澹之存在凸顯出膏腴之豐美：枯與澹、膏與美是對立存在
的，若對立面喪失，則其意義亦不復存在。因而要突出某一部分，必須有
映襯對象才能凸顯要表達之主題。

　　從蘇軾作於佛教"場域"之詩歌的分析來看，蘇軾對佛教靜定觀照
方式的運用，乃是著眼於詩歌中動與靜的對立統一。並且，蘇軾在詩歌創
作技法上對於動態感與靜態美對立統一的追求，與其對於佛學念念不住、
旋立旋破之思想的借鑒不無關聯。蘇軾《寶繪堂記》中云："君子可以寓
意於物，而不可以留意於物。寓意於物，雖微物足以為樂，雖尤物不足以
為病；留意於物，雖微物足以為病，雖尤物不足以為樂。"② 其意雖本自
《老子》，但表達的卻是佛教"無所往而生其心"的思想。佛教理論認為
萬物皆歸空無，即使是自己之思想及所悟之道，也皆為空幻，故不應產生
任何執著，"學道之人要復如嬰孩，榮辱功名、逆情順境，都動他不得。
眼見色與盲等，耳聞聲與聾等。如癡似兀，其心不動，如須彌山。這箇是
衲僧家真實得力處。"③ 但蘇軾對無住生心之思想的理解又有著自己的獨
特特點，有著明顯的受道家相生相待思想啟發的痕跡④。而此在其詩歌創
作中的反映，即是蘇軾從不單一地迷戀於某種特定之風格或境界，而是力
圖將多種風格、境界實現完美之融合，即使是在單篇詩歌的創作中。

　　因而蘇軾在運用靜定觀照方式時，或於篇末書寫靜觀所得，通過
"跡象"的陳列與"不定點"的營造凸顯靜穆境界及主體超越精神；或於
詩中書寫靜觀所得，用靜觀所特有的意蘊起到敘事中"催化"的作用，
以增強詩歌的層次感。方東樹曰："坡詩每於終篇之外，恒有遠境，非人
所測。於篇中又有不測之遠境，其一段忽自天外插來，為尋常胸中所無

①　廖肇亨：《中邊·詩禪·夢戲》，臺北允晨文化有限公司 2008 年版，第 165 頁。
②　《蘇軾文集》，中華書局 1986 年版，第 356 頁。
③　(宋)圜悟克勤編：《佛果圜悟禪師碧巖錄》，《大正藏》第 48 卷，第 206 頁中。
④　參見第二章第二節之論述。

有。"① 方氏古文家的身份，使他對蘇軾詩歌的關注帶有從章法、文法角
度著眼的色彩，而其評語也正指出了蘇軾常於作結處運用寫景之句增強語
言張力，彰顯境界之靜穆的特點；也指出了蘇軾詩常於篇章中夾雜寫景之
句，以使詩歌層次感鮮明的特點。而蘇軾詩歌中寫景之句，往往運用靜定
觀照方式，通過自我情思的消解，凸顯出寓目之場景的清新及觀照主體的
心無掛礙。與王孟派詩人單純在詩篇中營造靜穆之境界不同，蘇軾往往在
靜穆境界的詩篇中加入動感之因素，在動感詩篇中融入對於自然界靜態美
的書寫，使其詩篇不僅僅是單純對靜穆或動感之境界的再現。這正是蘇軾
不執著於某一特殊境界的表現，也正是旋立旋破之佛學精神的體現。

　　綜上所述，蘇軾對於佛教靜定觀照方式的應用，不是在詩歌中單純運
用此一種觀照方式，來營造出一個單一的靜穆的境界，而是將靜觀之所得
納入全詩之創作中，使對於靜觀所得的書寫成為全詩之一部分。或通過敘
事過程中"跡象"的陳列與"不定點"的設定，引導讀者展開創造性的
閱讀與想象；或使靜定照物對意向對象獨特構造所帶入的獨特意蘊，在敘
事中起到"催化"的作用增強詩歌的表現力。因而，在蘇軾詩歌創作思
維與佛學之關係的探索上，蘇軾對於禪宗思辨思想的借鑒固然是相對明顯
而十分重要的；但蘇軾對於佛教靜定思維方式的運用，亦在其詩學思想中
占有重要的地位，亦應予以關注，正如方東樹所說："坡詩縱橫如古文，
固須學其使才恣肆處，猶當細求其法度細緻處，乃為作家。"②

第三節　靜觀與黃庭堅詩歌創作思維

　　在《五燈會元》、《續傳燈錄》等禪宗典籍中被列為臨濟宗黃龍派門人
的黃庭堅，其思想中包含有大量的佛學成分，並且這些佛教的思想對黃庭
堅的詩歌創作產生了深遠的影響。其中佛禪觀照外部世界的方式，尤其是
佛教"靜觀"的觀照方式，對黃氏之思想乃至詩歌創作產生的影響尤為深
刻。與王安石、蘇軾有很大的不同，黃庭堅對靜定觀照方式的運用，並不
是單純地站在佛教的立場，而是與其修養方式的整合儒釋相一致，兼具儒
釋之特點。這與黃庭堅所追求的覺悟、護持真如自性，堅守倫理信念之精
神境界的追求密不可分，亦是黃氏護持真如自性、堅守倫理信念所臻之獨

---

① （清）方東樹：《昭昧詹言》，人民文學出版社 1961 年版，第 292 頁。
② 同上書，第 241 頁。

立不倚精神境界的外化。這突出表現在兩個方面，一是靜穆之意象、營造靜穆境界之詩句屢次出現，而其許多詩歌中所要表達的亦是自己頓悟後內心的寂然不動、"離偽妄無遷改"的體驗，亦可稱之為"真如"①；二是以真如之心性觀照外物，將自己理性深沉、抱道而居、超然灑脫的精神境界灌注於日常景物的描寫中，使其詩歌具有一種"以法眼觀，無俗不真"的灑脫超然韻味與悠然自得之趣。並且，黃庭堅對於"靜觀"的運用與其詩學中"詩非苦思不可為"及追求"不俗"之境界亦有著密切的聯繫。

往昔，論者對黃庭堅與佛教之關係也頗為關注。然遍覽有關研究，在佛禪"靜觀"與黃庭堅詩歌關係之方面，尚乏相關論述。拙著此處擬從黃庭堅詩文的解讀入手，結合相關資料，力圖揭示佛禪"靜觀"與黃氏詩歌創作之關係。

一 淡泊自持的人格精神特點與黃庭堅對詩歌本體的認識

黃庭堅強調對於覺悟真如自性後的護持，重視對於忠信孝友等倫理信念的堅守，此種護持與堅守，使其人格精神呈現了淡泊自持、獨立不倚的特點，而這種精神的具體表現就是以學以待世之用，但不以用與不用為意。其《楊概字說》中有言曰："今夫學至於無心，而近道矣。得志乎，光被四表；不得志乎，藏之六經。皆無心以經世故耶！"② 其《濂溪詩序》亦是著重讚揚周敦頤持節不屈、出處一貫、無心經世的品格。黃庭堅詩中亦多與此相似之語："文章不經世，風期南山霧。化蟲吟四時，悲喜各有故。吾獨無間然，子規勸歸去。"③ "無心經世網，有道藏丘山。"④ "寂寥吾道付萬世，忍向時人覓賞音。"⑤ 並且黃庭堅重視在日常生活中實踐自己的人格修養目標，反對空談，其有言曰："今孺子總發而服大人之冠，執經談性命，猶河漢而無極也。吾不知其說焉。君子之道，焉可誣也！君子欲有學，

---

① （宋）子璿集《首楞嚴義疏注經》卷四之注："離偽妄無遷改，故曰真如。"《大正藏》第 39 卷，第 889 頁中。
② 《黃庭堅全集》卷二十四，四川大學出版社 2001 年版，第 625 頁。
③ （宋）黃庭堅：《寄晁元忠十首》其十，《黃庭堅詩集注·山谷外集詩注》卷十二，中華書局 2003 年版，第 1184 頁。
④ （宋）黃庭堅：《平陰張澄居士隱處三詩》之"仁亭"，《黃庭堅詩集注·山谷詩集注》卷一，中華書局 2003 年版，第 71 頁。
⑤ （宋）黃庭堅：《洪龜以不合俗人題廳壁二絕句次韻和之》其一，《黃庭堅詩集注·山谷外集詩注》卷九，中華書局 2003 年版，第 1070 頁。

則自俎豆、鐘鼓、宮室而學之,灑掃、應對、進退而行之。"① 此外,黃庭堅十分重視的道德修養,具體說來即為"孝友忠信",其《答洪駒父書》中云:"自頃嘗見諸人論甥之文學,它日當大成,但願極加意於忠信孝友之地。"② 其《戒讀書》一文中亦曰:"士大夫家子弟,能知忠信孝友斯可矣。"③ 皆主張於日常生活中的具體力行中實踐道德倫理的修養。

學以用世,但不以用與不用為意的思想特點,使黃庭堅少了前人或同時代其他人失志時的怨歎與憤懣,卻多了幾分從容與灑脫。而這種從容與灑脫,從很大程度上來說,正是黃庭堅本自真如心性,靜觀人世所獲的一種哲理上的超越;君子之道寓於日常生活中的思想特點,使他更加關注日常生活,並能以不同於常人的眼光看待日常生活,從而能從中發現別人不曾發現的美。黃庭堅這兩個思想特質,使他靜觀的對象不僅僅是坐禪時內心的體悟,而更廣泛地擴展到其目光所及的各個領域。這也是黃氏多次強調"觀"的根本原因,如"市聲鏖午枕,常以此心觀"、"養生遺形骸,觀妙得骨髓"、"事常超然觀,樂與賢者共"、"芸芸觀此歸,一德貫真濫"、"團蒲日靜鳥吟時,爐薰一炷試觀之"、"要當觀此心,日照雲霧散"、"志士仁人觀其大,薪翁笱婦利其小"、"隱幾惟觀化,開書屢絕編"、"天地入諭旨,芭蕉自觀身"、"我觀萬世中,獨立無介伴"、"蚊虻觀得失,虎豹擅文章"、"返身觀小丑,真成覆車犢"、"我觀諸境盡,心與古人同"、"萬水千山厭問津,芭蕉林裏自觀身"、"觀水觀山皆得妙,更將何物汙靈台"等。

與其人格精神的追求相一致,黃庭堅對於詩歌的認識也具有自己獨特的方面,黃氏關於詩歌本體的論述,集中在了元符六年貶謫戎州時所作之《書王知載〈朐山雜詠〉後》一文中:

> 詩者,人之情性也。非強諫爭於廷,怨忿詬於道,怒鄰罵坐之為也。其人忠信篤敬,抱道而居,與時乖逢,遇物悲喜,同床而不察,並世而不聞。情之所不能堪,因發於呻吟調笑之聲,胸次釋然,而聞者亦有所勸勉。比律呂而可歌,列干羽而可舞,是詩之美也。其發為訕謗侵陵,引頸以承戈,披襟而受矢,以快一朝之忿者,人皆以為詩之禍,是失詩之旨,非詩之過也。故世相後或千歲,地相去或萬里,

---

① (宋)黃庭堅:《楊概字說》,《黃庭堅全集》卷二十四,四川大學出版社 2001 年版,第625 頁。

② 《黃庭堅全集·正集》卷十八,四川大學出版社 2001 年版,第 473 頁。

③ 《黃庭堅全集·別集》卷十一,四川大學出版社 2001 年版,第 1683 頁。

誦其詩而想見其人所居所養，如旦暮與之期，鄰里與之游也。①

文中，黃庭堅提出了詩歌吟詠性情的觀點，並詳細論述了吟詠性情是在
"抱道而居"的前提下對於自己胸中所感所想的書寫，也就是其精神境界
的外在表現。對此黃庭堅也多論述之，如其《題子瞻枯木》一詩曰："折
衝儒墨陣堂堂，書入顏楊鴻鴈行。胸中元自有丘壑，故作老木蟠風霜。"
認為蘇軾畫枯木之妙，乃是其胸次高妙的外在表現。其《跋東坡樂府》
曰："語意高妙，似非喫煙火食人語。非胸中有萬卷書，筆下無一點塵俗
氣，孰能至此？"② 黃庭堅對於詩歌本原的認識特點，使他慣於在詩歌中
書寫自己的抱道而居的精神狀態。方東樹《昭昧詹言》曰："東坡只用長
慶體，格必不高，而自以真面目與天下相見，隨意吐屬，自然高妙，奇氣
兀，情景湧見，如在目前，此豈樂天平敘淺易可及。舉輞川之聲色華妙，
東川之章法往復，義山之藻飾琢煉，山谷之有意兀傲，皆一舉而空之，絕
無依傍，故是古今奇才無兩，自別為一種筆墨，脫盡畦徑之外。"③ 方氏
之意雖在於讚譽蘇軾詩天然自成，但其"山谷有意兀傲"的不經意之語，
正道出了他認為黃庭堅有意於詩中展現自我精神風貌的特點。姚鼐對此也
有所關注，其《五七言今體詩鈔序目》中有言曰："山谷刻意少陵，雖不
能到，然其兀傲磊落之氣，足與古今作俗詩者澡濯胸胃，導啓性靈。"④
指出了黃庭堅詩注重表現其人格精神的特點。

　　第二章第二節中，筆者曾論述黃庭堅融合儒釋的思想特點，使他形成
了反觀內視的修行方式，並注重對於真如心性體會後的護持，其目的乃是
通過這種修行方式，達到隨心所欲而不逾矩的自在自為的境界。黃庭堅的
修養工夫及精神境界上的追求，與其對詩歌本原是展現創作主體精神風貌
的認識相結合，使其詩歌所要表現的主要是凸顯主體在面對紛擾外界時，
真如本心不變的精神狀態，以及在當時黨爭激烈，士人奔競求利的現實
中，主體內心平和，不繫於物的灑脫人生境界。

二　真如靜穆與超越灑脫——黃庭堅對"靜觀"之運用在詩歌創作中的體現

　　黃庭堅在《奉答茂衡惠紙長句》中寫道："羅侯相見無雜語，苦問為

---

① 《黃庭堅全集·正集》卷二十五，四川大學出版社 2001 年版，第 665 頁。
② 同上書，第 660 頁。
③ （清）方東樹：《昭昧詹言》，人民文學出版社 1961 年版，第 444 頁。
④ （清）姚鼐：《五七言今體詩鈔序目》，《今體詩鈔》，《四部備要》本，第 2 頁上。

山有無句。青草肥牛脫鼻繩，菰蒲野鴨還飛去。"① "青草"句用溈山
"露地白牛"事，"孤蒲"句用百丈懷海野鴨子事，詩中黃庭堅所要說明
的是自己禪學造詣低下，不能呵護佛性，自己對外部世界的認識也是隨著
時空流轉而變遷。從黃庭堅的自謙之詞中，可以看到黃庭堅對於禪宗直覺
境的體認，他認識到心隨物轉，則會陷入迷誤的境地；只有自己的本心不
隨著時空的變化而遷移，方能達到更高的人格修養境界。因而黃庭堅多在
詩中表現對於"離偽妄無遷改"之"真如"境界的體認與感悟。黃庭堅
《次韻楊明叔見餞十首》其九中寫道："松柏生澗壑，坐閱草木秋。金石
在波中，仰看萬物流。抗髒自抗髒，伊優自伊優。但觀百歲後，傳者非公
候。"② 黃庭堅在詩中選取松柏、金石兩個相對比較而言能超越時間空間
流轉的意象，來"閱"草木秋凋，"看"萬物流走，用"閱"與"看"
來突出主體立足於靜以觀動的狀態。在他人伊優、抗髒之時自己卻保持真
如不變之本心，從而不失本真。類似這樣的表述還有很多，如《王元之
真贊》中之"萬物並流，砥柱中立"。③《祭外舅孫莘老文》中之："萬物
紜紜，隨川而東。金石獨止，何心於逢。天地雷雨，草木爭長。松柏不
春，以聽年往。"④ 周裕鍇先生曾撰文指出："黃庭堅詩中常見的意象往往
具有堅固永恆或澄明高潔的性質。"並對此一現象之原因進行了比較細緻
的分析。同時，周先生還認為黃庭堅的詩"追求一種將道德和審美融為
一體的人生藝術，道德不再成為外在的枷鎖，因人自心的覺悟而具有
'悠然自得之趣'。"⑤ 但是對於這種"悠然自得之趣"，周先生並未進行
進一步的探討。黃庭堅詩中具有"堅固永恆或澄明高潔的意象"是黃庭
堅以"真如"之本心，靜觀外物時主體精神的體現，可以說是佛禪"靜
觀"觀照方式的一種顯性的體現。除了這種顯性的體現外，"靜觀"作為
一種與詩歌創作思維相通的觀照方式，對於黃庭堅產生的深遠影響還體現
在以下兩個方面。

（一）剛健靜穆——理想精神境界的描寫

黃詩中有很多詩篇是對於在紛擾現實中，主體抱道而居、超然灑脫的
精神狀態的描寫與讚賞。在這一類的詩歌中，又可大致分為兩類：

---

① 《黃庭堅詩集注·山谷外集詩注》卷十二，中華書局 2003 年版，第 1176 頁。
② 《黃庭堅詩集注·山谷詩集注》卷十四，中華書局 2003 年版，第 501 頁。
③ 《黃庭堅全集·正集》卷二十二，四川大學出版社 2001 年版，第 557 頁。
④ 《黃庭堅全集·別集》卷十三，四川大學出版社 2001 年版，第 1730 頁。
⑤ 周裕鍇：《夢幻與真如——蘇、黃的禪悅傾向與其詩歌意象之關係》，《文學遺產》2001
　年第 3 期。

　　一是黃庭堅寄贈友人之詩。這類詩歌中，黃氏對友人的推崇與讚賞，往往多含有夫子自道的意味，亦可看作是黃氏對自己心目中理想人格的描寫。"牧牛有坦途，亡羊自多端。市聲鏖午枕，常以此心觀。"① "仲蔚蓬蒿宅，宣城詩句中。人賢忘巷陋，境勝失途窮。寒葅書萬卷，零亂剛直胸。偃蹇勳業外，嘯歌山水重。晨雞催不起，擁被聽松風。"② "秋葉雨墮來，冥鴻天資高。車馬氣成霧，九衢行滔滔。中有寂寞人，靈府扃鎖牢。"③ 皆是對友人不為紛亂之外界所擾，保持內心虛靜澄明、甘於淡泊、超然物外之精神狀態的讚賞；"翬飛城東南，隱几撫群動。……世紛甚崢嶸，胸次欲空洞。"④ "八方去求道，渺渺困多蹊。歸來坐虛室，夕陽在吾西。"⑤ "隱几惟觀化，開書屢絕編。"⑥ "吾人撫榮觀，宴處自超然。"⑦ "室中凝塵散髮坐，四壁蟲蟲見天下。"⑧ "吾儕癡絕處，不減顧長康。得閑枯木坐，冷日下牛羊。"⑨ "觀物見歸根，撫時終宴坐。"⑩ 塑造的皆是以湛然不動之"真如"本心，以冷峻的目光看外界紛紛擾擾的高潔友人形象。在這類寄贈詩中，黃庭堅對友人人格的讚賞看似與靜觀的觀照方式並無直接的聯繫，但是詩歌中所塑造之形象，皆具有以真如之本心、冷峻之眼光去體察、觀照紛擾外界的超越特質。這是山谷對自己嚮往的人格、精神境界的具體描寫，而對這種人格、精神境界的體悟與認識，卻正是黃庭堅在用靜觀方式觀照外部世界時所獲得的。

---

① （宋）黃庭堅：《平陰張澄居士隱處三詩》之"仁亭"詩，《黃庭堅詩集注》，中華書局2003年版，第71—72頁。
② （宋）黃庭堅：《題宛陵張侍舉曲肱亭》，《黃庭堅詩集注·山谷詩集注》，中華書局2003年版，第86頁。
③ （宋）黃庭堅：《送劉士彥赴福建轉運判官》，《黃庭堅詩集注·山谷詩集注》，中華書局2003年版，第141頁。
④ （宋）黃庭堅：《題王仲弓兄弟巽亭》，《黃庭堅詩集注·山谷詩集注》，中華書局2003年版，第116頁。
⑤ （宋）黃庭堅：《柳閎展如，子瞻甥也……作詩贈之》之"蹊"字韻詩，《黃庭堅詩集注·山谷詩集注》，中華書局2003年版，第200頁。
⑥ （宋）黃庭堅：《次韻師厚雨中晝寢憶江南餅𪌘酒》，《黃庭堅詩集注·山谷外集詩注》，中華書局2003年版，第844頁。
⑦ （宋）黃庭堅：《次韻感春五首》其五，《黃庭堅詩集注·山谷外集詩注》，中華書局2003年版，第920頁。
⑧ （宋）黃庭堅：《二十八星宿歌贈別無咎》，《黃庭堅詩集注·山谷外集詩注》，中華書局2003年版，第961頁。
⑨ （宋）黃庭堅：《次韻答叔原會寂照房呈稚川》，《黃庭堅詩集注·山谷外集詩注》，中華書局2003年版，第991頁。
⑩ （宋）黃庭堅：《寄懷元翁》，《黃庭堅詩集注·山谷外集詩注》，中華書局2003年版，第1104頁。

　　此類詩歌中，黃庭堅所塑造的友人形象，實際上與其護持真如自性、堅守忠信孝友的倫理信念關係密切。外界一切終歸空無，因而不應對境生心，而應護持真如本心，使之不受外界之染污；功名富貴雖可誘人心動，但應以孝友忠信為立身準則，不應奔競逐利，砣砣於財色名利。

　　第二類是對於自己精神狀態的直接描述。與第一類在對友人人格境界的讚賞中道出自己的理想境界不同，在黃庭堅對自己精神狀態直接描述的詩歌中，靜觀這一觀照方式的使用痕跡更加明顯。其《有惠江南帳中香者戲答六言二首》其一："一穟黃雲繞几，深禪想對同參。"其二："欲雨鳴鳩日永，下帷睡鴨春閑。"①《子瞻繼和復答二首》其二："迎燕溫風旎旎，潤花小雨斑斑。一炷煙中得意，九衢塵裏偷閑。"②《寂住閣》："莊周夢為蝴蝶，蝴蝶不知莊周。當處出生隨意，急流水上不流。"③ 黃庭堅的這類詩歌皆興象微妙，在對於一種境界的描述中，表達自己以真如本心靜觀外界時內心感受到的無言之美，引讀者遐思象外之意。再看其《北窗》：

　　　　生物趨功日夜流，園林才夏麥先秋。綠蔭黃鳥北窗下，付與來禽安石榴。④

此詩作於黃氏元祐四年參修《神宗實錄》，任職史局時，其間詩人忙於公務，詩歌創作不多。然而在難得的安閑中，詩人將自己瞬間所見、瞬間所感化為詩性的表達，自然界生物隨時而變、生生不息，園林草木皆綠之時，卻已至麥黃熟待收之際，黃庭堅用"才"與"先"二字，生動地表現出了自然界代謝變化的差異，在語言之外其內心之感慨卻隱然可見：自然界是如此，人世亦然。在此變化前人應該如何應對，黃庭堅並未直接回答，卻用閑臥北窗綠蔭之下，聽黃鳥吟唱，看石榴花發作結，即聽其自然之意。因而任淵注曰："末句蓋有所寄，言物化各用事於一時，姑聽其自然耳。"雖是寫景，卻不同於純粹寫景之詩，因其包含著自己冥心靜觀時所得的生命體驗。

　　此類題材與上述略有不同，在這類題材中，黃庭堅所要凸顯的是自己處身於奔競之風盛行、黨爭激烈的環境中，心無掛礙、澄明寧靜的精

---

① 《黃庭堅詩集注·山谷詩集注》，中華書局2003年版，第120頁。
② 同上書，第121頁。
③ 同上書，第418頁。
④ 《黃庭堅詩集注·山谷詩集注》卷十一，中華書局2003年版，第403頁。

神狀態。

（二）超越灑脫——主體精神於景物描寫中的體現

《新華嚴經論》中有言曰：“文殊、普賢、比丘、比丘尼、長者、童子、優婆夷、童女、仙人、外道五十三人，各各自具菩薩行，自具佛法。隨諸眾生見身不同，不云有轉。若以法眼觀，無俗不真；若以世間肉眼觀，無真不俗。”①《宗鏡錄》中亦云：“一切諸法中，皆有安樂性。所以云：若以肉眼觀，無真不俗；若以法眼觀，無俗不真。”②靜觀對黃詩之影響還體現在以靜觀之方式觀照外物時，“法眼”所到，無俗不真，即能於平常之處發現新的美，從而於常見之景的描寫中翻出新意。如其《次韻蓋郎中率郭郎中休官二首》其二之前半曰：“世態已更千變盡，心源不受一塵侵。青春白日無公事，紫燕黃鸝俱好音。”③在世態千變萬化之際，真如之本心湛然自在，不受塵緣染污，以此心觀之，無公事之時即是良辰，鳥雀之鳴叫俱是悅耳之音。這正是具足真如之心性後，靜觀外物時，真如心性的體現。這也與《圓覺經》中強調觀照外界時覺性平等不動，遍滿法界的眼光有關，“由彼妙覺性遍滿故，根性塵性無壞無雜。根塵無壞故，如是乃至陀羅尼門無壞無雜。如百千燈光照一室，其光遍滿無壞無雜。”④對於說過“可試看《楞嚴》、《圓覺》經，反觀自足”的黃庭堅而言，他對這種觀照方式肯定是極為熟悉的，其《題意可詩後》一文中就曾引用“若以法眼觀，無俗不真；若以世眼觀，無真不俗”⑤。這也使得他實現了真如本心的灑脫表現：

> 打荷看急雨，吞月任行雲。夜半蚊雷起，西風為解紛。
> 茗椀夢中覺，荷花鏡裏香。涼生只當處，暑退亦無方。⑥
> 山下三日晴，山上三日雨。不見祝融峰，還溯瀟湘去。⑦

前者《和涼軒二首》作於崇寧二年，是寫自己用虛靜方式觀照外物之所

① （唐）李通玄：《新華嚴經論》，《大正藏》第36卷，第726頁中。
② （宋）永明延壽：《宗鏡錄》，《大正藏》第48卷，第517頁下。
③ 《黃庭堅詩集注·山谷外集詩注》，中華書局2003年版，第926頁。
④ （唐）宗密疏：《大方廣圓覺修多羅了義經略疏》，《大正藏》第39卷，第545頁下。
⑤ 《黃庭堅全集·正集》卷二十五，四川大學出版社2001年版，第665頁。
⑥ （宋）黃庭堅：《和涼軒二首》，《黃庭堅詩集注·山谷詩集注》卷十八，中華書局2003年版，第636頁。
⑦ （宋）黃庭堅：《離福岩》，《黃庭堅詩集注·山谷詩集注》卷十九，中華書局2003年版，第678頁。

見與所感，第一首描寫的是雨過天晴，皓月升空而後復被密雲所蔽之過程，急雨灑落於荷葉之上，皓月為微雲所慢慢吞沒，夜半雨勢將至空氣悶熱，蚊蟲聚集，嗡嗡作響，接著落雨前之涼風將其一掃而空。在此過程的描述中，聽、看的主體，就是內心寂然不動、超然物外的詩人本身。第二首寫自己於涼軒所見、所感，香茗一杯，芰荷十里，對此美景，不但世間之奔競爭鬥可以忘卻，就連暑氣也被面對美景而生的灑脫胸襟所化解。後者《離福岩》作於崇寧三年赴宜州貶所途中，黃庭堅用寥寥數語淡然敍述了自己途中之經歷，將自己內心湛然不動，不以遷謫為意的灑脫情懷現於言外。以上詩中皆寫自己日常所見之景物，然皆由"法眼"靜觀之角度出之，遂有迥異於流俗之超越灑脫之美。

惠洪《冷齋夜話》載："山谷曰：'天下清景，初不擇賢愚而與之遇，然吾特疑端為我輩設。'"① 這種藝術敏感性的獲得，與黃氏強調置身於紛擾之俗世而心無掛礙的精神狀態有著直接的關係，當主體處於靜定狀態下時，萬象來往於眼前，正如《圓覺經》中所言："以淨覺心，取靜為行。由澄諸念，覺識煩動，靜慧發生。身心客塵，從此永滅，便能內發寂靜輕安。由寂靜故，十方世界諸如來心於中顯現，如鏡中像。"② 黃庭堅對此應極為熟悉，但是與前代王孟派詩人不同的是，黃庭堅在書寫此種覺心不動的靜定狀態下所觀、所想時，其獨特的修養方式及思想特點，使其詩歌在書寫靜觀所得之餘，帶有一種堅守倫理信念，本之以忠信孝友而獨立不倚的精神。這種精神在面對外界的打擊及政治迫害時表現得尤為鮮明。崇寧三年，黃庭堅赴宜州貶所途中過土山寨、桂州，作詩曰：

南風日日縱篙撐，時喜北風將我行。湯餅一杯銀線亂，蔞蒿數筯玉簪橫。③

桂嶺環城如鴈蕩，平地蒼山忽嶄峨。李成不在郭熙死，奈此百嶂千峯何。④

面對身遷萬里的政治迫害及人生困境，黃庭堅卻沒有前代士大夫的哀號與悲愴，對倫理信念的堅守及不以外界變遷為意的精神境界，使黃庭堅觀照

① （宋）惠洪：《冷齋夜話》，《稀見本宋人詩話四種》本，江蘇古籍出版社 2002 年版，第 34 頁。
② （唐）宗密：《大方廣圓覺修多羅了義經略疏》，《大正藏》第 39 卷，第 558 頁上。
③ （宋）黃庭堅：《過土山寨》，《黃庭堅詩集注》，中華書局 2003 年版，第 671 頁。
④ （宋）黃庭堅：《到桂州》，《黃庭堅詩集注》，中華書局 2003 年版，第 703 頁。

外界時的心境是澄明寧靜、毫無掛礙的。因而在南遷途中風向突變，可順風而行，南遷途中閑看水中似玉簪般的蔓蕏也成為了可樂之事；途中見到新奇清新的景物、山水時，想到的卻是世間優秀畫師良少，不能將眼前所見記錄下來的遺憾。黃庭堅通過其融合儒釋的修養方式所達到的精神境界，使他以欣賞的態度觀照外界，從而使其詩具備了一種平和淡然之氣象。在此類詩篇中，黃詩所體現的是他通過護持本心、堅守倫理信念而達到的隨心所欲而不逾距之自在灑脫的精神境界。

黃庭堅於《題自書卷後》文中寫道："予所僦舍喧寂齋，雖上雨旁風，無有蓋障，市聲喧憒，人以為不堪其憂，余以為家本農耕，使不從進士，則田中廬舍如是，又何不堪其憂邪？既設臥榻，焚香而坐，與西鄰屠牛之机相直。"① 其不以人生境遇的變化牽掛於懷之超然灑脫的精神境界脫然而出。即使在他逝世前，亦毫無悲戚之感，陸游《老學庵筆記》載："（黃庭堅）居一城樓上，亦極湫隘，秋暑方熾，幾不可過。一日忽小雨，魯直飲薄醉，坐胡牀，自欄楯間伸足出外以受雨，顧謂寥曰：'信中，吾平生無此快也。'未幾而卒。"② 黃庭堅晚年詩歌中自在平和的氣象，是他通過儒釋交融的修養方式所達到的此種精神境界，在觀照外物時的體現。黃庭堅在經歷了貶謫的各種磨難後，用真如本心，靜觀外物之變遷，實現了對自己生命困境的灑脫超越，正如黃𡥈《山谷年譜》引范廖之語曰："先生雖遷謫處憂患而未嘗戚戚也，視韓退之、柳子厚有間矣。東坡云御風騎氣與造物遊，信不虛語哉！"③

黃庭堅對於靜觀這一觀照方式的運用，與他推崇主體理性深沉、抱道而居、超然灑脫的精神境界是緊密相連的，這也使黃詩呈現了真如靜穆之美；而以真如之本心靜觀外物時，黃詩又呈現了"無俗不真"、超越灑脫之美。正是黃庭堅本自"真如"自性，將佛禪"靜觀"與詩歌創作思維相融，從而使得黃詩呈現了靜穆與灑脫二者深層次上的融合。

三　"靜觀"運用與山谷詩學之關係

黃庭堅之詩學，前人已多論述之，然撮其要點，乃是"不俗"，這種思想在其詩文中多處流露。其《寄題安福李令愛竹堂》曰："淵明喜種菊，子猷喜種竹。托物雖自殊，心期俱不俗。"④ 《跋東坡樂府》中有言

① 《黃庭堅全集·正集》卷二十五，四川大學出版社 2001 年版，第 645 頁。
② （宋）陸游：《老學庵筆記》，中華書局 1979 年版，第 33—34 頁。
③ （宋）黃𡥈：《山谷年譜》卷三十，《景印文淵閣四庫全書》第 1113 冊，第 952 頁上。
④ 《黃庭堅詩集注·山谷外集詩注》卷十一，中華書局 2003 年版，第 1140 頁。

曰："語意高妙，似非喫煙火食人語。非胸中有萬卷書，筆下無一點俗氣，孰能至此?"①《與党伯舟帖》其七中曰："詩頌要作得出塵拔俗有遠韻而語平易。"② 總之，黃氏認為詩歌之最高妙境界即為"不俗"，甚至為達此境界，不惜犧牲其他的方面，他在《題意可詩後》中寫道："寧律不諧而不使句弱，用字不工不使語俗。"③ 而對於"不俗"這一境界的追求落在實處，即是強調在詩歌語言與境界上的新變。范溫《潛溪詩眼》中載："山谷言學者苦不見古人用意處，但得其皮毛，所以去之更遠。如'風吹柳花滿店香'，若人復能為此句，亦未是太白。"④ 體現了黃庭堅力求不蹈前人覆轍，自出機杼的創新精神。而這種創新精神在詩歌創作中的具體實踐體現在兩個方面：一是主張通過主體人格的修養、人格境界的提升來達到詩歌的出塵拔俗，黃庭堅認為詩歌是主體精神的一種體現，因而要想實現作品的脫俗，應首先做到主體精神修養的不俗；二是提倡創作上的"苦思"，"因難以見巧，遇變而出奇"。而這兩個方面都與他對於佛禪靜觀的運用有著很大的聯繫。

　　在通過人格境界的提升從而達到作品不俗的這一方面，黃庭堅立足於儒，融通佛禪，嚮往理性深沉、超然曠達的精神境界，黃庭堅詩中憂生歎老、感慨人生虛幻的內容不多，並且在貶謫過程中，亦沒有柳宗元、韓愈那樣的悲凄怨憤，這一點從前面所引用之《和涼軒二首》、《離福岩》以及其他相關作品中可以看出。這正是黃庭堅以真如之心性，靜觀世事之變遷，而內心湛然自如的體現。而這種融合儒釋特點的精神境界，與其學佛之經歷及特點是密不可分的。

　　至於創作上提倡苦思的這一方面，也與靜觀有著深層次上的聯繫。《文心雕龍·神思》云："是以陶鈞文思，貴在虛靜，疏瀹五藏，澡雪精神。"⑤ 要使文學作品做到不同於流俗，必須在創作思維上力求出新，因而必須靜心深思。而黃庭堅融合儒釋的修行特點使其"虛靜"不同於佛教傳統之靜定，兼具儒釋之特色，賦予了靜觀新的意義。他以"法眼"靜觀外界時，往往跳出前人之窠臼，照見事理，從而發現新的美。黃庭堅在《題意可詩後》一文中評價陶淵明詩時說："說者曰：'若以法眼觀，

---

① 《黃庭堅全集·正集》卷二十五，四川大學出版社 2001 年版，第 660 頁。
② 《黃庭堅全集·別集》卷十六，四川大學出版社 2001 年版，第 1805 頁。
③ 《黃庭堅全集》卷二十五，四川大學出版社 2001 年版，第 665 頁。
④ （宋）范溫：《潛溪詩眼》，《宋詩話輯佚》本，中華書局 1980 年版，第 317 頁。
⑤ （南朝梁）劉勰著，楊明照等校注：《增訂文心雕龍校注·神思》，中華書局 2000 年版，第 369 頁。

無俗不真；若以世眼觀，無真不俗。'淵明之詩，要當與一丘一壑者共之耳。"他認為若以"法眼"來靜觀外界，一切俗諦都會變成真諦。同樣，若本自真如心性，以"法眼"靜觀外界，也能變俗為雅。再聯想到黃庭堅"蓋以俗為雅，以故為新，百戰百勝，如孫吳之兵，棘端可以破鏃；如甘蠅飛衛之射，此詩人之奇也"的論斷，我們不難看出其中的聯繫。

小　結

　　本章考察了王安石、蘇軾、黃庭堅對於佛禪靜定觀照方式在詩歌創作中的運用情況。王安石對於佛禪靜定觀照方式的運用，既有受佛教"場域"影響而被動使用的情況，亦有主動用之觀照外部世界、自我生命的情況。其中後者在詩歌中的具體表現則大致可分為兩種，一是本質直觀的即興書寫，二是潛在設定的詩化表達。蘇軾對於靜觀的運用，主要分為兩個方面：一為將靜觀之所得，於詩之末尾書寫出，通過"跡象"的陳列與"不定點"的營造，凸顯帶有佛禪意蘊的境界，同時也達到增強詩歌語言張力的藝術效果；二為將靜觀之所得的書寫，凝煉為一聯或數聯，使之融入全篇，使之起到增強全篇層次感的"催化"作用。並且，蘇軾對靜觀的這種運用特點，亦與其奇正相生的文學思想關係密切。黃庭堅對於靜觀的運用則融入了儒家的尚"健"精神，是用靜定照物來書寫主體抱道自居、疏離污濁現實的人格精神，故而黃氏對靜觀之運用使其詩歌呈現了剛健靜穆、超越灑脫的風貌。三人對靜觀運用的不同，是詩學思想的變化在詩歌具體創作中的顯現。對此進行考察，亦對於揭示北宋中後期詩歌風格的具體走向、詩美追求的具體變化，具有極大的作用。

第五章　北宋中後期詩歌流變與
文人學佛之變化
——以王、蘇、黃之比較為中心

北宋中後期詩歌流變有著複雜原因，是多重因素綜合作用的結果，其中學術思想的演變是不可忽視的一個重要因素。在學術思想演變中，士大夫對於佛教理論的研習及有選擇的接受是其中一個重要組成部分。士大夫對於佛教學說關注焦點的變化、學佛的路徑及目的等，對其世界觀、價值觀產生影響的同時，投映在其詩歌創作中，即表現在了典故融攝、打通佛教觀照方式與創作思維等方面。因而探討士大夫在學佛方面的變化及所呈現的發展趨勢，可以從一個重要的側面窺測出北宋中後期詩歌流變的原因及具體表現。王安石、蘇軾、黃庭堅作為北宋中後期三個階段的代表人物，他們對於佛教的學習路徑、目的等都有著自己獨特的特點，從代表時代風潮的三人的對比中，可以探索出北宋中後期士大夫對於佛教之研習經歷了哪幾個發展階段，亦可以見出文人學佛的不同對其詩歌創作的影響發生了哪些變化，即揭示學佛變化與詩歌流變有何聯繫。拙著此處拟立足於三人學佛路徑及特點的分析、學佛影響其詩歌語言運用的尋繹、佛教觀照方式與詩歌創作思維融合程度的考察，通過對比三人之不同，力圖從歷時性的角度揭示士大夫學佛之變化與詩歌流變之關係。

第一節　學佛路徑、關注焦點的變化及原因
——以王、蘇、黃之對比為中心

佛教作為一種宗教，其最直觀之目的即為安頓主體心靈，使人從煩惱苦海中實現解脫。士大夫作為一個文化群體，既是世俗大眾之一員，又在思想認識上高於普通民眾，對於時代文化起著傳承開拓的作用。因而士大夫對佛教的研習也兼具二重性，既帶有普通民眾將佛教作為一種精神信仰

的特點，又有著將佛教作為一種文化資源而有選擇地學習接受的特點。進入北宋中後期，文化的多元化繁榮使文化整合成為了必然趨勢，士大夫也由北宋前期、中期的排佛，轉而親近、研習佛教義理，以求達到“修其本而勝之”的豐富發展儒學的目的。在此過程中，士大夫學習佛教的特點及路徑亦經歷了一個過程，即由藉教悟宗逐漸轉變為反觀自身、明心見性，士大夫對於佛學思想的關注亦發生了變化，由關注作為解脫學說的般若空觀，轉而關注對真如自性的護持及對自在自為境界的體味。同時，士大夫學佛的轉變與北宋中後期禪宗發展的新趨勢密切相關。並且士大夫學佛路徑的轉變、所關注佛學思想的轉變也與禪學發展特點日趨一致，呈現合流之趨勢。拙著此處擬立足於對王安石、蘇軾、黃庭堅三人詩歌中所涉及佛教之內容而進行的統計為基礎，從文本細讀的角度揭示北宋中後期士大夫學佛的具體轉變，及這種轉變對其詩歌創作的影響。

一 禪學地位的凸顯：學佛路徑及關注焦點的變化

王安石、蘇軾、黃庭堅三人在學佛的路徑、所關注的佛學思想上都有著很大的差別，具體的表現即為學佛路徑上，由藉教悟宗轉而為明心見性；在關注焦點方面，從服膺般若空觀轉而探索明心見性後如何護持真如自性的問題、如何超越悟道境界的問題。

（一）從藉教悟宗到明心見性——士大夫學佛路徑之變化

拙著之第二章在論述王安石之學佛時，曾指出王安石“讀經而已，則不足於知經”的開拓包容之精神，亦指出了蔣山贊元“當以教乘滋茂之”① 的建議對王安石研習佛教學說的影響。王安石兼容並包之胸懷、苦心力學之精神與方外之友的啟示相結合，決定了其“藉教悟宗”的學佛路徑。這可以從禪宗燈錄、語錄中關於王安石之記載中看出。如《續傳燈錄》中載王安石與真淨克文之對話：

> 公問：“諸經皆首標時處，《圓覺經》獨不然，何也？”師曰：“頓乘所談，直示眾生，日用現前，不屬今古。只今老僧與相公，同入大光明藏，游戲三昧，互為賓主，非關時處。”又曰：“經云：‘一切眾生皆證圓覺’，而圭峯易‘證’為‘具’，謂譯者之訛，其義如何？”師曰：“《圓覺》如可改，則《維摩》亦可改也。維摩豈不曰：‘亦不滅受而取證’，夫不滅受蘊而取證，與‘皆證圓覺’之義同。

① （元）念常集：《佛祖歷代通載》，《大正藏》第49卷，第672頁下。

蓋眾生現行無明，即是如來根本大智，圭峯之言非是。”公大悅。①

王安石所結交之僧人黃龍惠南、真淨克文等都乃禪宗中人，但燈錄中記載
的王安石與僧人關於佛教問題的探討，卻全部集中在了探討佛經義理闡述
的問題上，《臨川先生文集》中的《答蔣潁叔》一文，亦是對於佛經問題
的闡述。因而王安石學佛之路徑乃是藉教悟宗，即通過對佛經的閱讀，達
到對於禪宗追慕之境界的體悟。

　　蘇軾則是另外一種情況，他雖未被《宋史》歸為“文苑傳”，但其文
苑特色卻最為鮮明。雖然蘇軾在《中庸論》、《東坡易傳》中對儒學的某
些方面如性、命等，進行了自己的闡述，展示了在形而上方面對於儒學的
獨到思考，但蘇軾“夫惟聖人，知之者未至，而樂之者先入”的認識特
點，使他面對儒釋道三家學說能獨出機杼，提出新奇見解的同時，卻也使
得他對於某一學說的理解以興趣為主，而難以深究，“樂之者先入”的觀
點更在無形中成為了他不對某一學說進行深入探討研究的遁辭。其《答
畢仲舉書二首》其一中的“龍肉”、“豬肉”之喻，則正說明了蘇軾對
待佛學的態度。然而才華橫溢的蘇軾卻以其豐富的學養，觸類旁通，從
道家學說中獲得啟發，奠定了其援道入佛、會同佛道的學佛路徑，實現
了對於佛學理解上的突破，拙著已於第二章第二節中對此點進行了論
述。但在學佛的方式上，蘇軾與王安石差別不大，其立足點仍然是閱讀
佛經。

　　不止王安石、蘇軾二人如此，宋初乃至北宋中葉的士大夫在學佛方面
皆表現出了相似特點，即以閱讀佛經入門的藉教悟宗方式。宋初士大夫中
楊億是此種代表，《續傳燈錄》載：“（億）幼舉神嬰，及壯負才名而未知
有佛。一日過同僚見讀《金剛經》，笑且罪之，彼讀自若。公疑之曰：
‘是豈出孔孟之右乎？何佞甚？’因閱數板懵然，始少敬信。”② 其後楊億
雖在廣慧禪師啟示下悟入，但其由閱讀教乘經典而入門的修習過程確是不
爭的事實。延至北宋中葉，士大夫學佛已蔚成風氣，但藉教悟宗的修習方
式卻仍是主流，這在范仲淹、杜衍、張方平等人與佛教發生因緣的過程分
析中皆可見出端倪。《佛祖統紀》載有范仲淹為《十六羅漢因果識見頌》
作序事：“范仲淹宣撫河東，寓宿保德傳舍，獲故經一卷，名《十六羅漢
因果識見頌》，藏經所未錄也。仲淹遂為之序云：‘此頌文一尊者七首，

---

① （明）居頂撰：《續傳燈錄》，《大正藏》第 51 卷，第 566 頁下。
② 同上書，第 491 頁上。

皆悟本成佛之言也。余讀之，一頌一悟，方知塵世有無邊聖法，大藏有遺落真文。因以傳江陵沙門慧哲，俾行於世。'"① 張方平則因閱《楞伽經》而悟入："（張方平）嘗為滁州，至一僧舍偶見《楞伽經》，入手恍然如獲舊物，開卷未終宿障冰解，細視筆畫手迹宛然，從是悟入。"② 杜衍則因在張方平及友人勸導下閱《楞嚴經》而有所得③。呂惠卿的佛教修養亦是藉教悟宗一路，《佛法金湯編》載："（呂惠卿）於法界觀研味已久，後看李長者《華嚴合論》，心地豁然。"④ 從上述近佛之士大夫與佛教發生因緣的過程來看，以閱讀佛經而入門的藉教悟宗方式乃是士大夫研習佛學的主流方式。

士大夫的學佛方式在北宋後期發生了變化，禪宗化的特點日漸突出。黃庭堅即是此種代表，黃庭堅的學佛與北宋初期、中期士人有著顯著的不同。從黃庭堅早期詩文的用典情況來看，他對於佛教的學習亦是閱讀佛經，與前輩士大夫差別不大。但自太和任上開始，黃庭堅對禪學思想的關注日漸自覺化。以元豐七年其途經泗州僧伽塔作《發願文》為標志，黃庭堅之學佛在自覺意識及投入程度上，較之前期大為增強。同時，黃庭堅的學佛也實現了一個轉向，即以學習禪宗思想為主。宋僧道融之《叢林盛事》曰："本朝士大夫與當代尊宿撰語錄序，語句斬絕者，無出山谷、無為、無盡三大老。"⑤ 黃庭堅善作語錄序，正反映了其熟悉禪宗語錄之特點，體現了其對於禪宗思維的熟悉。張商英之學佛禪宗化的特點亦非常顯著，早在元祐六年，張商英的禪學修養即獲得了東林常總的肯定："爲江西漕，首謁東林照覺總禪師，覺詰其所見處，與己符合，乃印可。"⑥ 其後，張商英又先後問道於晦堂祖心、真淨克文，後者對其影響極深，《羅湖野錄》載："逮崇年三祀，寂音尊者謁無盡於峽州善谿，無盡曰：'昔見真淨老師於皈宗，因語及兜率所謂末後句，語尚未

① （宋）志磬撰：《佛祖統紀》，《大正藏》第 49 卷，第 410 頁上。
② 同上書，第 411 頁中。
③ 《佛祖統紀》載：祁公杜衍以張方平侫佛常笑怪之，有醫者朱生遊二公間，一日祁公呼朱生胗脈，生謂使者曰："往白公，但言看《楞嚴》未了。"及至揖坐，謂曰："老夫以君疏通，不意近亦闒茸，聖人微言無出孔孟，所謂《楞嚴》者何等語耶？"生曰："公未讀此經，何知不及孔孟？"因袖中出其卷，祁公觀之，不覺終軸，大驚曰："安道知之而不以告我。"即命駕就見之，安道曰："譬如失物忽已得之，但當喜其得，不必悔其晚也。"《大正藏》第 49 卷，第 415 頁中。
④ （明）心泰：《佛法金湯編》卷十三，《卍新纂續藏經》第 87 冊，第 426 頁中。
⑤ （宋）道融：《叢林盛事》，《卍新纂續藏經》第 86 冊，第 700 頁下。
⑥ （宋）普濟：《五燈會元》卷十八，中華書局 1984 年版，第 1199 頁。

終，而真淨忽怒罵曰：此吐血禿丁，脫空妄語，不用信。既見其盛怒，不敢更陳曲折，然惜真淨不知此也。'寂音曰：'相公惟知兜率口授末後句，至於真淨老師真藥現前而不能辨，何也？'無盡駭曰：'真淨果有此意耶？'寂音徐曰：'疑則別參。'無盡於言下頓見真淨用處，即取家藏真淨肖像展拜，題讚其上，以授寂音。"① 此外，張商英還與兜率從悅、清涼惠洪、黃龍惟清等人交往甚密。陳瓘、呂本中開悟的過程亦是帶有濃郁的禪修意味：

> （陳瓘）嘗謁靈源清禪師，執聞見以求解會。師曰："執解何宗，何日偶諧？離却心意識而參，絕却聖凡路而學，然後可也。"公乃開悟。②
>
> （呂本中）嘗致書問大慧禪要，慧答書曰："千疑萬疑只是一疑，話頭上疑破則千疑萬疑一時破。若一向問人佛語如何，祖語又如何，諸方老宿語又如何，永劫無悟時也。"中自是有省。③

與陳瓘、呂本中幾乎同時的江西詩派諸人，大多有過隨侍禪門大德的經歷，亦被禪門中人視爲同列。

從以上北宋後期士大夫與佛教發生因緣的特點來看，禪宗化的學佛趨勢日漸顯著。這種變化趨勢在王安石、蘇軾、黃庭堅的對比中尤爲顯著。三人所接受佛學思想的不同可以從其詩歌典故的來源中窺見一斑：

	王安石詩	蘇軾詩	黃庭堅詩
來源於佛經典故之數量	88	263	135
來源於禪宗典故之數量	31	102	100

從三人詩歌中佛學典故的對比來看，來源於禪宗典故所占的比重呈現了日漸增大的趨勢，這無疑反映出了士大夫學佛禪宗化的發展變化趨勢。

從士大夫學佛方式的轉變上來看，最直接的變化即是由"藉教悟宗"轉而爲禪宗特色濃郁的明心見性、直指標的。並且，從王、蘇、黃三人的生平來看，王安石研習佛學主要集中在晚年罷相後的金陵寓居時期；蘇軾學佛雖自少年開始，但其著力研習佛學則在鳳翔簽判任上，黃州之貶則使

---

① （宋）曉瑩：《羅湖野錄》卷四，《卍新纂續藏經》第83冊，第392頁下。
② （明）心泰：《佛法金湯編》卷十三，《卍新纂續藏經》第87冊，第427頁上。
③ （明）朱時恩：《居士分燈錄》，《卍新纂續藏經》第86冊，第606頁下。

蘇軾開始信仰佛教；黃庭堅之學佛亦始自少年，並自始至終保持著對佛學的興趣，不似王安石、蘇軾等人在早年曾對佛教有過微詞。而黃庭堅研習佛禪學說的自覺意識及投入程度，也遠遠超過了包括王安石、蘇軾在內的前輩文人。

（二）士大夫關注佛學思想的變化

北宋中後期，士大夫在學佛方式、研習路徑上發生了顯著的變化，與此相一致，士大夫所關注的佛學思想亦發生了很大的變化，即由從服膺般若空觀逐漸轉變為對明心見性後如何護持真如自性的關注，以及悟道後之境界的具體表現等方面。

在王安石、蘇軾詩中，"夢"出現的比率較高，如王安石詩對《維摩經》的徵引多達二十一次，其中大多與《維摩經》所闡述的大乘般若性空思想有關。[①] 對於佛學思想頗為博雜之經典，如《楞嚴經》、《圓覺經》、《華嚴經》等，王安石亦側重關注這些經典的空觀思想。[②] 雖然王安石經由對空觀的理解領悟了平等觀思想，達到了隨緣任運的境界，但佛教空觀思想卻是其詩文中出現次數最多的佛學內容。"人生如夢"的表述在蘇軾詩中近於百處，與此相類的"吾生如寄耳"則頻繁出現在了蘇軾不同時期的詩中。[③] 不難看出，空觀理論是蘇軾主要汲取的佛學思想。此外，王、蘇詩中人生如夢的表述，在豁達外表下皆帶有一種深沉的慨嘆。[④] 周裕鍇先生認為："蘇軾對禪宗義理談不上有多少發揮或獨到的體會，但由於他將人生如夢的真切體會以及隨之而產生的遊戲人間的態度與禪宗詼詭反常的思維方式結合在一起，因此更充分地顯示了禪宗思想作為一種人生藝術所發揮的作用。其實，真正能幫助蘇軾擺脫困惑和痛苦、體驗到人生自由的不是禪學，而是文學創作，他的那些或莊或諧的富有禪意

---

① 如王安石《贈約之》："不實如芭蕉"，用《維摩經》："是身如芭蕉，中無有堅。"《讀維摩經有感》："身如泡沫亦如風，刀割香塗共一空。"用《維摩經》："是身無壽為如風。"《送鄧監簿南歸》："雲浮我一身"，用《維摩經》："是身如浮雲，須臾變滅。"

② 如王安石《擬寒山拾得二十首》其三即為對《圓覺經》世事如夢虛幻不實思想的言說："凡夫當夢時，眼見種種色。此非作故有，亦非求故獲。"此乃用《圓覺經》之語："如夢中人，夢時非無，及至於醒，了無所得。"

③ 如熙寧十年之《過雲龍山人張天驥》、元豐二年之《罷徐州往南京馬上走筆寄子由五首》其一、元豐三年之《過淮》、元祐元年之《和王晉卿》、元祐五年之《次韻劉景文登介亭》、元祐七年之《送芝上人遊廬山》、元祐八年之《謝運使仲適座上送王敏仲北使》、紹聖四年之《和陶擬古九首》其三、建中靖國元年之《鬱孤臺》等。

④ 這在王安石《再答呂吉甫書》、《與道原步至景德寺》等詩文中皆有所體現，蘇軾晚年所做《天竺寺》詩云："四十七年真一夢，天涯流落淚橫斜。"更是將此種情緒彰顯到了極致。

的文字本身，才使他感受到一種真正的生命欣悅。"① 實際上王安石與蘇軾在對待佛教態度上具有實質的相似：佛教對於二人而言是精神解脫的慰藉學說，是安頓心靈的一劑良方。因而他們皆把目光集中到了般若空觀上，目的乃是用萬法皆空的思想，使自己在面對年華流逝、理想成空的人生困境時，緩解緊張的情緒，保持平和的心態，盡力淡化外界變遷對自己內心產生的影響。

不獨王蘇二者如此，北宋中前期的士大夫普遍對般若空觀關注較多。如晁迥即是被佛教空觀理論所吸引："當弱冠時，遇高士劉惟一，訪以生滅之事。一曰：'人常不死。'迥駭之。一曰：'形死性不滅。'迥始悟其說，自是留意禪觀。"② 李端愿研習佛學亦是圍繞著空觀理論展開："（李端愿）問曰：'天堂地獄，畢竟是有是無？'（達觀曇穎）曰：'諸佛向無中說有，眼見空華；太尉就有裏尋無，手撈水月。堪笑眼前見牢獄不避，心外聞天堂欲生。殊不知忻怖在心，善惡成境。太尉但了自心，自然無惑。'"③ 蘇轍亦較多關注空觀理論，曾曰："觀世音以聞、思、修為圓通第一，其言曰：'……覺所覺空，空覺極圓。空所空滅，生滅既滅。'寂滅見前，若能如是，圓根一拔，則諸根皆脫，於一彈指頃，遍歷三空，即與諸佛無異矣。"④ 其對空觀理論的服膺使其對白居易的評價也從此一角度進行："樂天少年知讀佛書，習禪定，既涉世履憂患，胸中了然，照諸幻之空也。"⑤

延至北宋後期，士大夫對佛學思想的關注發生了變化。以黃庭堅為例，其詩中慨嘆人生空幻的詩句極少，卻隨處可見對獨立不倚精神的讚頌與提倡。此獨立不倚精神兼具儒釋特色，強調護持真如自性，重視堅守倫理信念。這是黃庭堅本自儒者立場，將儒家內省修養工夫與佛禪反觀內照修行方式融為一體的必然要求。化為人格精神即為獨立不倚、中正平和，不與時變異，不隨波逐流，這是黃詩中金石、松柏等意象多次出現的內在原因。並且黃氏所追求的隨心所欲而不逾距的自在自為境界，兼具儒釋特色，體現出了明顯的整合儒釋的思想自覺性。黃庭堅思

① 周裕鍇：《夢幻與真如——蘇、黃的禪悅傾向與其詩歌意象之關係》，《文學遺產》2001年第 3 期。
② （明）朱時恩：《佛祖綱目》卷三十六，《卍新纂續藏經》第 85 冊，第 705 頁下。
③ （元）念常：《佛祖歷代通載》卷十八，《大正藏》第 49 冊，第 667 頁上。
④ （宋）蘇轍：《書〈金剛經〉後二首》其一，《蘇轍集·欒城後集》卷二十一，中華書局1990 年版，第 1113 頁。
⑤ （宋）蘇轍：《書白樂天集後二首》其二，《蘇轍集·欒城後集》卷二十一，中華書局1990 年版，第 1114 頁。

想特點的形成既有其獨特性，亦是儒釋整合之思想趨勢在個體思想層面的反映。整合儒釋的思路不獨出現在黃庭堅身上，《居士分燈錄》載："光初不喜佛，著勸之曰：'佛學心術簡要，掇其至要而識之，大率以正心無念為宗，非必事事服習為方外人也。'光然之。"①呂公著站在儒者立場上肯定佛學"正心無念"的修行方式，實則是將此與《大學》中"心正而後身修"的儒學修養建立聯繫，故而得到了司馬光的肯定。而司馬光《解禪偈》其二、其三、其四則明確彰顯了其融通儒釋修養方式的思路："顏回安陋巷，孟軻養浩然。富貴如浮雲，是名極樂國。""孝弟通神明，忠信行蠻貊。積善來百祥，是名作因果。""仁人之安宅，義人之正路。行之誠且久，是名光明藏。"②北宋後期人陳瓘亦曰："儒與釋跡異而道同。不善用者用其跡，如梁之用齋戒，漢之求神仙是也。善用者用其心，如我宋祖宗是也。用其跡則泥，泥則可得而攻；用其心則通，通則無得而議也。用老子之無為而斯民休息，用釋氏之饒益而天下莫與爭。老氏曰：'智者不言。'釋氏曰：'止止勿說。'孔氏曰：'默而識之。'此祖宗之所躬行而非有言之士所能議哉。"③亦明確彰顯出了融通儒釋的思路。

　　從北宋中後期士大夫對佛學思想中般若空觀接受的不同，則可以明顯顯示出他們對佛學思想關注的變化，以王、蘇、黃三人為例，王安石詩中，直接引用或變相言說般若者，有二十六處，蘇軾詩則多達八十一處。與二者不曾間斷地言說人生無望、世界空幻不同，黃庭堅詩中涉及空觀理論者只有九處，多集中在其早期作品中④，且多為祖述前輩詩人之意緒，自我獨特感悟的意味則較為淡薄。

　　綜上所述，通過北宋中後期文人學佛路徑、關注焦點的梳理，不難看到這樣的趨勢：藉教悟宗的學佛方式逐漸讓位於明心見性式的禪悟方式；士大夫關注般若空觀，所反映的是他們將佛教作為一種解脫學說，但是關注焦點向明心見性後如何護持真如自性的轉變，卻與儒學的新發展有著密切之關係，是文化整合需要在士大夫精神追求層面的一種反映。

---

① （宋）朱時恩：《居士分燈錄》卷下，《卍新纂續藏經》第 86 冊，第 594 頁下。
② （宋）岳珂：《桯史》卷八，《叢書集成初編》本，第 61 頁下。
③ 心泰：《佛法金湯編》卷十三，《卍新纂續藏經》第 87 冊，第 427 頁上。
④ （明）如元豐元年所作之《次韻師厚病間十首》其三中曰："天地入論指，芭蕉自觀身。"元豐四年太和任上所作之《同韻和元明知命第九日相憶》其二中云："萬水千山厭問津，芭蕉林裏自觀身。"元豐五年所作之《喜太守畢朝散致政》中云："百體觀來身是幻，萬夫爭處首先回。"

二　學佛路徑、關注焦點不同所昭示的發展趨勢

從北宋中後期文人學佛的情況來看，學佛方式逐漸變化、關注焦點亦逐漸轉移，這昭示了士大夫研習接受佛禪思想的變化趨勢，即禪宗明心見性式的學佛方式漸成主流；而且在佛學思想的關注上，逐漸由佛教作為解脫學說的空觀思想，轉而關注真如自性的護持，此一轉變與士大夫對於主體理想人格精神的建構與追求有關。此轉變反映出了士大夫融通儒釋的意識漸趨自覺化，融通的程度亦日漸加深。

宋初，雖然李遵勖、楊億等傾心佛禪學說，但並未形成風氣，至北宋中葉，隨著重建儒家道統成爲士大夫的共識，士大夫反而對佛教多所排斥。但在北宋中期的文化繁榮的背景下，契嵩的《輔教篇》經由仁宗、歐陽修推獎產生了巨大影響，佛教亦獲得長足發展，這促成了士大夫學佛這一普遍現象的出現。而北宋中後期士大夫學佛方式、關注內容的變化，亦與北宋佛教禪教合一的發展趨勢密切相關，亦與這一時期文化整合的趨勢有關。

與王安石同時之士大夫研習佛學者甚多，尤以趙抃、富弼爲代表。《五燈會元》載："富鄭公初於宗門，未有所趣。公（趙抃）勉之書曰：'伏惟執事，富貴如是之極，道德如是之盛，福壽康寧如是之備，退休閑逸如是之高，其所未甚留意者，如來一大事因緣而已。能專誠求所證悟，則他日為門下賀也。'"[1] 在趙抃的啓示下，富弼開始研習佛禪學說。在學佛開始時間上，富弼與王安石一樣，都是晚年才留心佛學，道融《叢林盛事》曰："鄭國公，社稷重臣，晚歲知向之如此。"[2] 指出了其晚年傾心佛禪的事實。趙抃之學佛亦是始自晚年，《五燈會元》載："年四十餘，擯去聲色，系心宗教。"[3] 士大夫晚年關注佛禪，反映出的是他們將佛學視為一種解脫學說的事實。對他們而言，佛教作為宗教的意義遠遠大於其哲學的意義。同時，王安石之前的趙抃、富弼等人的學佛，皆是純粹關注於佛教本身，而對佛學與儒學以及道家學說之關係皆不甚關注。因而，在熙寧、元豐前，士大夫學佛特點從開始研習的時間上看是晚歲向之，從關注焦點上講是通過學佛來尋求心靈的安頓與精神的解脫。

隨著佛教的發展及其影響力的進一步擴大，士大夫對於佛教的研習呈現了早年研習的趨勢，並表現出了將佛教與其他學說進行融通的自覺意

---

[1]　（宋）普濟著，蘇淵雷點校：《五燈會元》卷十六，中華書局 1984 年版，第 1059 頁。
[2]　（宋）道融：《叢林盛事》，《卍新纂續藏經》第 86 冊，第 695 頁上。
[3]　（宋）普濟著，蘇淵雷點校：《五燈會元》，中華書局 1984 年版，第 1059 頁。

識。蘇軾自覺研習佛教始於鳳翔簽判任上，與王安石、趙抃、富弼等晚歲
心向佛學相比，蘇軾研習佛學的開始時間較其前輩已大為提前。而蘇軾在
佛學研習上的一大特點即是運用道家理論體會佛理，與其前輩不同，顯示
了融通佛道的思想特點。與蘇軾相類似，蘇轍也體現了這一傾向，陳善
《捫虱新話》曰："蘇子由解老子多與佛書合，亦時時用其語。當是先看
佛書，知其旨趣，故時時參用耳。其與筠僧道全語，自謂得之佛書。"①
蘇氏昆仲學而致用，將佛教義理的理解與對其他學說的認識、解釋相結
合。但他們對佛教義理的研習及運用並不具備明確之目的，具體在運用上
亦沒有明確之系統性，隨機、隨意的成分較大，融通的自覺意識並不顯
著，融通的程度亦不深入。

　　隨著北宋學術思想的發展，如何豐富發展儒學成爲了士林共識，士
大夫研習佛學也呈現出了嶄新特點，即整合佛學在內的儒家外思想資
源，以融通儒釋的方式使儒學煥發出全新生命力。黃庭堅對佛學的研習
即體現了這種趨勢，其所追慕之"道"即兼具儒釋特點，既指真如自
性，亦指修養主體與生俱來的忠信孝友等儒家倫理信念。與黃庭堅同時
或稍後之士大夫，對於佛學與儒學的融通亦較為關注。如晁補之於《再
答劉壯輿書》中云：

　　　　獨與明叔、魯直論佛之可否，類唐以來世儒束於教者齊楚矛楯之
　　詞。夫兩忘而化其道，世必有人矣。今吾曹平日接物，小言細行，不
　　當於理者，下床履地即有之，思而求去，為道日益，此其基也。此尚
　　不暇，而越求其大者，議之侈矣。道之為物，間不可識哉。至而後
　　知，然知者猶不言也，何暇置冰炭勝負於其所未究哉？②

晁補之即是著眼於佛教修行與儒者內聖之道的相通處，主張從個體精神修
養的角度實現儒佛的融通。陳師道則認爲儒釋無異："夫道一，而今之教者
三。三家之後，相與詆訾。蓋世異則教異，教異則說異。盡己之道，則人
之道可盡；究其說則他說亦究。其相自也固宜。三聖之道非異，其傳與不
傳也耶。"③"究其說則他說亦究"則明顯是爲整合儒釋張目。曾受學於司

----

①　（宋）陳善：《捫虱新話》卷三，《津逮秘書》本，第4頁。
②　（宋）晁補之：《濟北晁先生雞肋集》卷五十二，《四部叢刊初編》本，第398頁上—第
　　398頁下。
③　（宋）陳師道：《面壁菴記》，《後山居士文集》卷十二，上海古籍出版社1984年影印
　　版，第12頁。

馬光的劉安世亦曰：“儒釋道其心皆一，門庭施設不同耳。”① 還認爲：
“禪之一字，於六經中亦有此理。”② 陳瓘則從儒釋文本的解讀方面論證了
二者的相通：“佛法之要不在文字，而亦不離於文字。不在多讀，只《金剛
經》一卷足矣。此經要處只九箇字：阿耨多羅三藐三菩提。梵語九字，華
言只一‘覺’字耳。《中庸》‘誠’字即此字也。此經於一切有名有相有覺
有見，皆掃爲虛妄，其所建立者獨此九字，其字一，其物一。是‘一以貫
之’之一，非一二三四之一也；是‘不誠無物’之物，非萬物散殊之物
也。”③ 張商英亦云：“唯吾學佛，然後能知儒。”④《捫虱新話》“道在六
經不在浮屠”云：“吾書中頗有贅訛處，便是禪宗公案，但今人未嘗窺究
耳……顧但設教自有先後耳，豈如今之俗學，乃全不考究。以六經為治世
語言，至欲求道，則以為盡在浮屠氏。”⑤ 陳善認爲儒學中本自蘊含對形而
上問題的思考，其深度並不遜色於佛教。但這正是在佛學個體生命之形上
學的強勢下，其儒者身份與定位促其思考而致。而這也反映出了陳善將佛
教思維用以思考儒學的事實，陳善雖為南宋人，但其思考之方向卻與其北
宋前輩學者相同，可謂是北宋學者思考的一種延續。

　　與王安石、富弼等人相異，此一時期的士大夫學佛往往與其參與現
實政治並行不悖，如張商英自號無盡居士，曾問法於東林常總、兜率從
悅，禪學修養高深。但張商英在政治上亦積極進取，“為政持平……大
革弊事……勸徽宗節華侈，息土木，抑僥倖。帝頗嚴憚之。”⑥ 這種轉變
所反映出士大夫的學佛行爲，並不僅僅是尋找心靈慰藉，而是將研習佛學
與人格精神的追求與建構相結合。從當時的社會文化大背景下觀照之，這
種轉變是文化整合的一種具體的表現。

三　文人學佛方式、關注焦點轉變之原因

　　士大夫學佛方式、關注焦點的轉向與宋代禪宗獨勝的發展趨勢相一
致，亦彰顯出了與禪宗僧人修行方式逐漸合流的發展趨勢。發生轉變的原
因，大致有儒學發展之內部原因，亦有禪宗發展之外部原因。

---

① （元）念常：《佛祖歷代通載》卷二十，《大正藏》第49卷，第697頁下。
② （明）朱時恩：《居士分燈錄》卷下，《卍新纂續藏經》第86冊，第601頁中。
③ （宋）馬端臨：《文獻通考》卷二百二十六，《景印文淵閣四庫全書》第614冊，第676
　　頁下。
④ （宋）志磐：《佛祖統紀》卷四十七，《大正藏》第49卷，第429頁中。
⑤ （宋）陳善：《捫虱新話》卷一，《津逮秘書》本，第1頁。
⑥ （元）脫脫等：《宋史·張商英傳》卷三百五十一，中華書局1977年版，第11097頁。

（一）內因：復興儒學之自覺意識的促動

士大夫學佛方式、關注焦點的變化亦投影到了儒學的發展上，在此過程中，王安石新學發揮了很大的作用。新學的突出特點即是對 "性命"、"道德" 等形而上的問題進行了有意識的探討，如其《虔州學記》曰："先王之道德，出於性命之理，而性命之理，出於人心。"[1] 又曰："道德性命，其宗一也。"[2] 新學被欽定為官方學術後，作為科舉考試內容而被強化，新學所探討之形上學問題也引起了當時士子關注。蘇軾言："夫性命之說，自子貢不得聞，而今之學者，恥不言性命，此可信也哉？今士大夫至以佛老為聖人，粥書於市者，非老莊之書不售也。讀其文，浩然無當而不可窮觀其貌；超然無著而不可把，豈此真能然哉？"[3] 其亦有詩云："十年困新說，兒女爭捕影。" 王十朋釋之曰："時學者號之曰新經，多言性命之說。"[4] 這無疑反映了當時士子普遍關注形上學問題的事實。對此黃庭堅亦有論述："曰：'然則願聞性命之說。' 黃子曰：'今孺子總髮而服大人之冠，執經談性命，猶河漢而無極也，吾不知其說焉。'"[5] 從中不難看到當時形而上問題已成為士林中的核心 "話語"。在黃庭堅詩中，則有更多關於這種情況的描述，如："棘圍深鎖武成宮，談天進士雕虛空。" 任淵曰："熙豐間進士高談性命，溺於虛無，元祐初其習猶在。" 又如："談天用一律，呻吟厭重複。" 陳師道亦云："後生不作諸老亡，文體變化未可量。眾口一律如吃羌，妖狐幻人犬陸梁。"[6]《宋元學案》載："王荊公嘗與明道論事不合，因謂先生曰：'公之學，如上壁。' 言難行也。明道曰：'參政之學，如捉風。'"[7] 程顥對王安石學說 "捉風" 之諷，亦是說明王氏新學慣於探討形上學問題。雖然新學關於性命等形上問題的闡述頗多穿鑿之處，但新學卻是儒學發展到一個新階段的產物，而其大行於世亦起到了引發士大夫關注形上學思考的風習。同時，王安石多用佛教理論

---

① （宋）王安石：《虔州學記》，《臨川先生文集》卷八十二，中華書局 1959 年版，第 858 頁。
② （宋）王安石：《再答龔深父論語孟子書》，《臨川先生文集》卷七十二，中華書局 1959 年版，第 765 頁。
③ （宋）蘇軾：《議學校貢舉狀》，《蘇軾文集》卷二十五，中華書局 1986 年版，第 723 頁。
④ （宋）蘇軾：《送程建用》，《蘇軾詩集合注》，上海古籍出版社 2001 年版，第 1378 頁。
⑤ （宋）黃庭堅：《楊概字說》，《黃庭堅全集·正集》卷二十四，四川大學出版社 2001 年版，第 624 頁。
⑥ （宋）陳師道：《贈二蘇公》，《後山詩註補箋》卷一，中華書局 1995 年版，第 23 頁。
⑦ 《宋元學案·明道學案下》，中華書局 1986 年版，第 574 頁。

解釋儒學命題①，雖在融通儒釋方面不甚成功，但亦起到了啓發士大夫關注儒釋融通問題的作用。

　　總之，新學是儒學新發展的產物，而其大行於世亦起到了啓發當時士大夫關注形上學問題探討的作用，同時新學在"道"之體認與闡述方面的缺失，也昭示了儒學進一步發展的任務及趨勢，與王安石同時之程頤在評價王安石"堯行天道以治人，舜行人道以事天"時曰："介甫自不識'道'字。"② 南宋陳淵評王安石曰："荊公之所以失，不在注解，在乎道術之不正，遂生穿鑿。"③ 皆指出了王安石在形而上之"道"的體認及闡述上的缺失，即"内聖"上的缺失。而程顥之學的特點是："一天下，合内外，主於敬而行之以恕，明於庶務而察於人倫，務於窮神知化而能開物成務，就其民生日用而非淺陋固滯。"④ 這正是通過著力探求闡發荊公新學所欠缺的"内聖"而達到的。同時，王安石融合儒釋方面的欠缺，也啟發了同輩或後輩士大夫在此方面的深入探討。如素不喜佛的司馬光，因"今之言禪者，好為隱語以相迷，大言以相勝，使學者倀倀然益入於迷妄"的現狀，作《解禪偈》將自己對於佛教的理解進行了一番言說。其目的即是著眼於儒釋修持方式的相通，將儒家堅守忠信孝悌等倫理信念以平和心態抱道自居的存在方式，與佛教護持真如自性的修行方式建立聯繫。故而得到了岳珂"精義深韞，真足以得儒釋之同"的讚譽⑤。司馬光從儒者角度看待佛學，從中攝取與儒者所追求之人格精神相關的思想成分，故而佛教對其而言哲學的意義大於宗教的意義。因而儒學在北宋中後期的新發展是由一批融通儒釋的士大夫完成的，如與東林常總論及理法界、事法界而"泠然獨會，遂著《太極圖說》"⑥ 的周敦頤、"訪諸釋、老，累年究極其說"⑦ 的張載、"出入老釋者幾十年，反求諸六經而後得之"⑧ 的程顥等。

---

① 如其《原性》、《性情》等文的架構，皆帶有《大乘起信論》中"一心開二門"的特點。張煜先生之博士論文《王安石與佛教》中，有詳細論述，茲不贅述。
② 《二程集·河南程氏遺書》卷二十二上，中華書局 1981 年版，第 282 頁。
③ （宋）陳淵：《襍說十三段》其九，《默堂集》卷二十二，《景印文淵閣四庫全書》第 1139 冊，第 539 頁上。
④ （清）黃宗羲：《宋元學案》，中華書局 1986 年版，第 579—580 頁。
⑤ （宋）岳珂：《桯史》卷八，《叢書集成初編》本，第 61 頁下。
⑥ （明）朱時恩：《居士分燈錄》卷下，《卍新纂續藏經》第 86 冊，第 600 頁中。
⑦ 《宋史·張載傳》卷四百二十七，中華書局 1977 年版，第 12723 頁。
⑧ （宋）程頤：《明道先生行狀》，王孝魚點校，《二程集·河南程氏文集》卷十一，中華書局 1981 年版，第 638 頁。

（二）外因：禪宗吸引士大夫之方式的轉變

處於豐富發展儒學的需要，士大夫對形上學問題更為關注。在此形勢下，禪宗如欲進一步吸引士大夫而達到其發展繁榮之目的，就必須迎合士大夫之喜好。在文化繁榮的社會背景下，在士大夫群體具備了融通其他學說以實現"修其本以勝之"的自覺意識後，他們對佛學的理解日漸加深，對佛學經典的熟悉程度也大有與佛門中人齊平之勢①，已不再滿足於停留在閱讀佛經等知識性瞭解的層面。

在此形勢下，禪宗對於士大夫而言，其吸引力則必然轉向為真如心性的覺悟及護持等宗教體驗上。而禪宗中人對此亦有清醒的認識，其接引士大夫亦轉而多用公案問答等形式。北宋中葉之前士大夫的學佛，除富弼外，或為自悟②，或為僧人以定慧等佛教傳統形式接引之③，禪宗特色不甚鮮明，原因即在於士大夫的佛學水平普遍處於知識性瞭解的層面上。禪宗典籍中亦多載王安石與禪宗僧人探討佛經義理之事。蘇軾參禪則異於前輩，呈現了禪宗中人以公案之形式開示之的新特點："抵荊南，聞玉泉承皓機鋒不可觸擬，抑之，即微服求見。皓問：'尊官高姓？'軾曰：'姓秤，乃秤天下長老底秤。'皓喝曰：'且道這一喝重多少？'公無對，於是尊師。"④蘇軾南遷惠州時，曾問法泉禪師何為"智海之燈"，二者亦有偈語往來。但是禪宗中人對蘇軾學佛並未首肯，至以"門外漢"喻之："古德云：東坡門外漢耳。夫以坡公見地猶在門外。"⑤靈源惟清亦曰："惜彼當年老居士，大機曾未脫根塵。"⑥

---

① 如《人天眼目》載王安石通過閱讀佛典，解答了"拈花微笑"之典出自何處的問題，而慧泉禪師卻不知此典之出處。蘇軾《送壽聖聰長老偈並敘》一文中，通過對佛教相對主義思維方式的運用，稱述《圓覺經》中作、止、任、滅修行四病為"四妙法門"。這反映了士大夫對於佛學典籍頗為熟悉的事實，也反映出了士大夫能熟練運用一般佛經中之思維方式的事實。

② 《續傳燈錄》載："（趙抃）後典青州，政事之餘多宴坐，忽大雷震驚，即契悟作偈曰：'默坐公堂虛隱几，心源不動湛如水。一聲霹靂頂門開，喚起從前自家底。'慧聞笑曰：'趙悅道撞彩耳。'"

③ 歐陽修、蘇轍即是此種代表，《居士分燈錄》載："至一寺，修竹滿軒，風物鮮美，修休於殿內，旁有老僧閱經自若。修問：'誦何經？'曰：'法華。'修：'古之高僧臨死生之際，類皆談笑脫去，何道致之。'曰：'定慧力耳。'又問：'今何寂寥無有？'曰：'古人念念定慧，臨終安得散亂？今人念念散亂，臨終安得定慧。'修大嘆服。"《嘉泰普燈錄》載："（蘇轍）會黃檗全禪師於城寺，熟視公曰：'君靜而慧，苟存心宗門，何患不成此道？'公識之，因習坐。"

④ （宋）正受：《嘉泰普燈錄》，《卍新纂續藏經》第79冊，第428頁中。

⑤ （明）朱時恩：《居士分燈錄》卷下，《卍新纂續藏經》第86冊，第598頁上。

⑥ （宋）釋曉瑩：《羅湖野錄》，《卍新纂續藏經》第83冊，第390頁下。

但這種情況在北宋後期士大夫身上發生了變化，黃庭堅、張商英即是此種代表。元祐丁母憂期間，黃庭堅參晦堂祖心，祖心以"吾無隱乎耳"開示之，使黃庭堅明瞭佛法無難，不用擬議尋思，而應"無心"，即用直覺體驗之。其後死心悟新再次開示之："心見張目問曰：'新長老死學士死，燒作兩堆灰，向甚麼處相見？'堅無語。心約出曰：'晦堂處參得底，使未著在。'後左官黔南，道力愈勝。於無思念中頓明死心所問。"① 與蘇軾之"無對"不同，黃庭堅通過自己人生經歷的印證，洞悉了死心之意，得到了禪宗中人的"印可"："黃山谷護戒，如護明珠，參禪如參鐵壁，事師友不啻事父兄，勸同志不啻勸子弟，現宰官身續佛慧命。若而人者，庶幾無愧。"② 自號無盡居士的張商英，其參禪學佛過程亦大致類似，元祐七年任職江西時，東林常總造訪之，"得見與己符合，因印可之"。而後其參兜率從悅，從悅針對張商英"疑香嚴獨腳頌。德山拓鉢話"而引導其展開思考，張商英苦思一夜，踏翻溺器而有所解悟，"遂扣方丈門曰：'某已捉得賊了。'悅曰：'賊在甚處？'公無語，悅曰：'都運且去，來日相見。'翌日公遂舉前頌。悅乃謂曰：'參禪祇為命根不斷依語生解，如是之說公已深悟。然至極微細處，使人不覺不知墮在區宇。'"③ 從悅直言張商英不足，機鋒峻烈，卻由此得張氏尊重並入其門牆。其後張商英還曾以偈答兜率從悅室中考量參禪者之三語，顯示了他對於禪學的深刻領悟。陳瓘、徐俯、吳居厚等人的禪悟過程亦與公案十分類似。④ 從蘇軾開始，士大夫參禪方式與僧人日漸類似，並且士大夫參悟境界也逐漸被禪門中人所"印可"。這反映出了士大夫學佛方式與僧人漸趨一致的趨勢，亦反映出了士大夫研習佛學日漸深入的趨勢。因此，禪宗僧人如欲吸引士大夫以實現自身的新發展，就必須在佛禪學說中找尋到新的、能吸引士大夫的"興奮點"，而明心見性、參話頭式的悟道方式便作為新的"興奮點"被凸顯了出來。

四　禪宗化：文人學佛方式、關注焦點的變化趨勢

在北宋中後期儒學復興、文化整合的背景下，士大夫之學佛方式、所關注之佛學思想亦發生了變化，簡言之，即是學佛方式禪宗化的特點逐漸鮮明，而其所關注的焦點，亦由對佛教作為解脫學說的般若空觀的關注，轉而為對於真如自性的覺悟、護持及對於隨緣任運之禪悟精神的體悟上。

---

① （宋）普濟：《五燈會元》卷十七，中華書局1984年版，第1139頁。
② （明）朱時恩：《居士分燈錄》，《卍新纂續藏經》第86冊，第599頁中—第599頁下。
③ （明）居頂：《續傳燈錄》卷二十六，《大正藏》第51卷，第643頁下。
④ 這在《續傳燈錄》、《居士分燈錄》卷下中有詳細記載。

同時士大夫學佛方式、關注焦點的變化亦呈現了與僧人合流的趨勢。

至於此種發展趨勢之成因，從士大夫作為儒者的角度而言，儒學復興過程中何為"內聖"及"內聖"之表現的問題成為中心問題，士大夫對此問題的思考，使他們對佛學中真如自性的覺悟、護持及隨緣任運境界頗為關注。從禪宗角度而言，在士大夫佛學修養普遍提高的前提下，如欲進一步吸引士大夫以實現自身之發展，則必須發掘出士大夫所感興趣的新"興奮點"，而參公案、參話頭等宗教體驗比較明顯的方式則為禪宗僧人本身所長，亦與士大夫對心性論問題的關注相關，因而參公案、參話頭等禪宗修證方式就成為了禪宗僧人用以吸引士大夫的新方式。二者的結合促成了士大夫學佛方式、關注焦點的變化，正如麻天祥先生所論："尤其不能忽視歷史的變遷對隨時制宜、日就月將的禪宗的影響，它們需要在現實中獲得存在的根據並謀求長足的發展，於是原本簡潔明快的否定精神一變而爲'一切現成'的隨緣態度，超越現實的玄思聚集而爲對生命本原的冥想，一方面它要向窄而深的方向開拓，另一方面還要向社會各個階層上滲透。"①

第二節　學佛之變化與詩歌書寫內容變化之關係

士大夫學佛的變化是當時思想界發生變化，主要是儒學新變的一種表現。而士大夫學佛又推動了思想界的變化，在這個互動過程中，士大夫群體對於出處進退以及理想人格的思考都發生了變化。與此相適應，他們對文學的認識也發生了變化，體現在詩歌領域，最顯著的表現即是詩學話語中的"雅健"凸顯了出來。此一時期的詩歌在書寫內容上發生了顯著的變化，更側重於書寫主體獨立不倚、自在平和的精神狀態。這是"雅健"追求在創作中的具體表現。同時，這種趨勢與思想界內聖學說影響的逐漸擴大有著密切關係：內聖學說的日漸豐富使士大夫更加向往"孔顏樂處"的人格境界，投映在詩歌創作中，即書寫自在平和之理想精神境界的趨勢漸趨明顯；而世風澆薄、黨爭激烈的環境，使士大夫追求獨立人格的精神凸顯了出來，投映在詩歌創作中，即是對獨立不倚精神境界的書寫日益顯著。二者雖然在表現形式上差異較大，但二者內核卻是同一的，即皆本自對儒家倫理信念的堅守。

士大夫學佛禪宗化的發展趨勢表明，佛教理論對他們而言不再僅僅是

---

① 麻天祥：《永明延壽與宋代禪宗的綜合》，載《世界宗教研究》1996 年第 4 期。

安頓心靈的工具，也是他們從中汲取養分以完善、建構理想人格精神的思想資源。研習佛學使士大夫在書寫兀傲精神的同時保持了內心的平和，紛擾的外界對他們而言是作為對其真如自性的考驗而存在的，而佛教通過護持真如自性而達到的隨緣任運境界，也為士大夫所體認，並將此種護持與儒家之道建立起了內在聯繫，即將道內化為生命之一部分所達到的隨心所欲而不逾矩的境界。

這一轉變過程，可以從王安石、蘇軾、黃庭堅詩歌的對比中看出，王安石之詩歌總體發展趨勢是早期尚"健"，晚年崇"雅"，"雅"與"健"未能實現有機的統一；蘇軾之晚年部分詩歌呈現"雅健"之特色，但蘇軾是以天然自放之態度書寫情懷，對"雅健"風格的追求缺乏自覺意識；黃庭堅詩不但呈現了"雅健"的特色，而且其文學創作的主張亦是"雅健"。江西詩派諸人在對黃庭堅的師法過程中，由於他們自身境遇、個性愛好的制約，加之理禪並重的學術淵源，使其創作表現主體獨立不倚之兀傲精神的一面被弱化，而書寫自在平和精神的一面則更加鮮明，這使北宋後期詩歌呈現了以自在平和為美的詩歌追求。

一　"雅健"：北宋中後期所凸顯出的詩學話語之一

在北宋中後期的詩學話語中，"雅健"是中心話語之一，且追慕"雅健"風格是北宋中後期詩歌發展變化在文論領域的必然反映。"雅健"作為詩學中心話語之一而凸顯出來，亦經歷了一個過程，即由單純尚"健"逐漸過渡到"雅"、"健"並舉。

北宋詩歌"宋調"特徵的逐步顯現是天聖年間，伴隨著宋調顯現的一個文學現象即是對韓愈的尊崇與學習，如顧永新先生指出："最晚在天聖中，尊韓在北宋的士人階層中，已經初成風氣。"① 師法韓愈反映在詩歌創作領域即是粗豪之風的盛行，魏泰《東軒筆錄》云："皇祐已後，時人作詩尚豪放，甚者粗俗強惡，遂以成風。"② 與此創作領域的粗豪詩風相一致，此一時期的詩學追求呈現了尚"健"的傾向，周裕鍇先生認為："'健'字的語義無非剛強和有力二義，而其內容卻涉及宋代儒學背景、古文傳統以及宋人的人格意識。"③ 此一時期詩學領域對於"健"的追求也確實與古文運動、儒學復興有著密切的聯繫。在此文化背景下，詩歌創

---

① 顧永新：《北宋前中葉的尊韓思潮》，《北大中文研究》第一輯，北京大學出版社 1998年版。
② （宋）魏泰：《東軒筆錄》卷十一，中華書局 1983 年版，第 128 頁。
③ 周裕鍇：《宋代詩學通論》，上海古籍出版社 2008 年版，第 327 頁。

作領域呈現了推崇學習韓愈詩風的特點。石介《三豪詩送杜默師雄》之序中言："石曼卿之詩，歐陽永叔之文辭，杜師雄之歌篇，豪於一代矣"，詩云："師雄二十二，筆距獰如鷹。才格自天來，辭華非學能。迴顧李賀輩，矗俗良可憎。玉川月蝕詩，猶欲相憑凌。"① 稱讚以"歌篇"、"豪於一代"的杜默詩豪氣充盈，筆力險重，石介將杜默與盧仝相比擬，則是指出杜默與韓孟詩風的接近。此時的文壇領袖歐陽修雖然以李白詩歌為其師法對象，但其詩風卻更接近韓愈，劉熙載云："東坡謂歐陽公'論大道似韓愈，詩賦似李白'。然試以歐詩觀之，雖曰似李，其刻意形容處，實於韓為逼近耳。"② 此一時期的李覯、曾鞏、王令、王安石等亦皆推崇韓愈詩歌，士大夫對於韓愈的推崇與學習，使北宋詩歌走出了西崑體與晚唐體的范疇，開始初步呈現宋調之特征。③

對韓愈的推崇與學習，是此時期的詩學尚"健"現象出現的主要原因。而隨著宋代詩歌的演進，士大夫對"健"的理解與追求也發生了微妙轉變，即追慕之風格由雄健轉向了雅健。這可從蘇軾等人對杜默的評價中看出，這位被石介稱之為"三豪"之一的人物，其詩歌在蘇軾眼中卻是另外一種形象："吾觀杜默豪氣，正是京東學究飲私酒，食瘴死牛肉，醉飽後所發者也。作詩狂怪，至盧仝、馬異極矣，若更求奇便作杜默矣。"④ 蘇軾之語顯示了他對於求奇求怪之風的不滿，亦顯示了他不同於石介、歐陽修等前輩的詩學追求。蘇軾即在其文中，多以"雅健"稱讚友人，如《薦宗室令時狀》："臣嘗見其所著述，筆力雅健，博貫子史。"《薦何宗元十議狀》："近以所著十議示臣，文詞雅健，議論審當。"作為北宋中後期詩壇代表人物的黃庭堅雖然集中未有對於"雅健"的論述，但他一方面強調"健"，如"凌雲健筆意縱橫"等，另一方面他又強調"一點俗氣無"、"唯不可以俗"等。同時，黃庭堅強調詩歌"吟詠性情"，反對"怒鄰罵座"。綜合其觀點，即為要求詩歌在勁健之餘，還應注重內容的雅正、語言的高雅、形式的優美等，亦即主張詩歌應追求"雅健"。而"雅健"在北宋後期及南宋文人的文集中出現的頻率則更高："詩以意為主，又須篇中練句，句中練字，乃得工耳。以氣韻清高深眇者

---

① （宋）石介：《徂徠集》卷二，《景印文淵閣四庫全書》第 1090 冊，第 190 頁上。
② （清）劉熙載：《藝概》，上海古籍出版社 1978 年版，第 66 頁。
③ 李貴《天聖尊韓與宋調的初步成型》一文，對此有詳細論述，見《文學遺產》2007 年第 6 期。
④ （宋）胡仔：《苕溪漁隱叢話·前集》卷二十四，人民文學出版社 1962 年版，第 174 頁。

絕，以格力雅健雄豪者勝。"① "'五聖聯龍袞，千官列鴈行。聖圖天廣大，宗祀日光輝。' 則又得其雄深而雅健矣。"② "東坡海外所作，愈雅健精當不可及。"③ "後山雅健強似山谷，然氣力不似山谷較大，但却無山谷許多輕浮底意思。"④ 張表臣、韓淲、朱熹等人關於 "雅健" 的論述，雖然帶有北宋後期或南宋詩學的特色，但他們以 "雅健" 評價蘇軾、黃庭堅、陳師道等，正反映出了北宋中後期詩歌所呈現出的與之前不同的特色，此特色亦可用 "雅健" 來概括之。將此與蘇、黃等人關於 "雅健" 的論述相比對，不難發現 "雅健" 已是北宋中後期被凸顯出來的詩學話語。

"雅健" 之詩學話語在北宋中後期凸顯，與詩歌書寫內容的轉向是互為表裏的，即與詩歌書寫內容轉向為對人格精神、人生境界等的書寫有著密切之聯繫。

二 人格精神書寫的凸顯與 "雅健" 風格的實現

北宋中後期詩歌 "雅健" 特徵的凸顯與此一時期思想界的變化，即與儒學的新發展有著緊密的聯繫。周裕鍇先生指出："宋代的士大夫以儒學為安身立命的根基，尤其是道學家，全心探索生命哲學的問題，先秦儒學的 '行健' 精神不僅得到恢復，而且更進一步被強化。這具體表現為 '治心養氣' 的學說的風行。"⑤ 而道學家 "治心養氣" 學說的形成，與士大夫學佛有著千絲萬縷的聯繫。佛教對士大夫的吸引力最直接的即是佛教不同於儒學的思維方式，士大夫研習佛學自然會使其觀想世界、看待人生的方式發生變化，從而使他們對人格境界的追求出現轉向。同時，儒學心性化的發展趨勢，使士大夫對於人格境界的追求具備了較強的自覺意識。此自覺意識與他們從佛學中所汲取之思想相結合，使他們習慣常在詩歌中書寫其所推崇及追求的人格境界。這個特點的出現經歷一個由不自覺到自覺的過程，亦經歷了一個由書寫外向型參政熱情到書寫內向型人格精神的過程。而此演變的軌跡在王安石、蘇軾、黃庭堅三人詩歌所書寫的主題的轉變中即可以看出。

（一）尚 "健" 崇 "雅"，未臻 "雅健"——王安石之創作風格走向

王安石之前期詩歌的書寫主題，以往論者多認為主要是書寫其不同流俗之急切革新的參政熱情，如葉夢得云："荊公以意氣自許，故詩語為其

---

① （宋）張表臣：《珊瑚鉤詩話》，《歷代詩話》本，中華書局 1981 年版，第 455 頁。

② 同上書，第 453 頁。

③ （宋）韓淲：《澗泉日記》，《景印文淵閣四庫全書》第 864 冊，第 791 頁下。

④ （宋）黎靖德編，王星賢點校：《朱子語類》卷一百四十，中華書局 1985 年版，第 3334 頁。

⑤ 周裕鍇：《宋代詩學通論》，上海古籍出版社 2008 年版，第 328 頁。

所向，不復更為涵蓄。如‘天下蒼生待霖雨，不知龍向此中蟠’，又‘濃綠萬枝紅一點，動人春色不須多’，又‘平治險穢非無力，潤澤焦枯是有才’之類，皆直道其胸中事。"① 曾慥亦云："荊公《題金陵此君亭詩》云：‘誰憐直節生來瘦，自許高才老更剛。’賓客每對公稱頌此句，公輒顰蹙不樂。"② 這種熱情實際上也就是王安石對其人格精神的書寫，其中"健"的特點比較鮮明，而"雅"的特點相對模糊，這也就是葉夢得"不復更為涵蓄"之評的原因。此勁健有餘而典雅不足的特點，在其晚年發生了變化。王安石在罷相閑居金陵時期所作之詩歌，在藝術手法上呈現了向唐詩的回歸，其心態趨於平和，其詩作亦呈現了"舒閑容與"之特點，如葉夢得云："王荊公晚年詩律尤精嚴，造語用字，間不容髮，然意與言會，言隨意遣，渾然天成，殆不見有牽率排比處。如‘含風鴨綠鱗鱗起，弄日鵝黃裊裊垂’，讀之初不覺有對偶，至‘細數落花因坐久，緩尋芳草得歸遲’，但見舒閑容與之態耳。"③ 葉夢得、曾慥之論雖著眼於王安石的詩歌技法運用，但是從其所舉之王安石詩來看，皆為王安石對於自我人格精神的書寫，而其人格精神前後差別之大，判若兩人。王安石早年詩歌更傾向於外向型入世精神的書寫，而其不懼流俗之精神投映到其詩篇中，即呈現了剛健之氣象。但在其政治生涯受挫後，王安石退回到閑居生活中，其詩歌轉而書寫閑適自得之精神。王安石詩歌中人格精神書寫呈現了前後迥異的特點，其原因在於王安石"內聖"學說探討上的缺失，這使他沒有完全處理好兼濟與獨善的關係。反映在佛學研習上即是更傾向於接受般若空觀學說，以從中尋找心靈解脫之法門，這正是其生命意義探討上陷於迷惘狀態的反映，這也是朱熹批評其"見道理不透徹"的原因。王安石在生命哲學探討上的缺陷，使其詩歌中人格精神的書寫呈現了兩極化的特點，有勁健，有典雅，但卻沒有將二者實現融合，達到"雅健"的境界。

（二）"雅健"在不自覺書寫中的體現——蘇軾晚年創作風格走向

蘇軾與王安石有所差別，雖然入仕之初在政治熱情的激發下，蘇軾創作了大量的諷刺現實、針砭時弊的詩歌，但在黃州之貶後，蘇軾詩歌中抨擊時弊的成分與之前相比大為減少，而蘇軾對於詩道之體認亦發生了一定變化，如前所引之《薦宗室令時狀》、《薦何宗元十議狀》皆作於元祐年間，而其元祐年間所作之《答陳傳道五首》其二亦曰："錢塘詩皆率然信筆。"④

---

① （宋）葉夢得：《石林詩話》，《歷代詩話》本，中華書局1981年版，第419頁。
② （宋）曾慥：《高齋詩話》，《宋詩話輯佚》本，中華書局1980年版，第496頁。
③ （宋）葉夢得：《石林詩話》，《歷代詩話》本，中華書局1981年版，第406頁。
④ （宋）蘇軾：《蘇軾文集》卷五十三，中華書局1986年版，第1574頁。

顯示了其對於之前創作的不滿。而蘇軾對於黃庭堅詩的評價也正顯示了他
所推崇之詩歌風格："讀魯直詩，如見魯仲連、李太白，不敢復論鄙事，
雖若不入用，亦不無補於世也。""黃魯直詩文如蝤蛑江瑤柱，格韻高絕，
盤飱盡廢。"① 而蘇軾南遷儋耳、海南時期所作之詩則可視之為他對這種
詩美追求的實踐。試觀其《慈湖夾阻風五首》其一、其五：

> 捍索桅竿立嘯空，篙師酣寢浪花中。故應菅蒯知心腹，弱纜能爭
> 萬里風。
> 臥看落月橫千丈，起喚清風得半帆。且並水村敧側過，人間何處
> 不巉巖。②

前者作於前往惠州途中，面對所遭受的迫害及遠謫萬里的境遇，蘇軾詩中
反而沒有絲毫憂戚之意，亦無貶謫黃州初期的故作曠達之語。詩中所流露
出的是不繫於物之坦然胸懷：風浪滔天，而見慣此等景象的船師卻酣睡於
舟中，後二言或許只有菅蒯編織的纜繩知道其此時的想法，即用此看似柔
弱的弱纜張帆隨長風遠航萬里。後者寫夜中航行所見，璧月橫斜，清風徐
徐，小舟揚帆隨風而下，傾斜之船身掠過水邊小村。蘇軾以觀此景而感觸
到的"人間何處不巉巖"作結，將其平等觀照萬物之豁達人格精神揮灑
無餘。二詩皆是其平和淡然人格精神的展現。即使是一些慨嘆人生流落的
詩篇亦無黃州時期"也擬哭塗窮，死灰吹不起"式的悲吟：

> 亦知壺子不死，敢問老聃所游。瑟瑟寒松露骨，耽耽老虎垂頭。
> 莫言西蜀萬里，且到南華一游。扶病江邊送客，杖棃浦口回頭。
> 老去此生一訣，興來明日重游。臥聞三老白事，半夜南風打頭。③

此為南遷途中蘇軾過長蘆訪復禪師而作，詩中沒有窮途末路的悲嘆。其一，
以平和語調敘述了與復禪師見面的場景：松樹於寒風中瑟瑟作響，禪師於室

---

① （宋）蘇軾：《書黃魯直詩後二首》，《蘇軾文集》卷六十七，中華書局1986年版，第
2122頁。
② （宋）蘇軾：《慈湖夾阻風五首》，《蘇軾詩集合注》卷三十七，上海古籍出版社2001年
版，第1932—1933頁。
③ （宋）蘇軾：《僕所至未嘗出遊，過長蘆聞夫禪師病甚，不可不一問。既見，則有間矣。
明日阻風，復留。見之作三絕句，呈聞復，並請轉呈參寥子各賦數首》，《蘇軾詩集合
注》卷三十七，上海古籍出版社2001年版，第1927頁。

內宴坐無語。其二，敘述了禪師江邊相送，自己於舟中回頭相望，以此結出自己將遠赴貶所，不知再次相見又待何時的送別之情。其三，寫因風不能起程，遂再次相訪，夜中難寐，於舟中臥聽船師對話，夜半聞南風吹浪撞擊船頭。平和氣度之下蘊含著蒼桑老成之韻味，但卻毫無淒厲色彩，這正是蘇軾綿歷世事後豁達平和之人格精神的寫照，黃庭堅讚云："僊耳道人長蘆三偈，不愧古之作者。"① 其《過大庾嶺》詩中云："浩然天地間，唯我獨也正。"趙汸讚曰："以垂老之年，當轉徙流離之際，而浩然無毫髮顧慮。"② 蘇軾晚年詩歌通過浩然豁達之精神的書寫，使其詩歌中"健"的內涵發生了轉變，即著重凸顯主體以平和心態面對個人境遇變遷時的表現，於淡然中隱含著主體充盈的理性精神。這種平和理性精神的書寫反而比呼天搶地般的哀號更能動人心魄，詩中所凸顯出的主體人格精神剛健有力、獨立不倚的特質，對讀者而言更具別樣魅力。此外蘇軾晚年詩歌中抨擊時政的內容減少，如前期"此輩何曾堪一笑，吾儕相對復三人"③ 之類的性情外露的內容大量減少，更偏向於書寫平和內心，如其海南和陶淵明詩，將慕陶情節與理想人格的追求相結合，其自述曰："吾於淵明，豈獨好其詩也哉？如其為人實有感焉。……平生出仕以犯世患，此所以深愧淵明，欲以晚節師範其萬一也。"④ 這使蘇軾詩歌於平淡自在風格中融入了"雅"的風味，這與蘇軾豁達人格精神的書寫相結合，遂成就了其詩歌"雅健"的特色。

但蘇軾的"雅健"帶有更多不自覺的色彩，是他在天真自放的文學創作中所呈現的特點，如方東樹評曰："自以真面目與天下相見，隨意吐屬，自然高妙。"⑤ 指出了蘇軾自然流露的創作特點。同時，蘇軾書寫自我人格精神的目的乃是通過文學創作緩和緊張壓抑的情緒，保持心理的平衡，這也與蘇軾學佛立足於用的態度相一致，如周裕鍇先生所論："他從未想到過'出生死，超三乘，遂作佛'，所以對'世之君子，所謂超然玄悟者'表示懷疑。蘇軾對禪宗義理談不上有多少發揮或獨到的體會，但由於他將人生如夢的真切體會以及隨之而產生的遊戲人間的態度與禪宗詼

---

① 《蘇軾詩集合注》卷三十七《僕所至未嘗出遊過長蘆聞復禪師病甚……》"五注本趙云"所引，上海古籍出版社 2001 年版，第 1928 頁。

② （宋）蘇軾：《過大庾嶺》，《蘇軾詩集合注》卷三十八，上海古籍出版社 2001 年版，第 1946 頁，查注所引。

③ （宋）蘇軾：《過密州次韻趙明叔喬禹功》，《蘇軾詩集合注》卷二十六，上海古籍出版社 2001 年版，第 1310 頁。

④ （宋）蘇轍：《子瞻和陶淵明詩集引》，《蘇轍集·欒城後集》卷二十一，中華書局 1990 年版，第 1110 頁。

⑤ （清）方東樹：《昭昧詹言》，人民文學出版社 1961 年版，第 444 頁。

詭反常的思維方式結合在一起，因此更充分地顯示了禪宗思想作爲一種人生藝術所發揮的作用。"① 這種著眼於用的特點使蘇軾未能完全達到抱道而居、外界變遷不繫於懷的境界，亦使其許多詩歌帶有一種無法排遣的痛苦與迷惘。這也是蘇軾文學創作雖得後輩詩人之推崇，而在當時儒學新發展的思想背景下未能成爲後人師法之理想範式的內在原因。

（三）"雅健"風格的呈現與對此風格的自覺追求——黃庭堅詩歌書寫內容與其對雅健風格的自覺追求

與蘇軾相比，黃庭堅詩歌書寫人格精神、人生境界的特色更爲突出，並成爲其詩歌書寫的主要主題，這突出表現在其寄贈詩及唱和交游詩中。如其《次韻劉景文登鄴王臺見思五首》其三之後半言："白璧按劍起，朱絃流水聲。乖逢四時爾，木石了無情。"②"白璧"句用《漢書·鄒陽傳》中語③，代指官場傾軋、互相猜忌的現狀，末二句任淵注曰："達人之於窮通，猶木石之於寒暑，初無喜慍也。"詩意乃是稱讚劉景文於眾人爭名逐利、互相猜忌之環境下內心淡然，不以外物爲意的高雅情懷。而其贈李夷伯詩亦是稱讚友人高雅之情懷："談笑一樽非俗物，對公無地可言愁。"④ 其《和答外舅孫莘老》亦是著眼於孫覺的高妙人格境界："少監巖壑姿，宿昔廟廊具。行趨補袞職，黼黻我王度。歸休飲熱客，觴豆忩調護。浩然養靈根，勿藥有神助。"稱讚孫覺在朝恪盡職守，居家治心養氣。詩之末尾以"何時臨書几，剝芡談至暮"凸顯出孫覺人格精神對自己產生的強大吸引力。除去在寄贈詩及唱和交游詩中書寫主體人格精神、人生境界外，在一些以場所爲題的詩歌中，黃庭堅亦是以主體之人格精神的書寫爲主，如其《平陰張澄居士隱處三詩》即是如此，"仁亭"詩中黃庭堅直書張澄的人格精神，先以"無心經世網，有道藏丘山"點出友人抱道自居不以見用於世爲意的立身處世特點，接著以"德人墻九仞，強學窺一斑"來切合"仁亭"，作結處云："牧牛有坦途，亡羊自多端。市聲鬧午枕，常以此心觀。"⑤ 以此進一步突出任世紜紜而其心以道爲依歸的安然自得人生境界。"復庵"、"亨泉"詩亦是著眼於書寫友人以道爲精

① 周裕鍇：《夢幻與真如——蘇、黃的禪悅傾向與其詩歌意象之關係》，載《文學遺產》2001 年第 3 期。

② 《黃庭堅詩集注·山谷詩集注》卷一，中華書局 2003 年版，第 81 頁。

③ 《漢書·鄒陽傳》："明月之珠，夜光之璧，以闇投人於道，眾莫不按劍相盼者，何則？無因而至前也。"

④ （宋）黃庭堅：《閏月訪同年李夷伯子真於河上子真以詩謝次韻》，《黃庭堅詩集注·山谷外集詩注》卷三，中華書局 2003 年版，第 815 頁。

⑤ 《黃庭堅詩集注·山谷詩集注》卷一，中華書局 2003 年版，第 71—72 頁。

神依歸的人格特點，著重凸顯友人安於平淡生活且怡然自得的精神狀態：
"禾黍鋤其驕，牛羊鞭在後。隱几天籟寒，六鑿忽通透。"① "棲遲林丘下，
欲濯無塵纓。杖藜逢載酒，一瓢酌餘清。"② 其《題王仲弓兄弟巽亭》曰：
"事常超然觀，樂與賢者共。人登斷壟求，我目歸鴻送。溪毛亂錦襮，侯
蟲響機綜。世紛甚崢嶸，胸次欲空洞。"③ 亦是著眼於讚頌友人輕外物而
自重，不牽情於功名利祿的超然品格。

　　黃庭堅慣常於在詩中書寫主體人格精神與人生境界，從根本上講是其
融通儒釋之修養特點所決定的。從黃庭堅元豐七年作《發願文》後近二
十年不茹葷腥可以看出，他對禪宗超生死、越流俗之境界的向往及強烈的
自覺約束意識；亦可以從其面對外界壓力而能堅守自我人格的立身處世中
看出，他以忠信孝友等倫理信念為精神之依歸並著力堅守之的剛強意志。
這種自覺意識的存在使他多於詩篇中勉勵友人、砥礪自我。這種儒釋融合
的特點也使其詩歌對人格精神、人生境界的書寫兼具儒釋特色，如前所舉
"仁亭"詩中，黃庭堅用"牧牛有坦途"這一禪宗典故，來讚許友人通過
儒家之養心治性所臻之平和自在境界。

　　此外，黃庭堅詩歌以書寫主體人格精神、人生境界為主要主題，還與
黃庭堅的文藝觀點有直接的關係。黃庭堅認為："文章者，道之器也。言
者，行之枝葉也。"認為文章是表現"道"的工具，而"言"則是主體品
行的外在表現。總之，文學創作是創作主體內在修養的外在表現。其
《與徐師川書四》中亦曰："文章乃其粉澤，要須探其根本。根本固則世
故之風雨不能漂搖，古之特立獨行者蓋用此道耳。"④ 指出獨立不倚之人
格修養對文學創作的重要性。黃庭堅在稱讚友人詩畫等的詩篇中也多次表
達此一觀點，如其讚黃斌老畫竹云："酒澆胸次不能平，吐出蒼竹歲崢
嶸。"⑤ 指出黃斌老畫竹之妙乃是其兀傲不平之胸次的外在表現。《用前韻
謝子舟為予作風雨竹》曰："吾聞絕一源，戰勝自百倍。枯榮轉時機，生
死付交態。狙公倒七芋，勿用嗔喜對。此物當更工，請以小喻大。"認為
"胸中高勝，則游戲筆墨自當不凡。"⑥ 諸如此類的表述還有很多，例如

---

① 《黃庭堅詩集注·山谷詩集注》卷一，中華書局 2003 年版，第 73 頁。
② 同上書，第 74 頁。
③ 《黃庭堅詩集注·山谷詩集注》卷二，中華書局 2003 年版，第 117 頁。
④ 《黃庭堅全集·正集》，四川大學出版社 2001 年版，第 486 頁。
⑤ （宋）黃庭堅：《次韻黃斌老所畫橫竹》，《黃庭堅詩集注·山谷詩集注》卷十二，中華
　　書局 2003 年版，第 450 頁。
⑥ （宋）黃庭堅：《黃庭堅詩集注·山谷詩集注》卷十二，中華書局 2003 年版，第 453 頁，
　　任淵注。

“子舟落心畫，榮觀不在外。耆年道機熟，贈勝當倍倍。”① “胸中元自有
丘壑，故作老木蟠風霜。”② “東坡老人翰林公，醉時吐出胸中墨。”③

　　而黃庭堅融合儒釋的修養方式及他所追求的隨心所欲而不逾矩的自在
自為的境界，使他強調於詩中表現對道的體認。黃庭堅於《胡宗元詩集
序》中云：“士有抱青雲之器，而陸沉林臯之下，與麋鹿同群，與草木共
盡，獨託於無用之空言，以為千歲不朽之計。謂其怨邪，則其言仁義之澤
也；謂其不怨邪，則又傷己不見其人。然則其言不怨之怨也。”④ 黃庭堅
“不怨之怨”的論述，一方面肯定了文學作品的獨立價值，不同於道學家
之割裂文道；另一方面則彰顯了他文學作品不應流於諷刺怨懟境地的觀
點。其《書王知載〈胸山雜詠〉後》一文則提出了文學創作不應是對於
心理失衡之怒罵等情緒的書寫的主張⑤。而其 “東坡文章妙天下，其短處
在好罵，慎勿襲其軌也”⑥ 的論述，亦是主張文學創作應是抱道自居之平
和精神的表現。其《次韻定國聞子由臥病績溪》一詩，稱讚蘇轍在 “溪
弩潛發機，土風甚不美” 的貶所，處於 “聞道病在牀，食魚不知旨” 的
情況下，內心平和毫無怨懟之意：“此公天機深，爵祿心已死。養生遺形
骸，觀妙得骨髓。”⑦ 黃庭堅對自在平和之人生境界的向往，在其對陶淵
明的評價中展現無餘，他於《書陶淵明詩後寄王吉老》中寫道：“血氣方
剛時，讀此詩如嚼枯木。及綿歷世事，如決定無所用智，每觀此篇，如渴
飲水，如欲寐得啜茗，如飢啖湯餅。今人亦有能同味者乎？但恐嚼不破
耳。”⑧ 對於自在平和之人格精神的追慕，與其詩歌書寫主體人格精神的
特點相結合，必然會使其詩歌創作將自在平和作為理想之境界。此外，黃
庭堅對於詩歌技法的論述，其目的亦是通過煉字、造語等達到平和精神的

---

① （宋）黃庭堅：《再用前韻詠子舟所作竹》，《黃庭堅詩集注·山谷詩集注》卷十二，中
　　華書局 2003 年版，第 455 頁。
② （宋）黃庭堅：《題子瞻枯木》，《黃庭堅詩集注·山谷詩集注》卷九，中華書局 2003 年版，
　　第 348 頁。
③ （宋）黃庭堅：《題子瞻畫竹石》，《黃庭堅詩集注·山谷詩集注》卷十五，中華書局 2003
　　年版，第 563 頁。
④ 《黃庭堅全集·正集》卷十五，四川大學出版社 2001 年版，第 410 頁。
⑤ 《書王知載〈胸山雜詠〉後》：“詩者，人之情性也。非強諫争於廷，怨忿訴於道，怒鄰
　　罵坐之為也。其人忠信篤敬，抱道而居，與時乖違，遇物悲喜，同牀而不察，並世而不
　　聞。情之所不能堪，因發於呻吟調笑之聲，胸次釋然，而聞者亦有所勸勉。”
⑥ （宋）黃庭堅：《答洪駒父書三首》其二，《黃庭堅全集·正集》卷十八，四川大學出版
　　社 2001 年版，第 474 頁。
⑦ 《黃庭堅詩集注·山谷詩集注》卷二，中華書局 2003 年版，第 103 頁。
⑧ 《黃庭堅全集·外集》卷二十三，四川大學出版社 2001 年版，第 1404 頁。

更好書寫，其《跋雷太簡梅聖俞詩》云："如此篇是其得意處，其用字穩妥，句法刻厲而有和氣，他人無此功也。"①

論者多將黃庭堅此種文學態度之成因，以政治因素解釋之，如張毅先生指出："黃庭堅把強諫怨忿視為詩之禍，是當時高壓政治之下文字獄的嚴酷所致，是出於對文化專制的畏懼。"② 政治變化對黃庭堅產生的影響誠然不可忽略，但如從黃氏關於人生境界的追求及其獨具特色的修養方式上來看，黃氏反對強諫怨忿形諸詩歌的文學觀點，是其思想發展趨勢在文學領域的體現。他對自在平和詩風的追求，亦是其詩歌發展的必然結果。而黃庭堅"不怨之怨"、強調抱道自居之平和精神書寫的文學觀點，使其詩歌一方面堅持書寫獨立不倚之兀傲精神，另一方面又頻頻強調平和自在之內在精神，二者看似矛盾，實則是統一在堅守倫理信念、護持真如自性的修行觀念內的。要實踐對倫理信念的堅守、對真如自性的護持，就要不為外界之變遷所動，因而其詩歌多出現松柏、砥柱等堅固永恆之意象以及秋江、明月等澄明高潔的意象。而黃庭堅對於詩歌應書寫主體自在平和精神的強調，又使其詩歌呈現了超越、灑脫、不俗的高雅特征。蘇軾對黃庭堅"輕外物而自重"之評語，以及江瑤柱之比擬都說明了當時人對黃詩高雅的定位。前者使其詩歌呈現了剛健的風貌，而後者則使其詩歌呈現了高雅不俗的特點，二者的統一則使其詩歌達到了"雅健"的藝術境界。

總之，黃庭堅與王安石詩"雅"與"健"的割裂不同，亦與蘇軾晚年詩作中以天然自放之創作態度，在部分作品中達到"雅健"之境界不同，黃氏自覺將其兼具儒釋特色的修養工夫與其文學創作建立起聯繫，認為文學創作是創作主體抱道自居之平和精神的書寫。黃庭堅對於詩歌書寫內容的自覺意識，使其詩歌實現了"雅"、"健"的有機結合，達到了"雅健"的詩歌境界。

三　自在平和：師法山谷及"雅健"審美範式確立所昭示的發展趨勢

黃庭堅詩歌所達到的"雅健"風格境界及其修養方式同時成為後輩詩人所推崇並追慕的風格。而與黃庭堅同時及稍後之詩人也與其觀點非常接近，甚至如出一轍，如陳師道曰："故謂詩非力學可致，正須胸肚中泄爾。"③《李希聲詩話》云："有道之士胸中過人，落筆便造妙處；彼淺陋

---

① （宋）黃庭堅：《黃庭堅全集·正集》卷二十五，四川大學出版社 2001 年版，第 662 頁。
② 張毅：《宋代文學思想史》，中華書局 2003 年版，第 150 頁。
③ （宋）陳師道：《後山詩話》，《歷代詩話》本，中華書局 1981 年版，第 302 頁。

之人，雕琢肺肝，不過僅然嘲風弄月而已。"① 謝逸曰："大抵文士有妙思者，未必有美才，有美才者未必有妙思。惟體道之士，見亡執謝，定亂兩融，心如明鏡，遇物便了，故縱口而筆，肆談而書，無遇而不貞也。"② 江西派諸人關於內在修養、人生境界對文學創作具有決定作用的見解，在理學興起的學術思潮下，必然會趨向於對"雅健"審美風格的追慕。江西詩派諸人的詩論亦多崇尚"雅健"之論述，如《潛溪詩眼》云："建安詩辯而不華，質而不俚，風調高雅，格力遒壯。"③ 范溫對於建安詩歌"遒壯"與"高雅"的論述，實際上也正是其追求雅健的藝術理想在評價前人詩歌中的體現。范溫更是將整體風格上對"雅健"的追求落實到詩歌技法層面上，其《潛溪詩眼》多處論述皆體現了他的這種追求："李義山'海外徒聞更九州'，其意則用楊妃在蓬萊山，其語則用鄒子云：'九州之外，更有九州'，如此然後深穩健麗。"④ 又曰："老杜《謝嚴武詩》云：'雨映行宮辱贈詩'，山谷云：'只此'雨映'二字，寫出一時景物，此句便覺雅健。"⑤ 此外，黃庭堅強調詩歌應書寫抱道自居人格精神的主張也正適合江西派諸人的現狀，更容易引起他們的響應。江西詩派中潘大臨、洪朋、謝逸、謝薖等皆布衣終身，李彭、夏倪、汪革、楊符等人事跡不詳，黃庭堅關於士大夫當抱道自居不以見用於世為意的觀點，正契合了他們潔身自好、參禪問道、逍遙於山林佛寺的立身處世現狀。

此外，黃庭堅融通儒釋的修養方式及堅守倫理信念的思想，很好解答了何為"內聖"的問題，而黃氏之立身處世也向後學詮釋了何為"內聖"之具體生存狀態的問題。余英時先生指出儒學之新發展在王安石之後經歷了一個"後王安石時代"的發展階段，並指出："'後王安石時代'的政治文化顯然多出了一層'內聖'的曲折。……理學家空前的加重了'內聖'的政治分量——'內聖'之學有誤，則'外王'無從實現。"⑥ 在當時儒學發展注重"內聖"的新趨勢下，黃庭堅融通儒釋的方式不但為後學詩人所接受，而且贏得了理學家的稱讚。⑦ 因而江西詩派諸人並不像他們的前

---

① （宋）李希聲：《李希聲詩話》，《宋詩話輯佚》本，中華書局 1980 年版，第 478 頁。
② （宋）謝逸：《林間錄序》，《溪堂集》卷七，《景印文淵閣四庫全書》第 1122 冊，第 520 頁下。
③ （宋）范溫：《潛溪詩眼》，《宋詩話輯佚》本，中華書局 1980 年版，第 315 頁。
④ 同上書，第 326 頁。
⑤ 同上書，第 331 頁。
⑥ 余英時：《朱熹的歷史世界》（下冊），生活·讀書·新知三聯書店 2004 年版，第 423 頁。
⑦ 如朱熹答門人"魯直好在甚處"時曰："他亦孝友。"李侗以黃庭堅對周敦頤"光風霽月"之評為"為善形容有道者氣象"。

董蘇軾那樣與理學針鋒相對，而是大多與理學中人有著師承淵源，如徐俯、
呂本中師從楊時，汪革、謝逸、謝薖、饒節等游於呂希哲門下。因此在北
宋中後期程門後學與蘇黃後學呈現了逐步合流、攜手並進的趨勢。這也是
黃庭堅詩學中主張吟詠性情、書寫主體抱道自居人格精神得到江西派諸人
首肯並師法的內在原因，而江西派諸人師承山谷文學觀點，對詩歌書寫內
容進行有意識的選擇，則使"雅健"成為他們所追慕的理想風格。

但江西派諸人的生存現狀及個性愛好等，卻使他們在追求"雅健"風格
的創作過程中，平和自在的一面被突出並強化，而獨立不倚精神的書寫則被
淡化。黃庭堅一生處於新舊黨爭的傾軋中，奔競之風熾熱，故其極爲注重堅
持倫理信念，所向往的亦是超脫於名利場中的高雅情懷，這使黃庭堅慣常以
兀傲精神的書寫來表達對士人爭名逐利的不屑。而江西詩派諸人，遠離政治
傾軋的漩渦，並且大多沒有仕進參政之理想，因而他們詩歌中獨立不倚精神
的書寫相對淡化，而平和情懷的書寫則更爲突出。這造成了"健"之一面被
削弱，而"雅"的一面被突出。《詩話總龜》載："（徐俯）有'平生功名心，
夜窗短檠燈'之句，大為山谷所賞。"[1] 又曰："余嘗聞龜父前後詩有'一朝
厭蝸角，萬里騎鵬背'一聯最爲妙絕，龜父云山谷亦歡賞此句。"[2] 黃庭堅
對後學所作詩歌中深沉靜默、超越流俗之情懷書寫的讚許，亦使江西後學
著力於此種情懷的書寫及人格境界的修養。以其詩作為例：

> 庵居已是介，又以介名庵。胡為酷好介，毋乃在律貪。人生要當
> 介，君侯恐不堪。富貴不相貸，安得作禪龕。客去自無事，客來不妨
> 談。但能了諸幻，起臥俱無慚。慎勿作住相，如繭縛老蠶。興來出庵
> 去，叢林禪可參。[3]

> 金風吐商管，秀色浮山椒。苔乾石骨瘦，水落溪毛凋。埃塵暗篋
> 輿，風霜緇客貂。藜羹汜野飯，松醪酌村瓢。會當對榻語，竹塢風蕭
> 蕭。浣腸去舊學，詞源湧春潮。[4]

---

① （宋）阮閱編，周本淳點校：《詩話總龜·前集》卷四，人民文學出版社 1987 年版，第
43 頁。

② （宋）阮閱：《詩話總龜·前集》卷九，人民文學出版社 1987 年版，第 103 頁。

③ （宋）謝逸：《王直方圃亭七詠·介庵》，《溪堂集》卷一，《景印文淵閣四庫全書》第
1122 冊，第 482 頁下。

④ （宋）謝逸：《懷汪信民村居》，《溪堂集》卷二，《景印文淵閣四庫全書》第 1122 冊，第
487 頁下。

二詩皆著力書寫友人抱道而居之人格精神。前詩以吟詠王直方"介庵"開篇，用"介"字來描繪出王直方之氣度風貌。接著又敘述王直方閑居參禪之喜好，用以表明友人之"介"乃是以道為依歸，而不是怨懟諷刺、中心不平之氣的外現。後詩前六句描寫汪革村居之環境，是作者對汪革村居環境的想象：颯颯秋風中山色日佳，溪水退去，苔蘚乾落，露出嶙嶙山石；風霜慘淡，塵埃漫天，染黑游子貂裘。詩人刻意營造之境乃是為了映襯出友人抱道自居、心無掛礙的通脫境界，末尾用欲與友人對床夜談，感受其高深之學問作結，將友人抱道自居迥異流俗的人格精神作進一步的凸顯。

江西詩派其他詩人作品中，人格精神、人生境界作為詩歌主要書寫內容屢次出現，如"似聞有盜起空舍，聞說驅除唾手間。抱鼓不驚雞自午，先生閉戶養三關。"[1] "要路眼誰白，浮雲心自灰。"[2] "我獨蓬窗底，達曙發清餓。賴有竺乾書，開顏真自賀。近局可憐人，雞黍起頹墮。"[3] "為迴緣雲策，小緩攀天路。元因會心期，非鬨排俗馭。青燈耿夜牎，高談雜疎雨。"[4] 等。此外，江西派諸人詩作中，參禪問道、山林記游之類作品亦蔚為大觀，對出塵之思的書寫實則亦是其迥異流俗之情懷的另類書寫。

誠然，江西派詩論中極少有關於詩歌整體風格追求的論述，更多的是關於詩歌技法的具體討論。但作為具有自覺詩歌追求意識的詩人而言，他們不可能完全忽略對詩歌整體風格的追求，而僅僅沉醉於形而下的詩歌技法的探索上。因而，江西派諸人肯定有追求詩歌藝術風格的自覺意識，這正是在他們登上文壇之前就已經形成共識的對"雅健"風格的推崇，但江西派諸人的生存現狀及理禪淵源，使其詩歌中表現剛健兀傲精神的一面被弱化，而書寫自在平和精神的一面被彰顯，這使此時期詩歌在內容上主要表現創作主體抱道自居之情懷，在風格上自在平和的風韻日漸顯著。

四　追慕雅健卻臻平和：學佛變化與內聖理論
完善背景下的詩風走向

周裕鍇先生指出隨著宋代儒學的復興，自兩漢以來文苑與儒林分流的

---

① （宋）饒節：《次韻呂原名侍講歡喜四絕句》之"獲稻（盜）"，《倚松詩集》卷二，《景印文淵閣四庫全書》第 1117 冊，第 235 頁上。
② （宋）謝薖：《寄汪信民二首》其一，《竹友集》卷五，《景印文淵閣四庫全書》第 1122 冊，第 582 頁下。
③ （宋）李彭：《赴鄰舍招》，《日涉園集》卷二，《景印文淵閣四庫全書》第 1122 冊，臺灣商務印書館 1983 年版，第 633 頁上。
④ （宋）李彭：《將遊雲居中途得佛鑑師到日涉簡徑歸》，《日涉園集》卷二，《景印文淵閣四庫全書》第 1122 冊，臺灣商務印書館 1983 年版，第 633 頁下。

現象發生了改變，"儒學的復興使儒林傳統大規模滲入文苑，影響文苑"①。
此現象在北宋中後期尤為明顯，隨著儒學的復興及其影響力的擴大，士大
夫大多具有將儒家之道內化為生命之一部分的自覺修養意識，這使此時期
詩歌中表現主體人格精神、人生境界的內容大為增多。儒學復興最為顯著
的表現即爲解決"內聖"理論豐富的問題，故而對"內聖"的體悟成為
了詩歌書寫的主要內容之一。伴隨著"內聖"之學的興起，詩歌風格亦
呈現了與往昔不同之特色。

　　王安石、蘇軾、黃庭堅三者對"內聖"的思考與他們研習佛學的深度、
所接受的佛學思想有著直接關係。甚至可以說，對佛學思想接受的不同造
就了三人對個體生存狀態體認的差異，即"內聖"思考上的差異。而三者
在"內聖"理論完善上的深度及層次上的差異，則直接影響了他們的詩歌
風格。士大夫對"內聖"問題思考的深入反映在詩學領域，使北宋中葉凸
顯出的對"健"之風格的追求，逐漸轉變為對"雅健"的追求，強調用
"雅"來約束"健"，使詩歌在保持勁健氣骨的同時，實現內容的雅正與形
式的優美，而不是淪爲杜默式的粗豪怒張，程頤所論即反映了這點："興於
詩者，吟詠性情涵暢道德之中而動，有'吾與點也'氣象。"② 黃庭堅抱道
自居、自在平和之精神境界，與其書寫主體人格精神、人生境界的詩學主
張，使其成為了此時期文苑中人的理想範式，這與北宋中後期儒學復興文
化背景下儒林與文苑合流的發展趨勢關係密切。後學師法黃庭堅，體現在
詩歌風格方面即爲追慕雅健風格，但山谷後學生存狀態、個人喜好等特點
使其創作中書寫主體自在平和、抱道自居的一面更加突出，使此時期的詩
歌呈現了朝自在平和發展的趨勢，亦使自在平和成為了理想風格。

第三節　詩歌語言之變化與學佛之變化
——以王、蘇、黃之比較為中心

　　詩歌歸根到底是以語言文字為載體的藝術，而詩歌流變最直觀的體現
亦是表現在詩人驅遣使用語言文字的變化上。北宋中後期詩學理論所發生
的變化是全方位的，但不論是具體技法的探索，還是整體風格的論述，詩
人皆是通過語言這一載體來實踐其主張的。而在詩歌語言的變化中，典故

---

① 周裕鍇：《宋代詩學通論》，上海古籍出版社 2008 年版，第 339—340 頁。
② 《二程集·河南程氏外書》卷三，中華書局 1981 年版，第 366 頁。

應用的變化則是詩歌語言變化的核心。王、蘇、黃三人在詩歌風格上、詩學思想上都有著很大的差異，而其三人亦是北宋中後期三個階段的代表性人物，對他們詩歌用典進行考察，可以尋繹到其詩學思想、所追慕之詩歌風格是如何通過語言的運用體現在詩歌創作中的。而作為三位與佛教有著密切聯繫的士大夫，他們在面對詩歌語言系統豐富與開拓的問題時，皆把目光投向了佛學這一豐富的文化資源上，他們研習佛學為增強詩歌表現力、豐富詩歌語言等創造了必要條件。運用佛教詞彙、融攝佛經典故則是他們研習佛學在詩歌創作中最直觀的體現，因而對比考察三人詩歌中佛經語言借用與典故融攝的情況，可從此角度看出他們的詩歌創作主張、所追慕之理想風格是如何通過語言的運用來體現的。

王、蘇、黃詩歌應用佛學典故的變化主要體現在了三個方面：典故來源、典故攝取及典故運用。在典故來源方面，來源於禪宗語錄、公案典故的比重呈增長態勢，並呈現了壓倒性的優勢；在典故攝取方面，從佛經語言的借用逐漸過渡到融攝事典，並以詩人自己的語言言說之；在典故的運用上，從運用佛經詞語、典故來摹景狀物、抒情表意，到運用所融攝之佛經典故書寫人格精神、人生境界。

一　從佛學經典到語錄公案：典故來源變化之一

與三人研習佛教方式、研習進程及關注焦點的差異相一致，他們詩歌中運用佛經語言、佛學典故的情況亦存在比較大的差異。其中最直觀的差異即是典故來源的差異，在典故來源方面，禪宗語錄、公案的典故逐漸占據了壓倒性的優勢，而來源於佛經的典故及語言呈現了遞減的趨勢。

王安石"藉教悟宗"的特點，及其對於佛學經典的廣泛深入閱讀的特點，使其詩歌中佛學典故的應用呈現了來源博雜的特點，有來源於《景德傳燈錄》中的禪宗公案語，亦有在宋代流行甚廣的《金剛經》、《楞嚴經》、《維摩經》、《圓覺經》等佛經中語，還有來源於《寶積經》、《耆域經》、《續高僧傳》、《增壹阿含經》、《緣起經》、《昇玄經》、《中阿含經》、《淨土經》、《四分律》、《大集經》、《大般若波羅蜜經》等相對生僻經書的典故。從宗與教的角度看其典故出處，可以發現王安石詩中禪宗典故與佛經典故在數量對比上差別不大；蘇軾鳳翔簽判任上從閱讀《維摩經》開始自覺研習佛教理論的特點，使他對於《維摩經》非常熟悉，蘇軾也多於詩歌中運用《維摩經》典故。這使他對空觀理論及平等觀理論有著濃厚的興趣，因而蘊含此種思想的其他經書容易引起其研讀的興趣，故此蘇軾詩歌所運用之佛經典故亦多來源於蘊含此種思想的經書，如蘇軾多引用《楞嚴經》中

"卻來觀世間，猶如夢中事"之語，如"覺來身世都是夢"、"夢中舊事時一笑"、"夢幻講已詳"、"功名如幻何足計"、"我視去來皆夢爾"、"功名如幻終何得"、"心知皆夢耳"、"已了夢幻非人間"等。同時，蘇軾與禪宗中人的交往亦使他對禪宗邏輯思維頗為關注，並廣泛引用禪宗燈錄中的語言、典故進入詩歌。並且蘇軾對佛教邏輯思維的興趣，使他亦對蘊含有嚴密邏輯思維內容的《楞嚴經》等經典進行了深入研讀，故其詩歌中亦多次引用之。黃庭堅與王安石、蘇軾皆有很大的不同，其詩歌中來源於禪宗語錄、公案者較多，而來源於佛經的典故數量與王安石、蘇軾相比則大為減少。

筆者以王安石詩李壁注，蘇軾詩的馮應榴合注、黃庭堅詩的任淵、史容、史季溫注為基礎，對三者詩歌中所出現之佛學典故進行了統計，如下表所示：

	傳燈錄	維摩經	楞嚴經	圓覺經	華嚴經	法華經	金剛經	涅槃經	高僧傳	其他經書
王安石詩	31	21	11	9	16	7	2	1	2	各出現一至二次①
蘇軾詩	102	85	79	19	9	31	13	6	7	
黃庭堅詩	100	39	37	11	9	13	1	6	4	

此外，三人詩歌中明確涉及佛教典故之詩歌占其全部詩歌之比重如下表所示：

	直接涉及佛教典故之詩歌數量②	全部詩歌數量	所占比重
王安石	71 首	約 1200 首	約 5.8%
蘇軾	275 首	約 2700 首	約 10%
黃庭堅	169 首	約 1500 首③	約 11.2%

① 王安石詩中除表中所列經書外，另有《金光明經》出現二次，《心經》、《涅槃經》、《諸經要集》、《大唐西域記》、《寶積經》、《耆域經》、《續高僧傳》、《增壹阿含經》、《雜阿含經》、《阿彌陀經》、《緣起經》、《昇玄經》、《中阿含經》、《淨土經》、《四分律》、《大集經》、《大般若波羅蜜經》各一次；蘇軾詩中除去表中所列舉經書外，另有《翻譯名義》出現兩次，《清淨經》、《阿彌陀經》、《心經》、《大集經》、《楞伽經》、《大乘起信論》、《寶積經》、《佛遺教經》、《一切經音義》、《法苑珠林》、《因本經》、《唯識論》各一次；黃庭堅詩中除去表中所列舉經書外，另有《四十二章經》、《心經》、《寶積經》各出現兩次，《華嚴經論》、《婆娑論》、《陀羅尼經》、《阿彌陀經》、《佛遺教經》、《祖庭事苑》、《金剛經》、《雜阿含經》、《壇經》各一次。
② 詩歌中題目與佛教場所、術語、人物有關，而內容沒有涉及佛教典故者，不在統計之列。
③ 黃庭堅詩以《山谷內集詩注》、《山谷外集詩注》、《山谷別集詩注》存詩為主。

　　從三者的對比中，不難看到這樣的一個趨勢：佛教典故在詩人詩中出現的頻率成增高趨勢；從宗、教的對比來看，來源於禪宗燈錄、公案語逐漸占據了壓倒性的優勢；從範圍上來看，呈現了縮小的趨勢。

二　從語言借用到事典融攝：典故融攝變化之二

　　王、蘇、黃三人詩歌中對於佛學典故的融攝上，亦經歷了一個由語言、詞彙的借用到融攝事典的發展過程，這一過程反映了士大夫對於佛教學說研習的深入，亦反映了詩學思想中追求語言雅健的趨勢。

　　王安石詩歌對於佛學典故的運用，其一大特點即是借用佛經語言、詞彙，用之入詩使詩歌達到陌生化之藝術效果。其《次前韻寄德逢》一詩即多處借用佛經語言、詞彙，此詩開篇即曰："一雨洗炎蒸，曠然心志適。如輸浮幢海，滅火十八鬲。"借用《華嚴經》中語："次有香水海，名寶末閻浮幢。"① 又借用《法華經》中關於十八鬲地獄之描述："於其四門有四大銅狗，吐毒火滿阿鼻城中，有十八鬲，一一鬲中有十八苦事，所謂十八小熱地獄。"② 其借用二經中詞彙，言大雨過後暑氣一掃而空，仿佛十八鬲地獄之火被澆滅，而此身之清爽快意如同置身於浮幢王香水海。在敘述自己擔憂雨過後河水漲溢，恐阻礙友人之相訪，而後曰："明朝吾有懷，如日照東壁。"此句用《涅槃經》中語："觀見如來心在阿難，如日初出，光照西壁。"③ 言其思懷友人之情異常強烈，願身如初日般，身在此處，而跨越空間阻礙，光照他處，即幻想此身如能同日光般跨越漲溢河流之阻隔與友人相見之意。此種佛學詞語在詩歌創作中的借用，即語典的借用，在其詩歌中多次出現，如《獨飯》詩："安能問香積，誰可告華胥。獨飯牆陰轉，看雲坐久如。"詩中"香積"、"久如"皆出自《維摩經》；而"漳南開士好叢林，慧劍何年出水心。獨往便應諸漏盡，相逢未免故情深。""慧劍"即出自《維摩經》，而"諸漏"則出自《法華經》④。《寄國清處謙》："我欲相期談實相，東林何必謝劉雷。""實相"出《金剛經》："是實相者則是非相。是故如來說名實相。"其詠菊詩云："補落迦山傳得種，閻浮檀水染成花。光明一室真金色，復似毗耶長者家。"首句"補落迦山"出《華嚴經疏》："在補怛落迦山者，此云小白

----

① （唐）實叉難陀譯：《大方廣佛華嚴經》，《大正藏》第 10 卷，第 48 頁下。
② 《妙法蓮華經馬明菩薩品》，《大正藏》第 85 卷，第 1430 頁下。
③ （北涼）曇無讖譯，（南朝宋）慧嚴等補譯：《大般涅槃經》，《大正藏》第 12 卷，第 601 頁上。
④ 《維摩經》："以智慧劍，破煩惱網。"《法華經》："諸漏已盡，無復煩惱。"

華樹，山多此樹，香氣遠聞聞見。"① 意謂菊花香氣馥郁，似是來自香氣
氤氳的補怛落迦山；次句"閻浮檀"亦出自佛經，《法華經·授記品》
曰："閻浮那提金光如來。"② 此處借用之，形容菊花之色澤金黃；第三句
則用《華嚴經》中語："譬如日出於閻浮提，先照一切須彌山等諸大山
王，次照黑山，次照高原，然後普照一切大地。"③ 言菊花鮮明之金黃色
澤使陋室"蓬蓽生輝"。

王安石對當時流行之禪林語錄的運用，亦是多借用其詞彙，如"臨
機一句子，今日遇同參。""一句子"即是禪林中所流行之公案語。④ 其
"已能為我污神足，便可隨方長聖胎"之"隨方長聖胎"即用馬祖道一
語。⑤ 其贈葉致遠詩："若將有限計無涯，自困真同算海沙。隨順世緣聊
戲劇，莫言河渚是吾家。"亦是點化禪宗公案語，前二用徑山鑒宗禪師
語："佛祖正法，直截亡詮。汝算海沙，於理何益？"⑥ 後二句點化張拙
頌："隨順眾緣無罣礙，涅槃生死是空華。"亦是屬於語典範疇。諸如此
類的佛學語言、詞彙的借用尚有許多，茲不贅述。而王安石詩融攝佛經事
典則較少，只有區區幾處，且不占主流⑦。

蘇軾詩對佛經語言、詞彙的借用，亦隨處可見，如"持頤宴坐不出
門，收攬奇秀得十五"之"宴坐"即出自《維摩經》；"上人宴坐觀空
閣，觀空觀色色即空"，前句用《維摩經》中詞匯，後句用《楞嚴經》中
語："觀空非色，見即消亡。"其"年來煩惱盡，古井無由波"、"洗盡煩
惱毒"則本自《圓覺經》中語："斷除一切煩惱障蔽。"其"此身變化浮
雲隨"、"寓世身如夢"、"欲訪浮雲起滅因"、"坐看變滅如春雪"、"變滅
須臾耳"則用《維摩經》中"是身如浮雲，須臾變滅"之語；其"久陪

---

① （唐）澄觀撰：《大方廣佛華嚴經疏》，《大正藏》第35卷，第940頁上。
② （後秦）鳩摩羅什譯：《妙法蓮華經》，《大正藏》第9卷，第21頁中。
③ （唐）實叉難陀譯：《大方廣佛華嚴經》，《大正藏》第10卷，第266頁中。
④ 《景德傳燈錄》："（僧）問：'如何是臨機一句？'師（風穴延沼）曰：'因風吹火用力
　不多。'"又載："問如何是臨機一句？師曰：'便道將來。'曰：'請和尚道。'師曰：
　'穿過髑髏不知痛處。'"《大正藏》第51卷，第303頁中。
⑤ 《景德傳燈錄》："於心所生即名為色，知色空故生即不生。若了此心。乃可隨時著衣喫
　飯。長養聖胎任運過時。更有何事汝受吾教？"《大正藏》第51卷，第245頁下。
⑥ 《景德傳燈錄》，《大正藏》第51卷，第279頁下。
⑦ 如王安石《偶書》詩中曰："惠施說萬物，槃特忘一句。寄語讀書人，呶呶非勝處。"
　第二句乃是融攝《楞嚴經》中周利槃特之事。《杭州修廣節法喜堂》中："師心以此不
　掛物"，用"寸絲不掛"之事；《自白門望定林有寄》詩中"蹇驢愁石路，余亦倦躋
　攀"，用馬祖道一與丹霞天然事。《次韻酬宋中散二首》其一之"時聞正論除疑網，每
　讀高辭折慢幢"，則用發達禪師禮祖師頭不至地事。

方丈曼陀雨”、“天雨曼陀照玉盤”，則用《法華經》中天雨曼陀羅花之語；“念念非昔人”、“坐來念念失前人”、“念念自成劫”、“此生念念隨泡影”、“念念不如故”、“念念竟非是”、“此身念念非”等，詩中之“念念”則出自《楞嚴經》中波斯匿王之語：“念念遷謝，新新不住，如火成灰，漸漸銷殞。”“當時苟悅可”則用《法華經》中“言辭柔軟，悅可眾心”之語；“人間熱惱無處洗”則本自《華嚴經》：“以白㫋檀涂身，能斷除一切熱惱而得清涼”。諸如此類的借用佛經語言、詞彙的情況尚有很多，如“習氣”、“宿緣”、“無盡燈”、“印可”、“空花”、“法供”、“香積”等。

此外，蘇軾還大量融攝佛學事典入詩，如其“俛首無言心自知”、“無言對客本非禪”、“師已忘言真得道”、“我來輒問法，法師了無語”，所用之事乃是來源於《維摩經》中維摩詰以“默然無言”應對文殊師利“何等是菩薩入不二法門”的垂問。《遊徑山》之“天女下試顏如蓮”則是用《四十二章經》中天神獻玉女於佛欲壞佛道事。[1]《送劉寺丞赴餘姚》中之“眼淨不覻登伽女”，則用《楞嚴經》中阿難乞食途中為登伽女用幻術誘惑事。“閉眼觀心如止水”、“須防童子戲，投瓦入清泠”，則用《楞嚴經》中月光童子修習水觀事。“聰明不在根塵裏”則用《楞嚴經》七處征心事。“要令臥疾文殊來”，則用《維摩經》中文殊師利問疾維摩詰事。但蘇軾與禪宗僧人之交遊，使他對於佛學事典的融攝，更多的是禪宗典故。如其“安心是藥更無方”、“更把安心教初祖”、“逢人欲覓安心法”即是用二祖慧可求達摩為其安心事；“從來無腳不解滑，誰信石頭行路難”則用馬祖道一與丹霞天然對話之事。“眾中驚倒野狐禪”、“何似東坡鐵拄杖，一時驚散野狐禪”，則用野狐參禪事。“遮眼文書元不讀”、“看經聊戲耳，遮眼初不捲”，則用藥山惟儼禪師看經遮眼事。[2]蘇軾對禪宗公案的融攝還包括曹溪一滴水、丹霞燒木佛、老婆禪、洞山良介過水睹影大悟事、庭前柏樹子事等。

在蘇軾詩中，佛經語言、詞彙的借用和佛經、禪宗公案事典的融攝，在數量對比上大致相當。

黃庭堅詩中在佛經典故運用上不同於王安石、蘇軾的一大特點，即是

---

[1]　（東漢）迦葉摩騰、法蘭譯：《四十二章經》：“天神獻玉女於佛，欲以試佛意、觀佛道。佛言：‘革囊眾穢，爾來何為？以可斯俗，難動六通，去！吾不用爾。’天神踰敬佛，因問道意，佛為解釋，即得須陀洹。”《大正藏》第17卷，第723頁中。

[2]　《景德傳燈錄》：“有僧問（藥山惟儼）：‘和尚尋常不許人看經，為什麼卻自看？’師曰：‘我只圖遮眼。’”《大正藏》第51卷，第312頁上。

融攝事典遠遠超過了語言、詞彙的借用。在其詩歌中除去“於愛欲泥，如蓮生塘”、“床敷聽萬籟”、“高居大士是龍象”、“炊沙作糜終不飽”、“禪窟問香燈”、“去作主林神”等，屬於借用《維摩》、《寶積》、《楞嚴》、《法華》等經語言、詞彙外，黃庭堅對於佛學典故的運用，絕大多數屬於融攝事典。如其“牧牛有坦途”、“露地白牛看月斜”，用“露地白牛”事；“一絲不掛魚脫淵”、“一絲不掛似太俗”，用“寸絲不掛”事；“從來不似一物”，用南岳懷讓“說似一物即不中”事；“寒爐餘幾火”，用百丈懷海撥火開示溈山靈祐事；“蒲團禪板入眼中”、“蒲團禪板無人付”，用龍牙禪師詢問“如何是祖師西來意”而被其師以禪板擊打之事；“佛事一盂飯，橫眠不學禪”，用大安禪師以“不學禪”開示後學事；“明遠主人今進步”，用百尺竿頭事；“菰蒲野鴨還飛去”，用百丈野鴨子事；“古靈庵下依寒藤，莫向明窗鑽故紙”，用古靈禪師癡蠅鑽窗紙事；“靈雲一笑見桃花”用靈雲志勤禪師見桃花悟道事；“君不見岳頭懶瓚一生禪，鼻涕垂頤渠不管”用懶瓚禪師事：懶瓚隱居於衡山石窟中，面對唐德宗使者亦懶於拭去垂到胸前之鼻涕。黃詩中諸如此類的融攝之禪宗公案事典之例尚有許多。

在黃庭堅詩中，對於事典的融攝遠遠超過了對於佛經語言、詞彙的借用，並且黃詩中所融攝之事典，大多來源於禪宗語錄、公案。

從王、蘇、黃三人詩歌中對於佛教典故融攝的對比中，可以發現這樣一個趨勢：事典的融攝逐漸超越了對於佛經語言的借用，並且詩歌中事典的出處，逐漸以禪宗語錄、公案爲多。

三　從用於再現到用於表現：典故運用變化之三

從王、蘇、黃三人詩歌創作中運用佛學典故比較來看，有一個明顯的變化趨勢：由用之抒情表意、摹景狀物逐漸轉變爲將其用於主體人格精神、人生境界的書寫中。簡言之，即是實現了由再現到表現的轉變。

王安石、蘇軾對於佛學典故的運用，主要目的是更好地抒情表意、摹景狀物。如王安石《今日非昨日》詩，點化《楞嚴經》中“豈唯年變，亦兼月化，何直月化，兼又日遷”① 之語，用以表達其逝者如斯之感慨：“今日非昨日，昨日已可思。明日異今日，如何能勿悲。”② 其《讀眉山集

---

① 《楞嚴經》，《大正藏》第 19 卷，第 110 頁中。
② 《王荊文公詩箋注》卷十一，中華書局 1958 年版，第 128 頁。

次韻雪詩五首》其二之頷聯：“夜光往往多聯璧，小白紛紛每散花”①，則是用《維摩經》中天女散花事，以之來形容雪花紛揚之貌；其《與寶覺宿龍華院三絕》其二曰：“世間投老斷攀緣，忽憶東遊已十年”②，其用《維摩經》中語：“何斷攀緣，以無所得，若無所得，則無攀緣。”③以“攀緣”所蘊含之意，彰顯自己遠離世事紛擾的心境。蘇軾詩中所運用之佛經典故亦是多屬此類，其《張安道樂全堂》即用維摩詰“即以神力，空其室內，除去所有及諸侍者，惟置一牀”④，來形容張方平樂全堂中空無所有，詩曰：“樂全居士全於天，維摩丈室空翛然。”⑤ 其“曷不相將來問病，已教呼取散花天”⑥，用文殊師利問疾維摩詰及天女散花事，來表達意欲友人相訪之意。蘇軾亦將道明禪師“如人飲水，冷暖自知”之語融攝入詩：“吾言豈須多，冷暖子自知。”⑦ 言道理須由己自悟。總之，在王安石、蘇軾詩中，他們對於佛學典故的運用多是用之於抒情表意、摹景狀物。

此外，在王安石、蘇軾詩中，還有一種情況即是將對佛學義理的融會以詩之形式表達之。王安石《題半山寺壁二首》、《題徐浩書〈法華經〉》即是對萬法因緣和合而生及平等觀思想的言說。此種情況在蘇軾詩中則更多，廣為論者所關注之《琴詩》即是其中代表，諸如此類的詩句尚有許多。如其《浚井》詩云：“井在有無中，無來亦無失。”⑧ 其詩句幾乎可以看作是對《楞嚴經》這段經文的概括：“鑿井出求水，出土一尺，於中則有一尺虛空。如是乃至出土一丈，中間還得一丈虛空。空虛淺深，隨出多少。此空為當因土所出，因鑿所有，無因自生。”⑨ 其《記夢》詩亦是對《楞嚴經》思維方式的言說：“圓間有物物間空，豈有圓空入井中。”⑩ 經文曰：“譬如方器，中見方空。吾復問汝，此方器中所見方空，為復定方？為不定方？若定方者，別安圓器，空應不圓；若不定者，在方器中，

---

① 《王荊文公詩箋注》卷二十七，中華書局1958年版，第322頁。
② 《王荊文公詩箋注》卷四十二，中華書局1958年版，第549頁。
③ 《維摩詰所說經》，《大正藏》第14卷，第545頁上。
④ 同上書，第544頁中。
⑤ 《蘇軾詩集合注》卷十三，上海古籍出版社2001年版，第615頁。
⑥ 《蘇軾詩集合注》卷十四，上海古籍出版社2001年版，第630頁。
⑦ 蘇軾：《韓退之孟郊墓銘云：“以昌其詩”……》，《蘇軾詩集合注》卷三十四，上海古籍出版社2001年版，第1712頁。
⑧ 《蘇軾詩集合注》卷二十一，上海古籍出版社2001年版，第1075頁。
⑨ 《楞嚴經》，《大正藏》第19卷，第118頁中。
⑩ 《蘇軾詩集合注》卷二十五，上海古籍出版社2001年版，第1257頁。

應無方空。"① 其《贈東林總長老》一詩則是對禪宗思維範式的言說：
"溪聲便是廣長舌，山色豈非清淨身。夜來八萬四千偈，他日如何舉似
人。"② 禪宗認為"青青翠竹，總是法身。鬱鬱黃華，無非般若"，萬物皆
有佛性，無處不可悟道。蘇軾用此，言溪水聲即是在言說無上妙法，青山
蒼翠之色皆為法身，一夜溪水潺湲之聲，便如同其言說了無數的偈語，作
為聽其偈語之人，他日又如何將之語於他人？蘇軾運用其所體會之禪理，
以戲謔之口吻，用詩之形式表述之。用詩歌形式言說佛學義理，反映出的
是作者對佛學義理的濃厚興趣，亦從反面折射出了士大夫佛學水平仍然停
留在基本義理的探索上。

　　與王安石、蘇軾將佛學典故用之於表達不同，黃庭堅詩運用佛學典故
則是另外一種情況，其主要目的是用佛學典故本身所蘊含的意蘊，來表現
其所追慕之兼具儒釋特色的人格精神與人生境界。而黃庭堅較高的佛學水
平，也使其詩歌中沒有王、蘇二人以詩歌言說佛理之現象。用佛學典故來
書寫主體之人格精神、人生境界，在王安石、蘇軾詩中即存在之③，但並
不占主流。而在黃庭堅詩中，佛學典故的運用基本上與人格精神、人生境
界的書寫關聯緊密。如黃庭堅曾點化雲居義能"回光返照，看身心是何
物"之語，用以書寫主體反觀內省，著力於人格塑造的精神特點，其詩
曰："但回此光還照己，平生倦學皆日新"④、"聰明回自照，勝己果非
懦"⑤。而藥山惟儼"皮膚脫落盡，惟有一真實"之語，也屢為黃庭堅用
來表現主體閱盡世事體悟到本真存在的人格精神："虛心觀萬物，險易極
變態。皮毛剝落盡，惟有真實在。"⑥ 又如："知我無枝葉，剜心只有
皮。"⑦ 黃庭堅亦將法眼禪師頌⑧點化入詩，用以表達對主體反身自求而悟
道後之平和精神的讚許中，其贈柳閎之詩中云："八方去求道，渺渺困多

① 《楞嚴經》，《大正藏》第 19 卷，第 111 頁下。
② 《蘇軾詩集合注》卷二十三，上海古籍出版社 2001 年版，第 1154 頁。
③ 如蘇軾《贈王素寺丞》曰："雖無孔方兄，顧有法喜妻。"用維摩詰以法喜為妻之事來讚許友人安貧樂道、耽於禪悅之人格精神。
④ （宋）黃庭堅：《贈送張叔和》，《黃庭堅詩集注·山谷詩集注》卷四，中華書局 2003 年版，第 179 頁。
⑤ （宋）黃庭堅：《次韻答堯民》，《黃庭堅詩集注·山谷外集詩注》卷五，中華書局 2003 年版，第 913 頁。
⑥ （宋）黃庭堅：《次韻楊明叔見餞十首》其八，《黃庭堅詩集注·山谷詩集注》卷十四，中華書局 2003 年版，第 500 頁。
⑦ （宋）黃庭堅：《陳榮緒惠示之字韻詩……》，《黃庭堅詩集注·山谷詩集注》卷十八，中華書局 2003 年版，第 646 頁。
⑧ 法眼頌中有句曰："舉頭殘照在，元是住居西。"

蹊。歸來坐虛室，夕陽在吾西。"① 其《題學海寺》詩曰："一段鳴蟬聽
高柳，夕陽原在竹陰西。"② 諸如此類在黃詩中尚有許多，如"決定不是
物，方名大丈夫"③，用《圓覺經》"生決定信"之語，及同安禪師"丈
夫皆有衝天氣，不向如來行處行"之語，用之書寫主體直道而行，不為
外界變遷所動之堅貞不移的人格精神；"至人觀萬物，誰有安立處"④，
點化《傳燈錄》中惟則禪師語："至人以是獨照，能為萬物之主。"⑤ 意
在用此來書寫主體獨立於萬物之表的精神風貌。總之，黃庭堅詩歌運用
佛學典故是著眼於用典故所承載之意蘊，以之書寫主體人格精神及人生
境界。

因而，從王、蘇、黃對比上來看，三人對於佛學典故的運用經歷了一
個由用之於表意狀物到用之於表現人格精神的轉變。從實質上來講，即是
經歷了一個由用之於再現到用之於表現的過程。

四　文學疆界的重新劃分與再次穩定：典故融攝變化原因之一

此時期詩歌典故來源變化趨勢的出現有其內在原因，亦是北宋中後期
學術發展、詩學思想變化在詩歌創作領域的直接顯現。

梁啟超認為宋代佛教的發展狀況是"禪宗盛行，諸派俱絕"⑥，宋代
士大夫所接觸之主要佛教宗派即為禪宗，加之士大夫因復興儒學之自覺意
識而對"心性論"問題興趣濃厚，因而禪宗關於明心見性等問題的論述，
成為了此一時期詩歌中出現頻率最高的佛學內容，而且禪宗語錄、公案漸
成詩歌中佛學語言、詞彙及典故的主要來源，在與佛經的對比中占據了壓
倒性優勢。究其原因，則在於士大夫佛學修養普遍提升，他們已不再滿足
於閱讀一般佛經，而是意欲通過體悟吸收禪宗明心見性等學說，使之應用
到儒學的豐富發展中，因而來源於禪學之典故逐漸增多以致占據了壓倒性

---

① （宋）黃庭堅：《柳閎展如，子瞻甥也。其才德甚美，有意于學，故以"桃李不言，下
自成蹊"八字作詩贈之》之"蹊"字韻詩，《黃庭堅詩集注·山谷詩集注》卷五，中華
書局 2003 年版，第 200 頁。
② 《黃庭堅詩集注·山谷別集詩注》卷上，中華書局 2003 年版，第 1439 頁。
③ （宋）黃庭堅：《次韻楊明叔四首》其二，《黃庭堅詩集注·山谷詩集注》卷十二，中華
書局 2003 年版，第 437 頁。
④ （宋）黃庭堅：《次韻吳可權題餘干縣白雲亭》，《黃庭堅詩集注·山谷詩集注》卷十八，
中華書局 2003 年版，第 623 頁。
⑤ 《景德傳燈錄》，《大正藏》第 51 卷，第 231 頁上。
⑥ 梁啟超：《佛學研究十八篇·中國佛法興衰沿革說略》，上海古籍出版社 2001 年版，第
16 頁。

優勢。

　　同時，這也是文學疆界發生變化的一種表現，什克洛夫斯基指出文學發展過程中存在著"變支流為主流"的規律，他認為："為了更新自身，文學定期給自己重新劃定疆界，以便不時地把那些相對於文學主流來說仍被看作是'細枝末節'的因素、主題和技法納入自己的範圍。……簡言之，這種'規律'旨在表明，任何藝術都存在於一個統一體中；'純'藝術在這個統一體中定期改變自己的疆界以便更新自身；這個過程中唯一穩定的東西就是'文學'必須一貫顯示的'文學'感。"① 詩歌語言系統的發展是一個逐漸擴展又不斷總結的過程，唐初《初學記》、《藝文類聚》等類書的編定，即是詩歌語言系統的一次總結。詩歌語言在中唐之後漸趨成型並穩定下來，晚唐詩歌創作即出現了複句、複字的現象，宋初仍然延續了這種風氣。至楊億、劉筠、錢惟演等西崑詩人的涌現，詩歌語言系統揭開了豐富發展的序幕。《溫公續詩話》載劉筠酷愛《初學記》，至謂："非止初學，可為終身記。"② 而楊億、錢惟演等人編纂《冊府元龜》的經歷，使西崑體詩人博覽羣書，李貴先生認為："西崑體詩人生活的時代，各種類書廣為傳播，他們有機會泛覽採擷，以為詩料。"③ 這在使西崑體詩歌典故豐贍的同時，也造成了其詩歌用典類書化的趨勢，周裕鍇先生即認為："其詩堆砌典故而語僻難曉，修飾辭章而近於浮豔，詠物詩尤似類書的詩化。"④ 這種詩歌用典類書化現象的出現，反映出的是詩歌語言系統固化的事實。

　　北宋中後期詩歌大量融攝佛禪語言入詩，這實質上就是文學改變自己疆界的一種表現，是詩歌系統打破宋初固化狀態的表現。隨著北宋中後期士大夫融通其他學說復興儒學意識的自覺化，他們發現了原有詩歌語言系統之外的資源，而在文學上的自覺追求則使他們有意運用新的語言進入詩歌創作，因而士大夫在研習佛學這一新的文化資源時，也將佛學詞彙、典故運用入詩，以此來豐富詩歌語言系統。劉克莊即指出了黃庭堅"搜討古書，穿穴異聞，作為古律，自成一家"⑤ 的特點，翁方綱亦對宋詩語言

---

① ［英］特倫斯·霍克斯：《結構主義和符號學》，瞿鐵鵬譯，上海譯文出版社 1997 年版，第 71—72 頁。

② （宋）司馬光：《溫公續詩話》，《歷代詩話》本，中華書局 1981 年版，第 281 頁。

③ 李貴：《中唐至北宋的典範選擇與詩歌因革》，復旦大學出版社 2012 年版，第 123 頁。

④ 周裕鍇等編：《中國古代文學》（下冊），重慶大學出版社 2010 年版，第 274 頁。

⑤ （宋）劉克莊：《江西詩派總序》，《宋詩話全編》，江蘇古籍出版社 1998 年版，第 8570 頁。

系統擴充在宋詩風貌鑄就中的作用給予了重視："宋人精詣，全在刻抉入裡，而皆從各自讀書學古中來，所以不蹈襲唐人也。"[①] 在北宋中後期雖然沒有對日漸豐富、發展的詩歌語言系統做編定類書式的整理或總結，但是詩人對典故的應用卻呈現了趨於穩定的趨勢，王安石詩中所涉及佛教經典共二十五種，蘇軾詩歌涉及二十四種，黃庭堅詩歌涉及二十一種。而王安石詩所涉及之佛學論著，在其詩中出現頻率之差別相對較小；蘇軾詩所涉及之佛學論著，出現頻率則呈現了差別巨大的現象，如《景德傳燈錄》、《維摩經》、《楞嚴經》出現的頻率大大超過了其他經書；黃庭堅詩亦呈現了此一特點，但黃詩中《景德傳燈錄》所出現之頻率遠超其他諸經，這與禪學的興盛及士大夫濃厚的習禪興趣有關，但亦是詩歌語言系統獲得豐富發展後再次趨於穩定的表現。

這種現象的出現，從實質上講是詩歌語言系統的一種總結。如在表述世間萬物皆乃虛幻不實時，此一時期的詩人多從自身虛幻著眼來表述之，他們所慣用之典故則大多本自《維摩經》將自身比作泡沫、浮雲、芭蕉等不可長久之物的譬喻。[②] 在此一時期的禪學大盛的語境下，詩歌典故來源於禪宗語錄公案者則占據了壓倒性的優勢。而對禪宗語錄、公案典故的運用，亦呈現了日趨穩定的趨勢，如此一時期詩人詩中多用趙州從諗禪師以"庭前柏樹子"答僧問"如何使祖師西來意"之典故，以此來彰顯、描述以平常無事之直心去體驗眼下的存在的心境，所謂"大道只在目前，要且難睹"。[③] 此時期詩歌中還有許多禪宗典故如藥山惟儼看經遮眼事、"寸絲不掛"事等，這些典故皆為詩人言說某一境界或強調某種悟道方式而屢次應用。

王夫之云："人譏西崑體為獺祭魚，蘇子瞻黃魯直亦獺耳，彼所祭者

---

① （清）翁方綱：《石洲詩話》，《談龍錄‧石洲詩話》本，人民文學出版社 1981 年版，第120頁。

② 《維摩詰所說經‧方便品第二》中云："是身如聚沫，不可撮摩；是身如泡，不得久立；是身如炎，從渴愛生；是身如芭蕉，中無有堅；是身如幻，從顛倒起；是身如夢，為虛妄見；是身如影，從業緣現；是身如響，屬諸因緣；是身如浮雲，須臾變滅；是身如電，念念不住。"王安石詩言："且當觀此身，不實如芭蕉。"其《讀維摩經有感》曰："身如泡沫亦如風，刀割香塗共一空。"蘇軾詩多次用此："乃知至人外生死，此身變化浮雲隨。"又云："寓世身如夢，安閑日似年。""莫笑官居如傳舍，故應人世等浮雲。"黃庭堅詩中，亦多用此來表述此身虛幻不實之意："天地入喻指，芭蕉自觀身。""忍持芭蕉身，多負牛羊債。""萬水千山厭問津，芭蕉林裏自觀身。"

③ 如王安石有詩曰："汝觀青青枝，歲寒好顏色。此松亦有心，豈問庭前柏。"蘇軾詩云："若問西來祖師意，竹西歌吹是揚州。""但指庭前雙柏石，要予臨老識方壺。"二人詩皆本自此典故，意在強調用直覺體驗眼下之活生生之存在，莫向外求道。

肥油江豚，此所祭者吹沙跳浪之鱔也。除卻書本子，更無詩。"① 王氏所
評雖過於偏激，但卻指出了蘇黃與西崑派詩人皆善於用典，但所用典故差
異較大的事實。從西崑體用典的熟軟到蘇黃用典的生新，反映出的是詩歌
語言系統的更新。就其實質而言，北宋中後期詩歌佛禪典故運用的變化，
是文學改變自己疆界的一種表現；而典故語言來源範圍的漸趨固定，則反
映了文學疆界再一次趨於穩定的事實。這其中一以貫之的則是詩人力圖通
過語言運用實現文學創新的努力。

五　雅健風格的具體追求與句法呈現：典故融攝變化原因之二

此時期詩歌中佛禪典故融攝變化的另一大原因則與 "雅健" 風格的
詩學追求有關，簡言之，即是 "雅健" 風格的追求在詩歌句法上的體現。

北宋中後期詩學追求中，"雅健" 是其理想風格之一，但是對此風格
的追求必然要落腳於具體的詩歌創作上。惠洪認為王安石之 "千花萬卉
凋零後，始見閑人把一枝" 本自鄭谷 "自緣今日人心別，未必秋香一夜
衰"，但認為王詩 "氣更長"。其意在於說明通過 "奪胎換骨" 等詩歌具
體技法可以實現詩歌風格的變化。繆鉞先生認爲："宋詩造句之標準，在
求生新，求深遠，求曲折。蓋唐人佳句，多渾然天成，而其流弊為凡熟、
卑近、陳腐，所謂 '十首以上，語意稍同。' 故宋人力矯之。" 又說："最
妙之法，即在用平常詞字，施以新配合，則有奇境遠意，似未經人道，而
又不覺怪誕。"② 指出了宋詩在具體的字詞組合上與唐詩的不同，而繆先
生所謂 "新配合" 的表現之一，即是將句式變而爲多主語、多謂語的形
式，如此則句式流動而具動態感，且能實現信息容量的擴充疊加，避免句
式風格的熟軟平滑。惠洪所認為 "氣更長" 的王詩，在句式特點上與鄭
詩相比，即是將句式變而為多主語抑或多謂語的句式。此手法為宋人所注
意並運用到其具體詩歌創作中，因而在面對類似題材時，北宋中後期詩人
之作與唐人之作風格嶄然不同，以二詩為例：

六月灘聲如猛雨，香山樓北暢師房。夜深起凭闌干立，滿耳潺湲
滿面涼。③

山陰江深屋翠崖，夜鐘聲自甕中來。長松偃蹇蒼龍臥，六月澗泉

---

① （清）王夫之：《夕堂永日緒論》，《薑齋詩話箋注》卷二，人民文學出版社 1981 年版，
　第 120 頁。

② 繆鉞：《論宋詩》，《繆鉞全集》第二卷，河北教育出版社 2004 年版，第 160 頁。

③ （唐）白居易：《香山避暑二絕》其一，《白居易集》，中華書局 1979 年版，第 744 頁。

轟怒雷。①

前爲白居易詩，後爲黃庭堅詩。同是作於夏夜山寺之詩，同是寫寺中聞水
聲之感，但白詩第一句、第四句皆用"如猛雨"、"潺湲"、"涼"等修飾
性詞語，意在通過這些聽覺、觸覺的形容詞語描繪出身心之愜意。而黃詩
首句由"山陋"、"江深"、"屋翠崖"三個主謂式詞組構成，第三句由
"長松偃蹇"、"蒼龍臥"兩個主謂式詞組構成，第二句、第四句則整句爲
一主謂式結構。多用主謂式的句式結構且擯棄形容詞的運用，則是黃詩具
有力度十足之動態感的最直接原因。

　　此一時期詩人對於佛學典故的融攝由語言的借用轉而為融攝事典，亦
是追求"雅健"之理想風格在詩歌具體創作中的體現，亦是將對雅健風
格之追求落實在詩歌句式上的必然表現。在北宋中後期的佛學語境下，進
入詩歌的佛學語言、詞彙大多是名詞，如"摩尼珠"、"空花"、"習氣"、
"結習"、"無盡燈"、"慧劍"、"諸漏"、"主林"等，而名詞所起之作用
為指稱、借代等；追求"雅健"風格使詩人慣用主謂式、動賓式或多主
語、多謂語的句式，而如果要在借用佛經中之詞語入詩之同時又要實現勁
健之效果，則需要用動詞與其相搭配，如"更有主林身半現"、"去作主
林神"、"為公分作無盡燈"等。但是禪宗公案故事既可以融攝為一句主
謂、動賓式詩句，亦可以以一名詞指稱之，如福州大安禪師用牧牛來形容
修行之道，則既可以用"牧牛有坦途"、"青草肥牛脫鼻繩"來言說之，
亦可以用"露地白牛"來指稱之。因而融攝公案故事具有很大的彈性，
詩人在運用上自由度也更大。而在北宋中後期禪學語境下，在詩歌追求
"雅健"風格的詩學背景下，禪宗公案故事可用動賓式或主謂式句式在詩
歌中言說之的優勢，及其本身所蘊含的意蘊，則可以既保持詩句內涵的豐
富，又可以實現表達句式上的勁健。這一點在黃庭堅詩歌創作中體現得最
為典型，《石林詩話》載："如彥謙《題漢高廟》：'耳聞明主提三尺，眼
見愚民盜一抔'，（庭堅）每稱賞不已，多示學者以爲模式。"② 黃庭堅稱
賞唐彥謙詩，既有對其用典妥貼的讚賞，亦包含對其典故言說方式的關注
在內。唐彥謙此聯詩即是多主語多謂語的一種組織形式，黃庭堅"多示
學者以爲模式"的行爲，則彰顯了他注重詩歌句式組織的自覺意識。無

---

① （宋）黃庭堅：《雙澗寺二首》其二，《黃庭堅詩集注·山谷外集詩注》，中華書局 2003
年版，第 1085 頁。
② （宋）胡仔：《苕溪漁隱叢話》卷二十二引，人民文學出版社 1962 年版，第 144 頁。此
較《歷代詩話》本《石林詩話》所載稍詳。

獨有偶，《王直方詩話》載："山谷謂洪龜父云：'甥最愛老舅詩中何等篇？'龜父舉'蜂房各自開戶牖，蟻穴或夢封侯王'，及'黃流不解涴明月，碧樹為我生涼秋'，以為絕類工部。山谷云：'得之矣。'"① 洪朋所舉山谷二聯詩就起句式結構而言皆爲主謂式，與"桃李春風一杯酒"等意象連綴而成之詩句相比，其流動性強且富有力度，與杜甫《白帝城最高樓》的頷聯、頸聯"峽坼雲霾龍虎臥，江清日抱黿鼉遊。扶桑西枝對斷石，弱水東影隨長流。"頗爲相類。而黃庭堅"得之矣"的反應，則彰顯了他注重此種詩歌句法組織方式的自覺意識。

這種句式組織特點在黃庭堅詩作中比比皆是，體現在融攝佛禪事典方面尤爲顯著。如《景德傳燈錄》中載其涿州紙衣和尚與臨濟義玄之對話："師曰：'如何是人境俱不奪。'曰：'王登寶殿，野老謳歌。'師曰：'如何是人境俱奪？'曰：'并汾絕信，獨處一方。'"② 臨濟義玄用"人境俱不奪"來指稱隨緣任運之境界，用"人境俱奪"來指稱著力修行之專注。黃庭堅用之云："羵飛城東南，隱几撫羣動。人境要俱爾，我乃得大用。"其將讚許友人隨緣任運之意，融攝臨濟義玄之語用主謂式句式言說之，使詩句意蘊豐富而勁健有力。《傳燈錄》中載巖頭全豁禪師與門人語："問：'弓折箭盡時如何？'師曰：'去！'"③ 其意乃在於說明護持真如自性不受外界之染污，黃庭堅用之曰："外物攻伐人，鐘鼓作聲氣。待渠弓箭盡，我自味無味。"亦是用融攝之事典化為主謂式、動賓式之詩句。此種將事典融攝為一句或數句主謂式、動賓式詩句的手法在黃詩中多次出現，如"刬草曾升馬祖堂，暖窗接膝話還鄉"、"它時無屋可藏身，且作五里公超霧"、"機巧生五兵，百拙可用過"、"二三名士開顏笑，把斷花光水不通"、"丹霞不踏長安道，生涯蕭條破席帽"、"那伽定後一爐香，牛沒馬回觀六道"等。

因而，黃庭堅融攝禪宗事典並將其融入主謂式、動賓式的詩句中，是黃庭堅在詩歌語言結構上實踐他所追求之"雅健"詩風的一種技法。江西後學對山谷詩歌技法頗為推崇，江西派詩作亦是多在詩歌句式上運用主謂式、動賓式句式，而禪宗公案故事可直接融攝為主謂式、動賓式詩句，加之禪宗公案本身所蘊含的禪意符合了當時禪學語境下士大夫之喜好，其為詩人所親睞也是必然之事。

---

①　（宋）王直方：《王直方詩話》，《宋詩話輯佚》本，中華書局 1980 年版，第 53 頁。

②　《景德傳燈錄》，《大正藏》第 51 卷，第 296 頁上。

③　同上書，第 326 頁下。

六　運用程度的由用及體與由淺及深：典故運用變化原因之三

《詩大序》言：“詩者，志之所之也，在心爲志，發言爲詩。情動於中而形於言，言之不足故嗟嘆之，嗟嘆之不足故詠歌之，詠歌之不足，不知手之舞之，足之蹈之也。”《論語·陽貨》載孔子語：“詩可以興，可以觀，可以羣，可以怨。”前者強調詩歌是主體情感意志的表現，而後者則強調詩歌的社會作用。錢志熙先生認爲：“表現詩美觀主要來自於對‘詩之體’的體認，而再現詩美觀則主要來自於對‘詩之用’的思考。”① 運用典故來表達意緒、形容所吟詠之物體，從實質上來講是詩歌再現功能的一種體現；而詩歌運用典故書寫主體人格精神等，則是一種再創造，是作者主觀精神世界的一種表現。錢先生進而總結說：“表現詩美觀主要發生於對詩歌創作內部規律的體悟，而再現詩美觀，從我國古代的發生情況來看，常常以詩歌與外在文化、外在思想觀念發生關係爲契機。”②

北宋中期以來詩歌中佛學典故的大量出現，恰恰與宋代禪宗文化的興盛關係密切，可謂詩歌與外在思想觀念發生關係的表現。而北宋中後期詩人對佛學典故的運用，亦經歷了由用之再現客觀世界到用之表現主體精神的過程。王安石、蘇軾即多用佛學術語來描寫自然景物，這類詩歌的佛學意蘊較爲淡薄，如蘇軾“東南山水相招呼，萬象入我摩尼珠”、“爲公分作無盡燈，照破十方昏暗鑛”、“空花落盡酒傾缸，日出山融雪漲江”等詩句，皆用佛學典故來爲自己表意而服務，但其所表意蘊則與佛學關係不大。就其實質而言，這是再現詩美觀應用範疇內的佛學典故運用，停留在了較淺層次的運用程度上。而隨著儒釋整合程度的加深，士大夫普遍具有強調創作主體人格精神、人生境界對文學創作水平之高下具有決定作用的意識。黃庭堅、李錞、謝逸等人之詩論中對此皆有論述。③ 因而此一時期的詩歌皆側重於書寫主體之人格精神、人生境界，佛學典故的運用也進入了一個新的階段，即與詩人所抒情志融爲一體，用典故所承載的佛學意蘊表現主體的精神氣度。同時，詩歌的體與用、言志與抒情，並非獨立不相干的關係，

---

① 錢志熙：《表現與再現的消長互補——中國詩歌發展史上的一種規律》，載《文學遺產》1996 年第 1 期。

② 同上。

③ 黃庭堅稱讚蘇軾所畫枯木高妙是由其內在修養所決定的：“胸中元自有丘壑，故作老木蟠風霜。”其《與徐師川書四》其四中亦曰：“文章乃其粉澤，要須探其根本。”李錞曰：“有道之士胸中過人，落筆便造妙處。”謝逸曰：“惟體道之士，見亡執謝，定亂兩融，心如明鏡，遇物便了，故縱口而筆，肆談而書，無遇而不貞也然。”

《毛詩序》所謂"一國之事，系一人之本"，即指出了可以通過表達個人情志而達到再現社會政治的事實。對於詩歌表現主體精神世界的強調與重視，則使詩歌與主體之精神修養、人格精神等建立起了密不可分的聯繫。黃庭堅《書王知載〈胸山雜詠〉後》一文則即標明了詩乃"人之情性"的抒情表現的特質，又將個人情志的抒發與客觀現實的反映融爲一體①，正因为如此，黃庭堅此文被《苕溪詩話》、《苕溪漁隱叢話》、《仕學規範》、《崇古文訣》、《詩人玉屑》轉載，以致成爲此時期詩學綱領。如黃庭堅此詩："凌雲一笑見桃花，三十年来始到家。從此春風春雨後，亂随流水到天涯。"用凌雲志勤見桃花悟道來表達自我隨緣自足、無心任運的瞬間感悟。主體豁達的氣度超越了貶謫的苦難，這種歷經世事磨難後的灑脫氣度相比沉痛的人生自述反而更具藝術感染力。同時可見典故的禪學意蘊與自我精神的表現融爲一體，典故的運用程度在加深，進入了詩之體的層面。

　　這種情況的出現與儒釋整合的文化發展趨勢關係緊密，北宋中後期理學逐漸興起，而理學即是儒學在禪學外部刺激下吸收禪學部分思想而形成的一種新形態，周敦頤、程顥、張載等人皆與佛教中人關係密切，深受佛學影響。在文苑特色鮮明的士大夫身上，這種儒釋並重的特點則更為鮮明。蘇軾曰："孔老異門，儒釋分官。又於其間，禪律相攻，我見大海，有北南東。江河雖殊，其至則同。"② 張耒曰："儒佛故應同是道，詩書本是不妨禪。"③ 陳師道曰："三聖之道非異，其傳與不傳也。"④ 又曰："二父風流皆可繼，謗禪排佛不須同。"⑤ 這種儒釋並重的態度使他們所追求的人生境界兼具儒釋特色。而隨著文化整合的進一步發展，士大夫逐漸具備了打破儒釋修養工夫界限的自覺意識，因而他們人格精神的追求亦呈現出了兼具儒釋的特點。各種原因綜合作用於一起，遂使詩人對於佛學典故的運用發生了由表達意緒、摹景狀物到書寫主體人格精神、人生境界的轉變。

　　從王蘇黃三人的對比來看，北宋中後期詩歌中佛學典故的運用發生了

---

①　（宋）黃庭堅《書王知載胸山雜詠後》中有言："其人忠信篤敬，抱道而居，與時乖逢，遇物悲喜，同狀而不察，並世而不同。情之所不能堪，因發於呻吟調笑之聲，胸次釋然，而聞者亦有所勸勉。"

②　（宋）蘇軾：《祭龍井辯才問》，《蘇軾文集》，中華書局1986年版，第1961頁。

③　（宋）張耒：《贈僧介然》，《張耒集》，中華書局1999年版，第397頁。

④　（宋）陳師道：《面壁庵記》，《後山居士文集》卷十五，上海古籍出版社1984年影印版，第12頁。

⑤　（宋）陳師道著，任淵注，冒廣生補箋，冒懷辛整理：《後山詩注補箋》，中華書局1995年版，第233頁。

三個變化：其一，出自禪宗語錄、公案之典故漸漸占據了壓倒性的優勢；其二，從借用佛經詞彙、運用語典到融攝禪宗公案事典；其三，由用之於再現到用之於表現。而這種詩歌語言運用上的變化亦與文學本身之發展有關，是文學疆界再次劃分與趨於穩定的表現。佛學典故在進入詩歌語言的最初階段是繁雜、多樣的，而隨著禪學語境的形成及士大夫融通儒釋之自覺意識的增強，佛學典故之來源也逐漸穩定在了以禪宗語錄、公案為中心的範圍內。此一時期追求"雅健"的詩學主張落實在詩歌句式上即是對多主語、多謂語或主謂式、動賓式句式的偏愛，而禪宗公案則即可用某一名詞指稱之，又可以融攝為一句或數句詩句的特點，符合了禪學語境下士大夫之喜好。因而融攝禪宗公案、運用事典入詩漸漸成為佛學典故融攝的主要方式。士大夫對雅健風格的追求，使他們將人格精神、人生境界看作是文學創作高下之決定因素，因而詩人慣常於詩歌中表現主體的人格精神，而處於儒釋融合文學趨勢下的文人理想境界兼具儒釋特點，故佛學典故的運用亦由用於抒情表意、摹景狀物轉變為用於書寫主體之人格精神、人生境界。這也折射出了此一時期詩歌由注重再現到注重表現的一種轉變。

第四節　佛禪觀照方式運用變化與北宋中後期
詩風流變之關係
——以王、蘇、黃之對比為中心

隨著北宋中後期文化的繁榮和文學的發展，士大夫普遍具有在詩歌創作上進行創新的自覺意識。創作思維是抽象的詩學觀念呈現為具體作品的必由階段，此時期詩人的求新意識即是通過具體創作思維的革新來實現的。這種革新則經歷了一個過程：由承襲傳統創作思維到豐富變化之，再到具備全新特點。以王安石、蘇軾、黃庭堅為代表的北宋中後期文人普遍浸染禪學，禪觀與詩觀對此時期文人而言是相互啟發的關係，宗教地掌握世界與藝術地掌握世界既有本質區別又有緊密關係，詩人處理二者關係的差異對其詩歌特點的呈現具有深刻影響。故而考察此時期詩人對禪觀運用的不同，可以從一個側面切入而尋繹出詩風流變的軌跡。

一　明鏡映物與平等該羅：靜定觀照方式內涵的區別

佛學用"觀照"來標示以特有立場和方式對外部世界進行的觀察，《金剛經纂要刊定記》云："金剛有三義，謂堅、利、明也；般若亦三義，謂實相、觀照、文字也。……利喻觀照般若，謂此顯時照諸法空，故言利也。故《心經》云：'觀自在菩薩，行深般若波羅蜜多時，照見五蘊皆空，度一切苦厄。'"① 觀照作爲佛學的一種智慧，不同於日常對外界的觀察："衆生起見凡有二種：一者常見，二者斷見。如是二見不名中道，無常無斷乃名中道。無常無斷即是觀照十二因緣智，如是觀智是名佛性。"② "常見" 與 "斷見"，一者執著於身心常住不滅，一者不見因果輪迴，而觀照則可識見實相本體。同時，觀照不是一蹴而就的，是以長期的修行爲基礎，有著變化深入的一個過程："住大寂靜，遠離一切心。於月愛三昧白毫輪中，次第觀照分明普現。一切如來金剛大摩尼如意之寶，同一法性一真法界一味如如。不來不去無相無爲，清淨法身照圓寂海。"③ 前者 "遠離一切心" 即是強調滅除修行者因外界變遷而生起的種種妄想，進入 "月愛三昧"④ 之去除貪嗔熱惱的境界，這時以猶如圓月般寧靜純然的內心觀想外物，則外物的妍媸美醜一一現前。同時，佛教的修行並不是以此爲終點的，修行四病 "作、止、任、滅" 之 "滅" 即是指執著於這個層面而不思進取。在滅除雜念用虛靜純然本心體察外物，得智慧觀照洞悉萬法皆空後，主體則可進入一個隨緣任運境界，觸處逢春，舉手投足皆是道場，即經文中所言 "清淨法身照圓寂海"。前者類似於明鏡映物，而後者則是平等該羅。

　　明鏡映物式的觀照從實質上來講，即是主體以虛靜之內心、超越之精神體察外界的一種觀照方式。佛學經典對此進行了詳細的剖析，如《圓覺經》"圓覺菩薩" 章中曰："善男子，若諸衆生修奢摩他，先取至靜，不起思念。靜極便覺。如是初靜，從於一身，至一世界。覺亦如是。善男子，若覺遍滿一世界者，一世界中有一衆生，起一念者皆悉能知。百千世界亦復如是，非彼所聞。一切境界，終不可取。"宗密注曰："知衆生念者，世界既全成覺，衆生全在覺中，故所起念無不了達，如影入鏡，鏡照無遺。"⑤ 又《圓覺經》"威德自在菩薩" 中曰："善男子，若諸菩薩悟淨圓覺，以淨覺心，取靜爲行。由澄諸念，覺識煩動，靜慧發生。身心客塵，從此永滅，便能內發寂靜輕安。由寂靜故，十方世界諸如來心於中顯

---

① （宋）子璿：《金剛經纂要刊定記》，《大正藏》第 33 卷，第 170 頁上。
② （北涼）曇無讖：《大般涅槃經》，《大正藏》第 12 卷，第 523 頁下。
③ （唐）不空、（唐）一行：《金剛頂經毘盧遮那一百八尊法身契印》，《大正藏》第 18 卷，第 335 頁上。
④ "月愛三昧" 爲佛學術語，意爲如月光般可愛，以除人之熱惱，佛入此三昧，則放淨光，除衆生貪嗔之熱惱。《涅槃經》云："譬如盛夏之時，一切衆生常思月光。月光既照，鬱熱即除。月愛三昧，亦復如是，能令衆生除貪惱熱。"
⑤ （唐）宗密：《大方廣圓覺修多羅了義經略疏》，《大正藏》第 39 卷，第 573 頁上。

現，如鏡中像。"① 本章之偈曰："寂靜奢摩他，如鏡照諸相。"② 從佛學經典的闡釋中可以看出，這種靜定的修行方式是很受重視的，佛教認為這種靜觀的觀照方式能使修行者在修行中攝心住於緣，離散亂而趨禪定，並由此將這種境界稱之為"大圓鏡智"，如《首楞嚴經義疏注經》卷八："能現身土，離倒圓成，鑒周萬有，名大圓鏡智。"③ 《心地觀經》中亦曰："轉異熟識得此智慧，如大圓鏡，現諸色像。如是如來鏡智之中，能現眾生諸善惡業。以是因緣名為大圓鏡智。"④ 當主體住心觀靜，進入無我之狀態後，萬象來往於眼前，此心如同圓鏡，萬物投映於其中。值得注意的是，《圓覺經》、《楞嚴經》是北宋文人普遍閱讀的佛學經典⑤，這種觀照方式對當時士大夫產生影響也是水到渠成之事。

平等該羅式的觀照，則爲禪宗所著重強調，禪宗雖然反對坐禪，但是從禪宗典籍中屢次出現的對坐禪的批評⑥，正從反面說明了坐禪作為一種修行方式，其實一直是長期存在的。禪宗不同於傳統佛教的是在怎樣達到明心見性、頓悟成佛的方面進行了變革，認為唯一的方法就是以"無念為宗，無相為體，無住為本"⑦。無念、無相、無住三者雖側重面不同，但其根本趣旨則是共同的，都是在於定慧一體。"定無所入，慧無所依"⑧，二者是燈照與燈光的關係，從"定"而論是光，從"慧"來看是照，二者不是先有"定"而後有"慧"，而是合為一體的。故只要定心不散，行住坐臥皆為"定"。從這個層面上，禪宗把傳統佛學的禪定從單純的坐禪修行方法提升到定慧一體的智慧學，認為禪定不僅僅在於坐禪，"住心觀靜，是病非禪"⑨，既然禪定的意義在於靜心，因此，應該"外離相即禪，內不亂即定"⑩。這樣一方面，無相無住；另一方面要"無念"，即"於一切法，不取不捨，即是見性成佛道"⑪。由此就能"即凡成聖"，

---

① （唐）宗密：《大方廣圓覺修多羅了義經略疏》，《大正藏》第 39 卷，第 558 頁上。
② 同上書，第 560 頁上。
③ （唐）子璿：《首楞嚴義疏注經》，《大正藏》卷 39，第 889 頁中。
④ （唐）般若譯：《大乘本生心地觀經》，《大正藏》第 3 卷，第 298 頁下。
⑤ 如北宋後期人郭印有詩云："《楞嚴》明根塵，《金剛》了色空。《圓覺》祛禪病，《維摩》顯神通。四書皆其教，真可發愚蒙。"拙著"緒論"之"北宋中後期佛學語境的產生"中有相關論述，茲不贅述。
⑥ 見《壇經》、《宋高僧傳·唐鄴都圓寂傳》及《景德傳燈錄》卷二"南嶽懷讓禪師"等。
⑦ （元）宗寶：《六祖大師法寶壇經》，《大正藏》第 48 卷，第 346 頁下。
⑧ （唐）王維：《六祖能禪師碑銘》，《壇經校釋·附錄》，中華書局 1983 年版，第 142 頁。
⑨ （元）宗寶：《六祖大師法寶壇經》，《大正藏》第 48 卷，第 358 頁中。
⑩ 同上書，第 353 頁中。
⑪ 同上書，第 350 頁下。

達到"舉手投足，皆是道場，是心是性，同歸性海"的境界。而靜定也被賦予了心靈對外界體驗、感悟的意義，即"心量廣大，猶如虛空，……世界虛空。能含萬物色像，日月星宿，山河大地。"① 因而，在通過無住、無念而體會到真如自性時，應小心護持之，使之不受外界之染污，並通過這種護持，使自己之行為、想法等在不自覺中符合道之要求，從而達到隨緣任運之境界。這使得禪宗的靜定，強調的是對於覺悟後之真如自性的護持，而與傳統佛教強調靜坐以達忘我之方式不同。

二　靜謐肅穆與灑脫隨緣：靜觀與詩思結合形成的審美風格

佛教的觀照就其本質而言是宗教地掌握世界，而詩歌的創作則是藝術地認知世界，二者存在著千絲萬縷的聯繫，在士大夫普遍具有禪悅情懷的北宋中後期更是如此，"北宋後期詩人是在生死解脫的宗教層面來討論佛教認識世界的方式的，然而，一旦他們形成了用'法眼'來看待世界的習慣，便自然而然會將其推廣到審美活動和藝術活動中去，轉化爲不同凡俗的藝術審美眼光"②。而運用觀照方式的不同，則所創作出的詩歌意蘊自然差異較大，明鏡映物式的觀照重在凸顯主體內心安然不隨物轉的靜謐肅穆，而平等該羅式的觀照則著重彰顯主體身在俗世而超越俗世的灑脫隨緣。

（一）靜謐肅穆：明鏡映物觀照的審美風格

佛教修行方式中最具特色的無疑是靜定，對耽於禪悅的宋代士大夫而言，他們對於靜定的修行方式非常熟悉，並且他們也從中汲取出了有助於詩歌創作的靈感。晁迴《法藏碎金錄》曰："太白《夜懷》有句云：'宴坐寂不動，大千入毫髮。'潘祐《獨坐》有句云：'凝神入混茫，萬象成虛宇。'予愛二子吐辭精敏之力，入道深密之狀，合而書之，聊為己用。"③ 晁迴將寂然靜坐的詩句闡釋爲參禪的方式，這正隱含了一個前提，即晁迴認爲佛禪靜定的觀照方式與詩歌的創作思維是相通的。當詩人以凝神虛靜的靜觀方式觀照外部世界時，他眼中的世界是被自己超越的精神所浸染後的世界，至此，詩人的詩思也完全超越了對外物的簡單摹寫與純粹再現，而演化爲藝術地表現滲透著自己精神的觀照對象。唯有實現這種超越，詩歌才能具有自己的獨特個性。宋代的詩人對此頗有感觸，如蘇軾曾

---

① （元）宗寶：《六祖大師法寶壇經》，《大正藏》第48卷，第350頁中—第350頁下。
② 周裕鍇：《從法眼到詩眼——佛禪觀照方式與宋詩人審美眼光之關係》，載《聖傳與詩禪：中國文學與宗教論集》，臺北"中央研究院"中國文哲研究所，2007年。
③ （宋）晁迴：《法藏碎金錄》，《宋人詩話外編》本，國際文化出版公司1996年版，第26頁。

曰："欲令詩語妙，無厭空且靜。靜故了群動，空故納萬境。"① 又曰："幽居默處，而觀萬物之妙，盡其自然之理。"② 這種幽居默處，靜觀外物以曲盡其理的觀照方式即是來源於佛教禪定修行方式的啓發。

在靜定狀態下直覺觀照外界，外界之一切都體現著詩人寂然不動或安閑自得的心境，這也是唐代王孟派詩人所主要運用之創作思維，如周裕鍇先生所論："他們是在一種'定'的心理狀態下觀照萬物的，所以'其心不待境靜而靜'。澄觀一心而騰踔萬象，是構思的初始；騰踔萬象而歸於空寂，是意境的終結。"③ 同樣的構思方式也多為唐人在絕句創作中所運用，以唐代近佛詩人作品爲例："秋山斂餘照，飛鳥逐前侶。彩翠時分明，夕嵐無處所。"④ "綠樹連村暗，黃花出陌稀。遠陂春早綠，猶有水禽飛。"⑤ "今日陶家野興偏，東籬黃菊映秋田。浮雲暝鳥飛將盡，始達青山新月前。"⑥ "廣狹偶然非製定，猶將方寸象滄溟。一泓春水無多浪，數尺晴天幾個星。露滿玉盤當午夜，匣開金鏡在中庭。主人垂釣常來此，雖把漁竿醉未醒。"⑦ 創作主體皆是立身於靜以觀萬物，此時外界事物的變化是作爲虛靜安閑內心的參照物而進入主體視野的，故而隨主體目光所及的外界變化事物，組合在一起表現出了主體虛靜的內心狀態。這種觀照方式在宋人詩中也多次出現，如王安石《題齊安驛》、《南浦》等詩作即是此中佳作。這類作品的創作始自澄觀一心而終於萬象空寂，主體內心猶如明鏡，萬物映於其中。這類作品的觀照過程與所表達的主旨，正如葛兆光先生所論："關於以鏡為'空'之喻，鑒於相當多的佛教經論，其中尤其是般若一系的經典，如《般若》、《智度》、《維摩詰》等，把這一譬喻的多種意義綜合，大致上可以歸納出'空'的如下思路：鏡中本來無相，猶如空性；鏡中相隨緣成相，猶如有相；鏡中相是哄誑人的假相，就好像有人揀了一個鏡，看到鏡中人相，以為鏡子的主人來了，就慌忙扔下；由於人們照鏡見相，相有好醜，所以'面淨歡，不淨不悅'，引起好惡和煩惱；沉湎於鏡中假相，如同陷入虛假世界，為之發狂；其實這種幻相隨其

---

① （宋）蘇軾：《送參寥師》，《蘇軾詩集》卷十七，中華書局 1982 年版，第 905 頁。

② （宋）蘇軾：《上曾丞相書》，《蘇軾文集》卷四十八，中華書局 1986 年版，第 1378 頁。

③ 周裕鍇：《中國禪宗與詩歌》，上海人民出版社 1992 年版，第 110 頁。

④ （唐）王維：《木蘭柴》，《王維集校注》卷五，中華書局 1997 年版，第 418 頁。

⑤ （唐）錢起：《九日田舍》，《錢仲文集》卷十，《景印文淵閣四庫全書》第 1072 冊，臺灣商務印書館 1983 年版，第 496 頁下。

⑥ （唐）司空圖：《獨望》，《全唐詩》卷六百三十二，中華書局 1999 年版，第 7300 頁。

⑦ （唐）方干：《路支使小池》，《玄英集》卷五，《景印文淵閣四庫全書》第 1084 冊，臺灣商務印書館 1983 年版，第 66 頁上。

緣滅，自然消失，鏡中並無存相，終究永恆還是本原‘空’。”①

因此，明鏡映物式的觀照目的在於凸顯主體對萬法皆空故而覺心不動的體認，在詩歌創作中所表達的是任外物紛紜起滅而此心如如不動的主題，而使讀者感受到的則是蕭穆靜謐的審美風格。

（二）灑脫隨緣：平等該羅觀照的審美風格

平等該羅式的觀照則強調主體在體認到萬法本空、平等不二後進入一個隨緣自足、灑脫自在的生命境界。三祖僧璨《信心銘》曰：“至道無難，唯嫌揀擇。但莫憎愛，洞然明白。毫釐有差，天地懸隔。欲得現前，莫存順逆。違順相爭，是為心病。”② 其核心在於強調洞悉萬法本空、平等無差是達到“至道”境界的前提，而關於“至道”的境界，禪宗中人對此進行了形象的界定：“韶州雲門常寶禪師上堂：‘至道無難，唯嫌揀擇，還有揀擇者麼？’時有僧問：‘十方國土中，唯有一乘法，如何是一乘法？’師曰：‘日月分明。’曰：‘學人不會。’師曰：‘清風滿路’。”③ 常寶禪師用日月照耀、清風滿路來向學人形象說明洞悉萬法平等後的自在和樂、隨緣灑脫。而黃庭堅的這則公案則更形象地說明了禪悟境界灑脫隨緣的特質：“往依晦堂，乞指徑捷處，堂曰：‘祇如仲尼道二三子以我為隱乎，吾無隱乎爾者。太史居常，如何理論？’公擬對，堂曰：‘不是！不是！’公迷悶不已。一日，侍堂山行次，時巖桂盛放，堂曰：‘聞木犀花香麼？’公曰：‘聞。’堂曰：‘吾無隱乎爾。’公釋然，即拜之曰：‘和尚得恁麼老婆心切。’堂笑曰：‘祇要公到家耳。’”④ 晦堂祖心用木犀花香來說明大道只在目前，應用純然本心直覺體驗眼前一切，而不需擬議思索。這是一種宗教體驗，同時又是對日常生活中瞬間美感的把握，與詩歌創作無疑相通。創作主體通過長期的禪學修行體認到純然本心，以之應事接物則可觸處逢春。這無疑是對審美領域的擴大，會爲文學創作提供更多的素材。北宋近佛詩人的創作即反映出了這一情況，這在當時人對蘇軾的評價中可以見出一二：

（參寥）嘗與客評詩，客曰：“世間故實小說，有可以入詩者，有不可以入詩者，惟東坡全不揀擇，入手便用，如街談巷說、鄙俚之言，一經坡手，似神仙點瓦礫為黃金，自有妙處。”參寥曰：“老坡

① 葛兆光：《中國思想史》第一卷，復旦大學出版社2001年版，第410頁。
② （宋）普濟：《五燈會元》卷一，中華書局1984年版，第49頁。
③ （宋）普濟：《五燈會元》卷十五，中華書局1984年版，第950頁。
④ （宋）普濟：《五燈會元》卷十七，中華書局1984年版，第1139頁。

牙頰間別有一副爐鞲，他人豈可學耶座？"客無不以為然。①

時人認爲蘇軾文學境界的高妙即在於其"點瓦礫爲黃金"的慧眼妙手，
這與蘇軾浸染禪學，對平等不二後灑脫隨緣境界的體認不無關係。蘇軾
《小篆般若心經贊》云："世人初不離世間，而欲學出世間法，舉足動念
皆塵垢。而以俄頃作禪律，禪律若可以作得，所不作處安得禪。善哉李子
小篆字，其間無篆亦無隸。心忘其手手忘筆，筆自落紙非我使。正使匆匆
不少暇，倏忽千百初無難。稽首般若多心經，請觀何處非般若。"② 蘇軾
將友人書法揮灑自如的境界與佛教修行境界相比擬，認爲這是了悟萬法平
等後灑脫自在的一種表現，這無疑彰顯了蘇軾將宗教體驗與藝術創作建立
聯繫的自覺性。蘇轍《次遲韻千葉牡丹二首》其二亦是平等該羅觀照應
用於詩歌創作的一則範例："老人無力年年懶，世事如花種種新。百巧從
來知是妄，一機何處定非真。園夫漫接曾無種，物化相乘豈有神。畢竟春
風不揀擇，隨開隨落自勻勻。"③ 百巧是妄，終歸空無，何必矻矻找尋悟
道之途，隨緣自在而了悟生命本真的存在即可。故而常見的平淡無奇之園
花卻作爲本真存在的象徵而進入了詩人視野，化爲了大道只在目前的形象
言說。

　　因此，平等該羅式的觀照，強調的是主體了悟萬法本空平等無差後
的隨緣自在生命境，與詩歌創作思維關聯則起到了擴大審美領域的作
用，詩人創作則以日常生活詩化的方式凸顯出了創作主體灑脫隨緣的精
神氣度。

三　由靜觀至活觀：儒釋整合趨勢下創作思維的轉變

　　以現象學的分析方法來看，明鏡映物式的觀照更接近於"懸置"後
的"本質直觀"，胡塞爾認爲："我們所進行的哲學 epoche（懸置）經
明確地表述之後就在於完全中止任何有關先前哲學學說內容的判斷，並
在此中止作用的限制內來進行我們的全部論證。"④ "懸置"強調排除後
天習得之概念、價值判斷的影響，主張用素樸本心觀想世界，自我仿佛站

---

① （宋）朱弁：《風月堂詩話》，《冷齋夜話·風月堂詩話·環溪詩話》本，中華書局 1988
　　年版，第 106 頁。
② （宋）蘇軾：《小篆般若心經贊》，《蘇軾文集》卷二十一，中華書局 1986 年版，第 618 頁。
③ （宋）蘇轍：《次遲韻千葉牡丹二首》其二，《蘇轍集·欒城後集》卷三，中華書局 1990
　　年版，第 921 頁。
④ ［德］胡塞爾：《純粹現象學通論》，李幼蒸譯，商務印書館 1992 年版，第 86 頁。

在世界之外的觀察者，如此自我就變成先驗的自我，先驗意識則可使主體洞悉事物本質，這與"住大寂靜，遠離一切心"佛教觀照無疑是本質相通的。而平等該羅式的觀照則以萬法皆空平等不二的體認爲基礎，這更接近於現象學潛在設定的行爲，即是"帶有某種存在信仰的行爲"①，"它的信念的潛在性導致進行現實設定的信念行爲"②。這種潛在設定的觀想，使主體以移情作用，將自我感悟通過外界形象事物的描述而表現出來。與明鏡映物式觀照所創作的詩歌不同，平等該羅式的觀照既是對觸目所見本真存在事物的描述，又包含着主體更爲活潑、活躍的精神體驗。

北宋中後期儒學復興的最明顯表現即是理學的產生，而理學相對於漢唐儒學，其最大的特點即爲"玄想的、理智的、個人的、哲學的"③，而理學對於傳統儒學的突破則與理學對於佛學的吸收、借鑒有著巨大之關係。周予同先生認爲："佛學之影響於宋學，其時最久，而其力亦最偉。吾人如謂無佛學即無宋學，決非虛誕之論。宋學之所以號召者曰儒學，而其所以號召者實爲佛學，要言之，宋學者，儒表佛裏之學而已。"④ 士大夫不但承擔著傳承、豐富文化發展的責任，而且士大夫作爲個體亦有著等同於世俗常人的關於生命終極意義的追問、關於人生境界的體認。因而融通儒釋，對作爲個體士大夫而言，最重要的即在於將佛教之修行方式及此修行所達到之境界與儒者之"道"建立起聯繫。而此一時期的士大夫則將這種聯繫的著眼點選在了佛學之反觀與儒學之內省上。《居士分燈錄》載：

> （周敦頤）初見晦堂心，問教外別傳之旨，心諭之曰："只消向你自家屋裏打點，孔子謂：'朝聞道，夕死可矣。'畢竟以何爲道，夕死可耶？顏子不改其樂，所樂何事？但於此究竟，久久自然有箇契合處。"⑤

祖心此處即是立足於禪宗反觀內視與儒學內省自察之修養工夫的相通來啓發周敦頤，而周敦頤亦以此導引後學："（周敦頤）掾南安時，程珦通判

---

① 倪梁康：《胡塞爾現象學概念通釋》（修訂版），生活·讀書·新知三聯書店 2007 年版，第 21 頁。
② ［德］胡塞爾：《純粹現象學通論》，李幼蒸譯，商務印書館 1992 年版，第 322 頁。
③ 朱維錚編：《周予同經學史論著集》（增訂本），上海人民出版社 1996 年版，第 114 頁。
④ 同上。
⑤ （明）朱時恩：《居士分燈錄》，《卍新纂續藏經》第 86 冊，第 600 頁中。

軍事。視其氣貌非常人，與語，知其為學知道，因與為友，使二子顥、頤往受業焉。敦頤每令尋孔顏樂處，所樂何事，二程之學源流乎此矣。"① 而程頤"每見人靜坐，便嘆其善學"② 的原因，也正在於其認為佛家之靜坐以反觀內心的修行方式與儒學內省之修養工夫是相通的。因而士大夫融通儒釋的具體路徑即是立足於佛教修行方式及所追慕境界與儒學的相通。

值得注意的是，此時期儒學學者在人格境界的界定與追求方面，明顯借鑒了禪宗了悟自性的修行方式，二者在方法論層面的相似程度甚高，如程顥云："只心便是天，盡之便知性，知性便知天，當處便認取，更不可外求。"③ 程顥認為人作為萬物之靈，其本身就是天理的一種體現，所以通過對自我的省察亦可會得天理。程門高足楊時曰："堯舜之道曰孝弟，不過行止疾徐而已，皆人所日用，而昧者不知也。夏葛而冬裘，渴飲而饑食，日出而作，晦而息，無非道也。譬之莫不飲食而知味者鮮矣，推是而求之，則堯舜與人同，其可知也。已然而為是道者，必先乎明善，然後知所以為道也。明善在致知，致知在格物，號物之多至於萬，則物將有不可勝窮者。反身而誠，則舉天下之物在我矣。"④ 在楊時看來格物致知須由自身做起，也就是反求諸己，簡單而言就是先"誠"其身，內心保持在"誠"的狀態，用自我本心誠實無偽地應事接物，則自我舉止就能合乎中道，也就做到了"致知"。在對儒學之"道"實現了真切的體認後，要約束自我行為，不違儒者之道。黃庭堅即曰："君子欲有學，則自俎豆、鐘鼓、宮室而學之，灑掃、應對、進退而行之。"⑤ 修養主體通過長久的操持，則自然可達到隨心所欲而不逾矩的境界。這樣，主體就實現了身在俗世卻超越俗世的放心自在，如程顥有詩云："雲淡風輕近午天，傍花隨柳過前川。時人不識予心樂，將謂偷閑學少年。"朱熹認為此詩之妙在於作者"胸懷擺脫得開"⑥，實則即是稱讚程顥體味到生命本真無偽存在後的灑脫自在情懷，是"生生之謂易"之儒學精神的展現。這種儒學式的觀照，正如周裕鍇先生所總結的那樣："在靜穆的觀照中將自我的生命與宇

① （元）脫脫等：《宋史》卷四百二十七"周敦頤傳"，中華書局 1977 年版，第 12712 頁。
② （宋）程顥、程頤：《二程集·河南程氏外書》卷十二，中華書局 1981 年版，第 432 頁。
③ （宋）程顥、程頤：《二程集·河南程氏遺書》卷二，中華書局 1981 年版，第 15 頁。
④ （宋）楊時：《答李杭》，《楊龜山先生全集》卷十八，臺灣學生書局 1974 年版，第 798—799 頁。
⑤ （宋）黃庭堅：《楊概字說》，《黃庭堅全集》卷二十四，四川大學出版社 2001 年版，第 625 頁。
⑥ （宋）朱熹：《伊洛淵源錄》，《叢書集成初編》本，第 27 頁。

宙打成一片，從萬物的生機中獲得一種生命的欣悅，這是一種積極的存情的物我交感。"① 並且這種觀照方式 "啓示詩人以一種透脫的心靈去觀照世界，並用同樣透脫的語言表現世界"②。

從此時期士大夫所理解的儒學觀照的本質來看，這更接近於一種潛在設定的行爲，即以主體對儒學 "生生之謂易" 之境界的體驗爲前提。對儒學人生境界的追尋與體認改變了主體的心理基礎，使主體於不自覺中將自我精神灌注於觀想外物中，將主體對自在和樂境界的體認展現在外物的描述中，這即是 "信念的潛在性導致進行現實設定的信念行爲"，與佛教平等該羅式的觀照本質相同。雖然以二程爲代表的理學學者認爲儒釋涇渭分明，但儒釋所追求最高境界的方式卻有頗爲類似之處，體現在觀照方式上最爲明顯。二者的趨同化正是儒學復興過程中吸收借鑒禪學理論的結果，而這種思維方式進入詩歌創作，也必然會使此時期詩風發生相應的轉變。

四　觀照方式的選擇與北宋中後期詩風的轉向

活觀這一兼具儒釋特色的觀照方式使此時期詩人詩歌創作思維大異於其前輩文人，亦使此時期詩歌呈現出了鮮明的整體風貌。體現在創作思維上首先導致了日常生活的審美化，導致了詩歌素材的廣泛性；其次使此時期詩歌對儒釋義理的言說具象化，往往流露於對細微事物的觀想中，體現出了命意曲折的特點。繆鉞先生頗具慧眼地指出了宋詩的這兩個特點："凡唐人以爲不能入詩或不宜入詩之材料，宋人皆寫入詩中，且往往喜於瑣事微物逞其才技。" 又："宋詩以意勝，故精能，而貴深折透辟。"③

鑒於學界對宋詩日常生活審美化的論述頗多，拙著此處不再贅述。而宋詩 "深折透辟" 藝術效果的實現方式則與宋人觀照世界的方式關係極大，尤其是近佛詩人，禪學思維對其產生的影響與其對儒學的發微相結合，造就了活觀的觀物方式。此一方式如何經由創作思維形諸作品，是探討此時期詩風形成的關鍵。與唐代王孟詩派的蕭穆靜謐不同，宋代近佛詩人的詩歌創作，往往傾向於表現主體灑脫隨緣、自在和樂的特質。比較二者創作思維過程的不同，即可見出前者更接近於現象學懸置後的本質直

---

① 周裕鍇：《宋代詩學通論》，上海古籍出版社 2008 年版，第 365 頁。
② 同上書，第 366 頁。
③ 繆鉞：《論宋詩》，《繆鉞全集》第二卷，河北教育出版社 2004 年版，第 156 頁。

觀，而後者則更接近於潛在設定的行爲。而詩人觀照方式就其行爲的複雜性而言，本質直觀接近於現象學意義上的單形行爲，而潛在設定則接近於多形的行爲。潛在設定式的觀照是此時期詩歌傾向於表現物我交感而呈現出自在和樂的根本原因，而行爲的多形特質則是此時期詩歌“深折透辟”的重要成因。

　　本質直觀即興書寫更類似於一種單形行爲的書寫，即“僅僅具有單一質性的行爲，從這些行爲中無法再分離出自身獨立的行爲”①，簡言之即是一種而不是多種的客觀化體驗。而多形行爲的特點是：“這個行爲隨時可以分離出一個完整的客體化行爲，這個客體化行爲也將總體行爲的質料作爲它自己的總體質料來擁有。”② 簡言之，即是多形行爲由單形行爲組成，組成此多形行爲的單形行爲具有可分離出的獨立性，即使被分離出，其本質仍保持與總體一致的本質。將活觀所得以多形行爲的方式化爲詩歌的表達，則是此時期近佛詩人書寫即目所得與瞬間感悟作品時常用手法。如蘇軾《書鄢陵王主簿所畫折枝二首》其二：

> 瘦竹如幽人，幽花如處女。低昂枝上雀，搖蕩花間兩。雙翎決將起，眾葉紛自舉。可憐採花蜂，清蜜寄兩股。若人富天巧，春色入毫楮。懸知君能詩，寄聲求妙語。③

詩之前四聯描寫自己直觀所得，用消融掉自我情感色彩的筆觸描寫花鳥，以此傳遞出萬物各得自然的和樂，此爲第一個意識活動行爲。第五聯呼應前作④，雖是稱讚友人用“一點春”、“寄無邊春”的藝術功力，但實則是蘇軾自我的觀畫所得。華嚴“周遍含容觀”認爲“一微塵中悉具真如全體，一事相中遍含一切法界，一即一切，一切即一”⑤。“春色入毫楮”一聯即是本自對周遍含容的體認，由畫中花鳥自得的觀照而體味到萬物皆爲真實無僞的本真存在，此爲第二個意識活動行爲。觀畫與因之產生的聯

---

① 倪梁康：《胡塞爾現象學概念通釋》（修訂版），生活·讀書·新知三聯書店 2007 年版，第 15 頁。

② ［德］胡塞爾：《邏輯研究》（第二卷第一部分），倪梁康譯，上海譯文出版社 1998 年版，第 554 頁。

③ （宋）蘇軾：《書鄢陵王主簿所畫折枝二首》其二，《蘇軾詩集合注》卷二十九，上海古籍出版社 2001 年版，第 1437 頁。

④ （宋）蘇軾：《書鄢陵王主簿所畫折枝二首》其一尾聯曰：“誰言一點紅，解寄無邊春。”

⑤ 周裕鍇：《法眼看世界：佛禪觀照方式對北宋後期藝術觀念的影響》，載《文學遺產》2006 年第 5 期。

想是兩種體驗，從發生的前後來講，是由現前體驗引出本質相同的另一種行為，但是二者皆為同一內在性反思的產物，即皆為從外物觀照中體味到隨緣任運之禪悟精神的產物，兩種體驗具有獨立性，但又共同組成一個本質相同的意識多形行為。① 蘇軾此詩的創作思維，突破了前人題畫詩營造單純悠遠意境的藩籬，將禪理的體悟並入其中，信息量的增多造就了"深折透辟"的詩意呈現。

　　主體對外在事物及自我生命的觀照過程中，所採取的較為固定的觀照方式即決定了這種觀照是一種設定性行為，而所採取的觀照方式也就是意向性方式則與主體"信念的潛在性"有關。對北宋中後期近佛詩人而言，這種"信念的潛在性"即是對儒釋交融之自在和樂境界的真切體認。這種設定性的多形行為即是活觀的本質，這使此時期詩人的詩作有著隨主體目光轉移而觸處皆真的特點，也使其詩歌在有限的篇幅內信息量得以擴充。如惠洪、黃庭堅觀畫二作：

　　　　惠崇煙雨圖卷，坐我瀟湘洞庭。欲喚扁舟歸去，故人言是丹青。②
　　　　道林煙雨久不到，忽見橘洲蘆雁行。笑裹鼻端三昧力，坐中移我過瀟湘。③

二詩構思相類，首聯皆敘畫意，而次聯寫觀畫產生之想象。以現象學的意向性分析的方法來看，是一種行爲引出本質相同的另一種行爲。本質相同的兩種行為，依據體認自在和樂境界的信念潛在性、一致性而連為一體，在書寫閑暇觀畫以及展開的聯想行為中，消弭真境與幻覺的界限，打通藝術與現實的壁壘。如此多形行爲的詩化表現，則更能凸顯主體對佛教真妄不二、現實夢境本無差異而終歸空無的體認。蘇轍《次韻子瞻題郭熙平遠二絕》其一亦是本質相同的兩種意向性活動行爲的書寫："亂山無盡水無邊，田舍漁家共一川。行遍江南識天巧，臨牎開卷兩茫然。"④ 首聯寫

---

① 現象學的觀點認為："在諸體驗間包括有特殊的所謂內在性反思，特別是內在性知覺，它們在實顯的存在把握中和存在設定中指向它們的對象。此外，在這類同樣的體驗中也存在有那樣的知覺，它們在同一意義上設定著存在，並被指向超驗物。"〔德〕胡塞爾：《純粹現象學通論》，李幼蒸譯，商務印書館 1992 年版，第 343 頁。

② （宋）黃庭堅：《題鄭防畫夾五首》其一，《黃庭堅詩集注·山谷詩集註》卷七，中華書局 2003 年版，第 266 頁。

③ （宋）惠洪：《謝人惠蘆雁圖》，《石門文字禪》卷十六，《四部叢刊初編》本，第 163 頁上。

④ （宋）蘇轍：《次韻子瞻題郭熙平遠二絕》其一，《蘇轍集·欒城集》卷十五，中華書局 1990 年版，第 296 頁。

畫中所見，而次聯寫自己行遍江南故而觀此畫興起對往昔經歷的聯想。觀畫與聯想是兩個意向性活動行爲，但二者本質相同，皆用意於突出主體對擺脫世累之自在和樂境界的期望。通過多形行爲的展現而表達自己對佛禪義理的領悟，在黃庭堅詩歌中多次出現，如：

> 薰爐宜小寢，鼎制琢晴嵐。香潤雲生礎，煙明虹貫巖。法從空處起，人向鼻端參。一炷聽秋雨，何時許對談。①
> 風生高竹涼，雨送新荷氣。魚遊悟世網，鳥語入禪味。一揮四百病，智刃有餘地。病來每厭客，今乃思客至。②

前作之首聯、頷聯、頸聯寫自己於石香鼎生出之繚繞煙霧中觀鼻端白的靜坐，由此引出尾聯希望友人相訪暢談禪理的第二行爲。詩語至此結束，但主體禪定時體味到的靜謐以及與友人暢談禪理的強烈希冀，卻使人味之不盡。後作之首聯、頷聯寫漫步園中觸目所見，涼風中簌簌作響的竹葉、新雨中隱隱傳來的荷香以及閒暇游魚、自在飛鳥，既是生命本真存在的象徵，亦是作者閒暇自在心境的寫照；頸聯則切“病愈”之題，尾聯暗用文殊問疾維摩詰之佛學典故，引出希望友人相訪暢談禪理之意。詩作由兩種本質相同的意向性活動行爲組成，前者引出後者，二者都以主體對自在和樂精神的體悟連爲一體。

　　相比於王安石、蘇軾、惠洪等人更偏向於禪學意味的詩意表達不同，黃庭堅詩歌中兼具儒釋特色的活觀思維運用更多，而其這類詩歌由更多本質相同的主體行爲組成，行爲的變換多樣造就了詩意表達的層層遞進與漸次加深，以《題王仲弓兄弟巽亭》爲例：

> 大隗七聖迷，許田連城重。里中多佳樹，與世作梁棟。市門行清渠，漢水可抱甕。肇飛城東南，隱几撫羣動。人境要俱爾，我乃得大用。烏衣之雲孫，昆弟不好弄。木末風雨來，卷箔醉賓從。事常超然觀，樂與賢者共。人登斷塼求，我目歸鴻送。溪毛亂錦纈，候蟲響機綜。世紛甚崢嶸，胸次欲空洞。讀書開萬卷，謀國妙百中。儻無斷鼻

---

① （宋）黃庭堅：《謝王炳之惠石香鼎》，《黃庭堅詩集注·山谷詩集注》卷八，中華書局2003年版，第289頁。
② （宋）黃庭堅：《又答黃斌老病愈遣悶二首》其二，《黃庭堅詩集注·山谷詩集注》卷十三，中華書局2003年版，第462頁。

工，聊付曲肱夢。①

此詩開篇即用《莊子》、《春秋》典故②，指出巽亭所處之地悠遠的歷史
底蘊。緊接著書寫林木豐茂、綠水環抱的寓目所見，以自然環境的優雅與
首句形成呼應。四、五兩聯用"王登寶殿，野老謳歌"的"人境俱不奪"
境界，稱讚友人因觀萬物自在自為而達到的隨緣任運境界，而"隱几撫
羣動"則凸顯出了友人任外物紛紜而覺心不動的淡然自在。雖是在刻畫
友人形象，但實則是黃庭堅的自我想象，亦可視作其心志的寫照，此之為
創作思維的第一個意向性活動行為。自"烏衣"一聯起，意向性活動的
第二個行為展開，突出友人"不好弄"而著力於學問文章的特性，故能
因之而洞悉世事，在"人登斷壠求"這樣爭名逐利的世風中超然物外气
象平和，閒觀飛鴻而胸中了了自有度量。最後兩聯是第三個意向性活動行
為，在讚譽友人學養充盈、才行出眾後，用"飯疏食飲水，曲肱而枕之，
樂亦在其中矣"，將對友人不以見用於世而掛懷之淡然平和氣度的讚譽推
向了極致。類似的手法在黃庭堅詩歌中多次運用，比如《和答外舅興三
首》、《平陰張澄居士隱處三首》等。

　黃庭堅所認為的"詩之美也"是："其人忠信篤敬，抱道而居，與時
乖逢，遇物悲喜，同牀而不察，並世而不聞。情之所不能堪，因發於呻吟
調笑之聲，胸次釋然而聞者亦有所勸勉。"③ 將活觀所得化為多形行為詩
化表達的作品，既保證了意緒表達的一以貫之，又用層層遞進的詩意表達
手法，增加了詩歌的信息量，非常充分地展現了黃庭堅的情懷，將其詩學
主張落在了實處。故其詩作因其情懷的清邁與表現的充分，具備了超越流
俗的崇高與自在和樂的優美。蘇軾即頗具慧眼地指出了黃庭堅詩歌的這種
特點："黃魯直詩文如蝤蛑江珧柱，格韻高絕，盤殽盡廢。"又："讀魯直
詩如見魯仲連李太白，不敢復論鄙事。雖若不適用，然不為無補於世。"④
其甥洪朋評其曰："禪心元詣絕，世事老忘機。"⑤ 魏了翁則更直接地指出

---

① （宋）黃庭堅：《題王仲弓兄弟巽亭》，《黃庭堅詩集注·山谷詩集注》卷二，中華書局
2003 年版，第 116 頁。

② 《莊子》："黃帝將見大隗乎具茨之山，方明為御，昌寓驂乘，張若謵朋前馬，昆閽、滑
稽後車，至於襄城之野，七聖皆迷，無所問塗。"《春秋》："鄭伯以璧假許田。"

③ （宋）黃庭堅：《書王知載朐山雜詠後》，《黃庭堅全集·正集》卷二十五，四川大學出
版社 2001 年版，第 665 頁。

④ （宋）胡仔：《苕溪漁隱叢話·前集》卷四十九，人民文學出版社 1962 年版，第 334 頁。

⑤ （宋）洪朋：《懷黃太史》，《洪龜父集》卷下，《景印文淵閣四庫全書》第 1124 冊，臺
灣商務印書館 1983 年版，第 414 頁下。

了黃庭堅詩歌以活觀表現其自在平和、觸處逢春的特質："然自今誦其遺文，則慮澹氣夷，無一毫憔悴隕穫之態，以草木文章發帝杼機，以花竹和氣驗人安樂。雖百世之相後，猶使人躍躍興起也。"[①] 時人及後人對黃庭堅其人其詩的評價都集中在自在和樂、觸處逢春方面，這實則亦彰顯了北宋中後期詩歌的轉型方向。

小　結

　　本章主要對比了王、蘇、黃三人在學佛方式、所接受之佛學思想上的不同，分析了三人對於佛學典故運用的不同及原因，論述了三人對於佛禪靜觀運用的不同即所運用之靜觀在內涵上的變化。通過對比分析，指出了三人學佛方式的變化、所接受佛學思想的變化，使他們的詩歌呈現了傾向於書寫主體抱道自居之人格精神的趨勢。在這種對人格精神的書寫中，北宋中後期詩歌由勁健轉向了雅健，即通過書寫主體融通儒釋的人格修養所臻之自在平和境界，來使詩歌在尚健之同時不流入怒張粗豪的境地。三人對於佛教典故的運用亦發生了很大的轉變，其轉變大致體現在三個方面：即典故來源上出自禪宗語錄、公案之典故漸漸占據了壓倒性的優勢；在典故融攝上，從借用佛經詞彙、運用語典到融攝禪宗公案事典；在典故運用上，由用之於再現到用之於表現。三人對於佛學典故運用的不同，與北宋中後期的佛學語境禪宗化的發展趨勢有關，亦與儒學復興過程中士大夫具備融通儒釋的自覺意識有關。三人對於靜定觀照方式的運用變化亦是比較明顯的，經歷了一個由單純運用到將其與儒學思想相融合的過程。而其內涵亦經歷了一個脫離傳統佛教之定慧範疇，而兼具儒釋特色的轉變。而此轉變亦使此一時期的詩歌在整體風格上趨於"雅健"。

---

① （宋）魏了翁：《黃太史文集序》，《鶴山先生大全集》卷五十三，《四部叢刊初編》本，第449頁下。

第六章 士大夫知識構成變化與北宋後期詩歌流變之關係

——以前期江西詩派為主

江西詩派諸人與其前輩詩人及前代詩人不同的一個顯著特點，即為以詩人之身份遊於學者之門下，全祖望曰："因念世之操論者，每言學人不入詩派，詩人不入學派，吾友杭堇浦亦力主之。獨以為是言也，蓋為宋人發也，而殊不然。張芸叟之學出於橫渠，晁景迂之學出於涑水，汪清谿、謝無逸之學出於榮陽呂侍講，而山谷之學出於孫莘老，心折於范正獻公醇夫，此以詩人而入學派者。楊尹之門而有呂紫微之詩，胡文定公之門而有曾茶山之詩，湍石之門而有尤遂初之詩，清節先生之門而有楊誠齋之詩，此以學人而入詩派者也。"① 全氏之論，準確地指出了江西詩派諸人不僅僅以詩人自居，而是有著吸收時代學術成果的學人意識。他們於學術上相互勉勵，自覺傳承伊洛淵源。而與此一時期學術發展上融通儒釋之趨勢相一致，他們對儒學、佛學皆表現出了極大的興趣。

江西詩派中除祖可、善權以及後來出家的饒節三位衲子外，其餘諸人亦與佛教淵源頗深且佛學造詣頗高，如惠洪稱讚李彭曰："予至石門，杲禪出商老詩偈巨軸，讀之茫然，知此道人蓋滑稽翰墨者也，又欲入社作雲庵客，試手說禪，便吞雲門臨濟，如虎生三日，氣已食牛。"② 此外，徐俯師從靈源惟清、圓悟克勤，謝逸與黃龍派詩僧惠洪、韓駒與大慧宗杲皆交往頗深。兼具詩人、學者兩重身份的江西詩派諸人對於佛學的研習，不僅僅是尋得心靈之安頓、精神之解脫，亦有著從佛教中汲取養分以滋養自己之人格精神、提升自我之人生境界的自覺意識，亦有著將參禪學佛與文學創作建立聯繫的自覺意識。

---

① （清）全祖望：《寶甋集序》，《鮚埼亭集》卷三十二，《四部叢刊初編》本，第341頁下—342頁上。
② （宋）惠洪：《跋李商老詩》，《石門文字禪》卷二十七，《四部叢刊初編》本，第304頁上。

　　與此同時，隨著儒釋整合程度的加深，理學理論體系漸趨完備，此時期的一些詩人雖保持著對禪學的濃厚興趣，但其儒者的自我認同意識頗爲自覺。而理學強調對主體情性、日常行爲的規範以及理學所培養起的對生命體驗、精神境界追求的重視，不可避免地對士大夫的審美情趣、價值追求等方面產生深刻的影響，使其詩論的生成過程及特點皆帶有較濃郁的理學趣味，呂本中“活法”說的生成即是此種代表。

　　江西詩派諸人之學佛不可避免地對他們的詩歌創作產生了深遠之影響，此影響主要體現在了詩美追求、範式選擇、語言風格、創作思維以及學詩方式等幾個方面。其中，詩美追求與範式選擇是互爲表裏、緊密相連的，是屬於形而上之宏觀追求；而創作思維、學詩方式則又是同屬詩歌構思的範疇，是同一問題之兩個方面，此與詩歌語言運用同屬於形而下之微觀探索。因而，拙著此處擬在文本細讀、文本分析之基礎上，在範式選擇與詩美追求、語言運用與詩論走向、創作思維與學詩方式三個方面著手，努力尋繹江西詩派諸詩人之學佛對其詩歌創作產生滲透之軌跡。此外，江西詩派之興起作爲北宋後期詩壇的一個最爲顯著的文學現象，其詩學思想及具體的詩歌創作基本可以代表北宋後期詩歌發展之趨向。因而對於江西詩派諸詩人學佛與其詩歌創作之關係進行考察，亦可以揭示出士大夫學佛在北宋後期詩歌流變中所起到的作用。

第一節　江西詩派理禪淵源與其範式選擇、詩美追求

　　呂本中《江西宗派圖》曰：“元和以後至國朝，歌詩之作或傳者，多依效舊文，未盡所趣。惟豫章始大出而力振之，抑揚反覆，盡兼眾體，而後學者同作並和，雖體制或異，要皆所傳者一。”① 呂氏認爲在他生活的北宋後期，黃庭堅是詩壇師法的對象，是當時詩壇所選擇的理想範式。雖然呂氏之論有過分抬高黃庭堅之嫌，但是北宋後期詩壇普遍學黃，卻是不爭之事實。北宋後期詩人之學黃原因複雜，歷來論者多認爲是黃庭堅詩歌創作有跡可尋所致，但黃庭堅之所以能成爲後學師法之典範，從根本性上來講是其人格精神切合時代要求的反映。而處於當時人格精神、內在修養對文學創作具有決定作用的文論環境下，江西派諸人對黃庭堅這一審美範

---

① （宋）胡仔：《苕溪漁隱叢話·前集》卷四十八所引，人民文學出版社 1962 年版，第 327 頁。

式的選擇，亦昭示了其詩美追求與黃氏聯繫緊密的特點。因而欲考察江西詩派審美範式之選擇及其詩美追求，必須對其人格精神之塑造及內在修養特點進行探討。而欲探討人格精神之塑造及內在修養特點，他們與佛教之關係及其融通儒釋之具體方式則為至關重要之環節。

一　江西詩派諸人禪學淵源及學禪特點論析

江西詩派諸人與佛教皆有著密切之關係，其中尤以謝逸、李彭、韓駒、饒節為最。惠洪《冷齋夜話》卷十載："朱世英為撫州，（謝逸）舉八行，不就，閑居多從衲子遊，不喜對書生。"① 謝逸（公元1066？—1113年）曾作《圓覺經皆證論序》，亦曾為惠洪作《林間錄序》，而《佛祖歷代通載》亦載李彭為大慧宗杲撰寫十首尊宿漁夫歌事，其禪學修養亦得到了惠洪之印可，惠洪並以"道人"稱之。韓駒（？—1135年）則與大慧宗杲交往頗深，《雲臥紀譚》卷下載："待制韓公子蒼，與大慧老師厚善，及公僑寓臨川廣壽精舍，大慧入閩，取道過公，館於書齋幾半年。晨興相揖外，非時不許講，行不讓先後，坐不問賓主，蓋相忘於道術也。"② 饒節（公元1065—1129年）之一生則走過了一個從以天下為己任到以解脫為趣尚的人生轉變，陸游《老學庵筆記》載："（饒節）早有大志，既不遇，縱酒自晦，或數日不醒，醉時往往登屋危坐，浩歌慟哭，達旦乃下。又嘗醉赴汴水，適遇客舟，救之獲免。"③ 其後饒節往鄧州依俞彥明，期間饒節參香巖智月禪師有得，遂祝髮出家，其寄呂本中書云："某自去年十二月二十八日於海印老人處請話咨決，從此日日去參，正月半間，瞥然有箇省處。奇哉！奇哉！世間元來有此不可說，不可說，不可說無量無邊勝事。佛言一大事因緣，豈欺我哉！便向山河大地，草木叢林，墻壁瓦礫，雞鳴狗吠，著衣喫飯，舉手動足處，一一見本來面目。始悟無始以來，生死顛倒，為物所轉。到這裏，如燈破暗，一時失却，豈不是無量大緣乎？"④ 其後饒節曾駐錫於杭州靈隱寺，講法於襄陽天寧寺，儼然成為了禪林高僧。

江西詩派諸人之佛教因緣雖然各有差異，但是他們的學佛卻頗多共同之處。首先，在佛教師承上，因江西詩派諸人屬江西籍者或居於江西者較多，加之北宋江西禪宗黃龍派大盛的地域文化特點，使其所師承之禪學大

---

① （宋）惠洪：《冷齋夜話》，《稀見本宋人詩話四種》本，江蘇古籍出版社2002年版，第92頁。
② （宋）曉瑩：《雲臥紀譚》，《卍新纂續藏經》第86冊，第663頁下。
③ （宋）陸游：《老學庵筆記》卷二，中華書局1979年版，第20頁。
④ （宋）正受編：《嘉泰普燈錄》，《卍新纂續藏經》第79冊，第369頁上。

多出自黃龍派。如謝逸與惠洪交往頗深，並為惠洪作《林間錄序》，李彭為湛堂文準之俗家弟子並與大慧宗杲交情頗深，而韓駒、饒節等亦與宗杲為至交。要之，皆與黃龍派淵源頗深。其學佛方式及所吸納之佛學思想帶有黃龍派之禪學特點，則為不可避免之事。眾所周知，黃龍派秉承臨濟宗之機鋒峻烈宗風，以"黃龍三關"啓引後學，《五燈會元》載：

> 師室中常問僧曰："人人盡有生緣，上座生緣在何處？"正當問答交鋒，却復伸手曰："我手何似佛手。"又問諸方參請，宗師所得，却復垂脚曰："我脚何似驢脚？"三十餘年，示此三問。學者莫有契其旨。脫有酬者，師未嘗可否。叢林目之為黃龍三關。師自頌曰："生緣有語人皆識，水母何曾離得鰕。但見日頭東畔上，誰能更喫趙州茶。""我手佛手兼舉，禪人直下薦取。不動干戈道出，當處超佛越祖。""我脚驢脚並行，步步踏著無生。會得雲收日卷，方知此道縱橫。"總頌曰："生緣斷處伸驢脚，驢脚伸時佛手開。為報五湖參學者，三關一一透將來。"①

黃龍惠南提出此三關，而自己又用偈一一言說之。雖其確切意義難以準確表明，但從其所論中可以究其大略。關於"生緣在何處"，從其偈語所言說來看，大體是指人之一生及命運皆為因緣合和所致，人之一生處於因緣轉變之中，為其所左右，如同無頭目之水母為鰕依附，並隨鰕漂流一般。② 但人處於時間的流轉中，站在時間遷轉的角度來看，今日之我非往時之我，人人雖皆有生緣，但站在堂上之人，與處於往昔之生緣中之人已然不同。如同日頭再次升起，此時之人非昨日喫茶之人一般。惠南旨在以此導引學人明白"念念遷謝，新新不住"之意，也暗示後學超越此流轉輪回方能於禪學修養中更上一層。而"我手何似佛手"則是啓示後學，若明瞭凡聖不二之理，則可超佛越祖。"我脚何似驢脚"則是向後學言說無心即道之理，人只要無思無慮，萬事不掛於懷，即可道遙於世間而臻隨緣任運之境。三關實際上是導引後學從認識到人生虛妄，須臾遷滅入手，轉而體悟到佛我不二，見道無難，最後向後學言說無心即道之理。

　　鈴木大拙認為"禪存在於個人的一切經驗之中"，並指出禪之意義

---

① （宋）普濟編：《五燈會元》卷十七，中華書局 1984 年版，第 1108 頁。
② 黃龍惠南此偈語，用張華《博物志》中語："水母無頭目，所處則眾鰕附之，隨其東西南北。"

"只有經過長時間的訓練能夠洞察該體系的人才能明白其終極的意義。而且洞察所獲得的也不是所謂的'知識',而是真實的日常生活的體驗。"① 並進一步論述曰:"禪本身沒有經典的、獨斷的教義,如果一定說禪有什么訓誡,那也都是從人們各自的心中產生出來的。"② 黃龍惠南之設三關向學者發問,其目的即是用此新奇、峻烈之方式,使後學在最初的茫然無措後,能本自個人修行的體驗,對其所言說之超越生死輪回、凡聖不二、無心即道等禪理擁有切身的感觸,從而將禪意佛理由學理性的瞭解與個體修行之經驗實現對接,由此實現對禪理體悟上的提升。雲門宗之"雲門三句"雖與黃龍三關所蘊含的禪理不同,但在啟示學人之方式上,二者卻是相通的。簡言之,這種峻烈的方式,目的是加速後學將學理性瞭解的禪理與個體經驗的對接,即是讓後學將別人所灌輸的禪理,通過調動對自己修行經驗的體味,而轉化成為自我所體悟到的禪理。這也是禪宗一方面言說"佛法無用功處",另一方面又用超越邏輯思維之言語、方式啟引後學的原因。

　　筆者已於第五章第一節中論述了士大夫學佛方式禪宗化的發展趨勢,並指出隨著士大夫佛學水平的普遍提高,禪宗中人側重於明心見性、參話頭式的悟道方式來吸引士大夫,即側重於以宗教體驗來吸引士大夫。在這種情況下,與禪宗僧人交往密切的江西派諸人,其學佛亦是帶有著強烈的此一時期的禪宗特色,即極為強調從個人體驗的角度來體悟禪理,將學理性的瞭解轉化為個體親證後的經驗,推崇無心即道的生存方式。《僧寶正續傳》卷六"徑山杲禪師"中載:"時李彭商老參道於準,師適有語曰:'道須神悟,妙在心空。體之不假於聰明,得之頓超於聞見。'李歡賞曰:'何必讀四庫書然後為學哉!'因此為方外交。"③ 宗杲之論即是強調道須自悟,即需要擁有自我之切身體驗,而李彭對宗杲的讚許,也正彰顯宗杲之論深契其意這一事實。《歷朝釋氏資鑒》卷十一載:"(韓駒)嘗問道於草堂清禪師,致書云:'近閱傳燈,言通意料,頗合於心。但世緣萬緒,情習千端,未易消釋,須有切要明心處,毋恡指教。'清答云:'欲究此事,善惡二途皆勿萌於心,能障人智眼文字亦不必多看,塞自悟之門。'子蒼得此嚮導,述意云:'鐘鼎山林無二致,閑中意趣靜中身。都將聞見歸虛照,養性存心不問人。'師得之大喜"④ 草堂善清即以"自悟"導引

① ［日］鈴木大拙:《禪者的思索》,朱也譯,中國青年出版社 1989 年版,第 6 頁。
② 同上書,第 11 頁。
③ (宋) 祖琇:《僧寶正續傳》,《卍新纂續藏經》第 79 冊,第 577 頁中。
④ (元) 釋熙仲:《歷朝釋氏資鑒》,《卍新纂續藏經》第 76 冊,第 246 頁上。

韓駒, 其關於不看 "智眼文字"、不應萌心於善惡二途的論述, 亦是啟示韓駒應排除外界之干擾, 本自以自我之生活經驗去體驗之。而韓駒 "養性存心不問人" 之語, 亦顯示了他對於善清訓誡的準確理解。江西派諸人重視自我體悟的學佛特點, 亦多次體現在了其詩歌中。李彭《和季敵戲書》詩曰:

> 短草被南陌, 晴絲颺幽軒。心靜境云寂, 默居宣妙言。林深鳥烏樂, 花繁蜂蝶喧。此中即真意, 何須祇樹園。[①]

短短青草布滿原野, 晴日游絲飄揚於幽軒之外。而此外在境界的安閑則是詩人本自對境不起之如如內心體味所得, 而後其又通過樹林深處鳥雀鳴叫之聲、花朵錦簇處蜂蝶喧鬧之姿的描寫, 進一步突出觀照者內心的安閑自得。尾聯則是詩人關於逍遙自得之境界須由自己所悟得, 不必求諸他者之自覺體認的言說。而李彭所作十首尊宿漁夫歌之 "潛庵", 亦反映出了其關於學佛應自悟的見解, 詞曰: "積翠十年丹鳳穴, 當時親得黃龍鉢, 掣電之機難把撮。真奇絕。分明水底天邊月。"[②] 難以理解之掣電機鋒, 正是為了使後學能通過這種艱難的參悟而獲得切身的體驗, 從而明瞭至道無難, 只在眼前, 無心即道的禪理。韓駒《次韻呂居仁贈一上座兼簡居仁昆仲》詩中亦曰: "佛法本無多, 未悟常自責。"[③] 體現其對於佛法應該自悟的認識。其《李氏娛書齋》詩則是對其自悟之後難以言傳之自得境界的言說:

> 憶吾童稚時, 書亦甚所愛。傳抄春復秋, 諷誦晝連晦。飲食忘辛鹽, 汙垢失盥頮。爾來歡喜處, 乃在文字外。卷藏二萬籤, 韭几靜相對。此樂君未知, 狂言勿吾怪。[④]

詩中韓駒在敘述了其少年嗜書如命的愛好後, 轉而寫自己現在以禪悅為精神趣尚, 末句之 "此樂君未知" 則是對其自悟後之難以言傳的自得及超越精神的書寫。極為強調從個人體驗的角度來體悟禪理的學佛方式, 也多

---

① (宋)李彭:《日涉園集》卷一,《景印文淵閣四庫全書》第 1122 冊, 臺灣商務印書館 1983 年版, 第 620 頁上。
② (宋)曉瑩:《雲臥紀譚》,《卍新纂續藏經》第 86 冊, 第 675 頁下。
③ (宋)韓駒:《陵陽集》卷二,《景印文淵閣四庫全書》第 1133 冊, 第 781 頁上。
④ 同上書, 第 781 頁下。

次體現在謝逸之詩歌中，其《遊西塔寺分韻得異字》詩中曰："而余與汪
侯，敬諾第一義。山僧笑不答，飲水自知味。"① 詩中其通過"山僧"之
口，道出了其關於禪悟境界須自我參悟的見解。其《次張邦式韻》詩中
亦言："紫囊成壞本來空，心悟香嚴聊爾爾。"② 其《泠然齋》詩亦言：
"是身豈無垢，要以道洗湔。儻不念清涼，恐為煩暑纏。雖居土囊口，內
熱如烹煎。我自悟此理，三伏扇可捐。"③ 二詩中之"心悟"、"自悟"皆
彰顯了謝逸對於學者應對禪悟境界擁有自我之切身體悟，不應僅僅停留在
知識性瞭解學理層面上的見解。

　　饒節對此實證實悟之參禪學佛方式的體認，比之謝逸、韓駒、李彭等
人則更為深入。其《用前韻示謝公定學士》一詩，即是勸誡學者不能因
言生解，須經歷自悟，即具有自我之體驗方能對禪理之理解更深入，詩中
有云："切忌隨言因作解，直須見色便明心。……只者若還親薦得，十万
俱現海潮音。"④ 其《閩人蒲君錫提舉參老師悟道唱和四首》其三，亦是
勸誡學者要重視切身的實證實悟，而不是停留知識性瞭解的層面，詩中
云："了後何妨三藏教，悟來那有五家宗。"但與李彭、韓駒、謝逸相比，
饒節衲子的身份，使其更加重視參悟過程中的瞬間感觸對於學禪者提升認
識的重要性，對此，饒節多次在詩中言說之，如："道人競寸晷，政以生
死故。耽耽鷺閟池，落落鶴警露。瞥然忽中的，優曇濯泥汗。"⑤ "聞道裴
公纔一喏，便從偃老破三關。人生有限隨流去，佛法無多掣電間。"⑥ 饒
節在實證實悟對於參禪學佛之重要的認識上，與深受禪學思想所浸染的謝
逸、李彭、韓駒等人頗為一致。這實際上是北宋後期禪林體道特點在士大
夫學佛中的投映。

　　注重參禪過程中的實證實悟，其目的則是使學人將無心即道的禪理轉
化為自己所擁有的個人經驗，從而達到隨緣任運的自在自為境界。黃龍三
關中之"我腳何似驢腳"即是啓示學人應無思無慮方能進入自在自為之
境界。在江西派諸人關於禪學體悟的論述中，亦多有對無心即道禪理之體
悟的書寫。以其詩作為例：

① （宋）謝逸：《溪堂集》卷二，《景印文淵閣四庫全書》第 1122 冊，第 479 頁上—第 479 頁下。
② （宋）謝逸：《溪堂集》卷三，《景印文淵閣四庫全書》第 1122 冊，第 496 頁上。
③ （宋）謝逸：《溪堂集》卷一，《景印文淵閣四庫全書》第 1122 冊，第 482 頁下。
④ （宋）饒節：《倚松詩集》卷二，《景印文淵閣四庫全書》第 1117 冊，第 236 頁下。
⑤ （宋）饒節：《次韻呂居仁送李商老兼簡李去言兄弟諸同參五首》其一，《倚松詩集》卷
　一，《景印文淵閣四庫全書》第 1117 冊，第 224 頁上。
⑥ （宋）饒節：《喜官人悟道》，《倚松詩集》卷二，《景印文淵閣四庫全書》第 1117 冊，第
　237 頁下。

攀條弄藥不須忙，家有名園飲辟疆。但得胸懷了無累，塵中賓主可相忘。①

君參雲門禪，不遠為君說。千里訪衰翁，草鞋三寸雪。此間禪亦無，一味有衰拙。乞君煮菜方，歸與雲門啜。②

孤舟泛湛水，心法已圓融。詩律期三昧，庵居役二空。住山須拙斧，閱世任寒蓬。慢着尋幽履，雪泥殊未通。③

丹霞到了被人謗，選佛何曾異選官。爭似白雲無事客，茅檐冬日臥蒲團。④

未明心地法華轉，心地明時轉法華。老子年來渾不會，野梅開過竹橫斜。⑤

其一其意乃在於說明胸中了無掛礙，則自可忘記座中誰為賓誰為主，亦可忘卻世間之煩惱紛爭，從而便可自由縱橫、了無牽掛。其二詩人面對遍參叢林的友人，卻以“此間禪亦無”來應之，目的在於彰顯自己所體味到的無心即道，無思無慮，忘卻世間所有，乃至苦苦尋覓思索之禪理佛意。其三詩人述說自己心法圓融，了無掛礙，唯以作詩自娛，而“庵居役二空”則是言明自己不但將人生世事看作虛幻不實，即便連往昔所追尋、思慮之道亦看作空無。言下之意則是無心於世事，亦無心於禪悟，而後其又通過頸聯用比喻手法進一步言說之。其四詩人通過對丹霞天然禪師“選官何如選佛”之事的活用，言明要悟到無心即道之理，若未能明瞭無心即道之理，即使是選佛，亦是墜於無明窟中；而只要體悟此理，則無往而不自在逍遙。其五則更為明瞭地表明《壇經》中六祖“心迷法華轉，心悟轉法華”之教誨，自己卻“渾不會”，其實則是以此來向友人言明無心即道，而此道只在目前，如同映入眼界的橫斜的野梅花。學者不應思慮之，唯應擯棄所有念想，用無心之狀態去體驗之。要之，皆是對自己所親

① （宋）謝逸：《和智伯絕句》其四，《溪堂集》卷五，《景印文淵閣四庫全書》第1122冊，第508頁下。
② （宋）韓駒：《謝彰上人遠自雲門見訪》，《陵陽集》卷二，《景印文淵閣四庫全書》第1133冊，第783頁下。
③ （宋）李彭：《次文虎韻戲暉書記》，《日涉園集》卷七，《景印文淵閣四庫全書》第1122冊，臺灣商務印書館1983年版，第673頁下。
④ （宋）饒節：《偶作》，《倚松詩集》卷二，《景印文淵閣四庫全書》第1117冊，第256頁下。
⑤ （宋）饒節：《應上人作法華佛事過余求頌為作短偈》，《倚松詩集》卷二，《景印文淵閣四庫全書》第1117冊，第225頁上—第225頁下。

身體悟到的無心即道之禪理的言說。

同樣的論述，在江西派諸人之詩集中隨處可見，如“老衲道機熟，空洞了無疑。”①“靜委耽禪如縛律，懸知選佛勝封公。影沉寒水雁無意，春入幽園花自紅。”②“坐客皆奇才，椎鈍莫如逸。諸人或見賞，頗愛性真率。不求身後名，但喜杯中物。世故了不知，一醉吾事畢。”③“涉世心無競，支頤眼暫明。”④“不偽心常逸，忘機體更胖。所臨惟簡易，有道息彫殘。”⑤“好笑多知一老翁，須言妙用及神通。我無佛說並魔說，誰問南宗與北宗。糲飯有時聊飽腹，破衣隨分且遮風。他年同道如相過，沙銚煨茶竹葉中。”⑥江西派詩人集中對此無心即道的言說尚有許多，茲不一一列舉。

江西詩派諸人學佛注重個人體驗的特點，及服膺無心即道禪理的特點，與其理學淵源有著密切的聯繫，而其學佛之特點亦是與其人格精神的塑造、內在修養的豐富連為一體的，而這些都與其人格範式的選擇有著至關重要的關係。

二　江西派整合儒釋特點與範式選擇之關係

江西詩派諸人中汪革、謝逸、謝薖（？—1116年）、饒節、呂本中皆為呂希哲門人，入“滎陽學案”。因而他們思想受呂希哲之影響頗大，與北宋後期儒學發展中重視“內聖”的特點相一致，呂希哲之思想一大特點即為高度重視人格精神的塑造，頗為重視涵養工夫，《伊洛淵源錄》卷七“呂侍講”中載：“公為説書凡二年，日夕勸導人主以修身為本，修身以正心誠意為主，心正意誠，天下自化，不假他術。”⑦而呂希哲對於修養工夫的具體論述，則帶有與佛學相近的色彩，《伊洛淵源錄》中載其“未嘗專主一説，不私一門。務略去枝葉，一意涵養，直截徑捷，以造聖

①　（宋）李彭：《宿慧日》，《日涉園集》卷二，《景印文淵閣四庫全書》第1122冊，臺灣商務印書館1983年版，第636頁下—第637頁上。

②　（宋）李彭：《戲次居仁見寄韻》，《日涉園集》卷八，《景印文淵閣四庫全書》第1122冊，臺灣商務印書館1983年版，第681頁上。

③　（宋）謝逸：《吳廸吉載酒永安寺會者十一分韻賦詩以字為韻予用逸字》，《溪堂集》卷一，《景印文淵閣四庫全書》第1122冊，第477頁下—第488頁上。

④　（宋）謝逸：《晚晴》，《溪堂集》卷四，《景印文淵閣四庫全書》第1122冊，第479頁下。

⑤　（宋）饒節：《王信玉生日》，《倚松詩集》卷二，《景印文淵閣四庫全書》第1117冊，第229頁下。

⑥　（宋）饒節：《別用韻寄諸同參》，《倚松詩集》卷二，《景印文淵閣四庫全書》第1117冊，第238頁上。

⑦　（宋）朱熹：《伊洛淵源錄》，《叢書集成初編》本，第66頁。

人。”這與禪宗之強調通過自己的實證實悟，將經典中所論述抑或別人所傳授之禪理轉化為個人經驗，有著相似之處。而其“直截徑捷”則與禪宗強調瞬間體悟是個人證悟過程中外在知識轉化為個人體驗的關鍵，有著相通之處。書中又載：“公自少年，既從諸老先生學，當世善士悉友之矣。晚更從高僧圓照師宗本、證悟師修顒遊，盡究其道，別白是非，斟酌深淺，而融通之。然後知佛之道與吾聖人合，本中嘗問公：‘二程先生所見如此高遠，何以却佛學？’公曰：‘只為見得太近。’”① 朱熹評其曰：“《呂公家傳》深有警悟人處，前輩涵養深厚乃如此。但其論學殊有病，如云‘不主一門，不私一說’，則博而雜矣。如云‘直截勁捷，以造聖人’，則約而陋矣。舉此二端，可見其本末之皆病。此所以流於異學而不自知其非邪？”② 朱熹之論正指出了呂希哲在修養工夫的論述上兼具儒釋特點這一事實。而與江西派諸人關係密切之理學家，如陳瓘、楊時等亦信仰佛教，其融通儒釋之特點對後學產生影響亦是不可避免之事。

因而江西派諸人在以伊洛淵源之傳承者自居的同時，亦著力於佛學的研習。而他們對於佛學研習之著眼點，則在於將佛禪證悟方式與儒家修養工夫相融通，尋繹佛禪之道與儒家之道的相通處。打通禪家證悟方式與儒家修養方式之界限，尋繹佛禪之道與儒者之道的相通處，在北宋中葉以來儒學發展中頗受重視，如周敦頤令程頤、程顥“尋孔顏樂處，所樂何事”，呂希哲曰：“後生初學，且須理會氣象。氣象好時，百事自當。”③ 皆是著眼於打通儒佛修行方式、融通儒佛追慕境界。受此與佛學淵源深厚之濂溪、滎陽學派影響，江西派諸人之學佛亦是著眼於此，而其此種自覺意識亦反映在了其詩歌創作中。

（一）江西派諸人融通儒釋之路徑

在江西派詩人的詩歌中，融通儒釋主要體現在三種書寫中：一為對道之瞬間體悟的書寫；二為將道轉化為個人實證實悟的個體經驗後，強調對道的堅守；三為對抱道而居之安閑自得精神狀態的書寫。

關於前者，先以李彭《和連雨獨飲》、《次九弟韻兼懷師川二首》其二為例：

　　　　力田勝巧宦，燕息自超然。懶覰竹素書，俯仰丘壑間。時時過祗

---

① （宋）朱熹：《伊洛淵源錄》，《叢書集成初編》本，第 67 頁。
② （清）黃宗羲著，（清）全祖望補修：《宋元學案》，中華書局 1986 年版，第 908 頁。
③ 《宋元學案・滎陽學案》，中華書局 1986 年版，第 904 頁。

園，亦復舞胎仙。偶然得歡趣，舉觴望青天。六鑿自無競，欻見象帝先。羲皇隔晨炊，坐見淳風還。磨蜄不少留，鼎鼎遂百年。但得會心侶，相對兩忘言。①

　　雞回落雁渚，菊帶傲霜華。稍過郊墟雨，猶鳴官地蛙。層空聽隼擊，俯杖看蜂衙。妙趣誰能解，懷人天一涯。②

前詩大體是閑居自得之意的書寫，而其"六鑿自無競，欻見象帝先"，則是對自己在瞬間所感悟到的毫無掛礙、湛然澄明之心境的書寫。後詩先寫眼前所見，秋雨過後，郊原一派清爽，歸自雁渚的雞群、綻放的菊花、池塘傳來的蛙鳴、翔於蒼穹之蒼鷹、忙碌之蜜蜂，在對這些秋日物象的觀照中，詩人感受到的"妙趣"即是抱道而居的安閑自得。詩人亦是將其瞬間的感悟用詩歌之形式言說之。同樣的對道之瞬間體悟的書寫，亦在呂本中詩歌中多次出現，其《睡》詩曰："終日題詩詩不成，融融午睡夢頻驚。覺來心緒都無事，牆外啼鶯一兩聲。"③ 題詩不就，遂臥床而眠，醒來唯聞黃鶯之嬌啼。這既是詩境的捕捉，亦包含著其此時所體悟到的萬物各得其是的欣然與喜悅。而《新冬》詩亦是如此，詩之前半曰："西風吹禾黍，落日在陋巷。杖藜訪新冬，霜樹眇空曠。人煙村舍西，行旅古原上。晚山晴更好，秀色常在望。居閑得真趣，日欲就疎放。"④ 其安閑自得的心性在萬物生機中得到了證悟。而其《夏日書事》亦是在對閑居所見的觀照中，對自己心性證悟的書寫，其末句云："千秋陶淵明，此意渠亦會。"⑤ 《性理大全書》中載："明道書窗前有茂草覆砌，或勸之芟，曰：'不可，欲見造物生意。'"程顥對階前茂草的觀照，與江西派諸人強調觀照外物時的瞬間體悟有著相同之處，正如周裕鍇先生所論："由於強調觀物過程中'自家意思'與'造物生意'的契合，即主體與客體的生命的美感，因此從本質上來說是一種詩化的證道方式，與審美的移情現象並無二致。"⑥

　　關於通過前述實證實悟之過程，而轉化為個體經驗的道，江西派諸人

---

① 《日涉園集》卷一，《景印文淵閣四庫全書》第 1122 冊，臺灣商務印書館 1983 年版，第
　　617 頁下。
② 《日涉園集》卷七，《景印文淵閣四庫全書》第 1122 冊，臺灣商務印書館 1983 年版，第
　　673 頁下。
③ （宋）呂本中：《東萊詩集》卷一，《景印文淵閣四庫全書》第 1136 冊，第 687 頁上。
④ （宋）呂本中：《東萊詩集》卷二，《景印文淵閣四庫全書》第 1136 冊，第 690 頁下。
⑤ （宋）呂本中：《東萊詩集》卷一，《景印文淵閣四庫全書》第 1136 冊，第 683 頁上。
⑥ 周裕鍇：《宋代詩學通論》，上海古籍出版社 2008 年版，第 365 頁。

普遍強調對道的堅守。反映在文學創作中，即是對治心養氣之修養工夫的
重視及對污濁現實的疏離。這是江西詩派諸人文學書寫的主要內容之一。
謝逸在其《浩然堂記》中曰：

> 士大夫平居燕閒，望其容貌肅然以正，若不可屈以非義。聽其論
> 議，高妙超然，遠出乎塵垢之外；觀其趨操，淡然不以名利為懷，視
> 天下之事，無足動其心者。一旦臨利害而驚，事權貴而佞，處富貴而
> 驕，不幸而貧且賤焉，則憔悴失志，悲歌自憐，若天壤之間無所容其
> 軀，是何者？不善養氣故也。蓋善養氣，然後不動心，不動心，然後
> 見道明，見道明，然後坐見孟子於墻，食見孟子於羹，立則見其參於
> 前者，無非孟子也。①

謝逸將士大夫臨利害而動心的原因歸結為“不善養氣”，而謝逸關於“善
養氣”之具體的外在表現的論述，則反映了他堅守儒者之道的明確意識。
其《介庵記》亦是對此堅守儒者之道的言說：“非其道不仕，非其賢不
友，非其利不取，初若不合於世也，苟有合焉，確乎其不可拔也，屬屬乎
其不可間也，膠漆不足以為固也，金石不足以為堅也。借不合於今之世，
其必合於後世矣。是其合，果不在乎通，而在乎介也。”② 其所言之
“介”，實則以是否符合儒者之道作為自己立身處世之標準，即對道的堅
守。同樣的論述在其詩歌中亦有之，其《和王立之見贈四首》其三中曰：
“善養浩然氣，外澤心不瞿。”其《端溪硯》詩，雖是寫物，最終旨歸卻
是心性修養：“德重不傾側，中虛且淵靜。置之棐几間，吾身日三省。”
李彭對此之自覺性亦十分強烈，其詩中多次對堅守儒者之道的書寫，如：
“養氣如晴虹，照映塞外春。”“嚴霜知勁柏，大節見固窮。懷人居白下，
抱道立黃中。”“幽懷烏鳥樂，世故馬牛風。”韓駒《陽羨葛亞卿為海陵尉
作茸春軒余為賦之》一詩在稱讚友人之品格時曰：“青衫猶作布衣心，朱
門却有田居樂。……甘窮自許元次山，蹈海還尋魯仲連。”而其《行次汝
墳次韻惇夫天慶觀檜》一詩，則是通過對松不為節序而變色之書寫，突
出了自己堅守儒者之道的自覺意識：“紛紛物態逞，檜獨不自奇。雨露長
鶴骨，風霜瘦龍皮。要經摧暴力，豈顧合抱遲。雖無艾納香，不著寄生

---

① （宋）謝逸：《浩然齋記》，《溪堂集》卷七，《景印文淵閣四庫全書》第 1122 冊，第
　522 頁下—523 頁上。
② （宋）謝逸：《介庵記》，《溪堂集》卷七，《景印文淵閣四庫全書》第 1122 冊，第 523
　頁上—523 頁下。

枝。結根已千丈，凜凜誰寒之。"江西派諸人對儒者之道的堅守，其目的
乃在於通過此種堅守，使道內化為生命之一部分，將對道之理解由學理層
面轉化成為個體的親身經驗，使自己之行為在不自覺中符合道之要求，由
此進入一個自在自為的境界。

　　而關於融通儒釋所追慕之境界方面，江西派諸人的理學淵源使他們傾
向於將學禪所體悟到的無心即道的隨緣任運境界，與儒家抱道而居、自得
其樂的"孔顏樂處"境界相打通。《論語·先進》載孔子問諸門人之志，
曾子曰："莫春者，春服既成，冠者五六人，童子六七人，浴乎沂，風乎
舞雩，詠而歸。"① 而在宋代理學家眼中，曾點之志則是一種理想的人生
存在方式，如《伊洛淵源錄》中載："學者須是胸懷擺脫得開，始得。不
見明道先生作鄠縣主簿時，有詩云：'雲淡風輕近午天，傍花隨柳過前
川。時人不識予心樂，將謂偷閑學少年。'看他胸中直是好，與曾點底事
一般。"② 程顥之詩書寫自己與觀照外物中所感受到的生命欣悅，謝良佐
將其比作曾點之志，正反映了宋人對此內聖精神追求的重視，而其內聖之
追求即是抱道而居，將儒者之道內化為生命之一部分後，達到隨心所欲的
自在自為境界。江西派諸人對此體會頗深，韓駒《陶氏一經堂詩並叙》：
"夏侯勝曰：'學經不明，不如歸耕。'使經明而歸耕，亦何不樂之有？觀
勝之意，但欲射策取卿大夫而已，陋哉不足道也。"③ 韓駒之意即是強調
若道存於胸中，無往而不適，也就是對抱道而居自為可樂之事的言說。而
此精神追求之特點亦在江西派諸人之詩歌中多次顯現：

　　　　無客且閉門，有興即賦詩。盤餐隨厚薄，妻兒同飽饑。讀書不求
　　解，識字不必奇。拂榻臥清晝，隱几消良時。林鶯韻古木，萍魚闖幽
　　池。敝廬亦足樂，陶令真吾師。④
　　　　寺近仙壇西復西，醉中信足路應迷。鳴條風勁凋蒲柳，掠岸雲低
　　亂鵠鷖。簷外檀欒森翠巘，門前罨𤃩跨清溪。葛巾藜杖真蕭散，何必
　　狨鞍輂月題。⑤

---

①　（宋）朱熹：《四書章句集注》，中華書局 1983 年版，第 130 頁。
②　（宋）朱熹：《伊洛淵源錄》，《叢書集成初編》本，第 27 頁。
③　（宋）韓駒：《陵陽集》卷二，《景印文淵閣四庫全書》第 1133 冊，第 778 頁下。
④　（宋）謝逸：《敝廬遣興》，《溪堂集》卷一，《景印文淵閣四庫全書》第 1122 冊，第
　　481 頁下。
⑤　（宋）謝逸：《和陳仲邦野步城西》，《溪堂集》卷四，《景印文淵閣四庫全書》第 1122
　　冊，第 499 頁上。

　　　　曩時阮步兵，埋照每沉醉。是身託麴蘗，真若有所避。誰知名教
中，固自多樂地。花氣雜和風，相我曲肱睡。[1]
　　　　有宅一區聊解嘲，清風歷歷自鳴瓢。買山作隱吾無取，為黍殺雞
何用招。魚托么荷障斜日，簜隨新竹上層霄。箇中已了一生事，倒屣
安能求度邊。[2]

　　第一首詩中，詩人之所以能不以飽饑為憂，安於鄉居生活，原因在於其通
過儒釋之修養工夫而使道內化為生命之一部分，從而達到了這種隨心所
欲、自在自為境界。第二首詩亦是對道存於心中而無往不可之境界的書
寫，而尾聯對此“葛巾藜杖”之蕭散生活的滿足，對縱馬飛馳之輕狂快
意生活的揚棄，則凸顯出了內聖之學對士子崇尚沉靜平和之人生境界的影
響。第三首詩則通過對阮籍佯狂乖張人生態度的批評，反襯出詩人對阮籍
人生境界的超越，而其無往而不自在的人生境界，正是詩人將道內化為生
命之一部分後所達到的。第四首詩，詩人沐浴在歷歷清風中，在對夕陽斜
照中之荷葉、聳入雲霄之翠竹的觀照中，發出了一生之事已了的暢快吟
唱，此亦是其抱道自居之安閑自得情懷的流露。

　　綜上所述，江西派諸人在融通儒釋上，繼承了濂溪、滎陽理學淵源，
注重打通儒釋修行方式之界限，具體之理路既是將禪家所強調的道須實證
實悟，引入儒家修養工夫中，使自己對儒者之道的理解由學理層面，轉化
為自我之親身體驗，並且，江西派諸人的禪學背景，使他們頗為重視瞬間
感觸在將道之認識轉化為個體經驗中的重要性。此外，在所追慕之人生境
界上亦是著力於將儒者之道與禪家之道實現融通，具體而言即是強調通過
修養工夫將道內化為生命之一部分，從而達到隨心所欲而不逾矩的境界。
這與禪宗通過親身體驗明瞭無心即道而達到的隨緣任運境界，具有極大的
相通處。

（二）江西派諸人融通儒釋之方式與人格範式的選擇

　　伍曉蔓先生在其《江西宗派研究》一書中指出：“‘治心養氣’的人
格修養，是理解黃庭堅讀書、為文字的關鍵，這與時代理學精神相通，是
一種有典範意味的文化品格的建立。相對他來說，蘇軾感激論天下事的文

---

[1]　（宋）李彭：《謝靈運詩云：“中為天地物，今成鄙夫有。”取以為韻遣興作十章兼寄雲
　　叟》其四，《日涉園集》卷二，《景印文淵閣四庫全書》第 1122 冊，臺灣商務印書館
　　1983 年版，第 629 頁下。
[2]　（宋）李彭：《卜居》，《日涉園集》卷八，《景印文淵閣四庫全書》第 1122 冊，臺灣商
　　務印書館 1983 年版，第 681 頁下。

化人格，更多的是具有承前的意義。"① 而黃庭堅治心養氣的具體實踐則體現在了其融通儒釋的努力中。筆者在前面第二章第三節及第五章第一節中對黃庭堅學佛之融通儒釋的特點進行了論述，指出黃氏是將佛禪反觀內視的修行方式與儒家內省自察的修養工夫合而為一，並且強調對覺悟後之真如自性的護持及對自覺化了的倫理信念的堅守，而其目的則是達到道內化為生命之一部分後的自在自為境界。而黃庭堅將學佛與儒學修養相融通的基本思路，則與江西派諸人相似處頗多，亦體現了當時文化發展的方向。李彭在其《上黃太史魯直詩》詩中表達了對黃庭堅的傾慕："勤我十年夢，持我一瓣香。聊堪比游夏，何敢似班揚。"而其所傾慕之黃庭堅的品格，則是："長庚萬里去，大雅百夫望。老覺丹心壯，閑知清晝長。珍蔬時入饌，荔子喜傳芳。世故蹣跚遠，生涯嘯傲傍。甘為劍外客，誰念太官羊。"② 即是對黃庭堅以道為精神依歸，在面對政治打壓之時，能保持平和之心境。其中"世故蹣跚遠，生涯嘯傲傍"，則是對黃庭堅融通儒釋儒釋而達此境界的認識。同一時期江西派詩人高荷所作之《見黃太史》詩，稱讚黃庭堅謫居時之精神狀態曰："別駕之戎夾，僑居傍葺營。想知諸鳥道，聞說異人寰。揚子家元窘，王維室久鰥。鵬來心破碎，猨叫淚潺湲。達觀終難得，羈愁必易刪。眾情相憫惻，靈物自恬憪。"③ 表達了他對黃庭堅雖身在謫籍而無怨懟淒慘之平和超越精神境界的由衷嚮往。

江西派中謝逸、饒節、韓駒等人，雖未有明確的文獻資料直接表明他們對黃氏人格精神的服膺，但江西派諸人之間的交游及其互相砥礪，亦使他們在立身處世上與黃氏頗為相近。如劉克莊評謝逸、謝薖昆仲曰："然弟兄在政、宣間，科舉之外，有歧路可進身，韓子蒼諸人或自鬻其技，至貴顯，二謝乃老死布衣，其高節亦不可及。"④ 其他如徐俯、汪革、呂本中等人皆在立身處世上以高節顯於當時。而此數人與理學淵源頗深，並皆在佛學研習上修為頗深，這與黃庭堅以儒者之立場研習佛學、融通儒釋的思想特點極為接近。從中可以看出，黃庭堅之人格精神塑造之人生境界追求，符合了當時文化發展之方向，代表了一種典範意味的文化品格。因而，黃庭堅之詩歌及其詩學思想在江西派諸人中得到響應，並成為其所師法的對象，深層次的原因正在於江西派諸人在人格精神塑造、所追慕之人

---

① 伍曉蔓：《江西宗派研究》，巴蜀書社 2005 年版，第 73 頁。

② （宋）李彭：《上黃太史魯直詩》，《日涉園集》卷七，《景印文淵閣四庫全書》第 1122 冊，臺灣商務印書館 1983 年版，第 677 頁下—第 678 頁上。

③ （清）厲鶚輯撰：《宋詩紀事》卷三十三，上海古籍出版社 1983 年版，第 861 頁。

④ （宋）劉克莊：《後村先生大全集》卷九十四"序"，《四部叢刊初編》本，第 824 頁上。

生境界上與黃庭堅的相通。

三 人格範式之確立與詩美追求之特點

人格範式的確立對江西詩派諸人的詩美追求亦影響深遠。黃庭堅詩論之核心大致而言在於兩點，一為人格精神、內在修養對文學創作具有決定作用；二為對詩歌吟詠性情之作用的強調，反對怨懟怒張情緒形諸於詩歌。[①] 這種文學主張在江西派諸人中得到了認同和響應，謝逸《讀陶淵明集》中描寫陶淵明曰："揮觴賦新詩，詩成聊自慰。初不求世售，世亦不我貴。意到語自工，心真理亦邃。"[②] 謝逸認為陶淵明詩的妙處即在於其心境的平和及人生境界的脫俗高妙。而饒節《寄趙季成鈐轄》一詩則在肯定文學創作的獨立價值的基礎上，將文學創作看作是與作者內在修養水乳交融、不可分割的一個整體，詩云：

> 少年所學無不有，精研往往窮淵藪。不知用心能幾何，妙悟自然絕師友。德成而上藝為下，此言端為中流者。須知豪傑蓋不然，以德養藝斯又全。若分上下為優劣，千金安得稱神仙。德為本質藝其餘，表裏相資乃我德。[③]

同樣的論述還見於李彭《七夕》，詩之後半云："頗憐柳柳州，文字稍誇詡。昔在臺省時，模畫秘莫覩。奈何吐憤辭，投荒猶未悟。性與是身俱，巧拙有常度。何能謁以獲，詎有期而去。悠悠區中緣，當今愛體素。"[④] 李彭對柳宗元慣常將淒怨情緒形諸於詩歌頗不以為然，他認為士人應體認儒者之道並抱道而居，不應以世之見用與否為意，即不應因己之不遇而戚戚然不獲安居。末句云"當今愛體素"，則彰顯了他對於詩歌應具有主體

---

① 關於前者，黃庭堅《與徐師川書四》其四曰："文章乃其粉澤，要須探其根本。根本固則世故之風雨不能漂搖，古之特立獨行者蓋用此道耳。"其《題子瞻枯木》中云："胸中元自有丘壑，故作老木蟠風霜。"《題子瞻畫竹石》中云："東坡老人翰林公，醉時吐出胸中墨。"關於後者，黃庭堅《書王知載〈胸山雜詠〉後》一文中曰："詩者，人之情性也。非強諫爭於廷，怨忿詬於道，怒鄰罵坐之為也。其人忠信篤敬，抱道而居，與時乖逢，遇物悲喜，同姝而不察，並世而不聞。情之所不能堪，因發於呻吟調笑之聲，胸次釋然，而聞者亦有所勸勉。"茲不一一列舉。

② （宋）謝逸：《溪堂集》卷一，《景印文淵閣四庫全書》第 1122 冊，第 477 頁上。

③ （宋）饒節：《倚松詩集》卷一，《景印文淵閣四庫全書》第 1117 冊，第 221 頁下。

④ （宋）李彭：《日涉園集》卷三，《景印文淵閣四庫全書》第 1122 冊，臺灣商務印書館1983 年版，第 641 頁下。

平和心境的主張。謝逸之《和王立之見贈四首》其三亦表達了詩歌應表現主體自在平和之精神風貌，而不是流入怨懟淒怨情緒傾瀉之境地的主張，詩之後半云：“善養浩然氣，外澤心不朧。桃花自春風，何用賦玄都。”① 謝薖《初夏觀園中草木》一詩之後半曰：“觀身要若蕉，衛足當如葵。節憐孤筠直，惡戒蔓草滋。天津白玉郎，看花驚洛師。吾人守環堵，草木相娛嬉。逍遙各自適，慎勿相唐嗤。”② 亦是強調主體應追求抱道而居之自在平和精神境界，不應因自身境遇之不佳而憤世嫉俗。

　　因而，江西派諸人大多具有主體內在修養決定文學創作高下的自覺意識，亦主張詩歌應以書寫自我抱道而居之情懷為主。而此自覺意識與其書寫內容上的選擇及其修養方式相結合，遂造就了江西派諸人詩歌自在平和之整體風格特點。以其詩為例：

　　　　地僻市聲遠，林深荒徑迷。家貧惟飯豆，肉貴但羹藜。假貸煩隣里，經營愧老妻。曲肱聊自樂，午夢破鳴雞。③
　　　　戀花歇晝眠，汲泉醒午醉。潛筠雅相攜，侵堵那復避。微風過方塘，鬱鬱送荷氣。丘園羣卉木，詮品識根柢。譬之足穀翁，贏縮在心計。借問有何好，是中固多味。④
　　　　庵外無人誰過前，老松千丈獨參天。薆茶春水漸過膝，卻虎短墻纔及肩。已退晚雲歸浩浩，未分芽菊競鮮鮮。客來問我何時住，笑指松枝數歲年。⑤

三詩皆是寫作者之閑居生活，其流露出的是作者平和閑雅、自在逍遙的生活態度。其中“曲肱聊自樂”、“是中固多味”、“笑指松枝數歲年”則彰顯了詩人將道轉化為個體之親證經驗後的平和自在。此外，江西派諸人與友人的寄贈詩，在與友人的互相砥礪、互相勸勉中，亦呈現了自在平和的整體風格：

---

① （宋）謝逸：《和王立之見贈四首》其三，《溪堂集》卷一，《景印文淵閣四庫全書》第1122 冊，第 477 頁上。
② （宋）謝薖：《竹友集》卷一，《景印文淵閣四庫全書》第 1122 冊，第 564 頁下。
③ （宋）謝逸：《睡起》，《溪堂集》卷四，《景印文淵閣四庫全書》第 1122 冊，第 498 頁上。
④ （宋）李彭：《醉起》，《日涉園集》卷二，《景印文淵閣四庫全書》第 1122 冊，臺灣商務印書館 1983 年版，第 636 頁上。
⑤ （宋）饒節：《復用韻自詠倚松一首》，《倚松詩集》卷二，《景印文淵閣四庫全書》第1117 冊，第 245 頁上。

木落野空曠，天迥江湖深。登樓眺遐荒，朔風吹壯襟。望望不能去，勤我思賢心。此心何所思，思我逍遙子。掛冠臥秋齋，閱世齊慍喜。念昔造其室，微言契名理。擊考天玉球，四坐清音起。別來越三祀，洋洋猶在耳。宵長夢寐勤，月明渡淮水。①

汪子軀幹小，勁氣橫秋霜。纍纍諸儒中，軒然無老蒼。平生讀書功，短檠照夜窗。相從近兩年，覺我舊學荒。為言將遠適，隨兄泛瀟湘。欲濯塵土心，胷懷吞九江。願言勉此志，無為憂患傷。待得秋鴈飛，寄書來草堂。②

少年吳君抱奇識，四海一身求异術。逢時更得玄安文，西方諸侯正須君。高賢未遇世亦有，相見為陳休與咎。我自與世如參辰，從來無心怨牛斗。③

第一首詩中，詩人用白描之手法，書寫了一個抱道而居，著力於文章學問，不以世之見用與否而生慍喜的友人形象。第二首詩則在勉勵友人保持高亮之氣節，蟬蛻於污濁之現實中，流露出高遠而平和之氣象。第三首詩，詩人則在"我自與世如參辰，從來無心怨牛斗"夫子自道中，將自己平和之情懷展現無餘。三首詩雖然皆為表意型詩歌，與上述抒情式詩歌在形式上有不同，但作者皆著力通過自我精神風貌的展現，營造出自在平和的境界。

因此，江西派諸人在確立審美範式的同時，將人格修養、人生境界的追求與詩歌創作融為一體，在肯定詩歌獨立價值的同時，將自身內在修養、精神氣度灌注於詩歌創作中，通過抱道自居、安閑自得情懷的書寫，來營造出自在平和的詩歌境界。

在北宋後期佛學語境禪宗化的發展趨勢下，江西詩派諸人之學佛，側重於將佛意禪理由學理性的瞭解通過親證轉化為個體經驗，並且通過這種轉化使自己對於禪理之感受融入到自我之生命體驗中，冀由此而達到無心即道、隨緣自足的境界。江西派諸人亦將其對佛禪之道的體悟方式與追慕境界與其

---

① （宋）謝逸：《懷李希聲》，《溪堂集》卷一，《景印文淵閣四庫全書》第 1122 冊，第 478 頁下。

② （宋）謝逸：《送王叔野》，《溪堂集》卷二，《景印文淵閣四庫全書》第 1122 冊，第 484 頁下。

③ （宋）韓駒：《術者吳毅乞詩欲至塞上》，《陵陽集》卷一，《景印文淵閣四庫全書》第 1133 冊，第 766 上。

儒學修養工夫建立起了聯繫，具體來講即是極為重視對儒者之道的實證實悟，力圖將對儒者之道的學理性瞭解，通過親證轉化為個體生存經驗。並且江西派諸人對瞬間感觸在道內化為個體經驗中的重要性極為重視。

江西派諸人的此種體道方式與其學佛關係密切，在北宋後期禪宗側重於以參公案、參話頭的形式接引學人，其目的即是強調通過不合日常邏輯的語言、動作等，使學人能調動起所有的參禪經驗體味之，假如參學者的體味能使他領悟其中真意，則這種瞬間領悟往往能使學人將對於禪道由學理的層面上升為個人生存經驗，而參學者對於禪道之體認也就自然高出一層。江西派諸人強調對儒者之道的親證體悟，與學禪所帶給他們的啟示不無關係。江西派諸人強調對儒者之道的親證，目的即是達到隨心所欲而不逾矩的人生境界。其體道方式及所追慕之道與黃庭堅有著極大的相似處，這也是黃庭堅成為文化人格之典範的內在原因。而此人格範式的確立又影響了江西派的文學觀，具體而言即是強調內在修養是文學創作的決定因素，強調詩歌是對自在平和之人生境界的書寫。這使江西詩派諸人之創作形成了自在平和的整體風格特點。

第二節　學佛習禪與學詩論詩：江西派之學佛與其詩論走向

江西詩派之得名，不僅僅在於詩派中人同聲相應、同氣相求的相互唱和及相近相連的師承淵源，亦在於其極為相近的詩學觀。而其詩學觀則與黃庭堅一脈相承。具體的表現即在提倡對前人作品的學習，對詩歌謀篇、造句、煉字、用事等具體技法上的重視。雖然其詩論看似紛繁蕪雜，但實則是一以貫之。對前人作品的學習，可以在學習中體味前人詩歌從構思到具體創作的過程；體味前人之詩歌風貌是如何鑄就，並如何通過語言載體傳遞與讀者的。而這種具體的體味即是對前人詩歌作謀篇、造句、煉字、用事的分析，分析的目的是將感性的認識化為具體的把握。在此基礎上，將這種把握與自己之創作相結合，使之上升為自己親證後的個體經驗，使自我之具體創作實踐在不自覺中暗合規矩，達到應手而出、揮灑自如的境界。此外，江西派諸人對黃庭堅詩歌的追慕與學習，使他們在詩歌句法上與黃氏相似處極大，而此詩歌句式特點則決定了他們語言運用、典故融攝之方式。筆者在第五章第三節中論述了北宋詩歌發展至江西詩派所處之後期，詩歌語言系統又一次趨於穩定，在經歷了北宋中期詩人用經史語入詩、用釋氏語入詩等對詩歌語言系統的豐富後，江西派諸人在詩歌語言系統的豐富上已難以為繼，故而在原有語言系統內進行精細化的揀擇、組合，成為了江西派詩人的必然選擇。

一　語言運用與學佛及其詩論走向

江西詩派諸人的學佛及其對於佛經、禪宗語錄的熟讀，使其詩歌中亦出現了大量的佛教術語及與佛教有關之典故。但是從他們融攝佛教典故的範圍來看，他們詩歌中所運用、所涉及之佛教典故，並未超出王安石、蘇軾、黃庭堅之範疇，這反映了詩歌語言系統在經歷了北宋中期以來詩人以經史語、以佛教語言入詩的開拓後，再一次趨向於穩定。並且，江西詩派諸人秉承了黃庭堅的詩學觀點，追慕拗峭瘦硬之詩歌風格，這使他們的詩歌在句式特點上來說，大多是動賓式或主謂式。此種句式特點亦決定了其詩歌之融攝典故大多是融攝事典居多，而語言借用較少。此外，江西派學佛方式禪宗化的特點，使其詩歌中所融攝之事典大多為禪宗公案典故，此亦沒有實現對黃庭堅詩歌用典的突破。在語言系統短期內沒有辦法繼續豐富的前提下，詩人惟有在原有系統內通過對典故運用、融攝方式的改變及語言運用的改變，即通過煉字、謀篇等手段走後出轉精之路線。拙著此處即以江西派詩歌對佛經典故的運用為突破口，以此對其詩論中多講用字、句法、煉字及“句中眼”等詩歌具體技法的特點，與其學佛之關係進行探討，以釐清江西派詩論形成之原因及其得失。

（一）江西派詩歌句式特點與典故融攝

江西派追慕黃庭堅之詩歌風格，其藝術風格有拗峭瘦硬之特點，劉熙載《藝概》中評之曰：“宋西江名家學杜，幾於瘦硬通神。”①　又曰：“西崑體所以未入少陵室者，由文減其質也。質文不可偏勝，西江之矯西崑，浸而愈甚，宜乎復詒口實與。”②　而江西派的此種拗峭瘦硬的風格特點主要是通過其句式所傳達出來。論者多有關於江西詩派詩歌的句式特點的論述，但如欲討論其句式特點，最直觀的即是分析其具體作品。在謝逸《溪堂集》中，存有其《寄洪龜父戲效其體》、《寄洪駒父戲效其體》、《寄徐師川戲效其體》三首詩，洪朋、洪芻及徐俯直接師承黃庭堅，頗能代表江西詩派早期詩歌之句式特點，其詩曰：

---

① 　（清）劉熙載：《藝概》卷二，上海古籍出版社 1978 年版，第 68 頁。
② 　同上。

落落匡山老，晴江瑩眉宇。問道崆峒墟，枯槎泛江滸。歸歟謝遠遊，曲肱臥環堵。磅礡萬物表，動植見吞吐。曜靈旋磨蟻，四氣遽如許。咄咄千載事，俯仰變今古。安得仙人杖，頹齡為君拄。①

令尹吳楚豪，奇胸開八窗。人物秀春柳，詩句妙澄江。築室名壁陰，鑿牖延朱光。呻吟六藝學，心醉倚胡床。毛錐摘秋穎，蠒紙截水蒼。揮灑有能事，著勳翰墨場。翼翼魯泮官，國士徵無雙。行且職教事，儒風成一邦。②

不見徐俟久，夢繞西山陽。斯人天下士，秀拔無等雙。捉塵望青天，意氣吞八荒。平生學古功，肯次羅典章。商畧造理窟，清論排風霜。美筆有佳思，哦詩懷漫郎。恐非江湖客，黑頭侍明光。不忘溫處士，羣書亦可將。③

此三詩正印證了之前所論，即是以拗峭勁健之語言風格來描繪出主體抱道而居的自在平和，三詩雖然在具體風格上存在差異，但是其句式特點無疑具有一致性，即基本由主謂式、動賓式句式組成，很少偏正式的句式。這也是黃庭堅詩學主張的一種承繼與發展，范溫《潛溪詩眼》中載黃庭堅稱道"千岩無人萬壑靜，十步回頭五步坐"之句，認為此聯七言詩"四字三字作兩節"④也。林庚先生在論及中國古典詩歌"節奏音組"時曾指出："五言詩行就只能是'二·三'而不能是'三·二'，七言詩行也只能是'四·三'而不能是'三·四'，否則就不是典型的五七言詩。"⑤黃庭堅注重七言詩四三的音組節奏特點，並且通過句法的簡化來達到簡易有力的藝術效果，如前所舉詩句之特點即是略去形容詞、介詞，而使詩歌句法簡化為主謂式、被動式。黃庭堅曾云："但熟觀杜子美到夔州後古律詩，便得句法。簡易而大巧出焉，平淡而山高水深，似欲不可企及。"⑥詳味山谷之語，乃是稱讚杜甫夔州後詩的"句法"、"簡易

① （宋）謝逸：《寄洪龜父戲效其體》，《溪堂集》卷二，《景印文淵閣四庫全書》第1122冊，第487頁下。
② （宋）謝逸：《寄洪駒父戲效其體》，《溪堂集》卷二，《景印文淵閣四庫全書》第1122冊，第487頁下—488頁上。
③ （宋）謝逸：《寄徐師川戲效其體》，《溪堂集》卷二，《景印文淵閣四庫全書》第1122冊，第488頁上。
④ （宋）范溫：《潛溪詩眼》，《宋詩話輯佚》本，中華書局1980年版，第330頁。
⑤ 林庚：《新詩格律與語言的詩化》，經濟日報出版社2000年版，第26頁。
⑥ （宋）黃庭堅：《與王觀復書》其二，《黃庭堅全集·正集》卷十八，四川大學出版社2001年版，第471頁。

而大巧出焉"，黃庭堅詩歌藝術風格豐富多變，但通過簡易的句法來追求平淡而深遠的境界，則是其努力追求並自覺踐行的一種方式。黃庭堅謫居黔南時曾改易白居易詩句，作《謫居黔南十首》，前二首云："相望六千里，天地隔江山。十書九不到，何用一開顏。""霜降水反壑，風落木歸山。冉冉歲華晚，昆蟲皆閉關。"① 與白居易詩相比，最顯著的不同就是黃庭堅將白詩中的形容詞全部置換為動詞與名詞所構成的結構，其一所本之白詩為："相去六千里，地絕天邈然。十書九不達，何以開憂顏。"其二之後二句為："冉冉歲將晏，物皆復本源。"經過黃庭堅改動後的這種句式結構，略去形容詞和修飾性詞語，用最簡易的句法、語言組成更具藝術張力的詩句，正如葛立方所云："落其華芬，然後可造平淡之境。"② 黃庭堅的這種詩歌語言特點為後起之江西派詩人繼承，謝逸這三首擬作反映了江西派中洪朋、洪芻、徐俯之詩歌已經成型，並在江西派中得到公認的事實。而謝逸、李彭、韓駒、饒節等人之詩歌在句式特點上，亦與上述三詩有著極大的共同點，即主謂式、動賓式句式的運用比較多。而江西詩派此種多用主謂式、動賓式的詩歌句式特點，造成了江西派諸人對於典故的融攝，必然更傾向於融攝事典，而其禪學淵源則使他們對於典故的運用集中在了對於禪宗公案的融攝上。因而他們詩歌中典故的融攝對象與黃庭堅詩、蘇軾詩有著共同的範圍，而範圍的重合則是他們在典故融攝的創新性上呈現了難以繼承前輩並開拓之窘境。

　　（二）典故融攝創新上的窘境

　　江西派諸人在詩歌創作中對於典故的驅遣運用，並未走出王安石、蘇軾、黃庭堅等前輩詩人之範疇，即他們所運用典故之絕大多數亦曾於王安石、蘇軾、黃庭堅詩中出現。從呂本中所撰《江西詩社宗派圖》中目前尚有詩集存世之詩人（江西派之"三宗"除外）對於禪宗典故融攝的分析來看，江西派諸人並沒有突破王、蘇、黃之範疇。試觀下表：

江西派詩人詩句出處	王、蘇、黃詩句出處	禪宗典故出處
謝逸《溪堂集》卷一《和洪老贈寂大師》："疊衾洗鉢外，何以度永日。"	《山谷外集詩注》卷十三《次韻吉老知命同遊青原二首》其一："洗鉢尋思去，論詩匡鼎來。"	《景德傳燈錄》卷十："僧問：'學人迷昧乞師指示。'師云：'喫粥也未?'僧云：'吃粥也。'師云：'洗鉢去。'"

────────────

① 《黃庭堅詩集注》，中華書局 2003 年版，第 443 頁。
② （宋）葛立方：《韻語陽秋》，《歷代詩話》本，中華書局 1981 年版，第 483 頁。

江西派詩人詩句出處	王、蘇、黃詩句出處	禪宗典故出處
謝逸《溪堂集》卷一《遊西塔寺分韻得異字》："山僧笑不答，飲水自知味。" 謝薖《竹友集》卷一《歲將除因誦前賢粲字韻詩……》："退藏亟聞道，飲水知冷暖。"	《蘇軾詩集合注》卷三十四《韓退之孟郊墓誌銘云……作此答之》："吾言豈須多，冷暖子自知。"《山谷詩集注》卷五《柳閎展如蘇子瞻甥也……》："飯羹自知味，如此是道不。"	《六祖大師法寶壇經·行由品》："惠明雖在黃梅，實未省自己面目，今蒙指示，如人飲水，冷暖自知。"
謝逸《溪堂集》卷三《送惠洪上人》："何當唼芋撥牛糞，拗折拄杖掛鉢囊。" 謝薖《竹友集》卷五《喜董彥速自仙峝歸》："鉢囊高掛同僧夏，遠寄崑門一把茅。"	《山谷詩集注》卷十一《題淨因壁二首》其一："瞑倚蒲團掛鉢囊，半窗疎箔度微凉。"	《景德傳燈錄》卷十九雲門文偃曰："剗上眉毛，高掛鉢囊，拗折拄杖，十年二十年擬取徹頭，莫愁不成辦。"
《溪堂集》卷四《潛心堂》："潛心便是覓安心，立雪何煩問少林。"	《蘇軾詩集合注》卷二十一《次韻子由寄題孔平仲草庵》："逢人欲覓安心法，到處先為問道庵。"	《景德傳燈錄》卷三："師曰：'將心來與汝安。'曰：'覓心了不可得。'師曰：'我與汝安心竟。'"
謝逸《溪堂集》卷四《懷吳廸吉》："古心莫為世情改，老眼聊憑文字遮。" 李彭《日涉園集》卷十《寄何氏兄弟》其二："時作藥山遮眼計，尋僧煮茗過祇園。"	《蘇軾詩集合注》卷二十一《任安節遠來夜坐三首》："遮眼文書元不讀，伴人燈火亦多情"；《蘇軾詩集合注》卷四十五《明日南禪和詩不到……》："看經聊戲眼，遮眼初不卷。"	《景德傳燈錄》卷十四："有僧問（藥山惟儼）：'和尚尋常不許人看經，為什麼卻自看？'師曰：'我只圖遮眼。'"
饒節《倚松詩集》卷二《晁以道贈楊中立詩有談禪詆毀之語……》："好隨魚化禹門去，莫學蠅鑽窗紙忙。"	《山谷外集詩注》卷十四《題杜槃澗叟溟鴻亭》："古靈庵下依寒藤，莫向明窗鑽故紙。"	《景德傳燈錄》卷九："古靈師見蜂子投窗紙求出，曰：'世界如許廣闊不肯出，鑽他故紙驢年去得。'"
謝逸《溪堂集》卷四《潛心堂》："羽扇綸巾延客晚，蒲團禪板坐更深。"	《山谷詩集注》卷十五《戲答王子予送凌風菊二首》："蒲團禪板入眼中"，《山谷外集詩注》卷十二《奉送時中攝東曹獄掾》："公退蒲團坐後亭，短日松風吟萬籟。"	《景德傳燈錄》卷十七："師（龍牙禪師）在翠微時，問：'如何是祖師意？'翠微曰：'與我將禪板來。'師遂過禪板，翠微接得便打。"
李彭《遊雲居歌》："凌雲野桃初著花，鼻祖柏子僧前落。"	《山谷外集詩注》卷十七《題王居士所藏王友畫桃杏花二首》其一："凌雲一笑見桃花，三十年來始到家。"	《景德傳燈錄》卷十一："凌雲志勤禪師初在溈山，因桃花悟道，有偈曰：'三十年來尋劍客，幾逢落葉幾抽枝。自從一見桃花後，直到如今更不疑。'"

江西派詩人詩句出處	王、蘇、黃詩句出處	禪宗典故出處
李彭《日涉園集》卷六《贈詵首座》："萬遍蓮花君自足，曹溪一滴定須嘗。" 饒節《倚松詩集》卷二《次韻鏡上人三首》其二："但識曹溪一滴味，始知天下別無泉。"	《蘇軾詩集合注》卷三十六《程德孺惠海中柏石，兼辱佳篇輒復和謝》："不知庾嶺三年別，收得曹溪一滴無。"	《景德傳燈錄》卷二十："一日淨慧上堂，有僧問：'如何是曹源一滴水？'淨慧曰：'是曹源一滴水。'僧惘然而退。師（清涼文益）於坐側豁然開悟，平生疑滯渙若冰釋。"
洪炎《西渡集》卷下《戲次韻和了信上座》："君能無事如懶殘，吾兒倘不惹張底。" 謝薖《竹友集》卷五《聞劉世基疾》："君如寒涕嬾瓚師，如何久苦造化兒。"	《山谷詩集注》卷十九《次韻元實病目》："君不見岳頭懶瓚一生禪，鼻涕垂頤渠不管。"	《禪林類聚》卷十一："懶瓚隱居衡山之頂石窟中，德宗遣使詔之，寒涕垂膺未嘗答，使者笑之：'且勸拭涕。'瓚曰：'我豈有功夫為俗人拭涕？'竟不能致而去。"
李彭《日涉園集》卷七《次瑛上人韻》："觀門親杜順，蹙指悟玄沙。"	《山谷詩集注》卷九《題伯時畫觀魚僧》："當時萬事心已死，猶恐魚作故時看。"	《景德傳燈錄》卷十八："玄沙宗一幼好垂釣，年甫三十，忽慕出塵，乃棄釣舟，落髮，後得法於雪峰。"
李彭《日涉園集》卷一《送杲上人復往荊南》："與世初無求，馬駒大道場。" 洪芻《老圃集》卷上《遊泐潭寺》："惟昔馬大士，方墳聳遺迹。龍象仰慈顏，馬駒識前識。"韓駒《陵陽集》卷三《智勇師歸永嘉自言所居在萬竹間乞詩送行》："蹋盡叢林參白足，却來江檻俯青郊。"	《蘇軾詩集合注》卷三十八《塵外亭》："馬駒獨何疑，豈墮山鬼計。"	《景德傳燈錄》卷五："六祖謂南岳曰：'只此不污染諸佛之所護念，汝既如是，吾亦如是。西天般若多羅讖，汝足下出一馬駒，蹋殺天下人。'"
饒節《倚松詩集》卷二《次韻鏡上人三首》其一："因師聊作逢場戲，老馬為駒不受鞭。" 韓駒《陵陽集》卷二《送深老住芭蕉寺》："巖頭路久絕，賴爾拈提新。"	《蘇軾詩集合注》卷三十四《六觀堂老人書》："云如死灰實不枯，逢場作戲三昧俱。"	《景德傳燈錄》卷六："鄧隱峯辭師（馬祖），師云：'什麼處去？'對云：'石頭去。'師云：'石頭路滑。'對云：'竿木隨身，逢場作戲。'"
饒節《倚松詩集》卷二《送曾伯容還漢上》："贈行一句西來意，雨後春江淥渺瀰。"	《蘇軾詩集合注》卷二十六《別公擇》："若問西來祖師意，竹西歌吹是揚州。"	《古尊宿語錄》卷十三："時有僧問：'如何是祖師西來意？'師（趙州從諗）云：'庭前柏樹子。'"

续表

江西派詩人詩句出處	王、蘇、黃詩句出處	禪宗典故出處
李彭《日涉園集》卷六《觀法華牛鬬戲呈戒上座》："碧眼山僧可人意，大牛小牛與穿鼻。更須宴坐三十年，直待無鞭更無轡。" 謝薖《竹友集》卷三《朱端甫以畫牛一紙遺李成德成德以示予為賦長韻》："把鼻牽回得真牧，信手摹成妙如此。" 饒節《倚松詩集》卷一《送不愚兄香嚴行》："自在溈山水牯牛"；《倚松詩集》卷二《閬人蒲君錫提舉參老師悟道唱和四首》其四："從此牧牛真石鞏，肯令信腳犯苗中。"	《山谷詩集注》卷一《平陰張澄處士隱處三首》之"仁亭"："牧牛油坦途，亡羊自多端。"《山谷詩集注》卷十四《萬州下巖》其二："若為劉道者，拽得鼻頭回。"《山谷外集詩注》卷一《何造誠作浩然堂……》："無鉤狂象聽人語，露地白牛看月斜。"《山谷外集詩注》卷十二《奉答茂衡長句》："青草肥牛脫鼻繩，菰蒲野鴨還飛去。"《山谷外集詩注》卷十五《六舅以詩來覓銅犀……》："不著鼻繩兩手，古犀牛兒好看取。"	《景德傳燈錄》卷九："大安禪師曰：'安在溈山三十年，喫溈山飯，屙溈山屎，不學溈山禪。只看一頭水牯牛，若落路入草，便牽出。若犯人苗稼，即鞭撻。調伏既久，可憐生受人言語，如今變作箇露地白牛，常在面前，終日露迥迥地，趁亦不去也。'"
李彭《日涉園集》卷七《同雲叟遊歐峯》："屢共普熏飯，仍烹圓夢茶。"	《山谷詩集注》卷十八《題默軒和遵老》："松風佳客共，茶夢小僧圓。"	《景德傳燈錄》卷九："師（溈山）起云：'我適來得一夢，汝試為我原看。'仰山取一盆水與師洗面，少頃香嚴亦來問訊，師云：'我適來得一夢寂子原了，汝更與我原看。'香嚴乃點一椀茶來，師云：'二子見解過於鶖子。'"
謝薖《竹友集》卷六《書懷》："老師行駐錫，準擬問前三。"	《蘇軾詩集合注》卷三十七《贈清涼寺和長老》："問禪不契前三語，施佛空留丈六身。"	《景德傳燈錄》卷十一："雪峯問云：'古人道前三三、後三三，意旨如何？'師云：'水中魚山上鳥。'"

　　除去李彭《夜坐兼戲環上人》及謝薖《七夕書事》二詩中所用之"三玄三要"之外①，江西派諸人詩中所涉及的禪宗典故皆在王安石、蘇軾、黃庭堅詩中出現過。從這一事實可以看出，江西派諸人在典故融攝的創新性上基本沒有開拓。不只是禪宗典故，在佛經典故的運用、語言的借用上，江西派諸人亦基本沒有走出蘇軾、黃庭堅的範疇。如李彭詩中"煙霞斷塵緣，那復知苦相"，即與蘇軾"有生甚苦相，細大相嘬食"出處相同，而其"療飢非蒸砂，禦寒必綈袍"，亦與蘇軾之"不勞千劫漫蒸砂"、黃庭堅之"炊沙作糜終不飽"出處相同，皆本自《楞嚴經》："若不斷婬修禪定者，如蒸沙石，欲其成飯。經百千劫，祇名熱沙，何以故？

---

① 李彭《夜坐兼戲環上人》其二之後二句："我是一丘一壑，君應三要三玄。"謝薖《七夕書事》之頷聯："風前失二士，句裡問三玄。"

此非飯本,石沙成故。"① 其 "擁絮臥北牖,鼻端從栩栩" 句中所用《楞嚴經》香嚴童子修習鼻觀之事,蘇軾、黃庭堅詩中亦多次出現。諸如此類的還有 "習氣"、"攀緣"、"芭蕉"、"空花"、"香積" 等語言、典故,亦可在蘇、黃詩中見到。不僅僅是李彭詩,即使是出家為衲子的饒節,他們對於禪宗典故、佛經語言的運用、借用,亦沒有走出王、蘇、黃之範疇。因而,江西派諸人在典故的融攝創新上,面臨這一個窘境。從他們對佛教典故的運用來看,基本可以說是對前輩詩人所運用之典故的重複使用。

被尊為江西詩派三宗之一的陳師道,其地位之尊顯則從反面彰顯出了江西派諸人在典故運用上沒有拓展創新的事實。陳師道詩歌中之典故,其出處雖與王、蘇、黃三人大致相同,但是在典故融攝上,陳師道卻突破了王、蘇、黃之範疇。在其詩歌中,除去 "一燈燃百千燈"、"庭前柏樹子"、"石頭路滑"、"結習"、"貧無卓錐"② 等此一時期詩人之慣常使用之佛學典故外,其詩歌在典故運用上,頗有創新開拓之功。以其《別寶講主》詩為例:

> 此地相逢晚,他方有勝緣。咒功先服猛,戒力得扶顛。暫息三支論,重參二祖禪。夜牀鞋腳別,何日著行纏。③

此詩之一大特點即是典故運用的密集及巧妙,第三句出自《神僧傳》中金剛仙掛錫清遠峽,蛟螭作妖,金剛仙誦咒以禁之之事④,陳師道以此來切合友人 "講主" 的身份;第四句出自《大莊嚴論經》中少年比丘入海採寶而船破落水,誦偈感動海神而救之出水事⑤,陳師道亦是以此來讚頌友人信道之篤誠。五六句則是勸之 "捨博而就約,棄講而悟禪",末句則

---

① 《楞嚴經》,《大正藏》第 19 卷,第 131 頁下。
② 陳師道《送高推官》詩中有句曰:"夙記百千燈",用《維摩經》"一燈燃百千燈" 事,見《後山詩注補箋》,中華書局 1995 年版,第 236 頁。其《和鄭戶部寶集丈室二首》其二 "只道庭前柏,西來本無意",用趙州從諗禪師 "庭前柏樹子" 之典故;其《送王元均貶衡州兼寄元龍二首》其一之 "石頭路滑行能速",用 "石頭路滑" 之典故;其《酬智叔見戲二首》其一之 "百念皆空習尚存",其《謝趙生惠芍藥三絕句》其一之 "將要結習惱鴛子" 用《維摩經》"結習" 之語;其《答張文潛》中之 "我貧無一錐",用香嚴頌 "去年貧未是貧,今年貧始是貧。去年無卓錐之地,今年錐也無"。
③ (宋)陳師道:《別寶講主》,《後山詩注補箋》,中華書局 1995 年版,第 215 頁。
④ 任淵之注言此句本自《高僧傳》,當屬錯訛。金剛仙事見《神僧傳》,《大正藏》第 50 卷,第 1007 頁下。
⑤ 見《大莊嚴論經》,《大正藏》第 4 卷,第 269 頁下—第 270 頁上。

正如任淵所注:"尊宿云:大修行人,上牀即與鞋履爲別。此言著行纏,蓋以人命呼吸,須勸其早遊方參學也。"第七句用上牀後腳即離開鞋履之尊宿語,勸誡友人應放下所有執著,遍參叢林悟得無上之道。方回評此詩曰:"讀後山詩,語簡而意博。'咒功'、'戒力'四字已深入於細。'服猛'、'扶顛'一出《禮記》,一出《論語》,抉剔爲用,愈細而奇,與晚唐人專泥景物而求工者不同也。天下博知,無過三支,今後山欲其捨博而就約,棄講而悟禪,故曰:'暫息三支論,重參二老禪也'。'夜牀鞋腳別',此本俗語。腳不可以無鞋,而夜寐之際,腳亦無用於鞋,此又以其膠戀執著爲戒也。故後山詩愈玩愈有味。"① 陳師道此詩固然在意脈處理上用意頗深、獨到新穎,但其意脈卻是通過對於佛學典故的巧妙融攝運用來展現的,而其"愈玩愈有味"之藝術效果的實現亦是以典故融攝、運用的創新爲基礎的。

陳師道詩中對於佛學典故的運用,亦在多處突破了王、蘇、黃之範疇。如其《病起》詩之頸聯曰:"災疾資千悟,冤親併一空",前句本自《傳燈錄》中仰山語:"若是祖宗門下上根上智,一聞千悟,得大總持。"② 後句本自曇藏禪師"慈苟無緣,冤親一揆"③ 之語,陳師道此處之意乃是用此來言說自己不以患病爲意,患病經歷反而使自己體悟良多的一種感觸。陳師道運用所融攝之佛典來言說之,達到了良好的藝術效果,一向對後山詩微詞頗多的紀昀也評此聯曰:"意頗可取。"④ 其《以拄杖供仁山主二首》中曰:"一生用底今相贈,更問林間有此無。"趙州從諗禪師臨終送拂子一枝與趙王時之傳語云:"此是老僧一生用不盡底。"⑤ 陳師道此處反其意而用之,切合了友人僧侶之身份,以結出相贈之意。陳師道詩中諸如此類的佛學典故創新性融攝,尚有許多,如《齋居》詩用長沙岑和尚"貍奴白牯卻有知"之語,曰:"青奴白牯靜相宜"⑥;《送吳先生謁惠州蘇副使》中化用《傳燈錄》中李翱語"見面不如聞名"入詩曰:"聞名欣識面。"⑦ 而其《規禪停雲齋》、《別圓澄禪師》、《禮武臺坐化僧》詩中對於佛典的融攝亦多創新之處。但是陳師道詩對於佛典運用的創新,大多體現

---

① (元)方回選評,李慶甲集評校點:《瀛奎律髓匯評》,上海古籍出版社1986年版,第1709頁。

② 《景德傳燈錄》,《大正藏》第51卷,第283頁下。

③ 同上書,第261頁中。

④ 《後山詩注補箋》,中華書局1995年版,第178頁,《病起》詩題下所引。

⑤ 《古尊宿語錄》卷十三,中華書局1994年版,第211頁。

⑥ 《後山詩注補箋》,中華書局1995年版,第127頁。

⑦ 同上書,第166頁。

在了與佛教有關之題材中，而在一些普通題材中，陳師道對於佛典的運用則是仍然沒有突破王、蘇、黃之範疇，如其《老柏三首》其二中之"解道庭前柏，何曾識趙州。"① 所用"庭前柏樹子"之事為王、蘇、黃多次使用；《和鄭戶部寶集丈室二首》其一中之"茅茨更何事，一坐五年寬"，"茅茨石室"之典亦曾出現於蘇軾詩中。

　　但陳師道在佛學典故融攝進行創新的路線並沒有被江西後學所繼承，他們對於典故的融攝更多停留在了前輩範疇內，而典故運用的重複亦使他們的部分詩歌與前輩詩人極度相似，如洪芻《偶成》詩之前二句曰："翻經靈運推不去，愛酒淵明挽不来。"② 其用典本自《晉書·鄧攸傳》中之吳人歌："鄧侯挽不來，謝令推不去。"而黃庭堅《和答外舅孫莘老》之首二句即曰："西風挽不來，殘暑推不去。"二者是何其相似！又如洪朋之《清夜》詩之後半曰："夤夜去求道，八荒因問津。歸來謝行李，衆妙不遠身。誰與商略此，玉塵炷爐芬。"③ 不論是在意脈表達上，還是語言運用上，此與黃庭堅之"八方去求道，渺渺困多蹊。歸來坐虛室，夕陽在吾西。"都極為相似。而洪朋之"稻割黃雲盡"，則是襲用王安石"割盡黃雲稻正青"之語；謝薖之"春來畏病不飲酒，孤負山南山北花"，則無疑是本自黃庭堅"中年畏病不舉酒，孤負東來數百觴"。誠然，點化前人語句亦是學詩方式之一，但作為有著求新之自覺意識的詩人，他們必然不會滿足於停留在點化前人語句的層面上。而在典故融攝上創新不大的形勢，也決定江西派諸人的詩論走向。

　　（三）典故融攝之創新的窘境與江西派詩論的指向

　　江西詩派諸人之詩論除了對於學詩方式的悟入等的論述外，還有大量的討論詩歌煉字、用事、章法等的論述。如韓駒詩論中即有大量論及用典、對偶、下字的論述：

　　　　使事要事自我使，不可反為事使。④

　　　　僕嘗請益曰：下字之法當如何？公曰：正如弈棋，三百六十路都有好著，顧臨時如何耳。僕復請曰：有二字同意，而用此字則穩，用

---

①　《後山詩注補箋》，中華書局 1995 年版，第 221 頁。

②　（宋）洪芻：《老圃集》卷下，《景印文淵閣四庫全書》第 1127 冊，第 394 頁上。

③　（宋）洪朋：《洪龜父集》卷上，《景印文淵閣四庫全書》第 1124 冊，第 401 頁上—第401 頁下。

④　（宋）魏慶之：《詩人玉屑》卷五引《陵陽先生室中語》，上海古籍出版社 1959 年版，第 156 頁。

彼字則不穩，豈牽於平仄聲律乎？公曰：固有二字一意，而聲且同，可用此而不可用彼者。選詩云："庭臯木葉下"，"雲中辨煙樹"。還可作"庭臯樹葉下"，"雲中辨煙木"。至此，唯可默曉，未易言傳耳。①

　　嘗與公論對偶，如"剛腸欺竹葉，衰鬢怯菱花"，以鏡名對酒名，雖為親切，至如杜子美云"竹葉於人既無分，菊花從此不須開。"直以菊花對竹葉，便蕭散不為繩墨所窘，公曰："枸杞因吾有，雞棲奈汝何？"蓋借枸杞以對雞棲，"冬溫蚊蚋在，人遠鳧鴨亂。"人遠如鳧鴨然，又直以字對而不對意；此皆例子，不可不知。子瞻岐亭詩云："洗盞酌鵝黃，磨刀切熊白"是用例者也。②

韓駒詩論中對於用事、下字、對偶的論述，目的是使之服務於詩人之意緒展現，從而使詩歌語言在保持法度的基礎上，達到更好的藝術效果，從實質上講是走後出轉精的路線。而呂本中之"活法"論，亦是強調在法度了然於心的基礎上，達到隨心所欲的創作境界，其實質皆是著眼於在前輩創作路線、語言體系內的詩歌具體創作技巧的精細化、熟練化處理，以此達到創作水平的提高，以此實現對於理想風格的追求。惠洪《冷齋夜話》中論鄭谷《十日菊》詩"自緣今日人心別，未必秋香一夜衰"，不如王安石詩"千花萬卉凋零後，始見閑人把一枝"，惠洪認為鄭谷詩之缺憾在"氣不長"③，其意乃在於通過句法的探討，使詩人理想之藝術風格得以更好的展現。

　　江西派詩人對於用事、下字、對偶、章法的詩歌具體技巧的論述，顯示了他們探討詩歌具體創作方式的自覺意識，即詩學探索的自覺意識，這是北宋詩歌自中期詩文革新運動以來得到極大發展後，詩壇對此進行總結、探討的必然現象。俄國形式主義文論觀點認為："藝術過程的生命力在於藝術'技巧'是在行動中顯示出來的，文學藝術家通過'暴露技巧'，通過使人們注意在寫作時使用的'陌生化'技巧可能獲得所有技巧中最主要的技巧，那種和藝術發揮過程息息相關的異化感。"④ 江西詩派

---

① （宋）魏慶之：《詩人玉屑》卷五引《陵陽先生室中語》，上海古籍出版社 1959 年版，第 139 頁。

② 同上書，第 166 頁。

③ （宋）惠洪：《冷齋夜話》，《稀見本宋人詩話四種》本，江蘇古籍出版社 2002 年版，第 17 頁。

④ ［英］特倫斯·霍克斯：《結構主義和符號學》，瞿鐵鵬譯，上海譯文出版社 1997 年版，第 69 頁。

對於詩歌技法的探討正是這一規律的體現，而江西派所倡導的後出轉精的創作路線，是由他們面對的再次趨於穩定的、難以在短期內豐富拓展的詩歌語言系統所決定的。

二　由親歷親為到自在自為：江西派禪學淵源影響下的詩論實踐方式

江西詩派詩論上承黃庭堅詩學，十分重視對前人作品的學習，並多次在其詩文集中言說之。在其詩論中，大致亦可分為兩個層次，第一個層次是對於學習前人作品的強調，第二個層次是對廣泛學習前人作品之目的的論述，即學習後所應達到之境界的論述。

關於前者，韓駒《贈趙伯魚》詩之後半云："學詩當如初學禪，未悟且遍參諸方。一朝悟罷正法眼，信手拈出皆成章。"① "遍參"本是禪宗用語，指 "禪僧行腳參學遍天下之知識也"。② 韓駒此處用之即是言廣泛借鑒、學習前代詩人之作品。《詩人玉屑》中引《陵陽先生室中語》曰："大率作文須學古人，學古人尚恐不至古人，況學今人哉，其不至古人也必也。"③ 李彭《寄郭循正》詩曰：

> 粲粲有道孫，丰姿復亂真。養氣如晴虹，照映塞外春。好大有餘韻，雨墊烏角巾。典學萬人敵，談笑五臺賓。篆筆壓秦相，翻笑蔡有鄰。長袖果善舞，巨價藏百珍。豈繁寂寞中，見此妙入神。平生樂聞善，況我骨肉親。孟堅贊炎漢，揚雄賦逐貧。④

該詩自首句至 "談笑五臺賓"，皆是讚許友人通過治心養氣所具備的不俗氣質。而詩之後半段則是對友人學問豐富故而文采斐然的稱譽，"長袖果善舞，巨價藏百珍"在重才學為詩的宋代中後期，極有可能是指郭循正學問豐富，故而在作詩時能左抽右取，毫無窘迫之感，如善舞之舞人起舞，如富有之商賈行商。而此豐富學問的由來，自然是在廣泛學習前人作品中得來的。江西派諸人對於前人作品參學的目的，並不是簡單的模擬，

① （宋）韓駒：《贈趙伯魚》，《陵陽集》卷一，《景印文淵閣四庫全書》第 1133 冊，第 770 頁下。
② 慈怡主編：《佛光大辭典》，北京圖書館出版社據臺灣佛光山 1989 年影印版，第 5617 頁下。
③ （宋）魏慶之：《詩人玉屑》，上海古籍出版社 1959 年版，第 115 頁。
④ 《日涉園集》卷四，《景印文淵閣四庫全書》第 1122 冊，臺灣商務印書館 1983 年版，第 649 頁上。

而是強調通過這種學習達到隨手而出的創作上的自在灑脫境界。這也是江西派諸人詩論的第二個層次。而呂本中亦勸學人多參悟、學習前人作品："《楚詞》、杜、黃，固法度所在，然不若偏考精取，悉為吾用，則姿態橫出，不窘一律矣。"①

　　江西詩派之詩論強調學習前人作品之目的乃在於達到隨手而出的揮灑自如境界，乃在於通過對前人作品及創作經驗的參悟來提升自我創作。陳師道於其《次韻答秦少章》詩中云："學詩如學仙，時至骨自換。"② 李彭亦曰："學詩如食蜜，甘芳無中邊。陳言初務去，晚乃換骨仙。"③ 二者皆是強調通過對前人作品的艱苦參學與體味，使自己之創作更上一層。呂本中《夏均父詩集序》中曰：

　　　　學詩當學活法，所謂活法者，規矩俱備，而能出於規矩之外，變化不測，而亦不背於規矩也。是道也，蓋有定法而無定法，無定法而有定法。知是者，則可以與語活法矣。謝玄暉有言："好詩流轉圓美如彈丸。"此真活法也。近世惟豫章黃公首變前作之弊，而後學者知所趣向，必精盡知左規右矩，庶幾至於變化不測。④

文中，呂本中強調"規矩具備，而能出於規矩之外"，實質上就是對於熟讀、詳味前人作品後所達到的揮灑自如、隨心所欲而不逾矩的創作境界。此外，呂本中詩論的一大特點是將自我精神修養所達到的心無掛礙、自在自為的境界，與詩歌創作的揮灑自如建立起了必然的聯繫。其《外弟趙才仲數以書來論詩因作此答之》一詩曰："前時少年累，如燭今見跋。胸中塵埃去，漸喜詩語活。"⑤ 而其《別後寄舍弟三十韻》詩中亦曰："惟昔交朋聚，相期文字盟。筆頭傳活法，胸次即圓成。……力探加潤澤，極取更經營。徑就波瀾闊，勿求盆盎清。"⑥ 伍曉蔓先生認為："'活法'是

①　（宋）呂本中：《與曾吉甫論詩第一帖》，《苕溪漁隱叢話·前集》卷四十九，人民文學出版社 1962 年版，第 332 頁。
②　《後山詩注補箋》，中華書局 1995 年版，第 467 頁。
③　（宋）李彭：《日涉園集》卷二，《景印文淵閣四庫全書》第 1122 冊，臺灣商務印書館 1983 年版，第 629 頁下。
④　（宋）劉克莊：《江西詩派·呂紫薇》引，《後村先生大全集》卷九十五，《四部叢刊初編》本，第 826 頁上。
⑤　（宋）呂本中：《東萊詩集》卷三，《景印文淵閣四庫全書》第 1136 冊，第 699 頁下。
⑥　（宋）呂本中：《東萊詩集》卷六，《景印文淵閣四庫全書》第 1136 冊，第 722 頁下。

詩法，但它首先是一種心法，是脫去塵埃後的透脫境界。"① 頗為敏銳地
覺察到了呂氏將通過內在修養所臻之自在自為與詩歌創作之揮灑自如建立
必然聯繫的事實。呂氏此舉是對黃庭堅詩論的進一步深化，在黃氏詩論
中，黃庭堅只是強調內在修養對文學創作的決定作用②，而沒有將內在修
養所臻之自在裕如境界與創作相聯繫。這既是江西派諸人繼承黃庭堅而又
有所開拓的表現，亦反映了江西派諸人追求通過學習前人作品、涵養內在
精神而達到揮灑自如創作境界的事實。

　　通過以上對江西派諸人詩論兩個層次的總結，一個問題就凸顯了出來，
也就是第一個層次如何上升為第二個層次的問題，即如何通過對前人作品
的研習、玩味上升到自我創作的揮灑自如。在江西派諸人的詩論中，他們
並沒有對此問題作出具體而明確的解釋，如前面所舉之韓駒詩："學詩當如
初學禪，未悟且遍參諸方。一朝悟罷正法眼，信手拈出皆成章。"即是對學
習前人作品與揮灑自如境界兩個層次的展現，至於如何由前者上升到後者，
則沒有明確的論述。倒是徐俯之門生曾季貍對此有過論述：

　　　　後山論詩說換骨，東湖論詩說中的，東萊論詩說活法，子蒼論詩
　　說飽參，入處雖不同，然其實皆一關捩，要知非悟入不可。③

在曾氏論中，"悟入" 顯然是連接學習前人作品，做到規矩了然於心，
與揮灑自如之創作境界的必經之路。而如何 "悟入"，"悟入" 本身之
含義又是如何，則是一個必須探討的問題。從 "悟入" 之語本身來看，
它本是佛教術語，其意為悟實相之理，入於實相之理也。《法華經·方
便品》中曰："欲令眾生悟佛知見，故出現於世；欲令眾生入佛知見道，
故出現於世。"④ 而此 "悟入" 則與江西派諸人對佛禪之學的研習有著很
大的關係。

　　筆者在第五章第一節以及本章第一節論述了士大夫對於佛教的研習逐
漸開始發生變化，由傾向於學理性的瞭解逐漸過渡到實證實悟。而他們學

---

① 　伍曉蔓：《江西宗派研究》，巴蜀書社 2005 年版，第 419 頁。
② 　黃庭堅認為文學創作是詩人不俗心胸的外在表現，其詩文中多次論述其此一觀點，如
　　《題子瞻枯木》中云："胸中元自有丘壑，故作老木蟠風霜。"《題子瞻畫竹石》："東坡
　　老人翰林公，醉時吐出胸中墨。"但是黃庭堅並未明確將創作主體自在自為之精神境界
　　與詩歌書寫的揮灑自如建立聯繫。
③ 　（宋）曾季貍：《艇齋詩話》，《歷代詩話續編》本，中華書局 1983 年版，第 296 頁。
④ 　《妙法蓮華經》，《大正藏》第 9 卷，第 7 頁上。

佛之實證實悟，即是要求將從禪門中人以及佛經、禪門語錄中所瞭解的佛意禪理，通過參公案機鋒、參話頭等修證方式轉化為自我之個體經驗，從而將佛意禪理與自我之生活經驗緊密相連，實現自我修行的更上一層。江西派諸人此種學佛特點對其生存狀態之體認、理學修養工夫之體味等各方面皆產生了巨大影響，同樣，此種學佛特點亦對其文學創作有著巨大之影響。佛意禪理與詩歌創作對他們而言同樣都是其學習對象，面對學習對象時，他們在學習禪法的過程中所體味到的獨特的學習方式，則無疑會在他們的心中留下極深的印記，而這種類似心理暗示的印記，則無疑會使他們在學習某類無法用具體概念來描述的對象時，運用其所體會到的這種獨特的學習方式。

詩歌創作與禪法雖相去甚遠，但詩歌創作除去聲律、用字、造句、煉意等每人通過學習可以具體把握的技巧之外，詩歌的風貌鑄就、意蘊展現等抽象概念則無疑是難以用具體語言表述的，這與禪法具有極大程度上的相似處。因而，詩人在面對詩歌的這種抽象概念時，在學習如何鑄就詩歌風貌、展現詩歌意蘊等詩歌創作的形而上技法時，無疑會將其學禪方式與此建立聯繫。而他們將二者建立聯繫的具體方式，即為將印證禪法時注重將學理性的瞭解轉化為親證後的個體經驗，引入到詩歌學習中，將玩味、熟讀前人詩歌時所瞭解的創作方式、詩歌意蘊等通過調動自己創作的經驗，將之轉化為自己的親身經驗，從而達到揮灑自如的境界。理解到這一點，也就如同射箭之命中靶心，由此，詩人便實現了創作水平的提升，如同學仙一般做到了"換骨"，曾敏行（公元 1118—1175 年）《獨醒雜誌》中載：

> 汪彥章為豫章幕官。一日，會徐師川於南樓，問師川曰："作詩法門當如何入？"師川答曰："即此席間杯樣果蔬使令以至目力所及，皆詩也。但以意剪裁之，馳驟約束，觸類而長，皆當如人意，切不可閉門合目，作鐫空妄實之想也。"彥章領之逾月，復見師川曰："自受教後，准此程度，一字亦道不成。"師川喜，謂之曰："君此後當能詩矣。"故彥章每謂人曰："某作詩句法得之師川。"①

徐俯對汪彥章眼前所見皆詩材，但以己意書寫之的建議，即是要汪彥章忘記詩歌風貌鑄就、風格塑造、意蘊展現等概念，但隨意揮灑之。從實質上

---

① （宋）曾敏行：《獨醒雜志》，《四庫全書》第 1039 冊，第 545 頁上—第 545 頁下。

來講，徐俯是欲以此"無心"之方式，使汪彥章擯棄掉那些學理性瞭解但未能轉化為自我親證經驗的詩歌技法、理念等，而當詩人用此"無心"之方式進行創作時，詩人不自覺中地運用的詩歌技巧、不自覺中展現的詩歌意蘊、不自覺中鑄就的詩歌風格等，皆是擁有詩人個體親證經驗後的獨特創作，而詩人之詩歌也就達到了獨出己意，自成一家。這就是徐俯聽汪彥章"自受教後，准此程度，一字亦道不成"反而大喜的原因，因為汪彥章的"一字亦道不成"，正顯示了他將那些沒有轉化為個體經驗的創作方法等全部拋棄的事實，而此後汪氏之學詩也就注定沿著將所學化為個體經驗的路徑前行，故徐俯以"此後當能詩矣"讚許之。《清波雜志》中載徐俯"視山谷為外家，晚年欲自立名世。客有贊見，盛稱淵源所自。公讀之不樂，答以小啟曰：'涪翁之妙天下，君其問諸水濱。斯道之大域中，我獨知之濠上。'"[1] 徐俯此言雖有數典忘祖之嫌，但其"獨知之濠上"的自負，與他對學詩方式的獨特體悟亦不無關係。

　　將自己對於詩歌的學習實現了與自我創作經驗的對接後，自我之創作便能進入一個揮灑自我的境界。這也是江西派諸人既強調"悟入"、"遍參"、"飽參"等，又一再言揮灑自如的創作態度的原因。[2] 與江西詩派同時的吳可所作《論詩詩》其一，則是對於學詩應將詩歌技法等轉化為自我親證之經驗，而後達到揮灑自如境界的論述："學詩渾似學參禪，竹榻蒲團不計年。直待自家都了得，等閑拈出便超然。"[3] 其《藏海詩話》中又有言曰："凡作詩如參禪，須有悟門。"[4] 吳可深受韓駒之影響，其《藏海詩話》中亦多處引韓子蒼語，蓋韓駒南渡初寓居臨川，隱然為詩壇領袖。從吳可所論來看，江西派關於學禪與學詩相通的認識，亦在當時影響極大。

　　在當時的禪學語境下，江西派諸人本自其學禪方式，將此方式與學詩相結合，強調將對偶、用事、煉字等具體詩歌技法等通過自己的創作實踐轉化為個體經驗，由此達到揮灑自如的創作境界。江西派諸人對於學詩方式的言說，在當時禪學語境及士大夫普遍學禪的社會風氣下，是極為容易為時人所接受的，而江西派諸人自覺將學禪方式與學詩方式相互關聯，亦

---

① （宋）周煇著，劉永翔校點：《清波雜志》卷五，中華書局1994年版，第194頁。
② 江西派諸人對揮灑自如之創作態度論述頗多，如："意到語自工，心真理亦邃。""吾詩如清風，去留不可期。灑然或一來，不繫凡子知。""迴策如縈峻儀範，好詩轉彌絕風塵。"諸如此類的詩句尚有許多，茲不一一列舉。
③ （宋）魏慶之：《詩人玉屑》卷一，上海古籍出版社1959年版，第8頁。
④ （宋）吳可：《藏海詩話》，《歷代詩話續編》本，中華書局1983年版，第340頁。

反映了學禪經歷對其詩論形成的重要影響。

三　"鍛煉而歸於自然"：江西詩派的詩論指向

朱弁《風月堂詩話》在指出西崑體"句律太嚴，無自然態度"的同時，評價黃庭堅曰："黃魯直深悟此理，乃獨用崑體工夫而造老杜渾成之地。"① 讚揚了黃庭堅通過詩歌技法的錘煉而達到自然渾成境界的創作方式。宗杜學黃的江西派詩人一方面熱衷於詩歌對偶、用事、煉字等具體技法的探討與精研；另一方面又推崇自然渾成的藝術風格，並一再在其詩歌中表達對此風格的追慕，如："吾詩如清風，去留不可期。灑然或一來，不繫凡子知。""迴策如縈峻儀範，好詩轉彈絕風塵。"江西派諸人之所以著力探討詩歌具體技法，是因為詩歌語言系統在經歷北宋中期詩文革新運動的以經史語入詩、以佛語入詩以後，再一次趨向於穩定。

面對著此種詩歌語言系統無法在短期內豐富拓展的形勢，江西派主張通過詩歌具體技法的錘煉與精研走後出轉精的路線，而其最終目的乃在於通過技法的錘煉而達到自然渾成之境界。於是如何通過技法的錘煉而臻自然渾成之境，便成了江西派詩論所必須面對的問題。在這一問題的解決上，江西派諸人本自其禪學修養，自覺將學禪與學詩相關聯，將學禪方式引入到了對詩歌創作、詩歌技法的學習及思考中，具體的表現即為強調將對前人作品的研習、詩歌技法的揣摩與自己的創作實踐相結合，使之上升為自己親證後的個體經驗，使自我之具體創作實踐在不自覺中暗合規矩，達到應手而出、揮灑自如的境界。而這種詩學取向也符合詩歌創作的規律，明末清初著名學者錢澄之在其《書〈有學集〉後》中言："虞山於詩……極詆嚴羽、劉辰翁，分別四唐，是矣，而不信詩有悟入一路，由其生長華貴，沈溺綺靡，兼以腹笥富而才情贍，因題布詞，隨手敏給，生平不知有苦吟之事，故不信有苦吟後之所得耳。吟苦之後，思維路盡，忽爾有觸，自然而成，禪家所謂絕後重生，庸非悟乎？"② 錢氏所謂"悟入"即是通過長時間的技法錘煉而達到的揮灑自如的創作境界。

劉熙載曰："西江名家好處，在鍛煉而歸於自然。"③ 在讚揚江西派創作的同時，也從側面頗中肯綮地指出了江西派詩人的詩論旨歸，即通過自

---

① （宋）朱弁：《風月堂詩話》卷下，《冷齋夜話·風月堂詩話·環溪詩話》本，中華書局 1988 年版，第 112 頁。

② （明）錢澄之：《田間文集》卷二十，《續修四庫全書》第 1401 冊，上海古籍出版社 2002 年版，第 228 頁。

③ （清）劉熙載：《藝概》卷二，上海古籍出版社 1978 年版，第 69 頁。

己的創作實踐，將詩歌技法由知識性的瞭解轉化為自我親證後的個體經驗，由此達到揮灑自如的創作境界，熔鑄出自然渾成的藝術作品。因而，"鍛煉而歸於自然"即是江西詩派在詩歌語言系統再一次趨於穩定、短期內無法開拓的局面下所提出的詩論主張，而此一詩論特點的形成與江西派禪學淵源所產生的潛移默化的影響是分不開的。

第三節　活觀照物：江西派詩歌創作論的理禪淵源與文學表現

作為有著明確文學自覺意識的江西派詩人，他們對詩歌創作思維亦頗為重視，而其禪學淵源則使他們在以禪喻詩、以禪論詩之餘，亦將佛禪觀照方式與詩歌創作思維建立起了緊密的聯繫。對於佛教觀照方式中的靜定照物，江西派諸人亦是頗為重視，但其禪學淵源，卻使他們在運用這一觀照方式時，不再是對消解掉自我情絲的外在枯寂靜謐景物的描寫，而是傾向於表達自我參與其中所獲得的安閑自得。而他們所要表達之意緒，亦由對境不起之靜寂內心，轉而為表現自己無思無慮，直覺體驗到的自我與萬物合而為一的生命的欣悅，是將自我看作是生機勃勃之萬物中的一分子而體會到的與萬物同在的欣然自得。這與禪宗作為一種生活哲學，其所追慕之境界是主體隨緣任運的生存狀態有著巨大的關係。而與禪宗有著密切關係的濂溪學派、滎陽學派，在修養工夫上多受禪宗之影響，因而其學人大多有著這樣的自覺意識：通過親證，將道內化為個體經驗，從而達到隨心所欲之境界。這與禪宗通過實證實悟而達到隨緣任運之境界的修行方式有著極大的相通之處。江西派諸人大多師承濂溪、滎陽學派，而他們亦與禪宗關係密切，這使得他們對於靜定觀照方式的運用兼具禪宗與理學特色。而此運用上之特色，也使他們的詩歌呈現了不同於晚唐詩人的枯寂寒儉，而是呈現了自在裕如的風貌。

一　"活觀"：禪宗觀照方式對理學產生滲透的結果

佛學對理學之發展形成有著深刻的影響，此已為學界所公認。如麻天祥先生曾撰文指出："理學的最高範疇是至大無外，至小無內的理。在外它是化生萬物的宇宙本體；在內它又是心統性情的道德本體。正因為如此，它與專講'即心即佛'的禪宗思想從根本上是相通的。……理學家論性，精審細密，辨析毫芒，實有得於禪宗'還得本心'，'自性清淨'

的心性學說。論工夫，乾脆講誠、敬、靜以致漸修、頓悟。可以這樣說，宋儒如果不從禪門汲取思想資料，就不會有如此嚴謹的談心論性之說，中國思想史上也就不會有理學這個階段。"① 而理學融攝佛學之心性論，旨在於豐富完善其自己的"內聖"學說。而理學"內聖"之具體指向則是現實的生活，其立足點則是對個體生命生存狀態的關注。因而，從這個角度上來講，佛學對理學發生影響之具體的表現，除心性論之外，佛禪觀照外部世界的方式，對理學之影響亦不可忽視，有深入探討之必要。

《宋元學案》之"濂溪學案"評周敦頤曰："孔孟而後，漢儒止有傳經之學，性道微言之絕久矣。……若論闡發心性義理之精微，端數元公之破暗也。"② 指出了周敦頤在理學發展上的開創之功。而周敦頤之思想則有著深刻的禪宗印記，《居士分燈錄》載周敦頤曾問道於晦堂祖心，祖心諭之曰"只消向你自家屋裏打點"，並令他參悟孔子之"朝聞道夕死可矣"中之"道"所謂何物，令他思考"顏子不改其樂，所樂何事"，皆是啟示周敦頤從個體之生存狀態中，體悟形而上之"道"，以此親身的體驗來實現向超越之人生境界的邁進。這顯然對周敦頤影響巨大，而後周敦頤對"道"之思考，皆是側重於對日常生活的觀照中來體悟之：

> 時佛印了元寓鸞溪，頤謁之，相與講道。問曰："'天命之謂性，率性之謂道。'禪門何謂無心是道？"元曰："疑則別參。"頤曰："參則不無，畢竟以何為道？"元曰："滿目青山一任看。"頤豁然有省。一日忽見窗前草生，乃曰："與自家意思一般。"以偈呈元曰："昔本不迷今不悟，心融境會豁幽潛。草深窗外松當道，盡日令人看不厭。"遂請元作青松社主，以媲白蓮故事。③

面對周敦頤禪者"無心即道"之"道"當作何解的發問，佛印了元禪師用禪宗公案語言擬對之，佛印所云之"滿目青山一任看"，目的即是言說："大道只在目前"，即"道"存在於日常生活中，學人當無思無慮，用純然之本心在對日常生活的體味中，才能悟到。而周敦頤之"豁然有省"，及其見窗前之茂草，謂"與自家意思一般"，則顯示了其對佛印了元之意的明瞭。"自家"即為周敦頤站在儒者立場上對儒家的稱謂，周敦

---

① 麻天祥：《理學與禪學》，載《湖南師範大學學報》1996 年第 3 期。

② 《宋元學案·濂溪學案上》，中華書局 1986 年版，第 482 頁。

③ 《居士分燈錄》，《卍新纂續藏經》第 86 冊，第 600 頁中。

頤將窗前草生看作是與"自家意思"一樣，則反映了他用純然之本自直覺觀照日常生活中之物象，從物象之本身無思無慮的本真存在所感受到的生命欣悅。這種欣悅的獲得是觀照主體本身在對外物的觀照中，領悟到的自己與觀照對象同為自然界之生命體，並從觀照對象無思無慮的本真存在中，領悟到人生即為本真的存在，從而達到對現實功名利祿、人事紛擾，甚至學問文章的遺忘與超越，以及在此基礎上所達到的心宇澄清、淡然安閒。由此角度出發，周敦頤實現了將禪家觀照方式與儒家的照物方式的"化學"的融合，而不是如晚唐賈姚詩人一般只是單純借用佛家觀照方式。

　　與周敦頤有師承淵源的程顥，亦強調用無思無慮之本真內心，來觀照日常生活："侯世與問：'孟子必有事焉，而勿正，心勿忘，勿助長也。'顥引禪語曰：'心則不有，事則不無。'侯當下有省，又問：'儒佛同異？'顥曰：'公本來處，還有儒佛否？'"① 程顥即是強調用本真之內心來觀照現實生活來啟引後學。程顥在答張載書中亦表達了類似的觀點："所謂定者，動亦定，靜亦定，無將迎，無內外。苟以外物為外，牽己而從之，是以己性為有內外也。且以性為隨物於外，則當其在外時，何者為在內？是有意於絕外誘，而不知性之無內外也。既以內外為二本，則又烏可遽語定哉？夫天地之常，以其心普萬物而無心；聖人之常，以其情順萬事而無情。故君子之學，莫若廓然而大公，物來而順。"② 他所強調的"心普萬物而無心"、"情順萬物而無情"，實質上即是對本真內心觀照外部世界的言說。《橫浦日新》中載程顥門前芳草覆階，面對別人勸其芟除的建議，其曰："不可，欲常見造物生意"，書中又言程顥於盆中養小魚數尾，"欲觀萬物自得意"③，二者反映了其以本真之內心體察、觀想外界，並耽於體察、觀想中所獲得的欣然、自得這一事實。程頤對此之體認亦與其兄長相通，《宋元學案》中載："鮮于侁問：'顏子在陋巷，不改其樂，不知所樂者何事？'先生曰：'尋常道顏子所樂者何？'侁曰：'不過是說所樂者道。'先生曰：'若有道可樂，便不是顏子。'鄒志完曰：'伊川見處極高！'"④ 程頤認為"若有道可樂，便不是顏子"，即是認為在顏回心中，根本沒有"道"之概念的存在，顏回之樂是其體會到生命本真存在後所

---

① 《居士分燈錄》，《卍新纂續藏經》第 86 冊，第 600 頁中。
② （明）呂柟編：《二程子抄釋》卷九，《景印文淵閣四庫全書》第 715 冊，第 231 頁下。
③ （宋）于恕：《橫浦日新》，《四庫全書存目叢書》第 715 冊，齊魯書社 1995 年版，第 241 頁。
④ 《宋元學案·伊川學案下》，中華書局 1986 年版，第 647 頁。

具備的淡然平和氣質的外在表現。程頤所論正反映了他對於"孔顏樂處",乃在於無心的闡釋特點。

二程一方面排佛甚厲,認為:"若盡為佛,則是無倫類,天下卻沒人去理"①,"其言近理,又非楊墨之比,此所以為害尤甚楊墨之害"②,"佛以其所賤者教天下,是誤天下也"③;另一方面又對佛教學說予以肯定,認為:"釋氏之學又不可道他不知,亦儘極乎高深。"④ 二程對於佛教的批評源自復興儒學、重建道統的自覺意識,而二人對於佛教的肯定,則與佛教照物方式對他們的啟發有著直接的關係。與佛教關係密切的濂溪、伊洛學派中人對佛教觀照方式的借鑒,亦與周敦頤、二程極為相近。如二程弟子楊時,即主張從對生命本真存在的體悟中體味儒者之"道",《居士分燈錄》中載其嘗曰:"微生高乞醯與人,孔子以為不直。《維摩經》云:'直心是道場。'儒佛至此,實無二理。"⑤ 楊時認為佛家之"直心"與儒家並無二致,其著眼點乃在於:體味到生命本真之存在方能入於聖人之閫域。

《居士分燈錄》中曰:"濂溪開伊洛之傳,而考其淵源,實自佛印。黃龍點破所著太極圖,亦得之東林。至於兩程,師弟靡不從禪門中印證,然則佛氏何負於儒?而儒者乃忍為入室之戈耶,善乎?伊川之言曰:'吾所攻者迹也。'然迹安所從出哉?知此可與談儒釋一貫宗趣矣。"⑥ 該書之編者明人朱時恩雖是站在佛教之立場質疑理學家之攻擊佛教,但從佛教觀照方式對理學的滲透這方面來看,朱時恩"儒佛一貫宗趣"之論不為無據。而這種"儒佛一貫宗趣"在具體的外在表現上,最直接的即表現在主體對外界的觀照上,這種儒釋融通的照物方式,強調的是主體在靜定心態下觀照外界時,從觀照對象的本真存在體會到自我生命的本真存在,從而使自己的精神氣度趨於自在平和、安閑淡然。這種照物方式雖從靜定出發,但其所指向卻是從外物生生不息的本真存在中體味到生命的自然自得之趣。簡言之,是本自以虛靜內心,感悟生命自在自得之生機,這也正是程顥答張載書中"動亦定,靜亦定"的內在含義。而此種觀照方式,正如周裕鍇先生所言:"從本質上來講是一種詩化的證道方式,與審美的移

① 《二程集·河南程氏遺書》卷二上,中華書局 1981 年版,第 24—25 頁。
② (宋)朱熹、呂祖謙輯,江永注:《近思錄集注》卷十三,上海書店 1987 年版,第 54 頁。
③ 《二程集·河南程氏遺書》卷十五,中華書局 1981 年版,第 145 頁。
④ 同上書,第 152 頁。
⑤ (宋)楊時:《楊龜山先生全集》卷十,臺灣學生書局 1974 年版,第 532 頁。
⑥ 《居士分燈錄》,《卍新纂續藏經》第 86 冊,第 601 頁上。

情現象並無二致。這比道家的 '物化' 更積極、更主動,更多一份生命
的熱情與快樂。"① 程顥曾有詩云: "退安陋巷顏回樂,不見長安李白愁。
兩事到頭須有得,我心處處自優游。"② 正是從 "我心處處自優游" 的悠
然與物同體的角度觀照人事與外界,才獲得了體驗到 "顏回樂" 這一理
想生存狀態的欣悅。

這種融通儒釋思想的觀照方式將禪定式的靜觀轉化為了 "活觀",
而北宋後期詩人對此觀照方式的運用亦是此一時期之詩歌呈現出自在平
和風貌的關捩點,是江西派詩人將其詩學思想轉化為具體的作品的思維
之路。

二 江西派諸人對觀物方式與詩歌創作過程關係的體認

關於 "虛靜" 心理狀態對於文學創作的重要性,古代作家一直比較
重視,如劉勰《文心雕龍·神思》云: "是以陶鈞文思,貴在虛靜,疏瀹
五藏,澡雪精神。"③ 而在北宋中後期的佛學語境下,佛教之靜定的觀照
方式對詩人創作思維之影響逐漸為詩人所重視,亦成為詩人所運用之主要
觀照方式之一。在王安石、蘇軾、黃庭堅詩中,皆可以看到佛教靜定觀照
方式在其詩歌創作中的痕跡。繼之而起的江西派詩人,對此亦是十分重
視,並一再在其詩歌中強調之。謝逸《遊西塔寺分韻得異字》詩之後半
曰: "不知虛靜中,自有無窮意。賦詩非不工,聊以助游戲。莫學玉川
子,弄筆嘲同異。"④ 即是強調擺脫所有牽掛後之澄明虛靜心態對詩歌創
作的重要性。而與大慧宗杲等禪宗中人交往密切的李彭,對佛教靜定觀照
方式亦是十分重視,其《寄珍首座》詩云:

> 詩寧淺而靜,不貴深而蕪。觀公秋懷作,峻潔仍紆餘。譬之列華
> 饌,陸海盈中廚。食蟹貴抱黃,食魚先腹腴。多入出或少,我昔聞先
> 儒。年來病塞拙,意廣材復疏。之子禪定起,焚香滿晴虛。坐看氤氳
> 處,縣縣詩思俱。應作牛腰束,能寄草堂無。⑤

---

① 周裕鍇:《宋代詩學通論》,上海古籍出版社 2008 年版,第 365 頁。
② (宋) 程顥:《秋日偶成二首》其一,《二程集·河南程氏文集》卷三,中華書局 1981
年版,第 482 頁。
③ (南朝梁) 劉勰著,楊明照等校注:《增訂文心雕龍校注·神思》,中華書局 2000 年版,
第 369 頁。
④ (宋) 謝逸:《溪堂集》卷一,《景印文淵閣四庫全書》第 1122 冊,第 479 頁下。
⑤ (宋) 李彭:《日涉園集》卷一,《景印文淵閣四庫全書》第 1122 冊,臺灣商務印書館
1983 年版,第 619 頁下。

李彭此詩雖是以詩應淺靜不貴深蕪來勸誡友人，但從呂本中對李彭“詩文富贍宏博，非後生容易可到”① 的讚譽來看，其詩中所言之“淺靜”乃是博覽群書、深思熟慮後所達到的隨手揮灑的境界。而在此詩歌修養過程中，虛靜的觀照方式則對達到隨手揮灑之創作境界有著重要的作用。當創作主體放下所有牽掛後，即能感受到萬物的自在本真存在，創作亦便成為了對觀照對象自在本真存在的書寫，隨手揮灑的境界也能因此而達到，正如其詩中所言“坐看氤氳處，綿綿詩思俱”。而其《夜坐聞櫓》一詩則是其明確地將靜定觀照方式與詩歌創作建立聯繫的一則範例：

> 日斜喧急雨，雨夜侯蟲秋。宴坐遊三昧，因人吟四愁。疎林月色好，別渚櫓聲幽。卻憶秦淮上，寒更渡小舟。②

秋日雨中，寒蟲唧唧之鳴叫聲聲入耳，詩人此時卻安然宴坐，由此進入了心無掛礙的心理狀態，此時之詩人“因人”而泛起詩思，即詩中所言之“吟四愁”。在此虛靜之心理狀態下，映入其心宇的是：灑落於蕭疏樹林中的斑駁的美好月色，遠處僻靜之水渚中傳來的幽咽櫓聲。詩人也因此而不自覺地想起，往昔遠客秦淮時於寒冷之夜晚泛舟之所想所感。月色、櫓聲皆是詩人在虛靜狀態下，即“宴坐遊三昧”的狀態下，對外界的直覺觀照所得，而遠客秦淮寒夜泛舟之回憶，則是直覺觀照外界時詩人不自覺的聯想。其《佚老堂為柳仲輝題》一詩之後半曰：“倚杖鷗邊雨，縈詩鴈背風。好閑多病處，清興畧相同。”③ 實則是對自己在澄清心宇後之虛靜狀態下創作的描寫。同列江西宗派圖中的饒節，因其衲子之身份及禪學造詣之高妙，他對於靜定照物對詩歌創作的重要性亦是十分看重，其《次韻呂無求同泛汴水》之前半曰：“瑣瑣榆下錢，貼貼水上鏡。蝸牛共飲吸，水馬競馳騁。靜中觀至妙，度此春日永。”④ 瑣碎細小之榆錢灑落於平靜之流水上，隨其漂流，宛如貼於圓鏡之上；河畔之蝸牛仿佛在吸飲清涼之河水，水中浮游之水馬宛若競相馳騁於水中。在詩人虛靜、安閑，擺脫了所有掛礙的虛靜心態觀照下，此種細小事物之形態、動態，皆是“至妙”，詩人通過對此“至妙”在詩篇中的書寫來表現自己安閑、虛靜

---

① （宋）呂本中：《紫薇詩話》，《歷代詩話》本，中華書局1981年版，第368頁。
② （宋）李彭：《日涉園集》卷七，《景印文淵閣四庫全書》第1122冊，臺灣商務印書館1983年版，第674頁下。
③ 同上書，第676頁下。
④ （宋）饒節：《倚松詩集》卷一，《景印文淵閣四庫全書》第1117冊，第224頁上。

之內心。其詩雖未如謝逸"坐看氤氳處，縣縣詩思俱"一般地，明確表露靜定照物對詩歌創作思維之重要，但其所言之"靜中觀至妙"之語，亦昭示了他對此觀照方式的重視。而其《次韻呂居仁送李商老，兼簡李去言兄弟、諸同參五首》其二，則明確地強調了靜定照物對於詩歌創作的重要性，詩曰：

> 開門對南山，萬物盡昭告。自是君不領，豈是君不好。諸人如
> 驥子，矯首萬里道。援琴欲寫之，促軫不能操。諸子亦停手，趺坐
> 西南奧。①

推門所見，入目之萬物皆本真而自在地存在著，此種感觸試問誰人能不喜好之？因而，只存在觀照主體忽略這種靜定照物所得之愉悅的可能，而沒有不喜好之可能，此是為"自是君不領，豈是君不好"。緊承其上，詩人說道：諸人皆如千里馬，競相馳騁於萬里大道中，如援琴抒發自己對此之感觸而不能的話，請君"趺坐西南奧"，即用虛靜之內心感觸之。因而，其詩實質上即是對靜定觀照方式對詩歌創作的重要性的言說。

從以上江西派諸人在詩歌中對靜定觀照方式的論述來看，他們有著將此種佛禪觀照方式與詩歌創作思維建立聯繫之自覺意識。江西派詩人所接受之佛學思想大多為禪宗的特點，使他們所運用之佛禪靜定觀照方式的內涵是屬於禪宗之範疇，帶有禪宗本自隨緣任運之禪悟境界觀照萬物本真存在的自得意味。而江西派諸人明確的理學師承淵源，使他們對於靜定照物方式的運用，亦兼具融通儒釋之特點，具體的表現即為側重於在詩歌中通過這種觀照，表達主體所觀照到的"生生之謂易"的欣悅。這使江西派詩人之創作避免了淪入枯寂寒儉之境地，亦使江西派詩人之詩歌呈現了獨特的特點。

三 活觀照物創作思維論的具體踐行與詩歌書寫內容的轉變

如前所論，在北宋中期以來的儒佛融合文化發展趨勢下，禪宗觀照方式滲入儒學由此呈現了儒釋觀照方式的合流，即"活觀"的出現。江西派諸人兼具禪學淵源與理學師承，而他們亦具有將佛禪觀照方式與詩歌思維建立聯繫的自覺意識，因而他們將"活觀"運用於詩歌創作也成為了必然之事。而他們在詩歌創作思維中引入"活觀"，則使他們的詩歌側重

---

① 《倚松詩集》卷一，《景印文淵閣四庫全書》第 1117 冊，第 224 頁上。

於表現主體對於世間萬物及自我本真存在的體悟，側重於書寫主體通過這種觀照所感受到自我生命本真存在的自在平和與淡然。這首先表現在詩人對其閑居生活的書寫中，這種對於自我生存狀態的書寫，最直接地體現了詩人是如何觀照世間萬物及自我日常生活的。以謝逸之詩為例：

> 靜坐寂無事，一日似兩日。聞之東坡公，此語妙無匹。晨漱夕曲肱，百年過如擲。投身聲利場，更覺居諸疾。而君定何人，能使羲輪軼。雖無揮日戈，自得魯陽術。但見弦望移，了不記甲乙。優游聊卒歲，何必日鼓瑟。①
>
> 地僻市聲遠，林深荒徑迷。家貧惟飯豆，肉貴但羹藜。假貸煩隣里，經營愧老妻。曲肱聊自樂，午夢破鳴鷄。②
>
> 直道逢人多齟齬，高懷向我最恢疎。不貪但守司城寶，無澤應辭季武車。池種青蓮看妙净，庭栽翠竹悟真如。何年来過溪堂飯，小圃携籃自摘蔬。③

第一首詩，謝逸從點化蘇軾"無事靜坐，便覺一日似兩日"之語開始，言自己靜坐時之所觀、所感，即自己"活觀"萬物之感受和閑居生活之感受。該詩中詩人言其"晨漱夕曲肱，百年過如擲"，即是"活觀"自我之日常生活，領悟到自我本真存在之樂趣，故而能任時光飛逝而此心如如，了無喜慍。詩之末四句"但見弦望移，了不記甲乙。優游聊卒歲，何必日鼓瑟。"則將此種淡然自得直接托出，深化主旨。第二首詩之首聯，詩人敘述了自己閑居處所之僻靜幽遠，頷聯與頸聯則寫閑居生活中飲食的簡陋、生計的窘迫，而詩人並未流入自怨自艾之情感表達俗套中，其尾聯中之"曲肱聊自樂"，則是暗用孔子之語："飯疏食飲水，曲肱而枕之，樂亦在其中矣。"④ 其目的在於彰顯自己對"孔顏樂處"的深切體認。至此，之前所述之居處的僻遠、飲食的簡陋、生計的窘迫皆成為詩人本真存在、自得其樂的反襯，從而使此詩呈現了悠游裕如之境界，這正是詩人本自"活觀"照物之方式，在對自己閑居生活的觀照中體味到生命本真

---

① （宋）謝逸：《永日亭》，《溪堂集》卷一，《景印文淵閣四庫全書》第 1122 冊，第 483 頁上。
② （宋）謝逸：《睡起》，《溪堂集》卷四，《景印文淵閣四庫全書》第 1122 冊，第 498 頁上。
③ （宋）謝逸：《次韻汪信民見寄》，《溪堂集》卷四，《景印文淵閣四庫全書》第 1122 冊，第 501 頁下。
④ 《論語·述而》，《四書章句集注》，中華書局 1983 年版，第 97 頁。

存在，並將此種體悟在詩歌中書寫之所致。第三首詩之後半段亦是詩人對
自我閑居生活中所感、所悟的書寫，詩人從池中蓮花、庭中翠竹的觀照中
悟得萬物本真存在的自得，以及將自我生命與萬物生命看作一體而感受到
的生命的欣悅。尾聯所結出的希望友人相訪之意，實則亦包含了詩人將閑
居之淡然自得傳遞與友人之意。詩中之"妙淨"、"真如"之佛教術語表
現了禪宗對詩人觀照方式的浸染，而尾聯表現出的閑居自得則帶有儒家抱
道而居之"孔顏樂處"的意味，這正彰顯了謝逸詩歌中所運用之觀照方
式融通儒釋的特點，這亦是其禪學、理學雙修之思想特點所決定的。四庫
館臣評謝逸詩曰："風格雋拔，時露清新。上方黃陳則不足，下比江湖詩
派，則颯颯乎雅音矣。"① 四庫館臣將其詩看作"雅音"之範疇，正在於
其詩歌所運用之"活觀"是融通儒釋的觀照方式，而其觀照的指向是主
體安貧樂道的精神流露，是對"孔顏樂處"體味的外在表現。

　　江西派中其他詩人對靜定觀照方式的運用與謝逸大體類似，皆是立身
於靜以觀萬物，而其指向則是主體將"自己生命與宇宙生命打成一片，
從萬物的生機中獲得一份生命的欣悅。"② 即詩人所運用之靜觀，因詩人
禪學、理學兼修的思想特點而兼具儒釋之特色，即使是宗派圖中後來落髮
為僧的饒節亦帶有這種特點，試以其詩之分析為例：

　　　　當軒方鑑碧溶溶，無事道人居此中。弟子來參洗鉢話，朋遊舊識
　　　釣魚翁。一奩深綠桃花雨，數尺寒漪竹葉風。箇處好懷誰共委，俯青
　　　飛鳥過晴空。③

　　　　擺落紅塵罷作緣，從渠早晚離西天。何妨展軸卧翹足，未暇隨人
　　　笑脅肩。但許南泉到癡鈍，莫依投子覓新鮮。佛魔一掃雙無用，陋矣
　　　莊生大小年。④

　　　　竟體芳蘭君可人，一軒風月澹無鄰。絲麻十亩他年老，文史三冬
　　　上世貧。渾渾淄澠空自辨，眈眈狼虎謾相親，了然道眼都無許，祇有
　　　鶯花滿意春。⑤

① 《溪堂集》四庫館臣評語，《景印文淵閣四庫全書》第 1122 冊，第 473 頁下。
② 周裕鍇：《宋代詩學通論》，上海古籍出版社 2008 年版，第 365 頁。
③ （宋）饒節：《次韻鑑碧軒》，《倚松詩集》卷二，《景印文淵閣四庫全書》第 1117 冊，
　　第 240 頁上。
④ （宋）饒節：《適承再示佳句亦強勉再成一首》，《倚松詩集》卷二，《景印文淵閣四庫全
　　書》第 1117 冊，第 244 頁下。
⑤ （宋）饒節：《贈隱居》，《倚松詩集》卷二，《景印文淵閣四庫全書》第 1117 冊，第
　　230 頁下。

第一首詩之首聯即用"無事道人"點明了主體對"無心即道"之本真存在的體悟，詩之頷聯、頸聯中，來參話頭之弟子、邀其把釣之友人、如雨點般灑落於碧綠潭水上的落花、吹皺潭水帶著竹葉清新香氣的微風，對詩人而言皆是本真存在的對象，詩人也在對這些本真存在之對象的觀照中，獲得了自在淡然的欣悅，因而其發出了"箇處好懷誰共委"的暢嘆。而末句飛過晴空之鳥兒，既是詩人目中所見，亦是作者運用興之手法，言說其自在自得如同無拘無束的飛鳥一般。第二首詩亦是詩人對自己體味到之生命本真存在的書寫，不去管覺悟與迷妄，亦不用去理會何為"小年"，何為"大年"，只要覺悟到無思無慮的本真存在，自己對人生境界之體悟自可更上一層。而其第三首詩雖是描寫的隱居之僧人，而詩人之用典亦是側重於將隱者描繪為隱居出世之高僧大德①，但其作結處所云之"了然道眼都無許，秪有鶯花滿意春"，卻是表現隱者對於生命之本真存在的體悟。

　　對於主體在觀照過程中，將自我之存在與萬物之本真存在看作一體，從中感悟到自我生命本真存在之自得與淡然，帶有著主體參與其中的明確痕跡，表達的是主體"生生之謂易"的活潑自在精神。阿部正雄先生曾指出："禪宗的目標永遠在於把握生命中活潑潑的實在"②，而這正是禪宗觀照方式滲入儒家思想的表現。江西派諸人對此活觀的運用，及其偏重於在詩歌中表現自己對於生命本真存在之證悟的特點，是江西派諸人學者、詩人之雙重身份所決定的，亦反映了哲學與文學之發展日益緊密結合的趨勢，即儒林與文苑合流之趨勢。江西派詩人與佛教有直接關係的題材中，他們所運用之觀照方式亦是兼具儒釋特點，如饒節之《次韻卿山主解嘲》詩：

　　　　道人竹瘦松柏剛，飽更風雨慣雪霜。堂堂自住一法界，豈與蕭艾相短長。利刀割水風吹光，以空壞空竟誰傷。君不見，湖邊飛來兩白鷺，終朝容與水雲鄉。③

---

① 詩中"眈眈狼虎謾相親"，應本自《景德傳燈錄》："祖（禪宗四祖僧璨）曰：'特來相訪，莫更有宴息之處否？'師指後面云：'別有小庵。'遂引祖至庵所，繞庵唯見虎狼之類。"《大正藏》第 51 卷，第 227 頁上。此外，詩中之"道眼"亦為禪宗語錄中語。

② ［日］阿部正雄：《禪與西方思想》，王雷泉、張汝倫譯，上海譯文出版社 1980 年版，第 29 頁。

③ （宋）饒節：《次韻卿山主解嘲》，《倚松詩集》卷一，《景印文淵閣四庫全書》第 1117 冊，第 222 頁下。

該詩之前半塑造了一個著力修行的僧人形象，而詩之後半卻是詩人對其之開導，世界本自虛妄，所悟之道既然是強調對虛妄的超越，那麼執著於悟道、執著於修持，豈不是相當於肯定了世界是真實的存在？因而如欲實現對虛妄現實的真正超越，需要直覺地體驗眼下之生活，從萬物本真存在的體悟中，領會到自己生命亦與萬物相同是本真的存在，不需殫精竭慮於如何解脫。詩中，饒節亦是強調對於本真存在的體悟，詩之末句中徜徉於水雲鄉的白鷺，亦是帶有強烈的象徵意義，其象徵意即是：主體若能體悟到自我生命之本真存在後，即能如同白鷺般悠游自在。李彭答"嗣首座"之"斜"字韻詩，其指向亦是對本真存在後的自得、淡然："爭端起儒墨，春蚓兼秋蛇。筆研真淺事，專門自名家。但有香積飯，不妨薰毗耶。溫風媚高柳，招客整還斜。"① 與佛教有直接關係之題材中，詩人對"活觀"之運用及其旨歸，則昭示了儒林與文苑融合程度日益深入的發展趨勢，亦反映了儒釋融通程度日益加深的趨勢。

作為儒釋融通的一種觀照方式，"活觀"雖要求主體立身於靜，但觀照的對象卻擴展開來，不僅可以是帶有禪意的寂然枯淡的自然景物，亦可以是富有生活氣息的日常生活，因而對於"活觀"的運用無疑具有豐富詩歌書寫內容、拓展詩人詩思的作用，正如周裕鍇先生所論："它（活觀）注意的是宇宙生生不息的精神，活潑潑的生機。鳶飛魚躍，草長水流，物之生意與人之靈氣相融合，於是，在物我交感的過程中完成了自然和心靈的異質同構。天人合一，道心轉化為詩心。這是一種充滿創造力的藝術思維方式。"② 在江西派諸人中，唯一沒有明確理學師承淵源的李彭，其詩歌則從反面昭示了"活觀"對於詩歌風格多樣性、書寫內容多樣性的作用。李彭沒有明確的師承淵源，但李彭與禪宗中人交往甚密，如大慧宗杲、湛堂文準等人與其皆有交往。因而，其詩歌所運用之觀照方式，是比較單純的佛教靜定觀照方式，而其詩所要表現的亦是禪意式的靜謐安寧，試觀其詩：

> 稍上參雲漢，中藏祇樹園。煙橫迷遠嶼，鳥度失孤村。一嶺分晴雨，半山纔晏溫。回頭聽梵唄，真是欲忘言。③

① （宋）李彭：《嗣首座以老夫詩西嶺障斜日為韻作五章見寄次韻答之》，《日涉園集》卷一，《景印文淵閣四庫全書》第1122冊，臺灣商務印書館1983年版，第678頁上。
② 周裕鍇：《宋代詩學通論》，上海古籍出版社2008年版，第366頁。
③ （宋）李彭：《自雲居歸欲到瑤田作》，《日涉園集》卷七，《景印文淵閣四庫全書》第1122冊，臺灣商務印書館1983年版，第674頁下。

故歲新芽約罣黃，重來敗葉帶飛霜。尋幽少脱塵勞夢，訪舊頗熏知見香。深谷鳴鐘雲暗淡，半峰斜照樹微茫。去天尺五今應是，璧月珠星掛上方。①

西嶺障斜日，澄江來遠門。歸鴉千萬點，暝色入遠村。②

孰知卜築野人居，飽聽鄰鐘與粥魚。便覺悠悠雲入座，只無瀧瀧水鳴除。③

此數詩皆是對於消解掉自我情思的自然景物的書寫，而其詩所要表達的亦是禪定式的虛靜内心。與謝逸、饒節等有著明確理學淵源之人的詩歌區別明顯，這是因為謝、饒等人在詩歌創作中運用"活觀"，表現主體對生命本真存在體悟後的自得、淡然，而李彭詩歌擯棄作者參與的痕跡，亦迥異於謝、饒等人著重在詩歌中表現自我心靈與自然生命的共振。四庫館臣評李彭詩在肯定其"具有軌度，無南宋人粗獷之態"④的成就之餘，亦引劉克莊"獨惜其詩體拘狹少變化"⑤之語，並認為"克莊所論為近之"。劉克莊及四庫館臣所論李彭詩之"拘狹少變化"，與其觀照方式運用的單一不無關係。

四　"貴富"："活觀"運用所造就的江西派詩美追求

筆者在第五章第四節中論述了王安石、蘇軾、黃庭堅所運用之佛教觀照方式在内涵上的變化，指出了其轉變經歷了一個由單純運用到將其與儒學思想相融合的過程。而其内涵亦經歷了一個脱離傳統佛教之定慧範疇，而兼具儒釋特色的轉變。江西派諸人緊承黃庭堅之腳步，他們對於靜定觀照方式的運用亦是兼具儒釋之特色，但黃氏相比，江西派諸人明確的理學淵源，及其傳承理學的自覺意識，則使他們在融通儒釋方面更加深入。江西派諸人對於靜觀的運用，因其理學淵源，造成了他們運用靜觀所要表達

---

① （宋）李彭：《遊雲居三首》其二，《日涉園集》卷八，《景印文淵閣四庫全書》第1122冊，臺灣商務印書館1983年版，第679頁下。

② （宋）李彭：《予夏中臥病，起已見落葉。因取淵明詩"門庭多落葉，慨然知已秋"，賦十章遣興》其一，《日涉園集》卷九，《景印文淵閣四庫全書》第1122冊，臺灣商務印書館1983年版，第693頁上。

③ （宋）李彭：《次韻九弟幽園即事》，《日涉園集》卷十，《景印文淵閣四庫全書》第1122冊，臺灣商務印書館1983年版，第705頁下。

④ 《日涉園集》四庫館臣評語，《景印文淵閣四庫全書》第1122冊，臺灣商務印書館1983年版，第615頁下—616頁上。

⑤ 《後村先生大全集》卷九十五，《四部叢刊初編》本，第825頁下。

的是主體擯棄所有雜念、擺脫所有掛礙後，所體察到的萬物本真的存在，
所感悟到的自我生命作為自然界生命之部分同樣是本真存在的欣悅，而對
這種欣然、自得在詩歌中的書寫，則必然使其詩歌走向自在平和。羅大經
《鶴林玉露》中曰：

> 古人觀理，每於活處看。故《詩》曰："鳶飛戾天，魚躍於淵。"
> 夫子曰："逝者如斯夫，不舍晝夜。"又曰："山梁雌雉，時哉時哉！"
> 孟子曰："觀水有術，必觀其瀾。"又曰："原泉混混，不舍晝夜。"
> 明道不除窗前草，欲觀其意思與自家一般。又養小魚欲觀其自得意，
> 皆是於活處看。故曰："觀我生，觀其生。"又曰："復其見天地之
> 心。"學者能如是觀理，胸襟不患不開濶，氣象不患不和平。①

羅大經頗具慧眼地指出了"活觀"照物，必然使觀照主體之胸襟開闊，
必然使觀照主體之心態、氣質趨於平和。羅氏之論雖是在南宋學術背景下
對修養工夫與主體精神氣度關係的論述，但論點的提出必是以事實的存在
為基礎的。"活觀"外部世界以實現自我氣象的平和，這種修養工夫在江
西詩派所處之兩宋之交即已存在，江西派諸人即是如此。江西派諸人的理
禪淵源使其傾向於以"活觀"的方式觀想外物，其目的是通過這種觀想
擯棄所有雜念，擺脫所有掛礙，從而體察到萬物乃至自我生命的本真存
在。而對自我生命本真存在的體察與感悟，則必會使主體之心境趨於淡然
平和。江西派諸人相近的學術淵源造就了他們思想的內在一致，行諸於詩
歌亦使其詩歌在整體風貌上頗為接近。楊萬里《江西宗派詩序》曰："江
西宗派詩者，詩江西也，人非皆江西也。人非皆江西而詩曰江西者，何繫
之也？繫之者何？以味不以形也。東坡云江瑤柱似荔子，又云杜詩似太史
公書，不惟當時聞者嘸然，陽應曰諾而已，今猶嘸然也。非嘸然者之罪
也，捨風味而論形似，故應嘸然也，形焉而已矣。高子勉不似二謝，二謝
不似三洪，三洪不似徐師川，師川不似陳後山，而況似山谷乎？味焉而已
矣。"② 楊萬里準確地指出了江西詩派之所以被視為一個文學流派，在於
其"味"的相近，而其所言之"味"在文學層面的體現，即是江西派詩
人多於詩歌中書寫主體感悟生命本真存在而造就的自在平和詩風。

　　劉熙載在其《藝概》中曰："西崑體貴富，實貴清，襞積非所尚也；

---

①　（宋）羅大經著，王瑞來點校：《鶴林玉露·乙編》卷三，中華書局1983年版，第163頁。
②　（宋）楊萬里著，辛更儒箋校：《楊萬里集箋校》，中華書局2007年版，第3230頁。

西江體貴清，實貴富，寒寂非所尚也。"① 江西派諸人理學、禪學雙修的整體思想特點，使他們在運用佛教靜觀時，將靜觀轉化為了"活觀"，因而雖然其詩歌觀照方式與佛教關係密切，但其詩歌卻並未如晚唐詩人或宋初晚唐體一樣流入枯寂寒儉之境地，而是將創作主體禪學、理學並修所具備的悠游裕如精神展現於詩歌中，亦即劉熙載所言之"富"。

第四節　呂本中"活法"說形成過程及內涵的理學觀照

隨著北宋後期儒釋整合程度的加深，文苑儒林體現出了合流的發展趨勢，江西詩派諸人大多有著師從理學名家的遊學經歷。知識構成的轉變不可避免地影響了文人詩論觀點的形成，而江西派諸人的理學背景則使其詩論的生成過程及特點呈現等方面有著明顯的理學印記，呂本中的"活法"說即是此種代表。從對呂本中"活法"說內涵生成的解析中不難看出，理學對當時詩論影響有日漸加深的趨勢。學界對於呂本中之"活法"一說討論甚多，但往往因為本中門人曾幾《讀呂居仁舊詩有懷其人作詩寄之》中"學詩如參禪，慎勿參死句"之句，多認為呂本中"活法"說的提出是受禪宗理論影響的結果，誠然"活法"說有著禪學因子。但呂本中祖父呂希哲為程頤門人，而呂本中亦有過師承楊時、游酢、尹焞的經歷，其受理學思想浸染甚深，四庫館臣評曰："本中嘗撰《江西宗派圖》，又有《紫微詩話》，皆盛行於世，世多以文士目之，而經學深邃乃如此。"② 故而，探討呂本中詩論亦不可忽視理學對其產生的影響，而呂氏"活法"一說更與理學淵源甚深。確切而言，是呂本中將理學修養方式與文學創作規律建立聯繫的結果。

一　呂本中理學淵源及其理學觀點探討

呂本中之祖父呂希哲為理學名家，而其本人亦有著探討理學的自覺意識，《宋史》稱："祖希哲師程頤，本中聞見習熟。少長從楊時、游酢、尹焞遊，三家或有疑異，未嘗苟同。"③ 全祖望亦謂本中："自元祐後諸名宿，如元城、龜山、鷹山、了翁、和靖以及王信伯之徒，皆嘗從遊，多識

---

① （清）劉熙載：《藝概》卷二，上海古籍出版社1978年版，第68頁。
② （清）紀昀等：《四庫全書總目提要》卷二十七，河北人民出版社2001年版，第707頁。
③ 《宋史》卷三百七十六"呂本中傳"，中華書局1977年版，第11635頁。

前言往行以畜其德。"① 可見本中不但出身理學世家,自少小即浸染理學,
且"遍參"理學諸家,頗有自成己說的自覺意識。黃宗羲敘其理學師承
曰:"滎陽孫,龜山、了翁、和靖、震澤門人。安定、泰山、涑水、百
源、二程、橫渠、清敏、焦氏再傳。鄞江、西湖三傳。"② 其中之了翁、
震澤即為陳瓘、王蘋,二者與楊時義兼師友,理學觀點較為接近。而和靖
為尹焞,《宋元學案》中曰:"先生少從游定夫、楊龜山、尹和靖遊,而
於和靖尤久。"③ 可見,呂本中雖然遍參諸家,但參學龜山、和靖較多的
事實。此外,陳淵《默堂集》卷十九《答范益謙郎中》中有"昨蒙示書
與居仁舍人誨帖同至"之語,又有提及呂本中者五處,可見陳淵與本中
交往亦頗為緊密。張九成《橫浦集》有《祭呂居仁舍人》、《書呂居仁與
范秀才詩簡》文,又有《悼呂居仁舍人》詩,可見張九成亦與呂本中交
往頗多。其中楊時理學以體驗喜怒哀樂未發之中為切要,內向式發展趨勢
明顯,陳淵承其衣鉢,亦以體驗未發之中為要務,其後學張九成、王蘋之
理學則更為激進,與後來之象山"心學"較為接近,黃宗羲評二家時皆
用"陸學之先"概括之。而尹焞之理學則更為偏向於下學窮理一派,朱
熹曰:"尹和靖在程門直是十分鈍底,被他只就一箇敬字上做工夫,終被
他做得成。"④ 又曰:"尹和靖只是依傍伊川許多說話,只是他也沒變化,
然是守得定。"⑤ 指出了尹焞雖然創新較少,但卻較好保留了程頤理學觀
點的特色。因此,從呂本中理學淵源上來看,呂氏遊走於下學窮理與偏向
"心學"之兩派間,其接受何種理學思想以及如何調和兩種理學思想,是
探討呂氏理學的重要問題。

　　從《東萊呂紫微師友雜誌》、《師友雜說》以及《童蒙訓》中所載呂
本中理學思想來看,呂氏兼收並蓄,對於上述兩派理學思想都有接受,更
偏向於下學窮理之一派,並且呈現出了調和兩派的意識。《東萊呂紫微師
友雜誌》載:"崇寧中,始聞楊丈中立之賢於關沼止叔,久方見之,而獲
從遊焉。"⑥ 可知在呂本中少年時期即已問學於楊時。今楊時《龜山集》
卷二十一有《答呂居仁》書信三篇,大致應作於此時。其中《答呂居仁》
其三中楊時將自己關於如何格物致知以會得"天理"的修養路徑教授於

① 《宋元學案》卷三十六"紫微學案",中華書局1986年版,第1233頁。
② 同上書,第1231頁。
③ 同上書,第1234頁。
④ 《朱子語類》卷一百一十五,中華書局1986年版,第2782頁。
⑤ 《朱子語類》卷一百一十四,中華書局1986年版,第2760頁。
⑥ (宋)呂本中:《東萊呂紫微師友雜誌》,《叢書集成初編》本,第3頁。

呂本中，其曰：“承問格物，向答李君書嘗道其略矣。六經之微言，天下之至賾存焉。古人多識鳥獸草木之名，豈徒識其名哉？深探而力求之，皆格物之道也。夫學者必以孔孟為師，學而不求諸孔孟之言則末矣。《易》曰：‘君子多識前言往行以畜其德。’孟子曰：‘博學而詳説之，將以反説約也。’世之學者欲以彫繪組織為工，誇多鬭靡以資見聞而已，故擷其華不茹其實，未嘗畜德而反約也，彼亦焉用學為哉？”① 而楊時所謂 “答李君書” 即是其《答李杭》一書，書中楊時敘其格物之說曰：“明善在致知，致知在格物。號物之多至於萬，則物將有不可勝窮者，反身而誠，則舉天下之物在我矣。《詩》曰：‘天生烝民，有物有則。’凡形色具於吾身者，無非物也，而各有則焉，反而求之，則天下之理得矣。由是而通天下之志，類萬物之情，參天地之化，其則不遠矣。”② 楊時從世間萬物皆是 “天理” 具體體現的角度，推出自我亦是 “天理” 之體現。因此，就自我性情、認知規律等的反思内省入手，亦可實現對 “天理” 的深切體認。楊時學說對呂本中產生了潛移默化的影響，《童蒙訓》卷下載：“萬物皆備於我矣，反身而誠，富有之大業；至誠無息，日新之盛德也。”③ 彰顯了呂本中對楊時修養理論的承繼。《師友雜說》載：“仁，人心也。知物已本同，故無私心。無私心，故能愛。人之有憂，由有私己心也，仁則私己之心盡，故不憂。”④ “使無私心而有所為，則無適而不可。”⑤ “常人之情多是私意而不能自觀省也，如園林花竹已自種植者見之，意思便別他人所種植者，雖甚愛之，終無親暱之意。草木無知，猶私之如此，況其親黨之所愛乎？若於此類，盡能觀省，其亦將寡過而得至公之體矣。”⑥ 在呂本中看來，滅除私心則 “天理” 可見，這與楊時向内探求以會得 “天理” 的方式極為接近。《師友雜說》載：“《論語》弟子記孔子之語，都不及治心養性上事，止論目前日用閑邪，去非孝弟忠信而已。蓋脩之於此，必達之於彼；約之於内，必得之於外。知生則知死矣，能盡人則能事鬼神矣，下學則上達矣，聖人之道如是而已。”⑦ 呂氏此語雖是言説下學上達的修養次序，但其 “約之於内，必得之於外” 之語，則彰顯了其重視向内探

---

① （宋）楊時：《楊龜山先生全集》卷二十一，臺灣學生書局 1974 年版，第 913 頁。
② 《楊龜山先生全集》卷十八，臺灣學生書局 1974 年版，第 799 頁。
③ （宋）呂本中：《童蒙訓》卷下，《景印文淵閣四庫全書》第 698 冊，第 537 頁下。
④ （宋）呂本中：《師友雜說》，《叢書集成初編》本，第 4 頁。
⑤ 《師友雜說》，《叢書集成初編》本，第 29 頁。
⑥ 同上書，第 22 頁。
⑦ 同上書，第 10 頁。

求的修養方式。

　　此外，楊時在《答呂居仁》其二中曾告誡呂本中，儒者當以達到隨心所欲而不踰矩作為最高境界："夫守一之謂敬，無適之謂一。敬足以直內，而已發之於外則未能時措之宜也，故必有義以方外。毋我者，不任我也，若舜舍已從人之類是也。四者各有所施，故兼言之也。道固與我為一也，非至於從心所欲不踰矩者，不足以與此言。"① 楊時告誡呂本中要通過守敬等具體的、長期的修養工夫而達到不自覺的舉手投足皆合乎"道"的地步，即隨心所欲而不踰矩的境界。楊時為其指出，修養之標的乃是一種與道合一的、和樂自在的精神境界。呂本中頗為服膺楊時此說，《師友雜誌》載："明道先生嘗說橫渠《西銘》：'學者若能涵味此理，以誠敬存之，必自有得處。'某嘗以書問楊中立先生曰：'既曰誠矣，又復說敬，何也？'楊先生答書言：'以誠敬存之，皆非誠敬之至者，若誠敬之至，又安用存？'"② 呂氏為後學言及楊時此語，目的在於告誡後學：誠敬只是修養的方式，而修養之要則是通過長期的"以誠敬存之"的修養，達到無意間的舉手投足皆合乎誠敬要求的境地，即"誠敬之至，又安用存"的境地，也就是楊時《答呂居仁》其二中告誡本中的隨心所欲而不踰矩的境界。

　　楊時之修養理論注重通過向內探求以會得"天理"，其優點在於簡易明了，其缺陷則在於與禪學"迴光內照"的修行方式界限不明。楊時云："《維摩經》云：'直心是道場。'儒佛至此，實無二理。"③ 楊時儒釋不二的言論，正是其修養方式過於接近禪學的必然結果。呂本中並未混同儒釋，其"於和靖尤久"的求學經歷，使其汲引下學窮理的理論以救楊時理論之失。《師友雜誌》載："顯道答康侯書云：'承諭進道浸確，深所望於左右。儒異於禪，正在下學處。顏子工夫真百世師範，舍此應無入路，無住宅。'"④ 呂本中對謝良佐之語的復述，正顯示了其與謝氏觀點的一致，即認為下學窮理的修養方式是儒學區別於禪學的特色。程頤認為："在天為命，在義為理，在人為性，主於身為心，其實一也。"⑤ 呂本中通過尹焞繼承了程頤的這種觀點，《師友雜說》載："窮理盡性以至於命，命也，性也，理也，皆一事也。在物謂之理，在人謂之性，在天謂之命。

① 《楊龜山先生全集》卷二十一，臺灣學生書局 1974 年版，第 911 頁。
② （宋）呂本中：《東萊呂紫微師友雜誌》，《叢書集成初編》本，第 17 頁。
③ 《楊龜山先生全集》卷十，臺灣學生書局 1974 年版，第 532 頁。
④ 《東萊呂紫微師友雜誌》，《叢書集成初編》本，第 18 頁。
⑤ 《二程集·河南程氏遺書》卷十八，中華書局 1981 年版，第 204 頁。

至於命者，言盡天道也，薰陶漸染之功與講究持論互相發明者也。"① 呂
氏作為"薰陶漸染"與"講究持論"相互發明，即是強調通過師友之探
討與讀書治學的下學工夫而達到對"天道"的深切體認。此外，程頤認
為"凡一物上有一理，須是窮致其理"，修養主體通過長期的"格物"而
後"積習既多，然後脫然自有貫通處"②。呂本中亦承襲了程頤的觀點，
這在《師友雜說》、《童蒙訓》中多有反映：

> 今日記一事，明日記一事，久則自然貫穿。今日辨一理，明日辨
> 一理，久則自然浹洽。今日行一難事，明日行一難事，久則自然堅
> 固，渙然冰釋，怡然理順，久自得之，非偶然也。③

> 學問功夫，全在浹洽涵養，蘊蓄之久，左右採擇，一旦冰釋理
> 順，自然逢原矣。非如世人強襲取之，揠苗助長，苦心極力，卒無所
> 得也。④

> 後生學問，且須理會《曲禮》、《少儀》、《儀禮》等學，洒掃應
> 對進退之事，及先理會《爾雅》訓詁等文字，然後可以語上，下學
> 而上達，自此脫然有得，自然度越諸子也。不如此，則是躐等，犯分
> 陵節，終不能成。"孰先傳焉，孰後倦焉"，不可不察也。⑤

呂本中對下學窮理的重視，使其修養方式具有腳踏實地、篤實可行，亦消
除了一味向內探求而墜入玄妙神秘的可能。

呂本中對楊時的師承，使其理學標的確然、簡易明了；而其對於程
頤、尹焞下學窮理之治學路徑的承繼，使其理學篤實親切、精密平實。
下學而上達是任何理學學派皆遵循的修養之路，但因主體資質、才性及
偏好的不同，在下學與上達的側重上，歷來之理學家或偏向於此，或著
重於彼。呂本中亦不例外，從其所論理學修養來看，楊時等人的向內探
求的修養方式雖對其影響深刻，但其論述向內探求以會得天理者共有三
條，而論述下學窮理者比比皆是，呂本中偏向於後者的態勢顯而易見。
而下學窮理的立論依據是"一物上有一理"、"物物皆有理"，故而文學
創作亦有"理"在其中；修養主體需要格物以明理，故而就文學創作

---

① 《師友雜說》，《叢書集成初編》本，第 9 頁。
② 《二程集·河南程氏遺書》卷十八，中華書局 1981 年版，第 188 頁。
③ 《師友雜說》，《叢書集成初編》本，第 12 頁。
④ 同上。
⑤ 《童蒙訓》卷上，《景印文淵閣四庫全書》第 698 冊，第 524 頁下。

中明理亦是理所當然。呂本中這種理學修養方式上的偏重，為其注重探討詩歌創作規律提供了合理的理論依據。同時，呂氏下學窮理的修養方式，因其注重從實際工夫的踐行，隱含著這種可能，即在詩歌創作的具體探討中，注重對詩歌技法等基礎理論的探討。而呂氏對下學目的在於上達的重視，則隱含著呂氏通過詩歌法度等基礎工夫的探討與踐行而追求更高藝術境界的可能。

要言之，呂氏之理學理論，不但使其重視並探討詩歌創作規律，亦決定了其探討方式與關注視野。

二　呂氏詩論發展脈絡及與理學之關係

如前所述，呂本中之家學淵源使其自幼即對理學"聞見習熟"，而自崇寧年間的少年階段開始，呂本中遍參楊時、尹焞等理學名家的求學經歷，亦使其一直處於理學理論的浸染中。而理學所關注的問題不但是至高至大的宇宙本體論，更是對主體精神境界、生存狀態的關注，而詩歌則與主體之精神氣度密不可分，故而呂本中之理學特點必會影響至其詩論，衡之以呂氏詩論走向，也確是如此。

解讀呂本中"活法"說的提出原因，不可忽視當時詩學發展之概況。在北宋末期，學習黃庭堅已經成為當時的一大潮流，楊萬里云："要知詩客參江西，正似禪客參曹溪。不到南華與修水，於何傳法更傳衣。"① 誠齋之語形象地說明了當時江西詩派參學黃庭堅的浩大聲勢。但由於黃庭堅強調詩歌法度，並且留下了相當多的關於煉字、對偶、聲律等詩歌具體技法探討的文字，故而江西後學之學黃，亦著重從法度入手，但到北宋末，這種以參學黃庭堅詩歌技法的詩學理念呈現出了很大的弊端，或眼界狹小，所學單一，或抄襲剽竊，缺少新意，或礤章裂句，失於晦澀。被呂本中列為江西宗派圖的徐俯即批評此種現象說："近世人學詩，止於蘇、黃，又其上則有及老杜者。至六朝詩人，皆無人窺見。若學詩而不知有《選》詩，是大車無輗，小車無軏。"② 陳巖肖曰："或未得其妙處，每有所作，必使聲韻拗揆，詞語艱澀，曰'江西格'。"③ 韓駒亦曰："今人非次韻詩，則遷意就韻，因韻求事；至於搜求小說佛書殆盡，使讀之者惘然

---

① 楊萬里：《送分寧主簿羅寵才秩滿入京》，《誠齋集》卷三十八，《四部叢刊初編》本，第 365 頁上。
② （宋）曾季貍：《艇齋詩話》，《歷代詩話續編》本，中華書局 1983 年版，第 296—297 頁。
③ （宋）陳巖肖：《庚溪詩話》，《歷代詩話續編》本，中華書局 1983 年版，第 182 頁。

不知其所以，良有自也。"① 很顯然，這種以參學黃氏詩歌技法入手的學詩方式，發展到呂本中登上詩壇的時期，其面臨的問題是如何從形而下的技法研習，達到形而上的境界提升。

呂本中對北宋末期詩壇之弊亦有著清醒的認識，在其作於大觀末的《外弟趙才仲數以書來論詩因作此答之》一詩，即隱含了呂氏關於如何救當時詩壇之弊的見解：

> 君才如長刀，大竅當一割。正須礱其鋒，却立望容髮。平生江海念，不救文字渴。茫然攬轡來，六驥仰朝秣。病夫百無用，念子故踈闊。未能即山林，頗復便裘褐。前時少年累，如燭今見跋。胸中塵埃去，漸喜詩語活。孰知一杯水，已見千里豁。初如彈丸轉，忽若秋兔脫。旁觀不知妙，可受不可奪。君看擲白盧，乃是中箭筈。不聞鐵甲利，反畏彊弩末。輿薪遵大路，過眼有未察。君能探虎穴，不但鬚可捋。②

該詩之"平生江海念"以下即是對自我學詩經歷的一種回顧，本中首言少年時期的意欲浪跡江海的清邁豪氣並沒有使自己的詩歌創作臻於高妙境地，是為"平生江海念，不救文字渴"。而自"前時少年累"以下則是自我詩歌創作進步原因的剖析，呂本中認為自己詩歌創作之所以能取得進步，盡除少年之固陋，則在於"胸中塵埃去"，即內在修養的進步促成了詩歌創作水平的提升。其中"胸中塵埃去"則與程顥所言之"內外兩忘"之修養方式關係緊密："與其非外而事內，不若內外之兩忘也，兩忘則澄然無事矣。無事則定，定則明，明則尚何應物之為累哉？"又如陳淵所說："蓋嘗收視反聽，一塵之慮不萌於胸中，表裡洞然，機心自息。"③ 在去盡私慾，胸中不置一物後，則可達到程顥所謂"情順萬物而無情"的境地，以此"渾然與物同體"之心態應事接物，則觸處皆真，行諸於詩歌創作，則自然高妙。這種境界的獲得是個體通過細微而長久的精神體驗而得，故而具有個體性，難以明言之，呂本中"旁觀不知妙，可受不可奪"即是指此。而內在修養的高妙行諸於具體的詩歌創作，還需要熟練的詩歌技巧方可，"輿薪遵大路，過眼有未察"即是勸勉趙才仲當從具體

---

① （宋）魏慶之：《詩人玉屑》引《陵陽先生室中語》，上海古籍出版社 1978 年版，第 127 頁。

② （宋）呂本中：《東萊詩集》卷三，《景印文淵閣四庫全書》第 1136 冊，第 699 頁下。

③ （宋）陳淵：《默堂集》卷二十，《景印文淵閣四庫全書》第 1139 冊，第 499 頁下。

的詩歌技法的研習、揣摩入手，切勿好高騖遠，忽略詩歌技法之基礎工夫的研習，唯有做到詩歌技法的了然於心、揮灑自如，方能將主體充盈高妙的內在修養表現出來，從而達到詩歌創作的高妙境界。在這首詩中，呂本中完整闡述了其內在修養決定詩歌創作水平的理念，同時又對詩歌技法於表現主體內在精神氣度的重要性予以了重視。同時，該詩中"平生江海念，不救文字渴"，彰顯了呂氏對激情發越之詩學觀的揚棄；而"胸中塵埃去，漸喜詩語活"，則表現出了呂氏欲汲引理學理論成分，以修正元祐"以才學為詩"與江西派沉溺於技法的意圖。

在政和三年所作之《別後寄舍弟三十韻》一詩中呂本中則明確提出了"活法"一說，詩之後半曰：

> 惟昔交朋聚，相期文字盟。筆頭傳活法，胸次即圓成。孔劍猶霄鍊，隋珠有夜明。英華仰前輩，廊廟到諸卿。敢計千金重，嘗叨一字榮。因觀劍器舞，復悟擔夫爭。物固藏妙理，世誰能獨亨。乾坤在蒼莽，日月付崢嶸。凜凜曹劉上，容容沈謝并。直須用欵欵，未可笑平平。有弟能知我，他年肯過兄。初非強點灼，略不費譏評。短句筌筊引，長歌偪側行。力探加潤澤，極取更經營。徑就波瀾闊，勿求盆盎清。吾衰足欲轍，汝大不敧傾。莫以東南路，而無伊洛聲。①

呂本中首先指出胸次圓成是"活法"的前提，而後呂本中又指出了詩歌技法的重要"敢計千金重，嘗叨一字榮"，但其後之"因觀劍器舞，復悟擔夫爭"，則用張旭"始見公主擔夫爭道又聞鼓吹而得筆法意，觀倡公孫舞劍器得其神"的典故，來說明詩歌技法的探討應當達到"悟"的境界，即通過長久的研習，將詩歌技法內化為個體經驗的一部分，達到隨意揮灑而可中節的境地。而"物固藏妙理，世誰能獨亨"之句，則明顯是其格物致知論的反映："今日辨一理，明日辨一理，久則自然浹洽。今日行一難事，明日行一難事，久則自然堅固，渙然冰釋，怡然理順。"② 在呂本中看來，詩歌創作乃至詩歌技法皆有"理"蘊含在內，通過長期的研習，主體則可達到應手而出的境地，也就是呂氏所謂之"渙然冰釋，怡然理順"。其後之"力探加潤澤，極取更經營"，亦是強調由形而下之技法的

---

① （宋）呂本中：《東萊詩集》卷六，《景印文淵閣四庫全書》第 1136 冊，第 722 頁下—第 723 頁上。

② 《師友雜說》，《叢書集成初編》本，第 12 頁。

研習而達到形而上之境界的提升。而其"徑就波瀾闊，勿求盆盎清"之語，則是再次強調不可耽於技法的錘煉而忽視對詩歌境界的追求。

紹興元年，呂本中作《與曾吉甫論詩第一帖》。在此篇文中，呂本中從詩歌技法的角度，指出"遍考精取，悉為吾用"乃是學詩之要，即通過長久的研習，使詩歌技法內化為個體經驗，達到隨意揮灑而皆合作詩之要的境地。在此文中，呂本中進一步強調說："要之，此事須令有所悟入，則自然度越諸子。悟入之理，正在功夫勤惰間耳。如張長史見公孫大娘舞劍，頓悟筆法。如張者，專意此事，未嘗少忘胸中，故能遇事有得，遂造神妙。使他人觀舞劍，有何干涉？"① 呂氏文中雖然運用禪學"悟入"的術語，但從呂氏思想的發展來看，則"悟入"之內涵更接近於其"蘊蓄之久，左右採擇，一旦冰釋理順，自然逢原矣"的理學修養理論。在其同年所作的《與曾吉甫論詩第二帖》中，呂本中則從內在修養的角度進一步探討如何由技而道的問題：

> 詩卷熟讀，深慰寂寞，蒙問加勤，尤見樂善之切，不獨為詩賀也。其間大概皆好，然以本中觀之，治擇工夫已勝，而波瀾尚未闊，欲波瀾之闊，必須於規摹令大，涵養吾氣而後可。規摹既大，波瀾自闊，少加治擇，功已倍於古矣。試取東坡黃州已後詩，如《種松》、《醫眼》之類，及杜子美歌行及長韻近體詩看便可見。若未如此而事治擇，恐易就而難遠也。退之云："氣，水也；言，浮物也。水大則物之浮者，大小畢浮。氣之與言，猶是也，氣盛，則言之長短與聲之高下皆宜。"如此則知所以為文矣。曹子建七哀詩之類，宏大深遠，非復作詩者所能及此，蓋未始有意於言語之間也。近世江西之學者，雖左規右矩，不遺餘力，而往往不知出此，故百尺竿頭，不能更進一步，亦失山谷之旨也。②

在此篇文字中，呂本中明確指出了詩歌創作境界提升的路徑，即通過"涵養吾氣"，實現精神境界的超越高妙，達到"渾然與物同體"的境界，由此應事接物，則觸處皆真；行諸於詩歌創作，則規模必大、氣象必宏、波瀾必闊。在此基礎上"少加治擇"，即於詩歌技法上"遍考精取，悉為吾用"，則詩歌創作自然可臻於高妙之境地。在完成以上論述後，呂本中

---

① （宋）胡仔：《苕溪漁隱叢話·前集》卷四十九，人民文學出版社 1962 年版，第 333 頁。
② 同上。

指出了江西派詩人的缺陷，即"左規右矩，不遺餘力"地僅僅專注於詩歌技法的研習，而忽略了"涵養吾氣"對於詩歌創作的決定作用，所以江西派詩人一直未能通過形而下之技法的研習，達到形而上之創作境界的提升，是為"百尺竿頭，不能更進一步，亦失山谷之旨也"。

從呂本中"活法"說提出前的詩學觀點的發展來看，其一直力圖將理學修養方式與詩學理論探討建立起聯繫，以此來解決當時如何由形而下之技法研習達到形而上之創作境界提升的詩學問題，即如何由技而道、由枝葉入根本的問題。所以呂本中"活法"說的提出，是江西派詩學理論進一步發展的需要，亦符合了理論學說由形而下之問題考察到形而上之理論探討的發展規律。因此，從理學的視角審視呂本中語廣而意圓的"活法"說，有助於更好地揭示"活法"的理論內涵及其學術淵源。

三 呂本中"活法"說與楊時"執中"論的學理性相通

從呂本中"活法"說提出前的詩學理論發展來看，呂本中關於"活法"的論述體現了一脈相承、漸次完善的特點，亦體現出了理學意味逐漸濃郁的特點。而呂本中下學窮理之理學修養論亦存在著通過探討文學創作而實現體悟"天理"的可能，存在著由藝而道、由枝葉而根本的修養進程。《師友雜說》載呂氏語曰：

> 天下萬物一理，苟致力於一事者必得之，理無不通也。張長史見公主擔夫爭道及公孫氏舞劍，遂悟草書法。蓋心存於此，遇事則得之，以此知天下之理本一也。如使張長史無意於草書，則見爭道舞劍有何交涉？學以致道者亦然，一意於此，忽然遇事，得之非智巧所能知也。德成而上，藝成而下，其願學者雖不同，其用力以有得則一也。學者盍以張長史學書之志而學道乎？[1]

從中不難看出呂氏之修養意圖，即由形而下之"藝"的探討達到形而上之"道"的體悟。而對於"藝"的探討，呂本中則用張旭書法之例，指出"心存於此"、"一意於此"的重要。同樣，對於詩歌創作而言亦是如此，《紫微詩話》載："叔用嘗戲謂余云：'我詩非不如子，我作得子詩，只是子差熟耳。'余戲答云：'只熟便是精妙處。'叔用大笑以為然。"[2]

---

① 《師友雜說》，《叢書集成初編》本，第 10 頁。
② （宋）呂本中：《紫微詩話》，《歷代詩話》本，中華書局 1981 年版，第 362 頁。

"心存於此"、"一意於此"的標的則是達到將詩歌技法等內化為創作主體之內在經驗，從而隨手揮灑而皆合法度。其學理則與楊時告誡呂本中之語相通："以誠敬存之，皆非誠敬之至者，若誠敬之至，又安用存？"① 心存誠敬，長期修養，最終達到隨心所欲而舉止皆合乎誠敬要求的境地。呂本中的理學修養和詩歌技法的探討至此連接在了一起，體現出了以形而上之"道"來明確形而下之"藝"的探討的自覺意識，簡言之，即是強調將由枝葉而探根本的理學修養與文學創作規律探求合並為一。

呂本中作於紹興三年②的《夏均父詩集序》，對其"活法"詩論進行了系統的解說，其論雖從表面來看是對詩歌創作的探討，但其邏輯構成卻有著呂氏理學修養方式的脈絡在內。此外，呂氏一直力圖將詩藝探討與理學修養建立聯繫，故而從理學角度審視其"活法"的系統化構成，有助於更好地發掘其內涵。《夏均父詩集序》全文如下：

> 頃歲嘗與學者論，學詩當識活法。所謂活法者，規矩備具而能出於規矩之外，變化不測而卒亦不背規矩也。是道也，蓋有定法而無定法，無定法而有定法，知是者則可以語活法矣。世之學者，知規矩固已甚難，況能遽出規矩之外而有變化不測乎？謝元暉有言："好詩流轉圓美如彈丸。"此真活法也，元暉雖未能實踐此理，言亦至矣。近世黃魯直首變前作之弊，而後學者知所趨向，畢精盡知，左規右矩，庶幾至於變化不測，而遠與古人比，蓋皆由此道入也。然予區區淺末之論，皆漢魏以來有意於文者之法，而非無意於文者之法也。孔子曰："興於詩。"又曰："詩可以興，可以觀，可以群，可以怨。邇之事父，遠之事君，多識於鳥獸草木之名。"今之為詩者，果可以使人讀之而能興觀群怨矣乎？果可以使人讀之而能知所以事父事君而能識鳥獸草木之名乎？為之而不能使人如是，則如勿作。雖然，文猶質也，質猶文也，君子於文有不得已焉者也。吾友夏均父，蘄人也，賢而有文章，其於詩，蓋得所謂規矩備具而出於規矩之外變化不測者，其天才於流輩獨高，眾苦不足，而均父常用之若不盡也。③

---

① 《東萊呂紫微師友雜誌》，《叢書集成初編》本，第 17 頁。

② 曾明：《呂本中"活法"說文本考》，載《西南民族大學學報》2011 年第 4 期。

③ （宋）王正德：《餘師錄》卷三，《叢書集成初編》本，第 41—42 頁。據《餘師錄》序文可知，該書作於紹熙四年，此時劉克莊年僅七歲，故而拙著所引《夏均父詩集序》以《餘師錄》為準。

相對於呂本中詩歌中對於"活法"的論述,本中此文論述得更為詳細、更為系統。呂本中此處之"活法"更加強調在做到"法度森嚴"的同時而能"卒造平淡",更加強調對詩歌創作揮灑自如之境界的追求,周裕鍇先生認為:"'規矩具備而能處於規矩之外',這是黃氏(庭堅)'稍入繩墨乃佳'與'不可守繩墨令儉陋'的翻版;'變化不測,而亦不背於規矩',這又是蘇軾'出新意於法度之中,寄妙理於豪放之外'的重申。活法之義,語廣而意圓,要之可視為蘇、黃詩學的合題。"① 周先生之論頗中肯綮。但呂氏彌合蘇黃詩論的思維方式和思維過程,卻值得更深一步的探求。

呂本中在《夏均父詩集序》一文中將黃庭堅作為師法的對象,認為山谷"畢精盡知,左規右矩,庶幾至於變化不測",簡言之,即是通過詩歌法度的研習,達到爛熟於心的地步,從而揮灑自如而皆合乎法度。對此,呂本中認為唯有做到"活法",方能達到山谷之詩學高度。而其"活法"說則由兩組對立統一的矛盾組合構成,即"規矩備具而能出於規矩之外,變化不測而卒亦不背規矩"與"有定法而無定法,無定法而有定法"。很顯然,呂氏此論所討論的是由形而下之技法探討上升至形而上之境界提升的問題,是關於如何對形而上之境界進行界定的問題,這與下學上達的理學修養進程頗為相似,其重心則在於如何上達。因此,欲探明"活法"說之內涵,必先梳理呂本中理學上達理論方可。

呂本中之理學對下學之重要論述頗為詳細,而對於上達之方則語焉不詳,這反映出兩種情況,一是呂氏對此含混不清,二是呂氏認為這是自然而然的道理,無須進一步言說。從呂本中理學修養的自覺性來看,前一種可能基本不存在。如此,則呂氏必對上達之方瞭然於胸。從呂本中參學經歷來看,其早年即已問學於楊時,其後又與王蘋、張九成交往密切。同時,呂本中之祖父呂希哲亦是其首先師法之人,此四人之理學皆偏向於上達一派,故而,呂本中理學較少論及上達也在情理之中。呂希哲之學,朱熹用"直截勁捷,以造聖人"概括之,指出了呂希哲之學偏向於內向式探求的特色。而楊時則在《答呂居仁》其二中詳細向呂本中傳授了其上達之方,楊時告誡呂本中當從"守一之謂敬,無適之謂一"的修養入手,以此長期的操持達到與道合一的隨心所欲不踰矩的最高境界。值得注意的是,這是楊時體驗未發之中的翻版,其"守一"、"無適"即是保持中和心境,楊時詳細闡述其觀點曰:

---

① 周裕鍇:《宋代詩學通論》,上海古籍出版社 2008 年版,第 223 頁。

　　《中庸》曰："喜怒哀樂未發謂之中，發而皆中節謂之和。"學者
當於喜怒哀樂未發之際，以心體之，則中之義自見，執而勿失，無人
欲之私焉，發必中節矣，發而中節，中固未嘗亡也。孔子之慟，孟子
之喜，因其可慟可喜而已，於孔孟何有哉？其慟也，其喜也，中固自
若也。鑒之照物，因物而異，形而鑒之，明未嘗異也。莊生所謂
"出怒不怒，則怒出於不怒；出為無為，則為出於不為。"亦此意也。
若聖人而無喜怒哀樂，則天下之達道廢矣。……故於是四者，當論其
中節不中節，不當論其有無也。夫聖人所謂"毋意"者，豈恝然若
木石然哉？毋私意而已，誠意固不可毋也。①

　　楊時此處"執而勿失"中所執之物，與"守一"之"一"，皆為喜怒
哀樂未發之"中"。楊時認為在體會到私意除盡的中和心境後，用之
應事接物則可使自我之情緒表達皆合乎道。故而孔孟在具備中和心境
後，仍然有著悲喜等情感，不同於常人的是其情感之流露皆合於道而
已。張九成亦有類似的表述，其《少儀論》中有言曰："諸君誠有意
於斯道，當自喜怒哀樂未發之前，求其所謂內心，儻有得焉，勿止
也，當求夫發而中節之用，使進退起居飲食寢處不學而入於《鄉黨》
之篇，則合內外之道，可與論聖人矣。"② 皆認為若用滅除私欲之中和
心境處事，則喜怒哀樂發而皆可中節。主體情緒之抒發能於無意間而
皆合乎道，即是隨心所欲不踰矩之境界，這也就是楊時告誡本中"道
固與我為一也，非至於從心所欲不踰矩者，不足以與此言"的內涵。
呂本中問學於楊時乃在崇寧年間，其後又與張九成交往密切，因而楊
時此種"執中"修養論呂本中當自少年時期即已熟知。也正因為對此
專注上達之執中論的極度熟悉，呂本中才在其理學理論中一再強調下
學。而其所熟知的"執中"以上達的修養方式，則為其"活法"說
系統化完成提供了理論方法。

　　如前所述，呂本中活法說由兩組對立統一的矛盾組合構成，這兩組矛
盾組合則與楊時所闡釋的"出怒不怒，則怒出於不怒；出為無為，則為
出於不為"在思維方式上存在著對應的關係。所謂"出怒不怒"，即是主
體在實現對未發之中的體驗後，情緒抒發皆合乎儒者之道的要求；而

---

① （宋）楊時：《答學者》其一，《楊龜山先生全集》卷二十一，臺灣學生書局 1974 年版，
第 898 頁。
② （宋）張九成：《橫浦集》卷五，《景印文淵閣四庫全書》第 1138 冊，第 322 頁上。

“怒出於不怒”，則是主體雖然有喜怒哀樂等各種情緒，但不同於常人處在於其情緒抒發皆未曾躍出儒者之道的範圍。所謂“出為不為”，即是主體滅除私慾後，應事接物，而其心境則本自對未發之中的體驗，一直處於“無適之謂一”的狀態；而“為出於不為”，則是強調主體雖然參與外在事物，但其內心卻沒有一絲一毫偏離未發之“中”。呂本中所謂“規矩備具而能出於規矩之外，變化不測而卒亦不背規矩”，則是強調在長期研習詩歌法度，達到爛熟於心的基礎上，隨意揮灑而不悖離詩歌法度。其“有活法而無定法，無定法而有定法”，則是強調創作主體通過熟知法度、長期踐行而造就自我風格後，其隨意的揮灑皆是自我風格的展現。因此，體驗未發之中以應事接物的理學理論與呂本中的“活法”論，其對應關係如下：

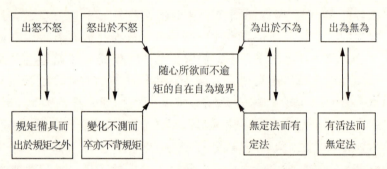

因此，呂本中之“活法”說的提出，是其長期致力於用理學修養方法貫通詩歌創作理論的必然結果。呂本中從當時詩壇沉溺於詩歌技法等形而下基礎工夫探討的弊端出發，將關注焦點轉移到了如何通過形而下之技法錘煉而實現創作境界的提升。呂氏的這種詩論發展方向，使其熟知的理學“執中”以上達的修養方法進入到了其詩論的構建過程中，從而形成了由藝而道、由枝葉而根本的圓融無礙、體用兼備的詩論系統。

四　南宋學者對“活法”一詞運用的啓示

如前所述，呂本中之“活法”詩論的提出有著借鑒理學思維方式的直接印記，而其內涵則既可用之分析詩歌創作，亦可用之論述理學修養。“活法”說語廣而意圓，兼具理學、詩學兩方面的意蘊。故而，在呂本中“活法”說提出後，不但文苑中人用之論述詩歌創作，而且儒林學者亦用之論述理學修養。

在呂本中之後，“活法”一說廣為學者所徵引，朱熹即是其中之一，其評尹焞時說："和靖持守有餘，而格物未至，故所見不精明，無活法。"① 在與弟子的答問執中，朱熹亦屢次運用活法一詞，《朱子語類》載："趙曰：'某幸聞諸老先生之緒言，粗知謹守，而不敢失墜爾。'曰：'固是好，但終非活法爾。'"② 朱熹所言之"活法"乃是主體在體認儒者之道後，能施之於日常的人倫日用、應事接物中，是深切體會到儒者之道圓融無礙的外在表現，而不是一味"持守"、"謹守"而不能發之於用。朱熹弟子陳埴則明確地將"活法"看作是主體體驗到未發之中後，應事接物圓融無礙的表現："'允執厥中'乃時中之中，觸處是道理，活法也。子莫乃執一以為中，死法也，霄壤之異。"③ 陳埴認為主體實現了私慾去盡的未發之中後，則其喜怒哀樂之情緒抒發皆合乎儒者之道，故而"觸處是道理"，這就是"活法"。拘泥於一事一物而不能推而廣之，則是"活法"的對立面。而滕珙對"活法"之理解亦與朱熹、陳埴大致一致："聖賢所傳明善誠身齊家治國平天下者，初無新奇可喜之說，遂以為常談死法而不足學。夫豈知其常談之中自有妙理，死法之中自有活法，固非佛老管商之陋所能彷彿其萬分也。"④ 滕珙此處用"活法"來概指儒學圓融無礙的特點，指出儒學體用兼備，施諸於個體道德完善、人倫日用與外在事功而皆可。而不像佛禪之學那樣"殆將滅五常，絕三綱，有孤高之絕體，無敷榮之大用"⑤。羅大經亦表達出了相類似的觀點："夫著一能讀書之心橫於胸中，則錮滯有我，其心已與古人天淵懸隔矣，何自而得其活法妙用哉？"⑥ 羅氏此處雖是強調讀書之態度，但從其讀書為得"活法妙用"的觀點來看，其所理解的"活法"亦是古人書中所蘊含的施之於人倫日用圓融無礙的道理，亦即儒學之要道。真德秀《湯武康墓誌銘》曰："（湯武康）間嘗語予曰：'儒佛之道雖殊，要皆以求本心為主，倘能悟所謂活法者，則雖混融為一可也。'"⑦ 從中不難看出，真德秀所理解的"活法"乃是儒釋共有之妙理，是求得本心後發之於應事接物而自在裕如的

---

① 《朱子語類》卷一百零一，中華書局 1986 年版，第 2575 頁。

② 《朱子語類》卷一百二十，中華書局 1986 年版，第 2890 頁。

③ （宋）陳埴：《木鍾集》卷二，《景印文淵閣四庫全書》第 703 冊，第 610 頁上。

④ （宋）滕珙：《經濟文衡·續集》卷二十二，《景印文淵閣四庫全書》第 704 冊，第 492 頁下。

⑤ （宋）張九成：《少儀論》，《橫浦集》卷五，《景印文淵閣四庫全書》第 1138 冊，第 320 頁下—第 321 頁上

⑥ （宋）羅大經：《鶴林玉露·甲編》卷五，中華書局 1983 年版，第 89 頁。

⑦ （宋）真德秀：《西山先生真文忠公文集》卷四十二，《萬有文庫》本，商務印書館 1937 年版，第 764 頁。

妙理。

可見，在呂本中之後，不單文苑中人以"活法"一說論詩，儒林中人亦多援引"活法"一詞來論述儒學圓融無礙、體用兼備之特色。俞成即注意到了"活法"在詩學、理學相通的內涵，其《螢雪叢說》中概括曰：

> 伊川先生嘗說《中庸》："'鳶飛戾天'，須知天上者更有大；'魚躍於淵'，須知淵中更有地。會得這個道理便活潑潑地。"吳處厚常作《剪刀賦》，第五聯對："去爪為犧，救湯王之旱歲；斷鬚燒藥，活唐帝之功臣。"當時屢竄易"唐帝"上一字不妥帖，因看游鱗，頓悟"活"字，不覺手舞足蹈。呂居仁嘗序江西宗派詩，若言："靈均自得之，忽然有入，然後惟意所出，萬變不窮，是名活法。"楊萬里又從而序之，若曰："學者屬文當悟活法，所謂活法者，要當優游厭飫。"是皆有得於活法也如此。吁！有胸中之活法，蒙於伊川之說得之；有紙上之活法，蒙於處厚、居仁、萬里之說得之。[1]

俞成敏銳地指出了"活法"道藝相通的特色，而其"胸中之活法"與"紙上之活法"的提法，則指出了"活法"說在邏輯思維上兼通理學修養與詩法探討的內涵。

呂本中之後的南宋儒林學者對"活法"一詞的運用，不但彰顯了"活法"說語廣意圓的特徵，亦顯示了"活法"一說的理學意蘊。南宋學者將"活法"一詞用之於理學義理的言說中，這固然與南宋理學盛行的文化語境相關，但假若呂本中"活法"一詞僅僅具備文學的意蘊，其理論淵源僅僅來源於詩歌理論，則不會出現南宋學者廣泛用之解釋儒學義理的現象。因此，南宋學者對"活法"一詞的廣泛運用，與呂本中"活法"說之邏輯推演過程、理論架構特點等方面的理學因子不無關係。

綜上所述，呂本中自幼浸染理學，遍參理學名家的求學經歷，彰顯了呂氏的理學自覺意識。而這種修學經歷，亦養成了呂本中意圖實現下學與上達並舉的理學理論意識，其對下學窮理的重視使其接受了程頤格物致知的理論，為其留意於詩歌創作提供了合理的理論依據，造就了其打通理學修養與詩藝探討之界限的道藝合一的自覺意識。而北宋末期詩學溺於技法

---

① （宋）俞成：《螢雪叢說》卷上，同治退補齋本，第9頁。

探求的弊端,則促使呂本中產生了修正當時詩學弊端的意識,而呂氏所接受的楊時"執中"上達說則為呂氏提供了直接的理論啟發:上達乃下學之目的,創作境界的提升亦是詩法探求之標的,呂本中從此角度出發,將詩論側重點轉移到了如何達到法度爛熟於心後之自如創作境界的探討上。這是江西派詩論進一步發展的體現,亦符合了學說思想由形而下之具體工夫到形而上之抽象理論的發展規律。呂本中"活法"說的提出即是其詩學思想的集中體現,而其理學修養則使得其"活法"說在邏輯推演、理論建構上呈現出了與楊時"允執厥中"理論相對應的關係。因此,呂本中"活法"說亦是其道藝合一之理學修養理論在文學層面的展現,包含有豐富的理學意蘊。而呂氏之後朱熹、陳塤、真德秀、羅大經等南宋學者對"活法"一詞的論述,亦驗證了"活法"說包含理學意蘊的事實。

小 結

江西詩派作為北宋後期詩壇的一支重要的流派,其詩歌創作及詩論,無疑可以代表北宋後期之詩歌創作、詩學走向。江西派諸人兼具禪學與理學淵源,因而佛教對其詩歌創作、詩學理論產生之影響是不可忽略的。本章探討了江西派諸人之學佛特點與其詩歌書寫內容、範式選擇、詩美追求、典故運用、觀照方式運用等幾個方面的關係。

江西派諸人之學佛強調將禪學理念通過親證轉化為自我之個體經驗,由此實現對禪悟境界的更深體驗。他們亦將此學佛方式與其儒學修養相結合,這秉承了黃庭堅之特色,亦是江西詩派將黃氏作為文化人格範式的原因之一。文化人格範式的選擇與其詩論重視創作主體之內在修養、人生境界對文學創作具有決定作用的詩論相結合,使他們亦將黃氏作為了詩學範式。而對黃氏的傾慕及學習與他們遠離政治的特點、理學禪學淵源相結合,則使其詩歌呈現了自在平和的整體風貌。

江西派諸人學佛特點與黃庭堅的相似,則造成了他們詩歌中所運用之佛學典故,並沒有跨越黃氏之範疇。從這一點來看,此一時期的詩歌語言系統在經歷了北宋中期詩文革新運動以來,又一次趨於穩定。在語言系統難以在短期內豐富、拓展的前提下,江西派諸人傾向於從詩歌具體技法的探討上實現詩歌創作水平的提高,這就是江西派詩論多談用字、造句、謀篇等具體技法的原因所在。

　　江西派諸人的理學淵源使他們在運用靜觀時，實現了對靜觀內在意義的轉化，即將靜觀轉化為“活觀”。這使得江西派詩歌所用之觀照方式雖與佛教關係密切，卻並未如晚唐詩人或宋初晚唐體一樣流入枯寂寒儉之境地，而是將創作主體禪學、理學並修所具備的悠游裕如精神展現於詩歌中，形成了劉熙載所言之“富”的風貌及風格追求。隨著儒釋整合之文化發展趨勢的日漸鮮明，士大夫傳承發展儒學的自覺意識也日漸顯著，呈現了程門後學與蘇黃門人攜手並行的局面①。這也深刻影響到了當時詩學理論的發展，呂本中“活法”說即有著明顯的理學因子，與楊時理學修養理論中的“執中”說存在著邏輯上的對應關係。這既是文苑儒林合流趨勢在詩歌理論演進中的體現，亦彰顯出了理學對詩歌創作、詩論形成之影響逐漸加深的趨勢。

---

　　①　張毅：《宋代文學思想史》，中華書局 2003 年版，第 152 頁。

結　語

　　北宋中後期詩歌流變以及該時期文人與佛教的關係，皆為宋代文學研究中的熱點話題，但是在相關研究中，論者或僅僅關注於詩歌流變的描述與分析，或著力於探討文人與佛教之關係，而將文人學佛放在詩歌流變的歷時性過程中加以研究，從探討該時期文人學佛對其詩歌創作產生何等程度影響的視角來觀照詩歌流變的整體研究，則是目前研究比較薄弱而有待加強的環節。

　　拙著在文本細讀、分析的基礎上，考察了北宋中後期不同階段的三個代表人物王安石、蘇軾、黃庭堅的學佛，並將其學佛放在當時佛學語境下予以關照，將其學佛之行為目的與當時學術思想的發展相結合。在此基礎上，對三人之學佛與其詩歌創作的三個方面進行了論述，即詩歌書寫內容、詩歌語言運用及靜定觀照方式運用這三個方面。並在此基礎上對三人之不同進行對比分析，以揭示詩歌流變的具體表現及文人學佛在詩歌流變中所起之作用。最後拙著通過對江西詩派諸人在學佛方式特點的分析、詩論與學佛之關係的論述以及觀照方式運用的辨析，進一步延伸對詩歌流變具體表現的探討及學佛在詩歌流變中之作用的考察。

　　作為北宋文化繁榮的一個組成部分，佛教亦獲得了空前的發展，與文化的繁榮相一致，佛教的發展亦呈現了士大夫化的趨勢，這種趨勢導致了自唐代以來之禪教合一發展思路在北宋的實現。而文化繁榮所促成的文化整合，則使士大夫具有融通其他學說，以實現道統重建、儒學復興的自覺意識。這使得北宋中後期出現了一個獨特的佛學語境。此語境與宋代詩學強調道德功能，主張書寫創作主體明道見性相結合，遂使士大夫之研習佛學對其詩歌創作產生了重要影響。這種影響的體現則可大致分為兩種：其一為顯性的影響，即學佛路徑、學佛方式的詩歌書寫以及運用佛典入詩；其二為隱性的影響，即將佛教靜定觀照方式運用至詩歌創作思維中。本書對王、蘇、黃三人學佛與詩歌創作關係的論述，皆以此顯性影響與隱性影響的分析為主。以此為基礎，拙著通過比較三人之差異，努力尋繹這種差異所揭示的發展趨勢，並通過對江西詩派諸人學佛與其詩歌創作、詩論形成之關係的論述，來印證前面所尋繹出的發展趨勢。

通過以上所作的工作，拙著基本從文人學佛之角度勾勒出了在儒林、文苑合流的北宋中後期詩歌的流變軌跡。詳味詩歌流變與此時期文人學佛之關係，不難發現北宋中後期文人對於佛學的研習，對他們的詩歌書寫內容、詩歌語言風格以及詩歌思維方式均產生了深刻的影響。

在此流變過程中，詩歌的道德功能逐漸被強化，詩歌書寫內容中，表現主體參禪悟道之禪喜活動的詩作大量出現，表現主體人格精神、人生境界的內容逐漸增多，以致成為主流，這使此一時期詩歌呈現出了一種全新的審美風貌。繆鉞先生指出："凡唐人以爲不能入詩與不宜入詩之材料，宋人皆寫入詩中。……餘如朋友往還之跡，諧謔之語，以及論事說理、講學衡文之見解，在宋人詩中尤恆遇之。"① 因此從這個角度上說，詩人學佛並行諸詩歌創作的行爲，爲宋詩提供了新的題材。在塑造宋詩不同於唐詩的新品格方面，佛禪因素起了舉足輕重的作用。並且，隨著儒釋整合文化趨勢的漸趨明顯，儒林文苑的界限也日漸模糊，在北宋後期出現了全祖望所謂"詩人入學派"的普遍現象，士大夫對禪學的研習與其構建儒學修養理論的自覺意識相結合，使北宋後期詩人，尤其是江西派諸詩人大多標舉氣格，鄙棄流俗，以日常生活、師友親情等為詩歌的主要書寫內容，詩風體現出了向自在平和發展的整體風格趨向。

在詩歌語言風格方面，北宋中後期詩人從借用佛學詞彙開始，逐漸過渡到融攝禪宗公案典故，從喜用語典過渡到了多用事典。在北宋詩文革新運動強調突破西崑體類書式用典的藩籬之後，士大夫對於佛學典故的運用則擴充豐富了其詩歌系統，增強了詩歌的語言表現能力。從此角度而言，在宋詩獨特風貌形成過程中，文人學佛的整體風尚起到了不可忽視的作用。延至北宋後期，隨著儒學復興的完成，即隨著理學思想體系的日漸完善與豐富，儒家尚健精神對詩歌的影響逐漸加大，由此使詩人在語言風格上更傾慕於剛健瘦硬，這使此一時期詩人對典故的運用更加傾向於融攝事典，這也使得北宋後期詩人未能突破以王、蘇、黃爲代表的前輩詩人經營而成的詩歌語言系統，於是北宋後期詩人普遍強調在前輩創作路線、語言體系內的詩歌具體創作技巧的精細化、熟練化處理，以實現創作境界的提升。這是北宋後期詩學話語中"悟入"、"使事"、"下字"、"對偶"等被凸顯的原因。

---

① 繆鉞：《論宋詩》，《繆鉞全集》第二卷，河北教育出版社 2004 年版，第 156 頁。

　　而此流變過程中詩人創作思維的轉變則更能體現時代特色，佛學不同於本土儒道思想系統的顯著特點之一，即是強調觀照外物時任外物紜紜而覺心不動，這種靜觀與詩歌創作思維無疑具有相通處。此時期詩人對佛禪靜定觀照方式的運用，經歷了一個由沿襲到創造性運用的過程，經歷了一個由單純運用於詩歌全篇，到用之體察外界，並書寫這種體察之所得，為增強全篇層次感服務，再到將佛禪靜定與儒家修養工夫融通無間並以之觀想外界的過程。理學的興起與文人對於佛學、禪學的消化相結合，使得佛禪靜觀逐漸轉變為了活觀，而詩人對於活觀的運用，既是追求自在平和風格的內在要求，亦對於詩歌呈現自在平和起到了巨大之作用。詩人運用佛禪靜定觀照方式的變化，與詩歌的流變亦有著密切關聯，是北宋中後期詩歌逐漸走出唐詩創作方式的範疇，而漸具自我特色的一種具體表現，即強調人格修養與文學創作之間的緊密關聯，強調詩歌是主體人格精神、人生境界的外在表現。至於其轉變之原因則與當時儒學復興及文苑、儒林合流的趨勢有著直接關係。

參考文獻

一　著作類（以著者漢語拼音為序）

〔日〕阿部正雄：《禪與西方思想》，王雷泉、張汝倫譯，上海譯文出版社
　　1980 年版。

〔德〕埃德蒙德·胡塞爾：《純粹現象學通論》，李幼蒸譯，商務印書館 1992
　　年版。

〔德〕埃德蒙德·胡塞爾：《邏輯研究》（第二卷第一部分），倪梁康譯，
　　上海譯文出版社 1998 年版。

（唐）般剌密諦譯：《大佛頂首楞嚴經》，《大正藏》第 19 卷，臺北佛陀教
　　育基金會 1990 年影印版。

（唐）不空、（唐）一行譯：《金剛頂經毘盧遮那一百八尊法身契印》，《大
　　正藏》第 18 卷。

（唐）白居易著，顧學頡點校：《白居易集》，中華書局 1979 年版。

（唐）澄觀撰：《大方廣佛華嚴經疏》，《大正藏》第 35 卷。

（宋）程顥、程頤著，王孝魚點校：《二程集》，中華書局 1981 年版。

（宋）晁迥：《法藏碎金錄》，《宋人詩話外編》本，國際文化出版公司
　　1996 年版。

（宋）陳巖肖：《庚溪詩話》，《歷代詩話續編》本，中華書局 1983 年版。

（宋）陳師道：《後山居士文集》，上海古籍出版社 1984 年影印版。

（宋）陳師道著，任淵注，冒廣生補箋，冒懷辛整理：《後山詩注補箋》，
　　中華書局 1995 年版。

（宋）陳師道：《後山詩話》，《歷代詩話》本，中華書局 1981 年版。

（宋）陳模著，鄭必俊校注：《懷古錄校注》，中華書局 1993 年版。

（宋）晁補之：《濟北晁先生雞肋集》，《四部叢刊初編》本。

（宋）陳振孫：《直齋書錄解題》，上海古籍出版社 1987 年版。

（宋）陳振孫著，孫猛校證：《郡齋讀書記校證》，上海古籍出版社 1990 年版。

（宋）陳善：《捫虱新話》，《津逮秘書》本。

（宋）陳淵：《默堂集》，《景印文淵閣四庫全書》第 1139 冊，臺灣商務印書館 1983 年版。

陳寅恪：《金明館叢稿二編》，上海古籍出版社 1980 年版。

慈怡主編：《佛光大辭典》，北京圖書館出版社據臺灣佛光山 1989 年影印版。

（唐）杜牧著，馮集梧注：《樊川詩集注》，上海古籍出版社 1998 年版。

（宋）道原：《景德傳燈錄》，《大正藏》第 51 卷。

（宋）道謙編：《大慧普覺禪師宗門武庫》，《大正藏》第 47 卷。

（宋）道融：《叢林盛事》，《卍新纂續藏經》第 86 冊，臺北白馬精舍印經會 1989 年影印版。

（西晉）法護譯：《諸佛要集經》，《大正藏》第 17 卷。

（宋）法雲編：《翻譯名義集》，《大正藏》第 54 卷。

（唐）佛陀多羅譯：《大方廣圓覺修多羅了義經》，《大正藏》第 17 卷。

（唐）方幹：《玄英集》，《景印文淵閣四庫全書》第 1084 冊，臺灣商務印書館 1983 年影印本。

（宋）范仲淹：《范文正集》，《四部叢刊初編》本。

（宋）范溫：《潛溪詩眼》，《宋詩話輯佚》本，中華書局 1980 年版。

（宋）費袞：《梁谿漫志》，《宋元筆記叢書》本，上海古籍出版社 1985 年版。

（元）方回選評，李慶甲匯評校點：《瀛奎律髓匯評》，上海古籍出版社 1986 年版。

（清）方東樹著，汪秀楹點校：《昭昧詹言》，人民文學出版社 1961 年版。

〔瑞士〕費爾迪南·德·索緒爾：《普通語言學教程》，高明凱譯，商務印書館 1999 年版。

〔美〕菲利普·柯爾庫夫：《新社會學》，錢翰譯，社會科學文獻出版社 2000 年版。

（宋）葛立方：《韻語陽秋》，《歷代詩話》本。

（宋）郭印：《雲溪集》，《景印文淵閣四庫全書》第 1134 冊。

（清）顧棟高等：《王安石年譜三種》，中華書局 1994 年版。

（清）郭慶藩集釋：《莊子集釋》，《諸子集成》本，上海書店 1986 年影印版。

郭朋校釋：《壇經校釋》，中華書局 1983 年版。

葛兆光：《中國思想史》第一卷，復旦大學出版社 2001 年版。

（隋）慧遠：《大乘義章》，《大正藏》第 44 卷。

（唐）慧海撰：《頓悟入道要門論》，《卍新纂續藏經》第 63 冊。

（唐）韓愈著，馬其昶校注，馬茂元整理：《韓昌黎文集校注》，上海古籍
　　出版社 1987 年版。

（宋）晦岩智昭編著：《人天眼目》，《大正藏》第 48 卷。

（宋）黃庭堅著，劉琳、李勇先、王蓉貴校點：《黃庭堅全集》，四川大學
　　出版社 2001 年版。

（宋）黃庭堅著，任淵、史容、史季溫著，劉尚榮校點：《黃庭堅詩集注》，
　　中華書局 2003 年版。

（宋）黃庭堅：《山谷集》，《景印文淵閣四庫全書》第 1113 冊。

（宋）洪朋：《洪龜父集》，《景印文淵閣四庫全書》第 1124 冊。

（宋）洪芻：《老圃集》，《景印文淵閣四庫全書》第 1127 冊。

（宋）洪炎：《西渡集》，《景印文淵閣四庫全書》第 1127 冊。

（宋）韓淲：《澗泉日記》，《景印文淵閣四庫全書》第 864 冊。

（宋）惠洪：《冷齋夜話》，《稀見本宋詩話四種》本，江蘇古籍出版社
　　2002 年版。

（宋）惠洪等：《冷齋夜話·風月堂詩話·環溪詩話》，中華書局 1988 年版。

（宋）惠洪：《石門文字禪》，《四部叢刊初編》本。

（宋）惠洪：《禪林僧寶傳》，《卍新纂續藏經》第 79 冊，臺北白馬精舍印
　　經會 1989 年影印版。

（宋）惠洪：《林間錄》，《卍新纂續藏經》第 79 冊。

（宋）韓駒：《陵陽集》，《景印文淵閣四庫全書》第 1133 冊。

（宋）黃𥅆：《山谷年譜》，《景印文淵閣四庫全書》第 1113 冊。

（宋）胡仔：《苕溪漁隱叢話》，人民文學出版社 1962 年版。

（宋）洪邁：《容齋隨筆·五筆》，上海古籍出版社 1978 年版。

（明）胡廣等奉敕撰，李廷機校：《性理大全書》，《景印文淵閣四庫全書》
　　第 710 冊。

（明）胡應麟：《詩藪》，上海古籍出版社 1979 年版。

（清）黃宗羲著，全祖望補修，陳金生、梁運華點校：《宋元學案》，中華
　　書局 1986 年版。

［德］海德格爾：《存在與時間》，孫周興譯，生活·讀書·新知三聯書店
　　2006 年版。

（後秦）鳩摩羅什譯：《金剛般若波羅蜜經》，《大正藏》第 8 卷。

（後秦）鳩摩羅什譯：《妙法蓮華經》，《大正藏》第 9 卷。

（後秦）鳩摩羅什譯：《維摩詰所說經》，《大正藏》第 14 卷。

（東漢）迦葉摩騰、法蘭譯：《四十二章經》，《大正藏》第 17 卷。

（明）居頂撰：《續傳燈錄》，《大正藏》第 51 卷。

（南朝梁）劉勰著，楊明照等校注：《增訂文心雕龍校注》，中華書局 2000
　　年版。

（唐）李通玄：《新華嚴經論》，《大正藏》第 36 卷。

（唐）樓穎錄：《善慧大士語錄》，《卍新纂續藏經》第 69 冊。

（唐）李商隱著，（清）馮浩箋注：《玉谿生詩集箋注》，上海古籍出版社
　　1998 年版。

（五代）劉昫：《舊唐書》，中華書局 1975 年版。

（宋）李覯：《李覯集》，中華書局 1981 年版。

（宋）李希聲：《李希聲詩話》，《宋詩話輯佚》本，中華書局 1980 年版。

（宋）李彭：《日涉園集》，《景印文淵閣四庫全書》第 1122 冊。

（宋）呂本中：《東萊詩集》，《景印文淵閣四庫全書》第 1136 冊。

（宋）呂本中：《東萊呂紫薇師友雜誌》，《叢書集成初編》本。

（宋）呂本中：《紫薇詩話》，《歷代詩話》本。

（宋）李綱：《梁谿集》，《景印文淵閣四庫全書》第 1126 冊。

（宋）陸九淵著，鍾哲點校：《陸九淵集》，中華書局 1980 年版。

（宋）陸游：《老學庵筆記》，中華書局 1979 年版。

（宋）黎靖德編：《朱子語類》，中華書局 1986 年版。

（宋）羅大經：《鶴林玉露》，中華書局 1983 年版。

（宋）李燾撰：《續資治通鑒長編》，中華書局 1995 年版。

（宋）劉克莊：《後村先生大全集》，《四部叢刊初編》本。

（明）呂柟編：《二程子抄釋》，《景印文淵閣四庫全書》第 715 冊。

（清）厲鶚輯撰：《宋詩紀事》，上海古籍出版社 1983 年版。

（清）劉熙載：《藝概》，上海古籍出版社 1978 年版。

梁啓超：《清代學術概論》，上海古籍出版社 1998 年版。

梁啓超：《佛學研究十八篇》，上海古籍出版社 2001 年版。

呂澂：《呂澂佛學論著選集》，齊魯書社 1991 年版。

林庚：《新詩格律與語言的詩化》，經濟日報出版社 2000 年版。

李貴：《中唐至北宋的典範選擇與詩歌因革》，復旦大學出版社 2012 年版。

李清良：《中國闡釋學》，湖南師範大學出版社 2001 年版。

廖肇亨：《中邊·詩禪·夢戲》，臺北允晨文化有限公司 2008 年版。

冷成金：《蘇軾的哲學觀與文藝觀》，學苑出版社 2003 年版。

〔日〕鈴木大拙：《禪者的思索》，未也譯，中國青年出版社 1989 年版。

〔法〕羅蘭·巴爾特：《符號學原理》，李幼蒸譯，中國人民大學出版社 2008年版。

（宋）馬端臨：《文獻通考》，《景印文淵閣四庫全書》第 614 冊。

繆鉞：《繆鉞全集》第二卷，河北教育出版社 2004 年版。

（元）念常集：《佛祖歷代通載》，《大正藏》第 49 卷。

倪梁康選編：《胡塞爾選集》，上海三聯書店 1997 年版。

倪梁康：《胡塞爾現象學概念通釋》（修訂版），生活·讀書·新知三聯書店 2007 年版。

（宋）歐陽修著，李逸安校點：《歐陽修全集》，中華書局 2001 年版。

（宋）歐陽修：《六一詩話》，《歷代詩話》本，中華書局 1981 年版。

（宋）普濟：《五燈會元》，中華書局 1984 年版。

（清）彭定求等編：《全唐詩》，中華書局 1980 年版。

〔法〕皮埃爾·布迪厄、〔美〕華康德：《實踐與反思——反思社會學導引》，李猛、李康譯，中央編譯出版社 1998 年版。

（南朝宋）求那跋陀羅譯：《楞伽阿跋多羅寶經》，《大正藏》第 16 卷。

（南朝宋）求那跋陀羅譯：《雜阿含經》，《大正藏》第 4 卷。

（唐）錢起：《錢仲文集》，《景印文淵閣四庫全書》第 1072 冊。

（宋）秦觀著，徐培均箋注：《淮海集箋注》，上海古籍出版社 2000 年版。

（明）錢澄之：《田間文集》，《續修四庫全書》第 1401 冊，上海古籍出版社 2002 年版。

（清）錢謙益集：《紫柏尊者別集》，《卍新纂續藏經》第 73 冊。

（清）全祖望：《鮚埼亭集》，《四部叢刊初編》本。

錢穆：《中國學術思想史論叢》第五冊，臺北東大圖書有限公司 1983 年版。

〔美〕喬納森·庫勒：《論解構》，陸揚譯，中國社會科學出版社 1998 年版。

〔比利時〕喬治·布萊：《批評意識》，郭宏安譯，廣西師範大學出版社 2002年版。

（宋）阮閱編，周本淳點校：《詩話總龜》，人民文學出版社 1987 年版。

（宋）饒節：《倚松詩集》，《景印文淵閣四庫全書》第 1117 冊。

芮逸夫編：《人類學大辭典》，臺灣商務印書館 1975 年版。

（東晉）僧肇注：《注維摩經》，《大正藏》第 38 卷。

（唐）實叉難陀譯：《大方廣佛華嚴經》，《大正藏》第 10 卷。

（唐）般若譯：《大乘本生心地觀經》，《大正藏》第 3 卷。

（宋）司馬光：《溫國文正司馬公文集》，《四部叢刊初編》本。

（宋）蘇軾著，孔繁禮點校：《蘇軾文集》，中華書局 1986 年版。

（宋）蘇軾著，馮應榴注，黃任軻、朱懷春校點：《蘇軾詩集合注》，上海古籍出版社 2001 年版。

（宋）蘇軾著，孔繁禮校點：《蘇軾詩集》，中華書局 1982 年版。

（宋）蘇軾：《東坡易傳》，吉林文史出版社 2002 年版。

（宋）蘇軾：《東坡志林》，中華書局 1997 年版。

（宋）蘇轍著，陳宏天、高秀芳點校：《蘇轍集·欒城後集》，中華書局 1990 年版。

（宋）邵博著，劉德權、李劍雄校點：《邵氏聞見後錄》，中華書局 1983 年版。

（北涼）曇無讖譯：《大般涅槃經》，《大正藏》第 12 卷。

（元）脫脫等：《宋史》，中華書局 1977 年版。

湯用彤：《隋唐佛教史稿》，中華書局 1982 年版。

〔英〕特倫斯·霍克斯：《結構主義和符號學》，瞿鐵鵬譯，上海譯文出版社 1987 年版。

（唐）王維著，陳鐵民校注：《王維集校注》，中華書局 1997 年版。

（宋）王安石著，李壁箋注：《王荊文公詩箋注》，中華書局 1958 年版。

（宋）王安石：《王荊公唐百家詩選》，《景印文淵閣四庫全書》第 1344 冊。

（宋）王安石：《臨川先生文集》，《四部叢刊初編》本。

（宋）王安石：《臨川先生文集》，中華書局 1959 年版。

（宋）魏泰：《東軒筆錄》，中華書局 1983 年版。

（宋）王直方：《王直方詩話》，《宋詩話輯佚》本，中華書局 1980 年版。

（宋）王鞏：《甲申聞見二錄補遺》，《景印文淵閣四庫全書》第 1037 冊。

（宋）吳沆：《環溪詩話》，《冷齋夜話·風月堂詩話·環溪詩話》本，中華書局 1988 年版。

（宋）魏庆之：《詩人玉屑》，上海古籍出版社 1959 年版。

（宋）王楙：《野客叢書》，上海古籍出版社 1991 年版。

（宋）吳聿：《觀林詩話》，《歷代詩話續編》本。

（宋）吳可：《藏海詩話》，《歷代詩話續編》本。

（宋）魏了翁：《鶴山先生大全集》，《四部叢刊初編》本。

（宋）王夫之著，戴鴻森箋注：《薑齋詩話箋注》，人民文學出版社 1981 年版。

（清）翁方綱：《石洲詩話》，《談龍錄·石洲詩話》本，人民文學出版社 1981 年版。

（清）王文誥：《蘇文忠公詩編注集成總案》，巴蜀書社 1986 年影印版。

（清）吳之振等選：《宋詩鈔》，中華書局 1986 年版。

王國維：《王國維遺書》，上海書店 1983 年版。

吳文治主編：《宋詩話全編》，江蘇古籍出版社 1998 年版。

王力：《漢語詩律學》，上海世紀出版集團 2005 年版。

吳言生：《禪宗思想淵源》，中華書局 2001 年版。

伍曉蔓：《江西宗派研究》，巴蜀書社 2005 年版。

（唐）玄奘譯：《大寶積經》，《大正藏》第 11 卷。

（唐）釋曉瑩：《雲臥紀譚》，《卍新纂續藏經》第 86 冊。

（唐）曉瑩：《羅湖野錄》，《卍新纂續藏經》第 83 冊。

（宋）謝逸：《溪堂集》，《景印文淵閣四庫全書》第 1122 冊。

（宋）謝薖：《竹友集》，《景印文淵閣四庫全書》第 1122 冊。

（元）熙仲撰：《歷朝釋氏資鑑》，《卍新纂續藏經》第 76 冊。

（明）心泰編：《佛法金湯編》，《卍新纂續藏經》第 87 冊。

徐洪興：《思想的轉型——理學發生過程研究》，上海人民出版社 1996 年版。

〔荷蘭〕許里和：《佛教征服中國》，李四龍、裴勇等譯，江蘇人民出版社
　　1998 年版。

（宋）永明延壽：《永明智覺禪師唯心訣》，《大正藏》第 48 卷。

（宋）永明延壽：《宗鏡錄》，《大正藏》第 48 卷。

（宋）佚名：《北山詩話》，《稀見本宋人詩話四種》本，江蘇古籍出版社
　　2002 年版。

（宋）佚名：《漫叟詩話》，《宋詩話輯佚》本。

（宋）圓悟克勤集：《碧巖錄》，《大正藏》第 48 卷，臺北佛陀教育基金會
　　1990 年影印版。

（宋）圓悟克勤編：《佛果圓悟禪師碧巖錄》，《大正藏》第 48 卷。

（宋）蘊聞輯錄：《大慧普覺禪師語錄》，《大正藏》第 47 卷。

（宋）楊時：《楊龜山先生全集》，臺灣學生書局 1974 年版。

（宋）葉夢得：《石林詩話》，《歷代詩話》本。

（宋）于恕輯：《橫浦日新》，《四庫全書存目叢書》第 715 冊，齊魯書社
　　1995 年版。

（宋）楊萬里：《誠齋詩話》，《歷代詩話續編》本，中華書局 1981 年版。

（宋）楊萬里著，辛更儒箋校：《楊萬里集箋校》，中華書局 2007 年版。

（宋）岳珂：《桯史》，《叢書集成初編》本。

（清）姚鼐：《今體詩抄》，《四部備要》本。

（清）延君壽：《老生常談》，《清詩話續編》本，上海古籍出版社 1983 年版。

余英時：《朱熹的歷史世界》，生活·讀書·新知三聯書店 2004 年版。

［波蘭］英伽登：《對文學的藝術作品的認識》，陳燕谷、曉未譯，中國文
　　聯出版公司 1988 年版。

［法］約瑟夫·祁雅理：《二十世紀法國思潮》，吳永泉等譯，商務印書館
　　1987 年版。

［美］約翰·霍斯珀斯：《理解藝術》，普倫蒂斯 1982 年版。

［法］雅克·德裡達：《論文字學》，汪堂家譯，上海譯文出版社 1999 年版。

（唐）宗密：《禪源諸詮集都序》，《大正藏》第 48 卷。

（唐）宗密疏：《大方廣圓覺修多羅了義經略疏序》，《大正藏》第 39 卷。

（唐）宗密：《中華傳心地禪門師資承襲圖》，《卍新纂續藏經》第 63 卷。

（宋）子璿集：《首楞嚴義疏注經》，《大正藏》第 39 卷。

（宋）子璿：《金剛經纂要刊定記》，《大正藏》第 33 卷。

（宋）志磐撰：《佛祖統紀》，《大正藏》第 49 卷。

（宋）賾藏編：《古尊宿語錄》，中華書局 1994 年版。

（宋）贊寧：《宋高僧傳》，中華書局 1987 年版。

（宋）真淨克文：《雲庵克文禪師語錄》，《卍新纂續藏經》第 69 冊。

（宋）曾慥：《高齋詩話》，《宋詩話輯佚》本。

（宋）張耒著，李逸安、孫通海、傅信點校：《張耒集》，中華書局 1999
　　年版。

（宋）趙令畤：《侯鯖錄》，中華書局 2002 年版。

（宋）趙與旹：《賓退錄》，上海古籍出版社 1983 年版。

（宋）朱弁等：《風月堂詩話》，《冷齋夜話·風月堂詩話·環溪詩話》本，
　　中華書局 1988 年版。

（宋）曾敏行：《獨醒雜志》，《景印文淵閣四庫全書》第 1039 冊。

（宋）周必大：《省齋文藁》，《叢書集成三編》第 46 冊，新文豐出版公司
　　1999 年版。

（宋）祖琇：《僧寶正續傳》，《卍新纂續藏經》第 79 冊。

（宋）張邦基著，孔繁禮校點：《墨莊漫錄》，《墨莊漫錄·過庭錄·可書》
　　本，中華書局 2002 年版。

（宋）張表臣：《珊瑚鉤詩話》，《歷代詩話》本。

（宋）曾季貍：《艇齋詩話》，《歷代詩話續編》本。

（宋）朱熹注：《四書章句集注》，中華書局 1983 年版。

（宋）朱熹：《朱文公文集》，《四部叢刊初編》本。

（宋）朱熹、呂祖謙輯，江永注：《近思錄集注》，上海書店 1987 年版。

（宋）朱熹：《伊洛淵源錄》，《叢書集成初編》本。

（宋）張栻：《張南軒先生文集》，《叢書集成初編》本。

（宋）朱翌：《猗覺寮雜記》，《叢書集成初編》本。

（宋）周煇著，劉永翔校點：《清波雜志》，中華書局 1994 年版。

（宋）周紫芝：《竹坡詩話》，《歷代詩話》本。

（宋）正受編：《嘉泰普燈錄》，《卍新纂續藏經》第 79 冊。

（金）趙秉文：《閑閑老人滏水文集》，《叢書集成初編》本。

（元）宗寶編：《六祖大師法寶壇經》，《大正藏》第 48 卷。

（明）朱時恩：《居士分燈錄》，《卍新纂續藏經》第 86 冊。

朱維錚編：《周予同經學史論著集》（增訂本），上海人民出版社 1996 年版。

周裕鍇：《文字禪與宋代詩學》，高等教育出版社 1998 年版。

周裕鍇：《宋代詩學通論》，上海古籍出版社 2007 年版。

周裕鍇：《中國禪宗與詩歌》，上海人民出版社 1992 年版。

周裕鍇：《禪宗語言》，浙江人民出版社 1999 年版。

周裕鍇等編：《中國古代文學》（下冊），重慶大學出版社 2010 年版。

張毅：《宋代文學思想史》，中華書局 2003 年版。

張文利：《理禪融會與宋詩研究》，中國社會科學出版社 2004 年版。

二　博士論文（以著者漢語拼音為序）：

方笑一：《北宋新學與佛教》，博士學位論文，華東師範大學，2004 年。

梁銀林：《蘇軾與佛學》，博士學位論文，四川大學，2005 年。

張煜：《王安石與佛教》，博士學位論文，復旦大學，2004 年。

三　單篇論文（以著者漢語拼音為序）

顧永新：《北宋前中葉的尊韓思潮》，載《北大中文研究》第一輯，北京
　　大學出版社 1998 年版。

郭延成：《佛教哲學與德裡達解構主義》，載《五台山研究》2007 年第 2 期。

李貴：《天聖尊韓與宋調的初步成型》，載《文學遺產》2007 年第 6 期。

李建軍：《儒道語言觀與釋門文字禪芻議》，載《宗教學研究》2006 年第
　　3 期。

梁銀林：《蘇軾與〈維摩經〉》，載《文學遺產》2006 年第 1 期。

龍延：《〈楞嚴經〉與黃庭堅——以典故為中心》，載《中國典籍與文化》
　　2002 年第 4 期。

麻天祥：《理學與禪學》，載《湖南師範大學學報》1996 年第 3 期。

麻天祥：《永明延壽與宋代禪宗的綜合》，載《世界宗教研究》1996 年第 4 期。

牟宗三：《宋明理學之課題》，載《道德理想主義的重建——牟宗三儒學論著輯要》，中國廣播電視大學 1992 年版。

莫礪鋒：《論王荊公體》，載《南京大學學報》1994 年第 1 期。

彭彥琴、胡紅雲：《現象學心理學與佛教心理學——研究對象與研究方法之比較》，載《南京師大學報》（社會科學版）2010 年第 4 期。

錢志熙：《黃庭堅與禪宗》，載《文學遺產》1986 年第 1 期。

錢志熙：《表現與再現的消長互補——中國詩歌發展史上的一種規律》，載《文學遺產》1996 年第 1 期。

孫海燕：《黃庭堅的〈發願文〉與〈華嚴經〉》，載《文學遺產》2007 年第 3 期。

易聞曉：《黃庭堅詩學與宋人詩話的論詩取向》，載《文學遺產》2008 年第 4 期。

周裕鍇：《自持與自適——宋人論詩的心理功能》，載《文學遺產》1995 年第 6 期。

周裕鍇：《夢幻與真如——蘇、黃的禪悅傾向與其詩歌意象之關係》，載《文学遺产》2001 年第 3 期。

周裕鍇：《詩可以群：略談元體詩歌的交際性》，載《社會科學研究》2001 年第 5 期。

左志南：《層層破除，直體真如——〈圓覺經〉關於佛教修行的論述及其影響》，載《中國宗教》2011 年第 9 期。

［捷克］揚·穆卡洛夫斯基：《標準語言與詩歌語言》，載趙毅衡選編《符號學文學論文集》，百花文藝出版社 2004 年版。

［俄］維·什克洛夫斯基：《作為手法的藝術》，載方珊等譯《俄國形式主義文論選》，生活·讀書·新知三聯書店 1989 年版。

［俄］尤里·勞特曼：《藝術文本的結構》，王坤譯，載胡經之等主編《西方二十世紀文論選》第二卷，中國社會科學出版社 1989 年版。

［法］羅蘭·巴爾特：《敘事作品結構分析導論》，載張寅德譯《敘述學研究》，中國社會科學出版社 1989 年版。

後　記

　　本書是在我博士論文的基礎上完成的，雖幾經修改，但不足之處尚有許多，以此面貌付梓，内心實是惴惴不安。

　　二〇〇七年秋我有幸進入四川大學跟隨周裕鍇先生學習，在先生的指引下我選擇了北宋中後期士大夫與佛教之關係作為自己的選題。雖早在數年前就與佛教結緣，無奈資質駑鈍、疏懶成性，以致對佛禪義理無半點體悟。加之，博士時期才開始系統閱讀北宋王蘇黃諸公之詩作，可謂基礎全無，以此為選題令我壓力倍增，中間甚至一度有過放棄的想法。但每思及凌雲志勤禪師“自從一見桃花後，直至如今更不疑”的悟道詩偈，總有一種欲在學識積累、道德完善與境界體悟上完善自我的內在動力，加之先生耳提面命、鼓勵指點，不因我朽木之質不堪雕琢而失去耐心，故而勉力前行，方粗成此貌。

　　回憶自己走上學術之路的過程，我首先要感謝的是導師周裕鍇先生，隨侍先生三載所得頗多，先生淵博的知識、嚴謹的治學態度所給予我的浸潤與啓迪是難以估量的，從課堂的學習到論文的選題，從思考的角度到寫作的技巧，以至論文標點符號、語言語法的運用，先生皆予以細緻的指導，個中深誠，畢生難忘。先生所強調的“人所難言我則易言之，人所易言我則寡言之”的研究理念，更為拙作所遵循的首要研究原則。更重要的是，先生還通過自己的言傳身教，使我明白了求學之塗，不僅僅在於知識的積累，亦在於所學知識與人格精神修養的結合，即樹立人格精神追求的自覺意識與人格精神堅守的牢固信念。山谷詩云：“德人牆九仞，強學窺一斑”，然而我朽木之質、疏懶之性，使我之所學並未能窺見先生對傳統文化執著探求之一隅，實令我汗顏。二〇一四年秋，先生籌劃宋代佛教文學研究叢書，拙作也被先生納入其中，但因出版經費問題我選擇申請國家社科後期資助，先生予以理解和支持。先生對後輩的提攜以及理解，令我心生感激。博士畢業後，我有幸被尚永亮先生收入門下，跟隨尚先生從事博士後研究，早在碩士階段我就讀過先生的許多學術著作，對先生的學問非常佩服。尚先生主治唐代文學，但先生對古典詩歌的熱愛，則使他對於其他朝代的詩歌亦十分熟悉，往往在隨意的談吐中順口吟出。每與先生交談，不僅能得到治學方法的啓發，還經常被先生對古典詩歌的熟悉與熱愛所征服，更為自己知識的淺陋和視野的狹窄而汗顏。同時我也要感謝碩士時期的導師田耕宇先生。六年前，由於個人興趣、價值觀等原因，管理學出身的我選擇了考取古代文學的研究生。當初若不是先生將我這個半路出家、基礎差得一塌糊塗的愚鈍學生收入門下，若不是先生的耳提面命、鼓勵鞭策，我也不會在求學之塗上堅持至今。山谷評東坡曰："望之風骨巉岩，而接人仁氣粹溫。"隨侍三位先生的感覺亦是如斯，三位先生淵深廣博的知識、儒雅敦厚的氣質、正直誠懇的品格皆令我敬佩不已，對我影響甚深。

　　"蚤為學問文章誤，晚作東西南北人"、"歸來翻作客，顧影良自哂。一生萍託水，萬事雪侵鬢。"黃庭堅描寫其思鄉的這數聯詩句每為我所念起，多年的求學生涯和異鄉生活使我對這數句詩的理解別有一番滋味。為了追逐自己的"信仰"和嚮往的生活方式，老大不小的我至今依然讓父母牽掛。雖然他們很難明白這樣一個書都讀老了的迂腐兒子的內心，但他們卻一直默默地支持我，未曾因為我的漂泊不定而責備。父親更是每次通話都要問我學習近況、思考有無所得等，甚至寒假期間還抽空幫我修改論文語句。每念及此，慚愧與感動交織於一起，不知作何表達。

　　幸好在人生及求學之路上，我並非一名孤單的"行腳僧"，也有著諸多的同行者。朋儔之勉勵每每使我於低落時找到安慰，而他們的存在也讓我堅信在此斯文掃地、物慾橫流的世間，還存著以做純潔之人為理想的人、還存在著單純的友誼。感謝肖大師、溫智、老丁、劼娃、徐東、老楊"諸公"，我們"同流合污"，數年如一日地"沆瀣一氣"。如今，故舊飄零，各在一方，但"清月斜穿雲幔，霜風正度窗櫺"時，我們"薄酒一杯欲醉，高歌數曲難聽"的暢快，卻如同昨日般清晰；而每次聆聽"諸公"之高論，不但使我的精神得到了放鬆，也使我的知識得到了豐富，思維得到了鍛煉。孔子云："益者三友，損者三友。友直、友諒、友多聞，益矣。"斯之謂乎！人生倘若真有意義的話，這或許是此意義的主要組成部分吧。望江三載，張勁松、周瑤、方新蓉、祝東、唐愛明等諸師兄、師姐亦給予了我諸多的幫助。珞珈二載，有幸結識汪超、陳水、龍成松、陳志敏等諸君，在我困難之時每每伸出援手，給予了我非常多的關照，在此深深地感謝他們。

　　拙作在博士論文送審階段得到了陳尚君、鍾振振、楊海明、張新科和永亮師等諸位先生的指點，諸位先生出於鼓勵後輩的目的，對拙文給予了肯定，同時亦指出了很多存在的問題。對於諸位先生的指點，我一直心存感激；對先生們指出的不足，我念茲在茲，無日或忘。此後的數年，我一直在思考如何深入、如何完善此一課題的研究，也做了很多的修改，但拙作在北宋中後期文人學佛與詩歌流變研究方面，還是存在很多的不足：一是研究的範圍與廣度還有待擴展，目前只以王、蘇、黃以及前期江西詩派爲中心，對於佛教與其他文人詩歌創作之關係，則限於時間和精力，或未曾論及，或淺嘗輒止；二是在有關問題上採取的研究方法有過於激進之嫌，比如現象學分析方法的採取、符號學視角的詩歌典故觀照等，思慮或欠周詳，這都是以後有待完善的環節。

“士生要弘毅，天地爲蓋軫”，唯有以“戒慎恐懼”的態度，在今後的學習中繼續努力，方能無愧於師長的教誨、父母的期望與友朋的勉勵。孔子曰：“古之學者爲己，今之學者爲人。”學術研究的標的應是研究者道德的完善與自我境界的提升，我希望一方面將此不成熟與佈滿瑕疵的半成品展示給同行，以期起到拋磚引玉之效果；另一方面亦希望將此作爲自我成長的一個印記，希望它的存在能提醒我“著鞭莫落人後，百年風轉蓬科”。